心智圖 單字記憶法

增強版

格林法則研究專家 楊智民
全方位英語大師 蘇秦 ｜｜ 著

晨星出版

目次

目次

推薦語（依姓氏筆劃排序）

新北市立新店高中英文教師 江明憲

主題分類鮮明，作者力求連結字首字根與生活經驗，透過不同生活層面的分類，讓字根字首在單字組成的使用上，更具生命力。同時藉由各單元心智圖的繪製，幫助語言使用者產出更具個人化的單字記憶法。

國立彰化女中英文教師 吳佩蓉

字首字根、搭配詞以及圖像式的視覺化學習法，一直以來都是高中英文的教學重點！本書對忙碌的英文老師而言不僅是絕佳的備課祕笈，對想要紮實擴充單字量卻又不得其門而入的學習者而言，更是不可多得的自學利器！

國立彰化高中數學教師 楊昌宸

對於數理工背景的人，絕大部分最新的東西都是由英文書寫而成，所以必須要能自行閱讀，避免靠翻譯所帶來的時間差與語意混淆。學習英文的基礎為單字，因此唯有打好基礎才能不斷學習。若能好好利用本書，對讀者收穫甚多。

中學英文教師 楊瑞濱

足夠的單字量是學好外語的基本要素之一，而背單字的確需要技巧。熟背英文單字首要先會念，再則運用對字根的理解得以快速累積單字量。有別於一般坊間的單字書，本書有系統的歸納常見主題字根，透過心智圖法協助讀者聯結字根、單字與字義，迅速增強記憶。最後，佐以本書所提供的生活化例句，從有意義的句子及固定字詞搭配中強化對單字的認知，必能有效提升單字學習力！

翻譯工作者 盧映孜

這兩位大師是我見過最認真的教育工作者，潛心鑽研英語學習，很開心他們將自己的心血出版成書，不吝與大家分享心得，以深入淺出的聯想與圖解方式，讓我們重拾學習的樂趣。

作者序

　　英語單字浩瀚似海，即便窮極一生，仍無法知其浩瀚。美國《韋氏字典》曾估計約莫1,000,000單字，若計入新詞（neologism），數量當然與日俱增。語言學家曾統計，98分鐘創一新詞，意即一天約新增14.7字。根據知名語言學家及字彙學家Paul Nation與Norbert Schmitt研究，SAT測驗需要約20,000字彙，托福測驗TOEFL則約20,000字彙，美國研究所字彙門檻為30,000被動字彙量（例如GRE考試）。然而，人類腦部記憶有限，高知識份子所活用的字彙量亦僅6,000至7,000之間，符合中研院院士鄭錦全教授所稱「詞涯八千」。

　　語言乘載思想，反映社會、性別、文化、經濟、流行、科技、政治、軍事，方方面面，層層疊疊。然而，若欲通曉詞彙，尚需留意不同領域之意涵及用法。此外，國際交流影響字彙甚巨，前政治大學英語系莫建清教授指出，四分之三英語字彙為外來語，舉凡拉丁字、希臘字、法語、德語、義大利語、西班牙語、北歐語，甚至漢語皆為字源，尤以拉丁字、希臘字、法語為大宗。有別於英語本土字，借字大都拼寫冗長，但可拆解，因此，熟習字根、字首、字尾等詞素誠為增進字量必修工法。本書收錄詞綴繁多，益於讀者擴充字彙，甚至舉一反三。本書特色如下：

一、獨創字根語意統整工法，系統歸類60個高頻主題

　　主題統整及分類字根是本書兩大利器，破解坊間書籍兩大罩門。

　　不可獨立的字根記憶不易，例如*cephal*、*sens*、*aug*、*tac*、*gam*、*prec*，總令人望之興嘆，遑論記之憶之。高頻字根或單字書籍若缺乏記憶策略，就是一份字表罷了，學習效益有限。為突破此一困境，本書依主題劃分語意群組涵蓋60單元，每一單元8字根，共480字根，附件則涵蓋高達850字根，12,000例字，藉由語意聯想，搭配心智圖投射衍生字，單字接連魚貫入袋，而非貝殼逐一撿拾。第一單元以「人」為主題：*anthrop*、*civi*、*dem*、*hum*、*vulg*、*popul*、*andr*、*gyn*，而後依序為生死與成長、人體生理、醫療疾病、動植物、時間、測量等。

　　試想，若按字母序排序，記憶100字根，勢必曠日廢時，甚至徒勞無功，若是850字根，洪荒之力仍困洪荒窘境。對於略知字根者，本書更是連結字根的清晰網絡，提供字根臆測機制：心靈相關字根？家庭相關字根？飲食相關字根？財務相關字根？60主題，如數家珍，語料豐富。

二、圖像輔助思考建立鷹架，強化認知體系增強記憶

　　60常見主題、480字根及其衍生字皆源自作者創意發想及嚴謹考據，搭配心智圖（mind map）或組織圖像（graphic organizer）而構築堅實學習圖騰。台灣師範大學國文學系教授王開府認為圖像組織乃概念、語句、符號或圖像等元素於共同空間同時展開彼此關係，主要負責抽象思考的大腦左半部與主要負責具象思考的右半部同步運作而產生極大效能。心智圖視覺空間組織使記憶本書字根和單字更加具體，讀畢每一章節，若閉眼冥想，大腦搜尋字根單字，甚至手繪心智圖，反覆練習，480字根必將深刻烙印腦海。

三、統整留學考試高頻字彙，精挑各學科領域必備字

　　舉凡GRE、GMAT、TOEFL、IELTS、SAT等出國留學考試，皆會測試考生的學科內容知識（content knowledge），這些標準化測驗的目的，有些是要了解考生是否具備足夠的英文能力來應付留學生活、上課是否可以聽懂教授所講述的內容，但最重要的還是測試考生是否具備讀懂各學科知識內容及期刊論文的能力。不可避免地，在這些考試裡會有許多各學科領域的基本專業詞彙出現，倘若無法掌握這些詞彙，對於考試表現和課堂學習將大打折扣。大部分的考生在準備這些考試時，總希冀能有張字表可背誦，但美國教育測驗服務社（ETS）在其托福官方指南（Official Guide）中曾提到沒有所謂的必考單字字表（There is no "list ofwords" that must be tested.）。但為了幫助讀者掌握核心字彙，本書參考麥格勞・希爾教育集團（McGraw-Hill Education）的「400 Must-Have Words for theTOEFL」、「Kaplan 900 GRE words」、「Kaplan' s The 100 Most Common SAT Words」、「GMAT Vocabulary List（Manhattan Review）」等高頻字彙表，精心挑選符合讀者需求的單字。

四、例句取材多元貼近生活，標示字詞搭配培養語感

　　近年來深受教學者和學習者喜好的定式序列（formulaic sequence）、語塊（chunk）、搭配字（collocation）等概念，皆強調學習固定字詞搭配用法有助於語言表達及增強語感。即便本書例句多元，若未覺察其中的詞語搭配，將造成學習

缺憾。因此，例句的搭配詞組皆有標記，例如：低俗笑話（vulgar jokes）、人口爆炸（a population explosion）、婦產科（obstetrics and gynecology）、默契（a tacit understanding）、產後憂鬱症（postnatal depression）、一位多產歌曲創作家（a very prolific song writer）、體罰（corporal punishment）、異位性皮膚炎（atopic dermatitis）、藥用洗髮精（a therapeutic shampoo）、良性腫瘤（a benign tumor）、業餘攝影師（an amateur photographer）、家庭暴力（domestic violence）、經濟發展（economic development）、總營業額（an aggregate turnover）、電子發票（electronic copy of invoices）、學生優惠（a student discount）、遭起訴（be indicted for）、撇清所有責任 （disclaim all responsibility）、機密檔案（confidential documents）等，真實且實用語料，增添英語學習樂趣及價值。

五、醒目標記單字核心詞素，輕鬆掌握單字拆解脈絡

1967年，S. Pit Corder明確區隔語言學習歷程兩大概念——獲得（intake）及輸入（input）。輸入（input）乃環境中所能接觸到的語言（料），intake（獲得）則是語言（料）為學習者吸收之後轉為其能力。輸入（input）、獲得（intake）、輸出（output）三者構成完整學習歷程。作者及編輯秉持學習詞彙拼字規律信念，每一核心詞素皆以醒目格式標記，增進視覺效果，深化記憶層次。另外，本書特將構詞規則、語音轉換規律等蘊含於單字之中，藉由心智圖掌握單字拆解脈絡。

本書自出版以來持續再刷，證明用心智圖呈現分類詞素對學習字彙有很大的助益，深受讀者喜歡。許多國際測驗、公職、教甄考生閱讀後一致肯定作者選字精準，例句情境豐富，閱讀充滿樂趣。另有高中老師帶領高三學生用一年共學本書內容，令作者深感佩服。然而，本書編寫不免有疏漏，雖不影響學習效益，但為求謹慎，作者利用此次再版修正失誤偏頗之處，讀者親身體驗後回饋良好，相信能提升單字學習力、擴充字彙量。

音檔使用說明

手機收聽

1. 偶數頁（例如第 12 頁）下方附有 **MP3 QR Code** ◄┄┄┄┄┄┐

2. 用 APP 掃描就可立即收聽該跨頁（第 12 頁和第 13 頁）的 真人朗讀音檔，掃描第 14 頁的 QR 則可收聽第 14 頁和第 15 頁⋯⋯

3. 掃描單元心智圖右上方的 QR Code，則可收聽該單元的合併 音檔

電腦收聽、下載

1. 手動輸入網址＋偶數頁頁碼即可收聽該跨頁音檔，按右鍵則可另存新檔下載

   https://video.morningstar.com.tw/0170037/audio/**012**.mp3

2. 如想收聽、下載不同跨頁的音檔，請修改網址後面的偶數頁頁碼即可，例如：

   https://video.morningstar.com.tw/0170037/audio/**014**.mp3

   https://video.morningstar.com.tw/0170037/audio/**016**.mp3

   依此類推⋯⋯

3. 建議使用瀏覽器：Google Chrome、Firefox

4. 全書音檔大補帖下載說明，請見 583 頁

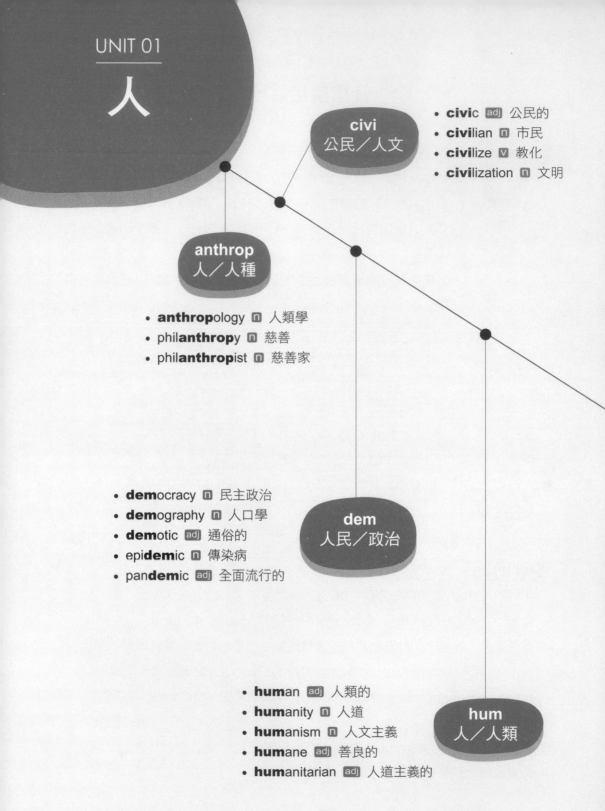

UNIT 01

人

civi
公民／人文

- **civi**c adj 公民的
- **civi**lian n 市民
- **civi**lize v 教化
- **civi**lization n 文明

anthrop
人／人種

- **anthrop**ology n 人類學
- phil**anthrop**y n 慈善
- phil**anthrop**ist n 慈善家

- **dem**ocracy n 民主政治
- **dem**ography n 人口學
- **dem**otic adj 通俗的
- epi**dem**ic n 傳染病
- pan**dem**ic adj 全面流行的

dem
人民／政治

- **hum**an adj 人類的
- **hum**anity n 人道
- **hum**anism n 人文主義
- **hum**ane adj 善良的
- **hum**anitarian adj 人道主義的

hum
人／人類

vulg
普通／平民

- **vulg**ar adj 粗俗的
- **vulg**arian n 暴發戶

popul
民眾／群眾

- **popul**arity n 流行
- **popul**ous adj 人口眾多的
- **publ**ication n 出版
- **publ**ish v 公布
- over**popul**ated adj 人口過多的
- **popul**ation n 人口

andr
男性

- **andr**oid n 人形機器人
- **andr**ogen n 男性賀爾蒙
- **andr**ogynous adj 中性化的

- **gyn**ecoid adj 有女性特徵的
- **gyn**ecology n 婦科學
- **gyn**ecologist n 婦科醫師

gyn
女性

anthrop 人／人種

- **anthropology** [ˌænθrəˈpɑlədʒɪ] **n** 人類學
  Social *anthropology* studies how humans live in different social and cultural settings across the globe.
  社會人類學研究全人類在不同社會及文化環境中的生活方式。

- **philanthropy** [fɪˈlænθrəpɪ] **n** 慈善
  The widow was noted for her *philanthropy*; she donated most of her inheritance from her husband to help the kids in Africa.
  該喪偶婦人以行善聞名，她捐出丈夫大部分遺產幫助非洲的孩童。

- **philanthropist** [fɪˈlænθrəpɪst] **n** 慈善家
  The public school, which doesn't have sufficient classrooms and a gym, is seeking the help of *philanthropists* and entrepreneurs.
  這間公立學校沒有足夠的教室和體育館，正尋求慈善家和企業家的協助。

civi 公民／人文

- **civic** [ˈsɪvɪk] **adj** 公民的；都市的
  Paying taxes to state and federal governments is supposed to be **a matter of *civic* duty**.
  一般認為繳稅給州政府和聯邦政府是一項公民責任。

- **civilian** [sɪˈvɪljən] **n** 市民；平民；老百姓
  Reports say 220,000 died in the 54-year civil conflict in Colombia, four out of every five people being *civilians*.
  據報導，在哥倫比亞長達54年的內戰奪走22萬人性命，每五人當中就有四人是平民。

- **civilize** [ˈsɪvəˌlaɪz] **v** 教化
  Every ruling regime on this island strove to *civilize* **the indigenous peoples**.
  島上每一個統治政權都致力於教化原住民。

- **civilization** [ˌsɪvl̩ə`zeʃən] **n** 文明
If there was such **an advanced *civilization*** on Mars, it is hypothesized that it was destroyed and the Martians immigrated to the Earth.
如果火星曾經存在這麼先進的文明，以下假設便應成立——該文明已經毀滅，火星人已經移民地球。

dem 人民／政治

- **democracy** [dɪ`mɑkrəsɪ] **n** 民主政治
Violence in congress is not a good sign for **a healthy *democracy***.
國會暴力對健全民主政治來說不是一個好跡象。

- **demography** [di`mɑgrəfɪ] **n** 人口學；人口統計；人口狀況
Computer technology dramatically changed the way ***demography*** was done to count people in advanced countries.
電腦科技顯著改變先進國家人口統計方式。

- **demotic** [di`mɑtɪk] **adj** 通俗的
Classic literature should spread through the medium of **a *demotic* language**.
經典文學應透過通俗語言媒介傳播。

- **epidemic** [ˌɛpɪ`dɛmɪk] **n** 傳染病
A devastating *epidemic* broke out in several countries due to the convenient and rapid public transportation.
由於便捷的大眾運輸，幾個國家爆發一種毀滅性的傳染病。

- **pandemic** [pæn`dɛmɪk] **adj** 全面流行的
The scientists predict that a **global *pandemic* disease** outbreak will likely occur again.
這些科學家預測一種全球大流行的疾病很可能再度爆發。

hum 人／人類

- **human** [ˋhjumən] adj 人類的
  An inventor named Jarvis invented an artificial heart, but recent medical innovations use cloning technology to replace **human organs**.
  名為賈維斯的發明家發明一種人工心臟，最近的醫學創新技術卻是使用複製科技替換人類器官。

- **humanity** [hjuˋmænətɪ] n 人道
  Bombing hospitals, schools, and the civilians' houses shows no regard for **humanity**.
  轟炸醫院、學校及民宅都是不顧人道的行為。

- **humanism** [ˋhjumənˌɪzəm] n 人文主義
  Petrarch, is known as the father of **humanism**, and was an Italian scholar and poet in the Italian Renaissance.
  佩脫拉克被譽為人文主義之父，他是文藝復興時期義大利的學者和詩人。

- **humane** [hjuˋmen] adj 善良的；仁慈的；人道的
  I hope vendors can use **a humane way** to kill fish.
  我希望小販能用人道的方式殺魚。

- **humanitarian** [hjuˌmænəˋtɛrɪən] adj 人道主義的
  After the tsunami, a lot of philanthropic organizations provided **humanitarian aid** to the country.
  海嘯過後，許多慈善團體提供人道援助給這個國家。

vulg 普通／平民

- **vulgar** [ˋvʌlgɚ] adj 粗俗的
  The presidential candidate likes to tell **vulgar jokes** that insult women.
  該名總統候選人喜歡說一些冒犯女性的低俗笑話。

- **vulgarian**　[vʌl`gɛrɪən]　**n**　暴發戶；粗俗的婦人
The man is such a **vulgarian** that he thinks money can buy everything.
該名男子是個俗不可耐的暴發戶，他認為金錢可以買到一切。

popul 民眾／群眾

- **popularity**　[ˌpɑpjə`lærətɪ]　**n**　流行
Gogoro's stylish electric scooters have **gained popularity** among Taipei citizens.
Gogoro時尚電動機車受到台北市民高度青睞。

- **populous**　[`pɑpjələs]　**adj**　人口眾多的；人口稠密的
India, which is projected to to be **the most populous country** in 2100, is now the second most populous in the world.
預估將於2100年躍居全球人口最稠密的印度，目前是全世界排名第二。

- **publication**　[ˌpʌblɪ`keʃən]　**n**　出版
Thanks to the chief editor's insistence on **the publication quality**, no grammar or spelling mistakes can be found throughout the book.
由於主編對出版品質的堅持，整本書找不到任何文法或拼字錯誤。

- **publish**　[`pʌblɪʃ]　**v**　公布；發行
The author's new novel will be **published** soon.
作者的新小說即將出版。

- **overpopulated**　[ˌovɚ`pɑpjəˌletɪd]　**adj**　人口過多的
The city was already **overpopulated** at the turn of the century.
這個城市在新世紀來臨前已人口過多。

- **population**　[ˌpɑpjə`leʃən]　**n**　人口
Our planet will face **a population explosion** and a severe shortage of food.
我們的星球將面臨人口爆炸和糧食嚴重短缺。

andr 男性

- **android** [`ændrɔɪd] **n** 人形機器人
The scientist believes that ***android* security guards** will take the place of human beings.
科學家相信人形機器保全將取代人類保全。

- **androgen** [`ændrədʒən] **n** 男性賀爾蒙
For women who have an excess of ***androgen***, they may experience hair loss, facial hair, or acne.
對於男性賀爾蒙過多的女性，掉髮、長臉毛或冒青春痘都是常見症狀。

- **androgynous** [æn`drɑdʒənəs] **adj** 中性化的
Recently, more and more ***androgynous* performers** are becoming popular with teenagers.
最近，越來越多中性化的表演者受到青少年的歡迎。

gyn 女性

- **gynecoid** [`dʒɪnəkɔɪd] adj 有女性特徵的
  Gynecoid fat distribution describes the distribution of women's adipose tissue mainly accumulated around the hips.
  女性脂肪分布顯示主要囤積在臀部的女性脂肪組織的分布狀況。

- **gynecology** [ˌgaɪnə`kɑlədʒɪ] n 婦科學
  The nurse never considered a career in **obstetrics and gynecology**.
  該名護士從沒考慮在婦產科工作。

- **gynecologist** [ˌgaɪnə`kɑlədʒɪst] n 婦科醫師
  The idea of visiting the **gynecologist** often makes the girl anxious.
  想到要看婦科醫師，這個女孩就很焦慮。

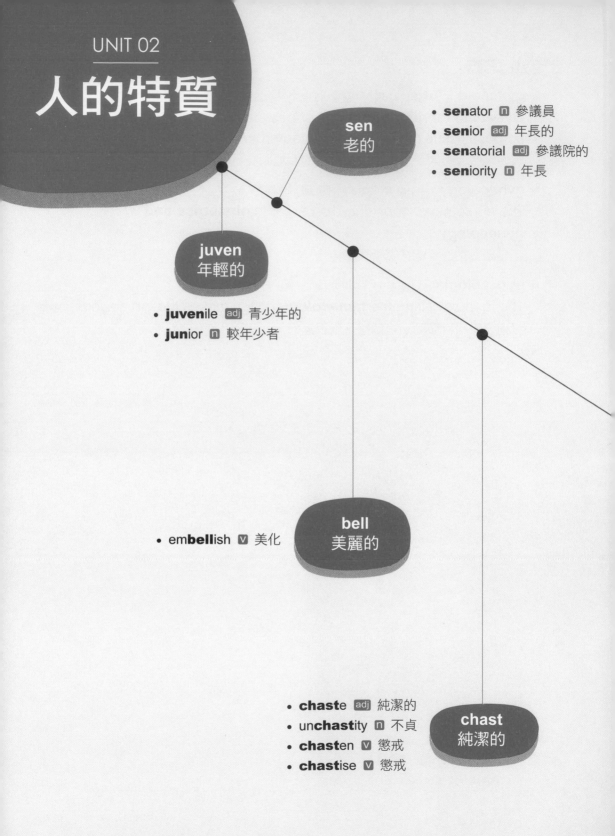

人的特質

sen
老的

- **sen**ator n 參議員
- **sen**ior adj 年長的
- **sen**atorial adj 參議院的
- **sen**iority n 年長

juven
年輕的

- **juven**ile adj 青少年的
- **jun**ior n 較年少者

bell
美麗的

- em**bell**ish v 美化

chast
純潔的

- **chast**e adj 純潔的
- un**chast**ity n 不貞
- **chast**en v 懲戒
- **chast**ise v 懲戒

pur
純潔的

- **pur**e adj 純潔的
- **pur**ify v 淨化
- **pur**ity n 純潔
- **pur**itan n 嚴肅的人

purg
淨化

- **purg**e v 使清淨
- **purg**ation n 清除
- **purg**ative adj 通便的
- ex**purg**ate v 刪除
- ex**purg**atory adj 刪除的

qui
安靜

- **qui**et adj 安靜的
- **qui**etude n 寂靜
- ac**qui**esce v 默許
- ac**qui**escent adj 默許的

tac
沉默的

- **tac**it adj 沉默的
- **tac**iturn adj 沉默的
- **tac**iturnity n 沉默
- re**tic**ent adj 緘默的

juven 年輕的

- **juvenile** [`dʒuvən!]　**adj** 青少年的
  Domestic violence makes youngsters lean towards ***juvenile*** **delinquency**.　家暴引發青少年的犯罪傾向。

- **junior** [`dʒunjɚ]　**n** 較年少者；較資淺者
  There has been a lack of motivation among **the *junior* high school students** to learn.　國中生早已普遍缺乏學習動機。

sen 老的

- **senator** [`sɛnətɚ]　**n** 參議員；上議院議員
  The ***senator*** ended the filibuster after 21 hours.
  這位參議員長達21小時的議事滋擾行為終於歇手。

- **senior** [`sinjɚ]　**adj** 年長的；資深的；高級的
  ***Senior* school children** will be assigned a variety of reading materials and encouraged to read extensively.
  為鼓勵高年級學童廣泛閱讀，他們會分配到各種閱讀材料。

- **senatorial** [ˌsɛnə`torɪəl]　**adj** 參議院的；上議院的
  All of **the *senatorial* candidates** aspire for a seat in the United States Senate.
  所有參議員候選人都渴望在美國參議院獲得一席之地。

- **seniority** [sin`jɔrətɪ]　**n** 年長；上級；資歷
  Most large corporations today base their promotion decisions on ability, not ***seniority***.
  今日大部分的大企業都依員工能力決定升遷，而非年資。

bell 美麗的

- **embellish** [ɪm`bɛlɪʃ]　**v** 美化；潤飾
  The balcony **is *embellished* with** ribbon, flowers, and beads.
  陽台裝飾著緞帶、花和珠子。

chast 純潔的

- **chaste** [tʃest] **adj** 純潔的;禁慾的;高尚的
  The girl buried herself deeper within her mother's ***chaste, consoling embrace***.
  女孩置身於母親純潔的安慰擁抱中。

- **unchastity** [ʌn`tʃæstətɪ] **n** 不貞
  Adultery and ***unchastity*** are taboos in most cultures.
  通姦和不貞在大多數的文化中都是禁忌。

- **chasten** [`tʃesn̩] **v** 懲戒;磨練
  Chastened by his experience, Joseph is becoming mature and confident.
  經歷一番的磨練,約瑟夫逐漸成熟,有自信。

- **chastise** [tʃæs`taɪz] **v** 懲戒;批評
  The teacher ***chastised* her students** for not doing their homework.
  老師因學生沒做功課而予以懲戒。

pur 純潔的

- **pure** [pjʊr] **adj** 純潔的;單純的
  Many of my colleagues prefer to wear **a *pure* cotton shirt** in the heat of the summer.
  酷暑時候,我的許多同事較喜歡穿純棉襯衫。

- **purify** [`pjʊrə‚faɪ] **v** 淨化;精煉
  English ivy and Chinese evergreen are detoxifying houseplants that help ***purify* the air** in your home.
  常春藤和萬年青是解毒的室內植物,可以淨化家裡空氣。

- **purity** [`pjʊrətɪ] **n** 純潔;天真無邪
  The ***purity* of the water** is very high because the river is not polluted.
  河流無汙染,水質純淨度極高。

- **puritan** [`pjʊrətn] **n** 嚴肅的人；清教徒式的人；禁欲者；生活嚴謹的人
  Karen was a **puritan** about sex, so she seldom talks to males.
  凱倫對性很矜持，很少和男性說話。

purg 淨化

- **purge** [pɝdʒ] **v** 使清淨；清除；通便
  The extremists will **be purged from** the right-wing party.
  極端主義者將遭到右派政黨整肅。

- **purgation** [pɝˋgeʃən] **n** 清除；淨化；通便
  The girl suffering from constipation usually takes herbal medicines
  for **purgation**.
  為了通便，身受便祕之苦的女孩經常服用草藥。

- **purgative** [ˋpɝgətɪv] **adj** 通便的；淨化的
  Hellebore is believed to have **purgative effects**.
  一般相信黑藜蘆具通便效果。

- **expurgate** [ˋɛkspɚˌget] **v** 刪除；修訂
  Some pieces of classic literature are published in **drastically**
  expurgated form.
  一些經典文學作品出版時都已大幅刪修。

- **expurgatory** [ɛksˋpɝgəˌtorɪ] **adj** 刪除的；修訂的
  The autocratic country imposed **expurgatory censorship** on
  television programs.
  獨裁國家對電視節目實施修訂審查制度。

qui 安靜

- **quiet** [ˋkwaɪət] **adj** 安靜的；鎮靜的
  The teacher asked all the students to **keep quiet** in the museum.
  老師要求所有學生在博物館內保持安靜。

- **quietude** [ˋkwaɪəˌtjud] **n** 寂靜；鎮靜
The old lady enjoyed a beautiful feeling of **quietude** in the park.
老太太很享受公園裡靜謐美好的感覺。

- **acquiesce** [ˌækwɪˋɛs] **v** 默許；勉於同意
Bevis **acquiesced to** the plan, despite the backlash against him.
儘管遭到強烈反對，畢維斯仍默許這個計畫。

- **acquiescent** [ˌækwɪˋɛsənt] **adj** 默許的；默認的；默默順從的
The woman has **a very acquiescent** nature, but she is persistent in her decision to divorce.
婦人生性逆來順受，但堅持離婚的決定。

tac 沉默的

- **tacit** [ˋtæsɪt] **adj** 沉默的
These two countries have reached **a tacit understanding** about the controversial issue.
兩國對於這個有爭議的議題已達成默契。

- **taciturn** [ˋtæsəˌtɝn] **adj** 沉默的
After the funeral gathering, the woman became more **taciturn** than ever.
喪禮過後，婦人顯得更加沉默。

- **taciturnity** [ˌtæsəˋtɝnətɪ] **n** 沉默
Today, we quickly finished the dinner with **unaccustomed taciturnity** and left the restaurant.
今天，我們一如反常，沉默地快速吃完晚餐後就離開餐廳。

- **reticent** [ˋrɛtəsnt] **adj** 緘默的；保守的
Lucy was labeled as a loudmouth, but it's weird that she **remained reticent** the whole day.
露西曾被貼上長舌婦標籤，但奇怪的是，今天她一整天都沉默不語。

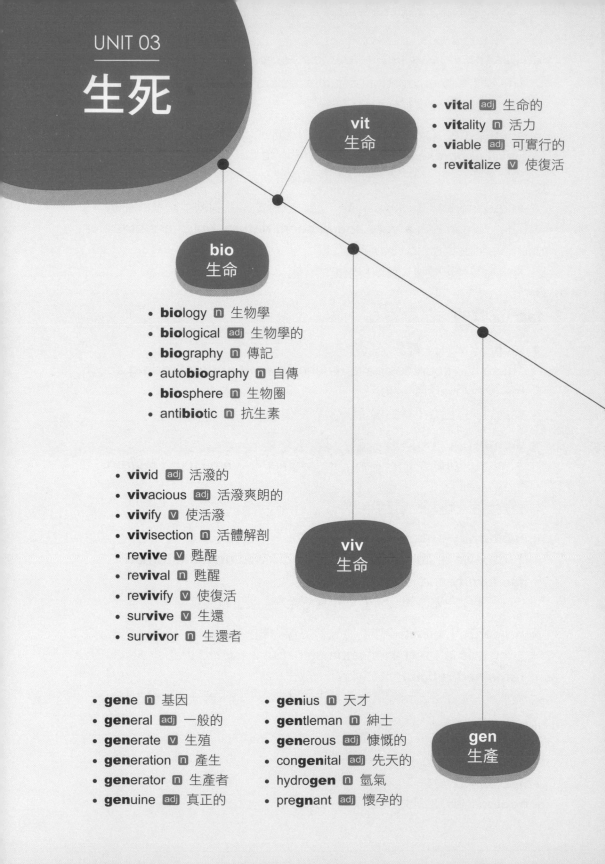

生死

vit
生命

- **vit**al adj 生命的
- **vit**ality n 活力
- **vi**able adj 可實行的
- re**vit**alize v 使復活

bio
生命

- **bio**logy n 生物學
- **bio**logical adj 生物學的
- **bio**graphy n 傳記
- auto**bio**graphy n 自傳
- **bio**sphere n 生物圈
- anti**bio**tic n 抗生素

- **viv**id adj 活潑的
- **viv**acious adj 活潑爽朗的
- **viv**ify v 使活潑
- **viv**isection n 活體解剖
- re**viv**e v 甦醒
- re**viv**al n 甦醒
- re**viv**ify v 使復活
- sur**viv**e v 生還
- sur**viv**or n 生還者

viv
生命

- **gen**e n 基因
- **gen**eral adj 一般的
- **gen**erate v 生殖
- **gen**eration n 產生
- **gen**erator n 生產者
- **gen**uine adj 真正的
- **gen**ius n 天才
- **gen**tleman n 紳士
- **gen**erous adj 慷慨的
- con**gen**ital adj 先天的
- hydro**gen** n 氫氣
- pre**gn**ant adj 懷孕的

gen
生產

nat
出生

- **nat**ional `adj` 國民的
- inter**nat**ional `adj` 國際性的
- **nat**ive `n` 本地人
- **nai**ve `adj` 純真的
- **nat**ural `adj` 自然的
- re**naiss**ance `n` 復興
- cog**nat**e `adj` 同族的
- in**nat**e `adj` 先天的
- post**nat**al `adj` 出生後的

par
出生

- **par**enting `n` 子女養育
- **par**turition `n` 分娩
- ovi**par**ous `adj` 卵生的
- vivi**par**ous `adj` 胎生的
- uni**par**ous `adj` 一胎一卵的
- multi**par**ous `adj` 一胎多子的

mort
死亡

- **mort**al `adj` 不免一死的
- **mort**ality `n` 死亡率
- **mort**ician `n` 殯葬業者
- **mort**uary `n` 太平間
- **mort**ify `v` 受辱
- **mort**gage `n` 抵押
- a**mort**ize `v` 償還債務

necro
死亡

- **necro**logy `n` 訃聞
- **necro**psy `n` 驗屍
- **necro**tomy `n` 屍體解剖
- **necro**sis `n` 壞死
- **necro**phobia `n` 死亡恐懼

bio 生命

- **biology** [baɪˋɑlədʒɪ] **n** 生物學
The guest professor will deliver a lecture on **marine *biology*** tomorrow morning.
客座教授將於明天上午針對海洋生物學發表演講。

- **biological** [͵baɪəˋlɑdʒɪkl] **adj** 生物學的
Sleeping is **a basic *biological* necessity** for human beings.
睡覺是人類的一項基本生理需求。

- **biography** [baɪˋɑgrəfɪ] **n** 傳記；傳記文學
The billionaire's ***biography*** reveals that he was not as happy as people often thought.
富翁的傳記透露他不如大家所想像的快樂。

- **autobiography** [͵ɔtəbaɪˋɑgrəfɪ] **n** 自傳
I seldom read **celebrity *autobiographies*** because most of them are fabricated.
因為名人自傳大多是杜撰的，我很少涉獵。

- **biosphere** [ˋbaɪə͵sfɪr] **n** 生物圈
The scientists expect that in the near future, human beings could **expand the *biosphere*** beyond Earth and live on other planets.
科學家預期人類很快會將生物圈擴展到地球之外，並在其他星球上居住。

- **antibiotic** [͵æntɪbaɪˋɑtɪk] **n** 抗生素
If the infection recurs, the patient will require another **full course of *antibiotics***.
如果再度感染，病患就需要另一次的抗生素完整療程。

vit 生命

- **vital** [ˋvaɪtl̩] **adj** 生命的；不可缺少的
Water supply is of ***vital* importance** to the island.
供水對這個島嶼來說極為重要。

- **vitality** [vaɪˋtælətɪ] **n** 活力；生氣
  The special herbal medicine will help you restore **lost vitality and strength**.
  這些特殊草藥會恢復你失去的活力和力氣。

- **viable** [ˋvaɪəbl̩] **adj** 可實行的；能生存的
  I think raising the minimum wage is the most financially **viable option**, because it can increase economic activity and spur job growth.
  我認為提升基本工資是財政上最為可行的方案，既能增加經濟活動，又能刺激就業市場。

- **revitalize** [riˋvaɪtl̩͵aɪz] **v** 使復活
  The people in this country expected the newly-elected president to create more jobs and **revitalize the economy**.
  這個國家的人民期望新總統能夠創造更多就業機會，振興國家經濟。

viv 生命

- **vivid** [ˋvɪvɪd] **adj** 活潑的；鮮豔的；栩栩如生的
  The prolific novelist has **a very vivid imagination**.
  多產的小說家具有活躍的想像力。

- **vivacious** [vaɪˋveʃəs] **adj** 活潑爽朗的
  Linda is such **a vivacious girl** that her friends like to be with her.
  琳達真是一個活潑爽朗的女孩，她的朋友很喜歡和她在一起。

- **vivify** [ˋvɪvə͵faɪ] **v** 使活潑；使生動
  The dazzling costumes and energetic performances **vivified the stage show**.
  絢麗的服裝和動感的表演讓舞台演出更加生動。

- **vivisection** [͵vɪvəˋsɛkʃən] **n** 活體解剖
  The animal rights group called for the abolition of the **vivisection of frogs** in school.
  動物權益團體呼籲廢除校園內的青蛙活體解剖。

- **revive** [rɪˋvaɪv] **v** 甦醒；再生效

  My professor's encouragement ***revives my hopes*** once more.

  教授的鼓勵讓我再度燃起希望。

- **revival** [rɪˋvaɪv!] **n** 甦醒；回復

  Pokémon has undergone **a *revival* of popularity** recently.

  寶可夢最近再度流行起來。

- **revivify** [riˋvɪvəˌfaɪ] **v** 使復活；使還原

  The local government made great effort to ***revivify* the textile industry**.　地方政府竭力地振興紡織產業。

- **survive** [səˋvaɪv] **v** 生還

  My neighbor is lucky to ***survive* the conflagration**.

  我的鄰居幸運地逃過祝融死劫。

- **survivor** [səˋvaɪvɚ] **n** 生還者；遺物

  According to the statistics, more than 95% of airplane crashes have ***survivors***.

  根據統計，超過95%的墜機事件都有生還者。

gen　生產

- **gene** [dʒin] **n** 基因

  Huntington's disease and hemophilia are caused by **a *defective* gene**.　亨汀頓氏舞蹈症和血友病都是基因缺陷所引起的。

- **general** [ˋdʒɛnərəl] **adj** 一般的

  The topics of the writing assignment that the teacher gave are of ***general* interest**.

  老師出的寫作作業都是大家普遍感興趣的話題。

- **generate** [ˋdʒɛnəˌret] **v** 生殖；產生；導致

  There are several tips that Twitter users can use to ***generate* revenue** for their business.

  有幾個推特用戶增加商務收益的使用訣竅。

- **generation** [ˌdʒɛnəˈreʃən] n 產生；世代
There is a concern that **the current *generation*** may not have social skills because of technology.
因為科技盛行，有人擔憂今世代可能不具社交技巧。

- **generator** [ˈdʒɛnəˌretɚ] n 生產者；發電機
Our power had been cut due to the typhoon, so we used a ***generator*** to power our appliances.
電力因颱風而中斷，我們因此用發電機供應電器設備所需電力。

- **genuine** [ˈdʒɛnjʊɪn] adj 真正的；真誠的；純種的
This famous brand is coming out with limited anniversary edition ***genuine* leather handbags**.
這家名牌即將提出週年紀念版的限量真皮手提包。

- **genius** [ˈdʒinjəs] n 天才；精靈；特徵；在……方面有天分
Edith **has a *genius* for** designing jewelry and is known worldwide.
伊蒂絲擅長珠寶設計，舉世聞名。

- **gentleman** [ˈdʒɛntl̩mən] n 紳士；有教養的男子
The British *gentleman* was persistent in his bidding for the ancient Chinese vase, as he was determined to add it to his collection.
該名英國紳士執意將古代中國花瓶納入收藏，因此堅持要得標。

- **generous** [ˈdʒɛnərəs] adj 慷慨的
Erica is the most ***generous* woman** I have ever seen.
艾麗卡是我見過最慷慨的女子。

- **congenital** [kənˈdʒɛnətl̩] adj 先天的
Both of Janet's arms were removed because of **a *congenital* disease**.
罹患先天性疾病，珍妮特的雙臂都已截肢。

- **hydrogen** [ˈhaɪdrədʒən] **n** 氫氣
North Korea, the hermit state, claims to have successfully tested **a hydrogen bomb**, a defiant move being blamed for the escalation of tensions in Asia.
北韓宣稱氫彈測試成功使這個隱士之國招致譴責，因為這個挑釁舉動會讓亞洲緊張情勢升溫。

- **pregnant** [ˈprɛgnənt] **adj** 懷孕的；成果豐碩的
My wife **is pregnant with** twins, being one boy and one girl.
我老婆懷了龍鳳胎。

nat 出生

- **national** [ˈnæʃənḷ] **adj** 國民的；國家的
Though Teachers' Day is **a national holiday**, it is an observance for teachers in Taiwan.
教師節是國定假日，但臺灣的教師當天只慶祝而不放假。

- **international** [ˌɪntəˈnæʃənḷ] **adj** 國際性的；國際間的
Greenpeace, which aims to protect the environment, is **an international institution**.
以保護環境為目標的「綠色和平」是一個國際機構。

- **native** [ˈnetɪv] **n** 本地人
Though being a **native** of Minnesota, I haven't been to Lake Superior.　儘管自己是明尼蘇達州本地人，但我從未去過蘇必略湖。

- **naive** [nɑˈiv] **adj** 純真的
My brother makes **the naïve assumption** that the most expensive one is the best.　我弟弟天真地以為最貴的就是最好的。

- **natural** [ˈnætʃərəl] **adj** 自然的；本能的
The king is believed to have died from **natural causes**, but his son had doubts about that.
一般相信國王是自然死亡，但他兒子對此有所懷疑。

- **renaissance** [rə`nesn̩s] **n** 復興；復活
Domestic films **enjoyed a *renaissance*** within the last few years.
國片在過去幾年內興起一波復興浪潮。

- **cognate** [`kɑg͵net] **adj** 同族的；母族的；同源的
The English word "notice" **is *cognate* with** the French "connoisseur."
英語中的"notice"與法語中的"connoisseur"同源。

- **innate** [`ɪn`et] **adj** 先天的；固有的
Human beings have an ***innate* fear** of darkness.
對黑暗的恐懼是人類與生俱來。

- **postnatal** [post`net l̩] **adj** 出生後的
Jason's wife has been suffering from ***postnatal* depression** for several months.
傑森的老婆幾個月來一直遭受產後憂鬱症之苦。

par 出生

- **parenting** [`pɛrəntɪŋ] **n** 子女養育
Types of **discipline and *parenting*** have an important influence on children's development.
父母的教養形式對孩子的發展有重大影響。

- **parturition** [͵pɑrtjʊ`rɪʃən] **n** 分娩
Three days after ***parturition***, the woman needed to leave the hospital.
分娩三天後，產婦必須出院。

- **oviparous** [o`vɪpərəs] **adj** 卵生的
The platypus is a great example of **an *oviparous* mammal**.
鴨嘴獸是卵生哺乳類動物的一個好例子。

- **viviparous** [vaɪ`vɪpərəs] **adj** 胎生的
Whales and dolphins are ***viviparous* marine animals**.
鯨魚和海豚都是胎生的海洋動物。

- **uniparous** [ju`nɪpərəs] **adj** 一胎一卵的
  Monkeys and humans are **uniparous animals**.
  猴子跟人類都是單胎動物。

- **multiparous** [mʌl`tɪpərəs] **adj** 一胎多子的
  The expert found that **multiparous women** are more likely to reach an older age. 專家發現多胞胎產婦的年紀可能都偏高。

mort 死亡

- **mortal** [`mɔrtḷ] **adj** 不免一死的
  The wooden stake stabbing directly in the heart of the vampire caused **a mortal injury** to the monster.
  直接刺入心臟的木樁造成吸血鬼這怪物致命傷害。

- **mortality** [mɔr`tælətɪ] **n** 死亡率；必死的命運
  The mortality rate of brain cancer patients is very high.
  腦癌患者的死亡率非常高。

- **mortician** [mɔr`tɪʃən] **n** 殯葬業者
  The **mortician** runs a lucrative funeral business and wins people's respect. 這名殯葬業者經營的殯葬事業很賺錢，也很受大家的尊重。

- **mortuary** [`mɔrtʃʊˌɛrɪ] **n** 太平間
  The victim's body was kept in **the hospital mortuary** before cremation. 罹難者遺體火化前一直保存在醫院太平間。

- **mortify** [`mɔrtəˌfaɪ] **v** 受辱；使感屈辱；使失面子；使羞愧
  I was **mortified** to find out that I was wrong.
  發現自己錯了，好羞愧。

- **mortgage** [`mɔrgɪdʒ] **n** 抵押；抵押權
  Based on the consideration of risk when deciding on loans, financial institutions typically give priority to businesses who are able to make higher **mortgage payments**.
  依據核貸風險評估，金融機構通常優先放款給能出具足夠擔保品的企業。

- **amortize** [əˋmɔrtaɪz] Ⅴ 償還債務
The company could not ***amortize its debts*** by the end of this year.
公司今年年底前無法償還債務。

necro 死亡

- **necrology** [nɛˋkralədʒɪ] ⋂ 訃聞；死者名冊
Here is a ***necrology*** of those who died during the terror attack at the shopping mall.
這是一份在購物中心恐怖攻擊中喪命的死者名冊。

- **necropsy** [ˋnɛkrapsɪ] ⋂ 驗屍
The ***necropsy*** revealed that the woman was poisoned with antifreeze.
驗屍結果顯示女子遭到防凍劑毒死。

- **necrotomy** [nɛˋkratəmɪ] ⋂ 屍體解剖
A serious infection in the leg bone of the dead was found during ***necrotomy***.
屍體解剖過程中發現死者小腿骨頭有　處嚴重感染。

- **necrosis** [nɛˋkrosɪs] ⋂ 壞死
Injury, infection, cancer, and diabetes can **cause *necrosis***.
受傷、感染、癌症及糖尿病都有可能造成壞死症。

- **necrophobia** [ˌnɛkrəˋfobɪə] ⋂ 死亡恐懼
My uncle is **suffering from *necrophobia***, and the fear of death is overwhelming to him.
我的叔叔罹患死亡恐懼症，死亡的恐懼令他難以消受。

成長

cre
生長／製造

- **cre**ate Ⅴ 創造
- **cre**ation ⋂ 創造
- **cre**ature ⋂ 人類
- **cre**ative adj 創造的
- con**cre**te adj 具體的
- con**cre**te ⋂ 混凝土
- de**cre**ase Ⅴ 減少
- in**cre**ase Ⅴ 增加
- re**cre**ation ⋂ 娛樂
- **cre**w ⋂ 全體工作人員
- re**cru**it ⋂ 新成員

aug
生長

- **aug**ment Ⅴ 擴編
- **aug**ust adj 尊嚴的
- **auc**tion ⋂ 拍賣
- **auc**tioneer ⋂ 拍賣人
- **auth**or ⋂ 作者
- **auth**ority ⋂ 權威
- **auth**orize Ⅴ 授權
- **auth**entic adj 真正的
- **auth**enticity ⋂ 真實性

- **al**iment ⋂ 營養物
- **al**imentary adj 營養的
- **al**imony ⋂ 贍養費
- ad**ol**escent ⋂ 青少年
- ad**ul**t ⋂ 成人
- ad**ul**thood ⋂ 成年
- pr**ol**ific adj 多產的
- pr**ol**iferate Ⅴ 增加

al
滋養

- **nutri**ent ⋂ 營養物
- **nutri**ment ⋂ 營養品
- **nutri**tion ⋂ 營養
- mal**nutri**tion ⋂ 營養不良
- **nutri**tious adj 營養的

nutri
滋養

troph
滋養

- **troph**ology n 營養學
- a**troph**y n 營養不良
- hyper**troph**y n 肥大

vig
充滿活力的

- **vig**or n 精力
- **vig**orous adj 精力充沛的
- **vig**ilant adj 不睡的
- **veg**etable n 蔬菜
- **veg**etation n 發育
- **veg**etate v 像植物一般地生長

fort
強壯的

- **fort** n 要塞
- **fort**ify v 加強
- com**fort** v 安慰
- com**fort**able adj 舒適的
- ef**fort** n 努力
- **forc**e n 力
- **forc**ible adj 強有力的
- en**forc**e v 執行
- rein**forc**e v 加強

rob
強壯的

- **rob**ust adj 強壯的
- cor**rob**orate v 證實

aug 生長

- **augment** [ɔgˋmɛnt] **v** 擴編;增加
  The salesperson wants to **augment her income**, so she works a second job during each holiday season.
  銷售員想要增加收入,每個假期都兼第二份工作。

- **august** [ˋɔgəst] **adj** 尊嚴的;威嚴的
  Many people admired my uncle for working for **this august company** for more than 20 years.
  許多人都很欽羨我伯伯能在素有威望的公司服務逾二十載。

- **auction** [ˋɔkʃən] **n** 拍賣;標售
  We still kept possession of the house until the day of the **auction**.
  一直到拍賣的前一天,我們仍擁有房子的所有權。

- **auctioneer** [ˌɔkʃənˋɪr] **n** 拍賣人
  The **auctioneer** declared that the auction was over and sold the item to the highest bidder.
  拍賣人宣布拍賣結束,物品賣給出價最高的投標者。

- **author** [ˋɔθɚ] **n** 作者;作品;發起人
  What exactly the **author** means in this article is open to interpretation.
  作者文章的真正意涵就留給讀者自行詮釋。

- **authority** [əˋθɔrətɪ] **n** 權威;當局;官方
  The decision-making authorities got into a dreadful dilemma when they realized there was a budget shortfall.
  決策當局知道有經費缺口時即深陷兩難。

- **authorize** [ˋɔθəˌraɪz] **v** 授權;使合法
  The police were **authorized** to use force if the outlaw refused to surrender.
  亡命之徒若拒絕投降,警方獲得授權即可使用武力。

- **authentic** [ɔ`θɛntɪk] **adj** 真正的；可信的
  I am so lucky to have **authentic Chinese food** here in America.
  我很幸運，能在美國這裡吃到道地中國菜。

- **authenticity** [ˌɔθɛn`tɪsətɪ] **n** 真實性
  It is necessary to **verify the authenticity** of the story.
  有必要確認故事真實性。

cre 生長／製造

- **create** [krɪ`et] **v** 創造；致使
  Here are some common prefixes that can be used to **create new English words**.
  這裡是一些用來創造新英文單字的常見字首。

- **creation** [krɪ`eʃən] **n** 創造
  The **creation of human** beings was explained in the Bible through the story of Adam and Eve.
  聖經中，亞當與夏娃的故事說明人的受造過程。

- **creature** [`kritʃɚ] **n** 人類；生物；動物
  Deforestation affects the diversity of **living creatures** on earth.
  砍伐森林影響地球生物的多樣性。

- **creative** [krɪ`etɪv] **adj** 創造的；有創意的
  Curriculum Guidelines for Senior High School English aims to develop students' **creative and critical thinking abilities**.
  高中英文課綱的目標是培養學生創意及批判思考能力。

- **concrete** [`kɑnkrit] **adj** 具體的；固體的
  The witness has provided **concrete evidence** of the crime for the police.
  證人已提供警方具體犯罪事證。

- **concrete**　[`kɑnkrɪt]　n　混凝土
The city is full of grey **concrete buildings**, and it is regarded as the ugliest city in the country.
這座城市充滿灰色混凝土建築物，普遍被認為是國內最醜的城市。

- **decrease**　[dɪ`kris]　v　減少
The population of the island has **decreased radically**, because the people have been moving to the city for better jobs.
為了找尋更好的工作，島民持續移居城市，造成島上人口銳減。

- **increase**　[ɪn`kris]　v　增加
Living in a big city can **increase their likelihood** of finding a better job.
住在大城市能增加找到一份較好工作的可能性。

- **recreation**　[ˌrɛkrɪ`eʃən]　n　娛樂；消遣
Only the students are allowed to use the **sport and recreation facilities** in the university for free.
只有學生才能免費使用大學的運動休閒設施。

- **crew**　[kru]　n　全體工作人員
The camera crew has documented the three-day temple festival well.
攝影工作人員完整記錄三天廟會活動。

- **recruit**　[rɪ`krut]　n　新成員；新兵；新手
The new football recruit was tested by his fellow players to see if he would fit in well with the team.
足球隊員測試新成員，看看是否能適應球隊。

al 滋養

- **aliment**　[`æləmənt]　n　營養物；扶養
Though instant noodles are delicious, they do not provide **true aliment** to nourish us.
泡麵好吃，但沒有提供真正需要的營養成分。

- **alimentary** [͵ælɪ`mɛntərɪ] **adj** 營養的；消化的
  Ida was born with a congenital anomaly of the **upper *alimentary* tract**.
  艾達患有消化道先天異常。

- **alimony** [`ælə͵monɪ] **n** 贍養費；撫養費；生活費
  The couple was divorced, but the husband refused to **pay *alimony*** or child support, because the wife had been involved in an extra-marital relationship with his best friend.
  夫妻已經離婚，丈夫卻拒付贍養費和小孩生活費，因為前妻和他最好的朋友有染。

- **adolescent** [͵ædl`ɛsnt] **n** 青少年
  In addition to teaching English, the teacher has to deal with the emotional problems of *adolescents*.
  除了教英文，老師還要處理青少年的情緒問題。

- **adult** [ə`dʌlt] **n** 成人
  Adults need to teach kids how to deal with the contingency of going to work in the future.
  成人必須教導小孩如何處理將來職場上的偶發事件。

- **adulthood** [ə`dʌlthʊd] **n** 成年
  When a person **reaches *adulthood***, he or she has to shoulder more responsibilities.
  不分男女，成年之後都得承擔更多責任。

- **prolific** [prə`lɪfɪk] **adj** 多產的
  David is **a very *prolific* song writer**, having composed thousands of heart-warming songs.
  大衛是一位多產的歌曲創作家，他已寫出上千首扣人心弦的歌曲。

- **proliferate** [prə`lɪfə͵ret] **v** 增加；大量生產
  Social media is **burgeoning and *proliferating*** nowadays.
  現今社群媒體蓬勃發展，大量湧現。

nutri 滋養

- **nutrient** [`njutrɪənt] **n** 營養物

  The dog food company added more **nutrients** to its products to make sure dogs grow up to be healthier.

  狗食公司的產品增添更多營養物，確保毛小孩更能健康成長。

- **nutriment** [`njutrəmənt] **n** 營養品

  The algae that grew in the lake was a helpful **nutriment** to the fish after it was ingested.

  長在湖上的水草是魚群的良好營養品。

- **nutrition** [nju`trɪʃən] **n** 營養；營養學

  After surgery, the patient was offered a feeding tube to give him **nutrition** and water.

  手術後，院方為病人插上餵食管以攝取營養和補充水分。

- **malnutrition** [ˌmælnju`trɪʃən] **n** 營養不良

  According to the report, nearly 250,000 children under 5 still suffer from **malnutrition** in NE Nigeria.

  根據報導，奈及利亞東北部有將近25萬個5歲以下孩童仍然營養不良。

- **nutritious** [nju`trɪʃəs] **adj** 營養的

  I find that it is not easy for a student studying abroad to consume **a nutritious diet** every day.

  我發現對留學生來說，每天都要有營養豐富的飲食實在不容易。

troph 滋養

- **trophology** [trɑ`fɑlədʒɪ] **n** 營養學

  The science of food combining, also known as **trophology**, may help you reduce bloating, and relieve digestive discomfort.

  食物搭配的科學又稱「營養學」，有助於消除脹氣，舒緩消化不適。

- **atrophy** ［`ætrəfɪ] **n** 營養不良
The stroke patient has been confined to his bed for 10 years, and his body ***atrophied* to** less than 30 kilos.
中風患者臥病十年了，身體萎縮到連三十公斤都不到。

- **hypertrophy** ［haɪ`pɚtrəfɪ] **n** 肥大
Cardiac *hypertrophy*, broadly defined as an increase in heart mass, can lead to heart failure.
廣義來說，心室肥大就是心臟質量增加，可能導致心臟衰竭。

vig 充滿活力的

- **vigor** ［`vɪgɚ] **n** 精力；活力
The retired manager lives a life **full of *vigor* and passion**.
退休經理過著充滿活力，熱情洋溢的生活。

- **vigorous** ［`vɪgərəs] **adj** 激烈的；精力充沛的
The new policy will **provoke a *vigorous* debate** on privacy and encryption.
新政策將挑起隱私及加密議題的激烈辯論。

- **vigilant** ［`vɪdʒələnt] **adj** 不睡的；警戒的
The soldiers will be **extremely *vigilant*** and wary of a sneak attack tonight.
士兵今晚將密切警戒，留意突襲。

- **vegetable** ［`vɛdʒətəbl̩] **n** 蔬菜；沒有生氣的人
There is often debate as to whether a tomato is really a fruit or a ***vegetable***.
常有人爭論番茄到底是水果還是蔬菜。

- **vegetation** ［ˌvɛdʒə`teʃən] **n** 發育；植物；植被；單調的生活
The farmer removed all **unwanted *vegetation*** and grew a number of fruit trees.
農夫清除雜草，然後種了許多果樹。

- **vegetate** [ˋvɛdʒəˏtet] **v** 像植物一般地生長；過單調的生活
  After Peter was given the sack, he just sat and ***vegetated*** every day at home.
  彼得遭解雇後，每天無所事事地待在家裡。

fort 強壯的

- **fort** [fort] **n** 要塞；堡壘；市集
  The ancient *fort* has become a famous tourist site.
  古代堡壘已經變成觀光聖地。

- **fortify** [ˋfɔrtəˏfaɪ] **v** 加強；設防
  The army corps of engineers ***fortified* the castle** with a moat.
  陸軍工兵蓋護城河防衛城堡。

- **comfort** [ˋkʌmfɚt] **v** 安慰；慰藉；舒適
  Peter took the time to ***comfort* his roomamate** after the car accident.
  室友車禍之後，彼得花了不少時間安慰他。

- **comfortable** [ˋkʌmfɚtəbl̩] **adj** 舒適的；安逸的
  After working a full day, my husband often relaxes in **a *comfortable* armchair**.
  一整天工作之後，我先生常坐在舒適的扶手椅上休息。

- **effort** [ˋɛfɚt] **n** 努力；努力的成果
  The rescue operations started soon after the mudslide occurred in the village, and **rescue *efforts*** continued through the night.
  村落發生土石流後，搜救行動旋即展開，徹夜全力救援。

- **force** [fors] **n** 力；暴力；武力；效力約束；實施
  If a policeman is caught using **excessive *force***, he or she may be disciplined by the police chief, who wants to avoid any bad publicity for his department.
  局長為避免轄區負面新聞，任何執法過當的警察都可能受到訓誡。

- **forcible** [`fɔrsəbl] adj 強有力的；有說服力的；強迫的
The police said there was a sign of **forcible** entry into the house.
警方說這棟房子有被強行進入的跡象。

- **enforce** [ɪn`fors] v 執行；強行
To **enforce** *discipline* in class is a teacher's duty.
維護課堂紀律是老師的職責。

- **reinforce** [ˌriɪn`fɔrs] v 加強；增援
The foundations were **reinforced** to prevent the buildings from sinking into the ground.
為避免建物下沉，地基已予以補強。

rob 強壯的

- **robust** [rə`bʌst] adj 強壯的；耐用的；堅定的
The girl wants to buy **a** *robust* **pair of boots** for her hike.
為了健行，女孩想買一雙耐穿的運動鞋。

- **corroborate** [kə`rɑbəˌret] v 證實；確認
New evidence has been found and presented to **corroborate the scientist's theory**.
科學家發現證實自己理論的新證據，並且公開發表出來了。

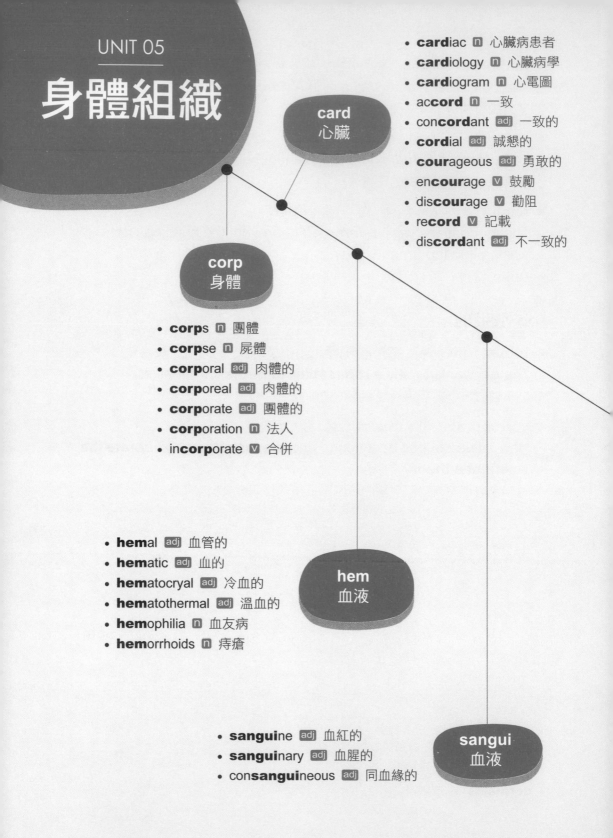

UNIT 05

身體組織

card
心臟

- **card**iac n 心臟病患者
- **card**iology n 心臟病學
- **card**iogram n 心電圖
- ac**cord** n 一致
- con**cord**ant adj 一致的
- **cord**ial adj 誠懇的
- **cour**ageous adj 勇敢的
- en**cour**age v 鼓勵
- dis**cour**age v 勸阻
- re**cord** v 記載
- dis**cord**ant adj 不一致的

corp
身體

- **corp**s n 團體
- **corp**se n 屍體
- **corp**oral adj 肉體的
- **corp**oreal adj 肉體的
- **corp**orate adj 團體的
- **corp**oration n 法人
- in**corp**orate v 合併

- **hem**al adj 血管的
- **hem**atic adj 血的
- **hem**atocryal adj 冷血的
- **hem**atothermal adj 溫血的
- **hem**ophilia n 血友病
- **hem**orrhoids n 痔瘡

hem
血液

- **sangui**ne adj 血紅的
- **sangui**nary adj 血腥的
- con**sangui**neous adj 同血緣的

sangui
血液

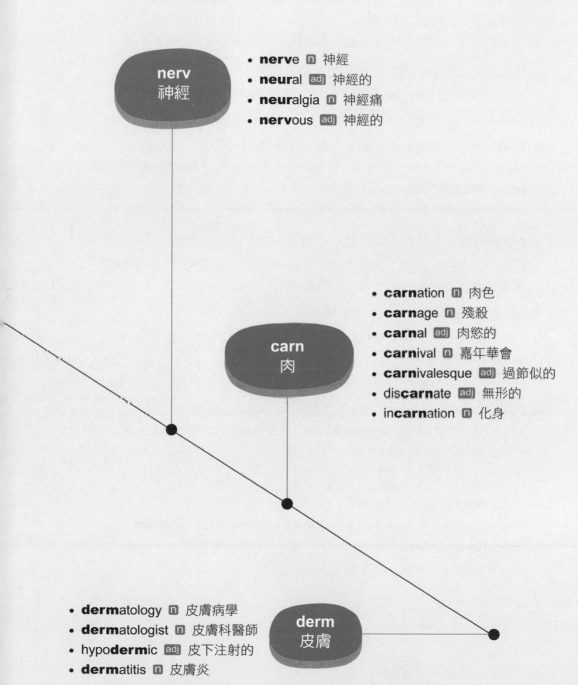

nerv
神經

- **nerv**e n 神經
- **neur**al adj 神經的
- **neur**algia n 神經痛
- **nerv**ous adj 神經的

carn
肉

- **carn**ation n 肉色
- **carn**age n 殘殺
- **carn**al adj 肉慾的
- **carn**ival n 嘉年華會
- **carn**ivalesque adj 過節似的
- dis**carn**ate adj 無形的
- in**carn**ation n 化身

derm
皮膚

- **derm**atology n 皮膚病學
- **derm**atologist n 皮膚科醫師
- hypo**derm**ic adj 皮下注射的
- **derm**atitis n 皮膚炎

corp 身體

- **corps**　[kɔr]　**n**　團體;特種部隊
  My brother applied to **join the intelligence *corps***, because he thought it was an honor.
  我哥哥報名參加情報部隊是因為他認為那是一項榮譽。

- **corpse**　[kɔrps]　**n**　屍體;沒有活動力的人
  The weeping mother identified the ***corpse*** as her son's.
  母親認出自己兒子的遺體,嚎啕大哭。

- **corporal**　[`kɔrpərəl]　**adj**　肉體的;身體的
  Most modern countries have banned the use of ***corporal punishment*** towards students.
  大部分現代國家都已經禁止體罰學生。

- **corporeal**　[kɔr`porɪəl]　**adj**　肉體的;物質的;有形的
  Dana has been indulged in sensuous and ***corporeal pleasures***.
  戴納一直沉溺於感官和肉體上的歡愉。

- **corporate**　[`kɔrpərɪt]　**adj**　團體的;公司的
  The CEO will continue fighting for the attainment of particular ***corporate* goals.**
  公司執行長為達成公司特定目標努力不懈。

- **corporation**　[ˌkɔrpə`reʃən]　**n**　法人;公司;團體
  Working for **a large *corporation***, where everything was so impersonal, was not easy.
  在沒有人情味的大公司工作不容易。

- **incorporate**　[ɪn`kɔrpəˌret]　**v**　合併
  The terms were agreed to by the two parties but were not ***incorporated* into** the contract.
  兩方都同意這些條款,但未列入合約。

card 心臟

- **cardiac** [`kɑrdɪ,æk] n 心臟病患者
  Automated External Defibrillator (AED) is a lifesaver for **cardiac patients**.
  自動體外心臟電擊去顫器是心臟病患者的救星。

- **cardiology** [,kɑrdɪ`ɑlədʒɪ] n 心臟病學
  Hobart **majored in cardiology** in the medical school.
  霍伯特念醫學院時主修心臟病學。

- **cardiogram** [`kɑrdɪə,græm] n 心電圖
  James has suffered from chest pain for months, so he **underwent a cardiogram**.
  詹姆士因為胸痛長達幾個月而去照心電圖。

- **accord** [ə`kɔrd] n 一致;調和
  Joshua's testimony is not **in accord with** the truth.
  約書亞的證詞有違事實。

- **concordant** [kən`kɔrdənt] adj 一致的;和諧的
  The finding **is concordant with** the scientist's hypothesis.
  該項發現符合科學家的假設。

- **cordial** [`kɔrdʒəl] adj 誠懇的;友善的
  Tom, my neighbor, always gives me **a cordial smile** when I meet him in the elevator.
  每次在電梯裡遇到我的鄰居湯姆時,他總會給我一個友善的微笑。

- **courageous** [kə`redʒəs] adj 勇敢的
  I don't think it is **a courageous decision** to forsake your wife and marry your colleague.
  我不認為拋棄妻子,與同事結婚是勇敢的決定。

- **encourage** [ɪn`kɝɪdʒ] v 鼓勵;助長
  If the store wants to remain competitive, it must **encourage innovation**.
  若要保有競爭力,這家店必須鼓勵創新。

- **discourage** [dɪsˋkɝɪdʒ] **v** 勸阻；使沮喪
Her father's rejection has **discouraged** Sarah **from** pursuing a career in real estate.
爸爸的反對使莎拉的房地產職涯規畫為之氣餒。

- **record** [rɪˋkɔrd] **v** 記載；記錄
The motorist had a dashboard camera fixed to his helmet to **record potential accidents**.
為錄下可能的意外狀況，機車騎士將行車記錄器裝在安全帽。

- **discordant** [dɪsˋkɔrdn̩t] **adj** 不一致的；不和諧的
The two studies showed **discordant results** about the relationship between low self-esteem and mental disorder.
這兩份關於低自尊和精神疾病關聯的研究結果不一致。

hem 血液

- **hemal** [ˋhiməl] **adj** 血管的
The *hemal* system of starfish is used to distribute nutrients but it has little to do with circulation of body fluids.
海星的血液系統是用來輸送養分，和體液循環沒什麼關係。

- **hematic** [hiˋmætɪk] **adj** 血的
Deficient in **hematic cells**, Bertha is more prone to contract chlorosis, characterized by a grayish yellow hue of the skin, weakness, palpitation, etc.
血液細胞不足，柏莎更可能罹患萎黃病，症狀是皮膚灰黃色、虛弱、心悸等。

- **hematocryal** [͵hɛməˋtɑkrɪəl] **adj** 冷血的
Most of the reptiles are **hematocryal animals**, including turtles, lizards, and snakes, so they need to bask in the sunlight to get warm.
烏龜、蜥蜴和蛇等大部分爬蟲類都是冷血動物，必須曬太陽暖和身體。

- **hematothermal** [ˌhɛmətoˈθɝməl] **adj** 溫血的
Animals like birds and mammals, which tend to maintain a constant body temperature, are called ***hematothermal* animals**.
鳥類和哺乳類等能夠維持恆溫的動物稱為溫血動物。

- **hemophilia** [ˌhiməˈfɪlɪə] **n** 血友病
Patients with ***hemophilia*** should avoid injuries, even a minor one, because they are at very high risk of severe, uncontrollable bleeding from injuries.
血友病患應避免受傷，即使是小傷口，風險也不小，因為可能出血不止。

- **hemorrhoids** [ˈhɛməˌrɔɪdz] **n** 痔瘡
You should have a high fiber diet obtained from raw fruits and vegetables if you want to **get rid of *hemorrhoids***.
若要消除痔瘡，你應該從生鮮蔬果獲得高纖飲食。

sangui 血液

- **sanguine** [ˈsæŋgwɪn] **adj** 血紅的；樂觀的
The car dealer takes **a more *sanguine* view** about the prospects for self-driving cars.
汽車經銷商看好自動駕駛車的前景。

- **sanguinary** [ˈsæŋgwɪˌnɛrɪ] **adj** 血腥的；嗜血的
The PG-rated movie is ***sanguinary***, but many of my friends like it.
輔導級影片很血腥，但很多朋友都愛看。

- **consanguineous** [ˌkɑnsæŋˈgwɪnɪəs] **adj** 同血緣的
***Consanguineous* marriage** is dangerous, but it has been practiced since the existence of modern humans.
近親通婚很危險，但一直存在於現代人類之中。

nerv 神經

- **nerve** [nɝv] 神經；中樞
Doctors have warned that tight jeans can lead to ***nerve* and muscle damage**. 醫生警告穿緊身牛仔褲可能導致神經和肌肉傷害。

- **neural** [`njʊrəl] **adj** 神經的;神經中樞的
The neurologist has found an effective way to treat **torn *neural* pathways**.
神經學家已經找到治療神經通道撕裂的良方。

- **neuralgia** [njʊˋrældʒə] **n** 神經痛
My father is afflicted by **postherpetic *neuralgia* pain**, which reduces his quality of life.
我爸爸飽受帶狀皰疹後神經痛的折磨,整個生活品質都降低了。

- **nervous** [`nɜˋvəs] **adj** 神經的;緊張的
The former CEO's wife is a woman **of a *nervous* disposition**.
前任執行長夫人是個神經質的女人。

carn 肉

- **carnation** [kɑrˋneʃən] **n** 肉色;康乃馨
Gina gave her mother a bouquet of ***carnations*** as a Mother's Day gift.
吉娜送媽媽一束康乃馨做為母親節禮物。

- **carnage** [`kɑrnɪdʒ] **n** 殘殺;大屠殺
Driving while intoxicated may **cause unwanted *carnage*** on the roads.
酒駕可能造成道路上的無謂傷亡。

- **carnal** [`kɑrnl] **adj** 肉慾的;物質的;現世的
Some people may feel curious about how clergymen **suppress their *carnal* desires**.
一些人可能會對神職人員如何克制肉慾感到好奇。

- **carnival** [`kɑrnəvl] **n** 嘉年華會;狂歡;節日表演節目
The *carnival* festivities draw millions of tourists to the country annually.
嘉年華慶典每年吸引了數百萬遊客來到這個國家。

- **carnivalesque** [`karnəvlɛsk] adj 過節似的
  In one ***carnivalesque* scene**, the wayfaring strangers returned to
  their homes to celebrate the Lunar New Year.
  在一個充滿過節氣氛的環境裡，異鄉的遊子回到自己的家過農曆新年。

- **discarnate** [dɪs`karnɪt] adj 無形的
  As the legend goes, the village was infested with **evil *discarnate***
  spirits.
  傳說這個村落曾淪為無形邪靈肆虐之地。

- **incarnation** [ˌɪnkar`neʃən] n 化身；賦予形體
  A Chinese emperor was believed to be **an *incarnation* of a deity**.
  一般都相信中國的皇帝是神明的化身。

derm 皮膚

- **dermatology** [ˌdɝmə`talədʒɪ] n 皮膚病學
  The medical student has a strong interest in **the field of**
  dermatology.
  這名醫科學生對皮膚病學領域興趣濃厚。

- **dermatologist** [ˌdɝmə`talədʒɪst] n 皮膚科醫師
  The young ***dermatologist*** is specialized in cosmetic dermatology.
  這名年輕皮膚科醫師專精於美容皮膚學。

- **hypodermic** [ˌhaɪpə`dɝmɪk] adj 皮下注射的
  The vaccines will be administered by ***hypodermic* injection**.
  我們以皮下注射的方式施打這批疫苗。

- **dermatitis** [ˌdɝmə`taɪtɪs] n 皮膚炎
  I was diagnosed as having **atopic *dermatitis***; the dermatologist
  told me not to scratch the itchy, red swollen skin.
  皮膚科醫生診斷出我患有異位性皮膚炎，要我不去抓發癢紅腫的皮膚。

頭部

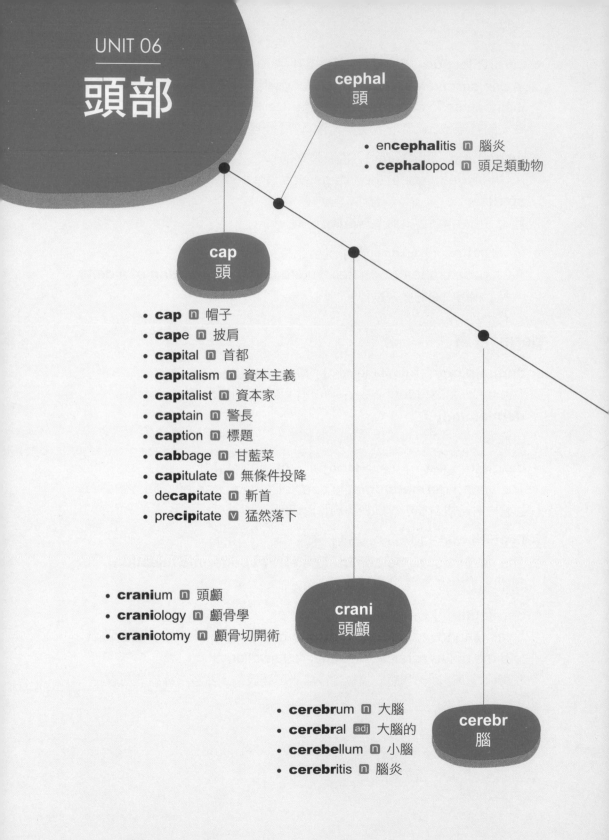

cephal
頭

- en**cephal**itis n 腦炎
- **cephal**opod n 頭足類動物

cap
頭

- **cap** n 帽子
- **cap**e n 披肩
- **cap**ital n 首都
- **cap**italism n 資本主義
- **cap**italist n 資本家
- **cap**tain n 警長
- **cap**tion n 標題
- **cab**bage n 甘藍菜
- **cap**itulate v 無條件投降
- de**cap**itate n 斬首
- pre**cip**itate v 猛然落下

- **crani**um n 頭顱
- **crani**ology n 顱骨學
- **crani**otomy n 顱骨切開術

crani
頭顱

- **cerebr**um n 大腦
- **cerebr**al adj 大腦的
- **cerebe**llum n 小腦
- **cerebr**itis n 腦炎

cerebr
腦

fac
臉

- **fac**e Ⓥ 面臨
- **fac**ial ⓐⓓⓙ 臉部的
- **fac**ade ⓝ 建築物正面
- sur**fac**e ⓝ 表面
- super**fic**ial ⓐⓓⓙ 表面的
- inter**fac**e ⓝ 介面

front
前額

- **front** ⓝ 前面
- **front**ier ⓝ 邊境
- af**front** Ⓥ 冒犯
- con**front** Ⓥ 面對

dent
牙齒

- **dent**al ⓐⓓⓙ 牙齒的
- **dent**ist ⓝ 牙醫師
- **dent**ure ⓝ 假牙
- in**dent** ⓝ 縮排

- **coll**ar ⓝ 衣領
- blue-**coll**ar ⓝ 藍領階級
- white-**coll**ar ⓝ 白領階級

coll
領子／脖子

cap 頭

- **cap** [kæp] **n** 帽子；蓋子
  Without putting **a swimming *cap*** on, swimmers are not allowed to enter the swimming pool.
  沒戴泳帽，泳者不得進入游泳池。

- **cape** [kep] **n** 披肩；岬
  In the costume party, Jack was **wearing a *cape***, which made him look like a super hero.
  傑克在變裝派對上圍一條披肩，看起像是個超級英雄。

- **capital** [`kæpətl] **n** 首都
  The fashion *capital* of the United States is New York.
  美國的時尚之都是紐約。

- **capitalism** [`kæpətl͵ɪzəm] **n** 資本主義
  As a socialist, Kelly often criticizes the evils of ***capitalism***.
  身為社會主義者，凱莉常批評資本主義的邪惡。

- **capitalist** [`kæpətlɪst] **n** 資本家
  Unemployment is a common social problem in **a *capitalist* country**.　失業是資本主義國家普遍的社會問題。

- **captain** [`kæptɪn] **n** 警長；機長；船長
  The sergeant inadvertently launched a missile, killing **a fishing boat *captain***.
  中士誤射一枚飛彈，造成一位漁船的船長喪命。

- **caption** [`kæpʃən] **n** 標題
  A ***caption*** appeared at the bottom of the screen, which read, "No class, no work on 9/14."
  出現在螢幕最下面的標題寫著：「9月14號停班停課」。

- **cabbage** [`kæbɪdʒ] **n** 甘藍菜
  The old farmer has grown a lot of ***cabbage*** on his farm.
  老農夫在農場種了很多甘藍菜。

- **capitulate** [kə`pɪtʃəˌlet] **V** 無條件投降
After the war, the rebels, except for one lone guerrilla, ***capitulated to*** the military junta.
戰後除了一批孤軍奮戰的游擊隊，叛軍都向軍政府無條件投降。

- **decapitate** [dɪ`kæpəˌtet] **n** 斬首
Like previous beheading videos, the footage revealed that a masked terrorist ***decapitated the defenseless little girl***.
就像之前的斬首影片，可以看到蒙面恐怖分子將手無寸鐵小女生的頭砍下。

- **precipitate** [prɪ`sɪpəˌtet] **V** 猛然落下
The fast growth in the elderly population will ***precipitate a financial crisis*** in health care.
快速增加的老年人口將加速健保財務危機。
【說明】
1. 頭部的拉丁字根是 caput，轉化為英文時拼成 capit。
2. 斬首的常用字為 behead。
3. achieve 源自於字根 caput，意思是獲得。

cephal 頭

- **encephalitis** [ˌɛnsɛfə`laɪtɪs] **n** 腦炎
If the hospital rooms are not sanitized, ***encephalitis*** outbreaks can occur among hospitalized brain surgery patients.
如果病房沒有清潔，腦炎可能在動過人腦手術的住院病人中爆發開來。

- **cephalopod** [`sɛfələˌpad] **n** 頭足類動物
Octopuses, squid, and cuttlefish are ***cephalopods***, having tentacles attached to the head.
章魚、魷魚及烏賊都是頭足類動物，觸手連接在頭上。

crani 頭顱

- **cranium** [`krenɪəm] **n** 頭顱
Peter's siblings all have **ovoid-shaped *craniums***, a distinctive feature of his family.
彼得的兄弟姊妹都有蛋型頭顱，這是家族的明顯特徵。

- **craniology** [ˌkrenəˋɑlədʒɪ] **n** 顱骨學
With the assistance of **craniology** experts, the researcher deduced that these 2,000-year-old human remains likely came from Asia.
由顱骨學專家協助,研究者推測這些兩千年的人類遺骸很可能來自亞洲。

- **craniotomy** [ˌkrenɪˋɑtəmɪ] **n** 顱骨切開術
The patient **underwent a craniotomy** to remove a malignant brain tumor.　為取出惡性腦瘤,病人動了顱骨切開手術。

cerebr 腦

- **cerebrum** [ˋsɛrəbrəm] **n** 大腦
The **cerebrum** is the largest and most recognizable of the brain's structures.　大腦是腦部最大,且最易辨識的結構。

- **cerebral** [ˋsɛrəbrəl] **adj** 大腦的
The driver died of **a cerebral hemorrhage** after a serious crash.
司機死於強烈撞擊所造成的大腦出血。

- **cerebellum** [ˌsɛrəˋbɛləm] **n** 小腦
The functions of the **cerebellum** are believed to be diverse, ranging from motor coordination to cognitive function.
一般相信小腦功能相當多樣,包含動作協調及認知功能。

- **cerebritis** [ˌsɛrəˋbraɪtɪs] **n** 腦炎
The man was diagnosed yesterday with **cerebritis**, after complaining for months of a painful headache.
男子在抱怨幾個月的頭部劇痛後,昨天被診斷出罹患腦炎。

fac 臉

- **face** [fes] **v** 面臨;勇敢地對付;正視
Reducing the reliance on pesticides is **a challenge facing** many farmers nowadays.
減少依賴殺蟲劑是今日許多農夫面臨的挑戰。

- **facial** [ˋfeʃəl] **adj** 臉部的；表面的
The hair removal cream is effective in removing annoying **facial hair**.
除毛膏能有效去除擾人的臉毛。

- **facade** [fəˋsɑd] **n** 建築物正面；假像；虛假的外表
Fiendish thoughts can lurk behind **a friendly facade**.
友善外表背後可能潛藏邪惡意念。

- **surface** [ˋsɝfɪs] **n** 表面
The table has **a smooth**, **shiny surface**.
桌子的表面光滑。

- **superficial** [ˋsupɚˋfɪʃəl] **adj** 表面的；膚淺的
Astrid has only **a superficial knowledge** of fashion trends.
艾絲翠對時尚潮流一知半解。

- **interface** [ˋɪntɚˏfes] **n** 介面；相互聯繫；相互作用
The analysis will be centered on the **interface** between religion and science.
分析焦點在宗教和科學的交互影響。

front 前額

- **front** [frʌnt]. **n** 前面；開頭
Put the coke **in the front of** the refrigerator, so little Dannie can easily get it.
可樂放在冰箱前面，這樣小丹尼可以容易拿到。

- **frontier** [frʌnˋtɪr] **n** 邊境
Some people are **crossing the frontier** to find a better place to live.
有些人跨過邊境找尋較佳居住環境。

- **affront** [əˋfrʌnt] **v** 冒犯；侮辱
The lady looked at me with **an affronted look** on her face.
女子看我的表情像是受過侮辱。

- **confront** [kən`frʌnt] **V** 面對；對抗
  Clara **was *confronted* with** a lot of challenges when she studied overseas.
  克萊拉留學時遭逢許多挑戰。

dent 牙齒

- **dental** [`dɛntl̩] **adj** 牙齒的；齒科的
  If you have tooth pain, you need **a *dental* checkup**.
  如果牙齒痛，你就得做牙醫檢查。

- **dentist** [`dɛntɪst] **n** 牙醫師
  I seldom **visit the *dentist***, because I am afraid of being admonished over my oral hygiene.
  我很少看牙醫，因為很怕有人唸我的口腔衛生。

- **denture** [`dɛntʃɚ] **n** 假牙；牙齒
  Three of my teeth **were replaced with *dentures***.
  我有三顆牙齒換成假牙。

- **indent** [`ɪndɛnt] **n** 縮排
  The student often forgot to ***indent* the first line** of each paragraph.
  學生常忘記每個段落的第一行要縮排。

coll 領子／脖子

- **collar** [`kɑlɚ] **n** 衣領；項圈；護肩
  The lady was wearing a dress with **a big *collar*** while she was being photographed.
  女士穿著大領口洋裝拍照。

- **blue-collar** [`blu`kɑlɚ] **n** 藍領階級
  ***Blue-collar* workers** sometimes earn much more money than white-collar workers.
  相較於白領階級，藍領有時多賺很多。

- **white-collar** [`hwaɪt`kɑlɚ] **n** 白領階級
  Uneducated youth of rural families are not in a position to get ***white-collar* jobs**.
  鄉下家庭的低學歷年輕人無法獲得白領工作。

呼吸器官與動作

rhino
鼻子

- **rhino**ceros ⓝ 犀牛
- **rhino**logy ⓝ 鼻科學
- **rhino**plasty ⓝ 整鼻手術
- **rhino**scope ⓝ 鼻鏡
- **rhin**itis ⓝ 鼻炎

nas
鼻子

- **nas**al ⓐⓓⓙ 鼻腔的
- **nos**tril ⓝ 鼻孔

bronch
氣管

- **bronch**itis ⓝ 支氣管炎
- **bronch**otomy ⓝ 支氣管切開術

laryng
氣管

- **larynx** ⓝ 喉頭
- **laryng**opharynx ⓝ 咽喉
- **laryng**itis ⓝ 喉炎

anim
呼吸

- **anim**advert Ⓥ 苛責
- **anim**al Ⓝ 動物
- **anim**ate Ⓥ 使有生氣
- un**anim**ous adj 一致的
- **anim**ation Ⓝ 活潑
- **anim**osity Ⓝ 仇恨
- magn**anim**ous adj 寬大的
- pusill**anim**ous adj 優柔寡斷的
- equ**anim**ity Ⓝ 平靜
- long**anim**ity Ⓝ 忍耐

hal
呼吸

- ex**hal**e Ⓥ 呼氣
- in**hal**e Ⓥ 吸入
- **hal**itosis Ⓝ 口臭

spir
呼吸

- a**spir**e Ⓥ 渴望
- a**spir**ation Ⓝ 渴望
- con**spir**acy Ⓝ 陰謀
- ex**pir**e Ⓥ 吐氣
- in**spir**e Ⓥ 鼓舞
- in**spir**ation Ⓝ 靈感
- per**spir**e Ⓥ 排汗
- re**spir**ation Ⓝ 呼吸
- **spir**it 精神
- tran**spir**e Ⓥ 蒸發

fla
吹氣

- **fla**vor Ⓝ 口味
- **flu**te Ⓝ 直笛
- con**fla**te Ⓥ 匯集
- in**fla**tion Ⓝ 通貨膨脹

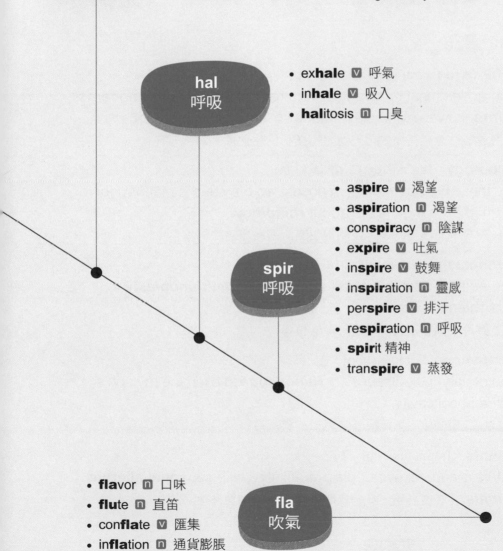

nas 鼻子

- **nasal** [`nezl]  `adj` 鼻腔的；鼻音的
  Armand had trouble sleeping for a couple of days due to **nasal congestion**.　亞爾曼鼻塞，好幾天難以入眠。

- **nostril** [`nɑstrɪl]  `n` 鼻孔
  The little girl has conditioned herself to **pinch her nostrils** together when there are foul smelling farts.
  小女孩聞到放屁臭味時，習慣捏緊鼻子。

rhino 鼻子

- **rhinoceros** [raɪ`nɑsərəs]  `n` 犀牛
  The government enacted a law to restrict the sale of **rhinoceros horns**; however, the black market trade is still prosperous.
  政府頒布法令禁售犀牛角，但黑市交易依然猖獗。

- **rhinology** [raɪ`nɑlədʒɪ]  `n` 鼻科學
  For those with an interest in noses, we provided a platform for them to exchange ideas about **rhinology**.
  對於對鼻子有興趣的人，我們提供交流鼻科學看法的平台。

- **rhinoplasty** [`raɪnə‚plæstɪ]  `n` 整鼻手術
  The actress went to Korea to **undergo some rhinoplasty** to straighten her nose.
  為了讓鼻子高挺，女演員遠赴韓國整鼻。

- **rhinoscope** [`raɪnə‚skop]  `n` 鼻鏡
  The otolaryngologist used a **rhinoscope** to examine my son's entire nasal cavity.
  耳鼻喉科醫師使用鼻鏡檢查我兒子的整個鼻腔。

- **rhinitis** [raɪ`naɪtɪs]  `n` 鼻炎
  In this island, many people are afflicted with **seasonal allergic rhinitis**.　在這島嶼，許多人飽受季節性過敏性鼻炎之苦。

bronch 氣管

- **bronchitis** [brɑn`kaɪtɪs] **n** 支氣管炎
  You might want to try these home remedies to **cure bronchitis**.
  你或許想試試這些治療支氣管炎祖傳祕方。

- **bronchotomy** [brɑŋˌkɑtəmɪ] **n** 支氣管切開術
  To remove a tumor of the right bronchus, the chest doctor
  performed a bronchotomy.
  為了移除右支氣管上的腫瘤，胸腔科醫師做了支氣管切除術。

laryng 氣管

- **larynx** [`lærɪŋks] **n** 喉頭
  Smoking poses a great threat to the **larynx**.
  抽菸造成喉部很大威脅。

- **laryngopharynx** [ləˌrɪŋgoˈfærɪŋks] **n** 咽喉
  An operation on the **laryngopharynx** will be performed for the
  man with obstructive sleep apnea.
  患有阻塞型睡眠呼吸中止症的男子將進行咽喉手術。

- **laryngitis** [ˌlærɪnˈdʒaɪtɪs] **n** 喉炎
  Teachers are particularly **prone to laryngitis** and have difficulty
  speaking when they have a cold.
  老師感冒時特別容易罹患喉炎，講話會有困難。

anim 呼吸

- **animadvert** [ˌænəmædˈvɝt] **v** 苛責；非難
  As a human rights advocate, I must **animadvert racism** and
  discriminatory practices.
  身為人權捍衛者，我必須譴責種族主義和歧視行徑。

- **animal** [`ænəml̩] **n** 動物
  In order to survive in an environment with little food, some **animals** are known to eat their mates.
  為了在食物不足的環境中存活，我們知道有些動物會吃牠們的伴侶。

- **animate** [`ænə͵met] **v** 使有生氣
  Living in a country with low pay and high cost of living is not **animating the youngsters**.
  住在一個低薪但生活成本高的國家，年輕人提不起勁。

- **unanimous** [jʊ`nænəməs] **adj** 一致的；無意義的
  The committee members **were unanimous in** their decision to reject the proposal.
  委員會成員一致否定該項提案。

- **animation** [͵ænə`meʃən] **n** 活潑；動畫
  Carol is a leader of the school's **Japanese animation club**.
  卡蘿是學校日本動漫社長。

- **animosity** [͵ænə`mɑsətɪ] **n** 仇恨
  The woman **bears no animosity towards** her husband who divorced her.　婦人對離異的前夫沒有任何怨恨。

- **magnanimous** [mæg`nænəməs] **adj** 寬大的；有雅量的
  It was **magnanimous** of the teacher to forgive her students for playing a trick on her.
  老師寬宏大量，原諒捉弄她的學生。

- **pusillanimous** [͵pjusl̩`ænəməs] **adj** 優柔寡斷的；怯懦的；膽小的
  Chloe is too **pusillanimous** to tell her director that she will quit the job.
  克洛怡很膽小，不敢告知主管她要辭職。

- **equanimity** [͵ikwə`nɪmətɪ] **n** 平靜；鎮定
  After the explosion on the train, most commuters have begun to **regain equanimity.**
  火車爆炸案後，大多數通勤族逐漸恢復鎮定。

- **longanimity** [ˌlɑŋgəˈnɪmətɪ] **n** 忍耐；自制；（對傷痛）處之泰然
Daniel **showed unusually exceptional *longanimity*** when he
heard his son was kidnapped and being held for ransom.
丹尼爾聽到兒子被綁票又要求贖金時，表現出異於常人的鎮靜。

hal 呼吸

- **exhale** [ɛksˈhel] **v** 呼氣
After hearing the news, my grandfather remained reticent and
***exhaled* the smoke** toward the ceiling.
聽到消息後，我爺爺不發一語，朝著天花板吐了一口菸。

- **inhale** [ɪnˈhel] **v** 吸入
Inhaling too much pesticide, the farmer was intoxicated and was
sent to the hospital right away.
因為吸入過多農藥而中毒，農夫立刻送醫。

- **halitosis** [ˌhæləˈtosɪs] **n** 口臭
I cannot stand the man's **rancid *halitosis*** any more.
我再也無法忍受那名男子口中散發的惡臭。

spir 呼吸

- **aspire** [əˈspaɪr] **v** 渴望；立志
The boy ***aspired* to** be a president, but after he grew up, he finally
realized how stupid the idea was.
男孩立志當總統，但長大後才發現這想法好蠢。

- **aspiration** [ˌæspəˈreʃən] **n** 渴望；抱負
Though having little education, my parents **have very high
educational *aspirations*** for me.
我父母親沒受什麼教育，但對我的教育有很高的期許。

- **conspiracy** [kənˈspɪrəsɪ] **n** 陰謀
The double agent **was charged with *conspiracy*** to maneuver the
country into a war.
雙面間諜被指控密謀將國家導向戰爭。

- **expire** [ɪk`spaɪr] **V** 吐氣；呼氣；屆滿；消滅
Because his visa ***expired***, Willie will be sent back to his country.
威利的護照過期，將被遣送回國。

- **inspire** [ɪn`spaɪr] **V** 鼓舞；賦予靈感；指示
The young writer had a vivid imagination, and his stories ***inspired***
many young people to become fictional writers.
年輕作家想像力豐富，他的故事激勵很多年輕人成為小說家。

- **inspiration** [ˌɪnspə`reʃən] **n** 給人以靈感的人（或物）；靈感
When Redford felt confused, he looked to his teacher for
inspiration and guidance.
瑞佛一有困惑，就向老師找尋啟發和引導。

- **perspire** [pɚ`spaɪr] **V** 排汗
Wade began to ***perspire*** as his fear overtook him during his walk
through the dark forest.
維德走進幽暗森林時，內心恐懼，全身開始冒汗。

- **respiration** [ˌrɛspə`reʃən] **n** 呼吸；呼吸作用
When a person is just hours from death, his or her ***respiration*** will
become rapid.
人臨終前幾小時呼吸會變得急促。

- **spirit** [`spɪrɪt] **n** 精神；心靈；靈魂；幽靈；時代精神
We help the poor **in a *spirit* of** goodwill.
我們秉持善念幫助窮人。

- **transpire** [træn`spaɪr] **V** 蒸發；發汗；透露；發生
Nobody knows what ***transpired*** at the meeting this morning.
大家對今早會議發生的事一無所悉。

fla 吹氣

- **flavor** [`flevɚ] **n** 口味；風味
  The pepper can **enhance the *flavor*** of the fried rice.
  胡椒粉能讓炒飯提味。

- **flute** [flut] **n** 直笛
  My grandmother likes to **play the wooden *flute*** with her friends.
  我奶奶喜歡和朋友演奏木笛。

- **conflate** [kən`flet] **v** 匯集
  Our history teacher reminds us not to ***conflate*** historic propaganda **with** real history.
  歷史老師提醒我們不要被歷史宣傳混淆史實。

- **inflation** [ɪn`fleʃən] **n** 通貨膨脹；自負
  Controlling *inflation* and reducing unemployment are the new president's priorities.
  控制通貨膨脹和降低失業率是新總統的首要之務。

骨骼與手腳

fibr
纖維

- **fiber** n 纖維
- **fibr**oid n 纖維瘤
- **fibr**osis n 纖維化

osteo
骨頭

- **osteo**logy n 骨學
- **osteo**tomy n 切骨手術
- **osteo**pathy n 整骨療法
- **osteo**porosis n 骨質疏鬆症
- **osteo**arthritis n 退化性關節炎

- **arthr**itis n 關節炎
- **arthr**algia n 關節痛
- **arthr**ectomy n 關節切除術
- **arthr**opod n 節肢動物

arthr
關節

- **dors**al adj 背部的
- en**dors**e v （為支票）背書

dors
背部

manu
手

- **manu**al n 手冊
- **man**acle v 上手銬
- **manu**facturer n 製造商
- **manu**script n 原稿
- **man**ager n 經理
- **man**agement n 經營
- **man**ifest adj 明確的
- e**man**cipate v 解放

chir
手

- **chir**ography n 筆跡
- **chir**ognomy n 手相術
- **chir**opractor n 按摩師

brac
手臂

- **brac**e n 支撐
- **brac**elet n 手鐲

- **ped**al v 踩踏板
- **ped**estal n 基座
- **ped**dle v 沿街叫賣
- **ped**igree n 族譜
- **ped**estrian adj 乏味的
- im**ped**e v 阻止
- ex**ped**ite v 加速
- ex**ped**itious adj 迅速的
- ex**ped**iency n 權宜之計
- octo**pus** n 章魚
- **pod**ium n 講台
- **pod**agra n 痛風
- **pod**iatrist n 足科醫師
- centi**ped**e n 蜈蚣
- **ped**icab n 三輪車

ped
腳

osteo 骨頭

- **osteology** [ˌɑstɪˈɑlədʒɪ] n 骨學
The medical student spent a whole day on skeletal structures in the textbook of **human *osteology***.
醫學生整天研讀骨學教科書裡的骨骸結構。

- **osteotomy** [ˌɑstɪˈɑtəmɪ] n 切骨手術
It took Jason six months to recover from ***osteotomy* surgery** on his knees.　傑森花六個月時間才從膝切骨手術中康復。

- **osteopathy** [ˌɑstɪˈɑpəθɪ] n 整骨療法
Osteopathy proves to be effective for chronic fatigue sufferers.
整骨療法被證實對慢性疲勞患者有效。

- **osteoporosis** [ˌɑstɪopəˈrosɪs] n 骨質疏鬆症
Hysterectomy, depression, and cardiovascular disease are regarded as risk factors for ***osteoporosis***.
子宮切除、憂鬱症、心血管疾病被視為骨質疏鬆症的危險因素。

- **osteoarthritis** [ˌɑstɪoɑrˈθraɪtɪs] n 退化性關節炎
Clarence was diagnosed with **severe *osteoarthritis*** of the knee, which requires repeated steroid injections.
克拉倫斯被診斷出嚴重的膝退化性關節炎，需要一直注射類固醇。

fibr 纖維

- **fiber** [ˈfaɪbɚ] n 纖維
Polyester is a **synthetic *fiber***, which offers superior strength and better resistance to high temperatures.
聚酯纖維是合成纖維，較有耐力，也較耐高溫。

- **fibroid** [ˈfaɪbrɔɪd] n 纖維瘤；子宮肌瘤
According to the statistics, more than 30 percent of women 40 to 60 years of age will develop **benign uterine *fibroid* tumor**.
據統計，三成以上40到60歲之間的女性會得良性子宮肌瘤。

- **fibrosis** [faɪ`brosɪs] **n** 纖維化
Even though the liver shows **mild *fibrosis***, it can still heal itself over time.
即便肝臟有些微纖維化，一段時間後仍會自我療癒。

arthr 關節

- **arthritis** [ɑr`θraɪtɪs] **n** 關節炎
My dad was so **badly crippled with *arthritis*** that he could not walk up the stairs.
我爸罹患嚴重關節炎，行動不便，走樓梯有困難。

- **arthralgia** [ɑr`θrældʒə] **n** 關節痛
The patient was admitted to the hospital, for she **suffered from *arthralgia***.
病人因關節痛而住院治療。

- **arthrectomy** [ɑr`θrɛktəmɪ] **n** 關節切除術
The sales account manager just **underwent an *arthrectomy.***
業務主任剛動完關節切除術。

- **arthropod** [`ɑrθrəˌpɑd] **n** 節肢動物
In the biology class, our teacher introduced a wide variety of ***arthropods***.
上生物課時，我們老師介紹了各種節肢動物。

dors 背部

- **dorsal** [`dɔrsl̩] **adj** 背部的
The image of a shark's ***dorsal*** fin slicing through water strikes fear into the hearts of many swimmers.
看到鯊魚背鰭劃破水面的畫面，許多泳客感到害怕。

- **endorse** [ɪn`dɔrs] **v** 背書；支票背面簽名；（公開）贊同；認可；支援
I fully ***endorse*** the speaker's views.
我完全贊同講者的觀點。

manu 手

- **manual** [`mænjʊəl] **n** 手冊；說明書
  Kevin searched for **the user's *manual***, so he could install an update to the software.
  凱文在找安裝軟體更新檔使用說明書。

- **manacle** [`mænəkl] **v** 上手銬；束縛
  The police ***manacled* the drug addict's arms** and chained his ankles.　警方將毒犯銬上手銬腳鐐。

- **manufacturer** [ˌmænjəˋfæktʃərə] **n** 製造商；製造廠
  Giant is the world's largest ***manufacturer*** of high-quality bicycles.
  捷安特是製造高品質腳踏車的全球大廠。

- **manuscript** [`mænjəˌskrɪpt] **n** 原稿
  Your ***manuscript*** is difficult to read because of faintness of the handwritten ink.　你的手稿墨跡模糊，難以閱讀。

- **manager** [`mænɪdʒə] **n** 經理
  The general *manager* will sign the contract on behalf of the company.　總經理將代表公司簽約。

- **management** [`mænɪdʒmənt] **n** 經營；管理；資方
  The board of directors replaced **the *management* team** instead of the factory workers.
  董事會換掉管理團隊，但沒換掉工廠員工。

- **manifest** [`mænəˌfɛst] **adj** 明確的
  Eugene displayed **a *manifest* lack of** interest in English, which was reflected by his grades.
  尤金對英文明顯缺乏興趣，這也反映在成績上。

- **emancipate** [ɪˋmænsəˌpet] **v** 解放
  More women have **been *emancipated* from** family constraints and joined the workforce.
  越多女性從家庭禁錮解放而投身職場。

chir 手

- **chirography** [ˌkaɪˈrɑgrəfɪ] **n** 筆跡；書寫
  In spite of **the clear *chirography***, the handwriting expert still couldn't quite understand the old manuscript.
  儘管作品筆跡清晰，字體專家仍無法讀懂老舊手稿。

- **chirognomy** [kaɪˈrɑgnəmɪ] **n** 手相術
  Geoff is so enamored by ***chirognomy*** that he often studies strangers' hands and provides free predictions for them.
  傑夫對手相術十分著迷，常替陌生人看手相，免費算命。

- **chiropractor** [ˈkaɪrəˌpræktɚ] **n** 按摩師
  Chiropractors provide spinal manipulation, an alternative therapy for back pain.
  按摩師提供治療背痛的另一種選擇——脊椎矯治療法。

brac 手臂

- **brace** [bres] **n** 支撐
  Neck *braces* are supports that you wear for a painful or injured neck.　頸托是支撐疼痛或受傷頸部的支撐物。

- **bracelet** [ˈbreslɪt] **n** 手鐲
  Audrey received **a silver *bracelet*** from her boyfriend as a birthday gift.
  奧德莉收到男朋友的生日禮物——銀色手鐲。

ped 腳

- **pedal** [ˈpɛdl̩] **v** 踩踏板；騎（腳踏車）
  Eudora struggled to ***pedal*** her bicycle **up** the slope.
  尤朵拉努力踩著腳踏車上坡。

- **pedestal** [ˈpɛdɪstl̩] **n** 基座；台；柱腳
  The dictator's statues were toppled from their ***pedestals*** by a group of protestors.　獨裁者雕像被一群抗議者從基座推倒。

- **peddle** [ˋpɛdl̩] 　V 沿街叫賣

  The salesman **peddled** water heaters from door to door.

  銷售員挨家挨戶叫賣熱水器。

- **pedigree** [ˋpɛdəˌgri] 　n 族譜

  The lady's bags and accessories suggested **an aristocratic pedigree**.

  女士的包包和配件顯示出身不凡。

- **pedestrian** [pəˋdɛstrɪən] 　adj 乏味的，單調的；缺乏想像力的

  The professor gave **a dull and pedestrian lecture**, making most of the students doze off during class.

  教授的講述單調乏味，大部分學生上到睡著。

- **impede** [ɪmˋpid] 　V 阻止；干涉

  The city councillor kept **impeding the progress** of the construction.

  市議員持續干擾工程進度。

- **expedite** [ˋɛkspɪˌdaɪt] 　V 加速；派遣

  Many households in quake-stricken areas wanted the government to **expedite the process** for obtaining building permits to reconstruct their houses.

  許多地震受災戶希望政府盡快核發建照以重建家園。

- **expeditious** [ˌɛkspɪˋdɪʃəs] 　adj 迅速的

  The police **conducted an expeditious investigation** and found the robber within two days.

  警方迅速調查此案，兩天之內找到搶匪。

- **expediency** [ɪkˋspidɪənsɪ] 　n 權宜之計

  The seller required the real estate agent to sell the apartment **with expediency**.

  賣方的權宜之計是要求房仲賣掉公寓。

- **octopus** [`ɑktəpəs] **n** 章魚
  Octopuses, a cephalopod cousin of the squid, have blue blood instead of red.
  章魚是頭足類動物魷魚的近親，血液是藍色而不是紅色的。

- **podium** [`podɪəm] **n** 講台；指揮台
  The mayoral candidate is standing behind **a makeshift *podium*** for the election rally.
  市長候選人在選舉造勢大會中站在臨時講台後方。

- **podagra** [pə`dægrə] **n** 痛風
  Eating sour cherries, according to studies, **reduces the risk of *podagra*** for men and women.
  根據研究，吃酸櫻桃能降低男性及女性罹患痛風的風險。

- **podiatrist** [po`daɪətrɪst] **n** 足科醫師
  The patient's toe was swollen and required **a referral to a *podiatrist***.
  病人腳趾腫脹，需要轉介足科醫師。

- **centipede** [`sɛntə͵pid] **n** 蜈蚣
  My sister considers ***centipedes*** to be the most disgusting bug on earth.
  我妹妹認為蜈蚣是地表最噁心的臭蟲。

- **pedicab** [`pɛdɪ͵kæb] **n** 三輪車
  In the tourist spot, quite a few elderly ***pedicabs* workers** labored hard to make a mere living.
  觀光景點有許多年長的人力觀光三輪車司機，為了維持生計打拼。

視覺與聽覺

ocul
眼睛

- **ocul**ist 🔲 眼科醫師
- bin**ocul**ars 🔲 雙筒望遠鏡
- mon**ocul**ar adj 單眼的

- **opt**ic adj 視覺的
- **opt**ician 🔲 光學儀器製造
- **opt**ometrist 🔲 驗光師
- my**op**ia 🔲 近視

opt
眼睛

- ex**pect** ⅴ 預期
- ex**pect**ation 🔲 預期
- a**spect** 🔲 方面
- in**spect** ⅴ 檢查
- re**spect** 🔲 尊重
- re**spect**able adj 可尊敬的
- re**spect**ful adj 表示尊敬的
- re**spect**ive adj 個別的
- su**spic**ious adj 可疑的
- **spec**ies 🔲 種類
- **spec**ial adj 特別的

- **spec**ialty 🔲 專門
- **spec**ialist 🔲 專家
- **spec**ific adj 專用的
- **spect**acle 🔲 景象
- **spect**acular adj 壯觀的
- de**spis**e ⅴ 輕視

spect
看

- **vis**it ⅴ 訪問
- in**vis**ible adj 看不得見的
- **vis**ual adj 視覺的
- **vis**a 🔲 簽證
- **vis**ta 🔲 展望
- ad**vis**ory adj 勸告的
- de**vis**e ⅴ 設計
- **vis**ion 🔲 視力

- re**vis**e ⅴ 校訂
- super**vis**e ⅴ 監督
- pro**vid**e ⅴ 提供
- e**vid**ence 🔲 跡象
- **view** 🔲 視力
- re**view** ⅴ 審查
- inter**view**ee 🔲 受面試者

vis
看見

audi
聽

- **audi**ble adj 可聽見的
- **audi**ence n 聽眾
- **audi**t v 旁聽
- **audi**torium n 聽眾席

phon
聲音

- micro**phon**e n 麥克風
- mega**phon**e n 擴音器
- eu**phon**ious adj 好聽的
- caco**phon**y n 噪音
- saxo**phon**e n 薩克斯風

son
聲音

- **son**orous adj 響亮的
- con**son**ance n 一致
- dis**son**ant adj 刺耳
- super**son**ic adj 超音波的
- re**son**ate v 共鳴
- uni**son** n 一致
- **son**ar n 聲納
- **son**ata n 奏鳴曲

voc
聲音／喊叫

- **voc**al adj 聲音的
- equi**voc**al adj 含糊的
- **voc**abulary n 字彙
- **voc**ation n 職業
- pro**vok**e v 激起
- re**vok**e v 取消
- e**vok**e v 喚起
- ad**voc**ate n 擁護者

opt 眼睛

- **optic** [ˋɑptɪk] **adj** 視覺的；光學的
  The construction worker accidentally severed an underground **fiber optic cable** and cut off Internet services to the residents on the island.
  建築工人不小心割斷埋藏地底的光纖電纜，切斷了島上居民的網路服務。

- **optician** [ɑpˋtɪʃən] **n** 光學儀器製造；眼鏡商；（眼鏡的）配鏡師
  In the UK, **opticians** can sell glasses but are not allowed to examine people's eyesight.
  在英國，眼鏡銷售員可以賣眼鏡，但不可以檢查視力。

- **optometrist** [ɑpˋtɑmətrɪst] **n** 驗光師；配鏡師
  This sight test was administered by **a reputable optometrist**.
  這場視力檢查是由值得信賴的驗光師執行的。

- **myopia** [maɪˋopɪə] **n** 近視
  Laser eye surgery is not a preferable treatment for **severe myopia**.
  雷射手術較不適合用來治療重度近視。

ocul 眼睛

- **oculist** [ˋɑkjəlɪst] **n** 眼科醫師；驗光師
  The man who had suffered from a squint visited **a celebrated oculist** for an eye operation.
  為了做斜視手術，這個罹患斜視的男人去給名醫看診。

- **binoculars** [bɪˋnɑkjələ˞s] **n** 雙筒望遠鏡
  Take **a pair of binoculars** with you, and enjoy a birdwatching tour along the mountain trail.
  帶上一副望遠鏡，沿著登山小徑來一趟賞鳥之旅。

- **monocular** [məˋnɑkjələ˞] **adj** 單眼的
  Jeremy has only **monocular vision** due to the accident.
  因為那場意外，傑勒米只剩單眼視力。

spect 看

● **expect** [ɪk'spɛkt] Ⓥ 預期；期待
The bullet was easily removed during surgery, and the victim **is expected to** recover in a week.
手術過程中，很輕易地從受害者體內取出子彈，預估一個星期可以康復。

● **expectation** [ˌɛkspɛk'teʃən] Ⓝ 預期；期待
The parents were disappointed in Greg's performance in college, because his good grades in high school gave them **high expectations**.
葛列格的父母對他在大學的表現感到失望，因為他在高中的優異成績讓他們有過高的期待。

● **aspect** ['æspɛkt] Ⓝ 方面；外觀；形勢
Lester's low self-esteem affects almost **every aspect of his life**.
裏斯特的低自尊幾乎影響到他生活的各層面。

● **inspect** [ɪn'spɛkt] Ⓥ 檢查
The auto mechanic **inspected the engine** very carefully.
這個汽車技工仔細地檢查了引擎。

● **respect** [rɪ'spɛkt] Ⓝ 尊重
There was **great respect for** the generous widow who used her inheritance to fund an orphanage.
大家對於這個用遺產來贊助孤兒院的慷慨大方寡婦很是敬重。

● **respectable** [rɪ'spɛktəbl̩] adj 可尊敬的
Teaching was once **a respectable white-collar profession**, but teachers have been given a bad name for the past ten years.
教學曾經是令人欽羨的白領階級工作，但老師在過去十年已被汙名化。

● **respectful** [rɪ'spɛktfəl] adj 表示尊敬的
We should **be respectful of** the elders and listen to their wise advice.
我們應該要尊重長者，傾聽他們的明智建議。

- **respective** [rɪˋspɛktɪv] **adj** 個別的
  After the party, each guest goes to **their *respective* home** to sleep.
  派對結束後，賓客各自回家休息。

- **suspicious** [səˋspɪʃəs] **adj** 可疑的
  The forensic investigator looked over the ***suspicious* footprints** on the bathroom floor.
  鑑識人員查看浴室地板上的可疑腳印。

- **species** [ˋspiʃiz] **n** 種類
  Dengue viruses may be transmitted to humans through the bites of two ***species*** of mosquitoes, Aedes aegyptus and Aedes albopictus.
  登革熱病毒可藉由埃及斑蚊及白線斑蚊等兩種蚊子叮咬傳播給人類。

- **special** [ˋspɛʃəl] **adj** 特別的；專用的
  Students have to dress up **in *special* graduation clothing** to attend the graduation ceremony.
  學生必須穿著特別的畢業服裝來參加畢業典禮。

- **specialty** [ˋspɛʃəltɪ] **n** 專門；特色；名產
  Iron eggs are **a local *specialty*** commonly found in Danshui in northern Taiwan.
  鐵蛋是台灣北部淡水常見的當地特產。

- **specialist** [ˋspɛʃəlɪst] **n** 專家
  A ***specialist*** was required to help the student understand the lessons.
  需要一個專家來幫助學生了解這些課程。

- **specific** [ˋspɛʃəltɪ] **adj** 專用的；明確的
  In order to find a ***specific*** type of housing to fit her needs, Sally hired an agent to search the city.
  為了找到符合需求的特定類型住宅，莎莉請了一位房仲在市內找尋房子。

- **spectacle** [`spɛktəkḷ]　**n**　景象；壯觀
The procession that features a parade of costumes is **a magnificent *spectacle***.
變裝遊行隊伍場面十分壯觀。

- **spectacular** [spɛk`tækjələ]　**adj**　壯觀的
The severe weather still could not stop these mountaineers from winding through **the *spectacular* mountain scenery**.
劇烈的天候仍無法阻止登山客穿梭於壯闊的山景中。

- **despise** [dɪ`spaɪz]　**v**　輕視
These two competitive scholars ***despised*** each other.
這兩個愛互別苗頭的學者都鄙視對方。

vis 看見

- **visit** [`vɪzɪt]　**v**　訪問，參觀
The exact location where the princess will ***visit*** is a jealously guarded secret.
此次公主將造訪的詳細地點，仍是眾人渴望知道的祕密。

- **invisible** [ɪn`vɪzəbḷ]　**adj**　看不得見的；難辨的
The old wizard provided the young champion the magical gift, which is a hooded robe that could **make him *invisible***.
年長的男巫給這位年輕的冠軍選手具有魔法的禮物——一件連帽長袍，可以讓他隱形。

- **visual** [`vɪʒuəl]　**adj**　視覺的；看得見的；光學的
As **a *visual* learner**, James has a hard time in an auditory learning environment.
詹姆士是一個視覺型的學習者，在聽覺取向的學習環境中遭遇不少困難。

- **visa** [`vizə]　**n**　簽證
Taiwanese do not need a ***visa*** to visit Canada because they hold a passport that Canada has a visa exemption agreement with.
加拿大和台灣有個免簽證協議，台灣人去加拿大免辦簽證。

- **vista**　[`vɪstə]　**n** 展望；回想；前景
An overlook from the bridge provides **a dramatic *vista*** up the river.
從橋上眺望可以看到河流上激動人心的景致。

- **advisory**　[əd`vaɪzərɪ]　**adj** 勸告的；諮詢的
The doctor's reply is **informative and *advisory***.
醫生的回覆內容詳實、有建設性。

- **devise**　[dɪ`vaɪz]　**v** 設計；策畫；遺讓
The board game **is *devised* for** kindergarteners.
這款桌遊是為幼稚園小朋友設計的。

- **vision**　[`vɪʒən]　**n** 視力；景象
The fortune teller was hired by the businessman to tell him his future, and unfortunately, the fortune teller **had a *vision* of** the man losing everything he owned.
這位算命師是商人請來替他推算未來運勢的，很不幸地，算命師預見他之後會失去現在所擁有的一切。

- **revise**　[rɪ`vaɪz]　**v** 校訂；修正
The dictionary has now been **fully *revised*** and expanded with many new words.
這本字典現今已全面修訂完成，增添了許多新單字。

- **supervise**　[`supɚˌvaɪz]　**v** 監督；管理；指導
Janice ***supervises*** a team of engineers and is responsible for a new project.
珍尼絲管理一組工程師，負責一項新計畫案。

- **provide**　[prə`vaɪd]　**v** 提供；預備；規定
Besides mainstream schools, charter schools ***provide* freedom of choice for** parents.
除了主流學校外，特許學校也提供家長另一種選擇自由。

- **evidence** [ˈɛvədəns] **n** 跡象；證據；證人
  I'm afraid we can't take your word, for the **evidence** we've collected so far is not consistent with what you said.
  我們目前採集的事證與你的供詞有出入，恐怕無法採信你的說詞。

- **view** [vju] **n** 視力；風景；觀點
  The father's **view of education** was that it should prepare children for the college entrance exam, so he placed his son in a private school known for test preparation.
  這個爸爸的教育觀是替小孩大學入學考試做準備，因此把小孩送到一所以準備考試著名的私立學校就讀。

- **review** [rɪˈvju] **v** 審查；評論；複習
  If you **review** the current events section of the newspaper, you will see many political stories about the upcoming election.
  如果你回顧報紙上最近的新聞事件專區，會看到很多關於即將到來的選舉相關報導。

- **interviewee** [ˌɪntɚvjuˈi] **n** 受面試者；受訪者
  Though Maura looked a little discomposed, she still **outperformed other interviewees**.
  雖然莫拉看起來有些坐立難安，但仍比其他受訪者表現傑出。

audi 聽

- **audible** [ˈɔdəbl̩] **adj** 可聽見的
  On arriving at the train station, Gwendolyn let out **an audible sigh of relief**.
  一抵達火車站，關德琳如釋重負舒了一口氣。

- **audience** [ˈɔdɪəns] **n** 聽眾；傾聽；聽取
  Due to her extramarital affair, Judith lost many fans, and her performances attracted **smaller audiences**.
  朱蒂斯因婚外情而失去許多粉絲，表演時觀眾減少了。

- **audit** [`ɔdɪt] **v** 旁聽
Kay worked part time and *audited* **economics classes** in college.
凱伊邊打工邊旁聽大學經濟學課程。

- **auditorium** [ˌɔdə`torɪəm] **n** 聽眾席；禮堂
Not until half an hour before the concert started was the audience
allowed to **enter the *auditorium***.
音樂會開始前半小時，觀眾才能進入禮堂。

phon 聲音

- **microphone** [`maɪkrəˌfon] **n** 麥克風；擴音器
The interviewee was asked to **speak into the *microphone***
because her voice was weak.
受訪者聲音有些無力，被要求對著麥克風講話。

- **megaphone** [`mɛgəˌfon] **n** 擴音器；麥克風
After the civil rights activist acquired a ***megaphone***, he started to
yell and urged the government to release the protestors.
民運人士一拿到麥克風便開始大聲疾呼，要求政府釋放抗爭者。

- **euphonious** [ju`fonɪəs] **adj** 好聽的；悅耳的
These pop songs are *euphonious* and easy to sing.
流行歌曲動聽悅耳，容易傳唱。

- **cacophony** [kæ`kɑfənɪ] **n** 噪音；聲音異常
Living near a busy intersection, Lindsay often hears a ***cacophony***
of car horns and shouting.
琳賽住在繁忙交叉路口附近，常聽到汽車喇叭聲夾雜著叫喊聲。

- **saxophone** [`sæksəˌfon] **n** 薩克斯風
My grandfather **improvised on the *saxophone*** during the
wedding ceremony.
我爺爺在婚禮上即興表演薩克斯風。

son 聲音

- **sonorous** [sə`norəs] **adj** 響亮的
  Horace read the article with **a deep, *sonorous* voice** for his classmates.
  哈瑞斯以宏亮聲音為班上同學朗讀文章。

- **consonance** [`kɑnsənəns] **n** 一致；和諧
  In my opinion, the death penalty is not **in *consonance* with** the spirit of protecting human rights.
  依我之見，死刑不符合保護人權的精神。

- **dissonant** [`dɪsənənt] **adj** 刺耳；不一致
  The former and incumbent leaders have ***dissonant* styles of leadership**.
  前任和現任領袖領導風格截然不同。

- **supersonic** [ˌsupɚ`sɑnɪk] **adj** 超音波的；超音速的
  The country will purchase several ***supersonic* fighter planes** next year.
  國家明年將購買幾架超音速戰鬥機。

- **resonate** [`rɛzəˌnet] **v** 共鳴；共振
  Jerome's voice ***resonated*** in the empty classroom.
  哲羅姆的聲音在空盪教室中產生共鳴。

- **unison** [`junəsn̩] **n** 一致；和諧
  It was amazing to watch a group of dancers performing **in *unison***.
  看到一群舞者整齊的表演令人嘖嘖稱奇。

- **sonar** [`sonɑr] **n** 聲納
  Nowadays, fishermen use **modern *sonar* detection** to spot schools of fish.
  現今漁民使用現代聲納偵測探尋魚群位置。

- **sonata**　[sə`nɑtə]　**n**　奏鳴曲
My grandpa often listens to Beethoven's Piano **Sonata** No.32 before going to bed.
我爺爺常在睡前聽貝多芬第32號鋼琴奏鳴曲。

voc 聲音／喊叫

- **vocal**　[`vokl]　**adj**　聲音的
Voice misuse and overuse may cause **vocal cord damage**.
錯誤和過度使用聲音可能造成聲帶受傷。

- **equivocal**　[ɪ`kwɪvəkl]　**adj**　含糊的
You may be disappointed to hear that Kirk's answer to your question was **equivocal**.
如果聽到科克含糊回答問題，你可能會感到失望。

- **vocabulary**　[və`kæbjəˌlɛrɪ]　**n**　字彙
Louis likes to memorize dictionary words in his free time and has **a wide vocabulary**.
路易士有空時喜歡背單字，他的詞彙量很大。

- **vocation**　[vo`keʃən]　**n**　職業；使命感
As a teacher, you should **have a vocation** for your teaching.
身為老師，你必須對教學有使命感。

- **provoke**　[prə`vok]　**v**　激起
High tuition fees have **provoked an outcry from parents**.
高學費引發家長強烈抗議。

- **revoke**　[rɪ`vok]　**v**　取消
The CEO has **revoked his original decision** to build a new parking lot.
執行長收回蓋停車場的成命。

- **evoke**　[ɪ`vok]　Ⓥ 喚起
  Sitting in this armchair always **evokes memories** of my grandpa.
  坐在這張手扶椅上，總讓我想起爺爺。

- **advocate**　[`ædvəkɪt]　ⓝ 擁護者；提倡者
  Our teacher is **an untiring advocate** of lifelong learning.
  我們老師是一個堅持不懈的終生學習提倡者。

UNIT 10

醫療

med
治療

- **med**ical adj 醫學的
- **med**icine n 醫藥
- **med**icinal adj 藥的
- re**med**y n 醫藥
- **med**ication n 藥物
- re**med**iable adj 可醫治的
- irre**med**iable adj 無法醫治的

iatr
醫療

- ped**iatr**ician n 小兒科醫師
- pod**iatr**y n 腳部醫療
- ger**iatr**ics n 老人醫療

- **therap**y n 治療法
- **therap**eutic adj 治療的
- chemo**therap**y n 化學治療
- physio**therap**y n 物理治療
- hydro**therap**y n 水療法
- hypno**therap**y n 催眠治療
- radio**therap**y n 放射線治療
- psycho**therap**y n 心理治療法
- psycho**therap**ist n 心理治療師

therap
治療

- **pharmac**y n 藥房
- **pharmac**ist n 藥劑師
- **pharmac**eutical adj 製藥的
- **pharmac**ology n 藥理學

pharmac
藥

phy
藥

- **phy**sic n 藥劑
- **phy**sician n 內科醫師
- **phy**siology n 生理學

san
健康

- **san**e adj 心智健全的
- in**san**e adj 精神不健全的
- **san**ity n 心智健全
- **sal**ute v 致敬
- **sal**utary adj 有益健康的

noc
傷害

- in**noc**ent adj 無罪的
- in**noc**ence n 無罪
- **nox**ious adj 有害的
- ob**nox**ious adj 可憎的

vuln
傷害

- **vuln**erable adj 易受攻擊的
- **vuln**erability n 易受傷

iatr 醫療

- **pediatrician** [ˌpidɪəˈtrɪʃən] **n** 小兒科醫師
We often **check with the *pediatrician*** about what food our child should eat. 我們常詢問小兒科醫師，小孩應該吃什麼食物。

- **podiatry** [poˈdaɪətri] **n** 腳部醫療
This clinic offers **general *podiatry*** for people of all ages who may have problems with their feet.
診所提供各種年齡的足部患者一般腳部醫療。

- **geriatrics** [ˌdʒɛrɪˈætrɪks] **n** 老人醫療
This training program for the nursing home focuses on ***geriatrics***.
療養院訓練課程聚焦在老人醫療。

med 治療

- **medical** [ˈmɛdɪkl̩] **adj** 醫學的；醫藥的；內科的
The research paper was revised several times before it was published in **a *medical* journal**.
研究論文在醫學期刊發表前已多次修訂。

- **medicine** [ˈmɛdəsn̩] **n** 醫藥；醫學；內科；醫師行業
If you have a nervous reaction to the sight of blood, you may want to reconsider a career in ***medicine***.
如果看到血會緊張，你可能要重新思考是否從醫。

- **medicinal** [məˈdɪsn̩l] **adj** 藥的；藥用的；有藥效的
Sally was provided with **a *medicinal* shampoo** as a treatment for her itchy scalp.
醫生開給莎莉治療發癢頭皮的藥用洗髮精。

- **remedy** [ˈrɛmədɪ] **n** 醫藥；療法；補償
It's pretty easy to find natural and **herbal *remedies*** for hand, foot and mouth disease.
找到治療手足口病的天然草藥一點也不難。

- **medication** [ˌmɛdɪˈkeʃən] **n** 藥物；藥物治療
The patient was not aware of the **side effects of his *medications***.
病人未留意藥物副作用。

- **remediable** [rɪˈmidɪəbl̩] **adj** 可醫治的；可補救的；可矯正的
Muscle dysfunction is ***remediable*** by surgery.
肌肉功能障礙可以手術治療。

- **irremediable** [ˌɪrɪˈmidɪəbl̩] **adj** 無法醫治的；不可彌補的；難改正的
The car accident caused ***irremediable* damage to** the driver's legs.
車禍給騎士的腿帶來無法挽回的傷害。

therap 治療

- **therapy** [ˈθɛrəpɪ] **n** 治療法
The family members benefited a lot from taking a course in **family *therapy***.
家庭成員在家族治療課程中受益甚多。

- **therapeutic** [ˌθɛrəˈpjutɪk] **adj** 治療的；有療效的
In order to eliminate the chronic dandruff in her hair, Faith bought **a *therapeutic* shampoo** in the pharmacy.
為抑制慢性頭皮屑，費茲在藥局買一瓶藥用洗髮精。

- **chemotherapy** [ˌkɛmoˈθɛrəpɪ] **n** 化學治療
Chemotherapy treats many different cancers effectively, but it causes different side effects, including nausea, fatigue, and hair loss.
化療有效治療許多不同類型癌症，但也產生不同副作用，包括噁心、疲憊和落髮。

- **physiotherapy** [ˌfɪzɪəˈθɛrəpɪ] **n** 物理治療
The hospital provides ***physiotherapy* services** to injured athletes.
醫院提供受傷運動員物理治療服務。

- **hydrotherapy** [ˋhaɪdrəˋθɛrəpɪ] **n** 水療法
The medical center is equipped with **a pool for *hydrotherapy*** for children with Autism and Cerebral Palsy.
醫學中心附設水療池供自閉症和腦性麻痺病童使用。

- **hypnotherapy** [hɪpnoˋθɛrəpɪ] **n** 催眠治療
***Hypnotherapy* and meditation** allow you to enter a state of deep relaxation.
催眠治療和靜坐冥想可讓你進入深層放鬆狀態。

- **radiotherapy** [redɪoˋθɛrəpɪ] **n** 放射線治療
Hermosa has been **undergoing *radiotherapy*** for several weeks to treat her tumor.
為了治療腫瘤，何蒙莎做了幾週的放射性治療。

- **psychotherapy** [saɪkoˋθɛrəpɪ] **n** 心理治療法
Jennifer's niece requires much ***psychotherapy* and medication** in treating her mental illness.
珍妮弗的姪女極需心理治療搭配藥物來治療心理疾病。

- **psychotherapist** [ˌsaɪkoˋθɛrəpɪst] **n** 心理治療師
Josephine is very reluctant to see a psychiatrist or ***psychotherapist***.
約瑟芬非常抗拒看身心科醫生或心理治療師。

pharmac 藥

- **pharmacy** [ˋfɑrməsɪ] **n** 藥房；藥劑學
You can buy a range of over-the-counter medicines in **the local *pharmacy*** without a doctors' prescription.
你可在當地藥局買到各種非處方箋成藥。

- **pharmacist** [ˋfɑrməsɪst] **n** 藥劑師
If you do not remember the exact dosage, **ask the *pharmacist***.
如果不記得確切劑量，問一下藥劑師。

- **pharmaceutical** [ˌfɑrməˈsjutɪkl] **adj** 製藥的；配藥的
  The founder of **the *pharmaceutical* company** worked in the factory when she was young.
  製藥公司創始人年輕時在工廠工作。

- **pharmacology** [ˌfɑrməˈkɑlədʒɪ] **n** 藥理學
  The pamphlet gives a brief account of the ***pharmacology*** of these rare drugs.
  小冊子簡要說明這些罕見藥的藥理。

phy 藥

- **physic** [ˈfɪzɪk] **n** 藥劑；醫學
  The shop sold **illegal *physic*** promising fast cures for ailments, and its owner was thrown in jail.
  店家非法販售速效藥，店主鋃鐺入獄。

- **physician** [fɪˈzɪʃən] **n** 內科醫師
  First, you have to tell your **family *physician*** what medicines your son is taking.
  首先，必須告訴家庭醫師你兒子正在服用的藥物。

- **physiology** [ˌfɪzɪˈɑlədʒɪ] **n** 生理學
  A high level of stress impacts on the ***physiology*** of the brain.
  高度壓力影響大腦生理機能。

san 健康

- **sane** [sen] **adj** 心智健全的；神智正常的；頭腦清醒的；明智的
  June was ***sane*** at the time of the car accident, but her mental state has not been the same since.
  交通意外發生時朱恩的神智相當清醒，但心理狀態從此異常。

- **insane** [ɪnˈsen] **adj** 精神不健全的
  The woman was **mentally *insane*** and kept saying her husband would kill her.
  這個女子精神不正常，一直說丈夫要殺她。

- **sanity** [ˋsænətɪ] **n** 心智健全;穩健
  It's not easy to be active on social media and still **retain your sanity**.
  要活躍於社群媒體又要保持清醒,很不容易。

- **salute** [səˋlut] **v** 致敬;敬禮
  These students are reluctant to **salute the *statue*** of the former president.
  學生拒絕向前總統雕像敬禮。

- **salutary** [ˋsæljəˌtɛrɪ] **adj** 有益的;有益健康的
  It has been **a *salutary* experience** to study overseas.
  留學是一個有益的經驗。

noc 傷害

- **innocent** [ˋɪnəsn̩t] **adj** 無罪的;天真的
  The owner of the café was later proved to be ***innocent***.
  咖啡店老闆最後證實無罪。

- **innocence** [ˋɪnəsn̩s] **n** 無罪;天真
  Though **protesting his *innocence***, the manager was sentenced to two years in prison.
  雖然經理替自己辯解開罪,仍然被判刑兩年。

- **noxious** [ˋnɑkʃəs] **adj** 有害的;有毒的
  The spoiled food in the kitchen gave off **a *noxious* smell**.
  廚房裡變質食物散發出非常難聞的味道。

- **obnoxious** [əbˋnɑkʃəs] **adj** 可憎的
  The teacher found his students somewhat ***obnoxious***.
  老師覺得他的學生有些讓人討厭。

vuln 傷害

- **vulnerable** [ˋvʌlnərəbḷ] adj 易受攻擊的；易受責難的

  Not only are kids **vulnerable to** attack but adults are the prey of the killers.

  不只小孩容易受到攻擊，成人也是殺手的目標。

- **vulnerability** [ˌvʌlnərəˋbɪlətɪ] n 易受傷；易受責難

  The typhoon that hit the country highlights man's **vulnerability** to natural disasters.

  侵襲這個國家的颱風凸顯人類面對天然災害時的脆弱。

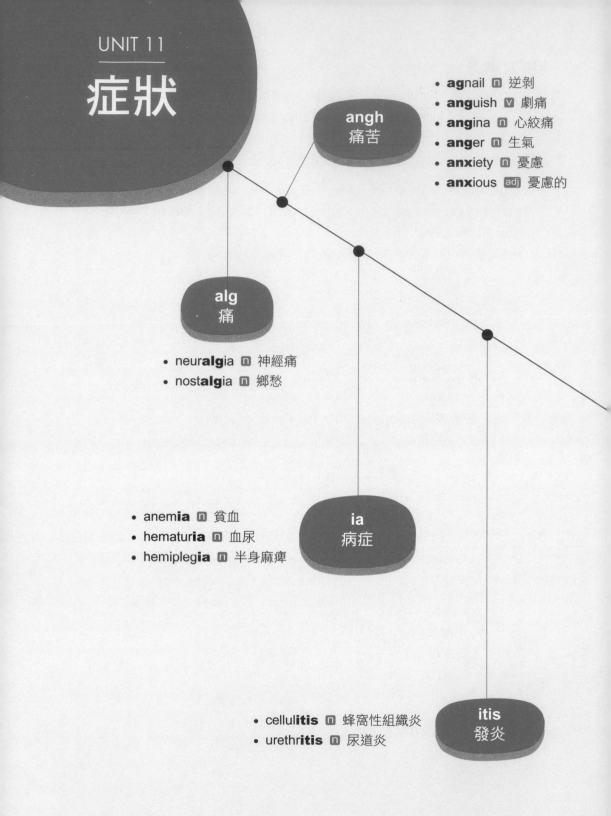

UNIT 11

症狀

angh
痛苦

- **ag**nail n 逆剝
- **ang**uish v 劇痛
- **ang**ina n 心絞痛
- **ang**er n 生氣
- **anx**iety n 憂慮
- **anx**ious adj 憂慮的

alg
痛

- neur**alg**ia n 神經痛
- nost**alg**ia n 鄉愁

- anem**ia** n 貧血
- hematur**ia** n 血尿
- hempleg**ia** n 半身麻痺

ia
病症

- cellul**itis** n 蜂窩性組織炎
- urethr**itis** n 尿道炎

itis
發炎

ma
瘤

- melano**ma** n 黑色素瘤
- oophoro**ma** n 卵巢瘤

narc
麻木

- **narc**otize v 麻醉
- **narc**olepsy n 嗜睡症
- **narc**otic n 麻醉劑

tuber
膨脹

- **tuber**ous adj 塊莖狀的
- pro**tuber**ance n 瘤

- **tum**id adj 腫脹的
- **tum**efy v 腫脹
- **tum**or n 腫瘤
- **tum**ult n 喧囂
- **tum**ultuous adj 喧囂的
- con**tum**acious adj 抗拒的

tum
膨脹

alg 痛

- **neuralgia** [njʊˋrældʒə] **n** 神經痛
  Occipital *neuralgia*, a medical condition characterized by chronic pain of the neck and the back of the head, is usually due to infection, or trauma to the occipital nerves.
  枕骨神經痛的醫學症狀是慢性背痛及後腦痛，通常是枕骨神經感染或創傷引起的。

- **nostalgia** [nɑsˋtældʒɪə] **n** 鄉愁；念舊
  Edmund **feels *nostalgia* for** his college days.
  艾德蒙對大學時期充滿懷舊之情。

angh 痛苦

- **agnail** [ˋægnel] **n** 逆剝，甲刺
  The doctor **removed an *agnail*** from one of the lady's fingers.
  醫生從女子的一隻手指上取出一根甲刺。

- **anguish** [ˋæŋgwɪʃ] **v** 劇痛
  Morton **cried out in *anguish*** as his finger was pierced by a sharp wire. 摩頓的手指遭銳利鐵絲刺傷，痛到哀叫。

- **angina** [ænˋdʒaɪnə] **n** 心絞痛
  The drug is effective in **relieving *angina,*** helping many people who experience chest pains.
  藥物有效舒緩心絞痛，幫助許多歷經胸痛的人。

- **anger** [ˋæŋgɚ] **n** 生氣
  The mayor **has directed a lot of *anger* towards** the tasteless buildings. 市長對於單調的建築物感到憤怒。

- **anxiety** [æŋˋzaɪətɪ] **n** 憂慮；掛念
  The rebellious son is a source of **considerable *anxiety*** to the successful entrepreneur.
  叛逆的兒子總讓成功企業家放不下心。

- **anxious** [ˋæŋkʃəs] **adj** 憂慮的；掛念的
  The single mother **feels *anxious* about** money because her daughter needs to pay tuition fees next week.
  單親媽媽擔憂金錢，因為女兒下星期要繳學費。
  【說明】angh表示因緊縮而造成的痛苦。

ia 病症

- **anemia** [əˋnimɪə] **n** 貧血
  Your hair loss and thinning of your hair could be **the result of *anemia*** or iron deficiency.
  妳的落髮和頭髮稀疏問題可能是貧血或缺鐵所致。

- **hematuria** [ˌhiməˋtjurɪə] **n** 血尿
  Cherry started seeing a urologist because she **suffered from *hematuria***.
  罹患血尿，綺莉於是開始看泌尿科醫師。

- **hemiplegia** [ˌhɛmɪˋplidʒɪə] **n** 半身麻痺
  My grandma suffered a stroke that resulted in **complete right-sided *hemiplegia*** last year.
  我奶奶去年中風導致右半身完全麻痺。

itis 發炎

- **cellulitis** [ˌsɛljʊˋlaɪtɪs] **n** 蜂窩性組織炎
  My neighbor has **a *cellulitis* infection** on his right arm, which almost always leads to amputation.
  我的鄰居右手臂罹患蜂窩性組織炎，差點截肢。

- **urethritis** [ˌjʊrɪˋθraɪtɪs] **n** 尿道炎
  Urethritis may produce symptoms in men, such as a burning sensation while urinating, and the presence of blood in the semen or urine.
  男性尿道發炎可能會有小便燒灼感、血精和血尿等症狀。

ma 瘤

- **melanoma** [ˌmɛləˈnomə] **n** 黑色素瘤
  Too much exposure to sunlight may cause **malignant melanomas**, one type of skin cancer.
  大量曝曬陽光可能導致一種皮膚癌——惡性黑色素瘤。

- **oophoroma** [ˌoəfəˈromə] **n** 卵巢瘤
  It has been 3 years since Deirdre **was diagnosed with oophoroma**, and she is now without her ovaries.
  迪得莉被診斷出卵巢瘤三年了，現在卵巢已切除。

narc 麻木

- **narcotize** [ˈnɑrkəˌtaɪz] **v** 麻醉；使昏迷
  The patient was **narcotized** so he wouldn't be sensitive to pain.
  病患接受麻醉而失去疼痛感覺。

- **narcolepsy** [ˈnɑrkəˌlɛpsɪ] **n** 嗜睡症
  Medications to **treat narcolepsy**, such as stimulants and antidepressants, can help reduce symptoms.
  用興奮劑及抗憂鬱藥等藥物治療嗜睡症可以減緩症狀。

- **narcotic** [nɑrˈkɑtɪk] **n** 麻醉劑
  A **narcotic**, used to sedate someone or reduce pain, is a medicine derived from opium.
  讓人鎮定或舒緩疼痛的麻醉劑是鴉片提煉的藥物。

tuber 膨脹

- **tuberous** [ˈtubərəs] **adj** 塊莖狀的；有結節的
  My grandparents grow various types of **root and tuberous vegetables** in the front yard.
  我祖父母在前院種了各式各樣的根莖類作物。

- **protuberance** [proˋtjubərəns] **n** 瘤；突起
  There is **a big *protuberance*** on the back of Eleanore's neck.
  愛琳諾頸部後面長一顆大瘤。

tum 膨脹

- **tumid** [ˋtjumɪd] **adj** 腫脹的；浮誇的
  The terminal cancer patient has **a *tumid* belly** and has difficulty eating any food.
  癌末病人腹脹，食不下嚥。

- **tumefy** [ˋtjuməˌfaɪ] **v** 腫脹
  Nelly was afflicted with **a *tumefied* tongue** that prevents him from speaking clearly.
  內麗飽受舌頭腫脹折磨，沒辦法清楚講話。

- **tumor** [ˋtjumɚ] **n** 腫瘤
  A benign *tumor* of the breast can be completely excised.
  胸部良性腫瘤可以完全切除。

- **tumult** [ˋtjumʌlt] **n** 喧囂；騷動
  After Paula learned about her father's sudden death, her thoughts were **in *tumult***.
  寶拉驟聞父親噩耗，頭腦亂成一團。

- **tumultuous** [tjuˋmʌltʃʊəs] **adj** 喧囂的；騷動的
  The improvisational performance roused all the audience to ***tumultuous* applause**.
  即興表演讓全場觀眾掌聲如雷。

- **contumacious** [ˌkɑntjʊˋmeʃəs] **adj** 抗拒的；不服從的
  The judge denounced the businessman for **his *contumacious* conduct**.
  法官斥責生意人拒不服從法院。

心靈

phil
愛

- **phil**osophy n 哲學
- **phil**osopher n 哲學家
- **phil**osophical adj 哲學的
- **phil**anthropist n 慈善家
- biblio**phile** n 愛書人
- **phil**harmonic adj 愛好音樂的

am
喜愛

- **am**ateur adj 業餘的
- **am**orous adj 多情的
- **am**iable adj 和藹可親的
- **am**icable adj 友善的
- en**em**y n 敵人
- en**m**ity n 敵意
- **am**ity n 和睦

- **miso**gyny n 厭女症
- **miso**gynist n 厭女者
- **miso**gynous adj 厭惡女生的

miso
恨

- **phren**ic adj 橫膈膜的
- **phren**itis n 腦炎
- schizo**phren**ia n 精神分裂症
- **fran**tic adj 發狂似的
- **fren**etic adj 發狂似的
- **phren**ology n 顱相學

phren
心／精神

- **soph**ism n 詭辯
- **soph**ist n 詭辯家
- **soph**istication n 世故
- **soph**isticated adj 世故的
- **soph**omore n 二年級學生

soph
智慧

- **ment**al adj 精神的
- **ment**ality n 智力
- **ment**ion v 記載
- com**ment** n 評語
- com**ment**ary n 註解
- de**ment**ed adj 精神錯亂的
- **mind** n 心
- re**mind** v 提醒
- re**mind**er n 提醒者

ment
心智

- **psych**e n 靈魂
- **psych**ic adj 靈魂的
- **psych**ology n 心理學
- **psych**ologist n 心理學家
- **psych**iatry n 精神病學
- **psych**iatrist n 精神病醫師
- **psych**oanalysis n 心理分析
- **psych**oneurosis n 精神性神經病
- **psych**opath n 精神病患者

psych
心智／靈魂

- **volunt**ary adj 自願的
- in**volunt**ary adj 無心的
- **volunt**eer v 志願
- **voli**tion n 意志
- **voli**tional adj 意志的

volunt
意志

am 喜愛

- **amateur** [ˋæməˌtʃʊr] `adj` 業餘的
  Tim does not want to hire **an *amateur* photographer** for his wedding day.
  提姆結婚當天不想雇用業餘攝影師拍照。

- **amorous** [ˋæmərəs] `adj` 多情的
  David will never forget about **his *amorous* adventures** with a French woman.
  大衛和法國女子的豔遇令他永生難忘。

- **amiable** [ˋemɪəbḷ] `adj` 和藹可親的
  Mr. Liu is the most ***amiable* and kind teacher** in the school.
  劉老師是學校最和藹仁慈的老師。

- **amicable** [ˋemɪəbḷ] `adj` 友善的；和藹的
  The landlord has **reached an *amicable* settlement with** the tenants.
  房東和房客達成和解，彼此不傷和氣。

- **enemy** [ˋɛnəmɪ] `n` 敵人；危害物
  The legislator colluded with **his political *enemies*** to pass the bill.
  為了通過法案，立法委員和政敵勾結。

- **enmity** [ˋɛnmətɪ] `n` 敵意；敵對
  Due to the **family feuds and *enmities***, the couple will not be able to get married.
  兩家世仇，彼此敵意很深，以至這對戀人無法結婚。

- **amity** [ˋæmətɪ] `n` 和睦；和好
  These two countries have been making much effort to **maintain peace and *amity* with** each other.
  兩國雙方努力維持和平友好關係。

phil 愛

- **philosophy** [fə`lɑsəfɪ] **n** 哲學；人生觀；宗旨
These teachers embraced **the *philosophy* of education** that can help them reflect on a series of fundamental questions about their craft.
這些老師擁護的教育哲學有助於省思一連串教學技巧基本問題。

- **philosopher** [fə`lɑsəfɚ] **n** 哲學家；思想家
Jean-Paul Sartre was a French playwright, novelist, political activist, and one of the key **existentialist *philosophers***.
尚-保羅·沙特是法國劇作家、小說家、政治運動家，也是重要的存在主義哲學家。

- **philosophical** [͵fɪlə`sɑfɪkl] **adj** 哲學的；達觀的
Claire was ***philosophical* about** how different her life would have been if she had been adopted.
克萊兒對於若是被領養，生活會有什麼不同的假設問題看得很開。

- **philanthropist** [fɪ`lænθrəpɪst] **n** 慈善家
Due to scarcity of budgetary resources, the school is seeking the help of ***philanthropists*** and the local people.
經費短缺，學校正尋求慈善家和當地居民的幫忙。

- **bibliophile** [`bɪblɪə͵faɪl] **n** 愛書人；藏書家
The bookstore owner is **a knowledgeable *bibliophile***.
書店老闆是知識淵博的愛書人。

- **philharmonic** [͵fɪlɚ`mɑnɪk] **adj** 愛好音樂的
The famous singer was invited to perform with **the *philharmonic* orchestra** in my hometown.
名歌手受邀到家鄉和愛樂交響樂團一起表演。

miso 恨

- **misogyny** [maɪˋsɑdʒɪnɪ] **n** 厭女症
  There is still **misogyny** and sexual violence in the workplace.
  工作場所仍可見厭女症和性別暴力。

- **misogynist** [maɪˋsɑdʒɪnɪst] **n** 厭女者
  Barnett is a bachelor and **renowned misogynist** that most
  women know they should stay away from.
  巴奈特是單身漢，也是有名的厭女者，很多女性知道應該遠離。

- **misogynous** [maɪˋsɑdʒɪnəs] **adj** 厭惡女生的
  Poems containing **misogynous views** are found commonly in the
  book.
  這本書充斥厭惡女人觀點的詩作。

phren 心／精神

- **phrenic** [ˋfrɛnɪk] **adj** 橫膈膜的；精神的
  This patient was diagnosed as having no **accessory phrenic
  nerve**, causing some problems with the control of his breathing.
  病人被診斷不具副膈神經，難以控制呼吸。

- **phrenitis** [frɪˋnaɪtɪs] **n** 腦炎；精神錯亂
  Phrenitis, inflammation of the brain caused by a virus, can be
  quite painful and can even cause death.
  腦炎意指腦部因病毒感染而發炎，患者會相當疼痛，甚至死亡。

- **schizophrenia** [͵skɪtsəˋfrinɪə] **n** 精神分裂症
  The psychiatrist prescribed some medicine to help the patient
  control the imbalance of dopamine, a chemical in the brain that
  causes **schizophrenia**.
  精神科醫師開藥幫助病人控制腦內多巴胺平衡，多巴胺這種化學物質失衡
  會導致精神分裂症。

- **frantic**　[`fræntɪk]　**adj** 發狂似的
  The teacher **made a *frantic* search for** the missing student.
  老師發狂似地一直找尋失蹤學生。

- **frenetic**　[frɪ`nɛtɪk]　**adj** 發狂似的；精神錯亂的
  The citizens are fed up with **the *frenetic* ways** of the mayor, which have hurt her political career.
  市民早就厭倦市長的瘋狂行徑，她的行為阻礙個人政治前途。

- **phrenology**　[frɛ`nɑlədʒɪ]　**n** 顱相學
  Phrenology was once a widespread medical movement, but it is no longer considered a legitimate science.
  顱相學曾經是流行的醫療活動，但現今不再是合法科學。

soph 智慧

- **sophism**　[`sɑfɪzəm]　**n** 詭辯
  Modern politicians are relying more on creative fabrications and ***sophism*** to trick voters into voting for them. 。
  當今政治人物更加依賴虛構的創意故事和詭辯以獲得更多選票。

- **sophist**　[`sɑfɪst]　**n** 詭辯家
  Though Gongsun Long is regarded as a ***sophist*** by some scholars, we still believe he is a true philosopher of School of Names.
  雖然有些學者認為公孫龍是詭辯家，我們仍然相信他是名家學派的真正哲學家。

- **sophistication**　[sə͵fɪstɪ`keʃən]　**n** 世故；偽品
  The ***sophistication*** of our products, including pads, laptops, and smartphones, is increasing.
  我們的平板、筆電及智慧型手機等產品越來越精密。

- **sophisticated**　**adj** 世故的；老練的；複雜的
  The country has developed more **highly *sophisticated* weapons** to threaten its enemies.
  國家發展更多高度精密武器來威脅敵人。

- **sophomore** [`safmor] n 二年級學生；第二年的工作人員
I used to suffer from much pressure when I was **in my sophomore year** at high school.
我高二時曾經承受很大壓力。

ment 心智

- **mental** [`mɛntl] adj 精神的；智力的；心理的
A lawyer must have **considerable *mental* agility** to deal with the case.
律師必須頭腦機敏才能處理這案子。

- **mentality** [mɛn`tælətɪ] n 智力；心理狀況
I do not understand the ***mentality*** of people who just complain and do not provide any constructive advice.
我無法理解那些抱怨卻提不出任何建設性建議者的心態。

- **mention** [`mɛnʃən] v 記載；提名表揚
The student ***mentioned*** his own errors and promised he would never make the same mistake again.
學生提到自己的過失，承諾不再犯相同過錯。

- **comment** [`kamɛnt] n 評語；評論
The recent incident involving domestic violence in the apartment has **aroused *comment*** from curious neighbors.
公寓最近發生的家暴事件引起好奇鄰居熱議。

- **commentary** [`kamən͵tɛrɪ] n 註解；評論；紀事
The pundit often offers **political *commentary*** and analysis on the US election on his blog.
名嘴常在部落格分析評論美國選舉。

- **demented** [dɪ`mɛntɪd] adj 精神錯亂的
Elderly *demented* patients who stop eating require hospitalization lest they become quickly malnourished.
年長的精神異常患者若停止進食就需要住院，以免很快就營養不良。

- **mind** [maɪnd] **n** 心；決心；意志
The woman kept going over the bungee jumping accident, which almost took her life, again and again **in her *mind***.
女子一直想起幾乎奪命的高空彈跳意外事故。

- **remind** [rɪ`maɪnd] **v** 提醒；使想起
Bob tied a string around his finger to **remind** him to go to the store after school to buy a gallon of milk for his mother.
鮑勃在手指綁一條線，提醒自己放學後要去商店替媽媽買一加侖牛奶。

- **reminder** [rɪ`maɪndɚ] **n** 提醒者；提醒物
The organizer sent attendees **a *reminder* e-mail** one day before the symposium.
主辦單位在研討會前一天寄電子郵件，提醒參加者記得出席。

psych 心智／靈魂

- **psyche** [`saɪkɪ] **n** 靈魂；精神
Injuries to the team leader affected the **psyches** of every basketball team member.
隊長受傷影響每一位籃球隊員的精神。

- **psychic** [`saɪkɪk] **adj** 靈魂的；精神的
Blake claims to have **psychic powers**, including telepathy, clairvoyance, and divination.
布萊克宣稱擁有特異能力，包含心電感應、靈視和占卜。

- **psychology** [saɪ`kɑlədʒɪ] **n** 心理學
Dave got a Ph.D. in **child *psychology*** and became a lecturer in psychology.
迪夫取得兒童心理學博士學位後，成為心理學講師。

- **psychologist** [saɪ`kɑlədʒɪst] **n** 心理學家
When individuals feel that they are unable to manage their stress, it is time for them to **consult a *psychologist***.
個人感覺無法處理壓力時，就該諮詢心理學家。

- **psychiatry** [saɪˋkaɪətrɪ] **n** 精神病學；精神病治療
I really miss the time we were learning about **geriatric *psychiatry*** in college.
很懷念我們大學一起念老人精神病學的那段時光。

- **psychiatrist** [saɪˋkaɪətrɪst] **n** 精神病醫師
The patient was **referred to a *psychiatrist*** to deal with his worsening anger issues.
病人被轉介到精神科，治療逐漸惡化的易怒現象。

- **psychoanalysis** [ˌsaɪkoəˋnæləsɪs] **n** 心理分析；精神分析
Psychoanalysis is both a theory of the human mind and an intensive treatment approach.
精神分析既是關於人類心理的理論，也是密集治療方式。

- **psychoneurosis** [ˌsaɪkonjʊˋrosɪs] **n** 精神性神經病；神經官能症
Charles Darwin suffered from **an anxiety-caused *psychoneurosis*** for most of his working life.
查爾斯·達爾文工作時飽受焦慮引起的精神官能症之苦。

- **psychopath** [ˋsaɪkəˌpæθ] **n** 精神病患者
Not all the ***psychopaths*** are aggressive or commit violent crimes.
並非所有精神病患者都具攻擊性或暴力犯罪。

volunt 意志

- **voluntary** [ˋvɑlənˌtɛrɪ] **adj** 自願的；自動的；故意的
The teacher found teaching junior high school was an unsuitable job and **took a *voluntary* leave of absence**.
老師覺得教國中生不適合他，因此自願離職。

- **involuntary** [ɪnˋvɑlənˌtɛrɪ] **adj** 無心的；非本意的
The girl gave **an *involuntary* smile** when she heard the school team won a championship.
女孩聽到校隊榮獲冠軍的消息不自覺地笑了。

- **volunteer** [ˌvɑlən`tɪr] **v** 志願
  My little brother **volunteered for the army,** because he thought it would make his father proud of him.
  我弟弟自願從軍，認為爸爸會為他感到驕傲。

- **volition** [vo`lɪʃən] **n** 意志；意欲
  We cleaned the classroom **of our own *volition*.**
  我們自願打掃教室。

- **volitional** [vo`lɪʃənl] **adj** 意志的；意欲的
  Dysphonia and **abnormal *volitional* cough** are relevant predictors of dysphagia.
  發聲困難和異常咳嗽是吞嚥困難的相關預測指標。

學習認知

cogn
知道

- **cogn**ition n 認知
- **cogn**itive adj 認知的
- re**cogn**ition n 認知
- dia**gn**ose v 診斷
- pro**gn**osis n 預測

- **ign**ore v 忽視
- **ign**orant adj 無知的
- re**cogn**ize v 辨識
- unre**cogn**izable adj 無法辨識的
- **no**torious adj 惡名昭彰的

sap
聰明／品嚐

- **sap**id adj 美味的
- **sap**ient adj 睿智的
- in**sip**id adj 枯燥無味的
- **sage** n 聖賢

- **sci**ence n 科學
- **sci**entific adj 科學的
- **sci**entist adj 科學家
- con**sci**ence n 良心
- con**sci**ous adj 有意識的
- uncon**sci**ous adj 無意識的
- con**sci**entious adj 本於良心的
- subcon**sci**ous adj 潛意識的
- omni**sci**ent adj 全知的
- pre**sci**ence n 預知

sci
知道

- a**war**e adj 知道的
- una**war**e adj 不知道的
- a**war**eness n 察覺
- be**war**e v 小心
- **war**y adj 小心的

war
知道

單元MP3

memor 記得

- **memor**y n 記憶
- **memor**ize v 記憶
- **memor**ial adj 紀念的
- **memor**able adj 難忘的
- **memo**ir n 回憶錄
- **mem**ento n 紀念品
- com**memor**ate v 紀念
- re**member** v 記起

put 思考

- com**put**er n 電腦
- de**put**y n 代理人
- dis**put**e n 爭論
- im**put**e v 歸咎於
- re**put**ation n 聲望
- re**put**able adj 有名聲的

theo 沉思

- **theo**ry n 理論
- **theo**retical adj 理論的

quest 尋找

- **quest** n 尋找
- **quest**ion n 詢問
- **quest**ionnaire n 調查表
- **quest**ionable adj 可疑的
- re**quest** n 請求
- con**quest** n 征服
- con**quer** v 征服
- se**quest**er v 扣押

sap 聰明／品嚐

- **sapid** [`sæpɪd]　adj 美味的；有趣的
  I hope the beef is as **sapid** as it smells.
  希望牛排嚐起來像聞起來那樣美味。

- **sapient** [`sepjənt]　adj 睿智的
  Sapient readers have the insight to understand why the author
  said this particular thing in a particular way.
  聰明的讀者可以洞悉作者為何以獨特風格述說這一獨特主題。

- **insipid** [ɪn`sɪpɪd]　adj 枯燥無味的
  Hetty is **an insipid old hag**, who likes to criticize her neighbors.
  赫蒂是無聊乏味的老太太，喜歡批評鄰居。

- **sage** [sedʒ]　n 聖賢
  The politician consulted numerous gurus and **sages** about his
  path in life.　政治人物請教不少大師和智者人生之路。

cogn 知道

- **cognition** [kɑg`nɪʃən]　n 認知；知識
  Successful reading has a lot to do with **cognition** and
  understanding.　成功的閱讀和認知及理解力關係緊密。

- **cognitive** [`kɑgnətɪv]　adj 認知的
  Cognitive psychology is a branch of psychology that helps us
  understand the human thought process and how we acquire,
  process, and store information.
  認知心理學是心理學的分支，有助於了解人類思考歷程以及獲取、處理、
  儲存知識的歷程。

- **recognition** [ˌrɛkəg`nɪʃən]　n 認知；承認；表彰
  Tesla was considered a genius of his day, but he never **earned
  the recognition** he deserved.
  特斯拉當時被視成天才，但他從未獲得應有報償。

- **diagnose** [`daɪəgnoz] **v** 診斷；分析
Ursula **was *diagnosed* as** having brain cancer.
耳舒拉被診斷出罹患腦癌。

- **prognosis** [prɑg`nosɪs] **n** 預測；預後
Though the malignant tumor was removed, it is still not easy for the doctor to **make an accurate *prognosis***.
儘管切除惡性腫瘤，醫生仍難以做出準確的預後判斷。

- **ignore** [ɪg`nor] **v** 忽視；不理會
The problem of low birth rate should not be ***ignored***, since it will have a severe impact on the country's future development and competitiveness.
少子化問題不容小覷，因為將嚴重衝擊國家未來發展與競爭力。

- **ignorant** [`ɪgnərənt] **adj** 無知的；無學識的
The students are **surprisingly *ignorant* about** the laws.
學生對法律的無知程度令人吃驚。

- **recognize** [`rɛkəg͵naɪz] **v** 辨識；承認
I still cannot ***recognize* this voice**.
我仍然無法辨識這個聲音。

- **unrecognizable** [ʌn`rɛkəg͵naɪzəbl] **adj** 無法辨識的
The skinny teenager matured to be a handsome man, ***unrecognizable* to** people who hadn't seen him since he was a child.
青少年這幾年已變成帥哥，從孩提時期至今沒見過的人，幾乎認不出。

- **notorious** [no`torɪəs] **adj** 惡名昭彰的
The city **is *notorious* for** high housing prices.
這座城市的高房價惡名在外。

sci 知道

- **science** [`saɪəns] **n** 科學；學問
  A long line of visitors waited to enter **the *science* museum**, where there was an exhibition of a large, but incomplete fossil sperm whale specimen.
  人潮大排長龍，等待進入科學博物館參觀不完整大型抹香鯨化石標本。

- **scientific** [ˌsaɪən`tɪfɪk] **adj** 科學的；有學問的；有系統的
  The scholars **presented *scientific* evidence** that humans lived in Taiwan about 10,000 years ago.
  學者提出科學證據，證明台灣在一萬年前就有人居住。

- **scientist** [`saɪəntɪst] **n** 科學家
  The retired *scientist* taught science and math to kids in an orphanage school in Kenya.
  退休科學家在肯亞一所孤兒學校教授自然和數學。

- **conscience** [`kanʃəns] **n** 良心
  Though Andrew had forgiven me, **a guilty *conscience*** still nagged at me. 雖然安德魯原諒我，我仍良心不安。

- **conscious** [`kanʃəs] **adj** 有意識的；知覺的；故意的；蓄意的
  The General **made a *conscious* effort** to make the soldiers feel that they are cared about, so he often ate meals in the field with the low-ranking foot soldiers.
  將軍要讓士兵感到被重視，所以常和低階步兵在戰場上用餐。

- **unconscious** [ʌn`kanʃəs] **adj** 無意識的；未發覺的
  The thief was hit and **knocked *unconscious***. 小偷被打到失去意識。

- **conscientious** [ˌkanʃɪ`ɛnʃəs] **adj** 本於良心的；謹慎的
  Many young American men ran away to Canada during the Vietnamese conflict, because they were ***conscientious objectors***, and did not want to kill other people.
  很多美國年輕人越戰時期逃到加拿大，他們是有良心的反戰者不想殺害人。

- **subconscious** [sʌb`kɑnʃəs] **adj** 潛意識的
Thoughts buried deep within the subconsciousness cannot be easily perceived, while dreams are manifestations of your *subconscious* **thoughts**.
深藏在潛意識裡的想法無法輕易察覺，而夢卻是潛意識想法的體現。

- **omniscient** [ɑm`nɪʃənt] **adj** 全知的
The novel has **a third-person *omniscient* narrator** who knows everything that is happening on all sides.
小說採第三人稱全知敘述觀點，能夠知道故事所有情節。

- **prescience** [`prɛʃɪəns] **n** 預知；先見
With **extraordinary *prescience***, Darcy actually predicted the disastrous earthquake.
達西具有特殊預知能力，能夠準確預知毀滅性地震。

war 知道

- **aware** [ə`wɛr] **adj** 知道的；發覺的
The hunters **were** not ***aware* of** the risks facing them up in the mountains.
獵人沒有察覺山上即將面臨的危機。

- **unaware** [ˌʌnə`wɛr] **adj** 不知道的；未察覺的
Dylan was completely ***unaware* of** the situation waiting for him back at the office.
狄倫完全沒察覺到等著他回辦公室處理的情況。

- **awareness** [ə`wɛrnɪs] **n** 察覺；體認
There is **a general *awareness*** that our students do not study as hard as their counterparts in Japan.
普遍體認到我們的學生不如日本學生用功。

- **beware** [bɪ`wɛr] **v** 小心；提防
***Beware* of** the rattlesnake when you hear the rattling of its tail.
聽到尾巴發出的聲響時，就要小心響尾蛇。

- **wary**　[ˋwɛrɪ]　 **adj** 小心的；謹慎的
The police **kept a *wary* eye on** the suspects.
警方密切注意可疑人物。

memor 記得

- **memory**　[ˋmɛmərɪ]　 **n** 記憶；記憶力；紀念
The new software **requires a lot of *memory*** and processing speed to work, so the employee had to upgrade the computer's processor.
新軟體需要大量記憶體和高數據處理速率，員工必須更新電腦處理器。

- **memorize**　[ˋmɛməˏraɪz]　 **v** 記憶；紀念
Bart ***memorized* thousands of verses** when he was a junior high school student.
巴特國中時背了上千首詩。

- **memorial**　[məˋmorɪəl]　 **adj** 紀念的
Some flowers were placed at the foot of **a Holocaust *memorial* statue**.
大屠殺紀念雕像底座放了一些花。

- **memorable**　[ˋmɛmərəb!]　 **adj** 難忘的；著名的
Those dancers gave **a *memorable* performance** in the concert.
舞者在演唱會的表演令人難忘。

- **memoir**　[ˋmɛmwɑr]　 **n** 回憶錄；自傳
Memoirs of a Geisha, a historical novel by American author Arthur Golden, is one of my favorite novels.
美國作者亞瑟·高登寫的歷史小說——藝妓回憶錄，是我最愛的一本小說。

- **memento**　[mɪˋmɛnto]　 **n** 紀念品
Chad loves traveling, so his house is full of all kinds of ***mementos***.
查德喜歡旅遊，房間擺滿各式各樣的紀念品。

- **commemorate**　[kə`mɛmə‚ret]　**V**　紀念；慶祝
  There will be a ceremony to **commemorate the victory** over the aggressors during the war.
  我們將舉辦一場典禮，慶祝戰爭成功擊退入侵者。

- **remember**　[rɪ`mɛmbɚ]　**V**　記起；致意；問候
  I cannot **remember her face**, but if I see her in person, I can probably recognize her.
  我記不起來她的臉龐，但是如果見到本人，或許能認出來。

put　思考

- **computer**　[kəm`pjutɚ]　**n**　電腦；電子計算機
  The world changed in many ways after **the invention of the computer**.
  電腦這項發明改變世界許多面向。

- **deputy**　[`dɛpjətɪ]　**n**　代理人
  The general manager is overbearing, but his **deputy** manager is more humble.
  總經理相當專橫獨斷，但副手就比較謙遜。

- **dispute**　[dɪ`spjut]　**n**　爭論；辯駁；駁斥
  Before the real estate transaction, the negotiators decided to **settle the dispute** with a fair offer for the property.
  房地產交易前，斡旋者決定提出物件公平出價以擺平爭執。

- **impute**　[ɪm`pjut]　**V**　歸咎於；歸因於
  Elton **imputed** his lateness **to** the traffic congestion.
  艾爾頓把遲到原因歸咎於塞車。

- **reputation**　[‚rɛpjə`teʃən]　**n**　聲望；名譽
  The well-organized kindergarten **established its reputation** of excellence by teaching active language learning skills to its students.
  規畫良好的幼稚園教學童活用的語言學習技巧，因此建立起好口碑。

- **reputable**　[ˋrɛpjətəbl̩]　adj　有名聲的；可敬的
Michaelia works for **a *reputable* company** known for its excellent customer service.
蜜雪麗雅在一間以顧客服務聞名的公司上班。

theo 沉思

- **theory**　[ˋθiərɪ]　n　理論；學說；推測
A friend of mine **has a *theory* that** the house was burnt down because of carelessness with Christmas tree candles.
我一個朋友認為房子燒毀是沒留意聖誕樹蠟燭所導致的。

- **theoretical**　[͵θiəˋrɛtɪkl̩]　adj　理論的；學理的；推理的
The language course is practical rather than ***theoretical***.
語言學課程很務實，不是很理論。

quest 尋找

- **quest**　[kwɛst]　n　尋找；搜索
These artists are immersed **in their *quest* for perfection**.
藝術家沉浸在追求完美中。

- **question**　[ˋkwɛstʃən]　n　詢問；疑問；問題
I hope the books are helpful in **answering your *questions***.
希望這些書有助於回答你的問題。

- **questionnaire**　[͵kwɛstʃənˋɛr]　n　調查表；問卷
After the course, the students were asked to fill in **a detailed *questionnaire***.
課程結束後，學生被要求填寫一份詳細問卷。

- **questionable**　[ˋkwɛstʃənəbl̩]　adj　可疑的；有問題的
It is ***questionable*** whether the new cell phone brand will be launched next month.
沒有人知道下個月會不會推出新廠牌手機。

- **request** [rɪ`kwɛst] **n** 請求；要求；請願書
  The company **refused the residents' *request*** to transfer its factory to another location.
  公司拒絕居民的請求，不遷移工廠。

- **conquest** [`kɑŋkwɛst] **n** 征服；佔領地；戰利品
  The country enlarged its terrority by **military *conquest***.
  國家透過軍事武力征服擴張領土。

- **conquer** [`kɑŋkɚ] **v** 征服；克服
  Nicolas finally ***conquered* his fear** of snakes.
  尼可拉斯終於克服對蛇的恐懼。

- **sequester** [sɪ`kwɛstɚ] **v** 扣押；沒收；查封
  The singer ***sequestered* herself** in her room for five months.
  歌手把自己關在屋內長達五個月。

情緒

plac
取悅

- **plac**ate V 安撫
- **plac**ebo n 安慰劑
- com**plac**ent adj 自滿的
- com**plais**ant adj 殷勤的
- **pleas**ant adj 愉快的
- **pleas**ure n 樂趣

grat
取悅

- **grat**eful adj 感激的
- **grat**itude n 感激
- **grac**eful adj 優雅的
- **grac**ious adj 仁慈的
- **grat**uitous adj 免費的

- a**gree** V 同意
- a**gree**ment n 協議
- a**gree**able adj 令人愉快的
- con**grat**ulation n 祝賀
- dis**gra**ce n 恥辱

- ad**mir**e V 讚賞
- ad**mir**ation n 讚賞
- ad**mir**able adj 可敬佩的
- **mir**acle n 奇蹟
- **mir**aculous adj 神奇的
- **mir**ror n 鏡子
- **mir**age n 幻想
- **mar**velous adj 奇妙的

mir
驚訝／看

- **mania**c n 瘋子
- megalo**mania** n 誇大狂
- pyro**mania** n 縱火狂

mania
瘋狂

dol
悲傷

- **dol**eful adj 悲傷的
- **dol**orous adj 悲傷的
- con**dol**e v 弔唁
- con**dol**ence n 弔唁

horr
發抖

- **horr**or n 恐怖
- **horr**ible adj 恐怖的
- **horr**ify v 使恐懼
- **horr**ific adj 令人恐懼的
- ab**hor** v 憎惡
- ab**horr**ence n 憎惡
- ab**horr**ent adj 令人憎惡的

tim
恐懼

- **tim**id adj 膽怯的
- **tim**idity n 膽怯
- **tim**orous adj 膽怯的
- in**tim**idate v 威嚇
- in**tim**idation n 威嚇

rid
笑

- **rid**icule v 嘲笑

grat 取悅

- **grateful** [`gretfəl] `adj` 感激的
  I would be very **grateful** if you could lend me $10,000.
  如果你能借我一萬塊，我會非常感激。

- **gratitude** [`grætə͵tjud] `n` 感激
  The patient **expressed her eternal gratitude for** what the doctor had done for her.
  病人對醫生所做的一切表露不盡感激之意。

- **graceful** [`gresfəl] `adj` 優雅的
  My sister is a tall girl, slender and **graceful**.
  我妹妹身形纖細，舉止優雅。

- **gracious** [`greʃəs] `adj` 仁慈的；親切的
  Though the soccer team lost the game, all the players were **gracious in defeat**.
  儘管足球隊輸掉賽事，所有選手皆能豁達面對失敗。

- **gratuitous** [grə`tjuətəs] `adj` 免費的；無償的；無必要的
  The director is facing criticism for having too much **gratuitous violence** in the movie.
  導演受到批評的原因是電影充斥大量無謂暴力。

- **agree** [ə`gri] `v` 同意；贊成；符合
  The meeting of the legislators lasted only an hour, because the members **agreed on** the urgency of the situation, and quickly came to a consensus and passed the budget.
  立法院會議只開一個小時，所有委員都同意事態緊急，很快取得共識通過預算。

- **agreement** [ə`grimənt] `n` 協議；一致；同意
  The employer and the employees have **reached an agreement** that can satisfy both needs.
  僱主和員工達成滿足雙方需求的協議。

- **agreeable**　[ə`griəb!]　**adj**　令人愉快的；可以接受的；適合的
We want to find **a mutually *agreeable* solution**, but it won't be easy.
我們想要找出雙方都可接受的解決方式，但不容易。

- **congratulation**　[kənˌgrætʃə`leʃən]　**n**　祝賀
When I opened my own law firm last week, it was inundated with **calls of *congratulation***.
上週我的法律事務所開張時湧入大量賀電。

- **disgrace**　[dɪs`gres]　**n**　恥辱；不名譽
The student **brought *disgrace* on** our school, because she not only stole from friends, but stole from several stores as well.
學生不僅竊取朋友的東西，也偷了好幾家商店，行徑令學校蒙羞。

plac 取悅

- **placate**　[`pleket]　**v**　安撫；撫慰；使和解
The government representative attempted to ***placate* the protests** with promises.
政府代表試著以承諾安撫抗議者。

- **placebo**　[plə`sibo]　**n**　安慰劑
The patients **receiving only a *placebo*** still claimed that they felt much better.
只服用安慰劑的病人仍然宣稱好很多了。

- **complacent**　[kəm`plesn̩t]　**adj**　自滿的
The business manager showed **a *complacent* smile** after he heard the good news.
聽到好消息，業務經理臉上露出滿意笑容。

- **complaisant**　[kəm`pleznt]　**adj**　殷勤的；有禮的
The beautician assistant was so ***complaisant*** that every customer loved her.
美容助理殷勤有禮，每個客人都喜歡她。

- **pleasant** [ˈplɛzənt] **adj** 愉快的；舒適的
An approaching storm can ruin **a pleasant day**.
逐漸接近的暴風雨可能會毀掉這美好的一天。

- **pleasure** [ˈplɛʒɚ] **n** 樂趣；喜好
It was such a **pleasure** to have you join our club.
你能加入社團是我們榮幸。

mir 驚訝／看

- **admire** [ədˈmaɪr] **v** 讚賞；欽佩；羨慕
The doctor was highly respected and **admired** by the patients.
醫生受到病人高度尊敬和讚賞。

- **admiration** [ˌædməˈreʃən] **n** 讚賞；欽佩
The policeman's courage and devotion to his duty **wins his wife's admiration**.
警察的勇氣和工作熱忱贏得他太太的讚賞。

- **admirable** [ˈædmərəbl] **adj** 可敬佩的；令人驚奇的
The man was praised for **his admirable bravery**.
男子的勇敢行為令人敬佩及讚賞。

- **miracle** [ˈmɪrəkl] **n** 奇蹟；奇事
These **miracles** are inexplicable to the scientists.
科學家無法解釋這些奇蹟。

- **miraculous** [mɪˈrækjələs] **adj** 神奇的；不可思議的
The witch has **miraculous healing powers**.
女巫具有神奇治療能力。

- **mirror** [ˈmɪrɚ] **n** 鏡子；反射鏡
There is a superstition that if you **break a mirror**, you'll have bad luck for seven years.
一則迷信說道，若打破一面鏡子，將走七年霉運。

- **mirage** [məˋrɑʒ] **n** 幻想；幻景
Rafael watched the ghostly figure until it was gone and realized it was only a **mirage**.
拉法爾看著幽靈般的形體消失，才了解到只是幻景。

- **marvelous** [ˋmɑrvələs] **adj** 奇妙的
Dennis was complimented for **doing a marvelous job**!
丹尼斯事情做得很棒，很受稱讚！

mania 瘋狂

- **maniac** [ˋmenɪˌæk] **n** 瘋子；入迷者
My mom used to be **a religious maniac**.
我媽媽以前是個狂熱宗教份子。

- **megalomania** [ˌmɛgələˋmenɪə] **n** 誇大狂
The CEO's decision to fire the board of directors **reveals signs of megalomania and paranoia**.
執行長解雇董事會成員的決定，流露出他自大偏執的跡象。

- **pyromania** [ˌpaɪrəˋmenɪə] **n** 縱火狂
Pyromania is an impulse disorder that causes the victim to want to set fires.
縱火狂是一種讓受害者想縱火的衝動疾病。

dol 悲傷

- **doleful** [ˋdolfəl] **adj** 悲傷的；憂鬱的
After hearing the latest news, the bodyguard **showed a doleful expression**.
聽到最新消息後，保鏢流露憂鬱的神情。

- **dolorous** [ˋdɑlərəs] **adj** 悲傷的
Levana has been **dolorous and moody** after the break-up of her marriage.
婚姻破碎後，利維娜一直走不出哀傷的情緒。

- **condole** [kənˋdol] **v** 弔唁；慰問
I most sincerely **condole with** the families of those killed in the terrorist attack.
我發自內心地對恐怖攻擊中喪命者的家屬感到同情。

- **condolence** [kənˋdoləns] **n** 弔唁
Many good friends of the artist's came to the funeral to **offer their condolences**. 為了弔唁藝術家，她的好友參加喪禮。

horr 發抖

- **horror** [ˋhɔrɚ] **n** 恐怖；顫慄
Thinking of the haunted house fills me with **horror**.
一想到鬼屋就讓我害怕。

- **horrible** [ˋhɔrəbl] **adj** 恐怖的；可怕的
After the birthday party, I was left with **a horrible feeling of emptiness**.
生日派對結束後，我留下可怕的空虛感。

- **horrify** [ˋhɔrəˌfaɪ] **v** 使恐懼
The film about abortion **horrifies** young **students**.
關於墮胎的影片讓年輕學生心生恐懼。

- **horrific** [hɔˋrɪfɪk] **adj** 令人恐懼的
The patient's injuries were **horrific**, and the nurse gave her a shot to put her to sleep.
病患傷口駭目驚心，護士打了一針讓她睡著。

- **abhor** [əbˋhɔr] **v** 憎惡
The activist **abhors** all forms of sexual discrimination.
行動主義者恨透各種性別歧視。

- **abhorrence** [əbˋhɔrəns] **n** 憎惡
Lily **has an abhorrence of** corruption and unfairness.
莉莉很是痛恨貪腐和不公。

- **abhorrent** [əb`hɔrənt] adj 令人憎惡的
Rape is **an *abhorrent* crime**, and its victims should have their privacy protected.
強暴是令人憎恨的罪行，受害者隱私應受保護。

tim 恐懼

- **timid** [`tɪmɪd] adj 膽怯的
The little girl is too *timid* to ask her parents for what she needs.
小女孩太膽小，不敢和父母要求她需要的東西。

- **timidity** [tɪ`mɪdətɪ] n 膽怯
You have to **overcome your *timidity*** and express your love for her.
你必須克服膽怯，向她吐露愛意。

- **timorous** [`tɪmərəs] adj 膽怯的
Gina was *timorous* and lacking in confidence.
吉娜膽怯又缺乏信心。

- **intimidate** [ɪn`tɪmə͵det] v 威嚇
Those drug dealers are still *intimidating* and frightening drug users.
毒販仍在威嚇與恐嚇毒品使用者。

- **intimidation** [ɪntɪmə`deʃən] n 威嚇
The government takes the allegations of police *intimidation* very seriously, saying the case is now under investigation.
政府嚴肅看待警方威脅事件，對外宣稱正在調查中。

rid 笑

- **ridicule** v 嘲笑
Everyone *ridiculed* **Tom's idea** because it is not constructive at all.
人人都嘲笑湯姆的點子，因為沒有任何建設性。

家庭

eco
家

- **eco**logy n 生態學
- **eco**nomy n 經濟
- **eco**nomist n 經濟學家
- **eco**nomic adj 經濟學的
- **eco**nomical adj 經濟的
- **eco**nomically adv 經濟地
- **eco**nomize v 節約

dom
家

- **dom**e n 圓頂
- **dom**estic adj 家庭的
- **dom**esticate v 馴服

- **famil**y n 家庭
- **famil**iar adj 親密的
- **famil**iarity n 親密

famil
熟悉的／親密的

- bi**gam**y n 重婚
- bi**gam**ous adj 重婚的
- mono**gam**y n 一夫一妻
- poly**gam**y n 一夫多妻

gam
婚姻

單元MP3

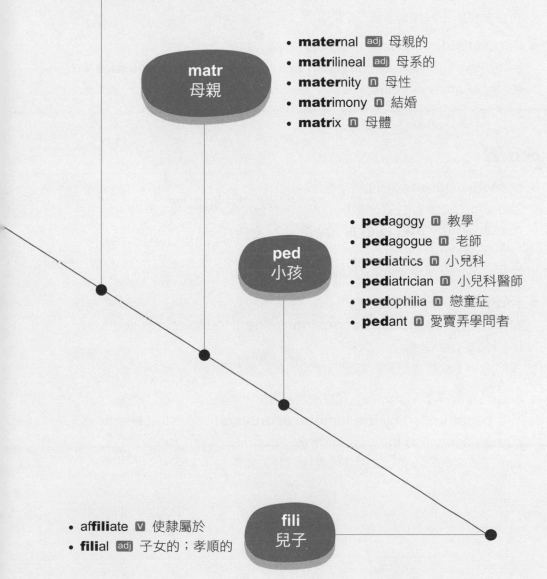

- **pater**nal adj 父親的
- **patr**iot n 愛國者
- **patr**on n 資助人
- ex**patr**iate v 驅逐
- re**patr**iate v 遣返
- com**patr**iot n 同胞

patr
父親

- **mater**nal adj 母親的
- **matr**ilineal adj 母系的
- **mater**nity n 母性
- **matr**imony n 結婚
- **matr**ix n 母體

matr
母親

- **ped**agogy n 教學
- **ped**agogue n 老師
- **ped**iatrics n 小兒科
- **ped**iatrician n 小兒科醫師
- **ped**ophilia n 戀童症
- **ped**ant n 愛賣弄學問者

ped
小孩

- af**fili**ate v 使隸屬於
- **fili**al adj 子女的；孝順的

fili
兒子

dom 家

- **dome** [dom] **n** 圓頂
  When you see **a *dome* shaped house**, it means your destination is not far away.
  如果你看到一間圓頂的房子，意味著你的目標就在不遠處。

- **domestic** [dəˋmɛstɪk] **adj** 家庭的；本國的
  Women are entitled to live without the fear of ***domestic* violence**.
  女性要免於生活在家庭暴力中的恐懼。

- **domesticate** [dəˋmɛstəˌket] **v** 馴服
  Dogs, an animal loyal to human beings, have been ***domesticated*** for thousands of years.
  狗是對人類很忠誠的動物，被人類馴服數千年之久。

eco 家

- **ecology** [ɪˋkɑlədʒɪ] **n** 生態學
  Thermal discharge from the third nuclear power plant has damaged **the fragile *ecology*** of the coral reefs of Kenting National Park.
  核三廠溫排水破壞了墾丁國家公園脆弱的珊瑚生態。

- **economy** [ɪˋkɑnəmɪ] **n** 經濟；節約
  Any further ***economic* expansion** will face tough opposition from the local people.
  任何進一步的經濟開發都將面臨當地居民的強烈反彈。

- **economist** [iˋkɑnəmɪst] **n** 經濟學家
  The paper written by **the famous *economist*** takes the effects of human capital on the economy as the point of tangency.
  知名經濟學家的論文以人力資本對經濟的影響作為切入點。

- **economic** [ˌikəˈnɑmɪk] `adj` 經濟學的；經濟上的；實用的
  We should reconcile *economic* **development** and environmental protection for future generations.
  為了將來子孫，經濟發展要兼顧環境保護。

- **economical** [ˌikəˈnɑmɪkl̩] `adj` 經濟的；節儉的
  This motorcycle **is** *economical* **on** fuel.
  這輛摩托車很省燃料。

- **economically** [ˌikəˈnɑmɪkl̩ɪ] `adv` 經濟地
  My grandparents lived very *economically*, spending less than $1,000 a week.
  我祖父母過著節儉生活，一個星期花費不超過1000塊。

- **economize** [ɪˈkɑnəˌmaɪz] `v` 節約；節儉
  This website provides us with 10 ways to *economize* **on entertainment**.
  網頁提供我們十個節省娛樂開支的方式。

famil 熟悉的／親密的

- **family** [ˈfæməlɪ] `n` 家庭；家屬；家族
  My parents are **planning a** *family* **outing** to a nearby golf resort this weekend.
  我父母正規畫週末到鄰近高爾夫渡假村去家庭旅遊。

- **familiar** [fəˈmɪljɚ] `adj` 親密的；熟悉的
  This place looked **strangely** *familiar*, as if I had seen it before in a dream.
  這個地方看起來有種奇怪的熟悉感，彷彿在夢境看過。

- **familiarity** [fəˌmɪlɪˈærətɪ] `n` 親密；熟悉
  Because of his *familiarity* **with** technology, James successfully developed a new app that could promote sales.
  對於科技的熟悉，詹姆士成功研發出一款可增加銷售量的新手機應用程式。

gam　婚姻

- **bigamy**　[`bɪgəmɪ]　**n**　重婚
The famous actor **was charged with *bigamy*** for being married to five wives.
知名演員娶五個太太而被控告重婚罪。

- **bigamous**　[`bɪgəməs]　**adj**　重婚的
In our country, the law forbids **a *bigamous* marriage**.
我們國家法律禁止重婚。

- **monogamy**　[mə`nɑgəmɪ]　**n**　一夫一妻
Monogamy is the norm in modern society.
一夫一妻制在現代社會是常態。

- **polygamy**　[pə`lɪgəmɪ]　**n**　一夫多妻
Polygamy has been widely practiced throughout history, especially by members of the aristocracy.
縱貫人類歷史，一夫多妻制曾廣泛實踐，特別是在貴族階層中。

patr　父親

- **paternal**　[pə`tɝnl]　**adj**　父親的
Austin was accused of not **taking up his *paternal* responsibilities**.
奧斯丁被指控沒承擔父親的責任。

- **patriot**　[`petrɪət]　**n**　愛國者
Douglas is **a fierce *patriot***, who is willing to fight for his country.
道格拉斯是一個狂熱愛國主義者，他願意為祖國而戰。

- **patron**　[`petrən]　**n**　資助人；保護者
Thanks to the ongoing support of its ***patrons***, the basketball team can continue to join every competition without worrying about inadequate funding.
幸虧一直有贊助者支持，籃球隊才能持續參加每一場比賽，不用擔心經費不足。

- **expatriate** [εks`petrɪ͵et] **v** 驅逐

  The opposition party leader **was *expatriated* from** the country after the election.

  反對黨領袖選後遭驅逐出境。

- **repatriate** [ri`petrɪ͵et] **v** 遣返

  The presidential candidate vows to ***repatriate* all the illegal immigrants**.

  總統候選人誓言遣返所有非法移民。

- **compatriot** [kəm`petrɪət] **n** 同胞；夥伴

  The athlete's winning a gold medal in the Olympic Games inspires all of his ***compatriots***.

  運動員在奧林匹克運動會贏得一面金牌，所有同胞深受鼓舞。

matr 母親

- **maternal** [mə`tɝnl] **adj** 母親的；母系的

  The woman's ***maternal* instincts** took over when she saw this cute little baby.

  婦人看到可愛小嬰兒時，母親天性就被激發出來了。

- **matrilineal** [͵metrɪ`lɪnjəl] **adj** 母系的

  The kinship system of some indigenous people in Taiwan is a ***matrilineal*** one.

  有一些臺灣原住民親屬系統是母系系統。

- **maternity** [mə`tɝnətɪ] **n** 母性；母愛

  Working mothers can **take paid *maternity* leave** for 12 weeks.

  在職媽媽可以請十二禮拜的育嬰假。

- **matrimony** [`mætrə͵monɪ] **n** 結婚；婚姻生活

  Next week, this couple will **enter into *matrimony***.

  這對新人下禮拜步入婚姻生活。

- **matrix**　[`metrɪks]　n 母體；模型；（事物成長發展的）條件，環境
  The policy-making process needs to take **the social *matrix*** into consideration.
  決策過程需要考量社會氛圍。

ped 小孩

- **pedagogy**　[`pɛdə,godʒɪ]　n 教學；教學法
  Those scholars carefully examined the current curriculum, ***pedagogy***, and assessment, and proposed critical reflection.
  學者仔細檢視現今課程、教學法和評量，然後提出批判省思。

- **pedagogue**　[`pɛdə,gɑg]　n 老師
  As a ***pedagogue*** who likes to share, I have decided to publish a book I hope readers will find useful.
  由於好為人師，我決定出版一本對讀者有益的書。

- **pediatrics**　[,pidɪ`ætrɪks]　n 小兒科
  The doctor loves children, so she chose to specialize **in *pediatrics***.
  醫生喜愛小孩，所以當時選擇鑽研小兒科。

- **pediatrician**　[,pidɪə`trɪʃən]　n 小兒科醫師
  Kids should be checked regularly for intestinal parasites by a ***pediatrician***.
  孩子應由小兒科醫師定期檢查是否有腸道寄生蟲。

- **pedophilia**　[,pidə`fɪlɪə]　n 戀童症
  The nurse who was diagnosed with ***pedophilia*** molested up to 20 patients.
  診斷出罹患戀童症的護士，性騷擾將近二十位病人。

- **pedant**　[`pɛdn̩t]　n 愛賣弄學問者
  The professor is **a noted *pedant***, expecting his students to put much more effort in their presentations.
  教授是知名學究，期盼學生多花心力在報告上。

fili 兒子

- **affiliate** [ə`fɪlɪˌet] **v** 使隸屬於；參加；判定父親
  The high school is **affiliated** with the college, giving the high school graduates special opportunities for cooperation.
  高中附屬在大學，提供高中畢業生特別合作機會。

- **filial** [`fɪljəl] **adj** 子女的；孝順的
  The man was criticized for failing to **carry out his filial duty**.
  男子被批評未盡孝道。

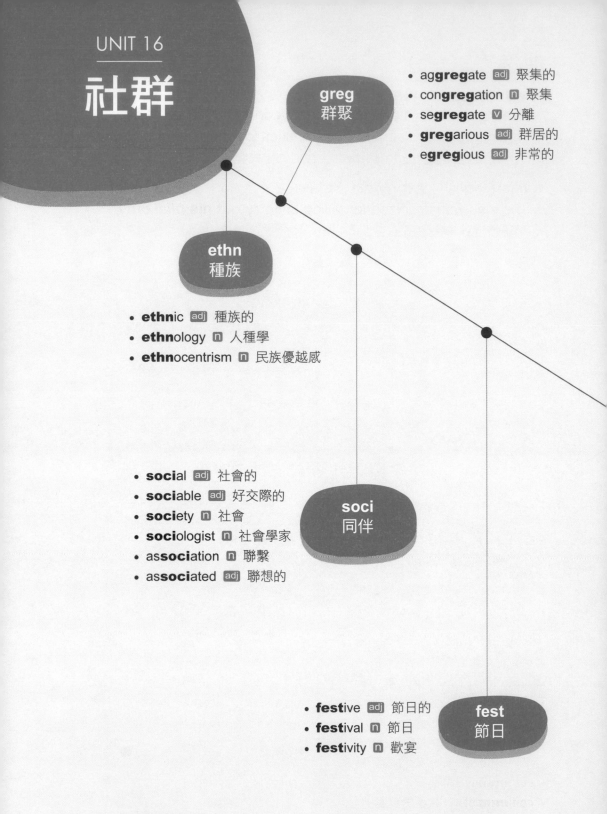

社群

greg
群聚

- ag**greg**ate adj 聚集的
- con**greg**ation n 聚集
- se**greg**ate v 分離
- **greg**arious adj 群居的
- e**greg**ious adj 非常的

ethn
種族

- **ethn**ic adj 種族的
- **ethn**ology n 人種學
- **ethn**ocentrism n 民族優越感

- **soci**al adj 社會的
- **soci**able adj 好交際的
- **soci**ety n 社會
- **soci**ologist n 社會學家
- as**soci**ation n 聯繫
- as**soci**ated adj 聯想的

soci
同伴

- **fest**ive adj 節日的
- **fest**ival n 節日
- **fest**ivity n 歡宴

fest
節日

mor
習俗

- **mor**al adj 道德的
- **mor**ale n 士氣
- **mor**ality n 道德
- a**mor**al adj 非道德的
- im**mor**al adj 不道德的

serv
服務

- **serv**e v 服務
- **serv**ice n 服務
- **serv**er n 侍者
- **serv**ant n 公務員
- **serg**eant n 中士

minister
服務

- **minister** n 部長
- **ministr**y n 部長職務
- ad**ministr**ation n 行政
- ad**ministr**ative adj 行政的

- **mun**icipal adj 都市的
- **mun**ificent adj 寬宏大量
- com**mon** adj 寬宏的
- com**mun**icate v 傳達
- com**mun**ication n 傳播
- com**mun**icative adj 愛說話的
- com**mun**ity n 社區
- com**mun**ist n 共產主義者
- im**mun**e adj 免疫的

mun
服務

ethn 種族

- **ethnic** [`ɛθnɪk] adj 種族的
  Civil wars and **ethnic conflicts** in this country left 25,000 people homeless.
  這個國家的內戰和種族衝突讓二萬五千人流離失所。

- **ethnology** [εθ`nɑlədʒɪ] n 人種學
  My father is interested in **ethnology**, and thus, he spends a huge amount of money on reference books annually.
  我爸爸對人種學感興趣，每年花大把金錢在參考書籍上。

- **ethnocentrism** [ˌεθnə`sεntrɪzm] n 民族優越感
  The language policy reveals an **ethnocentrism**—seeing and speaking through the lens or perspective of the dominant ethnic group.
  語言政策透露民族優越感，從優勢種族觀點看事情、敘述事情。

greg 群聚

- **aggregate** [`ægrɪˌget] adj 聚集的；總數的
  The corporation had **an aggregate turnover** of two million this year.
  公司今年總營業額達兩億元。

- **congregation** [ˌkɑŋgrɪ`geʃən] n 聚集；集會
  During the Lunar New Year, Jason's house will turn into a place of **congregation** for the entire family.
  傑森家在農曆年時變成家族聚會場所。

- **segregate** [`sεgrɪˌget] v 分離；在……實行種族隔離
  When Taiwan was under Japanese rule, the Taiwanese went to **a segregated elementary school**.
  日本統治時期，台灣人上的是種族隔離制度小學。

- **gregarious** [grɪˋgɛrɪəs] adj 群居的

  Daniel is **a *gregarious* person**, who likes to invite friends over to sing and drink on weekends.

  丹尼爾喜歡交際，喜歡週末邀朋友到家裡把酒歡唱。

- **egregious** [ɪˋgridʒəs] adj 非常的；震驚的

  The deputy section chief **made an *egregious* error**, which might cause a financial risk for the company.

  副科長犯了一個嚴重錯誤，可能帶給公司財務危機。

soci 同伴

- **social** [ˋsoʃəl] adj 社會的；交際的；群居的

  When Linda joined ***social* gatherings**, she often looked for an excuse to leave early.

  琳達出席社交場合時常藉故提前離席。

- **sociable** [ˋsoʃəbl] adj 好交際的；聯誼的；社交的

  Patrick is very ***sociable*** and likes to attend every kind of activity.

  派翠克擅長交際，喜歡參加各樣活動。

- **society** [səˋsaɪətɪ] n 社會；交際；社交界

  In the civilized and **democratic *society***, each person has a right to vote.

  文明民主社會中，每個人都有投票權。

- **sociologist** [ˌsoʃɪˋɑlədʒɪst] n 社會學家

  The scholar was **a dedicated *sociologist*** who spent his entire life on his studies.

  這位學者是一位專心致志的社會學家，一輩子都在研究。

- **association** [əˌsosɪˋeʃn] n 聯繫；協會；交際；聯想

  The coach has **developed a close *association* with** the parents of the basketball team members.

  教練和籃球隊員的父母建立緊密關係。

- **associated** [əˋsoʃɪˏetɪd] **adj** 聯想的；聯合的
  The investment has its **associated risks**.
  投資伴隨相關風險。

fest 節日

- **festive** [ˋfɛstɪv] **adj** 節日的；歡樂的
  All the guests in the wedding ceremony are **in a festive mood**.
  所有婚禮賓客都沉浸在喜悅中。

- **festival** [ˋfɛstəvl] **n** 節日；歡慶
  The rock and roll festival is held on the beach every year.
  搖滾音樂節每年都在沙灘舉辦。

- **festivity** [fɛsˋtɪvətɪ] **n** 歡宴
  Ladies and gentlemen, welcome to the **festivities**!
  先生女士，歡迎參加我們的慶祝活動！

mor 習俗

- **moral** [ˋmɔrəl] **adj** 道德的；良知的
  Do not make **a moral judgment** about the case of theft.
  不要對竊盜案做道德批判。

- **morale** [məˋræl] **n** 士氣；民心
  The basketball team's **morale** is high.
  籃球隊士氣高昂。

- **morality** [məˋrælətɪ] **n** 道德；寓意；教訓
  Law and **morality** are inseparable because laws reflect popular morality and societal values.
  法律和道德密不可分，法律反映大眾的道德觀和社會價值。

- **amoral** [eˋmɔrəl] **adj** 非道德的；無關道德的
  The lawyer has **taken a very amoral stand** against this modern day slavery.　律師採取非關道德立場反對今日奴役制度。

- **immoral** [ɪˈmɔrəl] adj 不道德的；道德敗壞的
Adultery is often thought of as **an *immoral* behavior**.
通姦常被視為不道德的行為。

minister 服務

- **minister** [ˈmɪnɪstɚ] n 部長；牧師
During the ceremony, the ***minister*** asked if anyone attending had any objection to the wedding, and a young man begged the bride to change her mind.
婚禮上，牧師問來賓是否有人反對婚禮，一個小夥子懇求新娘回心轉意。

- **ministry** [ˈmɪnɪstrɪ] n 部長職務；牧師
The *ministry* of education will launch its new policy and encourage cooperation of schools.
教育部將推行新政策鼓勵校際合作。

- **administration** [ədˌmɪnəˈstreʃən] n 行政；管理；政府
The general manager's secretary has little experience in ***administration***.
總經理祕書缺乏管理經驗。

- **administrative** [ədˈmɪnəˌstretɪv] adj 行政的；管理的
The human resources assistant is fed up with doing ***administrative* work**.
人事助理受夠了行政工作。

mun 服務

- **municipal** [mjuˈnɪsəpḷ] adj 都市的；內政的；有自治權的
After work, my colleagues like to play tennis on **the *municipal* tennis court**.
下班後，我同事喜歡到市立網球場打球。

- **munificent** [mju`nɪfəsnt] adj 寬宏大量；慷慨；豐富
The successful entrepreneur, who was an alumnus, has donated **a *munificent* sum of money** to the elementary school.
成功企業家是校友，捐贈大筆金錢給小學。

- **common** [`kɑmən] adj 寬宏的；慷慨的
Kidnapping is another ***common* way** in which kids could be sold into slavery.
綁架是小孩可能被賣到奴隸市場的另一常見方式。

- **communicate** [kə`mjunəˌket] v 傳達；通訊；溝通
By using this app, we can ***communicate* instantly** with people, no matter where they are.
透過手機應用程式，我們可立即和任何地方的人通訊。

- **communication** [kəˌmjunə`keʃən] n 傳播；通訊；溝通
The smartphone has become an increasingly important means of ***communication***.
智慧型手機成為日益重要的通訊媒介。

- **communicative** [kə`mjunəˌketɪv] adj 愛說話的；通訊聯絡的
Loren used to be very ***communicative***, but now he has become taciturn.
勞倫以前非常健談，但現在變得沉默寡言。

- **community** [kə`mjunətɪ] n 社區；團體
The new country hopes for diplomatic recognition from **the international *community***.
新國家希望獲得國際外交承認。

- **communist** [`kɑmjʊˌnɪst] n 共產主義者
There are few ***communist* countries** in the world now.
現今世界沒幾個共產國家。

- **immune** [ɪ`mjun] **adj** 免疫的；免除的；不受影響的
  The scientist dedicated her life to the research of the effects of different fruits on **the human *immune* system**.
  科學家致於研究不同水果對人類免疫系統的影響。

serv 服務

- **serve** [sɝv] **v** 服務；服役；供應；備餐
  They don't **serve breakfast** on Mondays in the shop.
  早餐店週一不營業。

- **service** [`sɝvɪs] **n** 服務；公用事業；宗教儀式
  Customers at the hotel are encouraged to leave any comments on a card, which helps the management **improve the *services*** that they offer.
  飯店鼓勵顧客填寫意見表以協助管理部門改善服務品質。

- **server** [`sɝvɚ] **n** 侍者；伺服器
  The *server* crashed, so wc could not use the Net yesterday.
  伺服器掛了，我們昨天都上不了網。

- **servant** [`sɝvənt] **n** 公務員；僕人
  The government needs to change people's perception of **the civil *servants***.
  政府需要改變民眾對公務員的觀感。

- **sergeant** [`sɑrdʒənt] **n** 中士
  My nephew became a ***sergeant*** in a short time.
  我姪子短時間內升上中士。

生活交通

urb
城市

- **urb**an adj 城市的
- sub**urb** n 郊區
- sub**urb**an adj 郊區的

polis
城市

- cosmo**polis** n 國際都市
- cosmo**polit**an adj 四海為家的
- metro**polis** n 首都
- **polic**e n 警方
- **polic**y n 政策
- **polit**ical adj 政治的
- **polit**ics n 政治學
- **polit**ician n 從政者

cell
小房間／隱藏

- **cell** n 小室
- **cell**ar n 地窖
- con**ceal** v 隱瞞
- **cell**ular adj 細胞的

port
大門／港口

- **port** n 港口
- ex**port** v 出口
- im**port** v 輸入
- im**port**une v 一再要求
- op**port**une n 及時的
- op**port**unity n 機會
- op**port**unist n 機會主義者

mur
牆壁

- **mur**al n 壁畫
- im**mur**e v 監禁
- extra**mur**al adj 校外的
- intra**mur**al adj 校內的

od
路

- **od**ometer n 里程計
- epis**od**e n 插曲
- ex**od**us n 外出
- meth**od** n 方法
- peri**od**ical n 期刊

vi
道路

- **vi**a prep 經由
- **vi**aduct n 高架橋
- **vo**yage v 航行
- con**vey** v 輸送
- con**voy** v 護衛
- de**vi**ate v 脫離
- ob**vi**ous adj 明顯的
- in**vo**ice n 發票
- pre**vi**ous adj 以前的
- per**vi**ous adj 透水的
- tri**vi**al adj 瑣細的

nav
船

- **nav**y n 海軍
- **nav**al adj 海軍的
- **nav**igate v 駕駛
- **nau**sea n 噁心

polis 城市

- **cosmopolis** [kɑz`mɑpəlɪs] **n** 國際都市
  Abu Dhabi is a **cosmopolis** with luxurious hotels and restaurants.
  阿布達比是一個擁有豪華旅館和餐廳的國際都市。

- **cosmopolitan** [ˌkɑzmə`pɑlətn̩] **adj** 四海為家的、國際大都會的
  London is considered **the most cosmopolitan city** in Europe.
  倫敦被視為歐洲最國際化的大都市。

- **metropolis** [mə`trɑplɪs] **n** 首都；主要都市
  Istanbul is **a bustling metropolis** that sits between the Asian and European areas of Turkey.
  伊斯坦堡是位於亞洲和歐洲地區之間土耳其的繁忙大都市。

- **police** [pə`lis] **n** 警方
  Someone left a suspicious package in front of my house, so I **called the police**.
  有人在我家門口放置可疑包裹，我打電話報警處理。

- **policy** [`pɑləsɪ] **n** 政策；策略
  German policy officially encouraged Jewish emigration until 1941.
  德國官方政策一直到1941年都還鼓勵猶太移民。

- **political** [pə`lɪtɪkl̩] **adj** 政治的
  We should respect people whose **political beliefs** are antithetical to ours.
  應該尊重政治理念不同的人。

- **politics** [`pɑlətɪks] **n** 政治學
  The legislator announced that she would **retire from politics** next year.　立法委員宣布明年退出政壇。

- **politician** [ˌpɑlə`tɪʃən] **n** 從政者
  The disgraced politician turned into a talk show host.
  失勢政治人物轉型當脫口秀節目主持人。

urb 城市

- **urban** [ˋɝbən] adj 城市的；城市居民的
  These **urban development projects** sound not practical at all.
  城市發展計畫聽起來毫不務實。

- **suburb** [ˋsʌbɝb] n 郊區；市郊；近郊
  The factory will **be relocated to the suburbs** to save the rent.
  工廠搬遷郊區以節省租金。

- **suburban** [səˋbɝbən] adj 郊區的
  Most parents do not like to send their kids to **suburban schools**.
  大部分家長不喜歡把小孩送到郊區學校。

cell 小房間／隱藏

- **cell** [sɛl] n 小室；小修道院；細胞；電池；電腦元件
  A single-celled organism consists of only one **cell**, such as an amoeba.
  變形蟲等單細胞有機體只含一個細胞。

- **cellar** [ˋsɛlɚ] n 地窖
  The well-to-do in Europe tend to build **wine cellars** in their mansions.
  歐洲富人常在別墅內蓋酒窖。

- **conceal** [kənˋsil] v 隱瞞；隱藏；埋伏
  The adolescent girl's parents could not **conceal their anger** when they heard she was pregnant.
  少女的父母聽到她懷孕消息時，怒氣表露無遺。

- **cellular** [ˋsɛljʊlɚ] adj 細胞的；多孔的
  In biology class, we learned that viruses do not have **a cellular structure**.
  在生物課，我們學到病毒沒有細胞結構這概念。

port 大門／港口

- **port** [port] **n** 港口；機場；舉止
  The fishing *port* turned into a commercial port in the turn of the 20th century.　漁港在二十世紀初轉型成商業港。

- **export** [ɪks`port] **v** 出口；排出
  The dairy products from New Zealand will **be *exported* to** Asia.
  紐西蘭乳製品外銷到亞洲。

- **import** [`ɪmport] **v** 輸入；進口；表明
  The country needs to ***import*** crude oil **from** the African countries.
  國家需自非洲國家進口原油。

- **importune** [ˌɪmpə`tjun] **v** 一再要求
  The student ***importuned*** her teacher to let her take a make-up test.　學生一再拜託老師讓她補考。

- **opportune** [ˌɑpə`tjun] **n** 及時的；合宜的
  There will be **an *opportune* moment** for investment next spring.
  明年春天是投資的大好時機。

- **opportunity** [ˌɑpə`tjunətɪ] **n** 機會
  Every employee has **a unique *opportunity*** to go abroad under the sponsorship of the company.
  每一員工都擁有公司資助出國的獨特機會。

- **opportunist** [ˌɑpə`tjunɪst] **n** 機會主義者
  The thefts were committed by ***opportunists***.
  偷竊案是隨機犯案。

mur 牆壁

- **mural** [`mjʊrəl] **n** 壁畫；壁飾
  There are **a series of *murals*** depicting the creation of the universe.
  有一系列壁畫描述宇宙初創。

- **immure** [ɪˋmjʊr] **V** 監禁
  The little girl **was *immured* in** a dark room for months.
  小女孩被監禁在黑暗房間好幾個月。

- **extramural** [ˌɛkstrəˋmjʊrəl] **adj** 校外的;城牆外的
  Students are encouraged to **take free *extramural* classes**.
  學校鼓勵學生參加校外課程。

- **intramural** [ˌɪntrəˋmjʊrəl] **adj** 校內的;城牆內的
  The *intramural* baseball competition will be held in October.
  校內棒球賽將在10月舉行。

od 路

- **odometer** [oˋdɑmətɚ] **n** 里程計
  The ***odometer*** was broken, so I don't know what distance was traveled.
  里程計故障,所以我不知道車子走了多遠。

- **episode** [ˋɛpəˌsod] **n** 插曲;一集連續劇
  The final *episode* of the series will draw a record number of viewer watching.
  連續劇最後一集創收視新高。

- **exodus** [ˋɛksədəs] **n** 外山;移居國外
  There was **a mass *exodus*** of refugees after the war broke out.
  戰爭爆發後湧出大量難民。

- **method** [ˋmɛθəd] **n** 方法
  The new student has a learning disability, so **a conventional *method*** of teaching would not be effective.
  新學生有學習障礙,傳統教學法對他沒有效果。

- **periodical** [ˌpɪrɪˋɑdɪkl] **n** 期刊
  The professor has published several articles in **the prestigious *periodical***.
  教授在頗具聲譽的期刊發表多篇文章。

vi 道路

- **via**　[`vaɪə]　prep　經由；憑藉
  The bus goes to Taichung **via** Kaohsiung.
  到台中的公車行經高雄。

- **viaduct**　[`vaɪə͵dʌkt]　n　高架橋；高架道路
  There will be **a new railway viaduct bridge** that runs between these two big cities.
  將有新鐵路高架橋連接兩個大城市。

- **voyage**　[`vɔɪɪdʒ]　v　航行；旅行；航程
  The Chen family planned to **voyage to** the small island.
  陳家人打算搭船到小島。

- **convey**　[kən`ve]　v　輸送；傳達；傳導
  It is not easy to **convey** how depressed I felt.
  我無法表達我有多麼沮喪。

- **convoy**　[`kɑnvɔɪ]　v　護衛；護航
  A line of police cars **convoyed** the President to the United Nations meeting.　一排警車護送總統出席聯合國會議。

- **deviate**　[`divɪ͵et]　v　脫離；違背
  You cannot **deviate from** our organization's original intention to help the poor.
  你不能違背我們組織幫助窮人的初衷。

- **obvious**　[`ɑbvɪəs]　adj　明顯的；明白的
  It is **obvious** that Typhoon Meranti has brought downpours to southern Taiwan.
  颱風莫蘭蒂顯然給南台灣帶來暴雨。

- **invoice**　[`ɪnvɔɪs]　n　發票；裝貨清單；貨物托運
  The online bookstore sends customers **electronic copies of invoices** rather than hardcopy.
  線上書店採用電子發票，不寄送紙本發票給顧客。

- **previous** [`prɪvɪəs] adj 以前的
  The job opportunity requires years of **previous experience**.
  這份工作機會需要幾年相關經驗。

- **pervious** [`prɪvɪəs] adj 透水的；透光的
  This jacket is made of **pervious material**, so it doesn't offer adequate protection.
  夾克是透水材料做成，沒有足夠的保護效果。

- **trivial** [`trɪvɪəl] adj 瑣細的；淺薄的；無價值的
  It is foolish to quarrel over **a trivial matter**.
  為了瑣事爭執很愚蠢。

nav 船

- **navy** [`nevɪ] n 海軍；海軍官兵
  My father has been serving on **a navy ship** for 20 years.
  我爸爸在軍艦上服役二十年。

- **naval** [`nevl] adj 海軍的；軍艦的
  The Qing Dynasty **engaged in a naval battle** with the Japanese, but its fleet was crushed by a powerful Japanese battle fleet.
  清廷曾和山本海戰，但清廷艦隊遭山本強大戰艦擊垮。

- **navigate** [`nævə‚get] v 駕駛；導航；通過議案
  Those adventurers **navigated** by the stars in the desert.
  探險家在沙漠藉由星星定向。

- **nausea** [`nɔʃɪə] n 噁心
  A wave of nausea engulfed the travelers when a huge wave hit the boat.
  巨浪打上船，遊客感到一陣嘔吐感。

傳送

port
運送

- **port**able adj 可攜帶的
- **port**folio n 紙夾
- de**port** v 放逐
- im**port**ant adj 重要的
- pur**port** n 主旨
- re**port** v 報告
- s**port** n 運動
- sup**port** v 支援
- trans**port** n 交通運輸系統
- trans**port**ation n 運輸

mit
傳送／釋放

- **miss**ion n 任務
- **miss**ionary adj 傳教的
- ad**miss**ion n 入學許可
- com**mit** v 委託
- com**mit**tee n 委員會
- compro**mise** n 妥協
- de**mise** n 繼承
- dis**miss** v 解散

- e**mit** v 露吐
- **mess**age n 問候
- o**mit** v 省略
- per**miss**ion n 許可
- pro**mise** n 允許
- re**mit** v 匯款
- sub**mit** v 提出
- **miss**ile n 飛彈

- **veh**icle n 車輛
- con**vect**ion n 對流
- in**vect**ive n 惡言謾罵
- **vex** v 煩擾
- con**vex** adj 凸面的

veh
運送

- con**fer**ence n 協商
- de**fer** v 延緩
- dif**fer**ent adj 不同的
- dif**fer**ential adj 差別的
- indif**fer**ent adj 漠不關心的
- **fer**ry n 渡船

- **fer**tile adj 肥沃的
- in**fer**ence n 推論
- of**fer** v 提供
- pre**fer** v 較喜歡
- re**fer** v 參考
- suf**fer** v 遭受

fer
遞送／忍受

單元MP3

gest
攜帶／運送

- di**gest** Ⅴ 消化
- con**gest**ion Ⅳ 充血
- exag**ger**ate Ⅴ 誇張
- **gest**ure Ⅳ 姿勢
- in**gest** Ⅴ 嚥下
- sug**gest** Ⅴ 建議

lat
攜帶

- re**lat**ive Ⅳ 親戚
- re**lat**ionship Ⅳ 關係
- trans**lat**e Ⅴ 翻譯
- venti**lat**ion Ⅳ 通風

pass
通過

- **pass** Ⅴ 通過
- **pass**age Ⅳ 通道
- **pass**enger Ⅳ 乘客
- **pass**er-by Ⅳ 過路人
- **pass**word Ⅳ 密碼
- **past**ime Ⅳ 消遣
- com**pass** Ⅳ 範圍
- over**pass** Ⅳ 天橋
- under**pass** Ⅳ 地下道
- sur**pass** Ⅴ 凌駕
- tres**pass** Ⅴ 侵佔

car
跑／車

- **car** Ⅳ 汽車
- **car**go Ⅳ 貨物
- **car**ry Ⅴ 搬運
- **car**eer Ⅳ 職業
- **car**t Ⅴ 用車運送
- **char**ge Ⅴ 收費
- sur**char**ge Ⅳ 超載

mit 傳送／釋放

- **mission** [`mɪʃən] **n** 任務；使節團
The vice president **is on a peace *mission* to** the neighboring country. 副總統背負和平使命出使鄰國。

- **missionary** [`mɪʃənˌɛrɪ] **adj** 傳教的；教會的；傳教士的
I expect to **do *missionary* work** in the African countries.
我期待到非洲國家傳教。

- **admission** [əd`mɪʃən] **n** 入學許可；入場；承認
By her own *admission*, Cathy did not finish her assignment at home.
凱西承認沒有在家完成作業。

- **commit** [kə`mɪt] **v** 委託；犯罪
It was said that couples who have been married for 7 years are most likely to ***commit* adultery**.
據說結婚七年的夫妻最有可能犯通姦罪。

- **committee** [kə`mɪtɪ] **n** 委員會
The approaching storm forced the ***committee*** to postpone their conference at the resort.
逐漸逼近的暴風雨迫使委員會延後原本舉辦在度假勝地的會議。

- **compromise** [`kɑmprəˌmaɪz] **n** 妥協；損害
Police said there would be **no *compromise* with** the kidnapper.
警方表示不和綁匪妥協。

- **demise** [dɪ`maɪz] **n** 繼承；死亡
The internal power struggle within the company could lead to **the *demise* of the industry**.
公司內部權力鬥爭可能導致企業瓦解。

- **dismiss** [dɪs`mɪs] **v** 解散；免職；駁回
The teacher ***dismissed* the students** after the field trip.
校外教學結束後，老師就把學生解散。

- **emit** [ɪˋmɪt] **V** 露吐；送出
  The burning of fossil fuels *emits* **carbon dioxide**.
  燃燒石化燃料會排放二氧化碳。

- **message** [ˋmɛsɪdʒ] **n** 問候；消息；要旨
  The Japanese diplomats delivered **an official *message*** to inform the American President of their country's declaration of war.
  日本外交人員告知美國總統日本宣戰的官方訊息。

- **omit** [oˋmɪt] **V** 省略；遺漏
  The principal **was *omitted* from** the guest list.
  賓客名單遺漏校長名字。

- **permission** [pɚˋmɪʃən] **n** 許可
  Considering medical risks, the government **refuses *permission*** for organ donation from those with a history of cancer or AIDS.
  考量醫療風險，政府禁止癌症或愛滋病史人士捐贈器官。

- **promise** [ˋprɑmɪs] **n** 允許；諾言；約定事項
  Do not **make any *promises*** if you cannot keep them.
  如果無法信守承諾，不要給人任何承諾。

- **remit** [rɪˋmɪt] **V** 匯款；釋放；寬恕
  The migrant worker *remitted* half his monthly wage **to** his daughter studying in college.
  移工匯半個月薪水給就讀大學的女兒。

- **submit** [səbˋmɪt] **V** 提出；使服從
  The city government required every project manager to *submit* **detailed plans** of new building projects before a permit could be issued.
  市政府要求每一位專案經理於發出許可證之前繳交新建案詳細計畫。

- **missile** [ˋmɪsl̩] **n** 飛彈
  In the face of **the increasing *missile* threat**, the island country increased its military budget by 30 percent.
  面對日益升高的飛彈威脅，島國增加30%的軍事預算。

port 運送

- **portable** [`portəbḷ] **adj** 可攜帶的
  My grandpa often carried **a tiny *portable* radio** when he worked on the farm.
  我爺爺在農場工作時，常隨身攜帶一台小型手提收音機。

- **portfolio** [port`folɪˌo] **n** 紙夾；文件夾；公事包
  Under her arm, the photographer carried **a large *portfolio* of photographs**. 攝影師手臂下夾著一大疊相片。

- **deport** [dɪ`port] **v** 放逐；舉止
  The culprit **was *deported* back to** his country.
  罪犯被遣返回國。

- **important** [ɪm`pɔrtn̩t] **adj** 重要的；優越的；有權力的
  Many enterprises do not like to fill **the *important* posts** with recent graduates.
  許多企業不想用社會新鮮人擔任要職。

- **purport** [`pɝport] **n** 主旨
  The ***purport*** of Kate's letter is that she will come back to Taiwan next month. 凱特信件主旨是她下個月會回到台灣。

- **report** [rɪ`port] **v** 報告；報導
  After the secretary ***reported* an incident of harassment**, the staff was given training on the proper behavior in an office setting.
  祕書舉報騷擾事件後，員工都要接受辦公室禮儀訓練。

- **sport** [sport] **n** 運動；運動比賽
  My little brother often **plays a lot of *sports*** after work.
  我弟常下班後大量運動。

- **support** [sə`port] **v** 支援；贊助；扶養
  The entertainment agent **strongly *supports*** the singer's plan to tour worldwide.
  歌手經紀人非常支持她的世界巡迴演唱計畫。

- **transport**　[`træns͵pɔrt]　**n**　交通運輸系統；交通工具
This is a nice, quiet neighborhood, yet with easy access to **public transport.**
這是一個很棒且靜謐的社區，搭乘大眾交通工具又很方便。

- **transportation**　[͵trænspɚ`teʃən]　**n**　運輸；輸送
With high accident rates, the mayor encouraged citizens to take advantage of **public transportation**.
由於高肇事率，市長鼓勵市民善用大眾運輸工具。

veh 運送

- **vehicle**　[`viɪkl]　**n**　車輛；傳播媒介
To reduce investment risk, the manufacturer estimated the potential demand for **the electric vehicles** in this area prior to expanding production capacity.
為降低投資風險，製造廠擴大產能前對該地區電動車潛在需求進行評估。

- **convection**　[kən`vɛkʃən]　**n**　對流
Heat is transferred in three ways: by conduction, **convection**, or radiation.
熱的傳播有三種方式：傳導、對流、輻射。

- **invective**　[ɪn`vɛktɪv]　**n**　惡言謾罵
The truck driver let out **a stream of invectives** when a taxi cut him off.
被計程車超車，卡車司機飆出一連串咒罵。

- **vex**　[vɛks]　**v**　煩擾
Brenda's decision to quit school **vexed her father**.
布蘭妲休學的決定讓爸爸相當煩惱。

- **convex**　[`kɑnvɛks]　**adj**　凸面的
Convex lenses are used in many optical instruments, such as eyeglasses, microscopes, and telescopes.
凸透鏡用在眼鏡、顯微鏡和望眼鏡等許多光學儀器上。

fer 遞送／忍受

- **conference** [`kɑnfərəns] **n** 協商；會議
  The main purpose of the **conference** was to bring specific criminal investigators together to learn about the latest communication technology.
  會議主要目的是讓重大刑案調查員齊聚一堂，共學最新通訊技術。

- **defer** [dɪ`fɝ] **v** 延緩；延期；順從
  The board of directors **deferred** making a decision about the investment that involved complex issues.
  投資案牽涉複雜問題，董事會延緩決定。

- **different** [`dɪfərənt] **adj** 不同的；各式各樣的
  A new species of bats was discovered in the mountains of Taiwan, and what made them **different than** other bats was the white fur on their throats.
  台灣山區發現新品種蝙蝠，有別於其他蝙蝠，喉部的毛是白色的。

- **differential** [ˌdɪfə`rɛnʃəl] **adj** 差別的；依差別而定的；鑑別性的
  The multinational corporation has **a differential bonus structure** based on employees' sales performance.
  跨國公司依據員工銷售業績建立差異化紅利結構。

- **indifferent** [ɪn`dɪfərənt] **adj** 漠不關心的；中性的
  Some teenagers **are indifferent to** the election.
  有些青少年對選舉冷漠。

- **ferry** [`fɛrɪ] **n** 渡船；渡口
  The expeditionists will **take the ferry to** the small island.
  探險家將乘渡船到小島。

- **fertile** [`fɝtl] **adj** 肥沃的；豐富的；能生育的
  The fertile plain is abundant with grain and crops.
  肥沃平原物產豐榮。

- **inference** [`ɪnfərəns] **n** 推論；結論；含意
The bird had an extremely tiny body and, **by inference**, a tiny heart.
小鳥體型特別小，據推斷牠的心臟也相當小。

- **offer** [`ɔfɚ] **v** 提供；提議；奉獻
Our law does not **offer adequate protection for** many endangered animals.
法律仍未提供瀕臨絕種的動物足夠保護。

- **prefer** [prɪ`fɝ] **v** 較喜歡；提出；建議
My cousin **preferred to** work for the government rather than the business sector, because she preferred stable employment.
我表妹偏好穩定工作，寧可服公職也不願在公司行號上班。

- **refer** [rɪ`fɝ] **v** 參考；涉及；交付；歸因於
The little boy often **refers** to the school **as** a hell.
小男孩常把學校當作地獄。

- **suffer** [`sʌfɚ] **v** 遭受；忍耐；患病
Many residents **suffered radiation sickness** after the radiation leak incident.
許多住民在輻射外洩事件後罹患輻射病。

gest 攜帶／運送

- **digest** [daɪ`dʒɛst] **v** 消化；整理；摘要
These articles are not easy to **digest**.
這些文章不容易消化。

- **congestion** [kən`dʒɛstʃən] **n** 充血；充斥
Implementation of tolling on HOV lanes could **ease congestion**.
實施高乘載車道收費可舒緩交通壅擠。

- **exaggerate** [ɪg`zædʒəˌret] **v** 誇張
The effect of the medicine has been **greatly exaggerated** by the drug company. 藥商過於誇大藥效。

- **gesture** [ˋdʒɛstʃɚ] 🄽 姿勢；手勢
The man **made a rude *gesture* at** his neighbor.
男子對鄰居做粗魯手勢。

- **ingest** [ɪnˋdʒɛst] 🅅 嚥下；攝取
The college student spent a whole hour ***ingesting* 30 hot dogs** to win a bet.
大學生為贏得賭注，一小時內吃下三十個熱狗。

- **suggest** [səˋdʒɛst] 🅅 建議；提議；暗示
Some scholars ***suggest*** parents should tie their child's allowance to the child's behavior.
有些學者建議家長依小孩的行為給零用錢。

lat 攜帶

- **relative** [ˋrɛlətɪv] 🄽 親戚；關係詞
The constant interruptions from **visiting *relatives* and neighbors** prevented the newborn child from taking a nap.
來訪親戚與鄰居不斷打擾，新生兒無法休息。

- **relationship** [rɪˋleʃənˏʃɪp] 🄽 關係；親屬關係；戀愛關係
Advances in technology have also had an adverse effect on the quality of **personal *relationships***.
先進科技對人際關係品質也有負面影響。

- **translate** [trænsˋlet] 🅅 翻譯
Mr. Johnson ***translated*** the language of the local indigenous people in order to preserve it for future generations.
為了為未來世代保存語言，強森先生翻譯當地原住民語。

- **ventilation** [ˏvɛntlˋeʃən] 🄽 通風；通風設備
The basement in this building **has poor *ventilation***.
建築物地下室通風效果很差。

pass 通過

- **pass** [pæs] **V** 通過；傳遞；使及格
  The proposal is still under examination, but we believe it will **pass**.
  企畫案仍在審核，但相信會通過。

- **passage** [`pæsɪdʒ] **n** 通道；一段文本
  Despite **the passage of a substantial amount of time**, Amanda still cannot forget her ex-boyfriend.
  儘管已有一段時間了，阿曼達對前男友仍無法忘懷。

- **passenger** [`pæsndʒɚ] **n** 乘客；旅客；行人
  The assault on **the passengers of a train** has hit today's headline.
  火車乘客遭攻擊事件登上今日報紙頭條。

- **passer-by** [`pæsɚ`baɪ] **n** 過路人
  The motorcyclist **waved at a passer-by**, because she saw his wallet fall out of his pocket.
  機車騎士看到路人的皮包從口袋掉了出來，就對著他揮手。

- **password** [`pæs͵wɝd] **n** 密碼；口令
  Enter your password, and log into the web page.
  輸入你的密碼，登入網頁。

- **pastime** [`pæs͵taɪm] **n** 消遣；娛樂
  There was no better **pastime** for my uncle than watching MLB baseball on TV.
  對我舅舅來說，沒有比看電視美國職棒大聯盟轉播更棒的娛樂。

- **compass** [`kʌmpəs] **n** 範圍；羅盤；指南針；界限
  The conversation is **beyond the compass of your brain**.
  對話超出你的理解能力。

- **overpass** [͵ovɚ`pæs] **n** 天橋
  Though the government warns that a powerful typhoon is coming, there are still many vagabonds living under **overpasses**.
  儘管政府警告強颱即將來襲，仍有許多流浪漢住在天橋下。

- **underpass** [`ʌndɚˌpæs] **n** 地下道
The city government will **build a new *underpass*** to link the eastern part of the city with the western part.
市政府將蓋一座新地下道連結城市東西兩邊。

- **surpass** [sɚ`pæs] **v** 凌駕；超越
The writer has really ***surpassed* herself** with this new novel.
作家憑藉新小說實現真正的自我超越。

- **trespass** [`trɛspəs] **v** 侵佔；侵犯；違犯
There is no excuse for ***trespassing* into** someone's house.
沒有理由擅闖民宅。

car 跑／車

- **car** [kɑr] **n** 汽車；車廂
Selling **the secondhand *cars*** will increase the mechanic's ability to generate income.
販賣二手車將提高技工營收能力。

- **cargo** [`kɑrgo] **n** 貨物；負荷；荷重
The ship was carrying **a *cargo* of steel products** to the USA.
船將整批鋼製品運往美國。

- **carry** [`kærɪ] **v** 搬運；攜帶；傳達
The host's daughter ***carried*** the plates, cups and chopsticks to the dining room.
主人的女兒將盤子、茶杯及筷子拿到飯廳擺放。

- **career** [kə`rɪr] **n** 職業；生涯；履歷
The salesperson is very focused on her ***career***.
銷售人員事業心很強。

- **cart** [kɑrt] **v** 用車運送
The construction workers finally ***carted* away the debris**.
建築工人終於運走建築碎片。

- **charge**　[tʃɑrdʒ]　Ⓥ　收費；充電；控告
The gallery does not ***charge* for admission** every Wednesday.
美術館每週三不收門票。

- **surcharge**　[`sɝ‚tʃɑrdʒ]　ⓝ　超載；額外費
This company made 20,500 deliveries a week **with no *surcharge* for** outlying areas.
公司一個禮拜內交貨量達二萬五百件送到偏遠地區不加價。

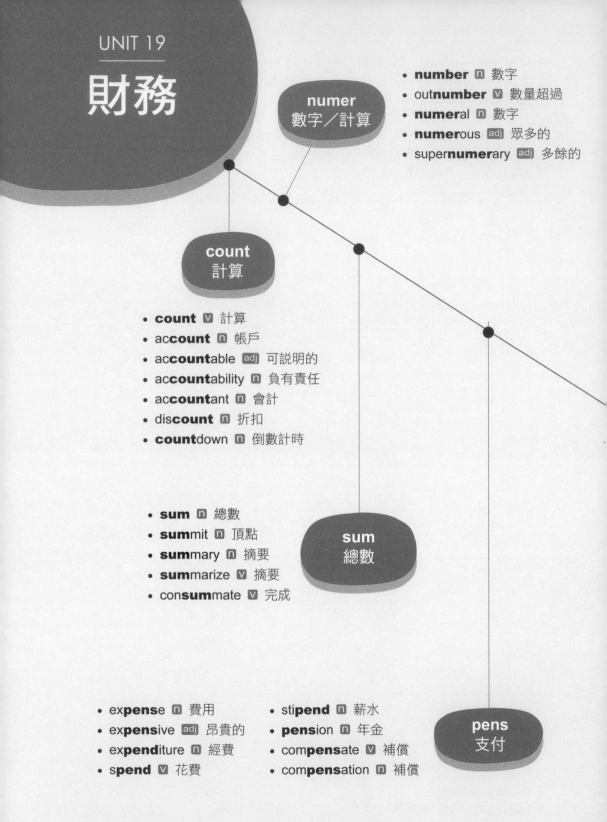

UNIT 19

財務

numer
數字／計算

- **number** n 數字
- out**number** v 數量超過
- **numer**al n 數字
- **numer**ous adj 眾多的
- super**numer**ary adj 多餘的

count
計算

- **count** v 計算
- ac**count** n 帳戶
- ac**count**able adj 可說明的
- ac**count**ability n 負有責任
- ac**count**ant n 會計
- dis**count** n 折扣
- **count**down n 倒數計時

- **sum** n 總數
- **sum**mit n 頂點
- **sum**mary n 摘要
- **sum**marize v 摘要
- con**sum**mate v 完成

sum
總數

- ex**pens**e n 費用
- ex**pens**ive adj 昂貴的
- ex**pend**iture n 經費
- s**pend** v 花費

- sti**pend** n 薪水
- **pens**ion n 年金
- com**pens**ate v 補償
- com**pens**ation n 補償

pens
支付

deb
欠債

- **deb**t n 借款
- **deb**tor n 債務人
- in**deb**ted adj 負債的
- **du**e adj 到期的
- **du**ty n 職務

prec
價格

- **prec**ious adj 貴重的
- ap**prec**iation n 感謝
- de**prec**iate v 減價
- **pric**e n 價錢
- **prais**e v 稱讚
- ap**prais**al n 鑒定

val
有價值的／強壯

- **val**id adj 有效的
- **val**idate v 證實
- **val**ue v 價值
- under**val**ue v 低估
- **val**uable adj 有價值的
- in**val**uable adj 無法估價的
- a**vail**able adj 可利用的
- equi**val**ent adj 相等的
- e**val**uation n 評價
- pre**vail** v 佔優勢
- pre**val**ent adj 流行的

- com**merc**ial n 商業廣告
- **merc**handise n 商品
- **merc**hant n 商人
- **mark**et n 市場
- **mark**eting n 行銷
- **merc**y n 恩惠
- **merc**enary adj 圖利的

merc
貿易

count 計算

- **count** [kaʊnt] **v** 計算；列舉；包括；依賴；以為；有價值
  The guide **counted** the tourists as they arrived at the airport.
  遊客抵達機場，導遊清點旅客人數。

- **account** [əˋkaʊnt] **n** 帳戶；考慮；報告
  You can set up **an e-mail account** on your cellphone.
  你可在手機設立電子郵件帳戶。

- **accountable** [əˋkaʊntəbl] **adj** 可說明的；有責任的
  The company should **be accountable to** its investors.
  公司應對投資者負責。

- **accountability** [əˌkaʊntəˋbɪlətɪ] **n** 負有責任
  There are greater demands for transparency and **accountability**
  in all walks of life.　各行各業越來越需要透明問責制度。

- **accountant** [əˋkaʊntənt] **n** 會計
  Deloitte is **a firm of accountants**, the second largest professional
  services network.
  德勤是全球第二大專業服務網絡的國際會計師事務所。

- **discount** [ˋdɪskaʊnt] **n** 折扣；貼現
  The computer store didn't provide John with **a student discount**.
  電腦販賣店不提供學生優惠給約翰。

- **countdown** [ˋkaʊntˌdaʊn] **n** 倒數計時
  The **countdown** to the festival has officially started!
  音樂祭倒數計時正式起跑！

numer 數字／計算

- **number** [ˋnʌmbɚ] **n** 數字；一些；數
  Voters turned out in **unprecedented numbers** to elect a president
  that offered to put the people's interests ahead of big business.
  史無前例的大量選民投票給允諾將人民利益置於大企業前的總統候選人。

- **outnumber** [aʊtˋnʌmbɚ] **v** 數量超過
In the Department of English, the females **outnumber** the males five to one.
英語系女多於男，比例為五比一。

- **numeral** [ˋnjumərəl] **n** 數字
These simple *numerals*, 0 through 9, originated in India.
0到9這些簡單數字符號源自印度。

- **numerous** [ˋnjumərəs] **adj** 眾多的
The guests are too **numerous** to mention, but you can take a look at the list.
客人數量多到無法一一列舉，你可以看一下賓客名單。

- **supernumerary** [͵supɚˋnjumə͵rɛrɪ] **adj** 多餘的；臨時雇用的
The old clothes were obviously **supernumerary**, so Bob decided to dispose of them.
顯然地，舊衣服是多餘的，鮑勃決定丟掉。

sum 總數

- **sum** [sʌm] **n** 總數；金額
Sarah sold her car for **a large *sum***.
莎拉賣掉車子獲得一筆可觀金額。

- **summit** [ˋsʌmɪt] **n** 頂點；高階層
The chief financial officer has not **reached the *summit* of** her career yet.
財務長尚未登上事業頂峰。

- **summary** [ˋsʌmərɪ] **n** 摘要
The teacher asked her student to **write a *summary*** of the first unit. 老師要求學生寫第一單元摘要。

- **summarize** [ˋsʌmə͵raɪz] **v** 摘要
The findings are **summarized** in the following table.
研究發現已摘要在以下表格。

- **consummate** [ˋkɑnsəˌmet] **v** 完成
  All oral agreements were **consummated** when the tribal chiefs gathered for the annual meeting.
  所有部落首長出席年度聚會，達成所有口頭協議。

pens 支付

- **expense** [ɪkˋspɛns] **n** 費用；消費
  The big dinner is **at my boss's expense**.
  豐盛晚餐是由我老闆買單。

- **expensive** [ɪkˋspɛnsɪv] **adj** 昂貴的
  Luxury cars are **expensive** to maintain.
  豪華車維修費用很高。

- **expenditure** [ɪkˋspɛndɪtʃɚ] **n** 經費；消費
  The new government will **cut government expenditures on** education.
  新政府將刪減教育經費。

- **spend** [spɛnd] **v** 花費；耗用
  Before Christmas Eve, the Wang Family **went on a spending spree**.
  王姓一家人聖誕節前夕瘋狂購物。

- **stipend** [ˋstaɪpɛnd] **n** 薪水；津貼
  The teacher will receive **an annual stipend** of $15,000 monthly from the government after retirement.
  教師退休後每月將收到政府一萬五千元年金。

- **pension** [ˋpɛnʃən] **n** 年金；退休金
  The women, who were over 80 years old, lived merely on **a government pension**.
  八十多歲的老太太只靠政府退休金維生。

- **compensate** [`kɑmpənˌset] **v** 補償；賠償
  Victims will **be compensated for** massive trauma due to the war.
  受難者會得到賠償，以彌補戰爭所造成的嚴重創傷。

- **compensation** [ˌkɑmpənˋseʃən] **n** 補償；賠償
  The passengers **claimed compensation** from the airline company for the flight was seriously delayed.
  班機延誤嚴重，旅客向航空公司索賠。

deb 欠債

- **debt** [dɛt] **n** 借款；負債
  Due to a bad investment, the firm **ran up huge debts**.
  公司投資失利而負債累累。

- **debtor** [`dɛtɚ] **n** 債務人
  More and more college students who apply for a student loan become **debtors** before they get their first job.
  越來越多學貸大學生，在第一份工作前就已負債。

- **indebted** [ɪnˋdɛtɪd] **adj** 負債的；受惠的
  On behalf of the foundation, we **are deeply indebted to** you for your donation.　我們代表基金會對您的捐贈深表感激。

- **due** [dju] **adj** 到期的；預期的；應付的
  The next train is **due** in five minutes.
  下一班火車五分鐘內到達。

- **duty** [`djutɪ] **n** 職務；義務；關稅；兵役
  Our **duty** is to preserve the rainforests and woodlands for future generations.　為了未來世代，我們有責任保護熱帶雨林和林地。

prec 價格

- **precious** [`prɛʃəs] **adj** 貴重的；珍貴的；講究的
  Living in the USA with my uncle is **a precious** memory for me.
  和舅舅住在美國的那段經驗是我相當珍貴的一段回憶。

- **appreciation** [əˌpriʃɪˋeʃən] **n** 感謝；欣賞；升值
  Hundreds of the teacher's previous students came to his
  retirement party to **show *appreciation***.
  老師以前教過的數百名學生出席他的退休慶祝派對，表達對老師的感激。

- **depreciate** [dɪˋpriʃɪˌet] **v** 減價；貶值；輕視
  The NT dollar **has *depreciated* in value against** the U.S. dollar in
  the last quarter.
  上一季新台幣對美元貶值。

- **price** [praɪs] **n** 價錢；費用；報酬
  The citizens were warned to reduce their consumption of fuel, or
  they would see a reduction in supply and **an increase in *prices***.
  民眾被告誡要減少燃料消耗，否則將面臨供應量減少及價格增加。

- **praise** [prez] **v** 稱讚；讚美
  The boy **was *praised* for** his honesty.
  男孩因為很誠實而受到稱讚。

- **appraisal** [əˋprezl] **n** 鑒定；估價
  The industry often **operates regular job *appraisals*** at the end of
  the year.　企業常在年底對員工進行工作鑑定。

val 有價值的／強壯

- **valid** [ˋvælɪd] **adj** 有效的；正確的；健全的
  The school library card is ***valid*** for another three years.
  學校借書證還有三年到期。

- **validate** [ˋvæləˌdet] **v** 證實；使生效
  The contract has been ***validated*** by the owner of the house.
  合約已由屋主確認生效。

- **value** [ˋvælju] **v** 價值；估價；看重
  The company **set a high *value* on** management skills.
  公司非常重視管理技巧。

- **undervalue** [ˌʌndɚˈvælju] **v** 低估；看輕
  The boy **felt *undervalued*** in the math class.
  男孩上數學課時感覺不被重視。

- **valuable** [ˈvæljʊəbl] **adj** 有價值的
  A group of treasure hunters followed historic clues and maps to uncover **a *valuable* stash of stolen gold** from the American Civil War.
  一群尋寶者依照歷史線索和地圖，找尋美國南北戰爭時期失竊的珍貴黃金。

- **invaluable** [ɪnˈvæljəbl] **adj** 無法估價的；非常貴重的
  Though the Internet offers **an *invaluable* source of information**, you have to assess what is useful and trustworthy.
  雖然網路提供珍貴資訊來源，但你必須評估什麼是有用且值得信任。

- **available** [əˈveləbl] **adj** 可利用的；可得到的；有效的
  Sam upgraded his new computer with the fastest graphics card ***available***, because he insisted on having the best system for playing video games.
  山姆堅持用最好的系統打電玩，因此升級電腦更換最快的顯示卡。

- **equivalent** [ɪˈkwɪvələnt] **adj** 相等的
  In the USA, people who don't graduate from high school still have a chance to pass the GED Test, which is ***equivalent* to** receiving a high school diploma.
  美國高中在校生有機會透過考試取得普通教育發展證書，等同於高中畢業學歷。

- **evaluation** [ɪˌvæljʊˈeʃən] **n** 評價；估算
  After the Summer Camps were completed, the organizers met to **have an *evaluation* of** the results, so they could improve the event.
  暑期夏令營結束後，活動發起人聚在一起評估執行結果，以利改進活動。

- **prevail** [prɪˋvel] **v** 佔優勢；勝過；盛行
  The Australian aborigines may have had to compete with other tribes who visited the continent in the past, but their survival skills allowed them to **prevail**.
  澳洲的原住民在過去可能需要和造訪這塊大陸的其他部落競爭，但這些原住民的生存技能讓他們取得勝利。

- **prevalent** [ˋprɛvələnt] **adj** 流行的；普通的
  Thefts and robbery are **prevalent** in this city.
  竊盜跟搶劫在這城市內到處肆虐。

merc 貿易

- **commercial** [kəˋmɝʃəl] **n** 商業廣告
  During **the commercial break**, I went to a restroom.
  電視插播廣告時，我去上洗手間。

- **merchandise** [ˋmɝtʃənˏdaɪz] **n** 商品
  This online store offers **an astonishing range of merchandise**.
  網路商店有各式商品可供選擇。

- **merchant** [ˋmɝtʃənt] **n** 商人
  The tea merchant sells different kinds of tea.
  茶商販賣各種茶葉。

- **market** [ˋmɑrkɪt] **n** 市場；行情
  There is still widespread discrimination against women **in the job market**.
  職場對女性仍普遍存有歧視。

- **marketing** [ˋmɑrkɪtɪŋ] **n** 行銷；市場交易
  Marketing people tend to change companies to get a better pay or benefits.
  行銷人員常藉跳槽獲取更佳的薪水和利益。

- **mercy** [`mɜ-sɪ] n 恩惠；幸運
  The billionaire **showed no *mercy* for** the poor.
  億萬富翁對窮人毫無憐憫之心。

- **mercenary** [`mɜ-sn͵ɛrɪ] adj 圖利的；受雇的
  The health of the employees was sacrificed due to **the *mercenary* nature** of the employer.
  員工健康因雇主唯利是圖而被犧牲。

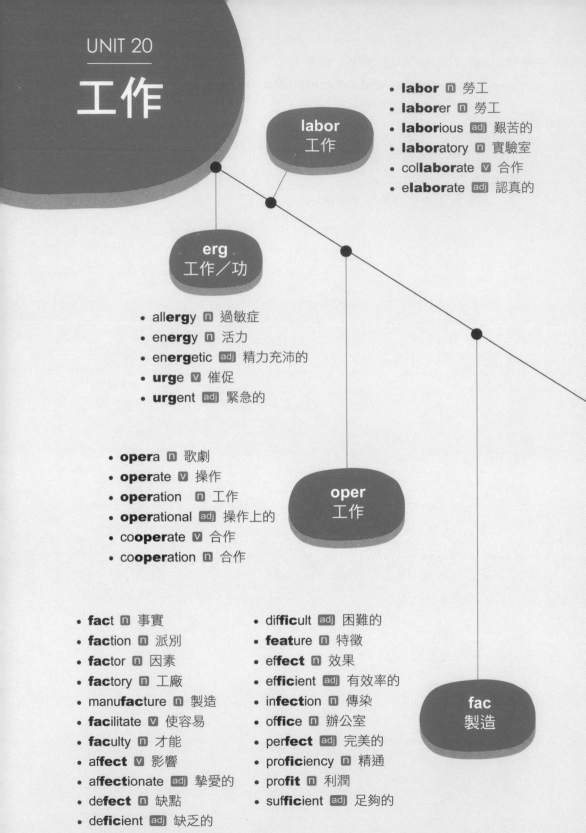

UNIT 20

工作

labor
工作

- **labor** n 勞工
- **labor**er n 勞工
- **labor**ious adj 艱苦的
- **labor**atory n 實驗室
- col**labor**ate v 合作
- e**labor**ate adj 認真的

erg
工作／功

- all**erg**y n 過敏症
- en**erg**y n 活力
- en**erg**etic adj 精力充沛的
- **urg**e v 催促
- **urg**ent adj 緊急的

- **oper**a n 歌劇
- **oper**ate v 操作
- **oper**ation n 工作
- **oper**ational adj 操作上的
- co**oper**ate v 合作
- co**oper**ation n 合作

oper
工作

- **fac**t n 事實
- **fac**tion n 派別
- **fac**tor n 因素
- **fac**tory n 工廠
- manu**fac**ture n 製造
- **fac**ilitate v 使容易
- **fac**ulty n 才能
- af**fec**t v 影響
- af**fec**tionate adj 摯愛的
- de**fec**t n 缺點
- de**fic**ient adj 缺乏的

- dif**fic**ult adj 困難的
- **fea**ture n 特徵
- ef**fec**t n 效果
- ef**fic**ient adj 有效率的
- in**fec**tion n 傳染
- of**fic**e n 辦公室
- per**fec**t adj 完美的
- pro**fic**iency n 精通
- pro**fit** n 利潤
- suf**fic**ient adj 足夠的

fac
製造

單元MP3

stru
建造

- **stru**cture n 構造
- con**stru**ct v 構成
- con**stru**ction n 構造
- de**stru**ctive adj 破壞的
- de**stru**ction n 滅亡
- in**stru**ction n 教育
- in**stru**ctor n 指導者
- ob**stru**ct v 阻塞

mechan
機器

- **mechan**ic n 技工
- **mechan**ical adj 機械的
- **mechan**ism n 機械

vic
代理

- **vic**arious adj 代理的
- **vic**e president n 副總統

leg
派遣

- **leg**ate n 大使
- **leg**acy n 遺產
- de**leg**ate n 代表
- de**leg**ation n 代表團

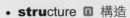

erg 工作／功

- **allergy** [ˋælɚdʒɪ] **n** 過敏症
  The baby **has an *allergy* to** seafood.
  嬰兒對海鮮過敏。

- **energy** [ˋɛnɚdʒɪ] **n** 活力；能力；能量
  I do not **have the *energy* to** go to the gym.
  我沒力氣上健身房。

- **energetic** [͵ɛnɚˋdʒɛtɪk] **adj** 精力充沛的
  Clark is **an *energetic* sales consultant**, who can work seven
  days a week. 克拉克是精力充沛的銷售顧問，可以一週工作七天。

- **urge** [ɝdʒ] **v** 催促；力勸
  The teacher ***urged*** her students **to** get these books and read
  them during the summer vacation.
  老師督促學生買這幾本書，要他們暑假期間讀完。

- **urgent** [ˋɝdʒənt] **adj** 緊急的；急迫的
  The refugees are **in *urgent* need of** a shelter that can provide
  temporary housing. 難民急需暫住的收容所。

labor 工作

- **labor** [ˋlebɚ] **n** 勞工；勞動
  David is **doing manual *labor*** to earn a living.
  大衛靠雙手勞動謀生。

- **laborer** [ˋlebərɚ] **n** 勞工；勞動者
  James is **a farm *laborer*** who harvests crops seasonally.
  詹姆士是一個依季節採收農作物的農工。

- **laborious** [ləˋborɪəs] **adj** 艱苦的；費力的；勤勞的
  Preparing three meals is **a *laborious* task** for a mother who needs
  to take care of three daughters.
  對一個需要照顧三個女兒的媽媽來說，準備三餐是艱鉅工作。

- **laboratory** [ˋlæbrəˌtorɪ] **n** 實驗室；化學工廠
  Orangutans, which have solved simple math problems **in a laboratory**, are known for a high level of intelligence.
  大家都知道實驗室中能解簡單數學問題的紅毛猩猩智力很高。

- **collaborate** [kəˋlæbəˌret] **v** 合作
  The two firms **collaborated** in developing new clients.
  兩家公司共同開發新客源。

- **elaborate** [ɪˋlæbərɪt] **adj** 認真的；精巧的
  Tim is **making the most elaborate preparations** for the Christmas party.　提姆正精心準備聖誕節派對。

oper 工作

- **opera** [ˋɑpərə] **n** 歌劇；歌劇院
  My grandpa is **a huge fan of opera**.
  我爺爺對歌劇很著迷

- **operate** [ˋɑpəˌret] **v** 操作；動手術；生效；經營
  The doctor said it is impossible to **operate on the brain tumor**, for it will cause immediate danger to the patient's life.
  醫生說不可能動腦瘤手術，因為會立即危害病患性命。

- **operation** [ˌɑpəˋreʃən] **n** 工作；運轉；操作；手術；經營；交易
  Firefighters **staged a rescue operation**, but it was complicated by bad weather.
  消防隊員展開搜救，但天候不佳增添許多複雜因素。

- **operational** [ˌɑpəˋreʃənl] **adj** 操作上的；經營上的
  My boss wants to reduce **the operational budget** by closing down stores.
  老闆想關掉一些店面以降低營運成本。

- **cooperate** [koˋɑpəˌret] **v** 合作
  The boy **refused to cooperate** when the barber cut his hair.
  理髮師幫男孩剪髮時，他不配合。

- **cooperation** [koˌɑpəˈreʃən] **n** 合作；協力；合作社
This research was made **with the *cooperation* of** the victims' offspring.
這份研究是和受害者後代共同合作完成的。

fac 製造

- **fact** [fækt] **n** 事實；實際
It is a ***fact*** that more Americans are going bowling today than ever before.
我發現越來越多美國人比以前更常打保齡球。

- **faction** [ˈfækʃən] **n** 派別；內訌；嫡系
Struggles between the different ***factions*** within the left-wing party are getting serious.
左派政黨內部派系之爭越發嚴重。

- **factor** [ˈfæktɚ] **n** 因素
Because primary force is inhesion, it is hard to change it by altering **outside *factors***.
人格力量是天生的，很難藉調整外在因素來改變。

- **factory** [ˈfæktərɪ] **n** 工廠
The *factory* manager hired a consultant, because he wanted to design a more efficient production system to reduce the costs.
工廠經理聘請顧問，因為他要設計更有效率的生產系統，以減少成本。

- **manufacture** [ˌmænjəˈfæktʃɚ] **n** （大量）製造
The food company used rice-shaped pieces of plastic **in the *manufacture* of** their products, because it was cheaper than actual rice.
食品公司在食品生產過程使用米粒形狀塑膠，因為塑膠比真米便宜。

- **facilitate** [fəˈsɪləˌtet] **v** 使容易；助長；促進
The computer management system can ***facilitate* efficient workflow**. 電腦管理系統能有效促進工作流暢度。

- **faculty** [`fækḷtɪ]　**n**　才能；機能；教職員
  The clerk **has a *faculty* for** calculating in her head fast.
  店員心算能力極佳。

- **affect** [ə`fɛkt]　**v**　影響；感動；假裝
  The president's popularity **is *affected* by** the taint of corruption of the government.
  總統的人氣受到政府腐敗影響。

- **affectionate** [ə`fɛkʃənɪt]　**adj**　摯愛的；親切的
  We are all impressed by Kelly's *affectionate* nature.
  我們都對凱利的溫柔親切特質印象深刻。

- **defect** [dɪ`fɛkt]　**n**　缺點；弱點；過失
  No species is immune from **genetic *defects***, which refer to deformities that exist at birth.
  沒有任何物種可免於遺傳缺陷影響，遺傳缺陷指的是天生殘缺。

- **deficient** [dɪ`fɪʃənt]　**adj**　缺乏的；有缺點的
  Nora's diet **is *deficient* in** iron and magnesium.
  諾拉的飲食缺乏鐵和鎂。

- **difficult** [`dɪfəˌkəlt]　**adj**　困難的；頑固的
  Navigation becomes more *difficult* when there is poor visibility.
  天色能見度差，越來越不利航行。

- **feature** [fitʃɚ]　**n**　特徵；容貌
  A great *feature* of the chair is that you can fold it up for easy transport and storage.
  椅子最大特色是可折疊、便於運送和收藏。

- **effect** [ɪ`fɛkt]　**n**　效果；作用；影響；實施
  Most people taking medication for AIDS will **experience a few side *effects***.
  大部分接受愛滋病治療的人會經歷一些藥物副作用。

- **efficient** [ɪˈfɪʃənt] **adj** 有效率的
The company sells a new product, which features a heating system that is more ***efficient* in** using energy.
公司主打節能加熱系統的新產品，能源使用效率更佳。

- **infection** [ɪnˈfɛkʃən] **n** 傳染；侵染
The virus *infection* will cause permanent damage to the brain, leading to lifelong memory problems.
病毒感染造成的腦部永久受損會導致終生記憶問題。

- **office** [ˈɔfɪs] **n** 辦公室；職務；政府機關
Stacy failed to mention that the meeting was cancelled, so Steve waited at **the empty *office*** for twenty minutes.
史黛西來不及跟史提夫說會議取消，史蒂夫就在空蕩會議室枯等二十分鐘。

- **perfect** [ˈpɝˈfɪkt] **adj** 完美的；熟練的
This is **the *perfect* wedding setting** for all the Hello Kitty lovers out there.
對於Hello Kitty的愛好者而言，這是最完美的婚禮布景。

- **proficiency** [prəˈfɪʃənsɪ] **n** 精通；熟練
The professor joined the panel of experts to offer ideas to **increase English language *proficiency***.
教授加入特聘專家小組以提供提升英語能力的想法。

- **profit** [ˈprɑfɪt] **n** 利潤；益處
A non-*profit* voluntary organization helps senior citizens with their transport needs
非營利自願組織幫助老年人滿足其交通需求。

- **sufficient** [səˈfɪʃənt] **adj** 足夠的；充分的
The prosecutor did not **have *sufficient* evidence** to bring a prosecution against the man.
檢察官沒有足夠證據起訴男子。

stru 建造

- **structure** [ˋstrʌktʃɚ] **n** 構造；組織；結構
  The palace is **a huge, imposing *structure***, set on a hill with spectacular views.
  城堡結構宏偉，坐落在動人景致的山丘上。

- **construct** [kənˋstrʌkt] **v** 構成；組成；建築
  A well-*constructed* building has a better chance of withstanding natural disasters.
  結構精良的建築物在天然災害中屹立不搖的機率較高。

- **construction** [kənˋstrʌkʃən] **n** 構造；營造；解釋
  "Picasso, the painter" is an example of **the grammatical *construction***: apposition.
  「畢卡索，畫家」是文法結構同位語的例子。

- **destructive** [dɪˋstrʌktɪv] **adj** 破壞的；損害的
  In "The Lord of the Rings," the rings stand for evil magic and represent ***destructive* power**.
  《魔戒》電影中，戒指代表魔法，象徵摧毀力量。

- **destruction** [dɪˋstrʌkʃən] **n** 滅亡；消滅；驅除
  The *destruction* of the coral reef will be an ecological disaster.
  珊瑚礁的破壞將造成生態浩劫。

- **instruction** [ɪnˋstrʌkʃən] **n** 教育；教訓；指示
  Press enter and **follow the on-screen *instructions*** to install the new software.
  按一下輸入鍵，按照螢幕指示安裝新軟體。

- **instructor** [ɪnˋstrʌktɚ] **n** 指導者；講師
  My ***instructor*** has a reputation for being strict but fair to his students.
  我的老師以嚴格出名，但大家都知道他對學生很公平。

- **obstruct** [əb`strʌkt] **v** 阻塞；妨礙
The officials ***obstructed a police investigation*** and declined to provide any further information.
官員阻撓警方調查，拒絕提供進一步訊息。

mechan 機器

- **mechanic** [mə`kænɪk] **n** 技工
The bike *mechanic* is good at repairing all kinds of bikes.
腳踏車技工擅長於維修各種類型的腳踏車。

- **mechanical** [mə`kænɪkl̩] **adj** 機械的；自動的
The factory is famous for producing ***mechanical* parts** for the car engines.
工廠以生產汽車引擎零件聞名。

- **mechanism** [`mɛkəˌnɪzəm] **n** 機械；結構
Restlessness could be **a defense *mechanism***.
坐立不安可能是一個防衛機轉。

vic 代理

- **vicarious** [vaɪ`kɛrɪəs] **adj** 代理的
The TV commercial brings ***vicarious* pleasure** in a very romantic wedding ceremony.
電視廣告讓人開心，彷彿置身於浪漫婚禮中。

- **vice president** [vaɪs`prɛzədənt] **n** 副總統
Dick Cheney is the 46th ***Vice President*** of the United States.
迪克·錢尼是美國第四十六任副總統。

leg 派遣

- **legate** [lɪ`get] **n** 大使；使節
A papal *legate* was sent on a peacemaking mission to the country.　教廷派遣使節到該國執行和平任務。

- **legacy** [`lɛgəsɪ`] 🄝 遺產；遺贈
  Paul's father left him **a large *legacy***.
  保羅的爸爸留給他一大筆遺產。

- **delegate** [`dɛləgɪt`] 🄝 代表；使節
  The president **sent several *delegates*** to the conference.
  總統派遣幾位使節前往赴會。

- **delegation** [`dɛləgɪt`] 🄝 代表團；委任代表權
  A twenty-member **trade *delegation*** visited Seoul to discuss commercial relationships.
  二十名成員組成的商務代表團造訪首爾討論商務關係。

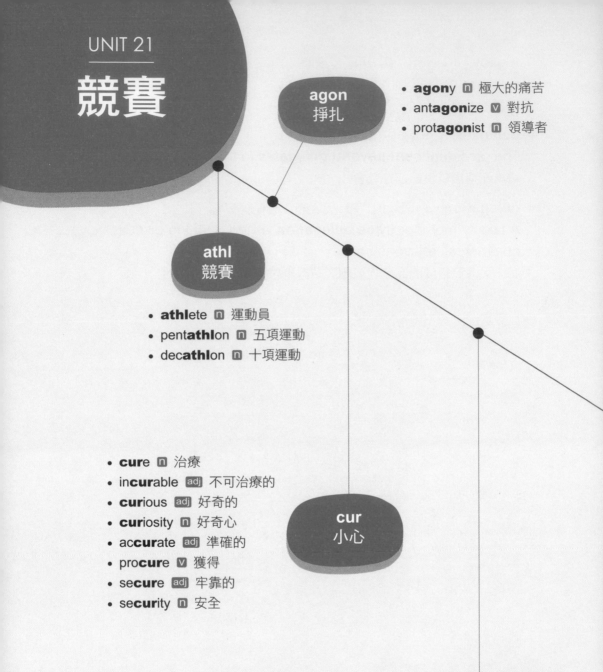

UNIT 21

競賽

agon
掙扎

- **agon**y n 極大的痛苦
- ant**agon**ize v 對抗
- prot**agon**ist n 領導者

athl
競賽

- **athl**ete n 運動員
- pent**athl**on n 五項運動
- dec**athl**on n 十項運動

- **cur**e n 治療
- in**cur**able adj 不可治療的
- **cur**ious adj 好奇的
- **cur**iosity n 好奇心
- ac**cur**ate adj 準確的
- pro**cur**e v 獲得
- se**cur**e adj 牢靠的
- se**cur**ity n 安全

cur
小心

- **ultra**red adj 紅外線的
- **ultra**violet adj 紫外線的
- **ultra**marine adj 海外的

ultim
超越

單元MP3

optim
最佳的

- **optim**ism ⓝ 樂觀主義
- **optim**ist ⓝ 樂觀主義者
- **optim**ize ⓥ 持樂觀態度
- **optim**um adj 最適宜的

hap
運氣

- mis**hap** ⓝ 不幸
- **hap**pen ⓥ 發生

fin
結束

- **fin**e ⓝ 罰款
- **fin**al ⓝ 結局
- **fin**ale ⓝ 終場
- **fin**alize ⓥ 完成
- **fin**ance ⓝ 財政
- **fin**ancial adj 財務的
- **fin**ish ⓥ 完成
- **fin**ite adj 有限的
- in**fin**ite adj 無限的
- con**fin**e ⓥ 限制
- de**fin**e ⓥ 立界限
- de**fin**ition ⓝ 定義
- de**fin**itely adv 明確地
- re**fin**e ⓥ 提煉
- re**fin**ery ⓝ 煉油廠

lim
門檻

- **lim**it ⓥ 限制
- e**lim**ination ⓥ 排除
- pre**lim**inary adj 初步的

athl 競賽

- **athlete** [ˈæθlit] **n** 運動員
  The politician has the broad-shouldered build of **a natural *athlete***.
  政治人物具運動員般的天生寬肩身材。

- **pentathlon** [pɛnˈtæθlən] **n** 五項運動
  To **win the *pentathlon* gold medal**, the athlete practices running, swimming, riding, shooting, and fencing every day.
  為了贏得五項全能運動金牌，運動員天天練習賽跑、游泳、騎馬、射擊和擊劍。

- **decathlon** [dɪˈkæθˌlɑn] **n** 十項運動
  The coach encouraged the athlete to **take up the *decathlon***.
  教練鼓勵運動員參加十項運動比賽。

agon 掙扎

- **agony** [ˈægənɪ] **n** 極大的痛苦
  The injured **screamed in *agony*** as pain seared through his legs.
  疼痛感燒灼雙腿時，傷者痛得直叫。

- **antagonize** [ænˈtægəˌnaɪz] **v** 對抗
  The politician's remark offended and ***antagonized* religious people**.　政客的言談冒犯宗教人士，與他們為敵。

- **protagonist** [proˈtægənɪst] **n** 領導者
  The main *protagonist* of this novel is a tall, handsome guy.
  小說主角是一位高大英俊的男子。

cur 小心

- **cure** [kjʊr] **n** 治療；藥物
  In the past, when there was an outbreak of disease, the villagers sought the elders who possessed **a traditional *cure***.
  以前疾病爆發時，村民會尋求擁有傳統療法的耆老。

- **incurable** [ɪn`kjʊrəb!] [adj] 不可治療的
Cancer and diabetes are still *incurable* **diseases** in the 21ˢᵗ century.
癌症和糖尿病在21世紀仍是無法治癒的疾病。

- **curious** [`kjʊrɪəs] [adj] 好奇的；求知的
The little baby **was** *curious* **about** her new surroundings.
嬰兒對周遭環境感到好奇。

- **curiosity** [ˌkjʊrɪ`ɑsətɪ] [n] 好奇心；求知慾
The article was not able to **satisfy Lucy's** *curiosity* about whether or not human beings could land on Mars within ten years.
文章無法滿足露西想了解人類是否可以十年內登陸火星的好奇心。

- **accurate** [`ækjərɪt] [adj] 準確的；正確的
The police need **an** *accurate* **description** of the car accident.
警方需要車禍準確描述。

- **procure** [pro`kjʊr] [v] 獲得；導致；實現
To *procure* **a contract** for a loan in a foreign country seems difficult. 要在外國取得貸款合約似乎不易。

- **secure** [sɪ`kjʊr] [adj] 牢靠的；牢固的
Before the typhoon comes, please check that all windows and doors are *secure*.
颱風之前，請檢查所有門窗是否牢固。

- **security** [sɪ`kjʊrətɪ] [n] 安全；保證；保證人；擔保；抵押品
The airports in the USA **tightened** *security* against terrorism after 9/11. 911事件後，美國機場加強國土安全以對抗恐怖主義。

ultim 超越

- **ultrared** [ˌʌltrə`rɛd] [adj] 紅外線的
Ultrared **(infrared) radiation** is a type of electromagnetic radiation with longer wavelengths than those of visible light.
紅外線輻射是一種波長比可見光長的電磁輻射。

- **ultraviolet** [ˌʌltrəˈvaɪəlɪt] adj 紫外線的
  The term, **ultraviolet light**, technically is incorrect because you cannot see UV rays.
  專業上來說，紫外線這術語不正確，因為看不到紫外線輻射。

- **ultramarine** [ˌʌltrəməˈrin] adj 海外的；深藍色的
  Today's sky is **ultramarine blue**.
  今日的天空是深藍色。

optim 最佳的

- **optimism** [ˈɑptəmɪzəm] n 樂觀主義
  I think the CEO had grounds for **cautious optimism** about the investment.
  我認為執行長有理由對投資審慎樂觀。

- **optimist** [ˈɑptəmɪst] n 樂觀主義者
  My little brother, Jonathan, is **a born optimist**.
  我弟弟強納森是天生樂觀主義者。

- **optimize** [ˈɑptəˌmaɪz] v 持樂觀態度；優化
  We had better **optimize our use of time** in the daytime.
  我們最好善用白天時間。

- **optimum** [ˈɑptəməm] adj 最適宜的
  A library is **an optimum choice** for preparing for the midterm exam.
  圖書館是準備期中考的最適宜選擇。

hap 運氣

- **mishap** [ˈmɪsˌhæp] n 不幸；厄運
  Due to **a series of mishaps**, the professor failed to attend the seminar.
  由於一連串的厄運，教授未參加研討會。

- **happen** [ˋhæpən] **v** 發生；碰巧
Anything could **happen** in this demonstration against the government.
反政府抗議活動中任何事情都可能發生。

fin 結束

- **fine** [faɪn] **n** 罰款
The boss of the factory **faced a heavy fine** for emitting polluted water into the irrigation canal.
工廠老闆因排放汙水到灌溉渠道而面臨重罰。

- **final** [ˋfaɪn!] **n** 結局；期末考
After Kobe Bryant scored 60 points on 50 shots in **his final game**, people couldn't help but admire his fierce determination to become an excellent NBA player.
柯比布萊恩在個人生涯最後一場比賽中50球獨得60分，很多人對於他決心成為NBA優秀球員無限景仰。

- **finale** [fɪˋnɑlɪ] **n** 終場；終曲
During **the grand finale**, all the lights went out, leaving us in total darkness.
終場時，燈都關掉，所有人陷入一片黑暗之中。

- **finalize** [ˋfaɪn!͵aɪz] **v** 完成；做最後決定
The committee has **finalized its plans** for building a new auditorium.
委員會敲定禮堂新建計畫。

- **finance** [faɪˋnæns] **n** 財政；金融
The finance minister was accused of financial malpractice.
財務部長被控財務舞弊。

- **financial** [faɪˋnænʃəl] **adj** 財務的；金融的
Many people in Taiwan prefer to deposit their savings at the post office instead of at **a commercial financial institution**.
台灣許多人偏好存錢在郵局，而不存在商業金融機構。

- **finish** [ˋfɪnɪʃ] **v** 完成；用完；結束
Jason always persists in ***finishing* a task**, no matter how difficult it may be.
不論多麼艱難，強森一向堅持完成任務。

- **finite** [ˋfaɪnaɪt] **adj** 有限的；限定的
Every smartphone has **a *finite* amount of memory**.
每一智慧型手機的記憶體容量都有限。

- **infinite** [ˋɪnfənɪt] **adj** 無限的
There used to be what seemed **an *infinite* number of fish** in the river.
這條河以前似乎有數不清的魚。

- **confine** [kənˋfaɪn] **v** 限制；使局限
The sick boy **was *confined* to** the hospital room until the nature of his illness could be determined.
確定病症前，病童只能在病房內活動。

- **define** [dɪˋfaɪn] **v** 立界限；下定義
What I need is **a well-*defined* answer**.
我需要的是一個明確答案。

- **definition** [ˌdɛfəˋnɪʃən] **n** 定義
The dictionary *definition* of the word is luck and fortune.
字典給這字下的定義是好運和運氣。

- **definitely** [ˋdɛfənɪtlɪ] **adv** 明確地
If you oppose the policies of the candidate, you should ***definitely*** vote for his opponent in the upcoming election.
如果你反對候選人的政策，下一次選舉就一定投給他的對手。

- **refine** [rɪˋfaɪn] **v** 提煉；改善
The corporation is a leading global supplier to **the *refining* industry**.
公司是領先全球的煉油產業供應商。

- **refinery**　[rɪˋfaɪnərɪ]　**n**　煉油廠
The local residents are protesting against the establishment of **the oil *refineries***.
當地居民反對設立石油提煉廠。

lim　門檻

- **limit**　[ˋlɪmɪt]　**v**　限制
Greg was resourceful, however he was ***limited*** by other less desirable human qualities, such as greed and laziness.
格雷葛足智多謀，但被貪婪、懶惰等不討喜的人類特質所困。

- **elimination**　[ɪˏlɪməˋneʃən]　**n**　排除；淘汰；預賽
The medicine is effective **in the *elimination* of** pain.
藥物可有效消除疼痛。

- **preliminary**　[prɪˋlɪməˏnɛrɪ]　**adj**　初步的；預備的
The research team released ***preliminary* findings** of its study last Tuesday.
上週二研究團隊發表初步研究發現。

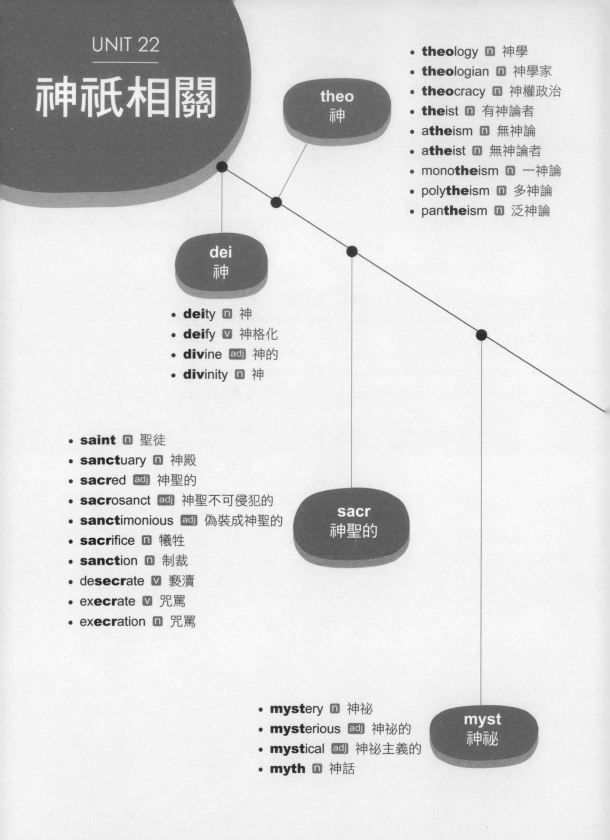

UNIT 22
神祇相關

theo
神

- **theo**logy ⓝ 神學
- **theo**logian ⓝ 神學家
- **theo**cracy ⓝ 神權政治
- **the**ist ⓝ 有神論者
- a**the**ism ⓝ 無神論
- a**the**ist ⓝ 無神論者
- mono**the**ism ⓝ 一神論
- poly**the**ism ⓝ 多神論
- pan**the**ism ⓝ 泛神論

dei
神

- **dei**ty ⓝ 神
- **dei**fy ⓥ 神格化
- **div**ine adj 神的
- **div**inity ⓝ 神

- **saint** ⓝ 聖徒
- **sanct**uary ⓝ 神殿
- **sacr**ed adj 神聖的
- **sacr**osanct adj 神聖不可侵犯的
- **sanct**imonious adj 偽裝成神聖的
- **sacr**ifice ⓝ 犧牲
- **sanct**ion ⓝ 制裁
- de**secr**ate ⓥ 褻瀆
- ex**ecr**ate ⓥ 咒罵
- ex**ecr**ation ⓝ 咒罵

sacr
神聖的

- **myst**ery ⓝ 神祕
- **myst**erious adj 神祕的
- **myst**ical adj 神祕主義的
- **myth** ⓝ 神話

myst
神祕

idol
偶像／形象

- **idol** n 偶像
- **idol**atry n 偶像崇拜

jur
發誓

- ab**jur**e v 宣示放棄
- ad**jur**e v 懇請
- con**jur**e v 懇求

latry
崇拜

- pluto**latry** n 拜金主義
- helio**latry** n 太陽崇拜
- pyro**latry** n 拜火
- necro**latry** n 死者崇拜

- **prec**arious adj 不安定的
- **prec**atory adj 懇求的
- de**prec**ate v 反對
- im**prec**ate v 詛咒
- im**prec**atory adj 詛咒的

prec
祈禱

dei 神

- **deity** [ˋdiətɪ] **n** 神；神性
  Eurynome, a fish-tailed goddess, is a *deity* of ancient Greece.
  歐律諾墨這位人身魚尾女神是古希臘神祇。

- **deify** [ˋdiəfaɪ] **v** 神格化
  The Chinese tend to *deify their dead ancestors and leading members*. 中國人會神化祖先和領袖。

- **divine** [dəˋvaɪn] **adj** 神的；神聖的
  In the forest lived a spiritual healer with *divine powers*.
  森林內住一位具神力的靈性治療師。

- **divinity** [dəˋvɪnətɪ] **n** 神；神力；神學
  It's insane to dispute **the *divinity* of the god** worshipped by millions of people.
  懷疑幾百萬人祭拜的神明神性十分愚蠢。

theo 神

- **theology** [θɪˋɑlədʒɪ] **n** 神學
  Individuals who **pursued a *theology* degree** will obtain in-depth knowledge about specific religions.
  攻讀神學學位的人會獲得特定宗教深度知識。

- **theologian** [ˌθiəˋlodʒən] **n** 神學家
  Pope Francis, current Pope of the Roman Catholic Church, is **a very influential *theologian***.
  羅馬天主教現任教宗方濟各是有影響力的神學家。

- **theocracy** [θiˋɑkrəsi] **n** 神權政治
  One of the goals of ISIS is to establish **a worldwide Islamic *theocracy***.
  伊斯蘭國其中一個目標是建立全世界伊斯蘭政權。

- **theist** [`θiɪst] **n** 有神論者

  Communists often reject **theists**, for they don't believe the existence of gods.

  共產主義者不信神的存在且常排斥有神論者。

- **atheism** [`eθɪˌɪzəm] **n** 無神論

  Atheism is the doctrine or belief that God does not exist.

  無神論的教條或信念是「神不存在」。

- **atheist** [`eθɪɪst] **n** 無神論者

  Being **a committed atheist**, Lucy often disagrees with her mother, who goes to church every week.

  露西是堅定的無神論者，常無法認同每週上教堂的媽媽。

- **monotheism** [`mɑnoθiˌɪzəm] **n** 一神論

  Judaism, Christianity, Islam are often thought of as examples of **monotheism**.

  猶太教、基督教、伊斯蘭教常被視為一神論宗教的例子。

- **polytheism** [`pɑləθiˌɪzəm] **n** 多神論

  Chinese traditional religions, Hinduism, and Japanese Shinto are all examples of **polytheism**.

  中國傳統宗教、印度教、日本神道教都是多神論宗教的例子。

- **pantheism** [`pænθiˌɪzəm] **n** 泛神論

  My parents don't subscribe to the foundational religious beliefs of **pantheism**.　我父母不同意泛神論基本宗教信念。

sacr 神聖的

- **saint** [sent] **n** 聖徒

  The doctor exhibits **the patience of a saint** with these patients.

  醫師對病人有聖人般的耐心。

- **sanctuary** [`sæŋktʃʊˌɛrɪ] **n** 神殿；避難所，庇護所

  The little boy thought of his room as a **sanctuary**.

  小男孩把自己的房間當成避難所。

- **sacred** [`sekrɪd] **adj** 神聖的;不可侵犯的
In Catholic theology, a religious follower doesn't worship **sacred relics**.
天主教神學中,信徒不崇拜聖物。

- **sacrosanct** [`sækro͵sæŋkt] **adj** 神聖不可侵犯的
The right to live without being threatened has been upheld as **sacrosanct**.
免於威脅的生活權力被奉為圭臬。

- **sanctimonious** [͵sæŋktə`monɪəs] **adj** 偽裝成神聖的
I was disgusted with the principal's **sanctimonious attitude**.
我對於校長假清高的態度感到厭惡。

- **sacrifice** [`sækrə͵faɪs] **n** 犧牲;獻身;祭品
My mom often **offers sacrifices** to the gods when she goes to the temple.
我媽媽到廟宇拜拜時,常準備祭品祭拜神明。

- **sanction** [`sæŋkʃən] **n** 制裁;批准
The USA and EU agreed to **lift economic sanctions** against Iran.
美國和歐盟同意解除伊朗經濟制裁。

- **desecrate** [`dɛsɪ͵kret] **v** 褻瀆;汙辱
Desecrating the country's flag is considered a crime in some countries.
一些國家認為褻瀆國旗是一種罪。

- **execrate** [`ɛksɪ͵kret] **v** 咒罵;憎惡
The kidnappers' cruel conducts were **widely execrated**.
綁匪殘忍行徑遭眾人唾罵。

- **execration** [͵ɛksɪ`kreʃən] **n** 咒罵;憎惡
The politician **received a near universal execration** for his betrayal of the country.
政客因背叛國家而受到人群唾棄。

myst 神祕

- **mystery** [`mɪstərɪ] **n** 神祕；不可思議
  It's a **mystery** how the ancient Polynesians sailed to remote faraway islands without the use of maps or technology.
  古波里尼西亞人在沒有地圖和科技不發達情況下，如何航行到遠方島嶼是個謎。

- **mysterious** [mɪs`tɪrɪəs] **adj** 神祕的；不可思議的
  The police were called to scene when **a mysterious** package appeared with an unknown substance inside.
  裝著不明物體的神祕包裹被發現時，有人打電話要警方到現場。

- **mystical** **adj** 神祕主義的；神祕的
  On this small island still exists **a mystical religion**.
  小島仍存在一個神祕宗教。

- **myth** [mɪθ] **n** 神話；傳說
  Every country has its own **ancient myths**.
  每個國家都有自己的古老傳說。

idol 偶像／形象

- **idol** [`aɪdl] **n** 偶像；神
  Chien-Ming Wang is **a sports idol** of our time.
  王建民是我們這年代的運動偶像。

- **idolatry** [aɪ`dɑlətrɪ] **n** 偶像崇拜
  Jill cannot **conceal her idolatry of** her Chinese teacher.
  吉兒藏不住她對國文老師的崇拜。

jur 發誓

- **abjure** [əb`dʒʊr] **v** 宣示放棄
  Ivan **abjured his original religion**, becoming a Buddhist.
  愛文放棄原本的宗教，成為一名佛教徒。

- **adjure** [əˋdʒʊr] **V** 懇請
Wanda, a good friend of mine, has ***adjured*** me **to** tell her the truth.
旺達是我的一位好友，懇求我告訴她實情。

- **conjure** [ˋkʌndʒɚ] **V** 懇求；施魔法
The Taoist priest ***conjured*** **up** the spirit of the dead.
道士召喚死者的靈魂。

latry 崇拜

- **plutolatry** **n** 拜金主義
Our society **is ridden with *plutolatry***, which leaves the stuggles of the poor largely ignored.
我們社會充斥拜金主義，嚴重忽略窮人的奮鬥努力。

- **heliolatry** [͵hilɪˋɑlətrɪ] **n** 太陽崇拜
The ancient Egyptians, who looked upon the sun as the creator of the universe, were among the best-known **adherents of *heliolatry***, the worship of the sun.
視太陽為宇宙創造者的古埃及人，是崇拜太陽的知名信徒之一。

- **pyrolatry** [paɪˋrɑlətrɪ] **n** 拜火
Pyrolatry has been a universal belief since fire was discovered in prehistoric times.
拜火從史前時代火被發現以來就一直是普遍信仰。

- **necrolatry** [nɛˋkrɑlətrɪ] **n** 死者崇拜
Necrolatry, the worship of the dead, is prevalent in Taiwan.
死者崇拜在台灣相當盛行。

prec 祈禱

- **precarious** [prɪˋkɛrɪəs] **adj** 不安定的；危險的
The boss of the company finds himself in **a *precarious* financial position**. 公司老闆發現身陷危險的財務狀況中。

- **precatory** [`prɛkəˌtorɪ] adj 懇求的
  The regulation is mandatory, not **precatory**.
  規定是強制的，不是懇求性質。

- **deprecate** [`dɛprəˌket] v 反對
  The committee **deprecated** this use of the donation for employees' salaries.
  委員會反對用捐款發放員工薪水。

- **imprecate** [`ımprıˌket] v 詛咒
  Sam was totally out of his mind and **imprecated a curse upon** his classmates.
  山姆瘋狂似地咒罵同學。

- **imprecatory** [`ımprıkəˌtorɪ] adj 詛咒的
  The woman performed **an imprecatory ritual** against her opponents.
  女子進行祈禍儀式詛咒敵手。

UNIT 23
說話

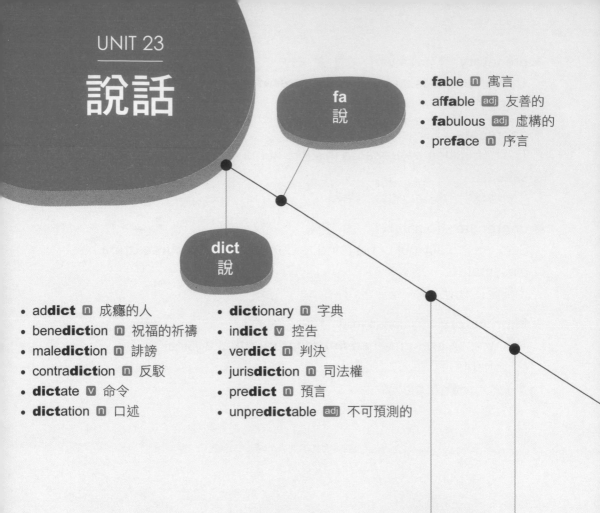

fa
說

- **fa**ble n 寓言
- af**fa**ble adj 友善的
- **fa**bulous adj 虛構的
- pre**fa**ce n 序言

dict
說

- ad**dict** n 成癮的人
- bene**dict**ion n 祝福的祈禱
- male**dict**ion n 誹謗
- contra**dict**ion n 反駁
- **dict**ate v 命令
- **dict**ation n 口述

- **dict**ionary n 字典
- in**dict** v 控告
- ver**dict** n 判決
- juris**dict**ion n 司法權
- pre**dict** n 預言
- unpre**dict**able adj 不可預測的

- **fam**e n 名聲
- de**fam**e v 誹謗
- de**fam**ation n 誹謗
- **fam**ous adj 有名的

- in**fam**ous adj 可恥的
- **fat**e n 宿命
- **fat**al adj 致命的
- in**fant** n 嬰兒

fam
說

- a**pha**sia n 失語症
- eu**phe**mism n 委婉的說法
- pro**phe**cy n 預言
- pro**phe**t n 預言者

phe
說

單元MP3

log
說

- apo**log**y n 辯護
- apo**log**ize v 道歉
- ana**log**y n 類推
- col**loq**uial adj 口語的
- e**loq**uent adj 雄辯的
- magni**loq**uent adj 誇大的
- cata**log**ue n 目錄

- dia**log**ue n 對話
- pro**log**ue n 序言
- epi**log**ue n 收場白
- eu**log**y n 頌詞
- **log**ic n 邏輯
- **log**ical adj 邏輯的
- soli**loq**uy n 自言自語

or
說／禱告

- **or**al adj 口頭的
- **or**ation n 演說
- **or**ator n 演說者
- ad**or**e v 崇拜
- ad**or**able adj 值得崇拜的
- **or**acle n 神諭

narr
告訴

- **narr**ate v 說明
- **narr**ation n 敘述
- **narr**ative adj 敘事的
- **narr**ator n 解說員

- con**fess** v 自白
- con**fess**ion n 自白
- pro**fess** v 聲稱
- pro**fess**ion n 職業
- pro**fess**ional adj 專業的
- pro**fess**or n 教授

fess
講

dict 說

- **addict** [ˋædɪkt] **n** 成癮的人
  Gambling *addicts*, many of whom have reported receiving threats from creditors, may end up owing massive debts they cannot pay.
  有賭癮的人最後可能債台高築而無力償還，據報導很多都曾遭受債權人脅迫。

- **benediction** [ˌbɛnəˋdɪkʃən] **n** 祝福的祈禱
  At the end of the gathering, the host **bestowed a special *benediction* upon** their guests.
  聚會尾聲，主人對賓客說些特別的祝福話語。

- **malediction** [ˌmæləˋdɪkʃən] **n** 誹謗；詛咒
  Having been scolded by his boss, the manager left his office, **muttering *maledictions* against** him.
  經理被老闆臭罵一頓，離開辦公室時喃喃自語咒罵著老闆。

- **contradiction** [ˌkɑntrəˋdɪkʃən] **n** 反駁；否定
  The new regulations suffered from **a set of internal *contradictions***.
  新規定存在一連串的矛盾。

- **dictate** [ˋdɪktet] **v** 命令；聽寫；口授
  The laws ***dictate*** that men are required to serve mandatory military service.
  法律規定男子應盡兵役義務。

- **dictation** [dɪkˋteʃən] **n** 口述；聽寫；命令
  The researcher needs people willing to **take *dictation*** for the interviewee.
  研究員需要有人自願替受訪談者口述記錄。

- **dictionary** [ˋdɪkʃənˌɛrɪ] **n** 字典；辭典
  Do not rely on **an English-Chinese *dictionary*** too often.
  少依賴英漢字典。

- **indict** [ɪn`daɪt] **V** 控告;起訴
  The accounting supervisor **was *indicted* for** embezzlement.
  會計主管因挪用公款而被起訴。

- **verdict** [`vɝdɪkt] **n** 判決;辯解
  The jury **returned a unanimous *verdict*** of "not guilty" in favor of my client.
  陪審團做出對我的客戶有利的判決,一致判定無罪。

- **jurisdiction** [ˌdʒʊrɪs`dɪkʃən] **n** 司法權;管轄權
  Immigration services do not **fall under our *jurisdiction***.
  移民服務不在我們的管轄範圍。

- **predict** [prɪ`dɪkt] **n** 預言;預料;預報
  The weather changes so constantly that no one can **accurately *predict*** what it will be like the next day.
  天氣持續變化,誰也說不準隔天的天氣怎樣。

- **unpredictable** [ˌʌnprɪ`dɪktəb!] **adj** 不可預測的
  Life is very ***unpredictable***, so there's no knowing what we will become.
  人生充滿未知數,沒人知道未來怎樣。

fa 說

- **fable** [`feb!] **n** 寓言;神話;傳說
  The ***fable*** of the ant and the grasshopper is suitable for young readers.
  螞蟻和蚱蜢的寓言故事適合年輕讀者。

- **affable** [`æfəb!] **adj** 友善的;和藹的
  The principal was quite ***affable*** at the conference and won many new admirers.
  校長在會議上相當和藹可親,吸引許多新的讚賞者。

- **fabulous** [`fæbjələs] **adj** 虛構的；荒謬的；傳說的；極好的；絕佳的
  I am really enjoying the party and am having **a *fabulous* time** with you today.
  我很享受今天的派對，和大家共度一段美好時光。

- **preface** [`prɛfɪs] **n** 序言；開端
  In the *preface* of the novel, the author provides a brief introduction to the story. 作者的小說序言為故事做了簡介。

fam 說

- **fame** [fem] **n** 名聲；聲望
  Andrey Tang **rose to *fame*** as a new digital minister at the age of 35. 唐鳳35歲時成為政府數位政委而一舉成名。

- **defame** [dɪ`fem] **v** 誹謗
  The mayor complained that the report ***defamed*** her by making inflammatory and false allegations.
  市長抱怨報導以不實的聳動指控來毀謗她。

- **defamation** [ˌdɪfə`meʃən] **n** 誹謗；中傷
  The woman sued the senior executive producer for ***defamation***.
  女子控告資深監製毀謗。

- **famous** [`feməs] **adj** 有名的
  The following *famous* quotation is taken from Shakespeare's play. 底下這一則著名引言取自莎士比亞戲劇。

- **infamous** [`ɪnfəməs] **adj** 可恥的；不名譽的
  The man **is *infamous* for** repeatedly stealing toilet paper from the park.
  男子是惡名昭彰的慣竊，一再竊取公園衛生紙。

- **fate** [fet] **n** 宿命；死亡
  I totally agree with that it is our own choices that decide our own ***fate***. 我完全同意「我們的選擇決定我們自己的命運」這句話。

- **fatal** [`fetl̩] **adj** 致命的；嚴重的
  The crane driver **made a *fatal* mistake**, which claimed the life of a construction worker.
  吊車司機犯了一個致命錯誤，奪走一名建築工人生命。

- **infant** [`ɪnfənt] **n** 嬰兒
  Male apes may kill and eat the ***infants*** of competing families.
  雄性猿猴會殺死競爭的家庭成員並且吃掉。

phe 說

- **aphasia** [ə`feʒɪə] **n** 失語症
  Unfortunately, Tony could not communicate, because he suffered a stroke that left him with ***aphasia***.
  不幸地，托尼中風導致失語症無法溝通。

- **euphemism** [`jufəmɪzəm] **n** 委婉的說法
  "Adult entertainment" is a ***euphemism*** for "pornography."
  「成人娛樂」是「色情書刊、電影」的委婉語。

- **prophecy** [`prɑfəsɪ] **n** 預言
  The witch was born with **the gift of *prophecy***.
  女巫天生具有預言能力。

- **prophet** [`prɑfɪt] **n** 預言者
  Few people believe what **the *prophets* of doom** have said.
  很少人相信悲觀預言家的話。

log 說

- **apology** [ə`pɑlədʒɪ] **n** 辯護；道歉
  Warren still owes me **an *apology***—he didn't show up at yesterday's party without a call or anything.
  沃倫仍欠我一個道歉，他昨天派對缺席，卻沒打通電話或做些什麼知會我。

- **apologize** [ə`pɑlə͵dʒaɪz] **V** 道歉
The man ***apologized*** and explained to the woman that he didn't ask her to go out to the movies.
男子向女子道歉並解釋為何沒約她看電影。

- **analogy** [ə`næplədʒɪ] **n** 類推；相似
Allison **drew an *analogy*** between viral infection and the spread of misconceptions.
愛麗森把病毒傳染類推成錯誤概念的散播。

- **colloquial** [kə`lokwɪəl] **adj** 口語的
Using ***colloquial* and everyday language** can help you build a more intimate relationship with friends.
較口語的日常用語可以幫你和朋友之間建立更親密的關係。

- **eloquent** [`ɛləkwənt] **adj** 雄辯的；富於表情的
Here are some tips for delivering **an *eloquent* speech**.
這裡有些雄辯滔滔的演說訣竅。

- **magniloquent** [mæg`nɪləkwənt] **adj** 誇大的
The pompous president of the company delivered **a *magniloquent* speech** welcoming the guests.
公司愛炫的總裁以浮誇的演說歡迎來賓。

- **catalogue** [`kætəlɔg] **n** 目錄
Some Taiwanese consumers still have a habit of buying from **mail order *catalogues***.   有些台灣消費者仍有郵購習慣。

- **dialogue** [`daɪə͵lɔg] **n** 對話
This drama contains a series of **witty *dialogues***.
戲劇充滿一系列的機智對話。

- **prologue** [`pro͵lɔg] **n** 序言；開場白
In this *prologue*, the author introduces the setting and important characters of the novel.
作者在序言介紹小說的背景和要角。

- **epilogue** [ˈɛpɪlɔg] n 收場白；結語
  Readers can find out the answers **in the *epilogue***.
  讀者可以在書的結語找到答案。

- **eulogy** [ˈjulədʒɪ] n 頌詞；頌揚
  The illustrious politician was asked to **deliver a *eulogy*** during the funeral.
  有人邀請知名政治人物親赴喪禮致悼詞。

- **logic** [ˈlɑdʒɪk] n 邏輯；推理
  There seems to be a flaw in **the internal *logic*** of the argument.
  論點中似乎有個內部邏輯的缺陷。

- **logical** [ˈlɑdʒɪkl] adj 邏輯的
  The teaching procedures are arranged **in a simple and *logical* fashion**.
  教學流程是按簡單、合乎邏輯的順序排列。

- **soliloquy** [səˈlɪləkwɪ] n 自言自語；獨白
  In this act, the fight between the two best friends is followed by **the protagonist's *soliloquy***.
  這一幕，主角獨白緊接兩個好朋友的爭吵之後。

or 說／禱告

- **oral** [ˈorəl] adj 口頭的；口述的
  After passing **the *oral* exam**, Annie will get the job as an assistant vice president.
  通過口試後，安妮將獲得協理職缺。

- **oration** [oˈreʃən] n 演說
  The official wanted to deliver **a funeral *oration***, but he was turned down.
  官員想發表喪禮悼詞，但被拒絕。

- **orator** [ˋɔrətɚ] **n** 演說者
  Mark Twain was **a skilled *orator*** in the 19th century.
  馬克吐溫是十九世紀老練的演說家。

- **adore** [əˋdor] **v** 崇拜；熱愛；非常喜歡
  My uncle has only one daughter, and he ***adores*** her.
  我舅舅只有一個女兒，相當寵愛她。

- **adorable** [əˋdorəbḷ] **adj** 值得崇拜的；可愛的；討人喜歡的
  Blanche has such **an *adorable* puppy** that she treats as her daughter.
  布蘭奇有一隻可愛小狗，把牠當成女兒對待。

- **oracle** [ˋɔrəkḷ] **n** 神諭；能提供寶貴訊息的人（或書）；權威
  Carrie often **consults an *oracle*** on the stock market to get information before she invests.
  凱莉投資前常請教一位股市專家以獲得更多新資訊。

narr 告訴

- **narrate** [næˋret] **v** 說明；敘述
  These audiobooks **are *narrated* by** some of the most popular singers.
  這些有聲書由一些最受歡迎的演員旁白。

- **narration** [næˋreʃən] **n** 敘述；報導；敘述體
  Using poetry as a form of ***narration*** in the novel is not uncommon.
  小說中使用詩歌體描述事件很常見。

- **narrative** [ˋnærətɪv] **adj** 敘事的；故事形式的
  The whole story employs **a third person *narrative* perspective**.
  通篇故事採用第三人稱敘事觀點。

- **narrator** [næˋretɚ] **n** 解說員；旁白
  The documentary ***narrator's* voice** is sweet to hear.
  紀錄片解說員聲音悅耳動聽。

fess 講

● **confess** [kən`fɛs] **v** 自白；承認
The suspect has ***confessed* to the crime**.
嫌犯已坦承犯罪。

● **confession** [kən`fɛʃən] **n** 自白；承認
These teenagers **made a full *confession* to** all the robberies after their arrest.
遭警方逮捕後，青少年對於所有的搶案坦承不諱。

● **profess** [prə`fɛs] **v** 聲稱；公開聲明
After marriage, Sally ***professed*** not to want to have children.
婚後，莎莉聲稱她不想要擁有小孩。

● **profession** [prə`fɛʃən] **n** 職業；聲明；同行
After graduation, most classmates **enter *professions*** such as teaching and editing.
畢業後大部分的同學進入教學和編輯等行業。

● **professional** [prə`fɛʃənḷ] **adj** 專業的
***Professional* athletes** know that when one wants to shorten the recovery time, applying heat to the wound will increase the flow of blood to the injury.
專業的運動員都知道要縮短傷口復原時間，熱敷可改善患處血液循環。

● **professor** [prə`fɛsɚ] **n** 教授
Sam spent his childhood in the country where his uncle **worked as a *professor***.
山姆曾在他舅舅以前擔任教授的國家度過童年。

有目的的說話

plor
大叫

- ex**plor**e Ⓥ 探險
- ex**plor**ation Ⓝ 探險
- ex**plor**er Ⓝ 探險者
- im**plor**e Ⓥ 懇求

claim
大叫

- **claim** Ⓝ 主張
- ac**claim** Ⓥ 喝采
- ac**clam**ation Ⓝ 稱讚
- de**claim** Ⓥ 抗辯
- dis**claim** Ⓥ 放棄權利

- ex**claim** Ⓥ 呼喊
- pro**claim** Ⓥ 聲明
- pro**clam**ation Ⓝ 宣言
- re**claim** Ⓥ 矯正
- re**clam**ation Ⓝ 矯正

- **cit**e Ⓥ 引用
- **cit**ation Ⓝ 引用
- ex**cit**e Ⓥ 使興奮
- ex**cit**ement Ⓝ 興奮
- in**cit**e Ⓥ 刺激
- re**cit**e Ⓥ 背誦
- re**cit**al Ⓝ 吟誦
- re**cit**ation Ⓝ 背誦
- soli**cit** Ⓥ 懇求
- soli**cit**ude Ⓝ 渴望

cit
召喚

- in**dic**ate Ⓥ 顯示
- in**dic**ation Ⓝ 指示
- in**dic**ator Ⓝ 指標
- ab**dic**ate Ⓥ 棄權
- contra**dic**tion Ⓝ 反駁
- de**dic**ate Ⓥ 奉獻
- de**dic**ation Ⓝ 奉獻
- in**dex** Ⓝ 索引

dic
宣稱

單元MP3

nounce
宣告

- an**nounce** Ⓥ 告知
- an**nounce**ment Ⓝ 宣布
- de**nounce** Ⓥ 公開指責
- pro**nunc**iation Ⓝ 發音
- re**nounce** Ⓥ 否認

doc
教導

- **doc**tor Ⓝ 醫師
- **doc**torate Ⓝ 博士學位
- **dis**ciple Ⓝ 徒弟
- **dis**cipline Ⓝ 紀律
- **doc**trine Ⓝ 教訓
- **doc**ument Ⓝ 證件
- **doc**umentary Ⓝ 紀錄片
- **doc**ile adj 易於管教的

mon
警告

- **mon**itor Ⓝ 監視器
- ad**mon**ish Ⓥ 勸告
- ad**mon**ition Ⓝ 勸告
- de**mon**strate Ⓥ 示範
- de**mon**stration Ⓝ 表示
- **mon**ster Ⓝ 怪物
- **mon**strous adj 畸形的
- **mon**ument Ⓝ 紀念碑
- sum**mon** Ⓥ 召集

suad
說服

- per**suad**e Ⓥ 說服
- per**suas**ion Ⓝ 說服
- dis**suad**e Ⓥ 勸阻
- dis**suas**ive adj 勸戒的

claim 大叫

- **claim** [klem] n 主張；要求；權利
  The city mayor ***claimed* success**, since the gun crimes statistics showed a dramatic improvement.
  市長聲稱槍枝犯罪率大幅改善是一大成功。

- **acclaim** [əˋklem] v 喝采；歡呼
  The fundraising ceremony **was *acclaimed*** to be a considerable success.
  大家都對募款典禮完美成功讚譽有加。

- **acclamation** [ˌækləˋmeʃən] n 稱讚；歡呼
  Our boss's announcement was **greeted with *acclamation***.
  老闆的宣布事項獲得滿堂喝采。

- **declaim** [dɪˋklem] v 抗辯；演說
  The speaker ***declaimed* against** the rising prices of oil.
  講者抗議日益高漲的油價。

- **disclaim** [dɪsˋklem] v 放棄權利；否認
  The taxi driver ***disclaimed* all responsibility** for the car accident.
  計程車司撇清交通事故責任。

- **exclaim** [ɪksˋklem] v 呼喊
  Bruce ***exclaimed* his surprise** upon seeing his favorite singer.
  布魯斯看到最喜愛的歌手時驚訝大叫。

- **proclaim** [prəˋklem] v 聲明；公布
  The protesters are expected to ***proclaim* victory** to the reporters at the press conference.
  一般預期抗議人士會在記者會發表勝利聲明。

- **proclamation** [ˌprɑkləˋmeʃən] n 宣言；公布
  The president will **issue a *proclamation*** honoring the players and coaches.
  總統將發表嘉勉選手和教練的聲明。

- **reclaim** [rɪˋklem] Ⅴ 矯正;教化;取回;拿回
  I quit smoking in order to *reclaim* my marriage.
  為了挽救婚姻,我戒掉菸癮。

- **reclamation** [ˌrɛkləˋmeʃən] �n 矯正;教化;開墾
  The land *reclamation* project has been approved by the central
  government.　土地開墾計畫已獲中央政府同意。

plor 大叫

- **explore** [ɪkˋsplor] Ⅴ 探險;探究
  The lack of capital makes it difficult to *explore* space.
  資金缺乏讓太空探索不易進行。

- **exploration** [ˌɛkspləˋreʃən] �n 探險;探究
  The scientists need to **carry out a full *exploration*** of the possible
  solutions.
  科學家需要徹底探究可行的解決方案。

- **explorer** [ɪkˋsplorɚ] �n 探險者
  Captain James Cook was one of the famous navigators and
  explorers of the 18th century.
  詹姆斯·庫克船長是十八世紀知名航海家和探險家之一。

- **implore** [ɪmˋplor] Ⅴ 懇求
  The students *implored* their teacher to stay.
  學生們懇求老師能留下來

cit 召喚

- **cite** [saɪt] Ⅴ 引用;召喚
  You have to **cite the government publications** for this assertion.
  你必須引用政府出版品來支持論點。

- **citation** [saɪˋteʃən] �n 引用;傳票
  I just received **a traffic *citation*** from the court.
  我剛收到一張法院的交通傳票。

- **excite** [ɪk`saɪt] **v** 使興奮；招惹；煽動
The section chief **was *excited* about** working abroad, but the offer he received from his company was much lower than he expected.
科長對於能到國外工作感到興奮，但公司薪水遠不及預期。

- **excitement** [ɪk`saɪtmənt] **n** 興奮
After the ***excitement*** of the previous night, the man still doesn't believe it could happen to him.
昨晚激動人心的事件後，男子仍不相信事情會發生在自己身上。

- **incite** [ɪn`saɪt] **v** 刺激；煽動；使激動
Lillian was accused of ***inciting*** her friends **to** rob the bank.
莉蓮被控煽動朋友搶銀行。

- **recite** [ri`saɪt] **v** 背誦；陳述；列舉
The college students go to the rural areas every year to teach elementary school students to ***recite* English poems** and sing English songs.
大學生每年都到偏鄉地區教國小學童朗誦英文詩和唱英語歌曲。

- **recital** [rɪ`saɪtl̩] **n** 吟誦；獨奏會
Daniel will be **giving a *recital*** of French Songs in London.
丹尼爾將於倫敦舉辦一場法國歌曲獨奏會。

- **recitation** [ˌrɛsə`teʃən] **n** 背誦；複述
The dean will **give a *recitation*** of traditional poems in front of all the students.
院長將於所有學生面前朗誦傳統詩作。

- **solicit** [sə`lɪsɪt] **v** 懇求；引誘；索求；乞求
I don't believe the legislator should accept and ***solicit* money** from the manufacturer.
我不敢相信該立法委員竟向廠商索賄。

- **solicitude** [sə`lɪsə‿tjud] **n** 渴望；焦慮；掛念；關心
The entrepreneur **expressed her *solicitude* for** the injured workers and promised to take full responsibility for their lives.
企業家對受傷員工表達關注，承諾對他們的生活負起全責。

dic 宣稱

- **indicate** [`ɪndə‿ket] **v** 顯示；指示
Cancer symptoms ***indicate* changes** in our body, which are caused by the presence of cancer.
癌症症狀顯示身體因癌症出現而產生改變。

- **indication** [ˌɪndə`keʃən] **n** 指示；跡象
I need you to **give me some *indication*** as to when I can start my business.
我需要你提點我創業的適當時機。

- **indicator** [`ɪndə‿ketə] **n** 指標；指示器
Dress and jewelry are often seen as an ***indicator*** of affluence.
服飾和珠寶常被視為富裕指標。

- **abdicate** [`æbdə‿ket] **v** 棄權；辭職
The woman ***abdicated* all responsibility** for the care of her parents.
女子丟下照顧雙親的責任。

- **contradiction** [ˌkɑntrə`dɪkʃən] **n** 反駁；否定；矛盾；相反
It's a ***contradiction*** when you say that you are good friends and yet you don't trust her.
你說你們是好朋友，但你卻不相信她，太矛盾了吧。

- **dedicate** [`dɛdə‿ket] **v** 奉獻；致力；題詞
The surgeon ***dedicated* most of his life to medical care** in East Africa, which aroused a lot of people's admiration for his contribution.
這位外科醫師大半輩子奉獻給東非醫療，很多人對其貢獻感到欽佩。

- **dedication**　[ˌdɛdə`keʃən]　n 奉獻；專心致力；題詞
With **a certain amount of *dedication* and passion**, you can influence your students.
擁有一定的奉獻和熱情，你就能夠影響學生。

- **index**　[`ɪndɛks]　n 索引；指數；指針
Change your key search term and try to look up "canine" **in the *index***.
更換關鍵字，試著在索引中找尋「犬」這個條目。

nounce　宣告

- **announce**　[ə`naʊns]　v 告知；宣布；顯示
The new prime minister is about to ***announce* the composition** of a new government.
新任閣揆將宣布新政府成員。

- **announcement**　[ə`naʊnsmənt]　n 宣布；發表
The company will **hold off the *announcement*** of the new product until it can be launched.
新產品可上市時公司才會發布訊息。

- **denounce**　[dɪ`naʊns]　v 公開指責
The professor raised his voice and ***denounced* social injustice and oppression**.
教授提高音量公開譴責社會的不公及迫害。

- **pronunciation**　[prəˌnʌnsɪ`eʃən]　n 發音
Spanish *pronunciation* is notoriously difficult for Asian learners.
西班牙語發音對亞洲學習者來說是出了名的難。

- **renounce**　[rɪ`naʊns]　v 否認；放棄權利
The patient with liver cancer vowed to ***renounce* alcohol** completely.
肝癌患者發誓要徹底戒酒。

doc 教導

- **doctor** [`dɑktɚ] **n** 醫師；博士
  The yellow label on the bottle advised users to **consult a *doctor*** soon if they experience any of the following symptoms.
  瓶上黃色標籤建議使用者若出現以下症狀應立即就醫。

- **doctorate** [`dɑktərɪt] **n** 博士學位
  My brother has **a *doctorate* in education** from the University of Southern California.　我哥哥擁有南加大教育博士學位。

- **disciple** [dɪ`saɪpl̩] **n** 徒弟；門徒；追隨者
  When I was young, I used to be **an ardent *disciple*** of Marxism.
  我年輕時是馬克思主義狂熱追隨者。

- **discipline** [`dɪsəplɪn] **n** 紀律；懲戒；訓練
  Some parents are calling for **tougher *discipline*** in schools.
  有些父母呼籲學校更加嚴格管教學生。

- **doctrine** [`dɑktrɪn] **n** 教訓；教義；主義
  The church should discard **old and outworn *doctrines*** to attract more teenagers to join.
  教會應拋除老舊陳腐教條以吸引更多青少年加入。

- **document** [`dɑkjəmənt] **n** 證件；公文；文書
  The teachers are reminded to shred students' **confidential *documents*** before disposal.
  校方提醒老師丟棄學生機密檔案之前要先攪碎。

- **documentary** [ˌdɑkjə`mɛntərɪ] **n** 紀錄片
  The temple will **show a *documentary*** on the Mazu Pilgrimage in the courtyard tonight.
  廟宇今晚將於庭院播放媽祖繞境紀錄片。

- **docile** [`dɑsl̩] **adj** 易於管教的；溫順的
  China used to provide **a cheap and *docile* workforce** for the foreign investors.
  中國曾經提供便宜又溫順的勞動人口給外國投資者。

mon 警告

- **monitor** [`mɑnətɚ] **n** 監視器；監考人；螢幕
  My **computer** *monitor* is busted, so I need to buy a new one this week.
  我的電腦螢幕壞掉，這星期得買一台新的。

- **admonish** [əd`mɑnɪʃ] **v** 勸告；警告
  My roomamate's advisor *admonished* him **to** study abroad and get a PhD in biochemistry.
  我室友的指導教授勸他出國攻讀生化博士學位。

- **admonition** [ˌædmə`nɪʃən] **n** 勸告；警告
  The naughty student has **received numerous** *admonitions* for skipping classes.
  調皮的學生因為蹺課已受到不少警告。

- **demonstrate** [`dɛmənˌstret] **v** 示範；顯示
  The quick decision *demonstrated* **a remarkable lapse in judgment**.
  倉促決策暴露明顯誤判。

- **demonstration** [ˌdɛmən`streʃən] **n** 表示；證明；示範；示威行動
  Hundreds of protestors **staged a** *demonstration* outside the presidential hall.
  數百名抗議者在總統府外面發動示威。

- **monster** [`mɑnstɚ] **n** 怪物；畸形兒
  In real life, there is no such thing as **a horrible and ugly** *monster*.
  現實生活中沒有可怕醜陋的怪物。

- **monstrous** [`mɑnstrəs] **adj** 畸形的；可怕的
  The criminal **committed a** *monstrous* **crime** that shocked the whole society.
  犯罪者犯下一件震驚全社會的殘暴罪刑。

- **monument** [`mɑnjəmənt] **n** 紀念碑

  In front of the tomb stands **a stone *monument*** marking the poet's last resting place.

  詩人墓前矗立一座石碑，標示詩人安息之所。

  【說明】mon也可表示提醒，例如：monument。

- **summon** [`sʌmən] **v** 召集；鼓起勇氣

  The girl finally ***summoned* up her courage** to tell the boy that she loves him.

  女孩終於鼓起勇氣向男孩示愛。

suad 說服

- **persuade** [pɚ`swed] **v** 說服

  It seems nobody can ***persuade*** her **to** apologize for what she said.

  似乎沒人可勸她為自己說過的話道歉。

- **persuasion** [pɚ`sweʒən] **n** 說服；說服力；信仰；教派

  The parents used all their **powers of *persuasion*** to convince Beck to join the marathon.

  貝克的父母費盡力氣說服他參加馬拉松。

- **dissuade** [dɪ`swed] **v** 勸阻

  I *dissuaded* my sister **from** joining the activity, but she insisted on her decision.

  我勸我妹妹不要參加該活動，但她仍堅持自己的決定。

- **dissuasive** [dɪ`swesɪv] **adj** 勸戒的

  The law **has no real *dissuasive* effect** on the smokers.

  法律對於吸菸者沒有實質勸阻成效。

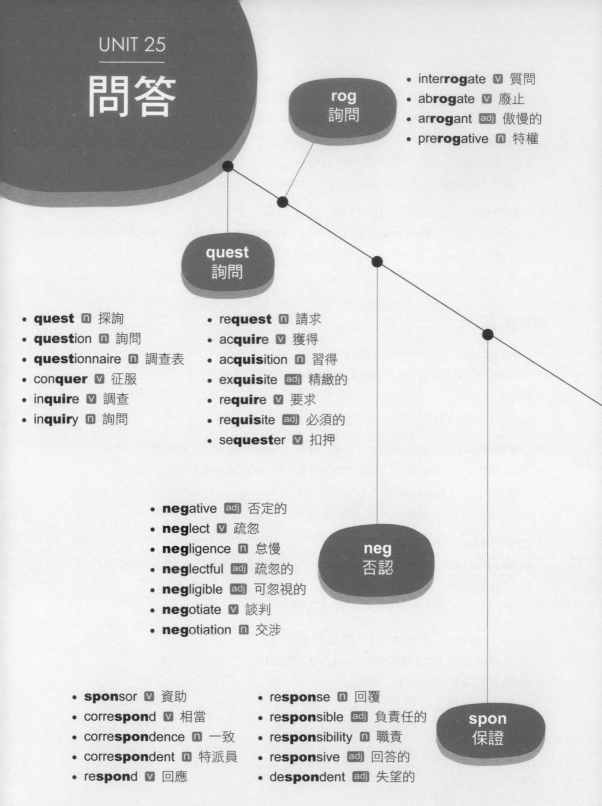

UNIT 25

問答

rog 詢問

- inter**rog**ate Ⓥ 質問
- ab**rog**ate Ⓥ 廢止
- ar**rog**ant adj 傲慢的
- pre**rog**ative Ⓝ 特權

quest 詢問

- **quest** Ⓝ 探詢
- **quest**ion Ⓝ 詢問
- **quest**ionnaire Ⓝ 調查表
- con**quer** Ⓥ 征服
- in**quir**e Ⓥ 調查
- in**quir**y Ⓝ 詢問

- re**quest** Ⓝ 請求
- ac**quir**e Ⓥ 獲得
- ac**quis**ition Ⓝ 習得
- ex**quis**ite adj 精緻的
- re**quir**e Ⓥ 要求
- re**quis**ite adj 必須的
- se**quest**er Ⓥ 扣押

neg 否認

- **neg**ative adj 否定的
- **neg**lect Ⓥ 疏忽
- **neg**ligence Ⓝ 怠慢
- **neg**lectful adj 疏忽的
- **neg**ligible adj 可忽視的
- **neg**otiate Ⓥ 談判
- **neg**otiation Ⓝ 交涉

spon 保證

- **spon**sor Ⓥ 資助
- corre**spon**d Ⓥ 相當
- corre**spon**dence Ⓝ 一致
- corre**spon**dent Ⓝ 特派員
- re**spon**d Ⓥ 回應

- re**spon**se Ⓝ 回覆
- re**spon**sible adj 負責任的
- re**spon**sibility Ⓝ 職責
- re**spon**sive adj 回答的
- de**spon**dent adj 失望的

單元MP3

argu
解釋清楚

- **argu**ment n 爭執
- counter**argu**ment n 反駁

clar
清楚的

- **clar**ify v 澄清
- **clar**ification n 澄清
- **clar**ity n 清楚
- de**clar**e v 宣布
- de**clar**ation n 宣言
- **clear** v 清除

cert
確定的

- **cert**ain adj 某些
- **cert**ainty n 確信
- **cert**ify v 確認
- **cert**ificate n 證書
- con**cert** n 音樂會
- discon**cert** v 破壞
- as**cert**ain v 確定

sur
確定的／安全的

- **sur**e adj 確實的
- as**sur**ance n 保證
- rea**ssur**e v 使安心
- en**sur**e v 保證
- in**sur**ance n 保險

quest 詢問

- **quest** [kwɛst] **n** 探詢
  In her **quest for** academic perfection, Rachel spends entire days in the library.　為了課業上有完美表現，瑞秋整天都在圖書館K書。

- **question** [ˋkwɛstʃən] **n** 詢問；疑問；問題
  In the question-and-answer session, you can **raise your questions** to the experts.
  你可以在「問與答」的時段向專家提問。

- **questionnaire** [͵kwɛstʃənˋɛr] **n** 調查表；問卷
  On the street, I was asked to fill in **a detailed questionnaire** regarding smoking habits.
  我在街頭被攔下來填寫關於抽菸習慣的問卷。

- **conquer** [͵kɑŋkɚ] **v** 征服；改正
  The introvert student finally **conquered his fear** of public speaking.　內向的學生終於克服公開演說的恐懼。

- **inquire** [ɪnˋkwaɪr] **v** 調查；詢問
  I thought it might be impolite to **inquire about** his ex-wife.
  我認為問他前妻的事情很不禮貌。

- **inquiry** [ɪnˋkwaɪrɪ] **n** 詢問；調查；問題
  The consumers began **making inquiries about** the cellphone prices two months before they came out on the market.
  手機上市兩個月前顧客就開始詢問價格。

- **request** [rɪˋkwɛst] **n** 請求；要求；請願書
  The surgeon removed the benign tumor **at the request of** the patient.　在病人要求下，醫師切除他的良性腫瘤。

- **acquire** [əˋkwaɪr] **v** 獲得；學得
  Wesley managed to **acquire all the property** that his father left for his siblings.
  衛斯理設法取得父親留給手足的所有財產。

- **acquisition** [ˌækwəˋzɪʃən] **n** 習得；收購
  Acquisitions among small and medium-sized companies may affect the performance of acquiring firms.
  中小企業之間的併購可能影響併購者的業績。

- **exquisite** [ˋɛkskwɪzɪt] **adj** 精緻的；敏銳的
  The TV producer has **an exquisite collection** of Chinese porcelain.
  電視製作人收藏一批精緻中國瓷器。

- **require** [rɪˋkwaɪr] **v** 要求；需要
  You **are required to** pay upon the due date in accordance with the LC terms.
  根據信用條款，您必須在到期日前付款。

- **requisite** [ˋrɛkwəzɪt] **adj** 必須的
  Standard building procedures, building regulations and properties of materials are **the requisite knowledge** of a construction engineer.
  標準建築程序、建築法規和材料特性是營造工程師的必備知識。

- **sequester** [sɪˋkwɛstɚ] **v** 扣押；沒收；查封
  The smuggled goods were **sequestered** and destroyed by the local health authorities.
  走私貨物遭當地健康部門查扣銷毀。

rog 詢問

- **interrogate** [ɪnˋtɛrəˌget] **v** 質問；訊問
  The local police **interrogated the suspected criminal** for half an hour, before the man admitted his crime of murdering his neighbor.
  當地警方訊問嫌犯半小時後他才承認殺害鄰居的犯行。

- **abrogate** [ˋæbrəˌget] **v** 廢止；取消
  The company doesn't have the right to **abrogate the agreement** unilaterally.　公司無權片面廢除合約。

- **arrogant** [`ærəgənt] **adj** 傲慢的；自大的
My boss was infuriated and said he had never met anyone so *arrogant* and opinionated in his life.
我老闆怒不可遏，直說這輩子從沒遇過這麼傲慢、固執己見的人。

- **prerogative** [prɪˋrɑgətɪv] **n** 特權
Golfing used to be a sport for the elite and the *prerogative* of the rich.
打高爾夫球曾經是菁英人士的運動，也是富人的特權。

neg 否認

- **negative** [`nɛgətɪv] **adj** 否定的；消極的；陰性的
The couple has engaged in a constant dispute over their son's education, which would have **a *negative* influence** on his learning.
夫婦對兒子教育問題爭執不休，這會造成他學習的負面影響。

- **neglect** [nɪgˋlɛkt] **v** 疏忽；忽略；怠慢
Though Kevin *neglects* **his appearance**, he does not wear sweatshirts or pajamas in public.
雖然凱文不修邊幅，但不會穿著運動衫和睡衣出現在公開場合。

- **negligence** [`nɛglɪdʒəns] **n** 怠慢
The motorcyclist was seriously injured due to **the *negligence* of** the truck driver.
卡車司機的疏忽造成機車騎士重傷。

- **neglectful** [nɪgˋlɛktfəl] **adj** 疏忽的；冷淡的
Henry **is *neglectful* of** his health and works overtime every day.
亨利輕忽健康，每天超時工作。

- **negligible** [`nɛglɪdʒəbl] **adj** 可忽視的；不足取的
Air resistance is *negligible* in this experiment.
在這實驗中，風阻力可以略去。

- **negotiate**   [nɪ`goʃɪ,et]   **v** 談判;交涉;商議
The union representatives refused to **negotiate** with the management during the national strike.
工會代表拒絕全國罷工期間與資方協商。

- **negotiation**   [nɪ,goʃɪ`eʃən]   **n** 交涉;商議
The new government **re-opened negotiations** with the leaders of the protests.
新政府和抗議領袖重啟談判。

spon 保證

- **sponsor**   [`spansɚ]   **v** 資助
We need someone to **sponsor the local music contest**.
我們需要有人贊助當地音樂比賽。

- **correspond**   [,kɔrɪ`spand]   **v** 相當;對應;一致;符合;通信
Crafting a thesis statement that could **entirely correspond to** your article is not easy.
精心設計完全合乎文章大意的全文主旨句並不容易。

- **correspondence**   [,kɔrə`spandəns]   **n** 一致;通信
My **correspondence with** a pen pal in America has lasted more than three years.
我和美國筆友通信三年多了。

- **correspondent**   [,kɔrɪ`spandənt]   **n** 特派員;通信者
Susan is **a senior war correspondent** working for a nonprofit news service for ten years.
蘇珊是資深戰地記者,在非營利新聞機構服務十年了。

- **respond**   [rɪ`spand]   **v** 回應;反應;承擔責任;賠償
In the absence of the minister, an official was appointed to represent him at the public hearing and **respond to any issues that may arise**.
部長未能出席公聽會,派一名官員代為回應現場可能提問。

- **response** [rɪ`spɑns] **n** 回覆；反應
The TV program met with **a negative *response*** from the audience. 觀眾負面評論該電視節目。

- **responsible** [rɪ`spɑnsəbl] **adj** 負責任的；可信賴的
The investigator sought the people ***responsible* for** vandalizing the valuable statue and offered a $10,000 reward to encourage people to offer any leads.
調查人員追查破壞珍貴雕像的兇手，同時提供一萬元獎金鼓勵大家提供線索。

- **responsibility** [rɪ͵spɑnsə`bɪlətɪ] **n** 職責；任務；義務；負擔
A terror organization **claimed *responsibility* for** the suicide bomb attack on the embassy.
某恐怖組織宣稱大使館自殺炸彈攻擊是他們所為。

- **responsive** [rɪ`spɑnsɪv] **adj** 回答的；應答的；響應的；反應的
The paramedics tried desperately to revive the young child, but he was not ***responsive* to** their attempts.
醫護人員盡力恢復小孩的意識，但他仍毫無反應。

- **despondent** [dɪ`spɑndənt] **adj** 失望的；垂頭喪氣的
Many young people tend to **feel *despondent* about** their future after graduation.
許多年輕人畢業後對未來感到沮喪。

argu 解釋清楚

- **argument** [`ɑrgjəmənt] **n** 爭執；論點；理由
Martin **got into an *argument* with** a taxi driver this morning.
馬丁今早和一名計程車司機起爭執。

- **counterargument** [`kɑʊntɚ͵ɑrgjʊmənt] **n** 反駁
Incorporating *counterarguments* in a persuasive speech may strengthen your claims.
具說服力的演講結合反方論點會加強你的主張。

clar 清楚的

- **clarify** [ˈklærəˌfaɪ] **v** 澄清；淨化
  The researcher amended her report to **clarify the discrepancy** and provide supplementary information to consolidate her argument.
  研究員修改報告以化解矛盾，並且提供補充資訊以強化論點。

- **clarification** [ˌklærəfəˈkeʃən] **n** 澄清；淨化
  These newly unearthed manuscripts still require further **clarification** and explanations by the experts.
  這些新出土的手稿仍需專家進一步澄清和解釋。

- **clarity** [ˈklærətɪ] **n** 清楚；清澈
  The stream is noted for its scenic beauty and **crystal clarity of water**.　小溪以美麗景色和清澈河水聞名。

- **declare** [dɪˈklɛr] **v** 宣布；發表；聲明
  The rebellious province **declared itself** to be independent.
  叛變的省份自行宣布獨立。

- **declaration** [ˌdɛkləˈreʃən] **n** 宣言；聲明；公告
  Politicians should **make a declaration of** their property and income.
  政治人物應公開個人財產和收入。

- **clear** [klɪr] **v** 清除；付清；售；使清楚
  To help you **clear your doubts** about learning, you can watch the online videos.
  你可觀看線上影片來協助釐清學習疑慮。

cert 確定的

- **certain** [ˈsɝtən] **adj** 某些；確定的；可靠的
  The researcher found that **certain contexts** can actualize the potential of a person.
  研究者發現特定情境可激發出一個人的潛能。

- **certainty** [ˋsɝtəntɪ] **n** 確信；無疑
I know nothing **with any *certainty***, but I can tell you what the outcome of the election will be.
我沒甚麼能確定的，但可以告訴你選舉結果。

- **certify** [ˋsɝtəˏfaɪ] **v** 確認；證明；擔保支票兌現
The water pipe that **was *certified* as** lead-free could actually be contaminated with the toxic substance.
無鉛水管經證實已遭有毒物質汙染。

- **certificate** [sɚˋtɪfəkɪt] **n** 證書；執照；證明
Jessica eventually gave up her dream to be an actress, and **earned her teaching *certificate*** in order to build a stable career.
潔西卡最終放棄成為女演員的夢想，取得教師證以謀得穩定差事。

- **concert** [ˋkɑnsɚt] **n** 音樂會；協奏曲；一致
The ***concert*** was sold out several days ago, and the family was unable to purchase any tickets.
演唱會門票數天前已銷售一空，這家人買不到任何一張票。

- **disconcert** [ˏdɪskənˋsɝt] **v** 破壞；使不安
The dream **slightly *disconcerted*** the woman.
這場夢讓婦人稍感不安。

- **ascertain** [ˏæsɚˋten] **v** 確定；探究
Forensic experts have been unable to ***ascertain*** the cause of the death.
法醫專家至今仍無法找出死因。

sur 確定的／安全的

- **sure** [ʃʊr] **adj** 確實的；可靠的
The skydiver **made *sure* to** include a parachute when packing for his skydiving trip.
跳傘員整理跳傘旅行的行李時，確定放進了降落傘。

- **assurance**　[əˈʃʊrəns]　n　保證；確信
The chief engineer **gave an *assurance*** that the work would be completed by Friday.
總工程師跟我保證星期五前完工。

- **reassure**　[ˌriəˈʃʊr]　v　使安心；再保證
Sally's boyfriend tried to ***reassure* her** and promised to stay by her side all night.
莎莉的男朋友設法讓她安心，保證整晚陪伴在她身旁。

- **ensure**　[ɪnˈʃʊr]　v　保證；擔保；保護
The school staff has been adopting comprehensive approaches to ***ensure* children's safety** in schools.
學校員工採行配套方式確保孩童校園安全。

- **insurance**　[ɪnˈʃʊrəns]　n　保險；保險單；保險費
The *insurance* company will need a full description of your health condition.
保險公司要你提供一份完整健康報告。

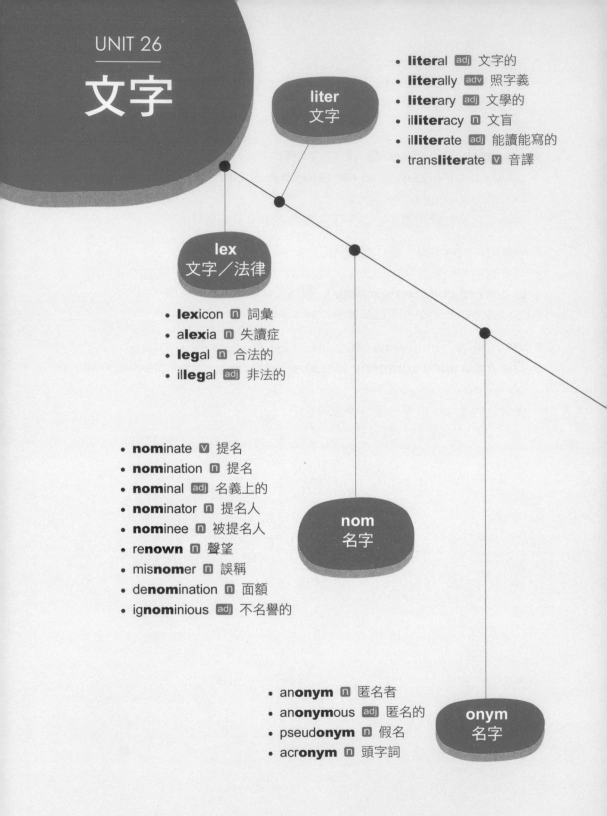

UNIT 26

文字

liter 文字
- **liter**al adj 文字的
- **liter**ally adv 照字義
- **liter**ary adj 文學的
- il**liter**acy n 文盲
- il**liter**ate adj 能讀能寫的
- trans**liter**ate v 音譯

lex 文字／法律
- **lex**icon n 詞彙
- a**lex**ia n 失讀症
- **leg**al n 合法的
- il**leg**al adj 非法的

- **nom**inate v 提名
- **nom**ination n 提名
- **nom**inal adj 名義上的
- **nom**inator n 提名人
- **nom**inee n 被提名人
- re**nown** n 聲望
- mis**nom**er n 誤稱
- de**nom**ination n 面額
- ig**nom**inious adj 不名譽的

nom 名字

- an**onym** n 匿名者
- an**onym**ous adj 匿名的
- pseud**onym** n 假名
- ac**ronym** n 頭字詞

onym 名字

verb
語詞

- **verb** n 動詞
- **verb**al adj 言語的
- non**verb**al adj 非言語的
- **verb**atim adj 逐字報告的
- pro**verb** n 諺語
- pro**verb**ial adj 諺語的

graph
寫

- **graph** n 曲線圖
- geo**graph**y n 地理學
- ortho**graph**y n 正確拼法

scrib
寫

- de**scrib**e v 描寫
- pre**scrib**e v 指示
- sub**scrib**e v 捐助
- in**scrib**e v 登記
- tran**scrib**e v 謄寫

script
寫

- **script** n 稿本
- tran**script** n 副本
- post**script** n 附筆

lex 文字／法律

- **lexicon** [`lɛksɪkən] **n** 詞彙；辭典
  I just bought **a Greek-Latin *lexicon*** on the online bookstore.
  我剛在線上書店買一本希臘拉丁辭典。

- **alexia** [ə`lɛksɪə] **n** 失讀症
  Strokes, tumors, and head injury could cause ***alexia***, the loss or impairment of the ability to read.
  中風、腫瘤和頭部受傷都可能導致失讀症，就是閱讀能力喪失或受損。

- **legal** [`ligl̩] **n** 合法的
  The consultant gives confidential, basic ***legal* advice** on a range of matters to people who need it.
  顧問在保密原則下，提供有需求者基本法律諮詢服務。

- **illegal** [ɪ`ligl̩] **adj** 非法的
  Homeschooling is still ***illegal*** in some Asian countries.
  在家自學於亞洲一些國家仍未合法。

liter 文字

- **literal** [`lɪtərəl] **adj** 文字的；逐字逐句的
  The *literal* meaning of "Pokémon" is "pocket monster."
  寶可夢字面上的意思是口袋怪獸。

- **literally** [`lɪtərəlɪ] **adv** 照字義；逐字地；確實；真正地
  The dictator was ***literally* altering history** and striving to rewrite the nation's future.
  獨裁者的確扭曲史實，且試圖改寫國家未來。

- **literary** [`lɪtəˌrɛrɪ] **adj** 文學的；著作的
  "Atonement," by Ian McEwan, is one of **the great *literary* works** of our time.
  伊恩·麥克尤恩的《贖罪》一書是屬於我們這年代的優秀文學作品之一。

- **illiteracy** [ɪˈlɪtərəsɪ] **n** 文盲；未受教育
  Illiteracy is still widespread in Africa nowadays.
  今日非洲地區文盲現象仍然普遍。

- **literate** [ˈlɪtərɪt] **adj** 能寫能讀的；掌握（某個領域或某方面）知識的；通曉……的
  The need to be **computer literate** is becoming so great that almost everyone who wants to apply for a better job spends money on computer lessons.
  電腦操作需求增加，幾乎每一位想要找到較好工作的人都花錢學電腦。

- **transliterate** [trænsˈlɪtəˌret] **v** 音譯；直譯
  Place names from one language **are** often **transliterated** into another.
  地名常從一個語言直接音譯為另一語言。

nom 名字

- **nominate** [ˈnaməˌnet] **v** 提名；任命；指派；推薦
  Bob will **be nominated as** a manager in the meeting.
  鮑勃將於會議中被指派為經理。

- **nomination** [ˌnaməˈneʃən] **n** 提名；任命；指派
  I do not believe Donald Trump got the Republican **nomination for president**.
  我不相信川普居然通過提名成為共和黨總統參選人。

- **nominal** [ˈnamənl] **adj** 名義上的
  Daniel **plays a nominal role in** the badminton club—the real work is done by the deputy club leader.
  丹尼爾在羽球社只是掛名，事情都是副社長在處理。

- **nominator** [ˈnaməˌnetɚ] **n** 提名人；任命人；推薦人
  The committee was composed of **nominators** appointed by the mayor.
  委員會由市長任命的人組成。

- **nominee**　[ˌnɑməˈni]　**n** 被提名人；被任命人
  The singer is always **a Golden Melody Awards *nominee***, but never a Golden Melody Awards winner
  這位歌手一直是金曲獎被提名人，但從未獲獎。

- **renown**　[rɪˈnaʊn]　**n** 聲望；名聲
  Lisa was rumored to date a man **of great *renown***.
  傳聞麗莎和一位名聲顯著的男士交往。

- **misnomer**　[ˌmɪsˈnomə]　**n** 誤稱
  Panama hats are a ***misnomer***—in fact; they originated from Ecuador rather than Panama.
  巴拿馬帽是誤稱，事實上是源自厄瓜多，而非巴拿馬。

- **denomination**　[dɪˌnɑməˈneʃən]　**n** (尤指錢的) 面額；面值
  Congress determines the ***denominations*** of coins and notes so that the Mint can produce and put them into circulation.
  美國國會決定硬幣和鈔票面額，鑄幣廠才能鑄幣和印鈔並發行流通。

- **ignominious**　[ˌɪgnəˈmɪnɪəs]　**adj** 不名譽的
  The local government's investment in agricultural infrastructures was **an *ignominious* failure**.
  地方政府的農業基礎建設投資是可恥的挫敗。

onym 名字

- **anonym**　[ˈænəˌnɪm]　**n** 匿名者；假名
  The author **uses an *anonym*** to publish her books.
  作者匿名出版書籍。

- **anonymous**　[əˈnɑnəməs]　**adj** 匿名的；假名的
  If you want to **remain *anonymous*** on the Internet, you can request a guest account.
  如果你想在網路隱匿身分，可以申請一個訪客帳號。

- **pseudonym** [ˋsudnˌɪm] **n** 假名；筆名
One of my colleagues wrote **under the *pseudonym* of** Louis Armstrong.
我的一位同事以路易·阿姆斯壯為筆名寫作。

- **acronym** [ˋækrənɪm] **n** 頭字詞
BBIAB (=Be Back In A Bit) is **a common *acronym*** used in online chats.
BBIAB (表示稍後回來) 是網路聊天常用到的頭前詞。

verb 語詞

- **verb** [vɝb] **n** 動詞
Employing *verbs* along with verb phrases will make your writing more vivid.
使用動詞及動詞片語會讓你的寫作更加鮮明。

- **verbal** [ˋvɝbḷ] **adj** 言語的；口頭的；逐字的
After Frank forgot to show up for her birthday party, **his *verbal* apology** seemed insufficient for Brenda.
法蘭克忘了出席布蘭達的生日派對，光是口頭道歉似乎誠意不足。

- **nonverbal** [ˌnɑnˋvɝbḷ] **adj** 非言語的
Body language, identified as ***nonverbal* language**, is very important in our daily communication.
肢體語言被視為一種非口語語言，在我們日常溝通中非常重要。

- **verbatim** [vɝˋbetɪm] **adj** 逐字報告的
Barbara is an autistic person, who could recall **a *verbatim* account** of our entire conversation.
芭芭拉是自閉症患者，她可以把我們整段對話一字不漏敘述出來。

- **proverb** [ˋprɑvɝb] **n** 諺語；箴言
As the Chinese *proverb* goes, women hold up half the sky: female entrepreneurs play a central role in the global economy.
中國有句諺語說：女人撐起半邊天。女性企業家在全球經濟扮演重要角色。

- **proverbial** [prə`vɝ·bɪəl] **adj** 諺語的；話柄的；出名的；眾所周知的
The enemies of Hank knew all too well about his **proverbial** Achilles' heel—voracity.
漢克的敵人對他的致命弱點知之甚詳，那就是貪婪。

graph 寫

- **graph** [græf] **n** 曲線圖；圖表
This **graph** shows how the average life span changed during the last three decades with the improvements of medical care.
圖表顯示近三十年人類平均壽命隨著醫療進步而變化的情況。

- **geography** [`dʒɪˋɑgrəfɪ] **n** 地理學
The **geography** of Taiwan encompasses a wide variety of spectacular landscapes.
台灣地理饒富多樣壯麗的地理景觀。

- **orthography** [ɔrˋθɑgrəfɪ] **n** 正確拼法；拼字法
An **orthography committee** should be set up to discuss whether the old writing system should be abolished or not.
國家應設立正字法委員會來討論舊拼字系統是否該廢除。

scrib 寫

- **describe** [dɪˋskraɪb] **v** 描寫；評述
The woman **described** the pickpocket **in detail** to the police.
婦人向警方詳述扒手樣貌。

- **prescribe** [prɪˋskraɪb] **v** 指示；開處方；使失效
Those powerful painkillers are **prescribed** for nerve pain relief.
強力止痛劑是舒緩神經疼痛的處方藥。

- **subscribe** [səbˋskraɪb] **v** 捐助；簽名；訂購；訂閱
My father **subscribes to** several weekly news magazines, all of which usually arrive on Tuesdays.
我爸爸訂閱好幾份新聞週刊，每週二寄送。

- **inscribe** [ɪn`skraɪb] **v** 登記；題獻；銘記
The base of the sculpture **was *inscribed* with** the name of the donor.
雕像底座刻上捐贈者姓名。

- **transcribe** [træns`kraɪb] **v** 謄寫；記錄；改編
The conversation will be **taped and *transcribed***.
我們會把對話錄下來打成逐字稿。

script 寫

- **script** [skrɪpt] **n** 稿本；筆跡；正本
The scenarist will **write a *script*** for our play.
劇本作家將為我們的戲劇寫劇本。

- **transcript** [`træn͵skrɪpt] **n** 副本；抄本
Read and analyze **the interview *transcripts*** before writing your report.
寫報告前先讀過訪談手稿再加以分析。

- **postscript** [`post͵skrɪpt] **n** 附筆；補遺；附錄
My mom **added a *postscript*** in the letter: "Dad and I love you."
我媽媽在信件後加了一條附筆:「老爸和我都很愛你。」

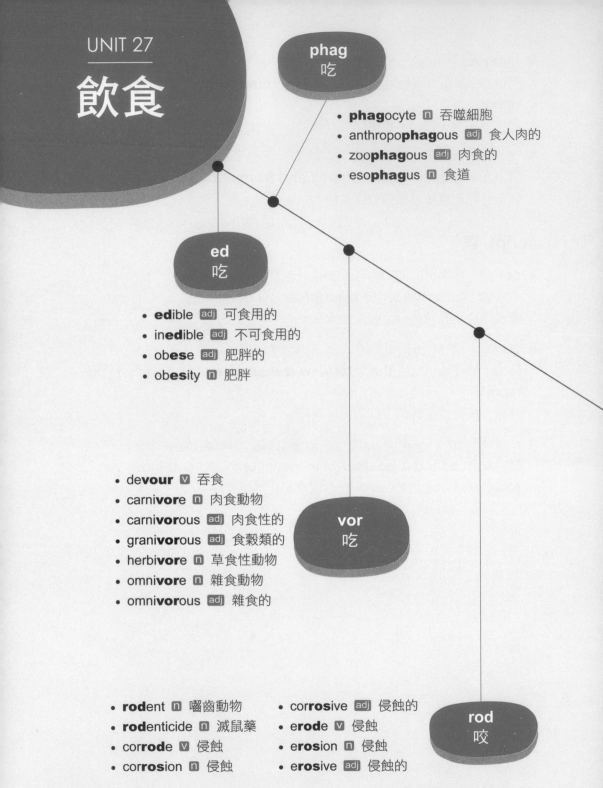

飲食

phag
吃

- **phag**ocyte n 吞噬細胞
- anthropo**phag**ous adj 食人肉的
- zoo**phag**ous adj 肉食的
- eso**phag**us n 食道

ed
吃

- **ed**ible adj 可食用的
- in**ed**ible adj 不可食用的
- ob**es**e adj 肥胖的
- ob**es**ity n 肥胖

- de**vour** v 吞食
- carni**vor**e n 肉食動物
- carni**vor**ous adj 肉食性的
- grani**vor**ous adj 食穀類的
- herbi**vor**e n 草食性動物
- omni**vor**e n 雜食動物
- omni**vor**ous adj 雜食的

vor
吃

- **rod**ent n 囓齒動物
- **rod**enticide n 滅鼠藥
- cor**rod**e v 侵蝕
- cor**ros**ion n 侵蝕
- cor**ros**ive adj 侵蝕的
- e**rod**e v 侵蝕
- e**ros**ion n 侵蝕
- e**ros**ive adj 侵蝕的

rod
咬

pot
喝

- **pot**ion n 一劑
- **pois**on n 毒素
- sym**pos**ium n 座談會

bib
喝

- **bib** n 圍兜
- **bib**ulous adj 有酒癮的
- **bev**erage n 飲料

coct
烹煮

- de**coct** v 熬
- de**coct**ion n 煎煮
- con**coct** v 調製
- con**coct**ion n 調製
- pre**coc**ity n 早熟
- pre**coc**ious adj 早熟的

- **peps**in n 胃液素
- dys**peps**ia n 消化不良
- eu**peps**ia n 消化良好
- **pept**ic adj 促進消化的
- eu**pept**ic adj 消化良好的

pept
消化

ed 吃

- **edible**　[`ɛdəbḷ]　adj　可食用的
Though most flowers are **edible**, some of them are highly poisonous.
雖然大部分的花可以食用，但有些含有劇毒。

- **inedible**　[ɪn`ɛdəbḷ]　adj　不可食用的
If you join this camp, you will learn to recognize several **inedible varieties of mushroom**.
加入營隊，你會學到辨識各種不可食用的蕈類。

- **obese**　[o`bis]　adj　肥胖的
The clerk is **a hugely obese young man** that I have seen throughout my life.　該名店員是我見過最胖的年輕人。

- **obesity**　[o`bisətɪ]　n　肥胖
Childhood obesity is being regarded as one of the major public health crises.
一般都將兒童肥胖視為重大公眾健康危機的其中一項。

phag 吃

- **phagocyte**　[`fægə͵saɪt]　n　吞噬細胞
Phagocytes, considered soldiers of the immune system, are a type of cell that has the ability to ingest bacteria.
吞噬細胞是一種有能力吞噬細菌的細胞，一般都視為捍衛免疫系統尖兵。

- **anthropophagous**　[͵ænθrə`pɑfəgəs]　adj　食人肉的
Hippopotamuses are not **anthropophagous**, nor carnivorous.
河馬既不吃人肉，也不以肉食為生。

- **zoophagous**　[zo`ɑfəgəs]　adj　肉食的
The coach is **a zoophagous maniac**, who can consume 5 kilos of meat a day.
教練是瘋狂的肉食主義者，一天可以吃五公斤的肉。

- **esophagus**　[iˋsɑfəgəs]　**n**　食道
  My throat feels like it's burning when acid from my stomach leaks back up through the **esophagus** and throat.
  胃食道逆流時，胃酸流過喉嚨產生灼燒感。

vor 吃

- **devour**　[dɪˋvaʊr]　**v**　吞食；毀滅
  Last night, the hungry flames **quickly devoured** the old house.
  昨晚的烈火很快吞噬老舊房子。

- **carnivore**　[ˋkɑrnəˌvɔr]　**n**　肉食動物
  Crocodiles and Bengal tigers are **carnivores**.
  鱷魚和孟加拉虎都是肉食性動物。

- **carnivorous**　[kɑrˋnɪvərəs]　**adj**　肉食性的
  Carnivorous mammals tend to establish territories, such as weasels, hominids, and honey badgers.
  黃鼠狼、人類和蜜獾等肉食性哺乳類動物會建立地盤。

- **granivorous**　[grəˋnɪvərəs]　**adj**　食穀類的
  Granivorous birds, including sparrows and pigeons, pose a serious threat to crops.
  麻雀和鴿子等食穀鳥類對穀物造成嚴重威脅。

- **herbivore**　[ˋhɝbəˌvɔr]　**n**　草食性動物
  Herbivores, such as cows and sheep, are animals that get their energy from eating plants.
  牛羊等草食性動物是一種攝取植物養分以獲取能量的動物。

- **omnivore**　[ˋɑmnəˌvɔr]　**n**　雜食動物
  Omnivores, including human beings, are the most flexible eaters of the animal kingdom because they eat both plants and animals.
  人類等雜食動物是攝食最有彈性的動物，既吃植物也吃動物。

- **omnivorous**　[ɑmˋnɪvərəs]　**adj**　雜食的
  Apes, humans and monkeys are all **omnivorous animals**.
  猿、人、猴子都是雜食性動物。

rod 咬

- **rodent** [ˋrodn̩t] **n** 囓齒動物
  Diseases from **rodents** can spread to people, so it's necessary to get rid of mice once they are spotted at your home.
  囓齒動物的疾病會傳到人身上，發現老鼠在家中出沒時，無可避免要消滅。

- **rodenticide** [roˋdɛntəˏsaɪd] **n** 滅鼠藥
  The old farmer often **uses rodenticides** to kill rats.
  老農夫常使用滅鼠藥撲殺老鼠。

- **corrode** [kəˋrod] **v** 侵蝕；腐蝕
  Acid rain damages trees, kills fish, and **corrodes buildings** and metal structures.
  酸雨傷害樹木、殺害魚類，也腐蝕建築物和金屬結構。

- **corrosion** [kəˋroʒən] **n** 侵蝕；腐蝕
  The newly invented coating will be used to **prevent corrosion** of steel bridges. 新發明的油漆將用在鋼造橋樑防蝕。

- **corrosive** [kəˋrosɪv] **adj** 侵蝕的；腐蝕的
  The corrosive effects of money on the fledging workers are too overwhelming. 對於職場新人來說，金錢不僅腐蝕內心，也是無法抗拒。

- **erode** [ɪˋrod] **v** 侵蝕；腐蝕
  Over time, the soil has **eroded away**, making it harder to farm.
  隨著時間流逝，泥土逐漸遭受侵蝕，不利耕作。

- **erosion** [ɪˋroʒən] **n** 侵蝕；腐蝕
  The problem of **soil erosion** has become more severe, due to continuous heavy rain and massive deforestation.
  受到持續暴雨和森林濫伐影響，土壤侵蝕問題越發嚴重。

- **erosive** [ɪˋrosɪv] **adj** 侵蝕的；腐蝕的
  The researchers are set on finding ways to reduce **the erosive effect** of sports drinks on dental enamel.
  研究者致力找尋降低運動飲料對牙齒琺瑯質的腐蝕影響力。

pot 喝

- **potion** [ˋpoʃən] n 一劑
  It is said that the company will create **a magic *potion*** that can rejuvenate our skin.
  聽說公司將發明一種魔法藥水，可以讓肌膚恢復年輕。

- **poison** [ˋpɔɪzn̩] n 毒素；毒藥，毒物
  The man **killed** a cluster of rats **with *poison***.
  男子毒死一窩老鼠。

- **symposium** [sɪmˋpozɪəm] n 座談會
  Next week, we will **attend the *symposium*** on the science education with many professional high school science teachers.
  下週我們將與多數專業高中自然科老師一同參加自然科學教育座談會。

bib 喝

- **bib** [bɪb] n 圍兜
  Come buy some high quality **baby *bibs*** for a cheap price on our online store.　來我們的網路商店不傷荷包，買一些高品質嬰兒圍兜。

- **bibulous** [ˋbɪbjələs] adj 有酒癮的；吸水的
  The warrior is **a *bibulous*, pugnacious person**.
  戰士足　個嗜酒如命、生性好鬥的人。

- **beverage** [ˋbɛvərɪdʒ] n 飲料
  The convenience stores in Taiwan do not sell **alcoholic *beverages*** to senior high school students or younger students.
  臺灣的便利商店不販售含酒精飲料給高中或高中以下的學生。

coct 烹煮

- **decoct** [ˋdɪˋkɑkt] v 熬；煎藥
  After having ***decocted* the dry herb** for 2 hours, my grandpa had my little brother drink three bowls.
  爺爺要我弟弟喝下三大碗兩個小時熬煮的乾草藥。

- **decoction** [dɪˋkakʃən] **n** 煎煮；煎煮的藥
The traditional Chinese physician gave the patients some herbs and taught them how to **make decoctions**.
傳統中醫師給病人一些草藥，同時教授熬煮方法。

- **concoct** [kənˋkakt] **v** 調製；虛構
The student **concocted a story** about having been kidnapped by an alien.
學生捏造故事，說她曾被外星人綁架。

- **concoction** [kənˋkakʃən] **n** 調製；虛構
All of us think that the boy's story is **an improbable concoction**.
我們都認為男孩編的故事相當荒謬。

- **precocity** [prɪˋkasətɪ] **n** 早熟
Despite his **intellectual precocity**, the boy is still childish.
儘管男孩智力早熟，但還是幼稚。

- **precocious** [prɪˋkoʃəs] **adj** 早熟的；過早的
The boy entered senior high school **at the precocious age** of ten.
男孩相當早熟，10歲就唸高中。

pept 消化

- **pepsin** [ˋpɛpsɪn] **n** 胃液素
The stomach produces an enzyme called **pepsin** to digest the food. 胃會分泌一種叫胃液素的酵素來消化食物。

- **dyspepsia** [dɪˋspɛpʃə] **n** 消化不良
Bad eating habits may **lead to dyspepsia**, an uncomfortable form of indigestion.
不良飲食習慣可能導致消化不良，這是一種消化不適。

- **eupepsia** [juˋpɛpʃə] **n** 消化良好
Sufficient daily intake of fruit and vegetables **assists eupepsia**.
攝取足夠蔬果有助消化。

- **peptic** [`pɛptɪk] adj 促進消化的

In the past it was thought that stress, diet, and cigarette smoking would contribute to **peptic ulcers**.

過去普遍認為壓力、飲食、抽菸可能導致胃潰瘍。

- **eupeptic** [ju`pɛptɪk] adj 消化良好的

These medicinal plants are said to have **eupeptic effects**.

據說這些藥用植物有助於消化療效。

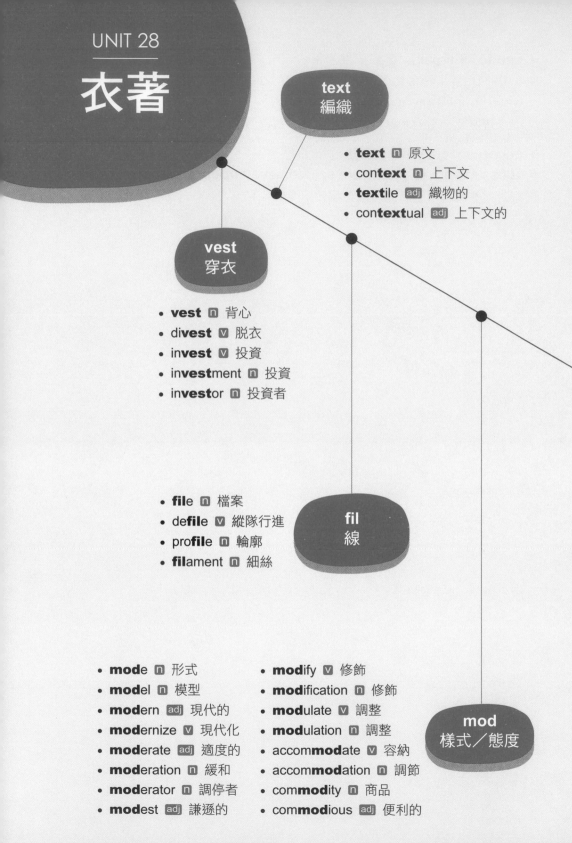

衣著

text
編織

- **text** n 原文
- con**text** n 上下文
- **text**ile adj 織物的
- con**text**ual adj 上下文的

vest
穿衣

- **vest** n 背心
- di**vest** v 脫衣
- in**vest** v 投資
- in**vest**ment n 投資
- in**vest**or n 投資者

- **fil**e n 檔案
- de**fil**e v 縱隊行進
- pro**fil**e n 輪廓
- **fil**ament n 細絲

fil
線

- **mod**e n 形式
- **mod**el n 模型
- **mod**ern adj 現代的
- **mod**ernize v 現代化
- **mod**erate adj 適度的
- **mod**eration n 緩和
- **mod**erator n 調停者
- **mod**est adj 謙遜的

- **mod**ify v 修飾
- **mod**ification n 修飾
- **mod**ulate v 調整
- **mod**ulation n 調整
- accom**mod**ate v 容納
- accom**mod**ation n 調節
- com**mod**ity n 商品
- com**mod**ious adj 便利的

mod
樣式／態度

sort
種類

- **sort** n 種類
- as**sort** v 分級
- as**sort**ed adj 相稱的
- re**sort** n 勝地

fict
形狀

- **fict**ional adj 虛構的
- **fig**ure n 形狀
- trans**fig**ure v 使變形
- con**fig**uration n 輪廓

form
形狀

- **form**al adj 正式的
- **form**ality n 拘泥形式
- **form**at n 版式
- **form**ation n 構成
- **form**ula n 公式
- con**form** v 使符合
- de**form** v 使成畸形
- de**form**ity n 畸形
- de**form**ation n 畸形
- mal**form**ation n 畸形
- in**form** v 通知
- in**form**ation n 通知
- in**form**ative adj 增進知識的
- per**form** v 履行
- per**form**ance n 履行
- per**form**er n 表演者
- re**form** v 改革
- trans**form** v 變形
- uni**form** n 制服

lin
亞麻

- **lin**en n 亞麻布
- **lin**oleum n 油布
- **lin**seed n 亞麻子

vest 穿衣

- **vest** [vɛst] **n** 背心
  Jill likes to wear **a dark cotton *vest*** in winter to keep her body warm.
  吉兒喜歡冬天時穿深色純棉背心保暖。

- **divest** [də`vɛst] **v** 脫衣；剝奪
  Upon arriving at home, Tom ***divested* himself** of his stained coat.
  湯姆一到家隨即脫掉髒外套。

- **invest** [ɪn`vɛst] **v** 投資；使穿上；授與
  The business manager has ***invested* a considerable amount of time** in developing new clients and maintaining good relationships with existing clients.
  業務經理投注大量時間開發新客戶及維繫老客戶良好關係。

- **investment** [ɪn`vɛstmənt] **n** 投資；資金
  Education is often regarded as **a good long-term *investment***.
  教育常被視為長期的良好投資。

- **investor** [ɪn`vɛstɚ] **n** 投資者；授權者
  These developing countries attract ***investors*** in droves to set up factories.
  開發中國家吸引投資者前往設廠。

text 編織

- **text** [tɛkst] **n** 原文；本文；主題
  The full *text* of the speech delivered by the president is available to citizens around the country online.
  全國民眾都可以在網路看到總統演說全文。

- **context** [`kɑntɛkst] **n** 上下文；文章脈絡；範圍；背景
  The event should be viewed **in the *context* of** its historical setting.
  這起事件應以當時歷史情境脈絡來看。

- **textile**　[ˋtɛkstaɪl]　adj 織物的
  My neighbor has worked in **the *textile* industry** for more than 20 years.　我隔壁鄰居從事紡織業二十幾年了。

- **contextual**　[kənˋtɛkstʃʊəl]　adj 上下文的
  Students are encouraged to work out the meaning of unfamiliar words from ***contextual* clues**.
  我們鼓勵學生根據上下文線索猜測不熟悉單字的語意。

fil 線

- **file**　[faɪl]　n 檔案；行列
  The confidential *files* have already been encrypted.
  機密檔案早已加密。

- **defile**　[dɪˋfaɪl]　v 縱隊行進；弄髒
  The classroom **was *defiled* by** the students on the last day of school.
  教室在學期最後上課日被學生弄髒。

- **profile**　[ˋprofaɪl]　n 輪廓；簡述
  Ellen created an awesome **Facebook *profile***, which sets her apart from other users with the same name.
  艾倫把臉書個人簡介頁面設計得很棒，區隔同名的使用者。

- **filament**　[ˋfɪləmənt]　n 細絲；纖維
  These expensive silk duvets are made using a better quality of natural **silk *filaments***.
  這些昂貴的蠶絲被是用品質較好的天然蠶絲做的。
  【說明】線的單字是thread。

lin 亞麻

- **linen**　[ˋlɪnən]　n 亞麻布
  The financial manager wore **a *linen* jacket**, slightly crumpled.
  財務經理穿一件微皺的亞麻夾克。

- **linoleum** [lɪ`nolɪəm] **n** 油布
  Linoleum flooring has exceptional durability, taking constant use and abuse without showing much wear and tear.
  油氈地板非常耐用，經常使用都不太耗損。

- **linseed** [`lɪn͵sid] **n** 亞麻子
  North Dakota farmers have grown flax for its crops, **linseeds**.
  北達科他州的農夫種植亞麻，是為了它的作物——亞麻子。

sort 種類

- **sort** [sɔrt] **n** 種類；品種
  The twins both like **the same sort** of boy.
  雙胞胎姊妹都喜歡同類型的男生。

- **assort** [ə`sɔrt] **v** 分級；分類；相稱
  These books will be **assorted** and grouped into three categories
  這些書會依三個項目分類。

- **assorted** [ə`sɔrtɪd] **adj** 相稱的；各色具備的
  In the cupboard are bowls in **assorted colors**, which took the former principal more than 50 years to collect.
  壁櫃各種顏色的碗是前任校長五十年多年的收集成果。

- **resort** [rɪ`zɔrt] **n** 勝地；手段
  This summer, we'll visit **a beautiful beach resort** on the tropical shores of Fiji.
  今年夏天，我們將造訪斐濟熱帶海岸上的美麗海灘度假勝地。

fict 形狀

- **fictional** [`fɪkʃənl] **adj** 虛構的；小說的
  The author is writing **a fictional story** that makes use of real events and real people.
  作者正在寫一本真人真事改編的小說。

- **figure**　[ˋfɪgjɚ]　**n**　形狀；圖形；人物；數字；身材
The seasoned airline representative earns a seven-***figure*** salary a year.
資深地勤人員一年賺進七位數字的薪資。

- **transfigure**　[trænsˋfɪgjɚ]　**v**　使變形；使……美化
The ladies **are *transfigured* by** the healing powers of music.
音樂療癒效果改變這些女士的氣質。

- **configuration**　[kənˏfɪgjəˋreʃən]　**n**　輪廓；形狀
We have sofas available in different ***configurations*** to fit your living room.
我們展售不同形狀的沙發，適合您的客廳。

form 形狀

- **formal**　[ˋfɔrml̩]　**adj**　正式的；形式的
There was **a *formal* dress code** at the graduation ceremony of the prestigious academy.
這所素有威望的學校畢業典禮規定穿著正式服裝。

- **formality**　[fɔrˋmælətɪ]　**n**　拘泥形式；禮節；正式
Some parents do not send their kids to school because they think education is just a ***formality***.
有些父母認為教育只是例行公事，所以不送小孩到學校。

- **format**　[ˋfɔrmæt]　**n**　版式
Knowing the publishing company might reject his proposal for not meeting these ***format*** requirements, the aspiring author didn't give up.
雖然有抱負的作者知道出版社會因不符版型要求而拒絕提案，但他仍不放棄。

- **formation**　[fɔrˋmeʃən]　**n**　構成；構成物
The protesters gathered at the police headquarters and marched **in close *formation*** toward the presidential hall.
示威者在警察總部聚集後以緊湊隊形朝總統府前進。

- **formula** [`fɔrmjələ] **n** 公式；程式；客套話
  I don't believe there is any **formula for success**.
  我不相信有任何成功的竅門。

- **conform** [kən`fɔrm] **v** 使符合；使遵照
  This compound restaurant does not **conform to** hygiene regulations.
  複合式餐廳未遵守衛生規定。

- **deform** [dɪ`fɔrm] **v** 使成畸形；變形
  The boy's spine was **seriously deformed** by a rare bone disease.
  男孩的脊椎因罹患罕見骨頭疾病而嚴重彎曲。

- **deformity** [dɪ`fɔrmətɪ] **n** 畸形；殘障
  This disease can **cause deformities** of the hands or feet.
  這個疾病可能導致手腳畸形。

- **deformation** [ˌdifɔr`meʃən] **n** 畸形；變形
  The building was designed to **undergo controlled deformation** during the earthquake.
  地震發生時，建築物的設計可承受有限度的變形。

- **malformation** [ˌmælfɔr`meʃən] **n** 畸形
  The child was born with **a severe malformation** of the entire brain.
  小孩整個頭部天生嚴重畸形。

- **inform** [ɪn`fɔrm] **v** 通知；告發
  The store's owner **informed the police** that his store was robbed by hoodlums.
  店主告知警方他的店遭流氓搶劫。

- **information** [ˌɪnfɚ`meʃən] **n** 通知；報導；資訊；知識；起訴
  The girl went to the municipal library to **gather information** about the report.
  女孩去市立圖書館蒐集報告資料。

- **informative** [ɪnˋfɔrmətɪv] **adj** 增進知識的；有教育意義的
  The DM provided to the students was **informative**, detailing the activities of the upcoming basketball summer camp.
  學生拿到的廣告傳單資訊豐富，有即將舉辦的暑期籃球夏令營活動細節。

- **perform** [pəˋfɔrm] **v** 履行；表現；演出
  Smartphones can **perform a variety of tasks**.
  智慧型手機能夠執行各種任務。

- **performance** [pəˋfɔrməns] **n** 履行；表現；演出；績效
  The girl seemed **content with her performance** during the tryouts.
  女孩對自己的選秀表現蠻滿意的。

- **performer** [pəˋfɔrmə] **n** 表演者
  Becoming **a successful performer** is a long-term project that takes time and hard work.
  成功表演者需要長期投注時間和努力的計畫。

- **reform** [ˌrɪˋfɔrm] **v** 改革；改進
  The bill will **reform the unfair electoral system**.
  法案將改革不公的選舉制度。

- **transform** [trænsˋfɔrm] **v** 變形；改觀
  Most species of butterflies stay in their cocoon, or chrysalis, for 10-14 days, before they **transform** and emerge in their mature form.
  大部分蝴蝶蛻變成熟樣貌前會在繭或蛹十到十四天。

- **uniform** [ˋjunəˌfɔrm] **n** 制服
  The student representatives insisted **school uniforms** should be abolished.
  學生代表堅持廢除學校制服。

mod 樣式／態度

- **mode** [mod] **n** 形式；方式
The sales manager's preferred **mode of travel** was a bus.
行銷經理較偏愛的交通方式是公車。

- **model** [`madl] **n** 模型；模範
The new electric bicycle is more efficient than previous **models**, and its battery can be charged much faster and more cheaply, too.
新電動單車效能優於較之前的款式，電池充得更快、更便宜。

- **modern** [`madən] **adj** 現代的
"View of Toledo," a famous painting by Greco, is a precursor of **modern expressionism**.
葛雷科的名畫《托勒多的風景》是現代印象派先驅。

- **modernize** [`madən‚aɪz] **v** 現代化
The underdeveloped country is in need of **modernizing its health care**. 低度開發國家需將醫療服務現代化。

- **moderate** [`madərɪt] **adj** 適度的；穩健的
Linda's husband used to be a drunkard, but now he is **a moderate drinker**.
琳達的丈夫曾是酒鬼，但現在節制多了。

- **moderation** [‚madə`reʃən] **n** 緩和；適度；穩健
The major urged the police to **show moderation**.
市長要警方適度執法。

- **moderator** [`madə‚retə] **n** 調停者；調整器
The council appointed **an independent moderator** to oversee the negotiations. 委員會指派獨立調解者監督談判過程。

- **modest** [`madɪst] **adj** 謙遜的
The poet asked his best friends to build **a modest dwelling** near the lake. 詩人要好友在湖邊蓋一間樸素的屋子。

- **modify**　[ˋmɑdəˏfaɪ]　**v**　修飾；變更
  Students can be taught to ***modify* their behavior** through the application of rewards and punishments.
  學生可藉由獎懲機制予以教導及改正行為。

- **modification**　[ˏmɑdəfəˋkeʃən]　**n**　修飾；變更
  There were a great number of ***modifications*** being carried out to increase an engine's power output.
  為增加動力輸出，引擎做了許多改裝。

- **modulate**　[ˋmɑdʒəˏlet]　**v**　調整；輪調
  A great actress can ***modulate* her voice**, pitch, and tone, if necessary.　傑出女演員要能在必要時調整聲音、音高和語調。

- **modulation**　[ˏmɑdʒəˋleʃən]　**n**　調整；輪調
  The professional singer has **excellent voice *modulation***.
  專業歌手具有優異的變聲能力。

- **accommodate**　[əˋkɑməˏdet]　**v**　容納；使適應
  The auditorium room doesn't hold enough seats to ***accommodate* so many students**.
  視聽教室座位不足，無法容納這麼多的學生。

- **accommodation**　[əˏkɑməˋdeʃən]　**n**　調節；便利；住處；工作場所；停留處
  There has been a shortage of **affordable *accommodation*** for traveling workers.　移工負擔得起的住所一向短缺。

- **commodity**　[kəˋmɑdətɪ]　**n**　商品；貨品
  A *commodities* broker felt the future of the international commodities market was rather dismal.
  大宗商品經紀商對國際商品市場前景感到淒涼。

- **commodious**　[kəˋmodɪəs]　**adj**　便利的；適宜的
  The Chen family decided to move to **a more *commodious* dwelling** next year.
  陳姓一家人打算明年搬到更寬敞的住所。

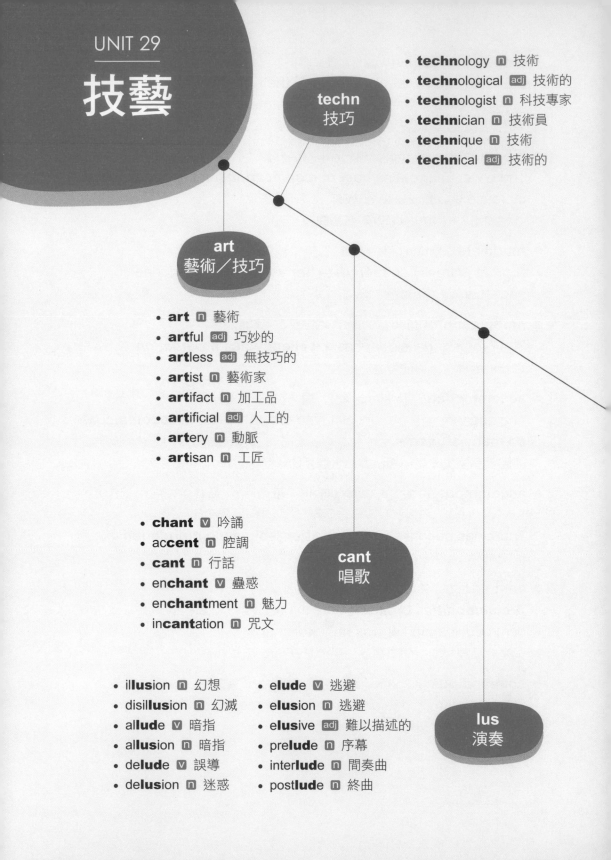

UNIT 29
技藝

techn 技巧

- **techn**ology n 技術
- **techn**ological adj 技術的
- **techn**ologist n 科技專家
- **techn**ician n 技術員
- **techn**ique n 技術
- **techn**ical adj 技術的

art 藝術／技巧

- **art** n 藝術
- **art**ful adj 巧妙的
- **art**less adj 無技巧的
- **art**ist n 藝術家
- **art**ifact n 加工品
- **art**ificial adj 人工的
- **art**ery n 動脈
- **art**isan n 工匠

cant 唱歌

- **chant** v 吟誦
- ac**cent** n 腔調
- **cant** n 行話
- en**chant** v 蠱惑
- en**chant**ment n 魅力
- in**cant**ation n 咒文

lus 演奏

- illu**sion** n 幻想
- disillu**sion** n 幻滅
- al**lud**e v 暗指
- allu**sion** n 暗指
- de**lud**e v 誤導
- delu**sion** n 迷惑
- e**lud**e v 逃避
- elu**sion** n 逃避
- elu**sive** adj 難以描述的
- pre**lud**e n 序幕
- inter**lud**e n 間奏曲
- post**lud**e n 終曲

od
歌曲

- **od**e n 賦
- com**ed**y n 喜劇
- com**ed**ian n 喜劇演員
- mel**od**y n 旋律
- mel**od**ic adj 有旋律的
- mel**od**ious adj 有旋律的
- trag**ed**y n 悲劇
- thren**od**y n 輓歌
- rhaps**od**y n 狂想曲

chor
跳舞

- **chor**us n 合唱
- **chor**al adj 合唱的
- **chor** n 唱詩班
- **chor**eography n 編舞

pict
繪畫

- **pict**ure n 圖畫
- **pict**ograph n 象形文字
- **pict**orial adj 圖畫的
- **pict**uresque adj 栩栩如生的
- de**pict** v 描述
- de**pict**ion n 描述
- **pig**ment n 顏料

orn
裝飾

- **orn**ament n 裝飾
- **orn**amental adj 裝飾的
- ad**orn** v 裝飾
- ad**orn**ment n 裝飾

art 藝術／技巧

- **art** [ɑrt] **n** 藝術；技巧
  The top *art* collectors do not usually collect all types of art, but an overwhelming majority only collect very specific types of art.
  頂級藝術收藏家往往不會收藏各式各樣的藝術品，絕大多數的收藏家只收藏特定類型的藝術品。

- **artful** [`ɑrtfəl] **adj** 巧妙的；人為的；狡猾的
  Irene remains ever the shrewdest and most ***artful* politician** in Congress.　艾琳仍是國會最圓滑的政客。

- **artless** [`ɑrtlɪs] **adj** 無技巧的；笨拙的；天真的
  Jessica is such **an *artless*, naive girl**.
  潔西卡是一個如此天真無邪的女孩。

- **artist** [`ɑrtɪst] **n** 藝術家；美術家
  The lawyer supported many ***artists*** financially by purchasing their original artworks.
  律師藉由購買藝術家原創作品以資金支持許多藝術家。

- **artifact** [`ɑrtɪˌfækt] **n** 加工品；工藝品
  The museum houses a spectacular collection of furniture and **wooden *artifacts***.
  博物館收藏可觀的家具和木工藝品。

- **artificial** [ˌɑrtə`fɪʃəl] **adj** 人工的；做作的
  The new dental procedure involves inserting a surgical steel screw into the jawbone, providing a strong and stable foundation upon which to insert **an *artificial* tooth.**
  新牙科手術將手術用鋼釘打到顎骨，為假牙打下穩固基礎。

- **artery** [`ɑrtərɪ] **n** 動脈；幹線；中樞
  Patients with **hardening of the coronary *arteries*** are most apt to develop a clot and suffer a heart attack.
  冠狀動脈硬化的病人最容易血栓而罹患心臟病。

- **artisan** [ˋɑrtəzn̩] **n** 工匠；技工
  Josie is a skilled and **creative artisan**.
  喬茜是一位技巧熟練、富有創意的工匠。

techn 技巧

- **technology** [tɛkˋnɑlədʒɪ] **n** 技術；專門術語；科技
  The exploration of space changed a lot due to **developments in technology** over time.
  太空探索隨著科技發展與時俱進。

- **technological** [tɛknəˋlɑdʒɪkl̩] **adj** 技術的
  Technological advances in the field of medicine have led to fundamental changes to society.
  醫學領域的技術進步從根本改變社會。

- **technologist** [tɛkˋnɑlədʒɪst] **n** 科技專家；工藝師
  Mr. Lin's son-in-law is working towards becoming **an architectural technologist**.
  林先生的女婿正朝向建築學專家之路邁進。

- **technician** [tɛkˋnɪʃən] **n** 技術員；專家
  The **technician** was taught how to push the buttons in the correct sequence to avert a reactor overload at the nuclear power plant.
  技術員學過怎麼依正確程序按下按鈕以避免核電廠反應爐超量負荷。

- **technique** [tɛkˋnik] **n** 技術；技巧；工藝學
  Researchers have developed **a new technique** for treating lung tumors.
  研究人員已研發治療肝腫瘤的新技術。

- **technical** [ˋtɛknɪkl̩] **adj** 技術的；工藝的；專業的
  There was **a technical problem** with the transmitter in the television station, so most of the viewers throughout the country missed the broadcast of the baseball game.
  電視台發射器有些技術問題還沒克服，全國大多數觀眾都錯過棒球轉播。

cant　唱歌

- **chant**　[tʃænt]　**V**　吟誦；歌頌
  The fans are ***chanting the name*** of their baseball team.
  粉絲一再吶喊自己棒球隊的名字。

- **accent**　[`æksɛnt]　**N**　腔調；重音
  The old lady speaks with **a strong Russian *accent***.
  老太太說話帶著很重的俄羅斯口音。

- **cant**　[kænt]　**N**　行話；術語
  The policeman can barely understand **the thieves' *cant***.
  警察幾乎無法理解竊賊的行話

- **enchant**　[ɪn`tʃænt]　**V**　蠱惑；施行魔法；使陶醉
  These fans are **clearly *enchanted*** by the Harry Potter series.
  粉絲顯然陶醉在《哈利波特》的系列故事中。

- **enchantment**　[ɪn`tʃæntmənt]　**N**　魅力；妖術；蠱惑
  The ancient forest is a world of mystery and ***enchantment***.
  古老森林是一個充滿神祕和魔法的世界。

- **incantation**　[ˌɪnkæn`teʃən]　**N**　咒文；魔法
  I don't believe there exists any ***incantation*** to raise the dead.
  我不相信世界存有任何可以讓往生者復活的咒語。

lus　演奏

- **illusion**　[ɪ`ljuʒən]　**N**　幻想；錯覺
  Mandy is **under no *illusions*** about keeping her job.
  曼蒂對於保有工作不再抱持任何幻想。

- **disillusionment**　[ˌdɪsɪ`luʒənmənt]　**N**　幻滅；覺醒
  Recent polls suggest **increasing *disillusionment*** with the president and the new government.
  最近民調顯示人民對總統和新政府越來越不信任。

- **allude** [əˋlud] **v** 暗指；引述
Thomas was **alluding indirectly to** the fact that his opponents are cheating.
湯瑪士迂迴暗指他的對手作弊的事實。

- **allusion** [əˋluʒən] **n** 暗指；引述
The priest poems are packed with **biblical allusions**.
牧師的詩充滿聖經典故。

- **delude** [dɪˋlud] **v** 誤導；欺騙
Some politicians say that too many **scientists** have **deluded the public** about the dangers of global warming.
有些政客說有太多科學家誤導社會大眾，讓他們相信全球暖化帶來的危害。

- **delusion** [dɪˋluʒən] **n** 迷惑；欺騙
The accounting assistant is **under the delusion** that he will hit the jackpot.
會計助理幻想他會中頭彩。

- **elude** [ɪˋlud] **v** 逃避；使困惑
The young man has been trying to **elude tough penalties**.
年輕人一直想要逃避嚴厲懲罰。

- **elusion** [ɪˋluʒən] **n** 逃避；迴避
My dog's **elusion** makes it hard to find it when we want to give it a bath.
狗狗要洗澡時，牠就逃避讓我找不到。

- **elusive** [ɪˋlusɪv] **adj** 難以描述（或找到、達到、記起）的；困難的；難懂的
Although the sales representative works hard, success **remained elusive** for him.
雖然行銷代表工作勤奮，但成功對他而言仍不可企及。

- **prelude** [ˋprɛljud] **n** 序幕；前奏曲
The recall of the diplomat is seen as a **prelude** to war.
召回大使被視為戰爭的序幕。

- **interlude**　[`ɪntə͵ljud]　**n**　間奏曲
The entertainer changed clothes **in the *interlude***.
藝人利用間奏空檔換裝。

- **postlude**　[`post͵lud]　**n**　終曲
The new novel is a "***postlude***" to the author's highly popular novel series.
新小說是作者熱銷的系列小說的「終曲」。

od　歌曲

- **ode**　[od]　**n**　賦；頌詩
Ode to the West Wind is Percy Bysshe Shelley's famous poem.
《西風頌》是波西·畢希·雪萊的著名詩篇。

- **comedy**　[`kɑmədɪ]　**n**　喜劇
Most people prefer ***comedies*** to tragedies.
大部分的人喜歡喜劇超過於悲劇。

- **comedian**　[kə`midɪən]　**n**　喜劇演員
Charlie Chaplin is **a great silent film *comedian***.
查爾斯·卓別林是相當傑出的默劇喜劇演員。

- **melody**　[`mɛlədɪ]　**n**　旋律；歌曲
The Beatles, the best-selling music artists, **are strong on *melody*** and heartfelt romantic sentiments.
披頭四樂團是暢銷歌手，歌曲以旋律和真摯情感見長。

- **melodic**　[mə`lɑdɪk]　**adj**　有旋律的
The singer's voice is **deep and *melodic***.
歌手嗓音深摯悅耳。

- **melodious**　[mə`lodɪəs]　**adj**　有旋律的；旋律優美的
The musician ***melodious* voice** melted many girls' hearts.
音樂家的歌聲旋律優美，融化許多女孩的心。

- **tragedy** [`trædʒədɪ] n 悲劇；不幸
  I heard Paul was suffering many hardships and **personal
  tragedies** these recent years.
  聽說保羅近幾年遭逢許多不幸。

- **threnody** [`θrɛnədɪ] n 輓歌；哀悼
  It is **a mournful threnody** carrying all of the pain.
  這是一首深沉悲傷的輓歌。

- **rhapsody** [`ræpsədɪ] n 狂想曲
  Rhapsody in Blue, **composed by** George Gershwin, is my
  favorite music.
  《藍色狂想曲》出自作曲家喬治·蓋希文之手，是我最愛的一首音樂。

chor 跳舞

- **chorus** [`korəs] n 合唱；合唱團
  I hope I can **join in the chorus**.　希望我可以加入合唱團。

- **choral** [`korəl] adj 合唱的；合唱團的
  This shop features the widest selection of **church choral music**.
  店家以最為齊全的教堂合唱音樂著稱。

- **choir** [kwaɪr] n 唱詩班
  The priest's wife is working on organizing **a church choir**.
  牧師太太致力組織教堂唱詩班。

- **choreography** [ˌkorɪˋɑgrəfɪ] n 編舞
  We were all impressed by the choreographer's unique style of
  choreography.
  我們都對編舞家獨特的編舞方式印象深刻。

pict 繪畫

- **picture** [`pɪktʃɚ] n 圖畫；相片
  The photographer **takes pictures of** his son and uploads them to
  his Facebook page.　攝影師常給兒子拍照後上傳臉書頁面。

- **pictograph** [ˋpɪktəˏgræf] **n** 象形文字
The Chinese character, which is a ***pictograph***, is equivalent to the English word "mountain."
這個中文象形文字的意思相當於英文單字──山。

- **pictorial** [pɪkˋtorɪəl] **adj** 圖畫的
The exhibition is **a *pictorial* history** of the evolution of the cattle industry.
展覽會用圖片重現養牛業的演變歷史。

- **picturesque** [ˏpɪktʃəˋrɛsk] **adj** 栩栩如生的
You are welcome to visit the ***picturesque* villages** in Cornwall.
歡迎光臨康沃爾風景如畫的小鎮。

- **depict** [dɪˋpɪkt] **v** 描述
The writer ***depicts*** her husband **as** hypersensitive and self-absorbed in her prose.
作者的散文將丈夫描述成一個易怒但自我陶醉的人。

- **depiction** [dɪˋpɪkʃən] **n** 描述
You'll feel frightened by the painting's **horrific *depiction*** of war.
你會對這幅畫所描繪的戰爭慘況感到震懾。

- **pigment** [ˋpɪgmənt] **n** 顏料；色素
Plants and minerals are the main sources for ***pigments***.
礦、植物是色素原料的主要來源。

orn 裝飾

- **ornament** [ˋɔrnəmənt] **n** 裝飾
The art editor's bookshelf is filled with books and **small glass *ornaments***. 美術編輯的書架放滿書籍和玻璃小飾品。

- **ornamental** [ˏɔrnəˋmɛntl̩] **adj** 裝飾的
Peacocks' feathers are **purely *ornamental***.
孔雀羽毛單純是裝飾用。

- **adorn** [ə`dɔrn] Ⓥ 裝飾

  The queen's gown **was *adorned* with** gold, gems, and pearls.

  女王的長袍鑲嵌著金子、寶石及珍珠。

- **adornment** [ə`dɔrnmənt] Ⓝ 裝飾；裝飾品

  Male *adornment* is already a booming industry, which no longer has to be restricted to watches and neckties.

  男性飾品興盛，飾品早就不限於手錶和領帶。

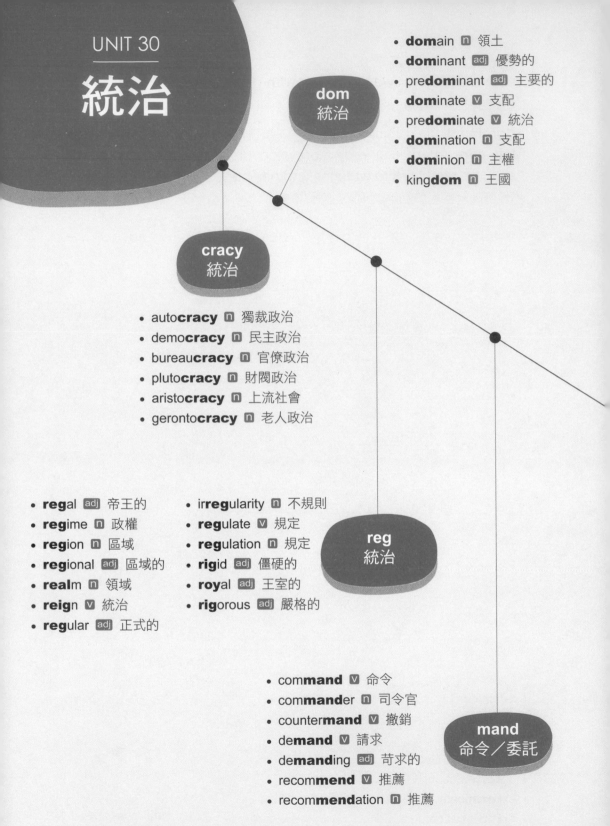

UNIT 30
統治

dom 統治
- **dom**ain n 領土
- **dom**inant adj 優勢的
- pre**dom**inant adj 主要的
- **dom**inate v 支配
- pre**dom**inate v 統治
- **dom**ination n 支配
- **dom**inion n 主權
- king**dom** n 王國

cracy 統治
- auto**cracy** n 獨裁政治
- demo**cracy** n 民主政治
- bureau**cracy** n 官僚政治
- pluto**cracy** n 財閥政治
- aristo**cracy** n 上流社會
- geronto**cracy** n 老人政治

reg 統治
- **reg**al adj 帝王的
- **reg**ime n 政權
- **reg**ion n 區域
- **reg**ional adj 區域的
- **real**m n 領域
- **reig**n v 統治
- **reg**ular adj 正式的
- ir**reg**ularity n 不規則
- **reg**ulate v 規定
- **reg**ulation n 規定
- **rig**id adj 僵硬的
- **roy**al adj 王室的
- **rig**orous adj 嚴格的

mand 命令/委託
- com**mand** v 命令
- com**mand**er n 司令官
- counter**mand** v 撤銷
- de**mand** v 請求
- de**mand**ing adj 苛求的
- recom**mend** v 推薦
- recom**mend**ation n 推薦

emper
命令

- **emper**or n 皇帝
- **empir**e n 帝國
- **imper**ial adj 帝國的
- **imper**ative adj 必要的
- **imper**ious adj 專橫的

polis
政府

- **polit**ic adj 謹慎的
- im**polit**ic adj 失策的
- **polit**ics n 政治
- **polit**ical adj 政治的
- **polit**ician n 政治家
- **polic**e n 警方
- **polic**y n 政策

arch
首領／主要的

- **arch** n 拱廊
- an**arch**y n 無政府狀態
- mon**arch** n 君主
- **arch**bishop n 總主教
- **arch**enemy n 大敵
- **arch**itect n 建築師
- **arch**itecture n 建築
- **arch**aic adj 古代的
- **arch**aeologist n 考古學
- **arch**ive n 檔案

- **term** n 期限
- **term**inology n 術語
- **term**inal adj 終端的
- **term**inate v 終止
- de**term**ine v 決心
- de**term**ination n 決心
- ex**term**inate v 消滅
- ex**term**ination n 消滅

term
限制

cracy 統治

- **autocracy** [ɔ`tɑkrəsɪ] **n** 獨裁政治
  There are still many people **enduring *autocracy* or dictatorship** in every corner of the world.
  世界各個角落仍有許多人飽受獨裁統治之苦。

- **democracy** [dɪ`mɑkrəsɪ] **n** 民主政治
  Most people who **fought for *democracy*** believed that sacrificing much blood to replace tyranny was worth it.
  大部分民主鬥士都相信能推翻暴政，即使流再多血也在所不惜。

- **bureaucracy** [bjʊ`rɑkrəsɪ] **n** 官僚政治
  The government department is notorious for its red tape and **overbearing *bureaucracy***.
  政府部門繁文縟節和囂張跋扈的官僚作風惡名遠播。

- **plutocracy** [plu`tɑkrəsɪ] **n** 財閥政治
  Some critics think that America is not a democracy, but a ***plutocracy***.
  一些評論家認為美國不是民主而是財閥治國。

- **aristocracy** [ˌærəs`tɑkrəsɪ] **n** 上流社會
  The salon was founded by the élite members of the ***aristocracy*** and intellectuals.　沙龍是貴族和知識份子中的菁英所創立。

- **gerontocracy** [ˌdʒɛrɑn`tɑkrəsɪ] **n** 老人政治
  The party is run by a ***gerontocracy***, which closely adheres to conservative ideology.
  政黨由一群老人掌權，固守著保守的意識形態。

dom 統治

- **domain** [do`men] **n** 領土；領域；土地所有權
  If a song or a book is **in the public *domain***, you can use it without permission.　沒有版權限制的歌曲和書籍，不須徵詢同意便可使用。

- **dominant**　[`dɑmənənt]　 adj 　優勢的；統治的；主要的
  Gun control has become **a *dominant* issue** at the next election.
  槍枝管制已成下屆選舉的辯論議題。

- **predominant**　[prɪ`dɑmənənt]　 adj 　主要的；掌握主權的；卓越的
  Nowadays, women still **play a *predominant* role** in caring for family members.
  現今女人仍扮演照顧家庭成員的主要角色。

- **dominate**　[`dɑmə͵net]　 v 　支配；統治
  The world shouldn't **be *dominated* by** any single power.
  世界不應由任何單一力量所支配。

- **predominate**　[prɪ`dɑmə͵net]　 v 　統治；佔優勢
  The reformers ***predominate*** the new government.
  新政府內的改革派當道。

- **domination**　[͵dɑmə`neʃən]　 n 　支配；統治；優勢
  The war is a battle for **territorial *domination***.
  這場戰役是領土控制權之戰。

- **dominion**　[də`mɪnjən]　 n 　主權；所有權
  That man **has *dominion* over** all creatures is frequently challenged today.
  人類主宰所有生物的說法，在今日常受到挑戰。

- **kingdom**　[`kɪŋdəm]　 n 　王國；領域
  When the queen died, the king commissioned architects and builders from the neighboring ***kingdom***, who specialized in creating large tombs.
  王后過世後，國王委託鄰國擅長建造大型陵寢的建築師和工匠為王后建墓。

reg 統治

- **regal** [ˋrigl̩] **adj** 帝王的；堂皇的
  With his *regal bearing* and virtuosity, Justin became a renown
  jeweler in a short period of time.
  賈斯汀具有優雅皇室言行和精湛珠寶鑑定能力，很快就成為知名珠寶商。

- **regime** [rɪˋʒim] **n** 政權；政體
  The leadership of the Soviet Union under Stalin is a famous
  example of **totalitarian *regime***, a government that attempts to
  control every aspect of the life of its people.
  史達林領導的蘇聯是有名的極權政權例子，政府試圖掌控人民生活的每一
  面向。

- **region** [ˋridʒən] **n** 區域；領域
  The company president gave the manager a promotion for
  leading his team to the best sales results **in the *region***.
  公司總裁提拔經理，肯定他所帶領的團隊獲得地區最佳銷售成果。

- **regional** [ˋridʒən̩l̩] **adj** 區域的
  A country's *regional dialects* and its standard language are often
  mutually intelligible.
  國家的地區方言和標準語常可互通。

- **realm** [rɛlm] **n** 領域；王國
  The new king's current and prior task is the **defense of the *realm***.
  新國王的當務之急就是捍衛領土。

- **reign** [ren] **v** 統治；支配
  Queen Elizabeth I *reigned over* the UK from 1533 –1603.
  伊莉莎白女王一世統治英國的時間是從西元1533到1603年。

- **regular** [ˋrɛgjələ˞] **adj** 正式的；定期的
  The *regular monthly inspection* of the prison was carried out last
  night.
  昨晚監獄進行每月例行檢查。

- **irregularity** [ˌɪrɛgjəˈlærətɪ] 𝗻 不規則；不整齊
The *irregularity* of English spelling and grammar rules makes the language difficult to learn.
英語的不規則拼字和文法讓這個語言學起來不容易。

- **regulate** [ˈrɛgjəˌlet] 𝘃 規定；管制；調整
Daniel's father **strictly *regulates*** how much money he can spend one day.
丹尼爾的爸爸嚴格規定他一天能花多少錢。

- **regulation** [ˌrɛgjəˈleʃən] 𝗻 規定；條例
To maintain the quality of life and safety in the community, all the residents must agree to abide by **the residential *regulations*** made by the management committee.
為維護社區生活品質與安全，所有住戶必須 必須同意遵守管理委員會制定的居住規定。

- **rigid** [ˈrɪdʒɪd] 𝗮𝗱𝗷 僵硬的；嚴格的
This is **a *rigid* steel and concrete house**, which does not catch fire easily.
這是一棟堅固的鋼筋混凝土建築，不易著火。

- **royal** [ˈrɔɪəl] 𝗮𝗱𝗷 王室的；高貴的；莊嚴的
The responsibilities of **the *royal* family** include participating in various charitable causes.
皇室成員的職責包括投入各樣慈善事業。

- **rigorous** [ˈrɪgərəs] 𝗮𝗱𝗷 嚴格的；嚴密的
Our products have **undergone *rigorous* testing**.
我們的產品做過嚴格檢測。

mand 命令／委託

- **command** [kəˈmænd] 𝘃 命令；管理
It took me a whole month to train my dog to **obey *commands***.
我花一個月訓練我的狗服從命令。

- **commander** [kə`mændə] **n** 司令官
The military *commander* was lambasted for conducting
operations that may endanger the surrounding civilian population.
指揮官執行可能危及鄰近居民的軍事行動，遭受猛烈批評。

- **countermand** [ˌkaʊntə`mænd] **v** 撤銷
The order to bomb the churches had been ***countermanded***.
轟炸教堂的命令遭到撤銷。

- **demand** [dɪ`mænd] **v** 請求；需要
Melody ***demanded*** that her colleague return the dress she
borrowed from her.
美樂蒂要求同事歸還洋裝。

- **demanding** [dɪ`mændɪŋ] **adj** 苛求的；費力的
Teaching teeenagers is **a *demanding* job**.
教導青少年的工作非常費力。

- **recommend** [ˌrɛkə`mɛnd] **v** 推薦；介紹
The Great Gatsby is a great novel I would like to ***recommend*** to
you.
《大亨小傳》是我很想推薦的一本很棒的小說。

- **recommendation** [ˌrɛkəmɛn`deʃən] **n** 推薦；推薦信；特長；勸告
I bought this new cellphone **on my colleague's**
recommendation.
我在同事的推薦下買了這支新手機。

emper 命令

- **emperor** [`ɛmpərə] **n** 皇帝
Qin Shi Huang is regarded by some scholars as one of **the**
greatest *emperors* of Chinese history.
有些學者將秦始皇視為中國歷史上偉大的皇帝之一。

- **empire** [ˋɛmpaɪr] ⓝ 帝國；大企業
Historians tend to ascribe the fall of **the Western Roman *Empire***
to the rise of Christianity, the barbarian invasion, and its falling
economy.
歷史學家往往將西羅馬帝國的崩壞歸咎於基督教的興起、蠻族入侵及帝國
衰落的經濟。

- **imperial** [ɪmˋpɪrɪəl] ⓐⓓⓙ 帝國的；特大的
The East Gardens of the *Imperial* Palace can be toured by the
public.
皇居東御苑開放外界參觀。

- **imperative** [ɪmˋpɛrətɪv] ⓐⓓⓙ 必要的；強制的；極重要的；緊急的
It is ***imperative*** that the team stop the radioactive leak.
當務之急是團隊要能阻止放射線外漏。

- **imperious** [ɪmˋpɪrɪəs] ⓐⓓⓙ 專橫的；傲慢的；必要的
The administrative clerk was sneering at us **in an *imperious***
manner.
行政辦事員態度傲慢地嘲諷我們。

polis 政府

- **politic** [ˋpɑləˌtɪk] ⓐⓓⓙ 謹慎的；得當的；明智的
The reshuffling of the cabinet did not seem ***politic*** for a country
that needed experienced leadership.
對於需要有經驗的領導團隊的國家而言，此次內閣改組似乎考慮不周詳。

- **impolitic** [ɪmˋpɑlətɪk] ⓐⓓⓙ 失策的；不當的；不審慎的
It is ***impolitic*** to ask any questions about the village chief's
political leaning.　問里長任何政治傾向問題都是不當的。

- **politics** [ˋpɑlətɪks] ⓝ 政治；政策；政見
The indigenous peoples remain heavily underrepresented in
Taiwan's ***politics***.
台灣原住民政治代表性仍然嚴重不足。

- **political** [pə`lɪtɪkl] **adj** 政治的
The barriers to women's **political participation** are not removed yet.
女性參與政治的阻礙仍未排除。

- **politician** [ˌpɑlə`tɪʃən] **n** 政治家
The local politician will run for mayor in the reelection campaign.
地方政治人物將投入市長重選戰役。

- **police** [pə`lis] **n** 警方
The drug dealer was arrested by the **police**, while he was selling cocaine to a high school student.
毒販賣古柯鹼給一名中學生時遭到警方逮捕。

- **policy** [`pɑləsɪ] **n** 政策；方針
The government got a positive response to **the tax policy** from the general public.
政府租稅政策頗受肯定。

arch 首領／主要的

- **arch** [ɑrtʃ] **n** 拱廊；拱門；弓形
Steel arch construction used in tunnels and roadways can provide a more low cost permanent solution for the building project.
採用建造隧道和道路的鋼拱建築，可提供計畫更低成本的永久解決方法。

- **anarchy** [`ænɚkɪ] **n** 無政府狀態
The death of the president led the country into **a state of anarchy**.
總統的去世使國家陷入無政府狀態。

- **monarch** [`mɑnɚk] **n** 君主
The kingdom of Naples, a state in southern Italy, was ruled by **a hereditary monarch**.
那不勒斯王國是義大利南部的一個國家，由世襲國王統治。

- **archbishop** [`ɑrtʃˋbɪʃəp] **n** 總主教
John Sentamu is the **Archbishop** of York, the second most senior bishop in the Church of England.
約克大主教約翰·森塔姆是英國聖公會第二把交椅。

- **archenemy** [`ɑrtʃˋɛnəmɪ] **n** 大敵；撒旦
The hero's **archenemy** has set up a skillful trap for him to fall into.
英雄的首要敵人布下天羅地網，等著他上鉤。

- **architect** [`ɑrkəˌtɛkt] **n** 建築師；設計師
These elite architects are well versed in designing buildings that defy gravity by hanging over cliff tops.
這位建築界翹楚精通於設計懸掛峭壁對抗地心引力的建築物。

- **architecture** [`ɑrkəˌtɛktʃɚ] **n** 建築；建築學；構造
I chose to **study architecture** abroad because I have been mesmerized by the beauty of buildings.
我選擇負笈海外攻讀建築，因為對建築之美深深著迷。

- **archaic** [ɑrˋkeɪk] **adj** 古代的
It is often considered worthless to learn **an archaic language**, such as ancient Chinese.
現今普遍認為學習像古漢語這樣的古老的語言沒有價值。

- **archaeologist** [ˌɑrkɪˋɑlədʒɪst] **n** 考古學
Quentin dreams of becoming **a professional archaeologist** in the future.
昆廷夢想未來成為專業考古學家。

- **archive** [`ɑrkaɪv] **n** 檔案；檔案室
This museum **holds substantial archives** relating to the Civil War.
博物館典藏為數可觀的內戰檔案。

term　限制

- **term**　[tɝm]　**n** 期限；學期；任期；術語；條款
Business leaders sometimes go against their conscience and make decisions based purely on financial gains, leading to more problems **during their term.**
商業領袖時而違背良心，做決定時只看獲利，導致任內產生更多問題。

- **terminology**　[ˌtɝməˈnɑlədʒɪ]　**n** 術語；專門名詞
You must use proper **medical terminology** throughout your report.　整份報告中你必須使用恰當的醫學術語。

- **terminal**　[ˈtɝmənl̩]　**adj** 終端的；定期的；末期的
The president revealed that he had **terminal cancer** and said that he wasn't able to return to work.
總裁透露罹患末期癌症，無法返回工作崗位。

- **terminate**　[ˈtɝməˌnet]　**v** 終止；滿期；限定
I need an easy way to **terminate my contract** with the company.
我需要一個最簡單的方式來終止我和公司的合約。

- **determine**　[dɪˈtɝmɪn]　**v** 決心；決定；確定；終止
After the blue diamond was **determined to be genuine**, it was stored in a secure underground facility because it was incredibly valuable.
藍鑽鑑定是真品之後，因為異常珍貴便存放於地下設施。

- **determination**　[dɪˌtɝməˈneʃən]　**n** 決心；決定；判決；終止
We are all proud of the challenger's **dogged determination** to overcome numerous obstacles.
我們對挑戰者克服許多障礙的強烈決心感到驕傲。

- **exterminate**　[ɪkˈstɝməˌnet]　**v** 消滅；根絕
It's very difficult to **exterminate cockroaches** thoroughly, even with special baits and toxins.
即便使用特殊的餌和毒物，徹底消滅蟑螂還是非常困難。

- **extermination** [ɪkˌstɝməˈneʃən] ⓝ 消滅；根絕

  Human activities are responsible for **the near *extermination* of the buffaloes** in the west of this country.

  人類活動是國家西半部水牛幾近滅絕的主因。

UNIT 31
法律規範

jus
法律／正當的

- **jus**t `adv` 正好
- un**jus**t `adj` 不正當的
- **jus**tice `n` 正義
- in**jus**tice `n` 不正義
- **jus**tify `v` 辯護
- ad**jus**t `v` 調整
- ad**jus**tment `n` 調整

jud
法官／法庭

- **jud**ge `n` 法官
- **jud**gment `n` 審判
- **jud**icial `adj` 司法的
- **jud**iciary `n` 法院制度
- **jud**icious `adj` 明識的
- ad**jud**icate `v` 判決
- pre**jud**ice `n` 偏見

jur
法律／宣示

- **jur**idical `adj` 審判的
- **jur**isdiction `n` 裁判權
- ab**jure** `v` 棄絕
- ad**jure** `v` 嚴令
- con**jure** `v` 召喚
- per**jure** `v` 作偽證
- per**jur**y `n` 作偽證
- in**jur**y `n` 傷害
- in**jur**ious `adj` 有害的

leg
法律

- **leg**al `adj` 法律的
- **leg**islate `v` 立法
- **leg**islation `n` 立法
- **leg**islator `n` 議員
- **leg**itimate `adj` 合法的
- **litig**ation `n` 訴訟
- al**leg**e `n` 宣稱
- al**leg**ation `n` 主張
- privi**leg**e `n` 特權

nom
法則

- eco**nom**y n 經濟
- eco**nom**ic adj 經濟的
- eco**nom**ical adj 經濟的
- astro**nom**y n 天文學
- auto**nom**y n 自治權

norm
規範

- **norm** n 規範
- **norm**al adj 正常的
- **norm**alize v 正常化
- ab**norm**ality n 反常
- e**norm**ous adj 極大的

order
秩序

- **order** n 順序
- **order**ly adj 有秩序的
- dis**order** n 無秩序
- **ordin**al adj 依次的
- **ordin**ary adj 普通的
- co**ordin**ation n 協調
- co**ordin**ator n 協調者
- sub**ordin**ate adj 下級的

ban
禁止

- **ban** v 禁止
- **ban**dit n 惡棍
- **ban**ish v 放逐
- a**ban**don v 放棄
- contra**ban**d n 非法買賣

jud 法官／法庭

- **judge** [dʒʌdʒ] **n** 法官；裁判
  The performance of the teenage Taiwanese singer left the **judges** speechless, as he sang Whitney Houston's song to perfection.
  台灣少年歌手完美演繹惠妮休士頓的歌曲，全場評審目瞪口呆。

- **judgment** [`dʒʌdʒmənt] **n** 審判；裁判；評價；判斷
  The chief of the delegation should accept full responsibility for the failure of the negotiation process: his decision demonstrated **a remarkable error in judgment**.
  代表團團長要為談判挫敗負起全責，他的決策顯露嚴重誤判形勢。

- **judicial** [dʒuˋdɪʃəl] **adj** 司法的；法官的；公平的
  The judicial system is criticized for judging people with deep-rooted biases about race and gender.
  法院判決有根深蒂固的種族和性別偏見，司法體系受人詬病。

- **judiciary** [dʒuˋdɪʃɪˏɛrɪ] **n** 法院制度；（政府的）司法部；司法制度
  The lawyer becomes **a member of the judiciary** by virtue of the president's appointment.
  律師由總統任命成為司法部成員。

- **judicious** [dʒuˋdɪʃəs] **adj** 明識的
  You have to **make judicious use of** pesticides in agriculture and food storage.
  栽種作物或儲藏食物時，必須審慎使用殺蟲劑。

- **adjudicate** [əˋdʒudɪˏket] **v** 判決；裁定
  The senior was called in to **adjudicate a dispute** between a homeowner and a building contractor.
  耆老被請來裁決一樁屋主和建築承包商的糾紛。

- **prejudice** [`prɛdʒədɪs] **n** 偏見；歧視；損害
  The indigenous people in this country still suffer from continuing **racial prejudice**.　這個國家的原住民至今仍遭受種族歧視。

【說明】
1. 字根 jud 是 jus 與 dict 的結合，法官職司解說法律。
2. justice 源自拉丁文 justitia，意思是公平、正直。

jus 法律／正當的

- **just** [dʒʌst] **adv** 正好；剛才；僅僅
Air pollution is **just** one of several minor problems the city faces.
空氣汙染只是城市所面對的數個小問題中的其中一個。

- **unjust** [ʌnˋdʒʌst] **adj** 不正當的；不法的；不公平的
Mahatma Gandhi is a well-known advocate for nonviolent and passive resistance to **unjust laws**.
聖雄甘地以提倡非暴力、消極抵抗不公平法律而聞名。

- **justice** [ˋdʒʌstɪs] **n** 正義；審判；司法；法官
Osama Bin Laden was shot dead, so **justice has been served**.
奧薩瑪賓拉登遭射殺身亡，正義得以伸張。

- **injustice** [ɪnˋdʒʌstɪs] **n** 不正義；不公正
With the deposition of expert witnesses, Sam believed **his injustices would be righted**.
專家證人宣誓作證下，山姆相信他遭受的不公不義會沉冤昭雪。

- **justify** [ˋdʒʌstəˌfaɪ] **v** 辯護；證明為正當
I don't think you have to **justify yourself to** anyone.
我認為你不需跟任何人解釋來替自己辯護。

- **adjust** [əˋdʒʌst] **v** 調整；調節；評定賠償
The manager **adjusted his shirt's cuffs** before entering the conference room.
經理整理襯衫袖口後進入會議室。

- **adjustment** [əˋdʒʌstmənt] **n** 調整；調節；補票
The director was forced to **make a number of adjustments to** his movies.
導演的影片內容部份被迫修改。

jur 法律／宣示

- **juridical** [dʒʊˋrɪdɪkl̩] **adj** 審判的；司法的；合法的
  There is a clear ***juridical* advantage** to the plaintiff and a juridical disadvantage to the defendant.
  原告顯然具有司法優勢，被告則處於不利位置。

- **jurisdiction** [ˌdʒʊrɪsˋdɪkʃən] **n** 裁判權；司法權；管轄權
  The American federal court has **exclusive *jurisdiction*** over cases involving bankruptcy, patent, trademark, and copyright.
  美國聯邦法院在一些案子上擁有專屬司法權，包括：破產、專利、商標和著作權。

- **abjure** [əbˋdʒʊr] **v** 棄絕
  Matthew ***abjured* his religion** and became an atheist.
  馬修放棄宗教信仰而成為無神論者。

- **adjure** [əˋdʒʊr] **v** 嚴令；懇請
  The police ***adjured*** the man **to** tell the truth.
  警方要求男子誠實以告。

- **conjure** [ˋkʌndʒɚ] **v** 召喚；施魔法
  The old exorcist ***conjured* up** some spirits to help him repel the powerful demon.
  年邁驅魔師召喚一些靈魂來協助擊退力量強大的惡魔。

- **perjure** [ˋpɝdʒɚ] **v** 作偽證
  The witness admitted that she had ***perjured* herself** in the court.
  證人坦承曾在法庭上作偽證。

- **perjury** [ˋpɝdʒərɪ] **n** 作偽證
  The woman admitted that she had **committed *perjury*** due to threat or coercion.　婦人坦承曾遭外力脅迫而作偽證。

- **injury** [ˋɪndʒərɪ] **n** 傷害；毀壞；受傷處
  Neilson **suffered an *injury* to** his right leg just below the knee.
  尼爾森左膝以下的小腿受傷。

- **injurious** [ɪn`dʒʊrɪəs] adj 有害的

  The expert warned that heavy schoolbags can **be injurious** to children's health.

  專家提出警告，太重的書包可能危害小孩健康。

  【說明】字根jus源自jur。

leg 法律

- **legal** [`lig!] adj 法律的；法定的；合法的

  My colleagues may consider **taking legal action against** my employer.

  我的同事們會考慮對老闆採取法律行動。

- **legislate** [`lɛdʒɪsˌlet] v 立法；制定法律

  The government is about to **legislate against** the import of beef from America.

  政府將立法抵制美牛進口。

- **legislation** [ˌlɛdʒɪs`leʃən] n 立法；法規；法律

  The government will **introduce legislation** to stimulate the faltering economy.

  政府將透過立法刺激經濟不景氣。

- **legislator** [`lɛdʒɪsˌletɚ] n 議員；立法委員

  The **legislators** have decided to propose a boycott of the next scheduled meeting.

  立法委員決定杯葛下一場會議。

- **legitimate** [lɪ`dʒɪtəmɪt] adj 合法的；正統的；嫡系的

  Though this is **a legitimate education-related expense**, I still feel the pinch.

  儘管這是教育相關的合理開銷，我仍感到手頭很緊。

- **litigation** [ˌlɪtə`geʃən] n 訴訟

  The representatives from these two companies settled to avoid the expense of **lengthy litigation**.

  兩家公司的代表已達成和解，避免漫長訴訟的花費。

- **allege** [əˋlɛdʒ] **n** 宣稱；主張
It was *alleged* that Johnson and Michelle are lovers, but both of them denied the rumor.
據稱強森和蜜雪兒在拍拖，但雙方皆否認。

- **allegation** [͵ælə`geʃən] **n** 主張；陳述
Josephine **made *allegations* of** domestic abuse **against** her husband. 約瑟芬指控丈夫家暴。

- **privilege** [ˋprɪvlɪdʒ] **n** 特權；優惠；優惠增購權
The reporter had the ***privilege*** of interviewing the president-elect.
記者擁有採訪總統當選人的殊榮。

nom 法則

- **economy** [ɪˋkɑnəmɪ] **n** 經濟
The government and other institutions worked together to **save the *economy*.** 政府跟其他機構聯手挽救經濟頹勢。

- **economic** [͵ikəˋnɑmɪk] **adj** 經濟的
In **planned *economic*** times, everyone has easy access to usufruct allotted land.
計畫經濟時期，每人都能輕易取得政府劃分的土地使用權。

- **economical** [͵ikəˋnɑmɪkl̩] **adj** 經濟的；節約的
We need to find the **most *economical* way** to get to the resort.
我們需要找到抵達渡假村的最經濟的方式。

- **astronomy** [əsˋtrɑnəmɪ] **n** 天文學
The scientist has made important contributions to mathematics, physics and ***astronomy***.
科學家在數學、物理學及天文學都有卓越貢獻。

- **autonomy** [ɔˋtɑnəmɪ] **n** 自治權；自治區
The people in this area want to **secure genuine *autonomy***.
這區域的人想要獲得真正自治權。

norm 規範

- **norm** [nɔrm] n 規範；標準
  Sedentary lifestyles have increasingly become accepted **social norms**.
  久坐的生活形態已漸成為大家所認可的社會準則。

- **normal** [`nɔrml] adj 正常的；正規的
  Nothing special happened today; it is **a normal work day**.
  今天沒有什麼特別的事發生，依舊是一個正常的上班日。

- **normalize** [`nɔrml͵aɪz] v 正常化；標準化
  The two mutually antagonistic countries have **normalized their diplomatic relations**.
  這兩個彼此敵對的國家已恢復正常關係。

- **abnormality** [͵æbnɔr`mælətɪ] n 反常；變態；畸形
  Congenital abnormalities in neonates should have been detected by routine screening.
  新生兒先天異常早應在例行檢查時發現。

- **enormous** [ɪ`nɔrməs] adj 極大的；極惡的
  India has the second largest population in the world, which presents **enormous challenges** to provide food and security for so many people.
  印度擁有世界第二大的人口數，但光要提供這麼多人食物和安全保障就是一大挑戰。

order 秩序

- **order** [`ɔrdɚ] n 順序；秩序；治安；命令；點餐；訂購單
  Customers can **place an order** any time, 24 hours a day on the Net.　顧客可全天候網路下單。

- **orderly** [`ɔrdɚlɪ] adj 有秩序的；有紀律的
  The janitor put the laundry in **neat, orderly piles** on the shelf.
  管理員折好衣服後整齊放在架上。

- **disorder** [dɪsˋɔrdɚ] **n** 無秩序；混亂；疾病
  The outbreak of the war left current financial markets **in disorder**.
  戰爭爆發導致目前金融市場陷入混亂。

- **ordinal** [ˋɔrdɪnḷ] **adj** 依次的；順序的
  The rubric, **an ordinal scale** with values ranging from 0 to 10, was designed to measure the level of education.
  這份題目採用數值從零到十的等級尺度，專門設計來量測教育程度。

- **ordinary** [ˋɔrdnˏɛrɪ] **adj** 普通的；正常的
  The well-known screenwriter often draws inspiration from **ordinary people and situations**.
  知名劇作家常從尋常人物和情境中汲取靈感。

- **coordination** [koˏɔrdnˋeʃən] **n** 協調
  We'll provide everyone with some opportunities to **work in coordination with** the professional team.
  我們會提供大家和專業團隊合作的機會。

- **coordinator** [koˋɔrdnˏetɚ] **n** 協調者
  The project coordinator was appointed to train the participants and oversee the entire operation.
  專案協調人員被派來訓練參與者，並且監督整個運作過程。

- **subordinate** [səˋbɔrdnɪt] **adj** 下級的；次要的；服從的
  In some tribes, wives are considered directly **subordinate to** their husbands.
  一些部落仍認為妻子直接隸屬於丈夫。

ban 禁止

- **ban** [bæn] **v** 禁止
  Many people think boxing is too violent and dangerous and should be **banned**.
  很多人認為拳擊是過於暴力且危險的活動，應該禁止。

- **bandit**　[`bændɪt]　**n**　惡棍；土匪
  After being released from the jail, Adam joined **a gang of *bandits*** as an outlaw.
  出獄之後，亞當加入幫派而成為亡命之徒。

- **banish**　[`bænɪʃ]　**v**　放逐
  The official was ***banished*** to a backwater area for more than 10 years.
  官員遭放逐到窮山惡水之地，在那裡度過十餘年。

- **abandon**　[ə`bændən]　**v**　放棄；拋棄
  The baby was ***abandoned*** by her parents and adopted by an American.
  嬰兒遭雙親遺棄，後來由美國人領養。

- **contraband**　[`kɑntrəˌbænd]　**n**　非法買賣；違禁品；走私貨
  The two men were jailed over an attempt to smuggle **illegal *contraband* and drugs**.
  兩名男子因走私違禁品和毒品未遂而入獄。

戰鬥

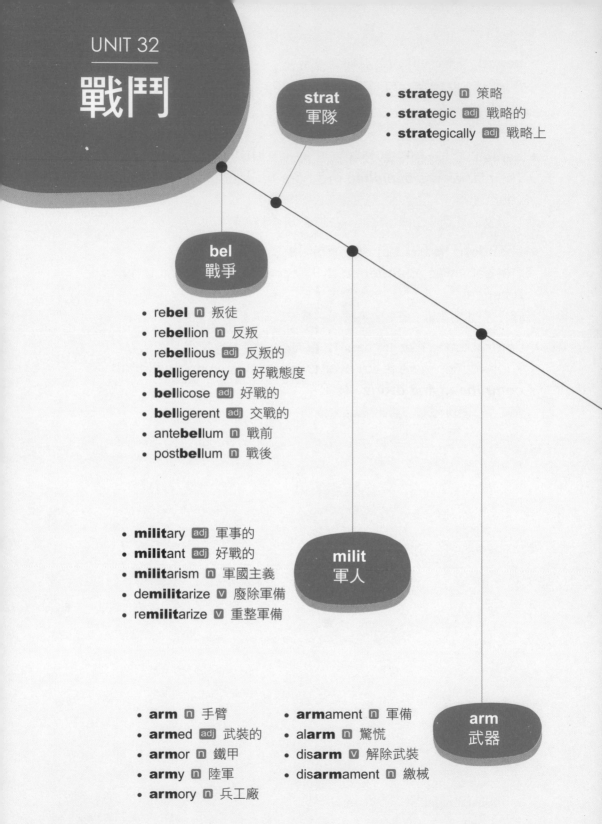

strat
軍隊

- **strat**egy n 策略
- **strat**egic adj 戰略的
- **strat**egically adj 戰略上

bel
戰爭

- re**bel** n 叛徒
- re**bel**lion n 反叛
- re**bel**lious adj 反叛的
- **bel**ligerency n 好戰態度
- **bel**licose adj 好戰的
- **bel**ligerent adj 交戰的
- ante**bel**lum n 戰前
- post**bel**lum n 戰後

milit
軍人

- **milit**ary adj 軍事的
- **milit**ant adj 好戰的
- **milit**arism n 軍國主義
- de**milit**arize v 廢除軍備
- re**milit**arize v 重整軍備

arm
武器

- **arm** n 手臂
- **arm**ed adj 武裝的
- **arm**or n 鐵甲
- **arm**y n 陸軍
- **arm**ory n 兵工廠
- **arm**ament n 軍備
- al**arm** n 驚慌
- dis**arm** v 解除武裝
- dis**arm**ament n 繳械

單元MP3

terr
使驚嚇

- **terr**ible adj 可怕的
- **terr**ific adj 可怕的
- **terr**ify v 使驚嚇
- **terr**or n 恐怖
- **terr**orism n 恐怖主義
- **terr**orist n 恐怖份子
- de**ter** v 防止
- de**ter**gent n 洗淨劑
- de**ter**rence n 遏止
- de**ter**iorate v 墜落

turb
擾亂

- dis**turb** v 擾亂
- dis**turb**ance n 騷動
- **turb**oil n 混亂
- **turb**ulence n 騷動
- **turb**ulent adj 騷動的
- **troub**le n 麻煩
- **troub**lesome adj 麻煩的

vict
征服

- **vict**or n 勝利者
- **vict**orious adj 勝利的
- **vict**ory n 勝利
- con**vict** v 定罪
- con**vict**ion n 有罪判決
- con**vinc**e v 說服
- con**vinc**ing adj 有說服力的
- e**vict** v 依法收回
- e**vinc**e v 表明
- in**vinc**ible adj 無法征服的

pac
和平

- **pac**ify v 安撫
- **pac**ifier n 調停者
- **pac**ific adj 平靜的
- **pac**ifism n 和平主義
- ap**peas**e v 撫慰
- ap**peas**ement n 平息

bel 戰爭

- **rebel** [`rɛbḷ] **n** 叛徒
  The military said they were in control of the country, and claimed responsibility for the assassination of **the *rebel* leader**.
  軍方聲稱已控制國家，叛軍領袖已遭他們暗殺。

- **rebellion** [rɪ`bɛljən] **n** 反叛；叛亂
  The regime has decided to send troops to **crush the nascent *rebellion***.
  政權決定對剛萌芽的叛亂展開鎮壓。

- **rebellious** [rɪ`bɛljəs] **adj** 反叛的；桀驁不馴的；難以控制的；難對付的
  The boy's parents both regard him as **a *rebellious*, trouble-making kid**.
  男孩的父母認為他不服管教、愛惹是生非。

- **belligerency** [bə`lɪdʒərənsɪ] **n** 好戰態度
  Hunk was eyeing Joshua **with *belligerency***.
  漢克帶著敵意盯著約書亞看。

- **bellicose** [`bɛlə͵kos] **adj** 好戰的；好鬥的
  The president **made some *bellicose* speeches** about the inevitability of the neighboring small country's independence leading to war.
  總統發表挑釁演說，恐嚇鄰近小國只要宣布獨立，戰爭一觸即發。

- **belligerent** [bə`lɪdʒərənt] **adj** 交戰的；好戰的
  Kenneth is not **a *belligerent* person** by nature.
  肯尼斯不是天生好鬥的人。

- **antebellum** [`æntɪ`bɛləm] **n** 戰前
  Though many women fought for their rights during **the *antebellum* period**, women's activities still centered on home and family.
  儘管戰前許多女性為了爭取應有權力而奮鬥，女性的生活重心還是落在家庭。

- **postbellum** [ˋpostˋbɛləm] **n** 戰後
  The program will cover issues related to the **postbellum recovery**.
  節目將談論戰後復甦的相關議題。

strat 軍隊

- **strategy** [ˋstrætədʒɪ] **n** 策略；戰略
  The researchers are **working on new strategies** to enhance students' memory.
  研究者致力研發提升學生記憶力的新策略。

- **strategic** [strəˋtidʒɪk] **adj** 戰略的
  Strategic planning and effective management are essential for organizational success.
  戰略規畫和有效管理是組織成功的要素。

- **strategically** [strəˋtidʒɪklɪ] **adj** 戰略上，戰略性地
  Turkey is a **strategically important** nation, being situated in both Europe and Asia.
  土耳其橫跨歐亞，是戰略地位重要的國家。

milit 軍人

- **military** [ˋmɪləˌtɛrɪ] **adj** 軍事的；好戰的；軍人的
  It is our fervent hope that the country will match its **military strength** with its moral strength.
  我們切盼國家擁有和軍事力量一樣強大的道德力量。

- **militant** [ˋmɪlətənt] **adj** 好戰的
  The grassroots education reform group has **taken a militant position** on the educational policy.
  基層教改團體對於教改政策立場強硬。

- **militarism** [ˈmɪlɪtərɪzəm] **n** 軍國主義
Its neighboring countries are worried about the revival of
militarism and right-wing nationalism.
鄰近國家擔心該國的軍國主義和極右民族主義復甦。

- **demilitarize** [ˈdimɪlɪtəˌraɪz] **v** 廢除軍備
A demilitarized zone was set up after the Korean War between
South and North Korea.
朝鮮戰爭結束，南北韓在邊界設立非軍事區。

- **remilitarize** [riˈmɪlɪtəˌraɪz] **v** 重整軍備
In light of recent provocations from the neighboring countries,
some experts suggest Japan should pass new legislation to
remilitarize.
鑑於鄰國最近的挑釁，有些專家建議日本通過新立法，重新武裝。

arm 武器

- **arm** [ɑrm] **n** 手臂；支架；扶手
The mother took her son **in her arms**.
母親把她兒子摟進懷裡。

- **armed** [ɑrmd] **adj** 武裝的；有扶手的
According to international humanitarian law, the use of child
soldiers in **armed conflict** is a violation of human rights.
根據國際人道法，武裝衝突中使用童兵違反人權。

- **armor** [ˈɑrmɚ] **n** 鐵甲；裝甲
The riot police put on **body armor** before entering the building.
鎮暴警察進入建築物前先穿上防彈衣。

- **army** [ˈɑrmɪ] **n** 陸軍；軍隊
After the **army** left, there were still several bases and installations
left on the island.
軍隊撤離後，島上仍保有原本的軍事基地和設備。

- **armory** [`ɑrmərɪ] n 兵工廠；軍械庫；武器裝備
  The enemy's main **armory** has been successfully destroyed.
  敵人主要的軍械庫已成功摧毀。

- **armament** [`ɑrməmənt] n 軍備
  The country's **armaments program** is doomed to fail.
  國家軍備計畫註定要失敗。

- **alarm** [ə`lɑrm] n 驚慌；警報；警報器
  Around two hundred villagers were urged to evacuate from the shore area and reached the safety zone shortly after **the tsunami alarm** was triggered.
  海嘯警報發出後，當局旋即督促約二百名村民從沿海地區撤離到安全地帶。

- **disarm** [dɪs`ɑrm] v 解除武裝；裁減軍備
  It took the expert team only 10 minutes to **disarm the bomb**.
  拆彈專家小組僅花十分鐘就拆除炸彈引信。

- **disarmament** [dɪs`ɑrməmənt] n 繳械；裁減軍備
  The peace group has been calling for **nuclear disarmament**.
  和平團體持續要求裁減核武。

terr 使驚嚇

- **terrible** [`tɛrəbl] adj 可怕的；嚴重的；非常的
  You should learn how to handle waves of **terrible news**.
  你應學習如何處理一連串的壞消息。

- **terrific** [tə`rɪfɪk] adj 可怕的；極好的；非常的
  This is **a terrific opportunity**! 這是一個大好機會！

- **terrify** [`tɛrə͵faɪ] v 使驚嚇
  Being pregnant again **terrifies** the teenage girl.
  再度懷孕讓少女感到驚恐。

- **terror** [`tɛrɚ] n 恐怖；可怕的人或物
  The students' words **struck terror in the teacher's heart**.
  學生的話使老師膽戰心驚。

- **terrorism** [ˋtɛrəˌrɪzəm] **n** 恐怖主義
The NATO member-countries promised to continue fighting **international *terrorism***.
北約成員國承諾持續對抗國際恐怖主義。

- **terrorist** [ˋtɛrərɪst] **n** 恐怖份子
This institute is regarded as being inutile because it can't find a way to rescue the hostages **being held by *terrorists***.
該機構無法營救恐怖分子手中的人質而被認為功能不彰。

- **deter** [dɪˋtɝ] **v** 防止；制止
Photos of blackened lungs on the packages did ***deter*** from smoking cigarettes.
包裝盒上肝臟變黑的照片的確能阻止抽菸。

- **detergent** [dɪˋtɝdʒənt] **n** 洗淨劑
It's better to add some water to **dilute the *detergent*** and bleaching agents.
最好加些水稀釋洗潔劑和漂白劑。

- **deterrence** [dɪˋtɝəns] **n** 遏止；制止因素
Caning is widely used in Singapore as **a form of *deterrence*** for potential criminals.
鞭刑在新加坡廣泛用於嚇阻潛在的犯罪份子。

- **deteriorate** [dɪˋtɪrɪəˌret] **v** 墮落；使惡化；敗壞
The bus driver's health began to ***deteriorate* quite rapidly**.
客運司機的健康開始快速惡化。

turb 擾亂

- **disturb** [dɪsˋtɝb] **v** 擾亂；打擾
A number of young protestors were arrested with ***disturbing* social order** after the demonstration in the plaza.
廣場示威活動後，許多年輕抗議人士因擾亂社會秩序遭到逮補。

- **disturbance** [dɪs`tɝbəns] n 騷動；擾亂
  The local people are fed up with the ***disturbance*** caused by helicopter landings.
  當地居民受夠直升機降落所造成的干擾。

- **turmoil** [`tɝmɔɪl] n 混亂；騷動
  The vocational high school is **in *turmoil***.
  這所職業學校陷入一陣混亂。

- **turbulence** [`tɝbjələns] n 騷動；動亂
  In case of **any unexpected *turbulence***, we would strongly recommend you keep your seat belt loosely fastened while seated during the entire flight.
  為防止任何無預警亂流，我們強烈建議飛行途中坐著時繫上安全帶，但不須繫緊。

- **turbulent** [`tɝbjələnt] adj 騷動的；動亂的
  The couple had **a *turbulent* marriage** for more than 20 years.
  這對夫妻有過一段二十幾年吵吵鬧鬧的婚姻。

- **trouble** [`trʌbl̩] n 麻煩；煩擾
  The intern reporter **has *trouble*** falling asleep every night.
  實習記者每夜都難以入眠。

- **troublesome** [`trʌbl̩səm] adj 麻煩的
  Schools often remove ***troublesome* pupils** from mainstream classrooms.
  學校常會把麻煩學生從正規班級中抽離。

vict 征服

- **victor** [`vɪktɚ] n 勝利者；戰勝者
  The ***victors*** of the contests will be awarded **with grants of $350,000**.
  比賽勝利者將獲得三十五萬元獎金。

- **victorious** [vɪk`torɪəs] **adj** 勝利的;戰勝的
  We are determined to defeat last year's **victorious team**.
  我們有決心打敗去年勝利隊伍。

- **victory** [`vɪktərɪ] **n** 勝利;戰勝
  The judge made **a subjective decision** to award **victory** to the young competitor.
  評審主觀判定年輕參賽者勝出。

- **convict** [kən`vɪkt] **v** 定罪
  The man **convicted of** the libel will spend at least two years in prison.
  男子依毀謗罪定讞,至少服刑兩年。

- **conviction** [kən`vɪkʃən] **n** 有罪判決;確信
  The judge **vacated the conviction** of a 65-year-old man accused in the killing of his girlfriend.
  法官為一名六十五歲老翁平反當年殺害女友的控訴。

- **convince** [kən`vɪns] **v** 說服;使承認;使確信
  The argument was made to **convince** the reader **of** their importance.
  該論點要說服讀者相信其重要性。

- **convincing** [kən`vɪnsɪŋ] **adj** 有說服力的
  The scientists are to give cogent, and **convincing evidence**.
  科學家將提出足以說服人的證據。

- **evict** [ɪ`vɪkt] **v** 依法收回;驅逐
  The man **was evicted from the house** for not paying the rent.
  男子因為未繳房租而被趕出去。

- **evince** [ɪ`vɪns] **v** 表明;顯示
  The chair of the management committee has never **evinced any desire** to go in for politics.
  管理委員會主委從沒表露過任何從政的念頭。

- **invincible** [ɪn`vɪnsəbl̩] **adj** 無法征服的；不屈不撓的
  The team did not look **invincible** during the rest of the tournament.
  最後幾場比賽中，這支隊伍似乎沒那麼無往不勝。

pac 和平

- **pacify** [`pæsə͵faɪ] **v** 安撫；恢復和平
  The deputy general manager found it difficult to **pacify the restless crowd of shoppers**.
  副總經理覺得要安撫情緒躁動的顧客不容易。

- **pacifier** [`pæsə͵faɪɚ] **n** 調停者；奶嘴
  The father **stuck a pacifier** in the baby's mouth to prevent him crying.
  為了讓嬰兒不哭鬧，父親將奶嘴塞進他的嘴巴。

- **pacific** [pə`sɪfɪk] **adj** 平靜的；和平的
  Global warming is sure to affect the small islands **in the Pacific Ocean**.
  全球暖化對於太平洋小島一定會有影響。

- **pacifism** [`pæsə͵fɪzəm] **n** 和平主義；反戰主義；綏靖主義
  The main definition of the word **pacifism** is the rejection of all forms of warfare.
  「反戰主義」這個字的主要定義是反對所有型式的戰爭。

- **appease** [ə`piz] **v** 撫慰；平息
  The baby-sitter is trying to **appease the crying child**.
  褓姆試著安撫哭泣中的小孩。

- **appeasement** [ə`pizmənt] **n** 平息；姑息；姑息主義
  There were many reasons why Britain and France **adopted a policy of appeasement** in the 1930's.
  很多理由可以解釋為什麼1930年代英法兩國都採取綏靖政策。

擊打損壞

cuss
打擊

- dis**cuss** Ⓥ 討論
- dis**cuss**ion Ⓝ 討論
- per**cuss**ion Ⓝ 打擊樂器
- reper**cuss**ion Ⓝ 反射
- con**cuss**ion Ⓝ 震動

bat
打擊

- **bat** Ⓝ 球棒
- **bat**on Ⓝ 警棍
- **bat**tery Ⓝ 炮兵連
- **bat**tle Ⓝ 戰鬥
- a**bat**e Ⓥ 減輕
- com**bat** Ⓝ 搏鬥
- com**bat**ive 🔤 好鬥的
- de**bat**e Ⓝ 討論
- re**bat**e Ⓝ 折扣

- de**fend** Ⓥ 防禦
- de**fend**ant Ⓝ 被告
- of**fend** Ⓥ 冒犯
- **fenc**e Ⓝ 柵欄

fend
打擊

- ap**plaud** Ⓥ 拍手
- ap**plau**se Ⓝ 喝采
- ex**plod**e Ⓥ 爆炸
- ex**plos**ion Ⓥ 爆炸

- ex**plos**ive 🔤 爆炸的
- **plaus**ible 🔤 似乎合理的
- **plaus**ibility Ⓝ 似乎合理

plaud
拍手／擊打

pug
搏鬥

- **pug**ilist n 拳擊手
- im**pugn** n 攻擊
- **pug**nacious adj 好鬥的
- **pug**nacity n 好鬥傾向
- re**pug**nant adj 討厭的
- re**pug**nance n 厭惡

bar
棒子／障礙

- **bar** n 棒子
- **bar**rel n 大桶
- **bar**rier n 障礙
- **bar**rister n 律師
- de**bar** v 阻止
- em**bar**go v 禁止
- em**bar**rass v 使窘迫
- em**bar**rassment n 尷尬

fract
損壞

- **fract**ion n 碎片
- **fract**ure n 裂痕
- **frag**ile adj 易碎的
- **frag**ility n 脆弱
- **frag**ment n 碎屑
- **frag**mentary adj 片斷的
- **frail** adj 脆弱的
- **frail**ty n 脆弱
- re**fract** v 使折射

- ab**rupt** adj 突然的
- bank**rupt**cy n 破產
- cor**rupt** adj 貪腐的
- cor**rupt**ion n 腐敗
- dis**rupt** v 使分裂
- e**rupt** v 爆發
- e**rupt**ion n 爆發
- inter**rupt**ion n 打斷
- **rout**e n 路線
- **rout**ine n 例行公事
- **rupt**ure n 裂斷

rupt
破壞

bat 打擊

- **bat** [bæt] **n** 球棒；球拍；蝙蝠
  These techniques help you identify when you should change your
  table tennis *bat's* rubber.
  這些技巧有助於辨識什麼時候該換桌球拍的膠皮。

- **baton** [bæ`tn] **n** 警棍；指揮棒
  The sixth runner **dropped the *baton*** when passing it to his
  teammate. 第六棒跑者傳棒時掉棒。

- **battery** [`bætərɪ] **n** 炮兵連；炮臺；電池；毆打
  A rechargeable *battery* can be recharged between 500 to 800
  charge-discharge cycles before it needs to be replaced.
  充電電池能充500到800次才需更換。

- **battle** [`bætl] **n** 戰鬥；戰役；競爭
  Many soldiers were killed **in *battle***.
  許多士兵在戰役中犧牲。

- **abate** [ə`bet] **v** 減輕；中止
  After the typist took the medicine, the pain on her neck started to
  abate.
  打字員吃過藥後，脖子疼痛已逐漸舒緩。

- **combat** [`kɑmbæt] **n** 搏鬥；競賽
  The foot soldier was **engaged in hand-to-hand *combat*** with his
  enemies in the trench during the battle.
  戰役中，步槍兵和敵人在壕溝展開肉搏戰。

- **combative** [kəm`bætɪv] **adj** 好鬥的
  The business manager made some enemies with her ***combative*
  style**. 業務經理的好鬥作風惹來不少敵人。

- **debate** [dɪ`bet] **n** 討論；辯論
  There has been much ***debate* about** the abolition of the death
  penalty. 近來廢死爭議鬧得沸沸揚揚。

- **rebate** [`ribet] n 折扣
  If you overpaid income tax, you can get your money back by
  claiming tax refunds or **tax rebates**.
  若是溢繳所得稅，可申請退稅或退還部分稅款以取回個人金錢。

cuss 打擊

- **discuss** [dɪ`skʌs] v 討論；辯論；對債務人起訴
  The couple **discussed** where to eat after the activity.
  這對夫婦討論活動結束後的用餐地點。

- **discussion** [dɪ`skʌʃən] n 討論；議論
  The project was **still under discussion**.
  計畫仍在討論中。

- **percussion** [pɚ`kʌʃən] n 打擊樂器；衝擊；震動
  A cajon is **a box-shaped percussion instrument** that has usually
  been played wlth hands and fingers.
  木箱鼓是一種箱型打擊樂器，常用手和手指拍打表演。

- **repercussion** [ˌripɚ`kʌʃən] n （間接的）影響；反響；惡果
  The anti-terrorist war **had far-reaching repercussions**.
  反恐戰爭的影響深遠。

- **concussion** [kən`kʌʃən] n 震動；衝擊；腦震盪
  The signs of **a mild concussion** may include headache, vomiting,
  dizziness, and sensitivity to light or noise.
  輕微腦震盪症狀可能包含頭痛、嘔吐、暈眩及對光和聲音敏感。

fend 打擊

- **defend** [dɪ`fɛnd] v 防禦；抗辯
  The attorney chose to represent clients in civil cases, instead of
  defending criminals.
  律師選擇為委託人打民事官司，而不為罪犯打辯護官司。

- **defendant** [dɪˋfɛndənt] **n** 被告
When the ***defendant***, who was a foreigner, was called to answer questions in the court, a translator fluent in French was asked to assist.
被告是外籍人士，傳喚到庭時需要法語流利的翻譯到場協助。

- **offend** [əˋfɛnd] **v** 冒犯；違反；觸怒
These women said they had been ***offended*** by bad language.
這些婦人說她們被粗話給惹惱了。

- **fence** [fɛns] **n** 柵欄；籬笆
The burglars broke the wire ***fence*** surrounding the house and cleaned out all of the jewelery.
竊賊破壞屋旁鐵柵欄，闖進屋內搜刮所有珠寶。

plaud 拍手／擊打

- **applaud** [əˋplɔd] **v** 拍手；歡呼；讚美
The city councilor **was *applauded* for** voicing opinions for the minorities.
市議員發表支持弱勢族群的言論，受到民眾歡呼。

- **applause** [əˋplɔz] **n** 喝采；熱烈鼓掌
Let's **give a round of *applause*** to for today's speaker, Dr. Wang!
我們給今天的講者王教授掌聲鼓勵！

- **explode** [ɪkˋsplod] **v** 爆炸；爆破；迅速發展
Traffic and housing problems in major cities will only get worse as **the population *explodes***.
隨著人口爆炸，主要城市的交通和住宅問題只會惡化。

- **explosion** [ɪkˋsploʒən] **v** 爆炸；擴張
Emergency crews and firefighters were called to the incident after **a gas *explosion*** occurred at the apartment building.
公寓大樓發生氣爆後，緊急救援隊和消防人員動員抵達現場。

- **explosive** [ɪkˋsplosɪv] **adj** 爆炸的
  It was reported that an attacker **detonated an *explosive* device** and blew himself up in the southern German city of Ansbach.
  據報導德國南部城市安斯巴赫有一名炸彈攻擊者引爆裝置把自己炸死。

- **plausible** [ˋplɔzəbļ] **adj** 似乎合理的；似乎真實的
  The man hastened to soothe his girlfriend's feelings with **a *plausible* explanation**. 男子急著提出合理解釋來安撫女友。

- **plausibility** [ˌplɔzəˋbɪlətɪ] **n** 似乎合理；似乎真實
  The scientist still needs to test **the *plausibility* of his hypothesis**.
  科學家仍需驗證假設的可行性。

pug 搏鬥

- **pugilist** [ˋpjudʒəlɪst] **n** 拳擊手
  Muhammad Ali was **a great *pugilist*** and won many championships.
  穆罕默德·阿里是傑出拳擊手，得過許多冠軍。

- **impugn** [ɪmˋpjun] **n** 攻擊
  The politicians maliciously ***impugned* the presidents' motives** and even cast doubt on his character.
  政客惡意攻擊總統的動機，甚至懷疑他的人格。

- **pugnacious** [pʌgˋneʃəs] **adj** 好鬥的
  My neighbor is ***pugnacious* and arrogant**.
  我的鄰居講話咄咄逼人，態度傲慢。

- **pugnacity** [pʌgˋnæsətɪ] **n** 好鬥傾向
  The local inhabitants are known for their ***pugnacity***.
  當地居民以好鬥出名。

- **repugnant** [rɪˋpʌgnənt] **adj** 討厭的
  The trash gave off **a *repugnant* smell**.
  垃圾發出令人作嘔的味道。

● **repugnance** [rɪ`pʌgnəns] n 厭惡

The writer has already **expressed his *repugnance*** at wars in his novel.

作者在小說中表露對戰爭的厭惡之情。

【說明】pugnacious與martial, belligerent, bellicose, warlike等字可互換。

bar 棒子／障礙

● **bar** [bɑr] n 棒子；障礙；律師業；酒館；酒吧；酒吧的吧台

I often ordered a glass of wine and **sat at the *bar*** alone after work.

下班後我常點一杯酒，獨自坐在吧台邊。

● **barrel** [`bærəl] n 大桶

Those guests emptied **a whole *barrel* of whiskey** at yesterday's party.　賓客昨晚派對上喝光一整桶威士忌。

● **barrier** [`bærɪr] n 障礙；界線

A fleet of scooters was waiting for **the railway crossing *barriers*** to be opened.

一大群機車族在十字路口等鐵軌柵欄升起。

● **barrister** [`bærɪstɚ] n 律師

Barristers often charge their fees on an hourly basis.

律師常以小時計價。

● **debar** [dɪ`bɑr] v 阻止；禁止；排除

The player was ***debared* from** participating in the contest.

該名選手被禁止出賽。

● **embargo** [ɪm`bɑrgo] v 禁止；禁運；停止通商

The government has **put an *embargo* on** imports of pork.

政府已禁止豬肉進口。

● **embarrass** [ɪm`bærəs] v 使窘迫；使複雜化；妨礙

The kids often have their parents ***embarrassed*** in public.

小孩常讓家長在公開場合尷尬難堪。

- **embarrassment** [ɪm`bærəsmənt] **n** 尷尬
The girl turned red with **embarrassment** after hearing the boy's confessions of love.
女孩聽到男孩的告白後尷尬到整個臉紅通通的。

fract 損壞

- **fraction** [`frækʃən] **n** 碎片；片斷；分數
Everyone knows exercising is important for health but only **a tiny fraction** of us actually do it.
大家都知道運動對健康很重要，但只有一小部份的人落實執行。

- **fracture** [`fræktʃə] **n** 裂痕；挫傷；骨折
The motorist **suffered multiple fractures** to both of his legs.
機車騎士雙腿多處骨折。

- **fragile** [`frædʒəl] **adj** 易碎的；虛弱的
The antique vase is very **fragile**.
古董花瓶相當易碎。

- **fragility** [frə`dʒɪlətɪ] **n** 脆弱；虛弱
The theme of this book is about **the fragility of love**.
書的主題和愛情的脆弱有關。

- **fragment** [`frægmənt] **n** 碎屑；破片
The **fragments** of the antique pieces of china are precious for the archaeologists.
古瓷器碎片對於考古學家而言相當珍貴。

- **fragmentary** [`frægmən,tɛrɪ] **adj** 片斷的
The **fragmentary remains** of the poet's books were unearthed last year.
詩人的詩作書籍去年出土。

- **frail** [frel] **adj** 脆弱的；虛弱的；意志薄弱的
Working overtime every day, the lady looked **old and frail**.
女子天天加班，看起來又老又虛弱。

- **frailty** [ˋfreltɪ] **n** 脆弱；意志薄弱
Feminists may not agree with the quote of William Shakespeare's Hamlet, "**Frailty**, thy name is woman!"
女性主義者可能無法認同沙士比亞·哈姆雷特的這句話：「弱者，你的名字是女人。」

- **refract** [rɪˋfrækt] **v** 使折射
White light is **refracted into** the colors of the rainbow when passed through a glass prism.
白光通過玻璃稜鏡時會折射成彩虹的七色光。

rupt 破壞

- **abrupt** [əˋbrʌpt] **adj** 突然的；斷裂的
Our long-term friendship **came to an abrupt** end due to a misunderstanding.
我們的長久友誼因為一場誤會戛然而止。

- **bankruptcy** [ˋbæŋkrəptsɪ] **n** 破產；倒閉
Many companies **facing bankruptcy** are burdened with excess debt.　許多面臨倒閉的公司都是因為負債過多。

- **corrupt** [kəˋrʌpt] **adj** 貪腐的；墮落的
It's not easy for even an honest man to stay clean in **a corrupt society**.
對正直的人來說，要在腐敗社會中保持清廉並不容易。

- **corruption** [kəˋrʌpʃən] **n** 腐敗；貪汙；賄賂
The pears were not put in the fridge, and they turned black and **rotten with corruption**.
梨子沒放進冰箱，變黑爛掉了。

- **disrupt** [dɪsˋrʌpt] **v** 使分裂；使中斷
The low visibility brought about by smog has **disrupted the flow of traffic**.
霧霾導致能見度降低，擾亂交通流暢。

- **erupt** [ɪˋrʌpt] **v** 爆發；噴出；出疹
A volcano dormant for decades ***erupted***, emitting an enormous plume of smoke overhead.
一座沉寂十年的休火山突然爆發，頂部噴出大量濃煙。

- **eruption** [ɪˋrʌpʃən] **n** 爆發；噴出物
There was **a violent *eruption*** of anti-police street protest in the city last week.
這城市上週爆發一場激烈反警的街頭抗議。

- **interruption** [͵ɪntəˋrʌpʃən] **n** 打斷；停止；插話；障礙物
Turning off his cellphones, the section manager worked all day **without *interruption***.
關掉手機，部門經理在沒人打擾之下工作一整天。

- **route** [rut] **n** 路線；航線
We do not live directly on **a bus *route***, so we need to walk for 10 minutes to the nearest stop to catch the bus every day.
我們住處不在公車行駛路線上，每天必須步行十分鐘到最近公車站搭車。

- **routine** [ruˋtin] **n** 例行公事；常規；慣例
The workers have to follow **a fixed *routine*** to stay safe.
工人必須遵照例行程序以確保安全。

- **rupture** [ˋrʌptʃɚ] **n** 裂斷；斷絕；脫腸
A *rupture* of the oil pipeline may lead to an explosion.
油管破裂可能引發爆炸。

天體

cosm
宇宙

- micro**cosm** n 微觀世界
- **cosm**etics n 化妝品
- **cosm**opolitan n 世界性的

ess
存在

- **ess**ence n 本質
- **ess**ential adj 必要的
- inter**est** v 使感興趣
- pr**es**ent v 贈送
- **ent**ity n 存在

cel
天空／天國

- **ceil**ing n 天花板
- **cel**estial adj 天空的

aster
星星

- **aster**oid n 小行星
- **astr**al adj 星星的
- **astr**onaut n 太空人
- **astr**onomy n 天文學
- **astr**onomer n 天文學家
- dis**aster** n 災難
- dis**astr**ous adj 悲慘的

單元MP3

stell
星星

- **stell**ar adj 星星的
- inter**stell**ar adj 星際的
- con**stell**ate v 群聚
- con**stell**ation n 星座

geo
地球

- **geo**graphy n 地理學
- **geo**graphical adj 地理的
- **geo**logy n 地質學
- **geo**metry n 幾何學
- **geo**centric adj 以地球為中心的
- **geo**thermal adj 地熱的

sol
太陽

- **sol**ar adj 太陽的
- **sol**arium n 日晷
- in**sol**ation n 中暑
- para**sol** n 陽傘

lun
月球

- **lun**ar adj 月球的
- **lun**atic n 瘋子

umbr
陰影

- **umbr**ella n 傘
- pen**umbr**a n 半影部
- **umbr**age n 陰影
- ad**umbr**ate v 概括說明

ess 存在

- **essence** [ˋɛsn̩s] **n** 本質;要素
  In **essence**, the plan involves at least three steps.
  本質上,計畫至少包含三個步驟。

- **essential** [ɪˋsɛnʃəl] **adj** 必要的;基本的
  Clean air is **essential for** all human beings.
  空氣對人類是必要的。

- **interest** [ˋɪntərɪst] **v** 使感興趣
  My biology teacher is *interested* **in** the annual migration of birds.
  我的生物老師對一年一度的鳥類遷徙深感興趣。

- **present** [ˋprɛzn̩t] **v** 贈送;授予;提交;展現
  Please fill in your name and *present* **your residential address**.
  請填入你的姓名及居住地址。

- **entity** [ˋɛntətɪ] **n** 存在;實體
  The European Union is a politico-economic union comprised of 28 member states, whereas it is not **a political** *entity*.
  歐盟是一個政治經濟聯盟,擁有28個成員國,但不是一個政治實體。

cosm 宇宙

- **microcosm** [ˋmaɪkrəˌkɑzəm] **n** 微觀世界
  A school can be **a microcosm of** the real world.
  學校可以是真實世界的縮影。

- **cosmetics** [kɑzˋmɛtɪks] **n** 化妝品
  The store features **natural herbal** *cosmetics* and body care products.
  店家專賣天然草本化妝品和身體護理產品。

- **cosmopolitan** [͵kɑzmə`pɑlətn̩] **n** 世界性的
Hong Kong is **a highly *cosmopolitan* city**.
香港是高度國際化的大都市。

cel 天空／天國

- **ceiling** [`silɪŋ] **n** 天花板
A house with **high *ceilings*** makes the whole space seem larger, but it is hard to keep warm in the winter.
挑高的房子室內空間看起來較大，但是冬天不易保暖。

- **celestial** [sɪ`lɛstʃəl] **adj** 天空的；天國的
The Moon, the Sun, asteroids, planets, and stars are all ***celestial* bodies**.
月亮、太陽、小行星及恆星都是天體成員。

aster 星星

- **asteroid** [`æstə͵rɔɪd] **n** 小行星
Earth has been hit many times by ***asteroids*** and comets, which are the leftovers from the formation of our Solar System.
地球多次遭小行星和慧星撞擊，兩者都是太陽系形成過程中殘留下來的。

- **astral** [`æstrəl] **adj** 星星的；星形的
The sailor used ***astral* navigation** to judge his positions and tried to keep his heading due north.
水手藉由天文航海術定位，盡力讓船隻向北航行。

- **astronaut** [`æstrə͵nɔt] **n** 太空人
When problems occur on the space station, the ***astronauts*** need to consult with the mission control center in Houston, Texas.
太空站發生狀況時，太空人需請示德州休士頓任務控制中心。

- **astronomy** [əs`trɑnəmɪ] [n] 天文學
Edwin Hubble, an American astronomer, made major contributions to the advancement of **astronomy**.
美國天文學家愛德溫·哈勃對天文學發展貢獻卓越。

- **astronomer** [ə`strɑnəmɚ] [n] 天文學家
Paul Murdin is the **astronomer** who found the first black hole.
保羅·穆丁是發現第一個黑洞的天文學家。

- **disaster** [dɪ`zæstɚ] [n] 災難
Nearly five years after **the Fukushima disaster**, Japan restarted some nuclear reactors.
福島核災事件近五年之後政府重啟部分核子反應爐。

- **disastrous** [dɪz`æstrəs] [adj] 悲慘的
This outbreak of the disease will **have a disastrous impact on** public health.　疾病爆發會造成公共衛生慘痛的影響。
【說明】字尾er的字根連接母音為首的字尾時，e省略。

stell　星星

- **stellar** [`stɛlɚ] [adj] 星星的；星星繁多的
The first violent moment of **a stellar explosion** is known as a supernova.
恆星爆炸的猛烈瞬間形成我們所知的超新星。

- **interstellar** [ˌɪntɚ`stɛlɚ] [adj] 星際的
Interstellar travel is difficult, because traveling at the speed of light is simply theoretical at present.
光速旅行還在理論階段，星際旅行還很困難。

- **constellate** [`kɑnstəˌlet] [v] 群聚
Hundreds of people **constellated** in the small village for a festival.
數百人聚集在村子參加一個慶典。

- **constellation** [ˌkɑnstəˈlɛʃən] n 星座;群聚

  In today's conference, we had **a whole *constellation* of** professional chefs from various parts of the world.

  今日的研討會上,來自世界各地的專業主廚齊聚一堂。

geo 地球

- **geography** [ˈdʒɪˈɑgrəfɪ] n 地理學

  The ***geography*** of Taiwan is diverse and unique, which means that the weather can be very changeable.

  台灣地形多樣且獨特,意味著各地天氣詭譎多變。

- **geographical** [ˌdʒɪəˈgræfɪkl] adj 地理的;地理學的

  A united kingdom or state can emerge mostly because of ***geographical* contiguity**.

  一個聯合王國或國家的誕生大多源自地緣關係。

- **geology** [dʒɪˈɑlədʒɪ] n 地質學

  The *geology* course is conducted in English.

  地質學課是英文授課。

- **geometry** [dʒɪˈɑmətrɪ] n 幾何學

  This is **a *geometry* lesson plan** for the elementary school student.

  這是一份小學幾何課程計畫。

- **geocentric** [ˌdʒɪoˈsɛntrɪk] adj 以地球為中心的

  A *geocentric* theory of the universe is no longer held true nowadays.   目前地心說已不再正確。

- **geothermal** [ˌdʒɪoˈθɝml] adj 地熱的

  More and more countries are committed to the development of ***geothermal* power stations.**

  近期越來越多國家致力發展地熱發電站。

sol 太陽

- **solar** [ˋsolɚ] **adj** 太陽的
  The government encourages homeowners to adopt **solar energy**.
  政府鼓勵屋主使用太陽能系統。

- **solarium** [soˋlɛrɪəm] **n** 日晷；溫室；玻璃暖房
  Rare orchids thrived in this **solarium**.
  稀有品種蘭花在溫室長得茂盛。

- **insolation** [ˌɪnsəˋleʃən] **n** 中暑；太陽曝曬
  You had better bring a parasol with you to **reduce insolation**.
  為了防曬，你最好隨身攜帶陽傘。

- **parasol** [ˋpærəˌsɔl] **n** 陽傘
  You can get a better price at **the old parasol stand** near the beach.
  在海灘附近的老攤子可以買到便宜陽傘。

lun 月球

- **lunar** [ˋlunɚ] **adj** 月球的；新月形的；陰曆的
  In order to observe **a rare lunar eclipse**, thousands of people stood outside in the public plaza, which had a good view of the night sky.
  為了目睹罕見月蝕，上千人站在視線良好且看得到夜空的公共廣場外面。

- **lunatic** [ˋlunəˌtɪk] **n** 瘋子
  The man drives like a **lunatic**, zigging in and out of traffic.
  男子開著車子猛鑽車陣，活像個瘋子。

umbr 陰影

- **umbrella**　[ʌmˋbrɛlə]　**n**　傘；傘狀物
  The part-timer absent-mindedly left her ***umbrella*** on the train yesterday.
  工讀生昨天粗心大意，把傘放在火車上忘了帶回來。

- **penumbra**　[pɪˋnʌmbrə]　**n**　半影部
  The moon will glide through Earth's ***penumbra*** at 4:10 pm, and the moonlight will become dimmer.
  下午四點十分月球會掠過地球的半影，月光會變得黯淡。

- **umbrage**　[ˋʌmbrɪdʒ]　**n**　陰影；憤怒
  Don't **take *umbrage* at** my political stance.
  關於我的政治立場，你別見怪。

- **adumbrate**　[ˋædʌmˌbret]　**v**　（尤指對未來的事情）概括說明；勾畫輪廓
  The solution was ***adumbrated*** in the strategist's manuscript.
  策略家的手稿簡述了解決方式。

自然景觀

agr
田野

- **agr**iculture n 農業
- **agr**icultural adj 農業的
- **agr**arian adj 農業的
- **agr**ochemical n 農用化學品
- **agr**onomy n 農業經濟學

morph
形狀

- **morph**ine n 嗎啡
- **morph**ology n 結構
- **morph**ological adj 形態學的
- meta**morph**osis n 蛻變
- poly**morph**ic adj 多形的

- **camp**site n 營地
- **camp**aign n 競選運動
- **camp**fire n 營火
- **camp**us n 校園

camp
田野

- **mount** v 登上
- dis**mount** v 下馬
- **mount**ain n 山
- **mount**ainous adj 多山的
- a**mount** n 總數
- para**mount** adj 主要的
- pro**mont**ory n 岬
- sur**mount** v 爬越

mount
山／上升

insul
島

- pen**insul**a 🅝 半島
- **insul**ar 🎴 島嶼的
- **insul**ate 🆅 絕緣
- **insul**ation 🅝 孤立

mari
海洋

- **mari**ne 🎴 海洋的
- **mari**ner 🅝 船員
- **mari**time 🎴 海洋的
- sub**mari**ne 🅝 潛水艇

riv
河流

- **riv**er 🅝 河流
- ar**riv**al 🅝 抵達
- de**riv**e 🆅 獲得
- **riv**al 🅝 敵手
- out**riv**al 🆅 勝過

und
波浪

- ab**und**ant 🎴 豐富的
- ab**und**ance 🅝 豐富
- red**und**ant 🎴 多餘的
- abo**und** 🆅 充滿

morph 形狀

- **morphine** [`mɔrfin] **n** 嗎啡
  For severe cancer pain, **oral *morphine*** is the drug of choice, but due to its nature, prolonged use often leads to addiction.
  口服嗎啡是對抗癌症引發的劇痛的首選藥物，但因為藥物特性，長期使用會成癮。

- **morphology** [mɔr`falədʒɪ] **n** 結構；形態學
  English also has **inflectional *morphology*** to indicate tense, number, possession, and comparison.
  英語也用屈折變化的結構來標示時態、數字、擁有或比較級概念。

- **morphological** [ˌmɔrfə`ladʒəkəl] **adj** 形態學的；地形學的
  This study aims to investigate the genetic variation of ***morphological* traits** in humans.
  研究旨在探討人類形態特徵的遺傳變異。

- **metamorphosis** [ˌmɛtə`mɔrfəsɪs] **n** 蛻變；變形
  The country has **undergone a *metamorphosis*** under the leadership of the new president.
  國家在新任總統領導下已經改頭換面。

- **polymorphic** [ˌpalɪ`mɔrfɪk] **adj** 多形的
  The scientist found that **the *polymorphic* viruses** can mutate, making identification difficult.
  科學家發現多變體病毒會突變而造成辨識困難。

agr 田野

- **agriculture** [`ægrɪˌkʌltʃɚ] **n** 農業
  Many people still **practice subsistence *agriculture*** in the developing countries in Asia, Africa, and Latin-America.
  在亞洲、非洲和拉丁美洲仍有不少人務農為生。

- **agricultural** [ˌægrɪˈkʌltʃərəl] **adj** 農業的
Available **agricultural land** is shrinking at a rapid pace across this country.
全國可耕地面積正急速縮減。

- **agrarian** [əˈgrɛrɪən] **adj** 農業的；土地的
Due to an ever-increasing global population, there is increased pressure to convert **prime agrarian land** to urban housing and industrial units.
全球人口不停成長，將肥沃耕地轉換為都市住宅和工廠用地的壓力漸增。

- **agrochemical** [ˈægrəˌkɛmɪkl] **n** 農用化學品
The farmer **applied a variety of pesticides and agrochemicals** on his fruit farm.
農夫在果園施用很多殺蟲劑及化學藥品。

- **agronomy** [əˈgrɑnəmɪ] **n** 農業經濟學
The Department of Agronomy and Horticulture offers a bachelor degree in **agronomy**.
農業經濟學暨園藝學系開設農業經濟學學士學位課程。

camp 田野

- **campsite** [ˈkæmpˌsaɪt] **n** 營地
The **campsite** is in a quiet, secluded location next to the beach.
營地位於靠近海邊的一處幽靜地點。

- **campaign** [kæmˈpen] **n** 競選運動；戰役
The candidate for mayor launched a controversial **advertising campaign** against his opponent.
市長候選人發起一個備受爭議的廣告宣傳活動來攻擊敵手。

- **campfire** [ˈkæmpˌfaɪr] **n** 營火
You can find over 2,500 youth-friendly **campfire songs** on our website.
你可在我們的網站找到二千五百多首適合青少年的營火歌曲。

- **campus** [ˋkæmpəs] **n** 校園
James' decision to stand up against bullying **on campus** came without hesitation.
詹姆士毫不遲疑地做出對抗校園霸凌的決定。

mount 山／上升

- **mount** [maʊnt] **v** 登上；上漲
The speaker **mounted the platform** and addressed the crowd.
講者站上講台對群眾開講。

- **dismount** [dɪsˋmaʊnt] **v** 下馬；下車
The girl may need help **dismounting from a horse**.
女孩可能需要有人幫忙才能下馬。

- **mountain** [ˋmaʊntn̩] **n** 山
In Taiwan, millions of purple butterflies annually migrate from north to south to spend the cold winter in Maolin, a village **in the mountains**.
在台灣，數百萬紫斑蝶每年從北遷徙到南，在山區村落茂林度過寒冬。

- **mountainous** [ˋmaʊntənəs] **adj** 多山的
The authorities have refused permission for more construction in **this mountainous area**.
有關當局不允許山區大興土木。

- **amount** [əˋmaʊnt] **n** 總數
It has long been suggested by doctors that a healthy diet should consist of mainly grains, vegetables and fruit with **proper amounts** of meat and dairy products.
長期以來，醫師建議健康飲食應以穀類、蔬果及適量肉類與乳製品為主。

- **paramount** [ˋpærəˌmaʊnt] **adj** 主要的；卓越的
Food safety is **of paramount importance**.
食品安全是當務之急。

- **promontory** [`prɑmən,torɪ] **n** 岬
There is a castle built on **a rocky *promontory***.
有一棟城堡蓋在石岬上。

- **surmount** [sə`maʊnt] **v** 爬越；克服
The directors are determined to ***surmount* all opposition** to their plans.
導演有心克服所有反對他們計畫的力量。

insul 島

- **peninsula** [pə`nɪnsələ] **n** 半島
The history teacher is explaining why **the Korean *peninsula*** was split into two countries after WWII.
歷史老師解釋為什麼朝鮮半島在第二次世界大戰後分裂成兩個國家。

- **insular** [`ɪnsələ] **adj** 島嶼的；偏狹的
Australia is the world's largest ***insular* continent**.
澳大利亞是世界最大的島嶼型大陸。

- **insulate** [`ɪnsə,let] **v** 絕緣；隔離
The hot water heater is ***insulated*** to prevent heat loss.
熱水爐的隔熱層可避免熱能流失。

- **insulation** [,ɪnsə`leʃən] **n** 孤立；隔離
Roof blankets also provides **acoustic *insulation*** against rain.
屋頂隔熱毯在下雨天也有隔音效果。

mari 海洋

- **marine** [mə`rin] **adj** 海洋的；海運的
Most of the noise pollution comes from ship traffic, severely **disrupting *marine* life**.
大部分噪音汙染來自船隻運行，嚴重擾亂海洋生物的生存。

- **mariner** [ˋmærənɚ] **n** 船員
These intrepid *mariners* have embarked into unknown waters, fighting against the storms that checked their advance for two days.
無懼艱險的船員航入未知水域，與阻撓他們前進的暴風雨搏鬥了兩天。

- **maritime** [ˋmærəˌtaɪm] **adj** 海洋的；海運的
One of the course's requirements is to visit **the *maritime* museum**. 這堂課的其中一項要求是參觀海事博物館。

- **submarine** [ˋsʌbməˌrin] **n** 潛水艇；海洋生物
The country plans to develop its own **nuclear *submarine***.
國家計畫研發自己的核子潛艇。

riv 河流

- **river** [ˋrɪvɚ] **n** 河流
The boat sailed slowly down the ***river***.
船順流而下緩緩航行。

- **arrival** [əˋraɪvl] **n** 抵達；抵達的人或物
On ***arrival*** at the airport, the vice president was escorted by the police. 一下飛機，副總統由警方護送離開。

- **derive** [dɪˋraɪv] **v** 獲得；衍生
Singapore ***derives* lots of money** from its imports and exports.
新加坡靠著進出口賺不少錢。

- **rival** [ˋraɪvl] **n** 敵手
The team beat its **closest *rival*** by 10 marks.
隊伍以領先十分的成績打敗難分軒輊的勁敵。

- **outrival** [aʊtˋraɪvl] **v** 勝過
The company is second globally, ***outrivaled*** only by a corporation in America.
這間公司全球排名第二，僅次於美國的一家大型公司。

und 波浪

- **abundant** [ə`bʌndənt] adj 豐富的
  There is **an *abundant* supply of** fruit in the supermarket.
  超級市場供應充裕水果。

- **abundance** [ə`bʌndəns] n 豐富；大量
  The island has gold **in *abundance***.
  島上有大量黃金。

- **redundant** [rɪ`dʌndənt] adj 多餘的；豐富的
  The teacher told her students to avoid using ***redundant* words** in the composition.
  老師要求學生在作文中避免贅字。

- **abound** [ə`baʊnd] v 充滿
  Persistent rumors continue to ***abound*** that the couple split up.
  情侶分手的謠言一直滿天飛。

自然物質

anem
風

- **anem**ophilous `adj` 風媒的
- **anem**ograph `n` 風速計

aer
空氣

- **aer**ial `adj` 空氣的
- **aer**obatic `adj` 特技飛行的
- **aer**obic `adj` 有氧運動的
- **aer**obics `n` 有氧運動
- **aer**onautic `adj` 航空學的

- **vent** `v` 發洩
- **vent**ilate `v` 通風
- **vent**ilation `n` 通風
- **vent**ilator `n` 通風設備

vent
風

- **aqua**tic `adj` 水的
- **aque**ous `adj` 水的
- **aqua**cade `n` 水上表演
- **aqua**rium `n` 水族館
- **aque**duct `n` 導水管
- **ewer** `n` 大口水瓶
- **sewer** `n` 下水道

aqua
水

單元MP3

- **hydro**gen n 氫
- **hydr**ate v 使吸收水份
- **hydr**ant n 消防栓
- **hydro**electric adj 水電的
- **hydro**lysis n 水解作用
- de**hydr**ate v 脫水

hydro
水

- **atm**osphere n 大氣層
- **atm**ospheric adj 大氣的

atm
蒸氣

- **electr**ic adj 電的
- **electr**ical adj 電的
- **electr**ician n 電工
- **electr**icity n 電
- **electr**onics n 電子學
- **electr**ology n 電學
- **electr**ify v 充電
- **electr**olysis n 電解
- **electr**ocute v 觸電致死

electr
電

- as**ton**ish v 使驚訝
- as**ton**ishment n 驚訝
- de**ton**ate v 爆裂
- de**ton**ation n 爆炸
- de**ton**ator n 炸藥
- s**tun** v 使目瞪口呆

ton
打雷

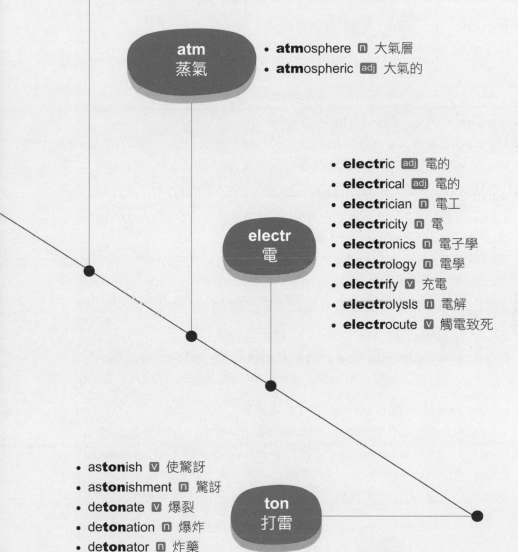

aer 空氣

- **aerial** [`ɛrɪəl] **adj** 空氣的；航空的
  If the Su-37 and the F-22 **engage in an *aerial* battle**, which do you think would win?
  Su-37戰機和F-22戰機空中交戰，你認為哪一架可能勝出？

- **aerobatic** [eərə`bætɪk] **adj** 特技飛行的
  The two fighter jets are **performing an *aerobatic* display** at the air base now.　兩架戰鬥機正在空軍基地表演特技飛行。

- **aerobic** [eə`robɪk] **adj** 有氧運動的
  ***Aerobic* exercise** has many benefits, one of which is to help you get stronger and fitter.
  有氧運動有很多益處，其中一個是讓你變得更強壯健康。

- **aerobics** [ˌeə`robɪks] **n** 有氧運動
  My nephew does *aerobics* with her best friends in the gym every day.　我姪子每天都和好友到健身房做有氧運動。

- **aeronautic** [ˌɛrə`nɔtɪk] **adj** 航空學的
  This course will engage the students in the study of ***aeronautic* design** and the science of aerodynamics.
  課程目的是讓學生投入航空設計和空氣動力學的研究。

anem 風

- **anemophilous** [ˌænə`mɑfələs] **adj** 風媒的
  Most ***anemophilous* flowering plants** have inconspicuous flowers.　大部分風媒授粉的開花植物，花朵都不顯眼。

- **anemograph** [ə`nɛməˌɡræf] **n** 風速計
  The ***anemograph***, an instrument designed by William Henry Dines, is used for measuring and recording the direction and force of the wind.
  風速計是威廉·亨利·戴恩斯所設計，用來測量記錄風向和強弱。

vent 風

- **vent** [vɛnt] **v** 發洩
  Don't **vent your frustration on** me, or you may lose a friend.
  不要把挫折發洩在我身上，否則你會失去一個朋友。

- **ventilate** [ˌvɛntl̩ˈet] **v** 通風
  It's dangerous for the elders to take a bath in **a poorly ventilated bathroom**.
  老人在通風不良的浴室洗澡很危險。

- **ventilation** [ˌvɛntl̩ˈeʃən] **n** 通風；通風設備
  We find that the basement has **poor ventilation**, which needs to be addressed quickly.
  我們發現地下室通風不好，需要盡快處理。

- **ventilator** [ˈvɛntl̩ˌetɚ] **n** 通風設備；氣窗；人工呼吸器
  The patient was diagnosed with community-acquired pneumonia and was **put on a ventilator**.
  病患被診斷出社區型肺炎後，就戴上人工呼吸器。

aqua 水

- **aquatic** [əˈkwætɪk] **adj** 水的；水生的
  Submerged aquatic plants play an important role in maintaining and protecting water quality in the pond.
  池塘內沉水水生植物在維護水質上扮演重要角色。

- **aqueous** [ˈekwɪəs] **adj** 水的
  An aqueous solution is comprised of at least two components—the solvent and the solute.
  水溶液至少包含兩種成分：溶劑和溶質。

- **aquacade** [ˈækwəˌked] **n** 水上表演
  Billy Rose's **aquacade** is a successful show in 1939's New York World's Fair.
  比利羅斯的水上表演在1939年的紐約世界博覽會相當成功。

- **aquarium**　[əˈkwɛrɪəm]　**n** 水族館；水族箱
  The traditional *aquarium* draws large numbers of visitors from far and wide.
  傳統水族館吸引各地遊客。

- **aqueduct**　[ˈækwɪˌdʌkt]　**n** 導水管；溝渠
  The local farmers were **funneling precious water** in ancient ***aqueducts*** to fields far away from the dams.
  當地農夫透過古代溝渠將寶貴水源引到遠離水壩的田地灌溉。

- **ewer**　[ˈjuɚ]　**n** 大口水瓶
  The waitress was carrying in a tray of drinks and ***ewers* of water and wine**.
  服務生端著一盤飲料和好幾壺的水和酒。

- **sewer**　[ˈsuɚ]　**n** 下水道；汙水管
  Once **a *sewer* pipe** is clogged, how do you repair it without digging?
  一旦汙水管阻塞，不開挖怎樣才能維修呢？

hydro 水

- **hydrogen**　[ˈhaɪdrədʒən]　**n** 氫
  The Moon has low ***hydrogen*** and carbon content.
  月球上的氫和碳含量很低。

- **hydrate**　[ˈhaɪdret]　**v** 使吸收水分；使成水合物
  This powerful facial moisturizer helps ***hydrate* the skin** on your face for up to nine hours, making your cheeks rosy and eyes bright.
  強效保濕乳液可以讓臉部保濕長達九小時，讓你臉頰紅潤、眼睛明亮。

- **hydrant**　[ˈhaɪdrənt]　**n** 消防栓
  You can watch the video and learn how to properly use **a fire *hydrant***.
  你可以觀看影片學習使用消防栓的適切方法。

- **hydroelectric** [ˌhaɪdroɪˈlɛktrɪk] adj 水電的；水力發電的
  At **hydroelectric power stations**, electricity is generated by transforming water pressure into kinetic energy.
  水力發電站利用水壓轉換成動能來發電。

- **hydrolysis** [haɪˈdrɑləsɪs] n 水解作用
  This study will focus on **enzymatic hydrolysis** of raw starch.
  研究焦點是複合酶水解生澱粉。

- **dehydrate** [diˈhaɪˌdret] v 脫水；使變乾
  Too much alcohol and coffee **dehydrates the body**.
  過量的酒和咖啡會使人體脫水。

atm 蒸氣

- **atmosphere** [ˈætməsˌfɪr] n 大氣層；大氣；氣氛
  There are some easy ways to **improve the atmosphere** taught in your class.
  有一些改善教室教學氛圍的簡單方法。

- **atmospheric** [ˌætməsˈfɛrɪk] adj 大氣的；藝術氣氛的
  It was reported that **the atmospheric conditions** are favorable for the development of thunderstorms this week.
  氣象報導本週大氣條件有利於雷雨的形成。

electr 電

- **electric** [ɪˈlɛktrɪk] adj 電的；刺激的
  The newlywed couple chose **an electric kettle** over a gas stove.
  新婚夫婦選了一組電水壺，而不買瓦斯爐。

- **electrical** [ɪˈlɛktrɪkl] adj 電的；與電有關的
  If you want to sell **electrical equipment**, you have to meet these requirements.
  如果你要販售電器設備，必須符合這些要求。

- **electrician** [ˌilɛk`trɪʃən]　**n** 電工
  You need to get **a competent *electrician*** to install the ceiling fans.
  你要找個稱職的電工來裝設天花板電扇。

- **electricity** [ˌilɛk`trɪsətɪ]　**n** 電；電力；電流
  To avoid ***electricity* rationing** during the peak period of power demand, the chief of power station made an eloquent appeal for energy conservation.
  為了避免用電顛峰期間限電，電力公司總裁強力呼籲節約能源。

- **electronics** [ɪlɛk`tranɪks]　**n** 電子學
  My son graduated from college with **a degree in *electronics***.
  我兒子大學畢業時取得電子學學位。

- **electrology** [ɪlɛk`traləd͡ʒɪ]　**n** 電學
  If you are seeking ***electrology* training programs**, you can click here to visit our website.
  如果你在找電學訓練課程，點擊這裡，然後進到我們的網頁。

- **electrify** [ɪ`lɛktrə͵faɪ]　**v** 充電；使帶電
  The east coast railway line between Hualien and Taitung has been ***electrified***.　東岸花東鐵路電氣化已經完成。

- **electrolysis** [ɪlɛk`traləsɪs]　**n** 電解
  The school offers courses in electrology and ***electrolysis***.
  學校開設電學和電解課程。

- **electrocute** [ɪ`lɛktrə͵kjut]　**v** 觸電致死
  A boy was found ***electrocuted*** on the railroad track.
  鐵軌上發現一名男童觸電死亡。

ton 打雷

- **astonish** [ə`stanɪʃ]　**v** 使驚訝
  My classmates **were *astonished* by** the amount of food I could eat.　我的同學對我食量這麼大十分訝異。

- **astonishment** [əˋstanɪʃmənt] n 驚訝

  To the *astonishment* of many of his colleagues, the financial advisor had an extramarital affair with a subordinate for more than a decade.

  讓許多同事訝異的是，理財顧問竟和下屬婚外情十多年。

- **detonate** [ˋdɛtə͵net] v 爆裂

  The man ***detonated* the bomb** on the train, which left 25 people injured.

  男子在火車上引爆炸彈，造成二十五人受傷。

- **detonation** [͵dɛtəˋneʃən] n 爆炸；爆炸聲

  You can view the location of thousands of successful nuclear ***detonations*** since 1945 on this interactive map.

  從這張互動式地圖可看到1945年之後數以千計的成功核爆地點。

- **detonator** [ˋdɛtə͵netɚ] n 炸藥；雷管

  A ***detonator*** for an explosive device and a remote control were discovered in the driver's bedroom.

  在駕駛臥室找到一個爆炸裝置的雷管和遙控器。

- **stun** [stʌn] v 使目瞪口呆

  News of the massive earthquake ***stunned* people** throughout the world.

  強震消息震驚全世界。

火與熱

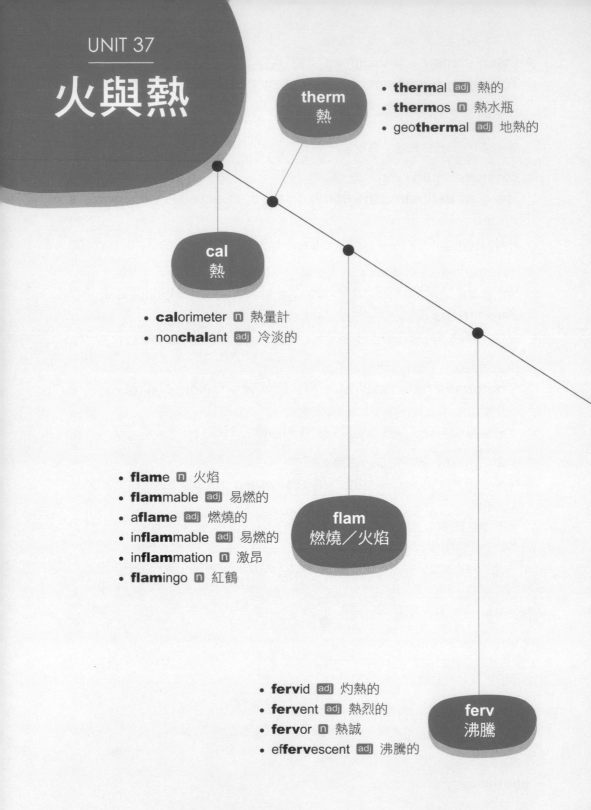

therm 熱

- **therm**al adj 熱的
- **therm**os n 熱水瓶
- geo**therm**al adj 地熱的

cal 熱

- **cal**orimeter n 熱量計
- non**chal**ant adj 冷淡的

flam 燃燒／火焰

- **flam**e n 火焰
- **flam**mable adj 易燃的
- a**flam**e adj 燃燒的
- in**flam**mable adj 易燃的
- in**flam**mation n 激昂
- **flam**ingo n 紅鶴

ferv 沸騰

- **ferv**id adj 灼熱的
- **ferv**ent adj 熱烈的
- **ferv**or n 熱誠
- ef**ferv**escent adj 沸騰的

ign
火

- **ign**ite Ⓥ 點燃
- **ign**ition Ⓝ 燃燒
- **ign**eous adj 火的

luc
光

- **luc**id adj 透明的
- **luc**idity Ⓝ 清晰
- e**luc**idate Ⓥ 說明
- nocti**luc**ent adj 夜間發光的
- trans**luc**ent adj 半透明的

lumin
光

- **lumin**ary Ⓝ 專家
- **lumin**ous adj 發亮的

- **photo**copy Ⓝ 影印
- **photo**graphy Ⓝ 攝影術
- **photo**grapher Ⓝ 攝影師
- **photo**therapy Ⓝ 光線療法

photo
光

cal 熱

- **calorimeter** [ˌkælə`rɪmətə] **n** 熱量計
  The number of calories in food can be measured using **a bomb *calorimeter***.
  使用彈式熱量計可以測量食物的卡路里含量。

- **nonchalant** [`nɑnʃələnt] **adj** 冷淡的
  Deborah shrugged **in a *nonchalant* manner** when questioned by her teacher.　黛博拉遭老師質問時冷漠地聳了聳肩。

therm 熱

- **thermal** [`θɝ-ml̩] **adj** 熱的；溫泉的
  Diamond and copper have **high *thermal* conductivity**.
  鑽石和銅的導熱係數高。

- **thermos** [`θɝ-məs] **n** 熱水瓶
  The company claims to have the world's most insulated **stainless steel *thermos***.　公司宣稱佔有全世界不鏽鋼熱水瓶的最大供應量。

- **geothermal** [ˌdʒio`θɝ-ml̩] **adj** 地熱的
  New Zealand and Iceland have an abundant supply of ***geothermal* energy**, which is almost free.
  紐西蘭和冰島擁有幾近免費的豐富地熱能源。

flam 燃燒／火焰

- **flame** [flem] **n** 火焰；燃燒
  The tour bus smashed into a roadside barrier on a national highway and **burst into *flames***.
  遊覽車撞上高速公路護欄，隨即陷入一片火海。

- **flammable** [`flæməbl̩] **adj** 易燃的；可燃的
  Ping pong balls are one of the household objects that are **highly *flammable***.
  乒乓球是其中一項高度易燃的居家用品。

- **aflame** [əˋflem]　adj 燃燒的
  The whole building was **aflame**.
  整棟建築物陷入一片火海。

- **inflammable** [ɪnˋflæməb̩l]　adj 易燃的；易激動的
  Petrol is **a highly inflammable liquid**.
  石油是高度易燃的液體。

- **inflammation** [ˏɪnfləˋmeʃən]　n 激昂；發炎
  An inflammation of the nose may be caused by allergy or infections.　鼻子發炎可能是過敏或感染所引起。

- **flamingo** [fləˋmɪŋgo]　n 紅鶴
  The mountains are home to many bird species, including **endangered flamingos**.
  這幾座山是瀕臨絕種的紅鶴等許多鳥類的棲息地。

ferv 沸騰

- **fervid** [ˋfɝvɪd]　adj 灼熱的；熱情的
  The councilor is **a fervid advocate** of free school lunches.
  議員是免費營養午餐政策的熱衷提倡者。

- **fervent** [ˋfɝvənt]　adj 熱烈的；強烈的
  The director of the community development association is **a fervent supporter** of the mayor.
  社區發展協會理事長是市長的熱情擁護者。

- **fervor** [ˏfɝvɚ]　n 熱誠；熱情
  The religious fervor of the local residents can be quite a shock for foreigners.　當地居民的宗教狂熱可能大大震撼外國人。

- **effervescent** [ˏɛfɚˋvɛsn̩t]　adj 沸騰的；興奮的
  Vitamin C effervescent tablets can reduce the risk of cancer, cardiovascular disease and stroke.
  維他命C發泡錠可降低罹患癌症、心血管疾病與中風的風險。

ign 火

- **ignite** [ɪg`naɪt] **v** 點燃;激起
  The cruelty of the man's act ***ignited a storm of protest*** on social media. 男子殘忍行徑在社群媒體上激起抗議浪潮。

- **ignition** [ɪg`nɪʃən] **n** 燃燒
  Now you can **switch the ignition on** and crank the engine over. 現在你可以打開點火開關,然後發動引擎。

- **igneous** [`ɪgnɪəs] **adj** 火的
  ***Igneous* rocks**, those that form when magma cools and hardens, are one of the three major rock types.
  熔岩冷卻硬化後形成的岩石叫火成岩,是三大岩類的一種。

luc 光

- **lucid** [`lusɪd] **adj** 透明的;清楚的
  We all acquired **a clear and *lucid* idea** of the plan.
  我們對計畫清晰明瞭。

- **lucidity** [lu`sɪdətɪ] **n** 清晰;清醒
  The biology professor's lecture combined **intellectual *lucidity*** and passion.
  生物學教授的演說熱情又明白易懂。

- **elucidate** [ɪ`lusəˌdet] **v** 說明;闡明
  You'll have to ***elucidate* your own goals**.
  你必須要闡明自己的目標。

- **noctilucent** [ˌnɑktə`lusənt] **adj** 夜間發光的
  The little girl is scared of **the *noctilucent* eyes** of a cat.
  小女孩對貓咪在夜間閃閃發亮的雙眸感到害怕。

- **translucent** [træns`lusnt] **adj** 半透明的
  I want to find ***translucent* cups** for my restaurant.
  我想要找些餐廳用的半透明杯子。

lumin 光

- **luminary** [`lumə͵nɛrɪ] **n** （某一領域的）專家，知名人士
  Luminaries of the art world assembled for the opening ceremony of the exhibition.
  藝術界大咖齊聚展覽開幕典禮。

- **luminous** [`lumənəs] **adj** （尤指在黑暗中）發亮的，放光的；夜光的
  The man, dressed in **bright luminous clothing**, was digging up the road.
  身穿鮮豔夜光服的男子在挖馬路。

photo 光

- **photocopy** [`fotə͵kɑpɪ] **n** 影印
  Please **make a photocopy** of the contract and send it back to me.
  麻煩影印一份合約，然後寄回給我。

- **photography** [fə`tɑgrəfɪ] **n** 攝影術
  Curiosity and confidence are two of the secret ingredients of **professional photography**.
  好奇心和自信心是專業攝影的兩個祕密成分。

- **photographer** [fə`tɑgrəfɚ] **n** 攝影師
  Sam is looking for **an amateur photographer** who can take pictures on Saturday.
  山姆在找星期六能夠拍照的業餘攝影師。

- **phototherapy** [͵fotə`θɛrəpɪ] **n** 光線療法
  Phototherapy for hair loss has received more attention.
  以光線治療落髮引起更多人注意。

礦物

ferr
鐵

- **ferr**ous adj 鐵的
- **ferr**oconcrete n 鋼筋混凝土
- **ferr**omagnetic adj 強磁性的
- **ferr**oalloy n 鐵合金

aur
金

- **aur**eate adj 金色的
- **aur**eole n 光環

- **carbo**n n 碳
- **carbo**hydrate n 碳水化合物
- **carbo**holic n 好吃甜食的人

carbo
煤／木炭

- **calc**ium n 鈣
- **calc**ify v 鈣化
- **calc**ulate v 評價
- **calc**ulation n 計算
- **calc**ulator n 計算機
- **calc**ulable adj 可計算的
- **calc**ulus n 微積分
- **chal**k n 粉筆

calc
石灰

單元MP3

lite
岩石

- **lith**ic adj 石頭的
- mega**lith**ic adj 巨石的
- mono**lith** n 巨石
- Neo**lith**ic adj 新石器時代的
- Paleo**lith**ic adj 舊石器時代的

petr
岩石

- **petr**ology n 岩石學
- **petr**ologist n 岩石學家
- **petr**ochemistry n 石油化學
- **petr**oleum n 石油
- **petr**oliferous adj 產油的

ston
石頭

- **ston**e n 石頭
- **ston**y adj 石頭的
- grave**ston**e n 墓碑
- hail**ston**e n 冰雹
- mile**ston**e n 里程碑
- touch**ston**e n 試金石

- **sal**t n 食鹽
- de**sal**t v 脫鹽
- **sal**inity n 鹽分
- **sal**iferous adj 含鹽的
- **sal**tern n 鹽田
- **sal**ine adj 鹽的
- **sal**ad n 沙拉
- **sal**ary n 薪水

sal
鹽

aur 金

- **aureate** [`ɔrɪɪt] **adj** 金色的；鍍金的
  This year, **the *aureate* dollar** features a horse on the front of the coin.
  今年推出的金幣正面以馬為主題。

- **aureole** [`ɔrɪol] **n** 光環
  The administrative clerk is condescending, talking down to everyone as though he were enveloped **in a golden *aureole***.
  行政辦事員態度倨傲，說話都從鼻孔出來，不仔細看的話，儼然是散發金光的活神仙呢！

ferr 鐵

- **ferrous** [`fɛrəs] **adj** 鐵的；含鐵的
  The map shows the distribution of ***ferrous* metals** in Brazilian soils.
  地圖顯示巴西土壤含鐵金屬的分布情況。

- **ferroconcrete** [`fɛro`kankrit] **n** 鋼筋混凝土
  It is not practical to build ***ferroconcrete* storage tank** at a location that is not convenient for employees to get to.
  鋼筋混凝土儲存槽建在員工不便到達的地點很不務實。

- **ferromagnetic** [ˌfɛromæg`nɛtɪk] **adj** 強磁性的
  Iron, cobalt, nickel, gadolinium, and dysprosium are ***ferromagnetic* substances**.
  鐵、鈷、鎳、釓、鏑都是鐵磁物質。

- **ferroalloy** [ˌfɛro`ælɔɪ] **n** 鐵合金
  The retired workers of the Liaoyang ***Ferroalloy*** Factory initiated the strike and pressed their demands with the Liaoyang city government for the release of detainees.
  遼陽鐵合金廠的退休員工發動罷工，堅持要求遼陽市政府釋放拘留者。

carbo 煤／木炭

- **carbon** [ˋkɑrbən] **n** 碳
  Reaching a national consensus will be essential if **the energy and carbon reduction project** is to succeed in practice.
  節能減碳計畫若要成功，凝聚全民共識非常重要。

- **carbohydrate** [ˌkɑrbəˋhaɪdret] **n** 碳水化合物
  In order to keep fit, I often keep track of the grams of **carbohydrates** in each food item.
  為了保持健康，我常留意每樣食物含有多少公克的碳水化合物。

- **carboholic** [ˌkɑrbəˋhɔlɪk] **n** 好吃甜食的人
  If you call someone a **carboholic**, you mean he has a sweet tooth.
  如果你稱呼一個人「碳水化合物中毒者」，意思是他是個愛吃甜食的人。

calc 石灰

- **calcium** [ˋkælsɪəm] **n** 鈣
  Eating more foods that are high in potassium and **calcium**, such as bananas, may be helpful in treating simple muscle cramps.
  多攝取香蕉等富含鉀和鈣的食物，或許有助於舒緩一般的肌肉抽筋。

- **calcify** [ˋkælsəˌfaɪ] **v** 鈣化；硬化；僵化
  The doctor found the patient had a piece of **calcified** cartilage that had come loose.
  醫生發現病人有一塊鈣化軟骨早已脫落。

- **calculate** [ˋkælkjəˌlet] **v** 評價；計算；估計
  Taxes should be **calculated** on the individual salary or income.
  稅金應以個人薪水或收入計算。

- **calculation** [ˌkælkjəˋleʃən] **n** 計算；預計
  All parties in the South China Sea disputes **have their own political calculations**.
  涉及南海爭議的各方都有各自的政治盤算。

- **calculator** [`kælkjə‚letɚ] **n** 計算機
  You are allowed to **use a *calculator*** on the GRE questions.
  美國研究生入學考試允許考生使用計算機。

- **calculable** [`kælkjələb!] **adj** 可計算的
  The employees are encouraged to **undertake *calculable* risks** in pursuit of a proper objective.
  公司鼓勵員工承擔可評估的風險，勇於追尋可行的目標。

- **calculus** [`kælkjələs] **n** 微積分；結石；牙垢；運算
  This is the best online **advanced *Calculus* course** I have seen.
  這是我看過最棒的線上高級微積分課程。

- **chalk** [tʃɔk] **n** 粉筆；白堊
  Students who are on duty need to **wipe off the *chalk*** with a blackboard eraser after class.
  下課後值日生要用板擦把粉筆灰擦掉。

lite 岩石

- **lithic** [`lɪθɪk] **adj** 石頭的；結石的；鋰的
  The excavation of **this prehistoric *lithic* quarry site** had little potential for contributing significant new archaeological information.
  開挖這個史前石器遺址沒有太大的考古貢獻。

- **megalithic** [‚mɛgə`lɪθɪk] **adj** 巨石的
  Alto-Alentejo has the highest density of ***megalithic* settlements** in Europe.
  奧托阿連特如省擁有歐洲密度最高的巨石聚落。

- **monolith** [`mɑnə‚lɪθ] **n** 巨石；整塊石料；龐然大物
  The new building looks like a ***monolith*** overlooking the bay.
  新建築物就像俯視港灣的巨石。

- **Neolithic** [ˌniə`lɪθɪk] [adj] 新石器時代的
Neolithic tools laid the foundation for many inventions for the following eras to come.
新石器時代的工具奠定將來幾世代的發明基礎。

- **Paleolithic** [ˌpelɪə`lɪθɪk] [adj] 舊石器時代的
The Paleolithic Age, or the Old Stone Age, was the time of the hunter-gatherers.
舊石器時代也叫the Old Stone Age，是採集者的年代。

petr 岩石

- **petrology** [pi`trɑlədʒɪ] [n] 岩石學
The professor's expertise is in **sedimentary petrology** and sedimentology.
教授研究專長是沉積岩石學和沉積學。

- **petrologist** [pi`trɑlədʒɪst] [n] 岩石學家
Joseph Paxson Iddings was considered **a distinguished igneous petrologist** of his era.
一般認為約瑟夫·帕克森·伊丁斯是他那時代傑出的火成岩石家。

- **petrochemistry** [ˌpɛtro`kɛmɪstrɪ] [n] 石油化學
The primary development areas includes bio-technology, nanotechnology and **petrochemistry**.
首要發展領域包括生物科技、奈米科技和石油化學。

- **petroleum** [pə`trolɪəm] [n] 石油
Petroleum is used to produce fuel for vehicles, and to produce plastics, paints, medicines, and soaps.
石油可用來製造交通工具燃料，也用來製造塑膠、油漆、藥物及肥皂。

- **petroliferous** [`pɛtrə`lɪfərəs] [adj] 產油的
The country possesses a **terrestrial petroliferous basin**.
這個國家有一個陸相含油氣盆地。

ston 石頭

- **stone**　[ston]　**n**　石頭

  There is **a stone wall** around the mansion.

  這座豪宅外圍有道石牆。

- **stony**　[`stonɪ]　**adj**　石頭的；多石的

  The travelers climbed the narrow **stony steps** in the fog to explore the royal palace.

  為了到皇宮一探究竟，遊客在霧中沿著狹窄石階摸上山。

- **gravestone**　[`grev͵ston]　**n**　墓碑

  The verse is inscribed on the woman's **gravestone**: "Memory is a golden chain, that binds us till we meet again."

  婦人的墓碑刻著：「記憶是一條金色鎖鍊，將你我緊緊繫在一起，直到來生再度相遇。」

- **hailstone**　[`hel͵ston]　**n**　冰雹

  Large hailstones have done the most damage downtown, where cars and rooftops have been smashed.

  大塊冰雹在鬧區造成最多損害，車子和屋頂都砸壞了。

- **milestone**　[`maɪl͵ston]　**n**　里程碑

  The law was hailed as **a milestone in the history** of women's rights advocacy.　這個法律被譽為女權運動歷史上的里程碑。

- **touchstone**　[`tʌtʃ͵ston]　**n**　試金石

  That's why abortion has become the **touchstone** of women's freedom in modern society.

  這就是為什麼墮胎已成為現代社會女性自由的試金石。

sal 鹽

● **salt** [sɔlt] n 食鹽；滋味
I often wonder why *salt* **and pepper** are mainstays of the western dinner table.
我常在想為什麼鹽和胡椒會成為西式料理不可或缺的調味料。

● **desalt** [diˋsɔlt] v 脫鹽；淡化
Scientists are trying to find an economical way to *desalt* the Pacific to alleviate the drought.
科學家一直要找出一個經濟的方法去淡化太平洋海水紓解乾旱。

● **salinity** [səˋlɪnətɪ] n 鹽分；鹹度；含鹽量
Evaporation **increases the *salinity*** of the water.
蒸發會增加水的鹽度。

● **saliferous** [səˋlɪfərəs] adj 含鹽的；產鹽的
The *saliferous* beds were drilled by a local company.
鹽床是由當地公司鑽探開採。

● **saltern** [ˋsɔltɚn] n 鹽田；製鹽廠
The salt was obtained from a *saltern* in Tainan.
這個鹽巴來自台南鹽田。

● **saline** [ˋselaɪn] adj 鹽的；含鹽的；鹹的
The doctor had me **on a *saline* drip** in the hospital for two days.
醫生要我待在醫院打兩天的生理食鹽水。

● **salad** [ˋsæləd] n 沙拉；萵苣；生菜
Fruit *salad* is the perfect accompaniment for a steak dinner.
水果沙拉和牛排晚餐是最佳組合。

● **salary** [ˋsælərɪ] n 薪水 v 付……薪水
The female employee strove for **an increase in *salary***.
女員工為了加薪而努力。

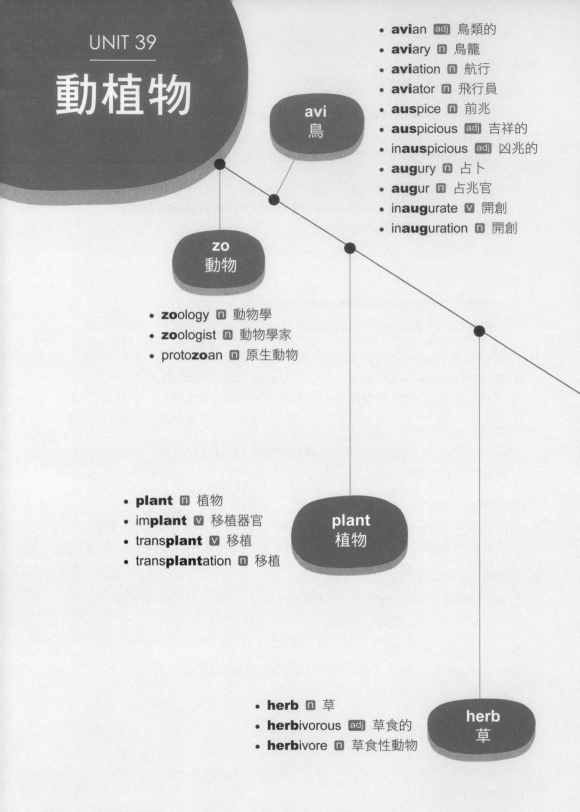

UNIT 39

動植物

avi
鳥

- **avi**an adj 鳥類的
- **avi**ary n 鳥籠
- **avi**ation n 航行
- **avi**ator n 飛行員
- **aus**pice n 前兆
- **aus**picious adj 吉祥的
- in**aus**picious adj 凶兆的
- **aug**ury n 占卜
- **aug**ur n 占兆官
- in**aug**urate v 開創
- in**aug**uration n 開創

zo
動物

- **zo**ology n 動物學
- **zo**ologist n 動物學家
- proto**zo**an n 原生動物

- **plant** n 植物
- im**plant** v 移植器官
- trans**plant** v 移植
- trans**plant**ation n 移植

plant
植物

- **herb** n 草
- **herb**ivorous adj 草食的
- **herb**ivore n 草食性動物

herb
草

semin
種子

- **semin**ar n 研討會
- **semin**al adj 種子的
- **semin**ary n 神學院
- dis**semin**ate v 傳播
- dis**semin**ation n 傳播

germ
芽

- **germ**inate v 發芽
- **germ**ination n 發芽
- **germ** n 細菌
- **germ**y adj 充滿細菌的
- **germ**-free adj 無菌的

radic
根

- **radic**al adj 基本的
- e**radic**ate v 根絕
- e**radic**able adj 可根除的

flor
花

- **flor**a n 植物群
- **flor**iferous adj 開花的
- **flor**ist n 花匠
- **flour**ish v 茂盛
- **flower**y adj 花狀的

zo 動物

- **zoology** [zoˋɑlədʒɪ] **n** 動物學
  Zoology explores a wide range of fascinating animals and their ecology.
  動物學探討各種令人著迷的動物及他們的生態。

- **zoologist** [zoˋɑlədʒɪst] **n** 動物學家
  Jane Goodall, a *zoologist* from London, devoted her life to living among the wild mountain chimps.
  來自倫敦的動物學家珍古德，奉獻一生與野生猩猩共處。

- **protozoan** [ˌprotəˋzoən] **n** 原生動物
  Amoebas, only made up of a single cell, eat algae, bacteria, plant cells, and **microscopic *protozoa*** and metazoa.
  阿米巴原蟲由單一細胞所構成，以海藻、細菌、植物細胞、微小的原生動物及後生動物當食物。

avi 鳥

- **avian** [ˋevɪən] **adj** 鳥類的
  Traveling to countries with *avian* **flu outbreaks** is not restricted, but direct contact with poultry, wild birds, and farms should be avoided.
  政府未禁止到禽流感疫情國家旅遊，但應避免家禽、野鳥和農場直接接觸。

- **aviary** [ˋevɪˌɛrɪ] **n** 鳥籠
  You can keep your birds **in the *aviary***.
  你可將鳥養在鳥籠內。

- **aviation** [ˌevɪˋeʃən] **n** 航行
  We are one of the world's leading supplier of **world-class** *aviation* **fuels** and lubricants.
  我們是領先全球的世界級航空燃料和潤滑油大型供應商之一。

- **aviator** [ˋevɪˌetɚ] 🅝 飛行員
Martha West, **a pioneering *aviator***, is thought to be the first licensed woman pilot in Richmond.
瑪莎衛斯特是飛行先驅，大家認為她是里奇蒙第一位取得駕駛執照的女性。

- **auspice** [ˋɔspɪs] 🅝 前兆；在……幫助下
This year we will continue strengthening our cooperation with other industries **under the *auspices* of** an NGO.
今年我們將於非政府組織協助下持續加強與其他企業合作。

- **auspicious** [ɔˋspɪʃəs] 🄰🄳🄹 吉祥的
The campaign was hardly **an *auspicious* start**.
這場戰役一開打就顯露凶兆。

- **inauspicious** [ˌɪnɔˋspɪʃəs] 🄰🄳🄹 凶兆的
According to superstition, both 2015 and 2016 are ***inauspicious* years** for marriage.
按照迷信的說法，2015年和2016年都是結婚凶年。

- **augury** [ˋɔgjərɪ] 🅝 占卜
The biggest victory seems to be **a good *augury*** for all our futures.
獲得最大勝利似乎是未來的好兆頭。

- **augur** [ˋɔgɚ] 🅝 占兆官；預言家
Brexit won't ***augur* well** for Europe and the United States.
歐洲和美國受英國脫歐事件影響，前景都不被看好。

- **inaugurate** [ɪnˋɔgjəˌret] 🅥 開創；就任
Emperor Taizong of the Tang Dynasty ***inaugurated* a new era of greatness** in Chinese history.
唐太宗開創中國歷史上一個全新盛世。

- **inauguration** [ɪnˌɔgjəˋreʃən] 🅝 開創；就職典禮
The newly-elected president took his oath of office during **an *inauguration* ceremony** in May.
新任總統於五月份宣誓就職典禮。

【說明】拉丁字母u和v不區分，因此av和au兩種拼法皆通行。

plant 植物

- **plant** [plænt] n 植物；工廠
Most of **the dead *plant*** and animal residues can be decomposed by microorganisms.
大部分植物殘體和動物殘骸都可被微生物分解。

- **implant** [ɪm`plænt] v 移植器官；插植
An artificial pacemaker is typically ***implanted*** in the upper chest cavity.
心律調節器通常會植入上胸腔。

- **transplant** [træns`plænt] v 移植；移居
The flowers will be ***transplanted*** inside a greenhouse to observe their growth.
這些花將移植到溫室以觀察生長情形。

- **transplantation** [ˌtrænsplæn`teʃən] n 移植；移植物體；移居
***Transplantation* of organs** from a living person is permissible in critical situations, but it still raises ethical concerns.
儘管倫理上有爭議，危急情況仍允許活體器官移植。

herb 草

- **herb** [hɝb] n 草；草藥
Fresh *herbs* can bring a recipe alive.
新鮮藥草可使這道食譜鮮活起來。

- **herbivorous** [hɝ`bɪvərəs] adj 草食的
Many animals are naturally disposed to **a *herbivorous* diet**, such as earthworms and kakapos.
很多動物天生傾向草食性，像是蚯蚓和鸚鵡。

- **herbivore** [`hɝbəˌvɔr] n 草食性動物
Rhinoceroses, hippopotamuses, and llamas are ***herbivores***.
犀牛、河馬和大羊駝都是草食性動物。

semin 種子

- **seminar** [ˋsɛməˏnɑr] **n** 研討會
  I liked to attend lectures and **seminars** when I was a graduate student.
  我念研究所時喜歡聽演講和出席研討會。

- **seminal** [ˋsɛmənl̩] **adj** 種子的；有潛力的
  The Chief Financial Officer **plays a seminal role in** the formation of the company.
  財務長在公司草創階段擔任要角。

- **seminary** [ˋsɛməˏnɛrɪ] **n** 神學院；溫床
  The **seminary** is committed to the pursuit of the highest standards of academic performance and Christian values.
  神學院致力追尋高標準的學業表現和基督教價值。

- **disseminate** [dɪˋsɛməˏnet] **v** 傳播；散布
  It's our mission to **disseminate information** about food safety.
  宣傳食安資訊是我們的任務。

- **dissemination** [dɪˏsɛməˋneʃən] **n** 傳播；散布
  The organization makes efforts to enhance **the dissemination of information** of public interest through social media technologies.
  機構致力於運用社群媒體科技提升大眾利益相關資訊的傳遞效能。

germ 芽

- **germinate** [ˋdʒɝməˏnet] **v** 發芽；產生
  If you learn how to **germinate seeds**, you don't need to buy seedlings.
  學會怎麼讓種子發芽就不用買種苗。

- **germination** [ˏdʒɝməˋneʃən] **n** 發芽；產生
  Light and water can influence **seed germination**.
  光和水會影響種子發芽。

- **germ** [dʒɝm] **n** 細菌
Clothes and towels can **spread *germs***, and so does a handshake.
衣服和毛巾會散播細菌，握手也會。

- **germy** [ˋdʒɝmɪ] **adj** 充滿細菌的
Your desk, one of **the *germy* places** in your home, can be filled with germs.
你的桌子是家裡其中一個藏汙納垢的地方，也可能滿布細菌。

- **germ-free** [ˋdʒɝmˌfri] **adj** 無菌的
The surgery was performed in an enclosed, ***germ-free* environment**.
手術在密閉無菌的環境中進行。

radic 根

- **radical** [ˋrædɪkl̩] **adj** 基本的；主要的；最初的
Margaret Thatcher, the "Iron Lady" of British politics, was known as **a *radical* reformer**.
英國政治史上的「鐵娘子」柴契爾夫人是知名的激進改革者。

- **eradicate** [ɪˋrædɪˌket] **v** 根絕；消滅
My proposed solution to ***eradicate* corruption** is education.
要根絕腐敗，我建議的解決方式是教育。

- **eradicable** [ɪˋrædɪkəbl̩] **adj** 可根除的，可拔除的
These *eradicable* diseases are on the brink of extinction, thanks to breakthroughs in science.
由於科學的突破，這些可根除的疾病已是滅絕邊緣。

flor 花

- **flora** [ˋflorə] **n** 植物群；植物區系；花神
In spring, there is often rich **herbaceous *flora*** in our garden.
一到春天，我們的花園就長滿草本植物群。

- **floriferous** [flɔ`rɪfərəs] adj 開花的
  The *floriferous* plants will not have any flowers due to the lack of nutrients.
  開花植物缺乏營養，一朵花都長不出來。

- **florist** [`flɔrɪst] n 花匠；花店
  Local *florists* can give you something the Internet flower shops can't.
  當地花店可提供網路花店買不到的品項。

- **flourish** [`flɝɪʃ] v 茂盛；繁榮
  The country began to ***flourish*** in post-war years.
  國家在戰後幾年開始興盛。

- **flowery** [`flaʊərɪ] adj 花狀的；百花齊放的
  You will see many students sitting on **a *flowery* meadow**.
  你可以看到許多學生坐在花朵綻放的草地上。

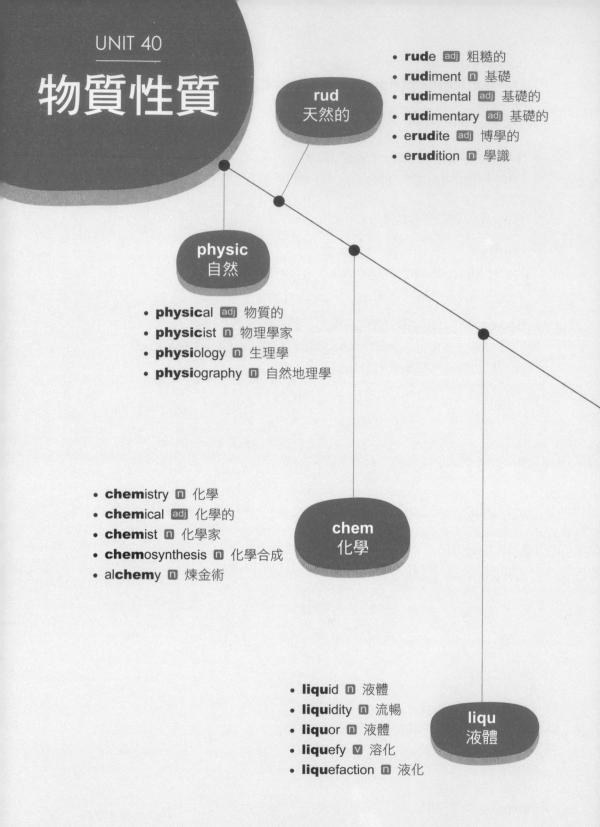

UNIT 40

物質性質

rud
天然的

- **rud**e adj 粗糙的
- **rud**iment n 基礎
- **rud**imental adj 基礎的
- **rud**imentary adj 基礎的
- e**rud**ite adj 博學的
- e**rud**ition n 學識

physic
自然

- **physic**al adj 物質的
- **physic**ist n 物理學家
- **physi**ology n 生理學
- **physi**ography n 自然地理學

chem
化學

- **chem**istry n 化學
- **chem**ical adj 化學的
- **chem**ist n 化學家
- **chem**osynthesis n 化學合成
- al**chem**y n 煉金術

liqu
液體

- **liqu**id n 液體
- **liqu**idity n 流暢
- **liqu**or n 液體
- **liqu**efy v 溶化
- **liqu**efaction n 液化

tox
毒

- **tox**in n 毒素
- **tox**icant n 毒物
- **tox**icity n 毒性
- **tox**ic adj 有毒的
- anti**tox**ic adj 抗毒性的
- in**tox**icate v 使中毒
- de**tox**ify v 解毒
- de**tox**ification n 解毒
- **tox**icology n 毒物學
- **tox**icologist n 毒物專家

oxy
酸的／強烈的

- **oxy**gen n 氧
- di**ox**ide n 二氧化物
- **oxy**genation n 氧化作用
- **ox**idize v 氧化
- par**oxy**sm n 發作
- **oxy**moron n 矛盾修飾法

solid
堅固的

- **solid** adj 固體的
- **solid**ity n 固體性質
- **solid**ify v 使凝固
- **sol**der n 焊接劑
- **sol**dier n 軍人
- **sol**emn adj 嚴肅的
- **sol**emnlty n 嚴肅
- con**solid**ate v 鞏固
- con**solid**ation n 鞏固

firm
堅定的／堅固的

- **firm** adj 穩固的
- af**firm** v 斷言
- af**firm**ative adj 肯定的
- con**firm** v 使更堅固
- disaf**firm** v 反駁
- in**firm** adj 虛弱的
- in**firm**ary n 療養所

physi 自然

- **physical** [ˋfɪzɪkl̩] adj 物質的；身體的；物理學的
The lions and tigers are armed **with superior *physical* strength**, but not armed with superior wit.
獅子及老虎具力氣上的優勢，但沒有智能上的優勢。

- **physicist** [ˋfɪzɪsɪst] n 物理學家
Modern *physicists* are less famous with the general public because most work is done in collaboration rather than with individual effort.
普羅大眾對現代物理學家較不熟悉，因為研究大多是通力完成，而非獨立完成。

- **physiology** [ˌfɪzɪˋɑlədʒɪ] n 生理學；生理機能
Prayer and meditation are believed to alter and enhance **the *physiology* of the brain**.
普遍相信禱告和靜坐可改善腦部機能。

- **physiography** [ˌfɪzɪˋɑgrəfɪ] n 自然地理學
Subsequent erosion created **the present *physiography*** of a sub-glacial lake.
隨之而來的侵蝕造就冰河湖的現今地貌。

rud 天然的

- **rude** [rud] adj 粗糙的；粗暴的
I thought it ***rude*** to treat a host this way, who had sincerely invited you to join the Halloween party.
對一位誠摯邀請你來參加萬聖節派對的主人來說，我覺得你這樣做很沒禮貌。

- **rudiment** [ˋrudəmənt] n 基礎
The lecturer taught the students **the *rudiments* of speaking and listening**.
講師教導學生演說和聽力基礎。

- **rudimental** [rudə`mɛntl̩] `adj` 基礎的；初期的
The school offers several fundamental courses to students who are deficient in **rudimental abilities**.
學校為基本能力不足的學生開設幾門基礎科目。

- **rudimentary** [ˌrudə`mɛntəri] `adj` 基礎的；初期的
My niece's knowledge in science is still only **rudimentary**.
我姪女的音樂知識仍處於入門階段。

- **erudite** [`ɛrʊˌdaɪt] `adj` 博學的
The presenter could easily turn any conversation into **an erudite discussion**.
主持人能夠輕易將任何談話變成深度的知性討論。

- **erudition** [ˌɛrjʊ`dɪʃən] `n` 學識；博學
Confucian Analects is indeed **a work of great erudition**, and indisputably of great influence to mankind.
《論語》的確是一部偉大作品，無庸置疑地對人類影響深遠。

chem 化學

- **chemistry** [`kɛmɪstrɪ] `n` 化學
Our **chemistry teacher** was on a one-month sick leave, so the principal had to find a teacher to substitute for her.
我們化學老師請一個月病假，校長必須找代課老師。

- **chemical** [`kɛmɪkl̩] `adj` 化學的
The Universe consists of **chemical compositions**, such as the hydrogen and helium produced in the Big Bang.
宇宙含有許多化學物質，像是宇宙初成的大霹靂爆炸所形成的氫和氦。

- **chemist** [`kɛmɪst] `n` 化學家
The forensic chemists were collecting non-biological trace evidence found at crime scenes in order to identify the criminal.
為了辨識罪犯，鑑識化學家一直在犯罪現場採集非生物微量證據。

- **chemosynthesis** [ˌkɛmoˋsɪnθəsɪs] **n** 化學合成
In the bottomless abyss, ***chemosynthesis*** takes the place of photosynthesis.
在無底深淵內，化學合成作用取代光合作用。

- **alchemy** [ˋælkəmɪ] **n** 煉金術
The fashion designer, Jason Wu, by some **extraordinary *alchemy***, transformed the plain fabric and cloth into the most valuable dress.
時尚設計師吳季剛，魔術般地把樸素布料變成最珍貴的洋裝。

liqu 液體

- **liquid** [ˋlɪkwɪd] **n** 液體；流音
You should drink **plenty of *liquids*** to prevent dehydration in the heat of the summer.
在酷熱的夏天，你應多補充水分以防脫水。

- **liquidity** [lɪˋkwɪdətɪ] **n** 流暢；流動性
Money was tied up in unpaid invoices, causing serious ***liquidity* problems** for the small company.
金錢遭未付款發票套牢，造成小公司嚴重金流問題。

- **liquor** [ˋlɪkɚ] **n** 液體；酒
Females **consume more *liquor* and wine** than males in this country.
該國女性飲酒量多於男性。

- **liquefy** [ˋlɪkwəˌfaɪ] **v** 溶化；液化
When using **the *liquefied* petroleum gas**, you have to be on high alert.　使用液化石油氣時要提高警覺。

- **liquefaction** [ˌlɪkwɪˋfækʃən] **n** 液化；溶解
The list of zones potentially vulnerable to **soil *liquefaction*** officially went online on Monday.
土壤液化潛勢區清單，於星期一公布上網。

tox 毒

- **toxin** [`tɑksɪn] **n** 毒素
  The product, however, contains **a harmful hormonal *toxin*** linked to breast and prostate cancer.
  然而，產品含有導致乳癌和前列腺癌的荷爾蒙毒素。

- **toxicant** [`tɑksɪkənt] **n** 毒物
  We are exposed to a great variety of **environmental *toxicants*** or carcinogens, which are found everywhere, including food, clothing, and housing.
  我們被迫接觸大量環境毒物和致癌物，食、衣、住等方面都有。

- **toxicity** [tɑk`sɪsətɪ] **n** 毒性
  There are no **life-threatening *toxicities*** or adverse reactions being reported with the use of this drug.
  沒有任何藥物使用上有危及性命的毒性或不良反應的報導。

- **toxic** [`tɑksɪk] **adj** 有毒的；中毒的
  More and more people are being put at risk of serious health problems from exposure to ***toxic* waste**.
  越來越多人暴露在有毒廢棄物中，陷入嚴重的健康危機。

- **antitoxic** [ˌæntɪ`tɑksɪk] **adj** 抗毒性的
  The folk medicine is reported to have ***antitoxic* properties**.
  據報導，這個民俗療法有抗毒特性。

- **intoxicate** [ɪn`tɑksəˌket] **v** 使中毒；使喝醉
  The actuary was charged with driving while ***intoxicated***.
  保險精算師被控酒駕。

- **detoxify** [di`tɑksəˌfaɪ] **v** 解毒
  To help him come off drugs, we have to ***detoxify*** in his surrounding environment.
  為了協助戒毒，我們必須排除他周遭環境的毒素。

- **detoxification**　[di͵taksəfəˈkeʃən]　🄝 解毒
Flaxseeds, apples, and garlic have been proven highly effective in aiding the process of **detoxification** within our body.
科學已證實亞麻子、蘋果及大蒜具有極佳的體內排毒功效。

- **toxicology**　[͵taksɪˈkalədʒɪ]　🄝 毒物學
The study of the effects of drugs, chemicals, and other substances on living organisms is called **toxicology**.
研究藥物、化學物質及其他物質對生物體造成的影響的學問稱為毒物學。

- **toxicologist**　[͵taksɪˈkalədʒɪst]　🄝 毒物專家
Renowned Taiwanese **toxicologist** Lin Chieh-liang died of multiple organ failure caused by a lung infection.
台灣知名毒物專家林杰樑因肺部感染死於多重器官衰竭。

oxy 酸的／強烈的

- **oxygen**　[ˈaksədʒən]　🄝 氧
Water is a compound of hydrogen and **oxygen**, but it's unlike these two gases.　水是氫氧化合物，但特質異於這兩種氣體。

- **dioxide**　[daɪˈaksaɪd]　🄝 二氧化物
There is a cost-efficient method to monitor the storage of **carbon dioxide** deep underground.
有一個有效節省成本的方法來監控存放地底的二氧化碳。

- **oxygenation**　[͵aksədʒəˈneʃən]　🄝 氧化作用
"ECMO" is abbreviated from "Extra-Corporeal Membrane **Oxygenation**."
ECMO（葉克膜）是 Extra-Corporeal Membrane Oxygenation（體外膜氧合器）的縮寫。

- **oxidize**　[ˈaksə͵daɪz]　🄥 氧化
Like apples, the flesh will **oxidize** and start to turn rancid when exposed to the air.
像蘋果一樣，肉類暴露在空氣中會氧化和開始變酸。

- **paroxysm** [ˈpærəksˌɪzəm] **n** 發作
The event host faltered in **a sudden *paroxysm* of fear**.
一陣突如其來的恐懼讓司儀結結巴巴。

- **oxymoron** [ˌɑksɪˈmɔrɑn] **n** 矛盾修飾法
An ***oxymoron*** is a rhetorical figure by which a locution produces a seemingly self-contradictory effect.
矛盾修飾法是一種修辭技巧，在語言表達上產生看似自相矛盾的效果。

solid 堅固的

- **solid** [ˈsɑlɪd] **adj** 固體的；堅固的
The interior designer preferred ***solid* hardwood furniture**.
室內設計師偏好堅固的實木家具。

- **solidity** [səˈlɪdɪtɪ] **n** 固體性質；實質
The director of the food & beverage department exuded an aura of **reassuring *solidity***.
餐飲部總監流露一股值得信賴的氣質。

- **solidify** [səˈlɪdəˌfaɪ] **v** 使凝固；團結
Phonolite rock is formed when molten volcanic lava ***solidifies***.
響岩是火山熔岩凝固後形成的。

- **solder** [ˈsɑdɚ] **n** 焊接劑
The silversmith used ***solders***, which are currently banned from usage.
鐵匠在用已禁用的焊接劑。

- **soldier** [ˈsoldʒɚ] **n** 軍人；士兵
Soldiers were patrolling both in the bush and in the villages.
士兵在樹叢及村落裡巡視。

- **solemn** [ˈsɑləm] **adj** 嚴肅的；莊重的
The teacher tried to **put on a *solemn* face**, but I was not quite sure if it worked.
老師試著扳起臉孔，但我不知道這樣做是不是有效。

- **solemnity**　[sə`lɛmnətɪ]　**n** 嚴肅；莊重；儀式
Please be respectful to the **solemnity** of U.S. Holocaust Museum and avoid playing Pokémon GO.
請尊重美國大屠殺紀念館的莊嚴肅穆，不要在館內玩「精靈寶可夢」遊戲。

- **consolidate**　[kən`sɑlə,det]　**v** 鞏固；強化
Recep Tayyip Erdoğan has been **consolidating his hold on** power during his term of presidency.
熱傑甫·塔伊甫·艾爾多安在總統任期內持續加強權力控制。

- **consolidation**　[kən,sɑlə`deʃən]　**n** 鞏固；團結
The industry entered **a period of consolidation** in the global market in 2015.
企業在2015年進入全球市場的鞏固發展階段。

firm 堅定的／堅固的

- **firm**　[fɝm]　**adj** 穩固的；固定的
Building a house **without firm foundations** is definitely a disaster and gives it a strong chance of collapsing.
房子地基不牢固絕對是災難，隨時倒塌的機率很高。

- **affirm**　[ə`fɝm]　**v** 斷言；肯定；證實
The court **affirmed that** the suspect was innocent of all charges related to the death of the woman.
法院已經還給嫌犯清白，女子的死與他無關。

- **affirmative**　[ə`fɝmətɪv]　**adj** 肯定的；正面的；贊成的
The client gave the company **an affirmative answer**, not a negative answer.
客戶正面回覆公司，而非負面回覆。

- **confirm**　[kən`fɝm]　**v**　使更堅固；證實；使有效；批准
  The report has **confirmed that** the terror attack was completely preventable.
  報告證實這場恐怖攻擊可以事先徹底防範。

- **disaffirm**　[ˌdɪsə`fɝm]　**v**　反駁；取消
  Minors have been entitled to **disaffirm a contract** after they reach the voting age.
  未成年人達投票年齡時有權撤銷合約。

- **infirm**　[ɪn`fɝm]　**adj**　虛弱的；優柔寡斷的
  My grandma was too **elderly and infirm** to live alone.
  我奶奶年紀太大，身體太虛弱，無法獨自生活。

- **infirmary**　[ɪn`fɝmərɪ]　**n**　療養所；醫院
  An inmate is allowed to go to a hospital for treatment only when it is more specialized than **the prison infirmary**.
  醫院較監獄醫院專業時，才會允許受刑人保外就醫。

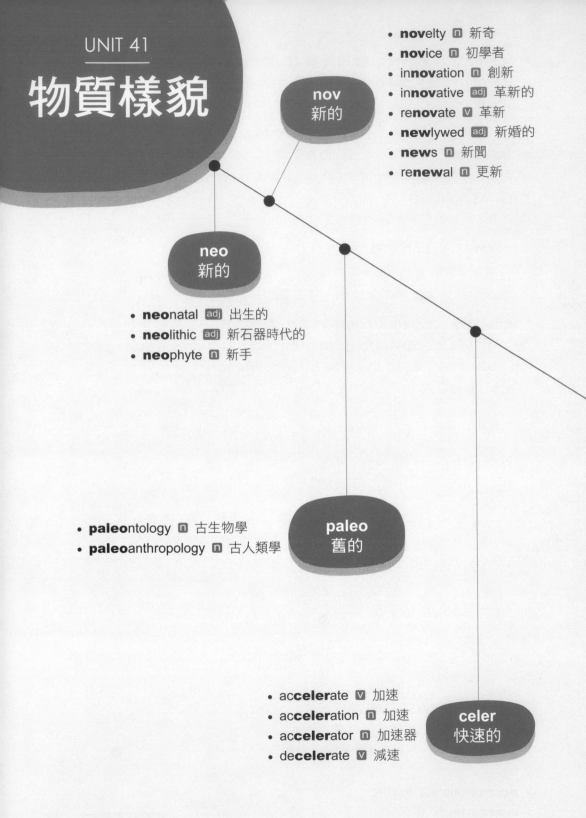

UNIT 41

物質樣貌

nov
新的

- **nov**elty 🄝 新奇
- **nov**ice 🄝 初學者
- in**nov**ation 🄝 創新
- in**nov**ative 🄐🄳🄹 革新的
- re**nov**ate 🅅 革新
- **new**lywed 🄐🄳🄹 新婚的
- **new**s 🄝 新聞
- re**new**al 🄝 更新

neo
新的

- **neo**natal 🄐🄳🄹 出生的
- **neo**lithic 🄐🄳🄹 新石器時代的
- **neo**phyte 🄝 新手

- **paleo**ntology 🄝 古生物學
- **paleo**anthropology 🄝 古人類學

paleo
舊的

- ac**celer**ate 🅅 加速
- ac**celer**ation 🄝 加速
- ac**celer**ator 🄝 加速器
- de**celer**ate 🅅 減速

celer
快速的

cav
中空的

- **cav**e n 洞穴
- **cav**ern n 大穴
- con**cave** adj 使成凹面
- ex**cav**ate v 挖掘
- ex**cav**ator n 挖土機

vac
空的

- **vac**ate v 空出
- **vac**ation n 假期
- **vac**ancy n 空虛
- **vac**uum n 真空
- e**vac**uate v 撤離
- **vain** adj 徒然的
- **van**ish v 消失
- a**void**ance n 迴避
- de**void** adj 缺乏的

crypt
隱藏的

- **crypt**ic adj 隱藏的
- en**crypt**ed v 把……加密
- **crypt**onym n 假名
- **crypt**ogram n 密碼暗號

- **ac**uity n 思想、感覺敏銳
- **ac**umen n 理智
- **ac**upuncture n 針灸
- **ac**id n 酸
- **ac**rid adj 刺鼻的
- **ac**rimonious adj 激烈的
- ex**ac**erbate v 使惡化

ac
尖銳的

neo 新的

- **neonatal** [ˌniˈoˈnetl̩] **adj** 出生的
  The **neonatal** unit in this hospital is adequately equipped and resourced to care for the sick and premature babies.
  醫院新生兒科有足夠的設備和資源照顧生病早產兒。

- **neolithic** [ˌniəˈlɪθɪk] **adj** 新石器時代的
  Neolithic tools and weapons were mainly made of hard stones and were shaped by polishing and grinding.
  新石器時代的工具和武器主要是把堅硬石頭研磨成想要的形狀而來。

- **neophyte** [ˈniəˌfaɪt] **n** 新手；初學者
  The dance classes are only offered to the **neophytes**.
  舞蹈課只開放給初學者。

nov 新的

- **novelty** [ˈnɑvl̩tɪ] **n** 新奇；新奇物品
  The **novelty** of these new smartphones soon wore off.
  新手機的新鮮感很快就消失殆盡。

- **novice** [ˈnɑvɪs] **n** 初學者；新手
  The **novice** detective presupposed some level of investigation on the murder case.
  新手偵探對謀殺案做了某種程度的調查以推理犯案過程。

- **innovation** [ˌɪnəˈveʃən] **n** 創新；新發明
  If the store wants to remain competitive, it must **encourage innovation**.
  店家要保有競爭力就必須鼓勵創新。

- **innovative** [ˈɪnoˌvetɪv] **adj** 革新的；創新的
  Those **innovative** ideas and methods are beyond awesome.
  創新點子跟方法實在太棒啦！

- **renovate**　[`rɛnə͵vet]　**v** 革新；修補
The dairy farmer **renovated the old farmhouse** for a successful sale.
酪農整修老舊農舍，希望賣個好價錢。

- **newlywed**　[`njulɪ͵wɛd]　**adj** 新婚的
The newlywed couple spent almost all their savings on a newly decorated house!
新婚夫婦幾乎花光積蓄買一棟新裝潢房子！

- **news**　[njuz]　**n** 新聞；消息；新聞報導；新事件
The woman **had no news of** her son since he left for Africa.
兒子去非洲之後，婦人再也沒有他的消息。

- **renewal**　[rɪ`njuəl]　**n** 更新；修補；展期
There is a crucial need for **urban renewal programs.**
我們亟需都市更新計畫。

paleo　舊的

- **paleontology**　[͵pelɪan`talədʒɪ]　**n** 古生物學
Paleontology is the study of the evolutionary history of life on Earth, as represented by their fossils.
古生物學是根據生物化石研究地球生物演化歷史的學科。

- **paleoanthropology**　[͵pelɪo͵ænθrə`palədʒɪ]　**n** 古人類學
Paleoanthropology is the study of prehistoric human past through the analysis of remains, artwork, or footprints.
古人類學是藉由古人類遺骸、藝術品及腳印來研究史前人類。

celer　快速的

- **accelerate**　[æk`sɛlə͵ret]　**v** 加速；促進
Artificial lighting can also **accelerate the growth** of plants.
人工照明也能加快植物成長。

- **acceleration**　[æk͵sɛlə`reʃən]　**n** 加速；加速度；促進
The mud from the typhoon has **hampered the truck's *acceleration***.
颱風帶來的泥漿讓卡車無法加速前進。

- **accelerator**　[æk`sɛlə͵retɚ]　**n** 加速器；觸媒劑
Anger and envy are **the main *accelerators*** of human aging.
生氣和忌妒加速人類老化。

- **decelerate**　[di`sɛlə͵ret]　**v** 減速；減緩
The business growth ***decelerated*** in the fourth quarter of last year.
去年第四季的業務成長速度趨緩。

cav　中空的

- **cave**　[kev]　**n** 洞穴；地窖
Cueva de Altamira is one of Europe's most extraordinary
prehistoric *caves* and caverns.
阿爾塔米拉洞是歐洲最令人稱奇的史前洞穴之一。

- **cavern**　[`kævɚn]　**n** 大穴；大洞
The adventurer lost his way **in the *cavern*** and eventually starved
to death.
探險家在巨大洞穴迷路，最後餓死。

- **concave**　[`kankev]　**adj** 使成凹面；凹的；凹面的
Telescopes with ***concave* lenses** are easily recognizable due to
their shape.　凹面望遠鏡形狀很好辨認。

- **excavate**　[`ɛkskə͵vet]　**v** 挖掘；開鑿
The police search team started to ***excavate* a hole** in the
backyard.
警方搜救隊在後院開挖一個坑。

- **excavator**　[`ɛkskə͵vetɚ]　**n** 挖土機；開鑿者；鑽孔器
The ***excavator*** is busy cleaning up bricks and stones on the
constuction site.　挖土機正忙著清除工地磚塊和石頭。

vac 空的

- **vacate** [ˋveket] **v** 空出；解除職位；使作廢；取消契約
  All the graduates must **vacate their rooms** on the day after commencement.
  所有畢業生必須在畢業典禮隔天清空宿舍。

- **vacation** [veˋkeʃən] **n** 假期；空缺
  The manager went to New Zealand **on vacation** with several clients.
  經理和幾位客戶到紐西蘭度假。

- **vacancy** [ˋvekənsɪ] **n** 空虛；空地；空位；職缺
  There were no **vacancies** in child-care centers for several months.
  托兒所連續幾個月額滿。

- **vacuum** [ˋvækjʊəm] **n** 真空；空白；吸塵器
  There is **a political vacuum** left by the death of the president.
  總統過世後有一段權力真空期。

- **evacuate** [ɪˋvækjʊˌet] **v** （把人從危險的地方）撤離，撤出，疏散，轉移
  Around two hundred villagers were urged to **evacuate** from the shore area and reached the safety zone shortly after the tsunami alarm was triggered.
  海嘯警報系統才剛啟動，政府即力勸沿海地帶約兩百名村民撤到安全地帶。

- **vain** [ven] **adj** 徒然的；空虛的；虛飾的
  The subordinates' flattery made the executive **vain**.
  下屬的阿諛奉承讓主管愛慕虛榮。

- **vanish** [ˋvænɪʃ] **v** 消失；消滅
  When the foreman returned to the construction site, he discovered that the workers had **vanished into thin air**.
  工頭回到工地時，發現工人不知去向。

- **avoidance** [ə`vɔɪdəns] **n** 迴避；解除職位；無效；廢止
  Most deaths in car accidents could be prevented by **the avoidance of** drinking and driving.
  喝酒不開車可避免大部分車禍死亡意外。

- **devoid** [dɪ`vɔɪd] **adj** 缺乏的
  The accountant's voice was totally **devoid of** any emotion and variation.
  會計的聲音不帶任何情感，也缺乏變化。

crypt 隱藏的

- **cryptic** [`krɪptɪk] **adj** 隱藏的；神祕的
  The detective found it hard to **decipher the meaning of a cryptic message** left by the deceased.
  偵探發現要解開死者遺留的隱晦訊息很難。

- **encrypted** [ɛn`krɪpt] **v** 將…譯成密碼；把…編碼；把…加密
  It is not necessary for the entire drive to be **fully encrypted**.
  沒必要把整顆硬碟加密。

- **cryptonym** [`krɪptə͵nɪm] **n** 假名
  The college student **used a cryptonym** to hide herself on the Net.
  大學生在網路使用假名隱藏身分。

- **cryptogram** [`krɪptə͵græm] **n** 密碼暗號
  The detective is not able to **solve the hidden cryptogram**, which was found in the diary.
  偵探無法破解日記的暗號密碼。

ac 尖銳

- **acuity** [ə`kjuətɪ] **n** 思想、感覺敏銳
  The pharmacist learned of his decline in **visual acuity** only after being examined.
  藥劑師在檢查後才知道自己的視覺敏銳度下降。

- **acumen** [ə`kjumən] **n** 理智;敏銳
The training course can help develop your **financial *acumen***.
訓練課程可以培養金融敏銳度。

- **acupuncture** [ˌækjʊ`pʌŋktʃɚ] **n** 針灸
Some studies show that treatment with ***acupuncture* needles** does not work to alleviate pain and nausea.
有些研究顯示針灸無法有效減輕疼痛和噁心感。

- **acid** [`æsɪd] **n** 酸;有酸味的東西
Your muscles produce **lactic *acid*** during intense exercise.
肌肉在激烈運動過程會產生乳酸。

- **acrid** [`ækrɪd] **adj** 刺鼻的;刻薄的
Firefighters discovered ***acrid* smoke** emanating from the burning rubber tires.
消防員發現陣陣刺鼻味從燃燒中的橡膠輪胎飄散出來。

- **acrimonious** [ˌækrə`monɪəs] **adj** 激烈的;刻薄的;充滿火藥味的
An *acrimonious* dispute broke out between siblings following their mother' death.
母親過世後,兄弟姊妹發生激烈爭論。

- **exacerbate** [ɪg`zæsɚˌbet] **v** 使惡化
Some experts fear the refugee crisis in this country could further ***exacerbate* the already tense relations** with its neighboring countries.
有些專家擔心該國難民危機將惡化與鄰國的緊繃關係。

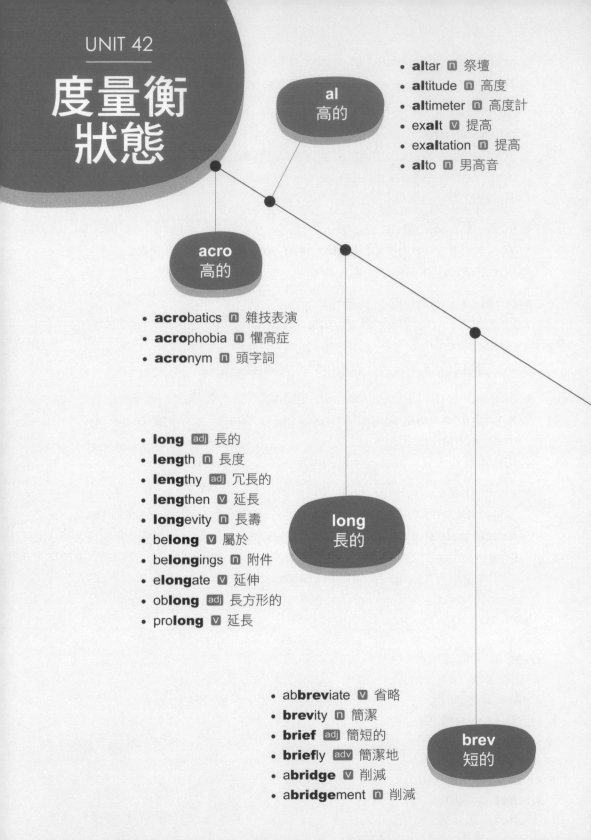

UNIT 42

度量衡狀態

al
高的

- **al**tar n 祭壇
- **al**titude n 高度
- **al**timeter n 高度計
- ex**al**t v 提高
- ex**al**tation n 提高
- **al**to n 男高音

acro
高的

- **acro**batics n 雜技表演
- **acro**phobia n 懼高症
- **acro**nym n 頭字詞

- **long** adj 長的
- **leng**th n 長度
- **leng**thy adj 冗長的
- **leng**then v 延長
- **long**evity n 長壽
- be**long** v 屬於
- be**long**ings n 附件
- e**long**ate v 延伸
- ob**long** adj 長方形的
- pro**long** v 延長

long
長的

- ab**brev**iate v 省略
- **brev**ity n 簡潔
- **brief** adj 簡短的
- **brief**ly adv 簡潔地
- a**bridge** v 削減
- a**bridge**ment n 削減

brev
短的

單元MP3

tele
遠方的

- **tele**communication n 電訊
- **tele**graph n 電報
- **tele**phone v 打電話
- **tele**metry n 搖感勘測
- **tele**pathy n 心電感應
- **tele**scope n 望遠鏡
- **tele**vision n 電視

tenu
薄的

- **tenu**ity n 稀薄
- **tenu**ous adj 稀薄的
- at**tenu**ate v 使稀薄
- ex**tenu**ate v 為⋯⋯辯解
- ex**tenu**ation n 減輕

grav
重的

- **grav**e n 墳墓
- **grav**ity n 莊重
- **grav**itational adj 引力的；重力引起的
- ag**grav**ate v 加重病情
- **grief** n 悲傷
- **grieve** v 悲傷
- ag**grieve**d adj 感到委屈的

lev
輕的／提高的

- **lev**er n 槓桿
- **lev**erage n 槓桿作用
- **lev**ity n 輕浮
- **lev**y n 徵收
- al**lev**iate v 減輕痛苦
- al**lev**iation n 減輕
- e**lev**ate v 舉起
- e**lev**ation n 高地
- e**lev**ator n 升降機
- re**lev**ant adj 有關的
- re**lev**ance n 適切
- re**lief** n 救助
- re**lieve** v 解救

acro 高的

- **acrobatics** [ˌækrəˈbætɪks] 🅝 雜技表演；技巧
The audience was awed by the consummate skills of the Shaolin martial arts and **acrobatics**.
觀眾為少林高超武術和雜技表演所震懾。

- **acrophobia** [ˌækrəˈfobɪə] 🅝 懼高症
A person with **acrophobia** may have a hard time taking the elevator.
懼高症的人搭電梯時很難熬。

- **acronym** [ˈækrənɪm] 🅝 頭字詞
WHO is an **acronym** for "World Health Organization."
WHO三個字母是「世界衛生組織」的頭字詞。

al 高的

- **altar** [ˈɔltɚ] 🅝 祭壇
Needless to say, local grain farmers have been sacrificed **on the altar of** the global free trade agreement.
不消說，當地糧農成為全球自由貿易協定的犧牲者。

- **altitude** [ˈæltəˌtjud] 🅝 高度；海拔
The FA-50 is cruising **at an altitude of** 5,000 meters.
FA-50戰機正在海拔五千公尺的高度巡航。

- **altimeter** [ælˈtɪmətɚ] 🅝 高度計
The satellite radar altimeter is unhindered by weather conditions.
衛星雷達高度計不受天候影響。

- **exalt** [ɪgˈzɔlt] 🅥 提高；讚揚
The people in this island country continued to **exalt their long-serving leader**.
島國人民對在位已久的領導人讚譽有加。

- **exaltation** [ˌɛgzɔl`teʃən] **n** 提高；興高采烈；得意洋洋
The singer's audience were caught up in a strong wave of **spiritual *exaltation***.
歌手的所有聽眾都興致高昂。

- **alto** [`ælto] **n** 男高音
The male *alto* singing voice differs from the countertenor.
男高音歌聲和假聲男高音不大一樣。

long 長的

- **long** [lɔŋ] **adj** 長的
The classroom is based on weekly rental rather than monthly and ***long*-term rental**.
教室租金以週計價，而非以月計價，但不提供長期租賃。

- **length** [lɛŋθ] **n** 長度；程度；範圍
The San Francisco-Oakland Bay Bridge is 13.5 kilometers **in *length***.
舊金山－奧克蘭海灣大橋總長13.5公里。

- **lengthy** [`lɛŋθɪ] **adj** 冗長的；漫長的
This article contains **a *lengthy* discussion** of free will versus determinism.
文章大幅比較自由意志和宿命論。

- **lengthen** [`lɛŋθən] **v** 延長
You can ask a tailor to ***lengthen* your pants** by adding a cuff.
你可以請裁縫師加個褲腳以放長褲子。

- **longevity** [lɑn`dʒɛvətɪ] **n** 長壽；資歷
Longevity can be a curse as well as a blessing for the poor people.
長命百歲對窮人是詛咒，也是幸事。

- **belong** [bəˋlɔŋ] **v** 屬於
The antique vase has ***belonged* to** her family for many generations.
古董花瓶是她家幾代以來所流傳擁有的。

- **belongings** **n** 附件；財產；行李；家屬
The tourist has no baggage with her as all of her ***belongings*** had been sent ahead by plane.
觀光客的行李先行空運，沒有隨身行李。

- **elongate** [ɪˋlɔŋ͵get] **v** 延伸
For a woman who has **a slender, *elongated* neck**, it is not a bad choice to wear a dress with a higher neckline.
對於頸部細長的女性來說，穿領口稍高的洋裝是不錯的選擇。

- **oblong** [ˋɑblɔŋ] **adj** 長方形的；橢圓形的
The man who is carrying **an *oblong* box** under his arm looks suspicious.
臂下夾著長方形盒子的男子看起來挺可疑的。

- **prolong** [prəˋlɔŋ] **v** 延長；引伸
Using fresh transmission fluid can help to ***prolong* the life** of your car and ensure that it runs properly for years to come.
使用無雜質變速箱油可增加車子壽命，確保車子順暢幾年。

brev 短的

- **abbreviate** [əˋbrivɪ͵et] **v** 省略；縮寫；約分
"Junior" **is** often ***abbreviated* to** "Jr."
Junior這個單字常縮寫成Jr.。

- **brevity** [ˋbrɛvətɪ] **n** 簡潔；短暫
Speaking and writing with **clarity and *brevity*** can ensure successful communication of your thoughts.
說話和寫作簡潔清晰可確保你的想法成功溝通。

- **brief** [brif] `adj` 簡短的
The Italian guy was passionate and outspoken during **my *brief* encounter** with him.
和義大利男子短暫邂逅可以感覺到他的熱情和直率。

- **briefly** [ˋbriflɪ] `adv` 簡潔地;短暫地
As I *briefly* mentioned earlier in this letter, there are two ways to solve the problem.
誠如我稍早信件簡單提到的,有兩個方式解決問題。

- **abridge** [əˋbrɪdʒ] `v` 削減;縮短
Compared with the full book, **the *abridged* edition** even contains matter not present in the original.
相較於整本書,刪節本甚至包含原書沒有提到的內容。

- **abridgement** [əˋbrɪdʒmənt] `n` 削減;縮短
The publishing company is planning to **publish an *abridgement*** of the seventh edition next year.
出版公司計畫明年推出該書第七版刪節本。

tele 遠方的

- **telecommunication** [ˌtɛlɪkəˌmjunəˋkeʃən] `n` 電訊
The State is responsible for providing **basic *telecommunication* services** to its people.
國家有責任提供國民基本通訊服務。

- **telegraph** [ˋtɛləˌgræf] `n` 電報
The enciphered message was sent by ***telegraph*** to the outside world.
我們透過電報把加密訊息傳遞給外界。

- **telephone** [ˋtɛləˌfon] `v` 打電話
My father used to ***telephone*** me at 9:00 p.m. every day when I studied abroad.
國外念書時,我爸固定每天晚上九點打電話給我。

- **telemetry**　[təˋlɛmətrɪ]　**n** 遙感勘測；遙測學
The scientists used special tracking and **telemetry systems** to collect data.
科學家使用特殊追蹤遙測系統收集資料。

- **telepathy**　[təˋlɛpəθɪ]　**n** 心電感應
The course aims to help students understand the concepts of **telepathy**, life, death, and rebirth.
課程目標是幫助學生理解心電感應、生死及重生的概念。

- **telescope**　[ˋtɛləˌskop]　**n** 望遠鏡
In this class, the instructor will demonstrate how to observe the moon **with a telescope** or binoculars.
這堂課的講師將示範如何用天文望眼鏡和雙筒望眼鏡觀察月亮。

- **television**　[ˋtɛləˌvɪʒən]　**n** 電視
The popular **television show**, which many people watched to escape boredom, depicted a romantic American couple exploring Paris, France.
用來打發無聊的電視劇描述一對浪漫的美國夫婦在法國巴黎的尋奇故事。

tenu 薄的

- **tenuity**　[tɛnˋjuətɪ]　**n** 稀薄；貧乏
The tenuity of the atmosphere on Mars has a great impact on the scientific exploration.
火星的大氣稀薄對科學探索影響甚大。

- **tenuous**　[ˋtɛnjʊəs]　**adj** 稀薄的；薄弱的
I could only **make a tenuous connection** between the entertainer's recent divorce and his extramarital affairs.
我只能推測藝人最近離婚與婚外情有些關聯。

- **attenuate**　[əˋtɛnjʊˌet]　**v** 使稀薄；減弱
Kelly's anger **was attenuated by** her husband's thoughtful deeds and words.　凱莉的怒氣給丈夫的貼心舉動和言語沖淡了。

- **extenuate** [ɪkˋstɛnjʊˌet] **v** 為（錯誤行為）辯解
The trainee couldn't find any excuse that might have **extenuated his behavior**. 實習生找不到任何為自己行為辯護的藉口

- **extenuation** [ɪkˋstɛnjʊˋeʃən] **n** 減輕；偏袒的辯護
The accused offered excuses **in extenuation of the guilt**.
被告講了一些藉口設法減輕罪刑。

grav 重的

- **grave** [grev] **n** 墳墓；抑音
The unknown victims were buried in **an unmarked grave**.
無名受害者遺體埋葬在無名墳墓。

- **gravity** [ˋgrævətɪ] **n** 莊重；嚴重性；地心吸力
These high-rise buildings are seen standing proudly above the city, defying **the laws of gravity**.
這些高樓大廈傲視整個城市，對地心引力不屑一顧。

- **gravitational** [ˌgrævəˋteʃənl] **adj** 引力的；重力引起的
Without bone structures, your body can't resist **gravitational forces** and maintain its shape.
身體沒有骨骼構造就無法抵抗地心引力和固定形體。

- **aggravate** [ˋægrəˌvet] **v** 加重病情；使惡化
A growing imbalance between supply and demand in this country has **greatly aggravated** the problem of price stabilization.
國內供需逐漸失衡，導致物價穩定雪上加霜。

- **grief** [grif] **n** 悲傷；不幸
As a conscientious reader, you should say no to newspaper photos of relatives **stricken with grief**.
有良知的讀者應拒看報紙上悲痛欲絕的家屬照片。

- **grieve** [griv] **v** 悲傷；使悲傷
The woman is **grieving for** her baby after a stillbirth.
嬰兒胎死腹中讓婦人悲傷萬分。

- **aggrieved** [əˋgrivd] **adj** 感到委屈的；憤憤不平的
  The new employee **felt *aggrieved* at** the unfair treatment he had received from his boss.
  新進員工對於老闆的不公平對待感到委屈。

lev 輕的／提高

- **lever** [ˋlɛvɚ] **n** 槓桿
  The bicylce repairman used **a tire *lever*** to insert the tire back onto the rim of the wheel.
  腳踏車師傅用撬胎棒把輪胎裝回輪框。

- **leverage** [ˋlɛvərɪdʒ] **n** 槓桿作用；手段
  A small party can sometimes exert immense **political *leverage*** in Congress.
  國會小黨仍可發揮巨大的政治影響力。

- **levity** [ˋlɛvətɪ] **n** 輕浮；輕率
  The book offered me **a brief moment of *levity*** in my busy days.
  這本書提供我忙碌日子的片刻悠閒。

- **levy** [ˋlɛvɪ] **n** 徵收；徵稅
  The government **imposed a** 10% ***levy* on** cigarettes.
  政府課徵百分之十的菸稅。

- **alleviate** [əˋlivɪˌet] **v** 減輕痛苦；緩和
  The government will enact ten measures to ***alleviate* unemployment** next year.
  政府明年將擬訂十種措施減緩失業問題。

- **alleviation** [əˌlivɪˋeʃən] **n** 減輕；緩和
  Social security and **the *alleviation* of poverty** are high on the agenda.
  社會安全和扶貧是首要議題。

- **elevate**　[`ɛləˌvet]　**v**　舉起；提升；鼓舞
  The senior instructor was *elevated* to associate head coach last month.
  資深指導員上個月被拔擢為助理總教練。

- **elevation**　[ˌɛlə`veʃən]　**n**　高地；海拔；上升
  There's less oxygen available to breath in any given location **at high *elevations***.
  高海拔的任何地方都很難呼吸到氧氣。

- **elevator**　[`ɛləˌvetɚ]　**n**　升降機；電梯
  You can **take the *elevator*** or escalator to the third floor.
  你可以搭電梯或手扶梯上三樓。

- **relevant**　[`rɛləvənt]　**adj**　有關的；中肯的；成比例的
  Parents' attitudes and ways of discipline are **highly *relevant* to** students' school achievement.
  父母的態度和管教方式跟學生的學業表現關係密切。

- **relevance**　[`rɛləvəns]　**n**　適切；中肯
  Generally speaking, students are interested in the subjects that **have direct *relevance* to** them.
  一般來說，學生對自己相關的學科有興趣。

- **relief**　[rɪ`lif]　**n**　救助；解除；減壓；安慰
  The doctor may give you an injection to provide some **temporary *relief*** from the pain.
  醫生會給你打一針暫時舒緩疼痛。

- **relieve**　[rɪ`liv]　**v**　解救；安慰；減輕
  There are several easy exercises that can ***relieve* your back pain**.
  有數種減輕背痛的簡易運動。

時間

tempor
時間

- **tempo** n 節奏
- **tempor**ary adj 臨時的
- con**tempor**ary adj 同時代的
- ex**tempor**aneous adj 即席的
- ex**tempor**ize v 即席表演

chron
時間

- **chron**ic adj 慢性的
- **chron**ometer n 精密計時器
- syn**chron**ize v 同時發生
- syn**chron**ous adj 同時的

- **dur**ation n 持續的時間
- **dur**ing prep 在……期間
- **dur**able adj 耐久的
- ob**dur**ate adj 倔強的
- en**dur**e v 耐久
- en**dur**ance n 忍耐力
- en**dur**ing adj 耐久的

dur
一段時間

- co**ev**al adj 同年齡的
- **ev**al adj 永遠的
- medi**ev**al adj 中世紀的
- prim**ev**al adj 原始的

ev
時代

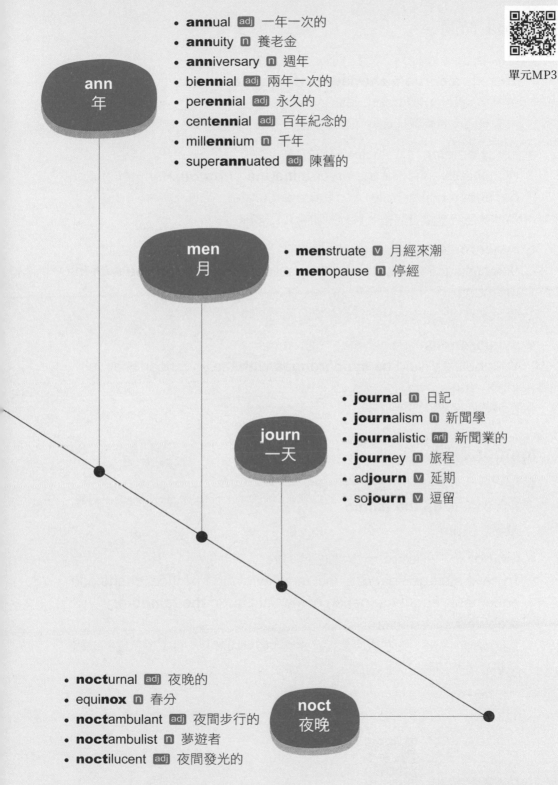

- **ann**ual adj 一年一次的
- **ann**uity n 養老金
- **ann**iversary n 週年
- bi**enn**ial adj 兩年一次的
- per**enn**ial adj 永久的
- cent**enn**ial adj 百年紀念的
- mill**enn**ium n 千年
- super**ann**uated adj 陳舊的

ann
年

men
月

- **men**struate v 月經來潮
- **men**opause n 停經

journ
一天

- **journ**al n 日記
- **journ**alism n 新聞學
- **journ**alistic adj 新聞業的
- **journ**ey n 旅程
- ad**journ** v 延期
- so**journ** v 逗留

- **noct**urnal adj 夜晚的
- equi**nox** n 春分
- **noct**ambulant adj 夜間步行的
- **noct**ambulist n 夢遊者
- **noct**ilucent adj 夜間發光的

noct
夜晚

chron 時間

- **chronic** [`krɑnɪk] adj 慢性的；長期的
There is **a *chronic* shortage** of drugs and medical supplies in the underdeveloped countries.
未開發國家長期缺乏藥物和醫療用品。

- **chronometer** [krə`nɑmətɚ] n 精密計時器
With the invention of the precise **marine *chronometer***, navigation became much simpler and more accurate.
精準航海天文鐘發明後，航行更加容易及準確。

- **synchronize** [`sɪŋkrənaɪz] v 同時發生；綜合對照表示；校準
Scientists found that the Earth's pollination ***synchronized with*** the full moon.
科學家發現地球上的植物授粉都在月圓的時候。

- **synchronous** [`sɪŋkrənəs] adj 同時的
Your pulse should **be *synchronous* with** the your heartbeat, in most cases.
脈搏和心跳應該要同步。

tempor 時間

- **tempo** [`tɛmpo] n 節奏；速度
It is time to **up the *tempo***.
是時候該加速了。

- **temporary** [`tɛmpəˌrɛrɪ] adj 臨時的；一時的
To save storage space, a vast majority of the historical charts and documents about the period of Martial Law in **the *temporary* archives** will be microfilmed.
為節省儲存空間，擱在臨時檔案室的戒嚴時期圖表及文件都乎都要拍成縮微膠片。

- **contemporary** [kən`tɛmpəˌrɛrɪ] adj 同時代的；現代的
  My godson is studying **contemporary music** as a major at a music school.
  我乾兒子在一所音樂學校主修現代音樂。

- **extemporaneous** [ɛkˌstɛmpə`renɪəs] adj 即席的
  The students are required to deliver **an extemporaneous speech** for no more than five minutes in class.
  學生需在課堂上發表十分鐘內的即席演說。

- **extemporize** [ɪk`stɛmpəˌraɪz] v 即席表演；即席演講
  The broadcast program host is able to **extemporize the interviews** when things don't go as planned.
  廣播節目主持人進行訪談時能夠應變突發狀況。

dur 一段時間

- **duration** [djʊ`reʃən] n 持續的時間
  There was **a lively discussion** of over six hours' **duration** last night.
  昨晚大家熱絡討論了六個小時。

- **during** [`djʊrɪŋ] prep 在……期間
  During the holidays, customers are strongly advised to make reservations in advance.
  假日期間，我們由衷建議客人事先訂位。

- **durable** [`djʊrəbl̩] adj 耐久的
  The dome was made with **durable technologies** and **durable materials**.
  巨蛋採用耐久技術及材料所建造。

- **obdurate** [`ɑbdjərɪt] adj 倔強的
  The minister **remains obdurate** and refuses to resign after the gas explosion.
  部長仍然固執不肯為氣爆事件下台負責。

- **endure** [ɪn`djʊr] **v** 耐久；忍耐；忍受
The securities analyst had to ***endure* a lot of unprofessional remarks** from his colleagues.
證券分析師必須忍受同事許多不專業批評。

- **endurance** [ɪn`djʊrəns] **n** 忍耐力；耐久力
The part-time employee was humiliated **beyond *endurance***.
兼職人員被羞辱到難以忍受。

- **enduring** [ɪn`djʊrɪŋ] **adj** 耐久的
Some psychologists thought that before they reach one year old, little kids lack the capacity to form ***enduring* memories**.
有些心理學家認為週歲以下的孩子無法產生持久記憶。

ev 時代

- **coeval** [ko`ivl] **adj** 同年齡的；同時期的
The job **is *coeval* with** the construction of the first subway.
該工作與第一條地鐵興建工程同時期。

- **eternal** [ɪ`tɝnl] **adj** 永遠的；不朽的
The biologist is engaged **in the *eternal* search for** the secret of life.
生物學家致力尋找生命的奧祕。

- **medieval** [ˌmɪdɪ`ivəl] **adj** 中世紀的
A refurbished ***medieval* building** was seriously damaged after a huge fire broke out at an abandoned warehouse.
廢棄倉庫發生大火，造成一棟翻修的中世紀建築嚴重毀損。

- **primeval** [praɪ`mivl] **adj** 原始的；遠古的
The remaining ***primeval* forest** harbors a treasure trove of great biological significance.
僅剩的原始森林蘊藏珍貴生態寶藏。

ann 年

- **annual** [ˈænjʊəl] adj 一年一次的
  According to the job website, as of 2013, the **average *annual* income** of a tow truck operator is US $33,000.
  根據求職網資料，自2013年起，拖吊車駕駛平均年收入是美金33,000元。

- **annuity** [əˈnjuətɪ] n 養老金；年金
  Your ***annuity* income** is based on a number of factors, of which your life expectancy and interest rates are the most important.
  你的年金有幾項影響因素，其中以壽命及利率最重要。

- **anniversary** [ˌænəˈvɝsərɪ] n 週年；週年紀念
  The couple celebrated their first **wedding *anniversary*** by having a candlelight dinner for two at home.
  夫婦在家享受兩人燭光晚餐，慶祝首次結婚紀念日。

- **biennial** [baɪˈɛnɪəl] adj 兩年一次的
  The local art museum holds ***biennial* exhibitions** to help support a local charity.
  當地美術館每兩年策畫一次展覽資助當地慈善機構。

- **perennial** [pəˈrɛnɪəl] adj 永久的
  Flooding is **a *perennial* problem** for people living in low-lying areas.
  淹水對於低窪地區住戶來說是經年累月的問題。

- **centennial** [sɛnˈtɛnɪəl] adj 百年紀念的
  The town kicked off its ***centennial* celebrations** with a wild party.
  城鎮以瘋狂派對開啟百年紀念慶祝活動。

- **millennium** [mɪˈlɛnɪəm] n 千年；千禧年
  We threw a party, chatting the whole night to **celebrate the new *Millennium***.
  我們舉辦派對慶祝千禧年，大家一起聊到通宵。

- **superannuated**　[`supɚˈænjʊˌet]　adj 陳舊的，過時的；老朽的，年老體衰的

  We will donate **superannuated office equipment** our office no longer uses to the African schools.

  我們把辦公室老舊設備捐贈給非洲學校。

men 月

- **menstruate**　[`mɛnstrʊˌet]　v 月經來潮

  My daughter began to **menstruate** at the age of 12 or 13.

  我女兒從十二、十三歲開始有月經。

- **menopause**　[`mɛnəˌpɔz]　n 停經

  The **menopause** is a normal part of life that all women must go through, just like puberty.

  像青春期一樣，更年期是每個女人必經的正常生命階段。

journ 一天

- **journal**　[`dʒɝnl̩]　n 日記；雜誌；期刊

  If you are looking for a cycle and automobile **trade journal**, why not give this one a try?

  如果你在找摩托車與汽車買賣月刊，不妨看看這本。

- **journalism**　[`dʒɝnl̩ˌɪzm]　n 新聞學；新聞雜誌

  This kind of sexual discrimination is rarely seen in today's **newspaper and broadcast journalism**.

  當今的報紙和廣播少見這種充滿性別歧視的新聞。

- **journalistic**　[ˌdʒɝnl̩ˈɪstɪk]　adj 新聞業的

  The newspaper enjoys a reputation for high quality and **journalistic integrity**.　高品質和新聞操守讓這份報紙有好名聲。

- **journey**　[`dʒɝnɪ]　n 旅程；旅行

  When traveling **on long journeys**, you can use these ten great Android games to entertain your kids.

  長途旅行時，可以讓小孩玩這十個不錯的安卓系統遊戲以排解無聊。

- **adjourn** [əˋdʒɝn] **v** 延期

  The competition was **adjourned** until the following week.

  比賽延到下星期。

- **sojourn** [soˋdʒɝn] **v** 逗留；留宿

  The manager has **sojourned** in Vancouver for one month, and he will go back to New York next week.

  經理在溫哥華一個月了，下星期會回到紐約。

noct 夜晚

- **nocturnal** [nɑkˋtɝnl̩] **adj** 夜晚的；夜行性的

  The club leader took this picture **on his nocturnal wandering** through Orchid Island.

  社長在蘭嶼夜遊時拍下這張照片。

- **equinox** [ˋikwəˏnɑks] **n** 春分

  The **spring equinox** or **autumn equinox** are the best time of year to think about balance.

  春分或秋分是一年思考平衡概念的最佳時機。

- **noctambulant** [nɑkˋtæmbjələnt] **adj** 夜間步行的

  There used to be **a noctambulant wanderer** on the street.

  以前街頭有個夜間出沒的流浪漢。

- **noctambulist** [nɑkˋtæmbjəˏlɪst] **n** 夢遊者

  A **noctambulist** often walks about mechanically and sometimes in dangerous places.

  夢遊者常無意識到處亂走，有時候會走到危險地方。

- **noctilucent** [ˏnɑktəˋlusənt] **adj** 夜間發光的

  These mystifying clouds, shimmering in the twilight summer sky, are referred to as **noctilucent clouds**.

  這些薄暮時分閃耀在夏日天空的神祕雲朵，就叫夜光雲。

測量與嘗試

meter 測量

- **meter** n 測量器
- centi**meter** n 公分
- kilo**meter** n 公里
- geo**metr**y n 幾何學
- dia**meter** n 直徑
- sym**metr**y n 對稱
- thermo**meter** n 溫度計
- seismo**meter** n 地震儀

meas 測量

- **meas**ure n 措施
- **meas**urement n 測量
- com**mens**urate adj 相等
- di**mens**ion n 次元
- im**mens**e adj 巨大的

mark 記號／邊界

- **mark** v 做記號
- **mark**ed adj 有記號的
- **mark**er n 作記號的人或物
- de**mar**cation n 界線
- re**mark** n 留意
- re**mark**able adj 顯著的

sign 記號

- **sign** n 符號
- **sign**ature n 簽字
- **sign**ify v 表示
- **sign**ificant adj 有意義的
- **sign**ificance n 意義
- as**sign** v 分配
- as**sign**ment n 分派
- con**sign** v 委託
- de**sign** v 設計
- de**sign**er n 設計師
- re**sign** v 辭職
- re**sign**ation n 順從

not
標示

- **not**e n 筆記
- **not**ed adj 著名的
- foot**not**e n 註釋
- **not**ice v 注意
- **not**iceable adj 顯著的

- **not**ion n 意見
- **not**ary n 公證人
- **not**ify v 通知
- **not**ification n 通告

單元MP3

tempt
嘗試

- **tempt** v 誘惑
- **tempt**ation n 誘惑
- at**tempt** n 企圖
- at**tempt**ed adj 未遂的
- con**tempt** n 輕蔑

peri
試驗

- **peri**l n 危險
- **peri**lous adj 危險的
- im**peri**l v 危及
- ex**peri**ence v 經驗
- ex**peri**ment n 實驗
- ex**pert** n 專家
- ex**pert**ise n 專門技能

prob
試驗

- **prob**e v 用探針探測
- ap**prob**ate v 核准
- ap**prov**e v 批准
- ap**prov**al n 批准
- **prof** n 證據
- re**proof** n 斥責

- air**proof** adj 不透氣的
- sound**proof** adj 隔音的
- bullet**proof** adj 防彈的
- fire**proof** adj 防火的
- water**proof** adj 防水的
- rain**proof** adj 防雨的

- re**prov**e v 譴責
- disap**prov**e v 不批准
- im**prov**ement n 改善
- **prob**able adj 或許的
- **prob**ably adv 或許

meas 測量

- **measure** [ˈmɛʒɚ] **n** 措施；手段；方法
  Dentists recommend that you use floss daily as **a preventive measure** to avoid cavities from growing on your teeth.
  醫生建議每日使用牙線作為蛀牙預防措施。

- **measurement** [ˈmɛʒɚmənt] **n** 測量；尺寸；三圍
  With the pollution **measurements** of PM2.5 around the temple already exceeding the norm by 100 times, burning incense or ghost money is not recommended.
  廟宇附近測得懸浮微粒超標一百倍，我們不建議焚香及燒紙錢。

- **commensurate** [kəˈmɛnʃərɪt] **adj** 相等
  You are lucky to get a job that provides pay **commensurate with** your ability. 很幸運你能找到一份依照能力支付薪水的工作。

- **dimension** [dɪˈmɛnʃən] **n** 次元；尺寸；層面
  It's necessary to introduce **a spiritual dimension** into social work "education" and "practice".
  精神層次應該切入社會工作教育及實踐。

- **immense** [ɪˈmɛns] **adj** 巨大的；無窮盡的
  Despite their **immense wealth**, the Wang family members are not happy. 王家人雖坐擁可觀財富卻不快樂。

meter 測量

- **meter** [ˈmitɚ] **n** 測量器；公尺
  Illegal tampering with **the electricity meter** is considered a crime.
  非法竄改電表被視為犯罪行為。

- **centimeter** [ˈsɛntəˌmitɚ] **n** 公分
  This **180-centimeter-tall** model was walking the catwalk with two adorable little children in each hand.
  身高180公分的模特兒走伸展臺時，左右手各牽一名可愛的小孩。

- **kilometer** [ˈkɪləˌmitɚ] **n** 公里
The river is 60 **kilometers** long and one meter deep.
這條河長達六十公里、深度一公尺。

- **geometry** [dʒɪˈamətrɪ] **n** 幾何學
Every instructor needs to prepare a lesson plan for **the geometry class**.　每位教師都必須準備一份幾何學課程計畫。

- **diameter** [daɪˈæmətɚ] **n** 直徑
The Milky Way is about 100,000 light years **in diameter**.
銀河的直徑大約十萬光年。

- **symmetry** [ˈsɪmɪtrɪ] **n** 對稱；調和
My grandfather's cottage has gray shingles and white shutters, both marked by a pleasing **symmetry.**
我爺爺的小屋有灰色屋瓦和百葉窗，呈現出賞心悅目的對稱美。

- **thermometer** [θɚˈmamətɚ] **n** 溫度計
Digital thermometers are just as accurate as mercury ones.
電子溫度計的精確度和水銀溫度計差不多。

- **seismometer** [saɪzˈmamətɚ] **n** 地震儀
The bomb exploded in the distance and a **seismometer** detected a minor earthquake.
遠方有炸彈爆炸，地震儀測到輕微地震。

mark 記號／邊界

- **mark** [mark] **v** 做記號；記分；標價；區分
The end of a declarative sentence **is** usually **marked by** falling intonation.
直述句尾通常是下降語調。

- **marked** [markt] **adj** 有記號的；顯著的
Cheney is quiet and studious, **in marked contrast to** his twin brother.　采尼勤奮寡言，和他的雙胞胎弟弟個性迥異。

- **marker** [ˈmɑrkɚ] **n** 作記號的人或物；記分器；籌碼
  A person's accent can be **a *marker* of** social status.
  一個人的口音可作為社會地位的表徵。

- **demarcation** [ˌdimɑrˈkeʃən] **n** 界線；區分
  A gang of ruffians and derelicts occupied the area above **the line of *demarcation***.
  一幫暴徒和棄民佔領邊界上方區域。

- **remark** [rɪˈmɑrk] **n** 留意；評論
  The student **made inappropriate *remarks* about** his teacher.
  學生發表關於老師的不當言論。

- **remarkable** [rɪˈmɑrkəbl] **adj** 顯著的；值得注意的
  Panama Canal is one of the most ***remarkable* feats** of design and engineering in human history.
  巴拿馬運河是人類歷史中最引人注目的傑出工程設計之一。

sign 記號

- **sign** [saɪn] **n** 符號；信號；手勢；預兆；症狀
  All ***signs*** point to the possibility that Steve would become the most successful person among all of his classmates.
  所有跡象都顯示史地夫將來會是其中一位最有成就的同學。

- **signature** [ˈsɪgnətʃɚ] **n** 簽字；記號
  The *signature* of the author can greatly increase the value of this rare book.
  作者簽名可以大大增進這本稀有書籍的價值。

- **signify** [ˈsɪgnəˌfaɪ] **v** 表示
  Signing this document ***signifies* that** you have agreed with our decision.
  簽署文件代表同意我們的決議。

- **significant** [sɪgˋnɪfəkənt] **adj** 有意義的；重大的；有效的
The results of the democratic election led to **a *significant* change** in the government and the way the country dealt with its indigenous people.
這場民主選舉帶給政府重大改變，包括原住民事務的處理方式。

- **significance** [sɪgˋnɪfəkəns] **n** 意義；重要
The *significance* of the scroll discovered in a burial chamber in Israel was not realized until they found someone who could translate the ancient Aramaic language.
直到找到翻譯古老亞拉姆語的人，大家才了解在以色列某一墓室發現的卷軸的重要性。

- **assign** [əˋsaɪn] **v** 分配；指定；轉讓
The arrested mastermind of the scam gang confessed the way his crew persuaded the victim to follow their instructions and remit money to **the *assigned* account**.
遭逮的詐騙集團首腦坦承犯行，供出拐騙受害人按照指示匯錢到指定帳戶的手法。

- **assignment** [əˋsaɪnmənt] **n** 分派；轉讓；作業
The students were required to complete **reading *assignments*** during the winter vacation.
學生寒假期間需要完成閱讀作業。

- **consign** [kənˋsaɪn] **v** 委託；托運；寄售
The package has **been *consigned* to** you by the air freight delivery company.
包裹委託貨物空運公司寄出。

- **design** [dɪˋzaɪn] **v** 設計；草擬
The architect ***designed*** the cottage **with** a huge window to flood the cottage with natural light, otherwise it would be too dark inside.
為使小木屋室內不致太暗，建築師設計一扇自然採光的大窗。

- **designer**　[dɪˋzaɪnɚ]　**n** 設計師
Our team is composed of **the excellent *designers* and developers** from around the world.
我們團隊是由世界最優秀的設計師和開發人員所組成。

- **resign**　[rɪˋzaɪn]　**v** 辭職；退出；委託
The official ***resigned*** after revelations about the embezzlement of public property.
官員被揭發挪用公家財產後辭職下台。

- **resignation**　[ˌrɛzɪgˋneʃən]　**n** 順從；辭呈
Jill gave her co-workers flowers and other small gifts, and danced with joy in the office, before she **tendered her *resignation***.
吉兒遞出辭呈之前，送同事花和小禮物，開心地和他們在辦公室跳舞。

not 標示

- **note**　[not]　**n** 筆記；便條；調子；紙幣；票據
Deciding to leave, I packed my clothes and **left a *note*** on the table to say I had left.
我決心離開，衣服打包後，桌上留張字條告訴大家我走了。

- **noted**　[ˋnotɪd]　**adj** 著名的；顯著的
The night market **is *noted* for** its local delicacies, which attract thousands of tourists to have a bite every day.
夜市以當地美食聞名，每天吸引數千名遊客一飽口福。

- **footnote**　[ˋfʊtˌnot]　**n** 註釋
Those who are reluctant to change will end up **a mere *footnote*** in history.
抗拒改變的人終究只是歷史上的小插曲。

- **notice**　[ˋnotɪs]　**v** 注意；通知
Sorry, I did not ***notice* the error** until you pointed it out.
很抱歉，直到你點出錯誤後我才發現問題。

- **noticeable**　[`notɪsəbl]　**adj**　顯著的；引人注意的
  There was **a *noticeable* decrease** in crime after the new police chief made new policies, including having more policemen patrolling the streets at night.
  新任警察局長擬定新政策，增派夜間警力巡邏，犯罪率顯著下滑。

- **notion**　[`noʃən]　**n**　意見；見解；意圖；概念
  My substitute staff **had only a vague *notion*** of what might happen next.
  我的職務代理人不確定再來會怎樣。

- **notary**　[`notərɪ]　**n**　公證人
  The authenticity of this translated copy of the passport must **be verified by** a *notary*.
  護照譯本真實性須由公證人公證。

- **notify**　[`notə͵faɪ]　**v**　通知；公告
  We have not **been *notified* of** the final decision yet.
  我們還不知道最後決定。

- **notification**　[͵notəfə`keʃən]　**n**　通告；通告書；報告書
  The company is responsible for sending this **written *notification*** to its customers.
  公司有責任寄送報告書給顧客。

tempt 嘗試

- **tempt**　[tɛmpt]　**v**　誘惑；教唆；誘導
  The sight of the money *tempted* the unemployed man **into** stealing.
  看到錢讓失業男子禁不起誘惑而偷竊。

- **temptation**　[tɛmp`teʃən]　**n**　誘惑
  A good government official has to **resist the *temptation*** of money and make the right decision.
  清廉的政府官員必須抗拒金錢誘惑而做出正確決策。

- **attempt** [əˋtɛmpt] 	n 企圖；攻擊；未遂罪
The police have obtained an arrest warrant for the man who *attempted* **to** abduct a businessperson.
警方取得逮捕令，逮捕綁架商人未遂的男子。

- **attempted** [əˋtɛmptɪd] 	adj 未遂的；企圖的
This mother has been charged with *attempted* **murder** after her newborn baby was found abandoned in the toilet at the park.
廁所發現剛出生的棄嬰，媽媽被控謀殺未遂。

- **contempt** [kənˋtɛmpt] 	n 輕蔑；恥辱；不管
The massacre demonstrated **utter** *contempt* for human life.
大屠殺流露對人命的全然輕蔑。

peri 試驗

- **peril** [ˋpɛrəl] 	n 危險；冒險
These mountaineers felt that their lives were **in** *peril*.
這群登山客感覺生命受到威脅。

- **perilous** [ˋpɛrələs] 	adj 危險的；冒險的
Our situation was **extremely** *perilous* and hopeless.
當時情況非常危險，可說是毫無希望。

- **imperil** [ɪmˋpɛrɪl] 	v 危及
The toxic waste will *imperil* **the lives** of the residents and endanger their farms.
毒廢料會危及當地居民性命，也給他們的農場帶來危機。

- **experience** [ɪkˋspɪrɪəns] 	v 經驗；體驗；經歷
Basia *experienced* **a feeling of complete isolation** because her best friend betrayed her.
貝西亞遭最好的朋友背叛而體會到完全孤立的感覺。

- **experiment** [ɪkˋspɛrəmənt] 	n 實驗；試驗
The team **carried out** *experiments* **on** horses in these recent years. 團隊近幾年來都以馬為實驗對象。

- **expert** [`ɛkspɚt] n 專家；技師
The talented student became **an expert in** social media marketing. 有才氣的同學成為一名社群媒體行銷專家。

- **expertise** [ˌɛkspɚ`tiz] n 專門技能；專家評價；鑒定
The scholar **has considerable expertise** in biology.
學者對生物學領域有專精的鑽研。

prob 試驗

- **probe** [prob] v 用探針探測；調查
The adventurer has started to **probe into** the secrets of nature.
冒險家已開始探討大自然的奧祕。

- **approbate** [`æprəˌbet] v 核准；認可；嘉許
The Senate will **approbate** the President's nominees to the Federal Courts.
參議院將批准總統的聯邦法院大法官提名人選。

- **approve** [ə`pruv] v 批准；贊成；證明為
The adolescent girl's parents did not **approve of** the marriage even when their daughter became pregnant.
少女懷孕了，但家長不贊同婚事。

- **approval** [ə`pruvl] n 批准；贊成
I do not know why the bank can deduct money from my account **without my approval**.
我不知道為什麼銀行沒有我的授權還進行扣款。

- **proof** [pruf] n 證據；證明
I do not think you **have concrete proof of** the claim being bogus.
我認為你沒有具體證據聲明這是假的。

- **reproof** [rɪ`pruf] n 斥責；譴責
The security guard got **a sharp reproof** for her hypocrisy and disobedience.
警衛虛偽又不服從命令而受到嚴厲譴責。

- **airproof**　[`ɛr͵pruf]　**adj**　不透氣的；密封的
Stainless steel pot boasts **an *airproof* design** to prevent air from escaping.
不銹鋼鍋的密封設計可以防止空氣外溢。

- **soundproof**　[`saʊnd͵pruf]　**adj**　隔音的
A *soundproof* room is crucial if you wish to study without interference from outside noises.
如果希望讀書時不受外界噪音干擾，一間有隔音設備的房間很重要。

- **bulletproof**　[`bʊlɪt͵pruf]　**adj**　防彈的
In Florida and Michigan, it is generally legal to buy **a *bulletproof* vest**.
在佛州和密西根州可以合法購買防彈背心。

- **fireproof**　[`faɪr`pruf]　**adj**　防火的
You should put your valuables in **a *fireproof* safe** to ensure they survive in the event of a fire.
你應該把貴重物品放在防火保險箱內，避免火災時毀於一炬。

- **waterproof**　[`wɔtɚ͵pruf]　**adj**　防水的
I have been looking for **a completely *waterproof* bag** for my cellphone.
最近我在尋找手機防水袋。

- **rainproof**　[`ren͵pruf]　**adj**　防雨的
Be sure to bring **a *rainproof* coat** with you.
記得隨身帶件防雨大衣。

- **reprove**　[rɪ`pruv]　**v**　譴責；責罵
The teacher cast the naughty boy **a *reproving* glance**.
老師對頑皮的男孩投以責備眼神。

- **disapprove**　[͵dɪsə`pruv]　**v**　不批准；不贊成
The tribe elder strongly ***disapproved* of** underage drinking.
部落長老強烈反對未成年人飲酒。

- **improvement** [ɪm`pruvmənt] **n** 改善；進步

  Since we moved into the house, my father has spent almost $300,000 on **home *improvements***.

  搬進這棟房子以來，爸爸花了近30萬元修繕。

- **probable** [`prɑbəbl] **adj** 或許的；可能的

  The police are still investigating **the *probable* cause** of the derailment.

  警方仍在調查出軌案的可能原因。

- **probably** [`prɑbəblɪ] **adv** 或許；可能

  Here are fifteen facts that you ***probably*** did not know about the summer solstice.

  這裡有你所不知道的十五個夏至故事。

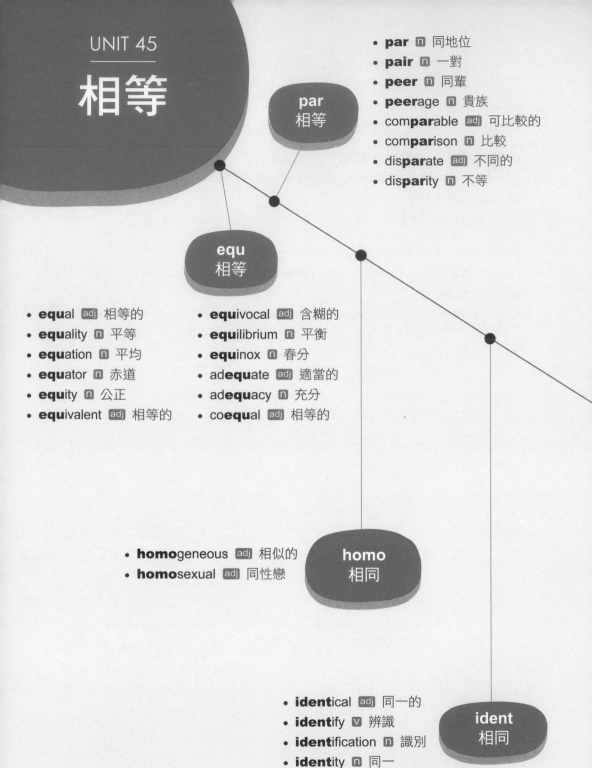

UNIT 45

相等

par
相等

- **par** n 同地位
- **pair** n 一對
- **peer** n 同輩
- **peer**age n 貴族
- com**par**able adj 可比較的
- com**par**ison n 比較
- dis**par**ate adj 不同的
- dis**par**ity n 不等

equ
相等

- **equ**al adj 相等的
- **equ**ality n 平等
- **equ**ation n 平均
- **equ**ator n 赤道
- **equ**ity n 公正
- **equ**ivalent adj 相等的
- **equ**ivocal adj 含糊的
- **equ**ilibrium n 平衡
- **equ**inox n 春分
- ad**equ**ate adj 適當的
- ad**equ**acy n 充分
- co**equ**al adj 相等的

homo
相同

- **homo**geneous adj 相似的
- **homo**sexual adj 同性戀

ident
相同

- **ident**ical adj 同一的
- **ident**ify v 辨識
- **ident**ification n 識別
- **ident**ity n 同一

**simil
相同**

- **simil**e n 直喻
- **simil**arity n 相似
- **simul**ate v 假裝
- **simul**taneous adj 同時發生的
- **simul**taneously adv 同時發生地
- as**sembl**e v 裝配

- as**sembl**y n 集合
- as**simil**ate v 同化
- as**simil**ation n 同化
- re**sembl**e v 相像
- fac**simil**e n 傳真

**hetero
不同的**

- **hetero**dox adj 異端的
- **hetero**geneous adj 異類的
- **hetero**nym adj 同形異音字
- **hetero**sexual adj 異性戀

**var
不同的**

- **var**y v 變化
- **var**iable adj 可變的
- **var**ied adj 各式各樣的
- **var**ious adj 不同的
- **var**iation n 變化
- **var**iety n 變化
- **var**iform adj 多種形態的

- **mut**ual adj 相互的
- **mut**able adj 易變的
- **mut**ability n 易變性
- **mut**ation n 變異
- com**mut**e v 通勤
- com**mut**ation n 通勤
- com**mut**er n 通勤者
- trans**mut**e v 變形

**mut
變化**

equ 相等

- **equal** [`ikwəl] adj 相等的；勝任的
  ***Equal* pay for *equal* work**, regardless of gender and ethnicity, is the concept of labor rights.
  不論性別及族群，同工同酬是勞動人權的重要概念。

- **equality** [i`kwɑlətɪ] n 平等；相等
  Equality between the sexes has not become a commonly accepted ideology in most African countries.
  兩性平等在非洲還不是普世價值。

- **equation** [ɪ`kweʃən] n 平均；等式；時差；等分
  In the primitive society, people believed **in the *equation* of** violence with power.
  原始社會普遍相信暴力等同於權力。

- **equator** [ɪ`kwetɚ] n 赤道
  Ecuador lies **on the *Equator***.
  厄瓜多位於赤道上。

- **equity** [`ɛkwətɪ] n 公正
  Equity and social justice concerns must be intrinsic to all policy-making processes.
  所有決策過程都必須考量公正和社會正義。

- **equivalent** [ɪ`kwɪvələnt] adj 相等的；相同的
  The job requires a diploma ***equivalent* to** a bachelor's degree.
  工作要求具備大學畢業同等學歷。

- **equivocal** [ɪ`kwɪvəkl̩] adj 含糊的；不確定的
  The title of this book is **deliberately *equivocal***.
  書的標題刻意模糊不清。

- **equilibrium** [ˌikwə`lɪbrɪəm] n 平衡
  Our main economic priority is restoring the country's **economic *equilibrium***.　我們經濟首要目標是恢復國家經濟平衡。

- **equinox** [`ikwə͵nɑks] **n** 春分;秋分;晝夜平分點
Today the world is celebrating **the vernal *equinox***, when the length of day and night are equal.
今天全世界都在慶祝春分,這一天白天和夜晚等長。

- **adequate** [`ædəkwɪt] **adj** 適當的;充分的;勝任的
Parents feel great pressure to **provide *adequate* education to** their children when the economy worsens.
經濟不景氣時,家長對於能否提供子女足夠教育倍感壓力。

- **adequacy** [`ædəkwəsɪ] **n** 充分;適當
Nutrient *adequacy* and nutrient balance are essential for the adolescents who are still growing and maturing.
充足均衡的營養對於發育中的青少年不可或缺。

- **coequal** [͵ko`ikwəl] **adj** 相等的
The government will **put *coequal* emphasis on** both biological diversity and sustainable resource use.
政府將兼顧生態多樣和資源永續利用。

par 相等

- **par** [pɑr] **n** 同地位;同程度
The radiation level of Fukushima seems to be **on *par* with** Chernobyl's.
福島輻射程度和車諾比差不多。

- **pair** [pɛr] **n** 一對;一雙;一副;未婚夫婦
A *pair* of men sat at a table near the basketball court and provided commentary for the listeners of the radio broadcast.
兩位廣播員坐在籃球場旁播報桌轉播。

- **peer** [pɪr] **n** 同輩;貴族
***Peer* pressure** can be tough to deal with when a transfer student really wants to fit in.
轉學生適應新環境時,同儕壓力可能最棘手。

- **peerage** [`pɪrɪdʒ] **n** 貴族；貴族階級
The ranger was **elevated to the *peerage*** in 1850.
王室護林官在1850年晉升為貴族。

- **comparable** [`kɑmpərəbḷ] **adj** 可比較的；可匹敵的
With large-scale solar installations, the cost of electricity will be
***comparable* to** natural gas-fired power.
隨著大規模架設太陽能板，電價可能接近天然氣發電價格。

- **comparison** [kəm`pærəsṇ] **n** 比較；類似；比喻
Our prices are relatively low **in *comparison* with** our counterparts.
相較於對手，我們的價格較低。

- **disparate** [`dɪspərɪt] **adj** 不同的；異類的
When I found the movie I watched was **utterly *disparate*** from the
novel I read, I was quite astonished and disappointed.
發現電影和以前看過的小說完全不同時，驚訝又失望。

- **disparity** [dɪs`pærətɪ] **n** 不等；不同
There are great **economic *disparities*** between different regions
of the country. 國家區域經濟發展懸殊。

homo 相同

- **homogeneous** [ˌhomə`dʒinɪəs] **adj** 相似的；同類的
Not every individual in **a *homogeneous* group** is equal.
同一族群也不是每個人都平等

- **homosexual** [ˌhomə`sɛkʃʊəl] **adj** 同性戀
Some homophobes seem not to perceive a ***homosexual*
relationship** as a family relationship.
似乎有些恐同症者不會將同性戀視為一種家庭關係。

ident 相同

- **identical** [aɪ`dɛntɪkl̩] **adj** 同一的；同樣的
  Their answers were **virtually *identical***.　他們的答案幾乎一模一樣。

- **identify** [aɪ`dɛntə͵faɪ] **v** 辨識；確認
  The emission of waste water has **been *identified* as** a source of
  pollution.　我們已證實廢水排放是汙染源。

- **identification** [aɪ͵dɛntəfə`keʃən] **n** 識別；鑒定；身分證
  The applicants were required to **enclose a copy of his or her**
  identification in the envelope for their college application.
  根據規定，不論性別，大學申請人都要在信封內附上一份身分證影本。

- **identity** [aɪ`dɛntətɪ] **n** 同一；身分
  It is important for the indigenous people to remain culturally
  distinct and **maintain their unique sense of *identity***.
  對原住民來說，保有文化獨特及認同感很重要。

simil 相同

- **simile** [`sɪmə͵lɪ] **n** 直喻；明喻
  This sentence, "The truth was like a bad taste on his tongue."
  contains a ***simile***.
  這句「真相就像殘留在舌頭上的壞味道。」有一個明喻。

- **similarity** [͵sɪmə`lærətɪ] **n** 相似；相似處
  The ***similarity*** of symptoms makes it difficult for doctors to
  diagnose.　病狀相似，醫生難以診斷。

- **simulate** [`sɪmjə͵let] **v** 假裝；類似
  The military forces of several countries joined together to conduct
  an exercise ***simulating*** an invasion on a beach.
  幾個國家聯合軍演，模擬敵軍搶灘。

- **simultaneous** [ˌsaɪml̩ˋtenɪəs] `adj` 同時發生的；同時存在的
Simultaneous explosions were reported near a mosque in the Saudi Arabian city of Qatif.
據報導，兩起爆炸事件同時發生在沙國城市蓋提夫附近的清真寺。

- **simultaneously** [saɪməlˋtenɪəslɪ] `adv` 同時發生地；同時存在地
The cost accounting manager attempts to maximize sales and profits **simultaneously**.
成本經理盡力同時達到銷售量和利益極大化。

- **assemble** [əˋsɛmbl̩] `v` 裝配；聚集
This new technology can be used to gather and **assemble data** quickly.　這個新科技可用來快速收集資料。

- **assembly** [əˋsɛmblɪ] `n` 集合；集會；裝配
The pupils usually attend **school assembly** in the hall at 8:30 a.m.
學生經常早上八點三十分在禮堂參加集會。

- **assimilate** [əˋsɪml̩ˌet] `v` 同化；使相似
Some believe it is impossible to **fully assimilate into** American society if you are not white.
有些人相信如果你不是白人就不可能完全融入美國社會。

- **assimilation** [əˌsɪml̩ˋeʃən] `n` 同化
The earlier those students are introduced to science, the smoother the **assimilation** of this body of knowledge will be.
學生越早接觸自然科學，越能將融會貫通。

- **resemble** [rɪˋzɛmbl̩] `v` 相像；相似
The bride **resembles** her mother very closely.
新娘和媽媽長得很像。

- **facsimile** [fækˋsɪməlɪ] `n` 傳真；複製
I need a **facsimile** of the original manuscript.
我需要一份原稿複本。

hetero 不同的

- **heterodox** [ˋhɛtərəˏdɑks] adj 異端的
  The monk was different from his pious contemporaries and **espoused *heterodox* views** on the afterlife.
  該僧人異於當時的虔誠佛教徒，他擁護的來生觀點被視為異端邪說。

- **heterogeneous** [ˏhɛtərəˋdʒɪnɪəs] adj 異類的；不同的
  Social media are often seen as **a *heterogeneous* array** of commercial platforms for sharing information and exchanging viewpoints.
  一般認定社群媒體是由資訊分享及觀點交流的各式商業平台所組成。

- **heteronym** [ˋhɛtərəˏnɪm] n 同形異音字
  Wind in this sentence, "She tried to wind her watch as the wind blew her hair into her eyes." is an example of a *heteronym*.
  「她試調手錶時，頭髮給風吹進了眼睛。」句中的wind是一個同形異音字的例子。

- **heterosexual** [ˏhɛtərəˋsɛkʃʊəl] adj 異性戀
  Gay rights advocates insisted that same sex relationships should have the same legal status as *heterosexual* relationships.
  同志權利倡議者堅決主張同性戀者和異性戀者享有同等法律地位。

var 不同的

- **vary** [ˋvɛrɪ] v 變化；多樣化；不同
  This painting is a composite of many photographs that ***vary* in style**.
  這幅畫是由風格迥異的相片拼湊而成。

- **variable** [ˋvɛrɪəbl̩] adj 可變的；易變的
  The weather was always **at its most *variable*** in winter and it's haziest over their field.
  冬天的天氣總是變化多端，大霧籠罩四野。

- **varied** [ˋvɛrɪd] `adj` 各式各樣的

  In the construction site, **a *varied* group of** workers are engaged in their jobs.

  建築工地內多組工人辛勤工作著。

- **various** [ˋvɛrɪəs] `adj` 不同的；多樣的

  The car company is recalling the cars for ***various* problems**.

  汽車公司因各種不同理由而召回汽車。

- **variation** [͵vɛrɪˋeʃən] `n` 變化；變動

  The drug company tested over 900 ***variations*** of the drug before they succeeded in finding the best formula to patent and sell.

  藥廠申請專利和藥物上市前，測試了九百多種藥物才成功找出最佳配方。

- **variety** [vəˋraɪətɪ] `n` 變化；多樣化；品種

  The foreign tourist was surprised by **the *variety* of choices** that were available in the convenience store.

  外國旅客對於便利商店能提供這麼多選擇感到訝異。

- **variform** [ˋvɛrɪ͵fɔrm] `adj` 多種形態的

  The picture is composed of **a *variform* landscape** and rich vegetation.

  這幅畫由多樣景觀及豐富植被組成。

mut 變化

- **mutual** [ˋmjutʃʊəl] `adj` 相互的；共有的

  ***Mutual* respect**, trust and understanding are the key ingredients to strengthen the bond of any relationship.

  互相尊重、信任和理解是強化任何關係的重要特質。

- **mutable** [ˋmjutəbl̩] `adj` 易變的；三心二意的

  The book is probing **the *mutable* nature** of love.

  這本書以愛的善變本質為探討對象。

- **mutability** [ˌmjutə`bɪlətɪ] **n** 易變性
The very diversity of Elvis Presley's fans suggests the *mutability* of his performance.
貓王粉絲群跨度顯示他的表演型態多變。

- **mutation** [mju`teʃən] **n** 變異；突變種
According to the Theory of Evolution, small changes happen over time because of **genetic *mutation***.
根據進化論，細微改變會因基因突變而隨著時間而產生。

- **commute** [kə`mjut] **v** 通勤；換算；減刑
In recent years, more and more people have been *commuting* from Adelaide to Melbourne every day for work.
近年來，每天越來越多人從阿德雷德通勤到墨爾本上班。

- **commutation** [ˌkɑmjʊ`teʃən] **n** 通勤；換算；減刑
The president has refused the inmate's request for ***commutation of sentence***.
總統駁回受刑人的減刑要求。

- **commuter** [kə`mjutɚ] **n** 通勤者
The train was **packed with *commuters*** in the morning or evening peak hours.
早晨和傍晚交通尖峰時刻火車擠滿通勤者。

- **transmute** [træns`mjut] **v** 變形；變質
The alchemist sought to *transmute* base metals **into** gold and silver.
煉金師試著把賤金屬變成黃金和白銀。

選擇與判斷

opt
選擇

- **opt** V 選擇
- **opt**ion N 選擇
- **opt**ional adj 可選擇的
- ad**opt** V 採用
- ad**opt**ion N 採用
- ad**opt**able adj 可採用的
- ad**opt**ive adj 領養關係的

lect
選擇

- e**lect** V 選舉
- e**lect**ion N 選出
- e**lect**orate N 選民
- se**lect**ion N 挑選
- col**lect**ion N 收集
- di**lig**ently adv 勤勉地
- ele**g**ant adj 高雅的
- eli**g**ible adj 適任的

- intel**lig**ence N 智力
- intel**lig**ent adj 有智力的
- intel**lig**ible adj 易理解的
- neg**lect** N 疏忽
- neg**lig**ence N 疏忽
- neg**lig**ent adj 疏忽的
- neg**lig**ible adj 不重要的

cri
判斷

- **cri**sis N 危機
- **cri**terion N 標準
- **crI**ticize V 批評
- **cri**ticism N 批評
- **cri**tic N 評論家
- **cri**tical adj 批評的
- hypo**cri**tical adj 偽善的

liber
權衡

- **libr**a N 磅
- de**liber**ate adj 故意的
- de**liber**ation N 考慮

pend
衡量

- com**pens**ate Ⅴ 償還
- com**pens**ation ⓝ 償還
- indis**pens**able adj 不可或缺的
- dis**pens**ary ⓝ 藥局
- **pois**e ⓝ 鎮定
- **pond**er Ⅴ 仔細考慮

fid
信任

- **fid**elity ⓝ 忠誠
- **faith** ⓝ 信心
- **faith**ful adj 忠誠的
- con**fid**e Ⅴ 吐露
- con**fid**ence ⓝ 信心
- con**fid**ent adj 自信的
- con**fid**ant ⓝ 知己

- con**fid**ential adj 機密的
- de**fy** Ⅴ 蔑視
- de**fi**ant adj 大膽的
- dif**fid**ent adj 無自信的
- per**fid**y ⓝ 背信
- per**fid**ious adj 背信的

cred
相信

- **cred**it ⓝ 信用
- **cred**itor ⓝ 債權人
- **cred**ible adj 可靠的
- **cred**ibility ⓝ 可靠性
- **cred**ential ⓝ 介紹信
- **creed** ⓝ 信條
- ac**cred**it Ⅴ 歸功於
- dis**cred**it Ⅴ 不信任
- in**cred**ibly adv 難以置信地
- in**cred**ulous adj 不輕信的
- mis**creant** ⓝ 惡棍

rat
推理

- **rat**ion ⓝ 定額
- **rat**ional adj 理性的
- **rat**ionale ⓝ 理論
- **rat**ionalize Ⅴ 使合理化
- ir**rat**ional adj 不合理的
- **rat**ify Ⅴ 批准
- **rat**io ⓝ 比率

lect 選擇

- **elect** [ɪˋlɛkt] **v** 選舉；推舉
The legislators the people ***elected*** are expected to propose constructive legislation to deal with food safety and environmental health problems.
普遍期待人民選出的新科立委能提出處理食安及環境衛生的建設性法案。

- **election** [ɪˋlɛkʃən] **n** 選出；當選；選舉權
The chairperson of this party is the first woman to **run for *election* for the presidency**. 黨主席是第一個角逐總統大位的女性。

- **electorate** [ɪˋlɛktərɪt] **n** 選民；選區
In Nevada, 75 percent of **Latino *electorate*** voted for Obama.
內華達州百分七十五的拉丁裔選民投票支持歐巴馬。

- **selection** [səˋlɛkʃən] **n** 挑選
The chef was preparing a big meal for visiting members of the royal family, so they offered **an outstanding *selection*** of wine to accompany the fine meal.
主廚為到訪的皇室成員準備豐盛佳餚，拿出精選美酒佐菜。

- **collection** [kəˋlɛkʃən] **n** 收集；採集；收藏品
The vault is an improvement to house the museum's ***collection*** of prehistoric pottery.
博物館典藏庫設計是一大進步，專門存放博物館的史前時代陶器。

- **diligently** [ˋdɪlədʒəntlɪ] **adv** 勤勉地
The manager **worked *diligently*** to get the attention of his boss, because he wanted to transfer to the new office to take over the position there.
經理為獲取老闆青睞而勤奮工作，因為他想調到新辦公室佔缺。

- **elegant** [ˋɛləgənt] **adj** 高雅的；優雅的
The host impressed us because he appeared with **a very *elegant* suit**, a tie and cufflinks.
男主人穿西裝、打領帶，別上袖扣現身，讓大家印象深刻。

- **eligible** [ˋɛlɪdʒəbḷ]　adj　適任的；合格的
  The senior factory chief is **eligible for** early retirement this year.
  資深廠長今年符合提早退休的申請資格。

- **intelligence** [ɪnˋtɛlədʒəns]　n　智力；情報
  Chess is an ancient game of strategy that tests the player's mental abilities, as it requires more than just **intelligence**.
  西洋棋是考驗玩家腦力的古老策略遊戲，需要的不只是聰明才智而已。

- **intelligent** [ɪnˋtɛlədʒənt]　adj　有智力的；聰穎的
  The British idiom, "not the full shilling," means slow and not very **intelligent**.
  英國諺語：「沒有滿滿的先令。」意思是又笨又慢。

- **intelligible** [ɪnˋtɛlədʒəbḷ]　adj　易理解的
  The instructor is often **intelligible** to her students when she talks with food in her mouth.
  老師講話時嘴巴含著食物，學生常聽不懂。

- **neglect** [nɪgˋlɛkt]　n　疏忽；忽略
  The police arrested the parents of the toddlers, who were obviously the victims of **neglect**.
  警方逮捕幼兒的父母，意外很顯然是他們的粗心造成的。

- **negligence** [ˋnɛglɪdʒəns]　n　疏忽；過失
  Death due to their **negligence** received harsh criticism.
  人為疏失造成的死亡遭到嚴厲批評。

- **negligent** [ˋnɛglɪdʒənt]　adj　疏忽的
  Once a doctor was **negligent** in treating the patient, leading to medical disputes.
  醫生治療病患時，一旦疏失就可能導致醫療糾紛。

- **negligible** [ˋnɛglɪdʒəbḷ]　adj　不重要的
  The transfer student's knowledge of French is **negligible**.
  轉學生幾乎不懂法語。

opt 選擇

- **opt** [ɑpt] **v** 選擇
  Most consumers will **opt for** the less expensive goods.
  大部分消費者會選擇較便宜的商品。

- **option** [`ɑpʃən] **n** 選擇
  There is a growing realization that wind energy is **the best option** environmentally.
  從環境的觀點來看,大家慢慢了解風力能源是最佳選擇。

- **optional** [`ɑpʃənḷ] **adj** 可選擇的;隨意的
  The journey is flexible and allows free time to explore on your own or the opportunity to join **an optional excursion**.
  這個旅程相當彈性,提供個人探索的自由時間或參加自選行程的機會。

- **adopt** [ə`dɑpt] **v** 採用;領養
  It was reported that American singer Michael Jackson **adopted a boy**, unbeknownst to his friends.
  據報導,美國歌手麥克傑克森領養一個小孩,卻不讓朋友知道。

- **adoption** [ə`dɑpʃən] **n** 採用;領養
  Adoption services will give the full facts to adoptive parents.
  領養部門會提供領養父母完整的相關內容。

- **adoptable** [ə`dɑptəbḷ] **adj** 可採用的;可領養的
  We can follow the procedures to determine whether the child is **adoptable**.
  我們可依程序決定是否領養小孩。

- **adoptive** [ə`dɑptɪv] **adj** 領養關係的
  Harrison is **the adoptive father** of his wife's two children.
  哈里森是他老婆兩個孩子的養父。

cri 判斷

- **crisis** [`kraɪsɪs] **n** 危機
  It's depressing to see nearly half of my friends being unemployed during **the financial *crisis***.
  金融危機時看到幾乎一半的朋友失業，我相當沮喪。

- **criterion** [kraɪˋtɪrɪən] **n** 標準
  One of the ***criterion*** for earning a certification for working on a cruise ship is knowing how to swim.
  取得郵輪工作證照的一個標準是會游泳。

- **criticize** [`krɪtɪˌsaɪz] **v** 批評
  Government intervention to support this emerging industry is **widely *criticized***.
  政府因介入支持新興企業而飽受各界批評。

- **criticism** [`krɪtəˌsɪzəm] **n** 批評；吹毛求疵
  The playlet has attracted **widespread *criticism*** for profane language and perceived sexism.
  短劇的褻瀆言語和可見的性別歧視備受批評。

- **critic** [`krɪtɪk] **n** 評論家
  As **the chief film *critic*** for The New York Times, Vincent Canby delivered trenchant insights and wry humor in film and theater reviews.
  身為《紐約時報》首席電影評論家，文森特·肯柏針對電影及劇場的評論見解犀利卻又反諷幽默。

- **critical** [`krɪtɪkl̩] **adj** 批評的；重要的；吹毛求疵的
  The report is **highly *critical*** of the country's record on human rights.
  報導嚴重批評該國人權紀錄。

- **hypocritical** [ˌhɪpəˋkrɪtɪkl̩] **adj** 偽善的
  I was fed up with the ***hypocritical* and selfish** religious leaders.
  我受夠這些偽善自私的宗教領袖。

liber 權衡

- **libra** [`laɪbrə] **n** 磅

  Libra, borrowed from Latin, was the forerunner of the monetary unit pound.

  Libra（磅）這個借自拉丁文的單字是現今貨幣單位pound（磅）的先導。

- **deliberate** [dɪ`lɪbərɪt] **adj** 故意的；深思熟慮的

  It was not **a deliberate decision** to study abroad.

  出國念書不是一個深思熟慮的決定。

- **deliberation** [dɪ,lɪbə`reʃən] **n** 考慮；審議

  After one day of **deliberation**, the marketing executive decided to accept their offer.

  經過一天的深思熟慮，銷售主管決定接受報價。

pend 衡量

- **compensate** [`kɑmpən,set] **v** 償還；補償

  After the severe typhoon, many homes were lost, and insurance agents were sent to assess the damage to **compensate** the owners.

  強颱過後，許多房屋全毀，保險經紀人前來評估災情以賠償屋主。

- **compensation** [,kɑmpən`seʃən] **n** 償還；補償

  The resident received **a small amount of compensation** from the police for damage caused to the garage in his house during the raid.

  警方逮補過程造成住戶車庫受損，因此屋主獲得小額賠償金。

- **indispensable** [,ɪndɪs`pɛnsəbḷ] **adj** 不可或缺的；不可避免的

  Smartphones have become **an indispensable part** of our lives.

  智慧型手機成為我們生活中不可或缺的一部分。

- **dispensary** [dɪ`spɛnsərɪ] **n** 藥局

  After leaving the emergency room, Jason went directly to the **dispensary**.　詹森離開急診室，直接到藥局。

- **poise** [pɔɪz] n 鎮定；均衡
The student delivered a speech **with confidence and *poise*** on the stage.
學生在台上演說時，流露一股沉著自信氣息。

- **ponder** [`pɑndɚ] v 仔細考慮；衡量
The president sat ***pondering* over** the problem the whole night.
總裁坐了一整晚仔細思考問題。

fid 信任

- **fidelity** [fɪ`dɛlətɪ] n 忠誠；逼真度
The government has launched several HIV prevention programs, but the scholar insisted that it was not up to the law to enforce **marital *fidelity***.
政府推行愛滋防治計畫，但該名學者堅持不該透過法律強迫恪守婚姻忠貞。

- **faith** [feθ] n 信心；信仰；信條；忠誠
Faith in adolescence influences educational achievements and future performance.
青少年的信念影響教育成就和未來表現。

- **faithful** [`feθfəl] adj 忠誠的
We would like to thank all our ***faithful* supporters** of the local high school soccer teams.
我們要感謝當地高中足球隊的所有忠實支持者。

- **confide** [kən`faɪd] v 吐露，傾訴（祕密）
The new employee ***confided* to** her friends that she was scared of her boss.
新員工向朋友吐露她對老闆的懼意。

- **confidence** [`kɑnfədəns] n 信心；信任；大膽
I often feel isolated and **lacking in *confidence*** in the new school environment.
新的學校環境中我常感到孤立沒自信。

- **confident** [`kɑnfədənt] **adj** 自信的；沉著的；大膽的
  The teacher wants her students to **feel *confident* about** asking questions when they do not understand.
  老師希望學生不懂的地方能勇敢發問。

- **confidant** [ˌkɑnfɪ`dænt] **n** 知己
  Israeli ambassador to the United Nations is **a close *confidant*** of the prime minister.
  以色列駐聯合國大使是以色列總理的知己。

- **confidential** [ˌkɑnfə`dɛnʃəl] **adj** 機密的；獲信任的
  Both parties agree to keep **strictly *confidential*** all personal information.　　兩方都同意嚴守人事機密。

- **defy** [dɪ`faɪ] **v** 蔑視；藐視；公然反抗
  Despite the strike, several workers have ***defied* the majority decision** of the trade union and gone into work.
  儘管罷工了，幾個工人還是公然藐視工會多數決定，逕自回去工作。

- **defiant** [dɪ`faɪənt] **adj** 大膽的；反抗的
  Cosmo maintained **a *defiant* attitude** towards the tyrant and was reluctant to cooperate with him.
  科茲莫對暴君仍持反抗態度，拒絕合作。

- **diffident** [`dɪfədənt] **adj** 無自信的；謙遜的
  The office assistant **was *diffident* about** stating his opinion.
  辦公室助理怯於表達意見。

- **perfidy** [`pɝfədɪ] **n** 背信；出賣
  The audit manager has been accused of ***perfidy***, malingering, and duplicity.
  審計經理被指控背信、詐病及詐騙。

- **perfidious** [pɚ`fɪdɪəs] **adj** 背信的；不忠實的
  This song is about a forsaken woman with **a *perfidious* lover**.
  這是一首關於棄婦和負心人的歌。

cred 相信

- **credit** [ˋkrɛdɪt] n 信用；存款；學分；功勞
  The police officer **received no *credit*** for saving the hostages' lives.　警官未因解救人質性命而獲得獎勵。

- **creditor** [ˋkrɛdɪtɚ] n 債權人
  The financially troubled company is seeking to liquidate company assets and **pay its *creditors***.
  面臨財務困難的公司設法變賣公司資產償債。

- **credible** [ˋkrɛdəbḷ] adj 可靠的；可信的
  It was **barely *credible*** that the boy was able to defeat the reigning chess champion.
  男孩能夠擊敗現任西洋棋冠軍非常不可置信。

- **credibility** [ˌkrɛdəˋbɪlətɪ] n 可靠性；確實性
  The deputy general manager complained that his adversary attacked him and tried to **undermine his *credibility***.
  副總經理抱怨對手攻訐，試圖削弱他的威信。

- **credential** [krɪˋdɛnʃəl] n 介紹信；資歷；資格；資格證書
  The U.S. Republican presidential candidate has refused to **issue press *credentials*** to several news organizations.
  美國總統候選人拒發記者證給幾個特定新聞機構。

- **creed** [krid] n 信條；教條
  Those political parties have **diverse and opposing political *creeds***.　政黨的政治信念相當多元歧異。

- **accredit** [əˋkrɛdɪt] v 歸功於；委派；信任
  Lightbulb is a great invention ***accredited* to** Edison.
  一般認為燈泡是愛迪生的偉大發明之一。

- **discredit** [dɪsˋkrɛdɪt] v 不信任；懷疑；恥辱
  The presidential candidate's ***discredited* theories** about autism caused a massive spike in Google searches.
  總統候選人讓人質疑的自閉症理論，造成Google引擎搜尋量暴增。

- **incredibly** [ɪnˈkrɛdəblɪ] **adv** 難以置信地
  The resort keeps its exclusive status by charging an ***incredibly high*** room rate.
  渡假勝地以高檔住宿費獨樹一格。

- **incredulous** [ɪnˈkrɛdʒələs] **adj** 不輕信的；表示懷疑的
  We were all surprised that the line supervisor asked such **an *incredulous* question**.
  我們訝異生產線主管會問這麼難以置信的問題。

- **miscreant** [ˈmɪskrɪənt] **n** 惡棍
  The new law has been passed to **discourage *miscreants***.
  懲戒歹徒的新法律通過了。

rat 推理

- **ration** [ˈræʃən] **n** 定額；定量
  The refugees lined up, waiting for their **daily *ration* of food and water** in the morning hours.
  難民早上起來排隊領取每日定量的食物和水。

- **rational** [ˈræʃənl̩] **adj** 理性的；推理的；合理的；頭腦清醒的
  The widow has been too upset to be ***rational***.
  寡婦心煩意亂，頭腦無法清醒。

- **rationale** [ˌræʃəˈnæl] **n** 理論；原理；根本原因；基本原理
  I do not know the ***rationale*** behind the shop manager's decision to quit.
  我不知道店經理辭職的背後原因。

- **rationalize** [ˈræʃənl̩ˌaɪz] **v** 使合理化；以理論說明
  The exchange student could not ***rationalize* her urge** to return to the old house.
  交換學生無法合理說明迫切想回老家的原因。

- **irrational** [ɪˈræʃən] adj 不合理的；無理性的；荒謬的
  You will find some people have ***irrational* feelings** of hostility against blacks.
  你會發現有些人無理地對黑人產生敵意。

- **ratify** [ˈrætəˌfaɪ] v 批准
  The decision will have to **be *ratified* by** the executive board meeting.
  這個決定需要行政會議同意才能執行。

- **ratio** [ˈreʃo] n 比率；比例；係數
  In our company with 4,400 employees, **the *ratio* of** men to women is 7 to 3.
  我們公司四千四百位員工的男女比率是七比三。

幾何

later
邊

- **later**al adj 側面的
- col**later**al n 旁系親屬
- uni**later**al adj 單方的
- bi**later**al adj 雙邊的

lin
線

- **lin**e n 線
- **lin**ear adj 線的
- de**lin**eate v 畫出輪廓
- de**lin**eation n 描寫
- dead**lin**e n 截止日期
- guide**lin**e n 指導方針
- on**lin**e adj 在線的
- head**lin**e n 標題

- **angl**e n 角度
- **angul**ar adj 有角的
- tri**angl**e n 三角形
- tri**angul**ar adj 三角形的
- equi**angul**ar adj 等角的
- rect**angl**e n 矩形

angl
角度

- dia**gon**al adj 對角線的
- penta**gon** n 五角形
- hexa**gon**al adj 六角形的
- hepta**gon** n 七角形
- octa**gon**al adj 八角形的

gon
角

ortho
直的／正的

- **ortho**dox adj 正統的
- **ortho**graphic adj 拼字的
- **ortho**pedic n 整形外科
- **ortho**dontics n 牙齒矯正的

rect
直的

- di**rect** adj 直接的
- di**rect**ion n 指導
- di**rect**ive n 指令
- di**rect**or n 指揮者
- di**rect**ory n 指南
- e**rect** v 豎立
- e**rect**ion n 直立
- e**rect**ile adj 可建立的

circ
圓

- **circ**le n 圓圈
- **circ**ular adj 圓形的
- **circ**ulate v 循環
- **circ**ulation n 循環
- **circ**uit n 環行
- **circ**uitous adj 迂迴的
- **circ**us n 馬戲團
- **circ**umcisc v 環切
- **circ**umference n 圓周
- **circ**umnavigate v 環遊
- **circ**umspect adj 慎重的
- **cycl**e n 週期
- re**cycl**e v 回收
- **cycl**one n 龍捲風
- en**cycl**opedia n 百科全書

glob
球

- **glob**al adj 全球的
- **glob**alize v 全球化
- **glob**alization n 全球化

lin 線

- **line** [laɪn] **n** 線；直線
Some students cannot write in **a straight *line*** unless they have lined paper to help guide them along the page.
除非用橫線紙寫，否則有些學生寫字很難工整。

- **linear** [ˋlɪnɪɚ] **adj** 線的；直線的
The business planning staff has asked if this can be done for an ordinary type of structure such as **a *linear* order**.
企業策畫人員問是否可以用線性結構這樣的普通結構呈現。

- **delineate** [dɪˋlɪnɪˏet] **v** 畫出輪廓；描寫
The trip route is **clearly *delineated*** on the map.
地圖上的旅遊路線描繪地非常清晰。

- **delineation** [dɪˏlɪnɪˋeʃən] **n** 描寫；簡圖
The artist's work with **exquisite *delineation*** of insects and dewdrops is definitely a masterpiece.
藝術家的畫作精心描繪昆蟲及露珠，的確是名家手筆。

- **deadline** [ˋdɛdˏlaɪn] **n** 截止日期
The ***deadline*** for submissions is Monday, September 4th.
作業繳交期限是九月四日，星期一。

- **guideline** [ˋgaɪdˏlaɪn] **n** 指導方針；指導原則；準則
These previously **issued *guidelines*** on employee selection procedures are superseded by the new ones.
之前頒布的員工篩選程序準則已由新準則取代。

- **online** [ˋɑnˏlaɪn] **adj** 在線的；網上的
Many people believe that the 3-D printer is an invention that will change the way people shop for products ***online***.
許多人相信3D列印是一項改變線上購物習慣的發明。

- **headline** [ˋhɛdˌlaɪn] **n** （報紙的）標題；（電視或廣播的）內容提要
  The governor **made *headlines*** when he displayed the courage to face the angry crowd.
  州長展現勇氣，面對憤怒群眾，因此上了新聞頭條。

later 邊

- **lateral** [ˋlætərəl] **adj** 側面的；旁邊的
  Plucking of **the *lateral* shoots** of all the chrysanthemums in the garden is time consuming.
  拔除花園內菊花的旁枝很耗時。

- **collateral** [kəˋlætərəl] **n** 旁系親屬；抵押品
  My uncle put up his farm as ***collateral*** for a loan.
  我叔叔用自己的農場抵押貸款。

- **unilateral** [ˌjunɪˋlætərəl] **adj** 單方的；單獨的
  The party leader made a plea for immediate ***unilateral* nuclear disarmament** yesterday.
  昨天政黨領導人片面提出立即裁減核武的訴求。

- **bilateral** [baɪˋlætərəl] **adj** 雙邊的；互惠的
  These two countries finally **reached a *bilateral* agreement** after prolonged and intense talks.
  兩國在拉鋸緊張談判後終於達成雙邊協議。

angl 角度

- **angle** [ˋæŋg!] **n** 角度；觀點；方面
  In any triangle, the shortest side is opposite **the smallest *angle*.**
  任何一個三角形中，最短邊都對應最小角。

- **angular** [ˋæŋgjələ] **adj** 有角的；笨拙的
  The fashion model's face is too ***angular*** and her bones poke through the flesh making her look like a scare crow.
  時裝模特兒臉型有稜有角，全身皮包骨，活像個稻草人。

- **triangle**　[ˋtraɪˌæŋg!]　**n**　三角形；三角鐵
  The teacher taught the students how to find the area of **an isosceles *triangle***.
  這個老師教導學生們怎麼求等腰三角形的面積。

- **triangular**　[traɪˋæŋgjələ]　**adj**　三角形的；三重的；三方的
  The breakfast stand around the corner sells **dainty *triangular* sandwiches**.
  轉角那家早餐店有賣美味的三明治。

- **equiangular**　[ˌikwɪˋæŋgjələ]　**adj**　等角的
  The test asks students to compare the attribute of being an equilateral triangle with that of being **an *equiangular* triangle**.
  這個測驗要求學生比較等邊三角形和等角三角形的性質。

- **rectangle**　[rɛkˋtæŋg!]　**n**　矩形；長方形
  The kids do not know how to **find the perimeter of a *rectangle***.
  這些小孩們不知道怎麼算長方形的周長。

gon 角

- **diagonal**　[daɪˋægən!]　**adj**　對角線的
  You can draw **a *diagonal* line** to link the two points, dividing the rectangle into two triangles.
  你可以畫一條線連接兩點，將長方形切分成兩個三角形。

- **pentagon**　[ˋpɛntəˌgɑn]　**n**　五角形
  A *pentagon* shaped sign is used to warn drivers to watch for schoolchildren.
  五角形號誌是用來提醒駕駛要留意學童。

- **hexagonal**　[hɛkˋsægən!]　**adj**　六角形的
  This **abandoned *hexagonal* building** has been reborn as a museum.　廢棄的六角形建築已改建成博物館。

- **heptagon** [`hɛptə͵gɑn] **n** 七角形
  A **heptagon** is a seven-sided polygon.
  七邊形是七個邊的多邊形。

- **octagonal** [ɑk`tægənl] **adj** 八角形的
  There are nine faces in **an octagonal pyramid**.
  八角錐有九個面。

ortho 直的／正的

- **orthodox** [`ɔrθə͵dɑks] **adj** 正統的；傳統的
  The funeral director no longer holds those **orthodox views** and
  has not for years.
  禮儀師幾年前就不接受這些傳統觀點。

- **orthographic** [͵ɔrθə`græfk] **adj** 拼字的；拼字正確的；正投影的
  The way your French name is written must conform to the
  orthographic conventions of the language.
  你的法文名字一定要符合法文拼字慣例。

- **orthopedic** [͵ɔrθə`pɪdɪk] **n** 整形外科；矯正手術
  If you need **orthopedic treatment**, we can offer you the latest
  treatments and therapies.
  如果要整形，我們提供最新療程。

- **orthodontics** [ɔrθə`dɑntɪk] **n** 牙齒矯正的
  The goals of **orthodontic treatment** include having a healthier
  mouth, a beautiful smile, and teeth that are more likely to last a
  lifetime.
  牙齒矯正治療是為了口腔健康、美麗笑容及用一輩子的牙齒。

rect 直的

- **direct** [də`rɛkt] **adj** 直接的；坦白的
  You can **take a direct bus to** Taipei.
  你可以搭直達客運到台北。

- **direction** [dəˈrɛkʃən] **n** 指導；說明；方向
The couple went on a road trip between Los Angeles and Las Vegas without a map or **_directions_**, and they ended up getting lost and having an adventure.
夫婦沒帶地圖或指南就進行洛杉磯和拉斯維加斯之間的公路之旅，結果迷了路，變成探險之旅。

- **directive** [dəˈrɛktɪv] **n** 指令，命令
The teacher **issued a _directive_** about not eating snacks during lunchtime.
老師禁止學生午餐時間吃零食。

- **director** [dəˈrɛktɚ] **n** 指揮者；導演；處長
The company _director_ launched new programs to help the integration of new staff into the team.
公司主管推動新方案來協助新員工融入團隊。

- **directory** [dəˈrɛktərɪ] **n** 指南
Printed versions of **the telephone _directory_** are no longer provided due to the high cost of publishing.
由於印刷費用龐大，紙本電話簿不再提供。

- **erect** [ɪˈrɛkt] **v** 豎立；建立
Police **_erected_ barricades** to keep the protesters from approaching the building.
警方築起街壘阻止抗議群眾接近建築物。

- **erection** [ɪˈrɛkʃən] **n** 直立；豎立；勃起
The government has **authorized the _erection_ of** a large tent city for the refugees.
政府批准為難民搭建大型帳篷城。

- **erectile** [ɪˈrɛktɪl] **adj** 可建立的；勃起的
Ongoing **_erectile_ dysfunction** can cause stress, affect your self-confidence and prevent sexual intercourse.
持續勃起功能障礙會造成壓力、影響自信，無法發生性行為。

circ 圓

- **circle**　[`sɝk!]　**n**　圓圈；週期；環狀物；範圍
  The students **sat in a *circle***, listening to their teacher telling a fairy tale.
  學生圍成一圈，坐著聽老師講童話故事。

- **circular**　[`sɝkjələ]　**adj**　圓形的；巡迴的；循環的
  With a little practice, you will know how to fold ***circular tablecloths*** into neat little squares.
  稍作練習，你就知道怎麼把圓形桌布摺成整齊的小正方形。

- **circulate**　[`sɝkjə͵let]　**v**　循環；散布；巡迴
  The class leader ***circulated* a birthday card** for everyone to sign for Mr. Chou.
  班長傳一張周老師生日卡片要大家簽名。

- **circulation**　[͵sɝkjə`leʃən]　**n**　循環；流通；發行數量
  The massage therapist has therapeutic techniques that can speed up **blood *circulation*** and the healing of muscles.
  按摩治療師有一些治療法可加速血液循環和肌肉復原。

- **circuit**　[`sɝkɪt]　**n**　環行；巡迴；電路
  The novelist earned windfall profits of NT$2,000,000 **on the lecture *circuit*** last year.
  小說家去年巡迴演講賺了兩百萬的意外款項。

- **circuitous**　[sɚ`kjuɪtəs]　**adj**　迂迴的；繞行的
  The defendant started **a *circuitous* explanation** of what he did and where he stayed yesterday, but all of his details were vague and contradictory.
  被告對昨天做了什麼、在哪裡都拐彎抹角，細節都交代含糊、自相矛盾。

- **circus**　[`sɝkəs]　**n**　馬戲團；圓形競技場
  The aboriginal boy ran away to **join the *circus***.
  原住民男孩離家加入馬戲團。

- **circumcise** [ˋsɝkəmˌsaɪz] **v** 環切；行割禮
Though the couple were pious Muslims, they were resolute about their decision not to **circumcise** their son.
雖然夫妻是虔誠回教徒，但他們都堅持不給小孩行割禮。

- **circumference** [səˋkʌmfərəns] **n** 圓周；周圍
You may have to **work out the circumference** of a circle in this quiz.
隨堂測驗會考圓周長的計算。

- **circumnavigate** [ˌsɝkəmˋnævəˌget] **v** 環遊
The adventurer made the decision to **circumnavigate the globe** in three months or less.
探險家決定以三個月或更短時間環行地球一圈。

- **circumspect** [ˋsɝkəmˌspɛkt] **adj** 慎重的；精密的
Now that the manager had more responsibility, he **was** more **circumspect about** making decisions.
既然經理的責任加重，每個決定要更謹慎。

- **cycle** [ˋsaɪkl] **n** 週期；循環；自行車
The passing seasons see an ongoing **cycle** of birth, procreation and death.
逝去的季節見證了誕生、繁殖與死亡的無盡循環。

- **recycle** [riˋsaɪkl] **v** 回收；整修；反覆利用
Once the used cans are melted, they are **recycled into** new steel products like car parts, and fridges.
使用過的罐子熔解後，它們可回收製成車子零件或冰箱等新的鋼製品。

- **cyclone** [ˋsaɪklon] **n** 龍捲風；氣旋；環酮
Climate change increases **the severity of cyclones** and hurricanes, which are also outside their normal weather pattern.
氣候變遷使龍捲風和颶風的威力加劇，不是正常天候模式。

- **encyclopedia** [ɪnˌsaɪkləˈpidɪə] **n** 百科全書
I have collected a shelf of gorgeously **illustrated *encyclopedias***
and atlases.
我收藏了一櫃子圖例精美的百科全書和地圖集。

glob 球

- **global** [ˈglobl̩] **adj** 全球的;球形的
Several competing hypotheses for ***global* warming** are likely to
be spurious.
幾個主流的全球暖化假設可能是不實講法。

- **globalize** [ˈglobəˌlaɪz] **v** 全球化
Through innovation, we will continue to ***globalize* our products**
as well as connect with the Indian market.
透過創新,我們持續將產品推廣到全世界,並且和印度市場連結。

- **globalization** [ˌglobəlaɪˈzeɪʃən] **n** 全球化
Despite **the *globalization* of** the fashion industry, non-Western
fashion designers are incorporating elements of other cultures into
their work.
儘管全球時尚產業趨於同化,非西方的時尚設計師仍在作品中融入其他文
化元素。

中間概念

medi
中間

- **medi**um n 媒介物
- **medi**ocre adj 平凡的
- **medi**ation n 調解
- **medi**ator n 中間人
- **medi**eval adj 中古時代的
- **Medi**terranean n 地中海
- im**medi**ate adj 直接的
- inter**medi**ate adj 中間的

centr
中心

- **center** n 中央
- **centr**al adj 中央的
- **centr**alism n 中央集權主義
- **centr**ipetal adj 向心的
- **centr**ifugal adj 離心的
- con**centr**ation n 專注
- de**centr**alize v 分散
- ec**centr**ic adj 偏執的
- ec**centr**icity n 怪癖
- helio**centr**ic adj 以太陽為中心的

meso
中間

- **meso**phyll n 葉肉
- **Meso**potamia n 美索不達米亞

pol
軸

- **pol**e n 極
- **pol**ar adj 極地的
- circum**pol**ar adj 極地的
- **pol**arization n 兩極化

單元MP3

cruc
交叉

- **cruc**iate adj 十字形的
- **cruc**iform adj 十字形的
- **cruc**ifix n 十字架
- **crus**ade n 十字軍
- **cruis**e v 乘船旅行
- **cruc**ial adj 關鍵的
- **crux** n 關鍵

demi
一半

- **demi**lune adj 半月狀
- **demi**god n 半神半人

hemi
一半

- **hemi**cycle n 半圓
- **hemi**sphere n 半球
- **hemi**plegic adj 半身不遂

- **semi**annual adj 半年的
- **semi**monthly adj 每月兩次的
- **semi**circle n 半圓形
- **semi**diameter n 半徑
- **semi**final n 準決賽
- **semi**official adj 半官方的

semi
一半

centr 中心

- **center** [`sɛntɚ] **n** 中央；中心；起源
  The city's citizens gathered in **civic *centers*** or local churches to vote for their local representatives.
  市民聚集在市政中心或當地教堂選出地方代表。

- **central** [`sɛntrəl] **adj** 中央的；主要的；重要的
  The *central* government imposed restrictions to local government's power. 中央政府限縮地方政府的權力。

- **centralism** [`sɛntrəlˌɪzəm] **n** 中央極權主義
  There are quite a few campaigns against **European *centralism*** around the world. 世界各地有不少歐洲中心論的反對運動。

- **centripetal** [sɛn`trɪpətl] **adj** 向心的
  What keeps the planets in orbit is ***centripetal* force**.
  讓行星依軌道運行的力量是向心力。

- **centrifugal** [sɛn`trɪfjʊgl] **adj** 離心的
  Blood circulation was ***centrifugal***: blood moved outward from the heart to the various parts of the body.
  血液循環是離心的：血液從心臟往外流至身體不同部位。

- **concentration** [ˌkɑnsɛn`treʃən] **n** 專注；集中；濃縮
  While my niece was playing the cello, there was a look of **intense *concentration*** on her face.
  我姪女拉小提琴時，臉部表情十分專注。

- **decentralize** [di`sɛntrəlˌaɪz] **v** 分散；疏散
  Since April 2000, we have ***decentralized* our operations**, setting up strategic business units throughout the world.
  2000年4月以來，我們採用分散管理，在世界各地設立策略性事業單位。

- **eccentric** [ɪk`sɛntrɪk] **adj** 偏執的；離心的
  The boy is often teased about his ***eccentric* behavior** by his classmates. 男孩的行為怪異，常遭同學嘲笑。

- **eccentricity** [ˌɛksɛnˈtrɪsətɪ] **n** 怪癖;離心率
The **eccentricity** of her views led most of the activist's friends to believe that she had gone mad.
該名行動主義者的看法怪異,大多朋友相信她瘋了。

- **heliocentric** [ˌhilioˈsɛntrɪk] **adj** 以太陽為中心的
Copernicus' account of **the heliocentric nature** of the solar system was at first refused by the church.
哥白尼的太陽中心宇宙論一開始遭教會否決。

medi 中間

- **medium** [ˈmidɪəm] **n** 媒介物;媒體;手段
The police chief instructed his men not to **disclose the evidence to** the **media** until the investigation was over.
警察局長吩咐手下偵查終結前不准向媒體透洩漏任何證據。

- **mediocre** [ˈmidɪˌokɚ] **adj** 平凡的
The community school was accused of being **ineffective and mediocre**.
社區型學校遭人指控辦學平庸,效率不彰。

- **mediation** [midɪˈeʃən] **n** 調解;仲裁
Most of the cases **are settled through mediation** or other means instead of through a court.
大部分案子不須上法院,藉由調解或其他方式就可解決。

- **mediator** [ˈmidɪˌetɚ] **n** 中間人;調停者
A **mediator** was appointed to assist in finding a resolution to the dispute.
公司指派一名調解人協助找出化解紛爭的方法。

- **medieval** [ˌmɪdɪˈivəl] **adj** 中古時代的
Last weekend, we saw in the gallery **a medieval painting** of ships full of soldiers leaving for crusades.
我們上週在畫廊看到一幅中世紀畫作,船上滿載士兵出發十字軍東征。

- **Mediterranean** [ˌmɛdətə'renɪən] **n** 地中海
You can enjoy a delightful dinner with your friends while you take a leisurely **Mediterranean** cruise.
乘船悠哉飽覽地中海風光的同時，你可以和朋友享受一頓愉悅的晚餐。

- **immediate** [ɪ'midɪt] **adj** 直接的；立即的
There is **an immediate reaction** against the company's new working hour policy.
公司工時新政策一推出，馬上出現反彈聲浪。

- **intermediate** [ˌɪntə'midɪət] **adj** 中間的
The grammar course is specifically tailored to **intermediate learners** of English.
文法課程是特別為中階英語程度學習者量身打造。

meso 中間

- **mesophyll** [`mɛsə,fɪl] **n** 葉肉
In this lesson, we'll be looking at **mesophyll**, the material that makes up the majority of a plant's leaves.
這堂課我們將看到「葉肉」這種構成植物葉子的主要物質。

- **Mesopotamia** [ˌmɛsəpə'temɪə] **n** 美索不達米亞
This mysterious archaeological finding was discovered accidentally with many amazing artifacts being excavated from **Mesopotamia**.
隨著許多歎為觀止的古物在美索不達米亞平原出土，意外揭開這項神祕的考古發現。

pol 軸

- **pole** [pol] **n** 極
During the blackout, several workers were assigned to carry out some repairs on **a high voltage electricity pole**.
停電期間幾名員工被派遣出來維修高壓電塔。

- **polar** [`polɚ] **adj** 極地的
  The melting **polar ice caps** are causing the oceans to rise.
  逐漸融化的兩極冰冠導致海平面逐漸上升。

- **circumpolar** [ˌsɝkəm`polɚ] **adj** 極地的；環繞極地的
  The circumpolar area is one of the sparsely populated regions in the world.
  環極圈是世界人口最稀疏的地帶之一。

- **polarization** [ˌpolərə`zeʃən] **n** 兩極化
  The **polarization** of wealth has caused some deep-seated problems or conflicts in our society.
  雙峰貧富差距造成社會一些根深蒂固的問題和衝突。

cruc 交叉

- **cruciate** [`kruʃɪɪt] **adj** 十字形的
  A **cruciate pattern suture** was placed in the skin after the operation.
  病患手術後，皮膚留下一道十字型縫合傷口。

- **cruciform** [`krusəˌfɔrm] **adj** 十字形的
  The warrior in black armor held his **cruciform sword** firmly
  身披黑色鎧甲的武士手中緊握十字劍。

- **crucifix** [`krusəˌfɪks] **n** 十字架
  The police said Mr. Wu's 5-carat **gold crucifix necklace** was missing.　警方說吳先生的五克拉黃金十字架項鍊不翼而飛。

- **crusade** [kru`sed] **n** 十字軍；改革運動
  During his whole life, the human rights lawyer has been engaged **in a crusade for** freedom.　人權律師一生投入追求自由改革運動。

- **cruise** [kruz] **v** 乘船旅行；巡邏；巡航
  The boss of the travel agency and his friends were **cruising off** the Florida coast before sunrise.
  旅行社老闆和朋友在破曉之前從佛州海岸搭船出遊。

- **crucial** [`kruʃəl] **adj** 關鍵的；極重要的
  Job creation will be **a *crucial* issue** in this year's presidential elections.
  創造工作機會是今年總統大選的關鍵議題。

- **crux** [krʌks] **n** 關鍵；要點
  Asking for a pay raise is **at the *crux* of** the negotiation.
  要求加薪是談判要點。

demi 一半

- **demilune** [`dɛmɪˌlun] **adj** 半月狀
  The ***demilune* table** can sell at a better price.
  半月狀桌子可賣出好價錢。

- **demigod** [`dɛməˌgɑd] **n** 半神半人
  Many Korean singers become like ***demigods*** to their fans.
  很多韓國歌手在歌迷心中神格化了。

hemi 一半

- **hemicycle** [`hɛməˌsaɪkl̩] **n** 半圓
  The solar *hemicycle* house was designed by the American architect Frank Lloyd Wright .
  太陽半圓是美國建築師法蘭克·洛伊·萊特設計的。

- **hemisphere** [`hɛməsˌfɪr] **n** 半球
  I just learned a fascinating fact that 90 percent of the world's people live in the **Northern *Hemisphere***.
  我剛得知一項驚人事實，百分九十的世界人口住在北半球。

- **hemiplegic** [ˌhɛmɪˈplidʒɪk] **adj** 半身不遂
  Post-stroke ***hemiplegic* patients** often have troubles with their activities of daily life.
  半身不遂的中風病患無法從事日常活動。

semi 一半

- **semiannual** [ˌsɛmɪˈænjʊəl] **adj** 半年的
  The company's board of directors will speak out against the new policy at its **semiannual** meeting on Friday.
  週五即將召開的半年一次會議上，董事會成員將表態反對新政策。

- **semimonthly** [ˌsɛmɪˈmʌnθlɪ] **adj** 每月兩次的
  My uncle planned a series of **semimonthly trips** for the entire family to get together.
  我伯父規畫一系列半個月一次的家族旅遊讓家族團聚。

- **semicircle** [ˌsɛmɪˈsɝkl̩] **n** 半圓形
  The desks in the conference room were placed in **a semicircular arrangement**.
  會議室桌子排列成半圓形。

- **semidiameter** [ˌsɛmɪdaɪˈæmɪtɚ] **n** 半徑
  By **measuring the semidiameter** of this small circle, you can get its circumference.
  先測量小圓半徑，就能算出圓周長。

- **semifinal** [ˌsɛmɪˈfaɪnl̩] **n** 準決賽
  The player has done really well to **reach the semifinal** game.
  選手以優異表現打入準決賽。

- **semiofficial** [ˌsɛmɪəˈfɪʃəl] **adj** 半官方的；半正式的
  Semiofficial letters are often written in a friendly and informal tone.
  半官方書信語氣通常較友善而不正式。

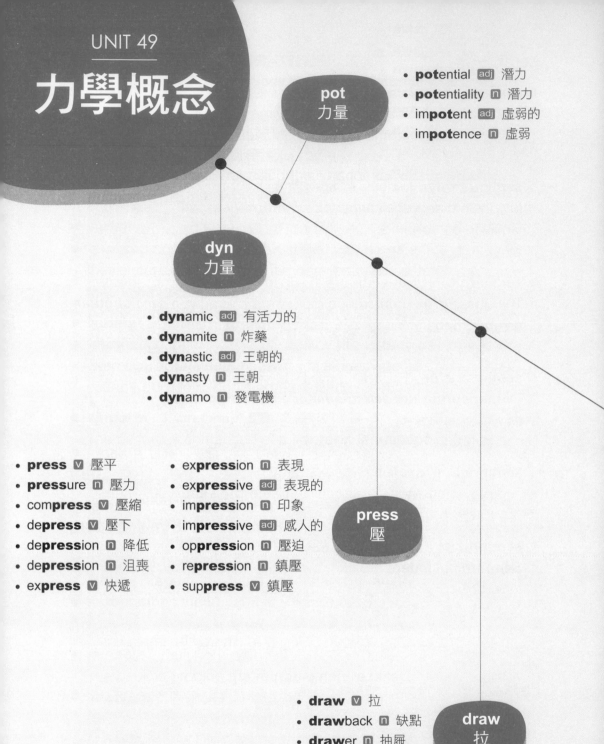

UNIT 49

力學概念

pot
力量

- **pot**ential adj 潛力
- **pot**entiality n 潛力
- im**pot**ent adj 虛弱的
- im**pot**ence n 虛弱

dyn
力量

- **dyn**amic adj 有活力的
- **dyn**amite n 炸藥
- **dyn**astic adj 王朝的
- **dyn**asty n 王朝
- **dyn**amo n 發電機

- **press** V 壓平
- **press**ure n 壓力
- com**press** V 壓縮
- de**press** V 壓下
- de**press**ion n 降低
- de**press**ion n 沮喪
- ex**press** V 快遞

- ex**press**ion n 表現
- ex**press**ive adj 表現的
- im**press**ion n 印象
- im**press**ive adj 感人的
- op**press**ion n 壓迫
- re**press**ion n 鎮壓
- sup**press** V 鎮壓

press
壓

- **draw** V 拉
- **draw**back n 缺點
- **draw**er n 抽屜
- with**draw** V 撤銷

draw
拉

tract 拉

- **tract** n 區域
- con**tract** n 合約
- con**tract**or n 承包商
- at**tract** v 吸引
- at**tract**ive adj 有吸引力的
- abs**tract** adj 抽象的
- de**tract**or n 誹謗者
- dis**tract**ion n 分心
- ex**tract** v 抽離
- pro**tract** v 拖長
- re**tract** v 撤回
- sub**tract** v 減去

duc 引導

- con**duc**e v 貢獻
- con**duc**t v 傳導
- de**duc**tion n 扣除
- e**duc**ation n 教育
- in**duc**e v 招致
- intro**duc**e v 介紹
- pro**duc**tion n 生產
- pro**duc**tive adj 多產的
- pro**duc**tivity n 生產力
- repro**duc**e v 複製
- re**duc**e v 減少
- se**duc**e v 誘惑
- ab**duc**t v 綁架

pel 驅動

- com**pel** v 強迫
- com**pul**sory adj 強迫的
- im**pul**sive adj 衝動的
- pro**pel** v 推進
- re**pel**lent n 驅蟲劑
- ap**peal** v 訴諸
- ap**peal**ing adj 懇求的
- re**peal** n 廢除
- ex**pul**sion n 驅逐
- re**pul**sive adj 令人厭惡的

pend 懸掛

- **pend**ing adj 未決定的
- ap**pend**ix n 附屬物
- com**pend**ious adj 概略的
- de**pend** v 取決於
- inde**pend**ence n 獨立
- de**pend**able adj 可靠的
- sus**pend** v 懸掛

dyn 力量

- **dynamic** [daɪ`næmɪk] `adj` 有活力的；高效率的
  Language development is seen as **a dynamic process**, that is to say, involving a set of variables interacting over time.
  語言發展被視為一個動態過程，亦即包含一組變數隨著時間的交互作用。

- **dynamite** [`daɪnəˌmaɪt] `n` 炸藥；精力充沛的人
  The result of the Brexit referendum is political **dynamite** for the EU countries.
  英國脫歐公投結果對歐盟成員國是一顆政治震撼彈。

- **dynastic** [daɪ`næstɪk] `adj` 王朝的；朝代的
  Emperors in **dynastic China** were not absolute sovereigns, for their power was limited by the bureaucracy.
  中國各朝代帝王未完全掌握統治權，其權力被官僚政治給局限住。

- **dynasty** [`daɪnəstɪ] `n` 王朝；朝代
  The 20th century saw two major reformations in China's society, including **the fall of a Dynasty**, the rise and fall of a Republic, and the rise of a Communist state.
  二十世紀見證中國社會兩大變革——清朝滅亡後中華民國的興衰，共產國家的崛起。

- **dynamo** [`daɪnəˌmo] `n` 發電機；精力充沛的人
  The marketing specialist was a brilliant organizer, and **a human dynamo**.
  行銷專員是組織高手，永遠精力充沛。

pot 力量

- **potential** [pə`tɛnʃəl] `adj` 潛力；可能性
  Soil liquefaction has long been associated with **the potential cause** of building collapse during an earthquake.
  長期以來，土壤液化一直被視為地震期間建物倒塌的潛在因子。

- **potentiality** [pə,tɛnʃɪ`ælətɪ] **n** 潛力；可能性
  In this arid area, not every rose seed **has the *potentiality* to** develop into a rose bush.
  在這不毛之地，並非每一顆玫瑰花種子都有潛力長成玫瑰樹叢。

- **impotent** [`ɪmpətənt] **adj** 虛弱的
  Learning that her husband's death was caused by the missile misfiring, the woman was **seized with an *impotent* anger**.
  婦人得知丈夫遭飛彈誤射死亡時，既憤怒又無力。

- **impotence** [`ɪmpətəns] **n** 虛弱
  The parliament keeps demonstrating its **political *impotence***.
  國會持續顯露政治疲憊。

press 壓

- **press** [prɛs] **v** 壓平；強迫；堅持
  The girl ***pressed*** her face **against** her boyfriend's cheek.
  女孩將臉貼在男友臉頰上。

- **pressure** [`prɛʃɚ] **n** 壓力；困厄
  Don't vent your frustration on your parents who have already **suffered great *pressure***.
  不要將挫折發洩在飽受壓力的父母身上。

- **compress** [kəm`prɛs] **v** 壓縮；鎮壓
  You can ***compress*** your training **into** a one-month intensive program if this is practical for you.
  如果可行的話，你可將訓練壓縮成一個月密集課程。

- **depress** [dɪ`prɛs] **v** 壓下；抑制；使沮喪；使蕭條
  Living in a narrow room with a lack of light will make inhabitants **feel *depressed***.
  住在狹小缺乏光線的房間會讓居住者陷於憂鬱。

- **depression** [dɪ`prɛʃən] **n** 降低；蕭條；沮喪；窪地；低氣壓
The woman has suffered from **post-natal *depression*** for a few months.
婦人得到產後憂鬱症好幾個月了。

- **depression** [dɪ`prɛʃən] **n** 沮喪；不景氣；低氣壓
When students show **signs of *depression***, teachers may refer them to a counselor.
一旦發現學生有憂鬱徵兆，老師可以轉介給輔導老師處理。

- **express** [ɪk`sprɛs] **v** 快遞；快車；表達
Though their minds were very perceptive, people who suffer from autism have different way of ***expressing* themselves**.
儘管自閉症患者內心敏銳，他們表達感受的方式和常人不同。

- **expression** [ɪk`sprɛʃən] **n** 表現；表達；表情；措辭
You can easily tell from the instructor's ***expression*** that something serious must have happened.
從指導員的表情不難發現一定發生了嚴重的事情。

- **expressive** [ɪk`sprɛsɪv] **adj** 表現的；意味深長的
The *expressive* faces in the kindergarten class indicated that the children enjoyed the new teacher's class.
從幼兒園孩童臉上生動的表情可得知大家喜歡新老師的課。

- **impression** [ɪm`prɛʃən] **n** 印象；感想
In order to to **make a good *impression***, the new teacher motivated the students with the humor of funny videos.
為了給學生留下好印象，新老師用幽默有趣的影片引發學習動機。

- **impressive** [ɪm`prɛsɪv] **adj** 感人的；令人印象深刻的
Korean athletes produce ***impressive* performances** in the taekwondo competition.
韓國運動員在跆拳道比賽中表現令人讚嘆。

- **oppression** [ə`prɛʃən] ☐n☐ 壓迫；鎮壓；沈悶
The aboriginals suffered years of **political *oppression*** and cultural deprivation.
當地原住民遭受多年的政治壓迫及文化剝奪。

- **repression** [rɪ`prɛʃən] ☐n☐ 鎮壓；抑制
The father and his son were fleeing **political *repression*** in Syria to seek political asylum in Germany.
父子逃離敘利亞政治高壓，前往德國尋求政治庇護。

- **suppress** [sə`prɛs] ☐v☐ 鎮壓；刪除；禁止發行
The actress took some pills to ***suppress* her appetite** and avoid overeating and gaining weight.
女演員服用幾顆藥丸克制食慾，防止飲食過量及增重。

draw 拉

- **draw** [drɔ] ☐v☐ 拉；吸引；抽出；描繪
It's not easy to ***draw* a clear distinction between** the meanings of "love" and "like."
要清楚劃分「愛」和「喜歡」不容易。

- **drawback** [`drɔ͵bæk] ☐n☐ 缺點；障礙；退款
One of the **main *drawbacks*** associated with the use of social media is its privacy.
使用社群媒體其中一個主要缺點是隱私。

- **drawer** [`drɔɚ] ☐n☐ 抽屜
Some parents like to go rummaging through their kids' ***drawers***.
有的父母喜歡亂翻孩子的抽屜。

- **withdraw** [wɪð`drɔ] ☐v☐ 撤銷；提款；領回；收回
The politician ***withdrew* from public life** when he lost the presidential election.
該政治人物角逐總統失利後不再參與公開活動。

tract 拉

- **tract** [trækt] **n** 區域；土地
  The villa is surrounded by **vast *tracts* of agricultural land**.
  度假別墅坐落於大片農田之間。

- **contract** [`kɑntrækt] **n** 合約
  Before you start building your home, you need to have **a *contract* with** the construction company.
  開始興建房子前，必須先與建設公司簽約。

- **contractor** [`kɑntræktɚ] **n** 承包商；收縮肌
  The in-flight meal service is provided by **private *contractors***.
  飛機餐點服務是由一家私人承包商提供。

- **attract** [ə`trækt] **v** 吸引
  To ***attract*** more customers, the largest local ferry company reduced the ferriage.
  當地最大的渡船公司壓低票價以吸引更多顧客。

- **attractive** [ə`træktɪv] **adj** 有吸引力的；嫵媚的
  Many professional actors prefer a meal of fresh vegetables and fruit to **maintain their *attractive* figure**.
  許多專業藝人為了維持迷人身材而選擇以新鮮蔬果果腹。

- **abstract** [`æbstrækt] **adj** 抽象的；抽象派的；空想的
  Good and evil are ***abstract* concepts**, dealing with ideas rather than events.
  善和惡是抽象概念涉及想法，事件本身並無善惡。

- **detractor** [dɪ`træktɚ] **n** 誹謗者
  My ***detractors*** never acknowledge that the organic foods they ridicule actually might help the planet.
  我的批評者從未想過他們所揶揄的有機蔬果可能對地球有益。

- **distraction** [dɪˋstrækʃən] **n** 分心；娛樂；發狂
The problems we are having with our assistant manager **drove us to distraction**. 跟協理之間的問題令我們抓狂。

- **extract** [ɪkˋstrækt] **v** 抽離；蒸餾；摘要；引用
Unlike natural gas, shale gas **is extracted from** shale rock using hydraulic fracturing methods.
有別於天然氣，頁岩氣是運用水力壓裂方法從頁岩層蒸餾出來的。

- **protract** [proˋtrækt] **v** 拖長；延長
Avert **protracted negotiations** that may cause delays in the project and budgetary overruns.
要避免拖延協商，因為可能會造成計畫延誤和預算超支。

- **retract** [rɪˋtrækt] **v** 撤回；收回
It is rude to **retract an invitation** to be a best man.
答應當伴郎卻又反悔很沒禮貌。

- **subtract** [səbˋtrækt] **v** 減去，扣除
Six **subtracted** trom nine equals three.
九減六等於三。

duc 引導

- **conduce** [kənˋdjus] **v** 貢獻；引起
I don't know whether these acts will **conduce to** prosperity or adversity. 我不知道這些行動將促進繁榮或適得其反。

- **conduct** [kənˋdʌkt] **v** 傳導；指揮
When **conducting a survey**, you must adhere to two important ethical issues – confidentiality and informed consent.
調查時必須恪遵兩個重要學術倫理議題：保密和知情同意。

- **deduction** [dɪˋdʌkʃən] **n** 扣除；扣除額；推論
The employer may **make deductions** from an employee's wages upon providing seven days' notice.
雇主須七天前通知員工才可扣薪。

- **education** [ˌɛdʒʊˈkeʃən] **n** 教育
The engineer grew up and **received most of her *education*** in Australia. 工程師在澳洲長大及完成大部分學業。

- **induce** [ɪnˈdjus] **v** 招致；引誘；說服
The therapist used a common method to ***induce* hypnosis** for the patient, which was to swing a shiny coin in front of the patient's face.
治療師用普通方法催眠病人，他在病人面前左右擺動閃亮銅板讓他睡著。

- **introduce** [ˌɪntrəˈdjus] **v** 介紹；納入；引進
The chairman was pleased to ***introduce*** the new president of the company **to** the board members during the annual shareholder's meeting.
主席在年度股東大會上開心地向董事會介紹公司新任董事長。

- **production** [prəˈdʌkʃən] **n** 生產；出示
The phone maker confirmed that the new model is **going into *production*** next year.
電話製造商證實明年開始生產新型手機。

- **productive** [prəˈdʌktɪv] **adj** 多產的；富創造力的
The fertile and *productive* land is degrading into a desert due to human overexploitation.
人類過度開發使肥沃富饒的土地退化成沙漠。

- **productivity** [ˌprodʌkˈtɪvətɪ] **n** 生產力
New technology leads to ***productivity* increases** in your company.
新科技增加公司生產力。

- **reproduce** [ˌriprəˈdjus] **v** 複製；翻印；複寫；重演；重現；重做
No one has been able to ***reproduce* the success** of the famous noodle shop, because no one knows the restaurant's special ingredient.
不知道特殊祕方，沒人能夠複製知名麵店的成功經驗。

- **reduce** [rɪ`djus] **v** 減少；減價；還原
The misunderstanding can be **effectively *reduced*** by the interposition of a third party.
藉由第三方仲裁可有效排解誤會。

- **seduce** [sɪ`djus] **v** 誘惑；使入歧途
The janitor once tried to ***seduce* every single female colleague** in the office.
管理員曾企圖引誘辦公室每位單身女員工。

- **abduct** [æb`dʌkt] **v** 綁架；誘拐
The media mogul who disappeared a few days ago may have been ***abducted***.
幾天前失蹤的媒體大亨可能遭到綁架。

pel 驅動

- **compel** [kəm`pɛl] **v** 強迫
Female students in this school **were *compelled* to** wear skirts even in winter before the Ministry of Education liberalized students' dress code.
教育部鬆綁校服規定之前，該校女學生即便是冬天也被迫穿著裙子到校。

- **compulsory** [kəm`pʌlsərɪ] **adj** 強迫的；義務的；必修的
Receiving primary education or elementary education is ***compulsory*** by law.
接受國中小教育是法律賦予的義務。

- **impulsive** [ɪm`pʌlsɪv] **adj** 衝動的
My mom said her marriage with Dad was a result of **an *impulsive* decision**.
我老媽說會和老爸結婚是沖昏了頭。

- **propel** [prə`pɛl] **v** 推進；驅使
A positive attitude and ambition helped to ***propel*** the young programmer to reach great heights in his career.
正向態度和企圖心有助於年輕程式設計師達到事業高峰。

- **repellent** [rɪ`pɛlənt] **n** 驅蟲劑
  Using **the mosquito *repellent*** can protect you from exposure to mosquitoes.
  使用防蚊液可免於蚊蟲叮咬。

- **appeal** [ə`pil] **v** 訴諸；呼籲；懇求；控訴
  Given the opportunity to ***appeal* to tactility**, students are able to learn more effectively.
  讓學生多以觸覺學習會更有效率。

- **appealing** [ə`pilɪŋ] **adj** 懇求的；令人動心的
  The singer already has **an *appealing* personality**, but his full beard is making him look sexier.
  歌手的特質深具魅力，滿臉的絡腮鬍看起來更加性感。

- **repeal** [rɪ`pil] **n** 廢除；撤回
  The campaigners support the reform or ***repeal* of the euthanasia law**.
  社運人士支持改革或廢除安樂死法條。

- **expulsion** [ɪk`spʌlʃən] **n** 驅逐；放逐
  If your child is **facing *expulsion* from school**, you should be aware of certain legal rights that may help keep your child in the classroom.
  如果孩子面臨學校開除，你應留意可繼續留在教室上課的一些法律權利。

- **repulsive** [rɪ`pʌlsɪv] **adj** 令人厭惡的
  These gigantic flowers could produce **a *repulsive* smell**.
  巨大的花朵可能產生令人作噁的味道。

pend 懸掛

- **pending** [`pɛndɪŋ] **adj** 未決定的
  The committee still needs to discuss **the *pending* matter** before making a final decision.
  委員會最後決定前仍需討論這件懸而未決的事件。

- **appendix** [ə`pɛndɪks] n 附屬物；附錄；補遺；盲腸
  The patient will **have his *appendix* taken out** next month.
  下個月病患要做盲腸切除手術。

- **compendious** [kəm`pɛndɪəs] adj 概略的；簡潔的
  This dictionary **has a *compendious* collection** of more than 50,000 English adjectives and 5,000 common and technical English nouns.
  簡明字典收錄五萬多個英語形容詞及常用五千專業名詞術語。

- **depend** [dɪ`pɛnd] v 取決於；依賴；信任
  The other key aspects of predictability ***depend* on** the system, itself.
  其他可預測的關鍵因素在系統本身。

- **independence** [ˌɪndɪ`pɛndəns] n 獨立
  The activists are **fighting for *independence*** and liberation from tyranny.
  行動主義者為獨立和脫離暴君統治而奮鬥。

- **dependable** [dɪ`pɛndəbl̩] adj 可靠的
  In the past three years, Spike has been the most ***dependable* partner**.
  過去三年中，斯派克是我們最可靠的夥伴。

- **suspend** [sə`spɛnd] v 懸掛；暫停營業
  As a good reader, you have to ***suspend* your judgment** on the book you're reading until you finish it.
  身為優質讀者，書沒讀完不做評論。

大與多

grand
大的

- **grand** adj 偉大的
- **grand**iose adj 宏偉的
- **grand**eur n 偉大
- **grand**parent n 祖父母
- ag**grand**ize v 增大

ampl
大的

- **ampl**e adj 充分的
- **ampl**ify v 放大
- **ampl**ifier n 放大鏡

macro
大的／長的

- **macro**cosm n 總體
- **macro**economics n 總體經濟學
- **macro**scopic adj 巨視的

magn
大的

- **magn**ify v 放大
- **magn**ifier n 擴大者
- **magn**itude n 重要
- **magn**ificent adj 莊嚴的
- **magn**iloquent adj 誇張的
- **magn**ate n 偉人
- **magn**animous adj 心胸寬大的

- **max**imum adj 最大的
- **max**imal adj 最大的
- **max**imize v 使極大化
- **maj**or adj 較多的
- **maj**ority n 多數
- **maj**esty n 威嚴
- **maj**estic adj 莊嚴的

單元MP3

- **multi**tude n 多數
- **multi**ply v 乘
- **multi**media adj 多媒體的
- **multi**cultural adj 多種文化的
- **multi**parous adj 多產的
- **multi**purpose adj 多目的的
- **multi**farious adj 各式各樣的

poly
多

- **poly**gon n 多角形
- **poly**morphous adj 多形的
- **poly**andry n 一妻多夫的
- **poly**gamy n 一夫多妻的
- **poly**syllable n 多音節字

plen
充滿的

- **plen**ly adj 充裕的
- **plen**itude n 充足
- **plen**tiful adj 豐富的
- accom**pli**shment n 完成
- com**ple**ment v 補充
- com**ple**mentary adj 補充的
- com**pli**ment n 稱讚
- com**pli**mentary adj 祝賀的
- im**ple**ment v 實施
- sup**ple**ment n 補遺
- sup**ple**mentary adj 補遺的
- sup**pli**er n 供應者

- **sat**isfy v 令人滿意
- **sat**isfaction n 滿意
- **sat**isfactory adj 令人滿意的
- **sat**iation n 飽食
- in**sat**iable adj 不知足的
- **sat**ire n 諷刺
- **sat**urate v 浸透
- **sat**uration n 浸透

sat
充滿的

ampl 大的

● **ample** [`æmpl] adj 充分的；寬敞的
There is **ample evidence** of war crimes committed by both sides in the religious conflict.
有充分證據證明宗教衝突中兩陣營的罪刑。

● **amplify** [`æmplə‚faɪ] v 放大；詳述
The city council is very strict about using **amplified music** outdoors.
市議會對於戶外擴音播放音樂管控非常嚴格。

● **amplifier** [`æmplə‚faɪr] n 放大鏡；擴音器
The shop sells **audio amplifiers** for superb sound quality, and energy efficiency.
店家銷售音質最佳和效能最好的擴音器。

grand 大的

● **grand** [grænd] adj 偉大的；高貴的
The job has **a grand title**, but the most important quality you need is flexibility.
工作頭銜冠冕堂皇，但是你需要最重要的特質是隨機應變。

● **grandiose** [`grændɪos] adj 宏偉的；誇大的
The college student has a lot of **grandiose plans** for the future, but nobody believes that he'll ever realize them.
大學生有許多宏大的未來計畫，但沒人相信他會落實。

● **grandeur** [`grændʒɚ] n 偉大；高貴
The photographer often uses drones to capture **the grandeur of beautiful mountains**. 攝影師常用空拍機捕捉壯麗山景。

● **grandparent** [`grænd‚pɛrənt] n 祖父母
When parents are unable to raise their children, **grandparents** often need to step in to assume the responsibility.
父母無法養育兒女時，祖父母常要一肩扛起責任。

- **aggrandize** [əˈgrænˌdaɪz] **v** 增大

Politicians tend to *aggrandize* **themselves** to gain status and control of people.

政客往往靠吹捧獲得地位，進而達到控制大眾的目的。

macro 大的／長的

- **macrocosm** [ˈmækrəˌkazəm] **n** 總體；大宇宙

The *macrocosm* of the society is reflected in the microcosm of each human being.

從每個個體可以窺見整體社會樣貌。

- **macroeconomics** [ˌmækroˌikəˈnamɪks] **n** 總體經濟學

My professor's interests include labor economics, *macroeconomics,* and finance.

教授的興趣包括勞動經濟學、總體經濟學及金融。

- **macroscopic** [ˌmækrəˈskapɪk] **adj** 巨視的；肉眼可視的

Macroscopic **photographs** reveal the dazzling beauty of bees in detailed close ups.

微距攝影以特寫呈現令人目眩神迷的蜜蜂之美。

magn 大的

- **magnify** [ˈmægnəˌfaɪ] **v** 放大；擴大

The prodigal son's internal tumult **was *magnified* by** the external tensions he experienced with his family.

浪子和家人的緊繃關係讓他內心更為紊亂。

- **magnifier** [ˈmægnəˌfaɪɚ] **n** 擴大者；放大鏡

Handheld electronic *magnifiers* are generally easy for the visually impaired to use.

一般而言，視覺受損能夠輕易操作掌上型電子助視器。

- **magnitude** [ˋmæɡnəˏtjud] **n** 重要；光度
The severe earthquake, registering 6.5 in ***magnitude***, rocked the tourist city of Kumamon in southern Japan.
規模6.5的強烈地震撼動日本南部光觀城市熊本。

- **magnificent** [mæɡˋnɪfəsənt] **adj** 莊嚴的；動人的
If you have a chance to take in **the *magnificent* views** of the Alps, it can give you tears of joy.
有機會一覽阿爾卑斯山壯闊景色會讓你喜極而泣。

- **magniloquent** [mæɡˋnɪləkwənt] **adj** 誇張的
The mayor **delivered a *magniloquent* speech** welcoming the arrival of the queen.
市長發表華麗演說歡迎女王到訪。

- **magnate** [ˋmæɡnet] **n** 偉人；巨擘
Trump was already **a prominent real estate *magnate*** in the mid-80's.
川普在80年代中葉已是聲明顯赫的房地產大亨。

- **magnanimous** [mæɡˋnænəməs] **adj** 心胸寬大的；心地高尚的
Remember to keep being ***magnanimous*** in victory and gracious in defeat in the contest.
比賽勝利時不忘待敵寬厚，落敗時記得身段優雅。

- **maximum** [ˋmæksəməm] **adj** 最大的；最多的
The athletes are **putting forth *maximum* effort** in order to be a winning team.
為了成為冠軍隊伍，運動員做了最大努力。

- **maximal** [ˋmæksəml] **adj** 最大的
The training speed of the runner corresponded to **the *maximal* speed** achieved at the end of the first month.
跑者平日訓練速度維持在第一個月練習後達到的最大速度。

- **maximize**　[ˋmæksəˏmaɪz]　**v**　使極大化
Firms and business owners always seek to *maximize* **profits and benefits**.
公司和企業主總是追求最大獲利。

- **major**　[ˋmedʒɚ]　**adj**　較多的；主修的；成年的
The president interposed to **stop the factionalism** between the two *major* powers.
為了阻止兩大派系鬥爭，總統出手調解。

- **majority**　[məˋdʒɔrətɪ]　**n**　多數；過半數；成年
A *majority* **of** the factory workers and local farmers opposed the sit-down strikes.
大部分工廠員工和當地農民都反對以靜坐罷工作為抗議方式。

- **majesty**　[ˋmædʒɪstɪ]　**n**　威嚴；尊嚴；陛下
The queen's *majesty* and beauty spoke to me in ways that nobody had ever been able to.
我察覺到女王陛下獨具的莊嚴和美麗。

- **majestic**　[məˋdʒɛstɪk]　**adj**　莊嚴的；高貴的
As you travel through the Himalayas, you will be awed by **the** *majestic* **beauty** of its sleep and towering mountains.
到喜馬拉雅山旅遊時，崢嶸山勢之美會讓你讚嘆。

multi 多

- **multitude**　[ˋmʌltəˏtjud]　**n**　多數；群眾
The resignation of the prime minister has unquestionably intensified the country's *multitude* **of** problems.
毫無疑問，總理下台只是讓許多問題更加惡化。

- **multiply**　[ˋmʌltəplaɪ]　**v**　乘；增加；繁殖
Harmful bacteria are able to *multiply* **rapidly** in warm, moist conditions.
有害細菌能在溫暖潮濕的環境快速滋生。

- **multimedia**　[mʌltɪˋmidɪə]　adj　多媒體的
There is an increasing demand for ***multimedia* training programs** nowadays.
今日多媒體訓練課程的需求逐漸增加。

- **multicultural**　[ˌmʌltɪˋkʌltʃərəl]　adj　多種文化的
People place more emphasis on the role of education in **a *multicultural* society**.
多元文化社會中，教育的角色越來越受重視。

- **multiparous**　[mʌlˋtɪpərəs]　adj　多產的
***Multiparous* women** are more likely than first-time mothers to experience uterine rupture, if the delivery is obstructed.
生產過程一旦受阻，經產婦比起初產婦子宮更易破裂。

- **multipurpose**　[ˌmʌltɪˋpɜpəs]　adj　多目的的
There are two ***multipurpose* halls** and two rental conference rooms in the building.
建築物有兩間多功能大廳和兩間出租會議室。

- **multifarious**　[ˌmʌltəˋfɛrɪəs]　adj　各式各樣的
The entrepreneur has become a wealthy man because of his ***multifarious* business activities**.
企業家多角化經營事業而致富。

poly 多

- **polygon**　[ˋpɑlɪˌɡɑn]　n　多角形
Triangles, rectangles, and squares are ***polygons***.
三角形、長方形及正方形都是多邊形。

- **polymorphous**　[pɑlɪˋmɔrfəs]　adj　多形的；多態的
Education is **a *polymorphous* concept**, and an elusive one to define.
教育是個多樣態觀念，也是難以界定的概念。

- **polyandry** [ˈpɑlɪˌændrɪ] **n** 一妻多夫的
Polygyny and **polyandry** are not allowed in most countries today.
今日多數國家不允許一妻多夫及一夫多妻制。

- **polygamy** [pəˈlɪgəmɪ] **n** 一夫多妻的
Male polygamy was believed to serve a social purpose, allowing unmarried women to find a partner.
普遍相信一夫多妻的存在有其社會目的，能讓未婚女性找到伴侶。

- **polysyllable** [ˈpɑləˌsɪləbl] **n** 多音節字
A **polysyllable** is a word containing many syllables, such as catastrophe and globalization.
多音節字是包含多個音節的字，例如「災害」和「全球化」這兩個單字。

plen 充滿的

- **plenty** [ˈplɛntɪ] **adj** 充裕的
Sailors carried **plenty of** lemons, which helped avoid scurvy during a long voyage.
水手攜帶足夠的檸檬以避免長途航行中罹患敗血症。

- **plenitude** [ˈplɛnəˌtjud] **n** 充足
This beautiful park, with **a plenitude of** activities, attracts festival visitors every spring.
漂亮的公園每年春天會舉辦許多活動吸引參加節慶的旅客。

- **plentiful** [ˈplɛntɪfəl] **adj** 豐富的；充分的
Agriculture relies on **a plentiful supply** of water for irrigation.
農業仰賴充足的灌溉水。

- **accomplishment** [əˈkɑmplɪʃmənt] **n** 完成；成就
My students, without a doubt, are **my greatest accomplishment**.
毫無疑問，我的學生是我的最大成就。

- **complement** [ˈkɑmpləmənt] **v** 補充
The vocalist's voice **complements** the instrument perfectly.
聲樂家的歌聲和樂器演奏搭配完美。

- **complementary** [ˌkɑmpləˈmɛntərɪ] **adj** 補充的；互補的
  Red and green are **complementary colors**.
  紅色和綠色是互補色。

- **compliment** [ˈkɑmpləmənt] **n** 稱讚；恭維
  The opposition party attacked me as a capitalist, which I **take as a compliment**. 反對黨攻擊我是資本主義者，我視之為恭維。

- **complimentary** [ˌkɑmpləˈmɛntərɪ] **adj** 祝賀的；恭維的
  The coach was **highly complimentary about** the team.
  教練高度讚賞隊伍的表現。

- **implement** [ˈɪmpləmənt] **v** 實施；貫徹
  After the project is **implemented** next year, the company will start mass production of the new watch.
  明年計畫實施後，公司會開始量產新錶。

- **supplement** [ˈsʌpləmənt] **n** 補遺
  Our exclusive retirement insurance project provides a **supplement** to a teacher's retirement pension.
  我們獨家推出退休保險計畫以補足教師退休金的不足。

- **supplementary** [ˌsʌpləˈmɛntərɪ] **adj** 補遺的；追加的
  The single mother works two jobs at the same time and works part-time every weekend to earn **a supplementary income**.
  單親媽媽媽同時做兩份工作，週末又兼差賺取額外收入。

- **supplier** [səˈplaɪə] **n** 供應者
  Flu shots are available from our **usual supplier**.
  我們經常合作的流感疫苗供應商有現貨了。

sat 充滿的

- **satisfy** [ˈsætɪsˌfaɪ] **v** 令人滿意；賠償
  The biology teacher's answer did not **satisfy my curiosity** at all.
  生物老師的回答無法滿足我的好奇心。

- **satisfaction** [ˌsætɪsˈfækʃən] **n** 滿意；償還；義務履行
  In fact, the sculptor **derived great *satisfaction* from** his carvings in ivory.
  事實上，雕刻家從象牙雕刻中獲得很大的滿足感。

- **satisfactory** [ˌsætɪsˈfæktərɪ] **adj** 令人滿意的；圓滿的
  The legal definition of what is and what is not embezzlement is not ***satisfactory***.
  挪用公款的法律定義令人不滿意。

- **satiation** [ˌseʃɪˈeʃən] **n** 飽食
  Satiation is the sensation which prompts the termination of eating, while satiety is the feeling of fullness that persists after eating.
  飽食是停止進食的感覺，飽足感是吃飽後持續飽足的感覺。

- **insatiable** [ɪnˈseʃɪəbl] **adj** 不知足的；貪婪的
  It seems that the man has **an *insatiable* appetite** for the salacious and the scandalous.
  男子對於腥羶色的八卦消息貪得無厭。

- **satire** [ˈsætaɪr] **n** 諷刺
  The cartoonist started creating **social *satire***, playfully criticizing some social vices through mild, and light-hearted humor.
  漫畫家以輕鬆及溫和的幽默口吻創作社會諷刺作品，藉以戲謔批判一些社會惡行。

- **saturate** [ˈsætʃəˌret] **v** 浸透；滲透；飽和
  Since the volunteer had been standing in the heavy rain without an umbrella for hours, his clothing was ***saturated*** by rain.
  志工不撐傘在大雨中站了幾小時，衣服都濕透了。

- **saturation** [ˌsætʃəˈreʃən] **n** 浸透；飽和；足量供應
  There are signs that there will be **market *saturation*** in developed markets in the coming years.
  接下來幾年會出現已開發市場飽和的跡象。

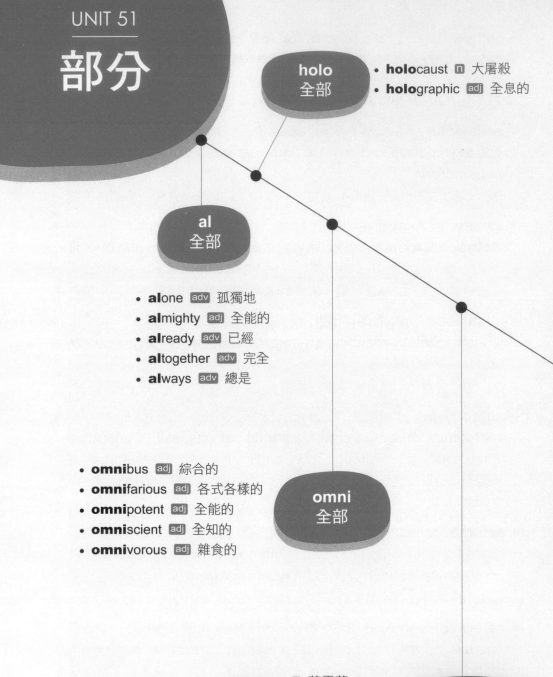

UNIT 51

部分

holo
全部
- **holo**caust n 大屠殺
- **holo**graphic adj 全息的

al
全部
- **al**one adv 孤獨地
- **al**mighty adj 全能的
- **al**ready adv 已經
- **al**together adv 完全
- **al**ways adv 總是

- **omni**bus adj 綜合的
- **omni**farious adj 各式各樣的
- **omni**potent adj 全能的
- **omni**scient adj 全知的
- **omni**vorous adj 雜食的

omni
全部

- **pan**acea n 萬靈藥
- **pan**orama n 全景
- **pan**theism n 泛神論
- **pan**demic adj 普遍流行的

pan
全部

pen
幾乎

- **pen**insula n 半島
- **pen**ultimate adj 倒數第二的

part
部分

- **part** n 部分
- **part**ner n 夥伴
- **part**nership n 合夥
- **part**ial adj 一部分的
- **part**icipate v 參與
- **part**icular adj 獨有的
- **part**icularity n 特質
- **part**isan n 同黨人士
- a**part** adv 分離地
- a**part**ment n 公寓

- com**part**ment n 區隔
- counter**part** n 副本
- de**part** v 離開
- de**part**ure n 離開
- de**part**ment n 部門
- im**part** v 分給
- im**part**ial adj 公平的
- **port**ion n 部分
- pro**port**ion n 比例

nihil
什麼都沒有

- **nihil**ist n 虛無主義者
- an**nihil**ation n 毀滅

oligo
少

- **oligo**poly n 寡頭壟斷
- **olig**emia n 血量減少

al 全部

- **alone** [ə`lon] adv 孤獨地；單獨地
  Since the 1970's, there has been a steady increase of people
  choosing to **live *alone*.**
  1970年代以來選擇獨居的人口穩定增加。

- **almighty** [ɔl`maɪtɪ] adj 全能的；無比的；可怕的
  The power of **the *almighty* dollar** allows us to live in luxury, but it
  can also ruin us.
  金錢力量萬能，讓我們奢華過活，也可能毀掉我們。

- **already** [ɔl`rɛdɪ] adv 已經
  As ***already*** mentioned by our manufacturer, the products will be
  exported to the US.
  如同製造商所言，我們會將產品外銷美國。

- **altogether** [ˌɔltə`gɛðɚ] adv 完全；總共；總之
  The expert is calling on policy makers to abolish student loans
  altogether.　專家呼籲決策者完全廢除學貸政策。

- **always** [`ɔlwez] adv 總是；永遠
  Voting booths were ***always*** located in large indoor spaces.
  投票亭總是在寬闊的室內空間。

holo 全部

- **holocaust** [`hɑlə‚kɔst] n 大屠殺
  A full-scale nuclear *holocaust* could wipe out civilization and
  ecological systems.
  一場核子浩劫可以毀滅文明和生態系統。

- **holographic** [ˌhɑlə`græfɪk] adj 全息的
  The pattern was believed to be **a *holographic* picture** created
  thousands of years ago.
  一般相信這個圖案是人類在數千年前所創造的全息圖。

omni 全部

- **omnibus** [ˋɑmnɪbəs] adj 綜合的
  I'm sure the articles will be **published in an *omnibus*** eventually.
  我確定這些文章最後會集結出版。

- **omnifarious** [ˌɑmnɪˋfɛrɪəs] adj 各式各樣的
  The contractor has **an *omnifarious* knowledge** of architecture and art.
  承包商擁有豐富的建築及藝術知識。

- **omnipotent** [ɑmˋnɪpətənt] adj 全能的 n 全能者
  We believe God is omniscient, omnipresent, ***omnipotent***, and loving.
  我們相信神無所不知、無所不在、無所不能，而且充滿慈愛。

- **omniscient** [ɑmˋnɪʃənt] adj 全知的
  The *omniscient* narrator knows everything and what is going on in any person's head.
  全知的敘述者知道一切，也知道每個故事角色的想法。

- **omnivorous** [ɑmˋnɪvərəs] adj 雜食的
  ***Omnivorous* animals**, such as bears and pigs, eat plants and the flesh of other animals.
  熊和豬等雜食動物以植物和其他動物的肉為食。

pan 全部

- **panacea** [ˌpænəˋsɪə] n 萬靈藥
  Urban agriculture is considered to be a ***panacea*** for undernourished populations in cities.
  一般認為都市農業是營養不足城市居民的萬靈藥。

- **panorama** [ˌpænəˋræmə] n 全景；範圍
  Hikers can **enjoy a *panorama*** of forest covered hills from the hut.
  登山客能從小屋欣賞到森林覆蓋的小山丘全景。

- **pantheism**　[`pænθiˌɪzəm]　🄝 泛神論
  Pantheism is the religious doctrine that everything is or contains God.　泛神論是一個相信萬物皆神或萬物皆有神的教義。

- **pandemic**　[pæn`dɛmɪk]　🄰🄳🄹 普遍流行的
  Doctors should be able to tell the difference between avian and **pandemic influenza**.
  醫生應具備分辨禽流感和全球性流感的能力。

pen 幾乎

- **peninsula**　[pə`nɪnsələ]　🄝 半島
  The 5-star hotel situated **on this peninsula** offers spectacular views for tourists.
  坐落於半島上的五星級飯店可讓遊客盡覽島上壯麗景致。

- **penultimate**　[pɪ`nʌltəmɪt]　🄰🄳🄹 倒數第二的
  In **the penultimate chapter** of the book, you can find the anwer to your question.　在書的倒數第二章可以找到答案。

part 部分

- **part**　[pɑrt]　🄝 部分；要素；本分；角色
  The climate in this small island is quite balmy **for the most part**.
  島上氣候通常都相當舒適宜人。

- **partner**　[`pɑrtnɚ]　🄝 夥伴
  In this badminton drill, each player must have a **partner** to go head-to-head against.
  羽球練習賽中，每個球員需要　名夥伴進行一對一對抗。

- **partnership**　[`pɑrtnɚʃɪp]　🄝 合夥；合作
  We work **in partnership with** other businesses to develop long-term plans for the shopping mall.
  我們和其他商家共同擬訂購物中心的長期發展計畫。

- **partial** [ˋpɑrʃəl] **adj** 一部分的；偏袒的
  This essay reflects a black-and-white thinking and **a *partial* understanding** of the current situation.
  文章觀點非黑即白，對現況的了解很偏頗。

- **participate** [pɑrˋtɪsəˌpet] **V** 參與
  Kelly was selected to travel to Turkey to ***participate* in** Model United Nations this year.
  今年大家推選凱莉前往土耳其參加模擬聯合國會議。

- **particular** [pəˋtɪkjələ] **adj** 獨有的；單獨的
  People prized the rare honey that bees produced from **a *particular* poisonous flower** as a special medicine.
  很多人將這種從有毒的特殊花朵採集釀造的罕見蜂蜜當成特效藥。

- **particularity** [pəˌtɪkjəˋlærətɪ] **n** 特質；細節
  The woman singer **studied all of the *particularities*** of the agency contract.
  女歌手逐條審視代理合約內容。

- **partisan** [ˋpɑrtəzn̩] **n** 同黨人士；游擊隊
  The ***partisans*** opened fire with their submachine guns from the woods.
  埋伏森林的游擊隊衝鋒槍火力已開。

- **apart** [əˋpɑrt] **adv** 分離地
  Smartphones have **driven us *apart*** in some ways but also have drawn us closer than ever.
  智慧型手機讓人際關係在某些面向疏離，但某個層面來說卻讓彼此關係更緊密。

- **apartment** [əˋpɑrtmənt] **n** 公寓
  Residents in **this *apartment* building** were provided access to free Internet and cable channels.
  公寓大樓住戶能免費使用網路和有線電視。

- **compartment** [kəm`pɑrtmənt] **n** 區隔
  The inner *compartment* of the tent that I own is protected by additional leak-proof cover.
  我的每一頂帳篷內襯都有外加防漏功能。

- **counterpart** [`kaʊntɚˌpɑrt] **n** 相對的人或物；副本
  The company is required to pay its female employees the same as their **male *counterparts***.
  公司需要落實男女員工同工同酬。

- **depart** [dɪ`pɑrt] **v** 離開；出發；死亡
  It was rumored that the captain of the ship was one of the first to ***depart*** after the cruise ship sank off the Italian coast.
  謠傳義大利外海大型郵輪沉船事件中，船長是第一個逃離。

- **departure** [dɪ`pɑrtʃɚ] **n** 離開；出發
  The concourse of the airport has signs directing visitors to **Arrivals and *Departures* areas**.
  機場候機大廳設有告示牌，引導旅客到出入境區。

- **department** [dɪ`pɑrtmənt] **n** 部門；系
  The operational budget for **the human resources *department*** was set aside for general expenses.
  人資部門的營運預算不從雜費支付。

- **impart** [ɪm`pɑrt] **v** 分給；傳授
  The secretary ***imparted* the information** to his best friend.
  祕書透漏消息給最好的朋友。

- **impartial** [ɪm`pɑrʃəl] **adj** 公平的；無偏見的
  The history instructor often offers ***impartial* advice** and guidance to his students.
  歷史講師常提供學生客觀公正的建議及引導。

- **portion** [`porʃən]　**n** 部分
The baseball player offered to donate **a *portion* of** his salary to help children from poor families.
棒球選手將捐出部分薪水幫助家境清寒學生。

- **proportion** [prə`porʃən]　**n** 比例；相稱
A **higher *proportion*** of men are willing to do housework than used to be the case.
願意做家事的男生比例比以往來得高。

nihil 什麼都沒有

- **nihilist** [`naɪəlɪst]　**n** 虛無主義者
As a ***nihilist***, the murderer might argue that killing is not inherently a bad thing.
根本來說，身為虛無主義者，兇手可能認為殺人不是壞事。

- **annihilation** [ə͵naɪə`leʃən]　**n** 毀滅；消滅
The candidates in the left-wing party **suffered a humiliating *annihilation*** in this election.
左派政黨候選人在選舉中慘遭全軍覆沒之恥。

oligo 少

- **oligopoly** [͵ɑlə`gɑpəlɪ]　**n** 寡頭壟斷
The future of the town is precarious, with economic independence destroyed by **market *oligopolies.***
這個鎮的未來危機重重，寡頭壟斷市場破壞其經濟獨立性。

- **oligemia** [͵ɑlɪ`gimɪə]　**n** 血量減少
A cerebral *oligemia* episode may trigger cognitive deficiencies.
大腦缺血併發症可能導致認知缺陷。

放鬆與自由

lys
放鬆

- ana**lys**is n 分解
- ana**lyz**e v 分解
- ana**lyt**ical adj 分解的
- para**lys**is n 麻痺

lax
放鬆

- **lax** adj 鬆弛的
- re**lax** v 放鬆
- re**lax**ation n 鬆弛
- re**leas**e v 釋放

- **solv**e v 解決
- **solv**able adj 可解決的
- **solu**tion n 解決
- ab**solv**e v 解除
- **solv**ent adj 有溶解力的
- ab**solu**te adj 絕對的
- ab**solu**tion n 赦免
- dis**solv**e v 溶解
- in**solv**ent adj 破產的
- re**solv**e v 決定
- re**solu**tion n 決心
- re**solv**able adj 可解決的

solv
鬆懈

quit
釋放

- **quit** v 停止
- ac**quit** v 免除
- ac**quit**tal n 履行
- unre**quit**ed adj 無回報的

tend 伸展

- **tend** V 傾向
- **tend**ency N 趨勢
- at**tend** V 出席
- at**tent**ion N 注意
- con**tend** V 爭辯
- dis**tend** V 擴張
- ex**tend** V 擴大
- ex**tens**ion N 範圍
- ex**tens**ive adj 廣闊的
- ex**tent** N 範圍
- in**tend** V 意欲
- superin**tend**ent N 監督者

- pre**tend** V 假裝
- pre**ten**ce N 藉口
- por**tent** N 預兆
- **ten**sion N 緊張
- hyper**tens**ion N 高血壓
- in**tens**e adj 緊張的
- in**tens**ify V 加強
- in**tens**ive adj 強調的
- in**tent**ion N 意圖
- in**tent**ionally adv 蓄意地
- os**tent**atious adj 誇張的
- **tent** N 帳篷

單元MP3

cern 分開

- con**cern** V 影響
- con**cern**ing prep 關於
- dis**cern** V 辨識
- dis**creet** adj 謹慎的
- dis**cret**e adj 分開的

- ex**cret**e V 分泌
- ex**cre**ment N 排泄物
- se**cret** N 祕密
- se**cret**ary N 祕書
- se**cret**ion N 分泌

spers 散布

- **spars**e adj 稀疏的
- **spars**ely adv 稀疏地
- a**spers**e V 中傷
- a**spers**ion N 中傷
- di**spers**e V 散布
- di**spers**al N 散布
- inter**spers**e V 散布

liber 自由的

- **liber**al adj 自由開放的
- **liber**ate V 解除
- **liber**alize V 自由主義化
- **liber**ty N 自由
- **liber**alist N 自由主義者
- **liber**tine N 浪子

lax 放鬆

- **lax** [læks] adj 鬆弛的；含糊的；放縱的
  There are really no excuses for such **lax security** along the border.
  實在沒理由邊境警戒這麼鬆散。

- **relax** [rɪˋlæks] v 放鬆；減輕；緩和
  I find it really hard to **be relaxed with** strangers I first meet.
  我覺得要和初次見面的陌生人相處挺不自在的。

- **relaxation** [ˌrilæksˋeʃən] n 鬆弛；減輕；休養
  You can use yoga and breathing exercises to **achieve relaxation** before sleep.
  睡前可做瑜珈或呼吸運動來讓自己放鬆。

- **release** [rɪˋlis] v 釋放；免除；讓與；發表；發行
  The economic criminal was **released on bail** from the prison this past Monday.
  經濟犯星期一保釋出獄。

lys 放鬆

- **analysis** [əˋnæləsɪs] n 分解；分析；解析
  The expert is good at **analysis** of the global situation and its future development.
  專家擅長解析全球局勢及其未來發展。

- **analyze** [ˋænlˌaɪz] v 分解；分析；解析
  The samples have been **analyzed** for various reasons.
  基於不同理由，樣本被拿出來分析。

- **analytical** [ˌænəˋlɪtɪkəl] adj 分解的；分析的
  The executive has a very **analytical** mind; he is a rational person.
  主管善於分析問題，是個理性的人。

- **paralysis** [pə`ræləsɪs] n 麻痺；中風；無力
The president expressed frustration at the country's **political paralysis** on Monday.
總統在星期一對國家政治癱瘓表露沮喪。

solv 鬆懈

- **solve** [sɑlv] v 解決；溶解；償債
You can use your deductive reasoning skills to **solve a mystery**.
你可用你的演繹推理技巧揭開祕密。

- **solvable** [`sɑlvəbl] adj 可解決的；可溶解的
The absence of free time is **a solvable problem** that the students face.
學生面臨的空閒時間不足問題可以解決。

- **solution** [sə`luʃən] n 解決；溶解；溶液
Capital punishment could be **an efficient solution** to the serious criminal problems.
死刑可能是解決嚴重犯罪問題的有效方式。

- **absolve** [əb`sɑlv] v 解除；赦免
Charles has **absolved himself from** all culpability and any need to feel shame.
查爾斯免除了所有的罪，不再有任何愧疚。

- **solvent** [`sɑlvənt] adj 有溶解力的；可溶解的；有償付能力的
Most of the insurance companies are forced to increase premiums to **stay solvent**.
大部分保險公司被迫增加保險費以維持償付能力。

- **absolute** [`æbsə͵lut] adj 絕對的；無條件的；專制的
With no **absolute proof** presented, the judge pronounced the accused, "not guilty."
沒有絕對的證據，法官判被告無罪。

- **absolution** [͵æbsə`luʃən] **n** 赦免；免除
  If the man confesses to the priest, he will be granted **absolution** and forgiveness.
  如果男子向神父告解，他會得到赦免及寬恕。

- **dissolve** [dɪ`zɑlv] **v** 溶解；分解；取消
  The pupils are curious about why salts **dissolve** more effectively in warm water.
  學生好奇為什麼鹽在溫水中能更快溶解。

- **insolvent** [ɪn`sɑlvənt] **adj** 破產的
  Though the company is **insolvent**, its boss should prevent it incurring further debt.
  儘管公司破產了，老闆應該避免更多債務。

- **resolve** [rɪ`zɑlv] **v** 決定；分解；決議
  After several days of bickering, the teammates have finally **resolved their differences**.
  隊員們爭論多日後，終於化解歧異。

- **resolution** [͵rɛzə`luʃən] **n** 決心；解決；決議
  The government has **passed a resolution** to ban smoking in public places, such as schools.
  政府通過一項決議，將禁止在學校等公開場合抽菸。

- **resolvable** [rɪ`zɑlvəbl̩] **adj** 可解決的；可溶解的
  The diplomat believes that any dispute is ultimately **resolvable through negotiation**.
  外交官相信任何紛爭最終都可透過溝通化解。

quit 釋放

- **quit** [kwɪt] **v** 停止；放棄；辭職
  Sam went against his parents' wishes and chose to **quit the university** to join the Army.
  山姆違背父母的期望，選擇大學休學，加入軍隊。

- **acquit** [əˋkwɪt] **v** 免除；還債；宣告無罪
The suspect is **acquitted of** all the charges against her on the grounds of insufficient evidence.
證據不足，法官宣判嫌犯無罪。

- **acquittal** [əˋkwɪtl] **n** 履行；清償；開釋
The third trial ended in **acquittals** that resulted in large riots.
三審最終作出無罪判決，導致大規模暴亂。

- **unrequited** [͵ʌnrɪˋkwaɪtɪd] **adj** 無回報的；無報復的
Most of us have become a victim of **unrequited** love at one time or another.
我們大多數人或多或少都曾經歷過單相思。

tend 伸展

- **tend** [tɛnd] **v** 傾向；服侍；招待；注意；有助於
Old people **tend to** forget things, even if they are told many times.
老人容易健忘，即便我們多次叮嚀。

- **tendency** [ˋtɛndənsɪ] **n** 趨勢；傾向
There is **a tendency to** avoid the use of mice in the testing of new drugs.　避免使用老鼠測試新藥是趨勢。

- **attend** [əˋtɛnd] **v** 出席；服侍；隨行
If the student makes progress in math, his father will permit him to **attend the concert**.
如果數學進步，學生爸爸會允許他參加演唱會。

- **attention** [əˋtɛnʃən] **n** 注意
The young Japanese girl with blue eyes **attracted a lot of attention** from the media.
藍眼睛的日本少女受到媒體關注。

- **contend** [kənˋtɛnd] **v** 爭辯；主張
The campaign is **contending for** the rights of woman.
這場戰役是為了爭取女權而打。

- **distend** [dɪ`stɛnd] **v** 擴張；膨脹
  The children's stomachs were **distended** because of lack of nutrition. 由於缺乏營養，小孩的腹部都腫脹起來。

- **extend** [ɪk`stɛnd] **v** 擴大；伸展
  The queen **extended her hand** as a greeting and offered a warm smile to the guest.
  皇后伸手以示歡迎，向著賓客溫暖微笑。

- **extension** [ɪk`stɛnʃən] **n** 範圍；延期；擴展
  The **extension** of a principal's powers in junior high schools has been heavily criticized.
  增加中學校長的權限遭人重批。

- **extensive** [ɪk`stɛnsɪv] **adj** 廣闊的
  The scandal was given **extensive coverage** in the international and local media.
  醜聞遭國際及當地媒體廣泛報導。

- **extent** [ɪk`stɛnt] **n** 範圍；程度
  Any concussion could injure your brain **to some extent**.
  任何的腦震盪某種程度上都會傷害腦部。

- **intend** [ɪn`tɛnd] **v** 意欲；設計
  The agreement **was intended to** soften the impact of the economic sanctions.
  協議的目的在於緩和經濟制裁所造成的衝擊。

- **superintendent** [ˌsupərɪn`tɛndənt] **n** 監督者；醫院院長
  The school superintendent was worried about the lack of funding and qualified teachers.
  教育局長擔心經費短缺及找不到合格教師。

- **pretend** [prɪ`tɛnd] **v** 假裝；要求
  The kindergarten children were **pretending** to be animals in the costume party. 幼稚園的孩子在變裝派對上假扮動物。

- **pretence** [prɪˈtɛns]　n 藉口；假裝；要求
The girl's father **kept up a *pretence*** that she would be back soon after she went missing.
女孩的爸爸在她失蹤後，假裝一切都沒發生過，認為她很快就會回來。

- **portent** [ˈpɔrtɛnt]　n 預兆；徵兆
Dark storm clouds are seen as **a *portent* of** a thunderstorm.
烏雲被視為暴風雨前兆。

- **tension** [ˈtɛnʃən]　n 緊張；張力
The state governor is afraid that the rally may cause **ethnic *tension***.
州長深怕示威行動會造成族群緊張。

- **hypertension** [ˌhaɪpɚˈtɛnʃən]　n 高血壓
Because of the change of eating habits, **pediatric *hypertension*** is on the rise.
由於飲食習慣改變，兒童罹患高血壓的情況逐漸上升。

- **intense** [ɪnˈtɛns]　adj 緊張的；熱情的
My mom gently ran her finger across my arm until I felt **an *intense* pain**.
媽媽用她的手指輕按我整個手臂，直到我感受到一陣劇痛才停止。

- **intensify** [ɪnˈtɛnsəˌfaɪ]　v 加強
Competition between the two industries has ***intensified*** over the past decade.　過去十年間，兩大企業的競爭越顯激烈。

- **intensive** [ɪnˈtɛnsɪv]　adj 強調的；密集的；激烈的
The wounded man in **the *intensive* care unit** had an operation to improve treatment efficiency.
為加強治療，急診室內受傷的男子動了手術。

- **intention** [ɪnˈtɛnʃən]　n 意圖；目的；意義
The overseas Chinese left Indonesia **with the *intention* of** finding a job in Japan.　華僑懷著雄心壯志離開馬來西亞到日本找工作。

- **intentionally** [ɪnˋtɛnʃənlɪ] **adv** 蓄意地
The figures released today show that the school is ***intentionally*** misleading its parents with faulty reporting of grades.
今天公布的數字顯示學校假造成績以蓄意誤導家長。

- **ostentatious** [ˏɑstɛnˋteʃəs] **adj** 誇張的；虛飾的
The *ostentatious* lifestyle of the aristocracy leads itself to ruin.
獨裁政權的鋪張生活方式導致其敗亡。

- **tent** [tɛnt] **n** 帳篷；寓所
You can put up **a party *tent*** on a soft ground surface, such as grass or sand.
你可以在草地或沙地等柔軟地面上搭派對帳篷。

cern 分開

- **concern** [kənˋsɝn] **v** 影響；關心
The housewife is ***concerned* about** food safety and inquired if the product has artificial ingredients.
該名主婦關注食安，詢問店員產品是否添加人工成分。

- **concerning** [kənˋsɝnɪŋ] **prep** 關於
The pro-life supporters are lobbying to change the legislation ***concerning*** abortion.
反墮胎人士正遊說國會修訂墮胎相關法案。

- **discern** [dɪˋzɝn] **v** 辨識
The students should be able to ***discern*** a dinosaur **from** other animals in science class.
自然課應該教導學生區分恐龍和其他動物。

- **discreet** [dɪˋskrit] **adj** 謹慎的；深思的
Before signing the contract, you had better make a few ***discreet* enquiries**.
最好謹慎探詢後再簽署合約。

- **discrete** [dɪˋskrit] `adj` 分開的；個別的；離散的
  The *discrete* **identity** of aboriginal culture emerged from the experience of deprivation.
  原住民文化的獨特性從被漢人剝奪的經驗中解放。

- **excrete** [ɛkˋskrit] `v` 分泌；排泄
  I don't know why the fluids *excreted* from our body are generally foul smelling.
  我不知道為什麼從被我們身上排出的液體都那麼臭。

- **excrement** [ˋɛkskrɪmənt] `n` 排泄物
  Human *excrement* was used as fertilizer before chemical fertilizers arrived.
  化學肥料問世之前，人類排泄物被當作肥料。

- **secret** [ˋsikrɪt] `n` 祕密；祕訣
  I just had an intuition that you knew the *secret* of the general manager.
  我的直覺是你知道總經理的祕密。

- **secretary** [ˋsɛkrəˌtɛrɪ] `n` 祕書
  The *secretary* left her position of 20 years at the bank to pursue a position at a charity.
  祕書離開二十年的工作崗位投入慈善工作。

- **secretion** [sɪˋkriʃən] `n` 分泌；隱匿
  The **excessive** *secretion* of growth hormone leads to enlargement of the limbs.
  過量賀爾蒙分泌導致四肢腫大。

spers 散布

- **sparse** [spɑrs] `adj` 稀疏的
  My brother-in-law is a brown-skinned, short, and fat old man with **a** *sparse* **beard**.
  我姊夫是個棕色皮膚、身材矮短，留著稀疏鬍子的肥胖男子。

- **sparsely** [ˋspɑrslɪ] **adv** 稀疏地
  Iceland is one of the top ten most ***sparsely* populated** countries in the world.
  冰島是世界上人口稀疏前十名的國家之一。

- **asperse** [əˋspɝs] **v** 中傷；誹謗
  No one likes being humiliated or ***aspersed***.
  沒有人喜歡被羞辱和毀謗。

- **aspersion** [əˋspɝʒən] **n** 中傷；誹謗
  My opponent spread false rumors about my marriage and **cast *aspersions* on** me.
  我的對手散布關於我婚姻的不實傳言來毀謗我。

- **disperse** [dɪˋspɝs] **v** 散布；分散
  In order to end the fray, the police used water cannons to ***disperse* the crowd**.　為了結束衝突，警方使用水砲驅散群眾。

- **dispersal** [dɪˋspɝsl̩] **n** 散布；分散
  This study aims to explore **the wind *dispersal*** of pollen from the maize field.
  這份研究旨在探索花粉從玉米田隨風散布四處的情況。

- **intersperse** [ˌɪntɚˋspɝs] **v** 散布；點綴
  Advertisements are ***interspersed*** throughout the magazine.
  廣告散見於整本雜誌中。

liber 自由的

- **liberal** [ˋlɪbərəl] **adj** 自由開放的；開放的；開明的
  Everyone can enjoy religious freedom in **a *liberal* society**.
  每個人在開明社會中都可享受宗教自由。

- **liberate** [ˋlɪbəˌret] **v** 解除；釋出
  The hero waged a war to ***liberate*** the slaves **from** the pharaoh.
  英雄發動戰爭救出遭法老控制的奴隸。

- **liberalize** [`lɪbərəlˌaɪz] **V** 自由主義化
The country needs to clean up corruption and **liberalize its economy**.
國家需要掃蕩貪汙，落實經濟自由化。

- **liberty** [`lɪbɚtɪ] **n** 自由；自由權；使用權
The police are tracking down the criminal, who is still **enjoying his liberty**.
警方正在追捕逍遙法外的犯人。

- **liberalist** [`lɪbərəlɪst] **n** 自由主義者
The **liberalists** mainly consist of bourgeoisie who desire more political influence.
自由主義者主要是由渴望更多政治影響力的中產階級所組成。

- **libertine** [`lɪbɚˌtin] **n** 浪子；自由思想家
Peter is **an unbridled libertine** who seldom spends time with his family.
彼得是放蕩不羈的浪子，甚少陪伴家人。

UNIT 53
結合

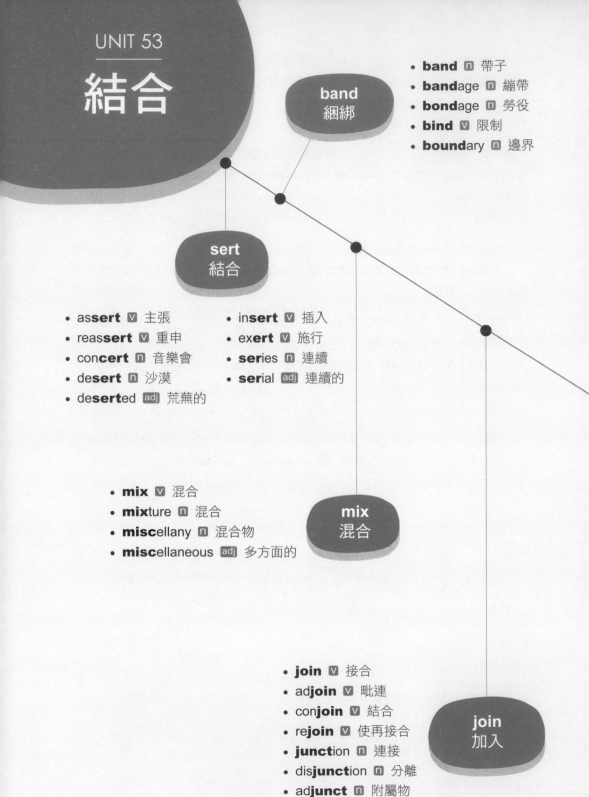

band
綑綁

- **band** n 帶子
- **band**age n 繃帶
- **bond**age n 勞役
- **bind** v 限制
- **bound**ary n 邊界

sert
結合

- as**sert** v 主張
- reas**sert** v 重申
- con**cert** n 音樂會
- de**sert** n 沙漠
- de**sert**ed adj 荒蕪的

- in**sert** v 插入
- ex**ert** v 施行
- **ser**ies n 連續
- **ser**ial adj 連續的

mix
混合

- **mix** v 混合
- **mix**ture n 混合
- **misc**ellany n 混合物
- **misc**ellaneous adj 多方面的

join
加入

- **join** v 接合
- ad**join** v 毗連
- con**join** v 結合
- re**join** v 使再接合
- **junct**ion n 連接
- dis**junct**ion n 分離
- ad**junct** n 附屬物

apt
適合的

- **apt** adj 適合於
- **apt**itude n 才能
- ad**apt**ation n 適合
- ad**apt** v 改編
- ad**apt**able adj 能適應的
- in**apt** adj 不適宜的
- ad**ept** adj 熟練的
- in**ept** adj 不適當的
- in**ept**itude n 不適當

單元MP3

temper
適度／混合

- **temper** n 氣質
- **temper**ance n 自制
- **temper**ed adj 有氣質的
- **temper**ament n 氣質
- **temper**amental adj 氣質的
- **temper**ate adj 適度的
- **temper**ature n 溫度

co
共同的

- **co**author n 共同作者
- **co**worker n 同事
- **co**education n 男女合校的教育
- **co**housing n 合作住宅
- **coll**ide v 碰撞
- **coll**ision n 碰撞
- **cor**relate v 相關聯
- **cor**rugated adj 波紋狀的
- **cor**rupt adj 貪腐的
- **com**bine v 結合
- **com**bination n 結合
- **com**pile v 編輯
- **com**memorate v 慶祝
- **con**dense v 使簡潔
- **con**figuration n 結構
- **coun**cil n 會議
- **coun**sel v 勸告
- **coun**selor n 顧問

syn
一起

- **syn**thesis n 合成
- **syn**thetic adj 合成的
- **syn**chronize v （使）同步
- **syn**drome n 症候群
- **sym**ptom n 症狀
- **syn**ergy n 配合
- **sys**tem n 系統
- **sym**pathy n 同情
- **sym**pathetic adj 有同情心的
- **sym**biosis n 共生
- **sym**bol n 象徵
- **sym**metry n 對稱
- **syl**lable n 音節

sert 結合

- **assert** [ə`sɝt] **V** 主張;聲明;辯護
  The author **asserts that** the intentions of Dickinson's poetry are often distorted.
  作者認為狄更森詩作的意旨經常被扭曲。

- **reassert** [riə`sɝt] **V** 重申
  The exiled president **reasserted government control** during a period of lawlessness.
  流亡總統在無政府時期重新取得政府控制權。

- **concert** [`kɑnsɝt] **n** 音樂會;協奏曲;一致
  The audience at **a pop concert** cried with excitement when they saw the pop singer.
  參加流行音樂會的觀眾看到流行歌手時興奮大叫。

- **desert** [dɪ`zɝt] **n** 沙漠
  A dust storm in **a barren and featureless desert** is often seen as a terrible phenomenon.
  貧脊荒蕪的沙漠中出現沙塵暴常被視為一個可怕現象。

- **deserted** [dɪ`zɝtɪd] **adj** 荒蕪的
  Around the Chernobyl Nuclear Power Station are several **deserted buildings**.
  車諾比核電廠附近有好幾棟廢棄建築物。

- **insert** [ɪn`sɝt] **V** 插入;刊登
  The new dental procedure involved **inserting** a surgical steel screw **into** the jawbone.
  新的牙科治療流程包括下顎骨植入一顆手術用鋼螺絲釘。

- **exert** [ɪg`zɝt] **V** 施行;運用
  I hate those who **exert their influence** through coercion and manipulation.
  我討厭以逼迫和操控方式發揮影響力的人。

- **series**　[ˋsiriz]　🄝 連續；系列；叢書
  The boy with a severe burn injury endured **a *series* of** skin grafting operations.
  嚴重燒燙傷的男孩忍受接連的植皮手術。

- **serial**　[ˋsɪrɪəl]　🄰🄳🄹 連續的；連載的；分期償付的
  The *serial* killer was granted a stay of execution for an unknown reason.
  暫緩執行連續殺人犯死刑的原因不明。

band　綑綁

- **band**　[bænd]　🄝 帶子；嵌條；頻寬；樂團
  I think the most **famous *band*** in the world is the Beatles.
  我認為世界最有名的樂團是披頭四。

- **bandage**　[ˋbændɪdʒ]　🄝 繃帶
  Seriously injured in the car accident, both of Tom's legs were **swathed in *bandages***.
  湯姆的雙腿在車禍中嚴重受傷，雙腿用繃帶包覆。

- **bondage**　[ˋbɑndɪdʒ]　🄝 勞役；束縛；監禁；屈從
  Gandhi, leader of independence movement, delivered India from the UK's ***bondage***.
  甘地是獨立運動領袖，帶領印度從大英帝國禁錮中解放出來。

- **bind**　[baɪnd]　🆅 限制
  The porous and fluid layer **is *bound* by** the four solid vertical walls.
  四道垂直堅固的牆包覆充滿孔洞的液態層。

- **boundary**　[ˋbaʊndrɪ]　🄝 邊界；限界；範圍
  The invention of smartphones **blurs the *boundaries*** between computers and phones.
  智慧型手機的發明使得電腦與電話的界線模糊。

mix 混合

- **mix** [mɪks] **ⓥ** 混合；調製
  If you **mix** oil and water, they will separate into two layers.
  若將油和水混在一起，兩者會分成上下兩層。

- **mixture** [ˋmɪkstʃɚ] **ⓝ** 混合；混合物
  The sauce was finally perfect with the juice and onion **mixture** simmered for a while.
  果汁和洋蔥一起悶煮一會兒，醬料終於大功告成。

- **miscellany** [mɪˋsɛlənɪ] **ⓝ** 混合物；文集
  The prodigious writer continued to write **a fascinating miscellany of fictions**.
  多產作家持續寫出各類小說，相當引人入勝。

- **miscellaneous** [ˌmɪsɪˋlenjəs] **ⓐⓓⓙ** 多方面的；多才多藝的
  The museum houses **a miscellaneous collection** of Japanese paintings.
  博物館收藏各式各樣的日本繪畫。

join 加入

- **join** [dʒɔɪn] **ⓥ** 接合；參加；聯合；毗連
  The government **joined a defensive alliance** with several nations against its enemies.
  政府聯合幾個國家一起加入防衛聯盟以共同對付敵人。

- **adjoin** [əˋdʒɔɪn] **ⓥ** 毗連；附上
  The west wing of the house **adjoins** the kitchen and has rear garden access.
  房子西廂緊鄰廚房，又有後花園通道。

- **conjoin** [kənˋdʒɔɪn] **ⓥ** 結合；連接
  Quite a few nearby stores will be **conjoined** and amalgamated for profit. 很多鄰近店家會為了利益而結合。

- **rejoin** [ˌriˋdʒɔɪn] **v** 使再接合；再加入
  The teachers were returning from studying abroad to **rejoin their team**.
  老師學成歸國後重新加入團隊。

- **junction** [ˋdʒʌŋkʃən] **n** 連接；交叉點；匯合處
  Cynthia is a very responsible driver and always approaches the **junction** slowly.
  辛西亞是很可靠的駕駛，行經交叉路口時總是放慢速度。

- **disjunction** [dɪsˋdʒʌŋkʃən] **n** 分離；分裂
  The postgraduate's thesis explored the **disjunctions** between policy and practice in college.
  研究生論文旨在探索大學政策和實踐的落差。

- **adjunct** [ˋædʒʌŋkt] **n** 附屬物；修飾語
  Acupuncture is **a useful adjunct** to rehabilitation for treating arm pain.
  針灸是治療手臂疼痛的有效復健輔助。

apt 適合的

- **apt** [æpt] **adj** 適合於；傾向於
  I really appreciate your visiting and making **an apt comment** about our restaurant.
  非常感謝您的光臨，也感謝給我們餐廳中肯評論。

- **aptitude** [ˋæptəˌtjud] **n** 才能；癖性
  Lisa **has an aptitude for** music, so she decided to major in piano at the university.
  麗莎有音樂才能，決定大學主修鋼琴。

- **adaptation** [ˌædæpˋteʃən] **n** 適合；適應
  Biology explores how animals achieve **evolutionary adaptation** to their environments.
  生物學探索動物如何透過演化來適應環境。

- **adapt** [ə`dæpt] **v** 改編;使適合
The exchange student is able to **adapt quickly to** new circumstances.
交換學生可以很快融入新環境。

- **adaptable** [ə`dæptəbl] **adj** 能適應的;可改編的
The species most **adaptable to change** are the ones fittest for survival.
最能夠適應變遷的物種是最適合生存的物種。

- **inapt** [ɪn`æpt] **adj** 不適宜的;不熟練的
The funeral director's comments are **inapt**, especially when the woman just lost her husband.
禮儀師說的話不恰當,尤其是婦人剛失去丈夫時。

- **adept** [`ædɛpt] **adj** 熟練的
The bus driver **is adept** at maneuvering the bus, even when he drives on a narrow road.
公車司機把公車開到狹小道路上仍可熟練駕駛。

- **inept** [ɪn`ɛpt] **adj** 不適當的;笨拙的
It's very impolite for the journalist to make such **an inept remark**.
通訊員發表這樣的言論不恰當。

- **ineptitude** [ɪn`ɛptə͵tjud] **n** 不適當;笨拙
The development of this country has been plagued by **political ineptitude**.
國家發展受到政治無能的拖累。

temper 適度／混合

- **temper** [`tɛmpɚ] **n** 氣質;脾氣;性情
I managed to **keep my temper with** my boyfriend when he criticized my figure.
男友批評我的身材時,我竭力克制脾氣。

- **temperance** [ˋtɛmprəns] **n** 自制
  Many advocates believe the adoption of *temperance* **practices** will reduce accidents.
  許多提倡者相信戒酒措施能減少意外。

- **tempered** [ˋtɛmpəd] **adj** 有氣質的；使變溫和的
  My irritation was somewhat *tempered* by the boy's innocent smile.
  我的憤怒給男孩的天真笑容融化了。

- **temperament** [ˋtɛmprəmənt] **n** 氣質；體質
  The football coach has **a fiery** *temperament*, but at times is gentle and humorous.
  足球教練個性火爆，但有時又很溫和幽默。

- **temperamental** [͵tɛmprəˋmɛntl̩] **adj** 氣質的；神經質的；易怒的
  The part-timer's boss is a volatile, *temperamental* **person**.
  工讀生的老闆是一個善變易怒的人。

- **temperate** [ˋtɛmprɪt] **adj** 適度的；溫和的
  The oasis **keeps a** *temperate* **climate** and good rainfall throughout the year.
  綠洲一整年的天氣都很溫和，降雨豐富。

- **temperature** [ˋtɛmprətʃə] **n** 溫度；氣溫
  The nurse **took the patient's** *temperature* at about 5 am, and it was above 40 degrees Celsius.
  護士大約清晨五點鐘量病人體溫，溫度超過四十度。

co 共同的

- **coauthor** [koˋɔθə] **n** 共同作者
  The geography teacher later became the dean's wife and *coauthor* of a bestseller.
  地理老師後來成為主任的老婆，他們一起寫了一本暢銷書。

- **coworker** [ˈkoˌwɝkɚ] **n** 同事
The manager should tell his **coworkers** how much he values them.
經理應該告訴同事他是多麼看重他們。

- **coeducation** [ˌkoɛdʒɚˈkeʃən] **n** 男女合校的教育
Coeducation has a positive influence on the interaction of male and female students.
男女合校的教育對於男女學生的互動有正向影響。

- **cohousing** [ˌkoˈhaʊzɪŋ] **n** 合作住宅
The mayor has realized his vision of building **a cohousing neighborhood**.
市長已經實現建築合作住宅社區的願景。

- **collide** [kəˈlaɪd] **v** 碰撞；衝突
I saw where two trains **collided** head-on as I passed the railroad crossing.
我經過鐵路平交道時，看到兩輛火車的車頭撞在一塊。

- **collision** [kəˈlɪʒən] **n** 碰撞；牴觸
The bus driver died **in a collision with** a car going the wrong way on the expressway.
公車駕駛死於快速道路逆向車輛撞擊意外。

- **correlate** [ˈkɔrəˌlet] **v** 相關聯
The research found success in child education **correlates highly** with family support.
研究發現小孩的教育是否成功和家庭支持關係密切。

- **corrugated** [ˈkɔrəˌgetɪd] **adj** 波紋狀的；有瓦楞的
Buy some colored **corrugated paper** and cardboard paper on your way home.   回家途中買些彩色瓦楞紙和厚紙板。

- **corrupt** [kəˈrʌpt] **adj** 貪腐的
Neighboring countries sent their armies to overthrow **the corrupt government**.   鄰國派遣部隊推翻腐敗政府。

- **combine** [kəmˋbaɪn] **V** 結合；合併；聯合
  The city's nature, **combined with** culture, makes it one of the most attractive tourist spots.
  這座城市結合自然環境與文化而成為最吸引人的城市之一。

- **combination** [ˌkɑmbəˋneʃən] **n** 結合；合併；合作
  A **combination of** tiredness **and** boredom made me doze off in Mr. Liu's class.
  上劉老師的課時，我感到疲倦又無聊，打了瞌睡。

- **compile** [kəmˋpaɪl] **V** 編輯；彙集
  The company has **compiled** a list of the names and addresses of its employees.
  公司匯集一張員工姓名及地址清單。

- **commemorate** [kəˋmɛməˌret] **V** 慶祝；紀念
  The whole nation **commemorates** those who lost their lives in the war every January.
  舉國上下在每年一月時緬懷那些戰爭中喪生的人。

- **condense** [kənˋdɛns] **V** 使簡潔；濃縮；壓縮
  The project manager asked us to **condense the presentation into** three minutes.
  專案經理要求我們將報告濃縮成三分鐘。

- **configuration** [kənˌfɪgjəˋreʃən] **n** 結構：輪廓；配置
  Tom's job is to design his company's product to match **the exact configuration** of the competitor's product.
  湯姆的工作是設計產品的精確結構。

- **council** [ˋkaʊnsl̩] **n** 會議；委員會；理事會；公會；協商
  The city council is responsible for allocating funds for each project.
  市議會負責撥款支應各項計畫。

- **counsel** [ˋkaʊnsl̩] **v** 勸告；商議
The professional helps **counsel unemployed people** and teaches them a lot of courses.
專家提供失業人士諮詢服務，而且為他們開不少課程。

- **counselor** [ˋkaʊnsl̩ɚ] **n** 顧問；法律顧問
The diplomat once served as **a commercial counselor** at the Embassy.
這位外交官曾擔任大使館的商務參贊一職。

syn 一起

- **synthesis** [ˋsɪnθəsɪs] **n** 合成；綜合
The expert introduced a new theory, which represents a **synthesis** of certain ideas.
專家引進綜合特定概念的新理論。

- **synthetic** [sɪnˋθɛtɪk] **adj** 合成的；虛構的
Synthetic fibers and plastics are non-biodegradable.
合成纖維和塑膠無法經由生物分解。

- **synchronize** [ˋsɪŋkrənaɪz] **v** （使）同步；（使）同時發生
Make sure the time and date on your watch **are synchronized with** the local time.
確認手錶時間與日期是否和當地時間一致。

- **syndrome** [ˋsɪnˌdrom] **n** 症候群；習性
The technology is used to assess the risk of having a fetus with **Down's Syndrome**.
科技被用來評估胎兒罹患唐氏症的風險程度。

- **symptom** [ˋsɪmptəm] **n** 症狀；徵兆
Unexplained weight loss or a persistent cough could be **cancer symptoms**.
無法解釋的體重下降和持續咳嗽可能是癌症症狀。

- **synergy** [ˋsɪnə·dʒɪ] **n** 配合;同心協力
  The ***synergy*** between singer and record company makes this record a bestseller.
  歌手和唱片公司的合作讓唱片大賣。

- **system** [ˋsɪstəm] **n** 系統;制度;組織;規律
  The consultant designed a more efficient **production *system*** to reduce the costs.
  顧問設計一個更有效率的生產系統來降低成本。

- **sympathy** [ˋsɪmpəθɪ] **n** 同情;同感;共振;感應
  The officials **had great *sympathy* for** the homeless flood victims.
  官員相當同情無家可歸的淹水受災民眾。

- **sympathetic** [ˌsɪmpəˋθɛtɪk] **adj** 有同情心的;共振的;交感神經的
  The doctor often **feels *sympathetic* towards** a person with mental difficulties.
  醫生常對精神病患感到同情。

- **symbiosis** [ˌsɪmbaɪˋosɪs] **n** 共生;共存
  You could witness ***symbiosis*** in action between the cat and its fleas.
  你可在貓和牠身上的跳蚤之間看到共生作用。

- **symbol** [ˋsɪmb!] **n** 象徵;符號;信條
  The construction of the Burj Khalifa is **a *symbol* of** human development.
  哈里發塔的建造是人類發展的象徵。

- **symmetry** [ˋsɪmɪtrɪ] **n** 對稱;調和
  The design of the museum has **a pleasing *symmetry***.
  博物館的設計具有賞心悅目的對稱美。

- **syllable** [ˋsɪləb!] **n** 音節
  The beginners are learning to blend consonant and vowel sounds to make ***syllables***.
  初學者正在學習將子音和母音合成音節。

UNIT 54

移動

mov
移動

- **mov**e Ⓥ 移動
- re**mov**e Ⓥ 除去
- re**mov**able adj 可移動的
- **mot**ivation Ⓝ 動機
- **mov**ie Ⓝ 電影
- **mob** Ⓝ 暴民
- auto**mob**ile Ⓝ 汽車
- **mob**ilize Ⓥ 動員
- **mom**ent Ⓝ 片刻
- **mom**entum Ⓝ 動力
- **mom**entous adj 極重要的
- **mot**or Ⓝ 發動機

migr
移動／流浪

- **migr**ate Ⓥ 遷移
- **migr**ant adj 移居的
- **migr**atory adj 移居的
- e**migr**ate Ⓥ 移居外國
- e**migr**ant Ⓝ 移民
- im**migr**ant adj 移入的

- **mot**el Ⓝ 汽車旅館
- **mot**if Ⓝ 主題
- com**mot**ion Ⓝ 暴動
- e**mot**ion Ⓝ 情緒
- loco**mot**ive Ⓝ 火車頭
- pro**mot**e Ⓥ 促進
- de**mot**e Ⓥ 降低
- re**mot**e adj 遙遠的

- **cur**rent adj 目前的
- **cur**rently adv 目前
- **cur**rency Ⓝ 流通
- con**cur** Ⓥ 同時發生
- ex**cur**sion Ⓝ 旅行
- ex**cur**sive adj 漫遊的
- in**cur** Ⓥ 招致
- in**cur**sion adj 入侵

- oc**cur** Ⓥ 發生
- re**cur** Ⓥ 再發生
- re**cur**rent adj 循環的
- **cour**se Ⓝ 路線
- **cur**riculum Ⓝ 課程
- con**cour**se Ⓝ 大道
- inter**cour**se Ⓝ 交際
- re**cour**se Ⓝ 求助

cur
跑

- **lop**e Ⓥ 大步跑
- e**lop**e Ⓥ 逃跑
- inter**lop**e Ⓝ 闖入者

lop
跑

- **laps**e n 失誤
- e**laps**e v 逝去
- re**laps**e v 復發
- col**laps**e v 崩塌

laps
滑行

單元MP3

- **vag**ue adj 含糊的
- **vag**ary n 異想天開
- **vag**rant n 流浪漢
- **vag**abond n 流浪漢
- extra**vag**ant adj 奢侈的

vag
流浪

- **sequ**ence n 連續
- **sequ**ential adj 連續的
- sub**sequ**ent adj 後來的
- con**sequ**ence n 結果
- con**sequ**ential n 結果的
- con**secu**tive adj 連續的
- ex**ecu**tion n 履行
- ex**ecu**tive n 執行者
- per**secu**tion n 迫害
- pro**secu**te v 起訴
- pro**secu**tor n 檢察官
- pur**sui**t n 追求
- **sui**t n 控告
- **sui**table adj 合適的
- **sui**te n 隨員
- **sue** v 控告
- en**sue** v 隨後發生

sequ
跟隨

- **vol**ant adj 飛的
- **vol**atile adj 易揮發的

vol
飛行

migr 移動／流浪

- **migrate** [ˋmaɪˏgret] **v** 遷移；移居；洄游
  Most of the birds **migrate annually to** southern Africa in search of food sources.
  大部分鳥類每年都會遷徙非洲南部找尋食物來源。

- **migrant** [ˋmaɪgrənt] **adj** 移居的
  Life for **migrant workers** is extremely harsh due to low pay.
  工資微薄使流動勞工的生活非常艱困。

- **migratory** [ˋmaɪgrəˏtorɪ] **adj** 移居的；漂泊的
  Subsistence hunting of **migratory birds** is only limited to the local people.
  僅限當地人為了生計而捕獵候鳥。

- **emigrate** [ˋɛməˏgret] **v** 移居外國；遷出
  My ancestor **emigrated from** Ireland to the US in the 19th century.
  我祖先在十九世紀從愛爾蘭移居美國。

- **emigrant** [ˋɛməgrənt] **n** 移民；僑民；遷徙的動物
  Lots of **emigrants** subsequently settled in the major urban centers in this country.
  許多移民陸續定居在這國家的主要都會中心。

- **immigrant** [ˋɪməgrənt] **adj** 移入的
  The US is a multi-racial country with **a large immigrant population**.
  美國是一個擁有大量移入人口的多元族群國家。

mov 移動

- **move** [muv] **v** 移動；感動；提議；動議
  The baby started **moving around**, holding onto furniture without her mother's help.
  嬰兒在沒有媽媽幫忙下手扶著家具到處走動。

- **remove** [rɪ`muv] **v** 除去；免職；移交
The report **removed my doubts** that I could be both a great mom and wife.
這份報導除去我對兼顧稱職母親及妻子角色的疑慮。

- **removable** [rɪ`muvəbl] **adj** 可移動的；可除去的
The design of the jacket with **removable sleeves** is utilitarian, fashionable and all-matching.
夾克具有袖子可拆裝設計，兼具實用、時髦和百搭的特質。

- **motivation** [ˌmotə`veʃən] **n** 動機；刺激
The psychologist offers some useful strategies for coping with **a lack of motivation**.
心理學家提供一些有用的策略來處理動機缺乏的情形。

- **movie** [`muvɪ] **n** 電影
Going to the movies and hanging out with friends are two of my hobbies.
和朋友廝混和看電影是我的其中兩個嗜好。

- **mob** [mɑb] **n** 暴民；民眾
The infuriated mob ransacked stores and attacked people on the streets.
憤怒的暴民洗劫商店及攻擊路人。

- **automobile** [`ɔtəməˌbɪl] **n** 汽車
Overhauling this automobile took the worker only three hours.
工人只花三個小時就將汽車修好。

- **mobilize** [`mobḷˌaɪz] **v** 動員；流通
Learning to motivate colleagues and **mobilize the workforce** helps achieve goals.
學習激勵員工及安排人力有助於達成目標。

- **moment** [`momənt] **n** 片刻；時刻；重要
The clerk worries his job will disappear **at any moment**.
店員擔心工作隨時不保。

- **momentum** [moˋmɛntəm] **n** 動力；運動量
The delegates **gave new *momentum* to** discussions addressing bilateral relations.
代表人員為解決雙邊關係的討論注入新活力。

- **momentous** [moˋmɛntəs] **adj** 極重要的
The government has **arrived at a *momentous* decision** to declare war on the country.
政府作出對該國用兵的重大決定。

- **motor** [ˋmotɚ] **n** 發動機；汽車
Here are some interesting facts and pictures about **electric *motors***.
這裡有一些和電動馬達相關的有趣事略和照片。

- **motel** [moˋtɛl] **n** 汽車旅館
This ***motel*** is the perfect home base for travellers wishing to explore the old castle.
這家汽車旅館提供有意探索古堡的旅客最佳據點。

- **motif** [moˋtif] **n** 主題；動機
The carving repeatedly displayed **a host of *motifs*** already present in his other works.
雕刻呈現其他作品重複出現的主題。

- **commotion** [kəˋmoʃən] **n** 暴動；騷動
The decision-making process on the environment caused quite a ***commotion***. 環境決策過程引起不少騷動。

- **emotion** [ɪˋmoʃən] **n** 情緒；感情
My girlfriend is reluctant to **express her *emotions*** and closed down her heart.
我女朋友不願意吐露情感，連帶也把心給關起來。

- **locomotive** [͵lokəˋmotɪv] **n** 火車頭
The exhibition showcased **the steam *locomotives*** and railways of many countries. 展覽陳列許多國家的蒸汽火車頭及鐵道。

- **promote** [prə`mot] **v** 促進；推廣；擢升
  It's easier to **promote products** with social media, especially well-designed products.
  用社群媒體推銷產品比較容易，尤其是設計精良的產品。

- **demote** [dɪ`mot] **v** 降低
  The deputy supervisor has been stripped of her previous title; she **is being demoted to** an hourly job.
  副組長的頭銜已被拔掉，降職做時薪工作。

- **remote** [rɪ`mot] **adj** 遙遠的；遠親的
  The inhabitants of **the remote English village** seldom go to a nearby city.　英國的偏遠鄉村居民很少去附近城市。

cur 跑

- **current** [`kɝ·ənt] **adj** 目前的；流傳的
  The current issue of this magazine is available for purchase in bookstores.　最新一期雜誌在書店可以買到。

- **currently** [`kɝ·əntlɪ] **adv** 目前；通常地
  The president is **currently** on an official visit to Moscow, Russia.
  目前總統正式出訪俄羅斯的莫斯科。

- **currency** [`kɝ·ənsɪ] **n** 流通；貨幣；通貨
  The bank offers **foreign currency exchange**, and you can get banknotes immediately.
  銀行提供外幣兌換服務，馬上可以拿到現鈔。

- **concur** [kən`kɝ] **v** 同時發生；同意
  This view **concurs with** the advice of the legal counsel.
  觀點符合法律顧問的建議。

- **excursion** [ɪk`skɝ·ʒən] **n** 旅行；旅遊團體
  It's ideal to **go on an excursion** and share meals in the open air during the spring season.
  春天是出外踏青和戶外享受佳餚的理想季節。

- **excursive** [ɛkˋskɝsɪv] **adj** 漫遊的；離題的
The little boy has a fine imagination, a lively fancy, and **an excursive mind**.　男孩的想像力豐富，思考天馬行空，漫無目的。

- **incur** [ɪnˋkɝ] **v** 招致；遭遇
Ian **incurred the wrath of** his parents with his latest decision.
以恩所做的最新決定讓父母非常憤怒。

- **incursion** [ɪnˋkɝsɪv] **adj** 入侵
Minor military skirmishes occurred when the soldiers **made incursions into** enemy territory.
士兵入侵敵人領土時發生小規模戰鬥。

- **occur** [əˋkɝ] **v** 發生；使想起
Some allergy symptoms take hours or days to **occur** after exposure to an allergen.
有些過敏症狀會在接觸過敏原後幾小時或幾天才出現。

- **recur** [rɪˋkɝ] **v** 再發生；重現；訴諸
If **the problem recurs**, seek advice from your doctor as soon as possible.　問題若一再發生，你要儘速詢問醫生意見。

- **recurrent** [rɪˋkɝənt] **adj** 循環的；週期的
In **a recurrent dream**, Iris saw herself walking on a narrow bridge toward the cliff.
艾莉絲重複相同的夢，夢中看見自己走在一道窄橋朝著懸崖走去。

- **course** [kors] **n** 路線；跑道；課程；一道菜
To become a counselor, you need to successfully complete **a training course**.
為了成為一名顧問，你必須成功完成訓練課程。

- **curriculum** [kəˋrɪkjələm] **n** 課程
Happiness should become part of the **curriculum** to improve students' mental health.
健康應該納入課程以提升學生心理健康。

- **concourse** [ˋkɑnkors]　**n** 大道；群眾；合流
We offer every guest a cup of coffee and a bottle of water in **the main *concourse***.
我們在大廳提供每位賓客一杯咖啡及一瓶水。

- **intercourse** [ˋɪntɚ͵kors]　**n** 交際；交流
The locals are often involved in friendly **social *intercourse*** with the travelers.
當地人常和遊客友善互動。

- **recourse** [rɪˋkors]　**n** 求助；請求保護
It would be better to resolve disputes **without seeking litigation as a *recourse***.
最好是不對簿公堂就能解決紛爭。

lop 跑

- **lope** [lop]　**v** 大步跑
The leopard ***loped* across** the field to the corner of the woodland.
豹在田野奔跑，直到消失在林地的一角。

- **elope** [ɪˋlop]　**v** 逃跑；私奔
A 14-year-old young girl missing from home was suspected to have ***eloped* with a pen pal**.
一名十四歲少女從家裡失蹤，我們懷疑是和筆友私奔。

- **interloper** [͵ɪntɚˋlop]　**n** 闖入者
Security failed to prevent an ***interloper*** from entering the building.
警衛未能阻止闖入者進到大樓。

laps 滑行

- **lapse** [læps]　**n** 失誤；過失；喪失權利
The bus driver had **a *lapse* of concentration** while driving on the superhighway.
駕駛行經高速公路時一度閃神。

- **elapse** [ɪˋlæps] **v** 逝去

  Three months had **elapsed** since Mrs. Lin's son left his hometown, but he still couldn't find a job.

  林太太的兒子離開家鄉五個月了，仍然沒有找到工作。

- **relapse** [rɪˋlæps] **v** 復發；惡化

  At a loss for how to tell his mom the truth, Irwin **relapsed into silence** again.　歐文不曉得怎麼跟媽媽說實話，再度陷入沉默。

- **collapse** [kəˋlæps] **v** 崩塌；頹喪；失敗

  Thousands of **buildings collapsed** during the earthquake, causing many casualties.

  上千棟房屋在地震中倒塌，造成許多人死亡。

vag 流浪

- **vague** [veg] **adj** 含糊的；茫然的

  I have **a vague memory** of travelling to Japan with my mom when I was 4 years old.　依稀記得四歲時和媽媽去過日本旅行。

- **vagary** [ˋvegərɪ] **n** 異想天開；怪異行為

  Our trip is subject to the **vagaries of the weather**.

  我們的旅程受限於怪異的天候。

- **vagrant** [ˋvegrənt] **n** 流浪漢；無賴

  The journalist wandered down dirty streets, photographing **vagrants**.　記者徘徊在骯髒街道上拍攝浪漢的生活狀況。

- **vagabond** [ˋvægəˏbɑnd] **n** 流浪漢

  Many **vagabonds** sought shelter from the long-abandoned farm.

  許多流浪漢在廢棄農場找尋遮避的地方。

- **extravagant** [ɪkˋstrævəgənt] **adj** 奢侈的；放縱的

  The sales representative works hard to support **the extravagant lifestyle** of his household.

  業務代表為了維持家中的奢華生活方式而努力工作。

sequ 跟隨

- **sequence** [`sikwəns] **n** 連續；順序；結果
  The story events are narrated out of **chronological *sequence***.
  故事沒有按時間先後順序敘述。

- **sequential** [sɪ`kwɛnʃəl] **adj** 連續的；隨著發生的；結果的
  Following the series of ***sequential* steps** helps make a delicious meal. 按照這一連串步驟有助於做出一頓佳餚。

- **subsequent** [`sʌbsɪˌkwɛnt] **adj** 後來的；附隨的
  The manager became ill ***subsequent* to** his arrival in Japan.
  經理在到達日本之後就病了。

- **consequence** [`kɑnsəˌkwɛns] **n** 結果；影響；重要
  Excessive uterine bleeding is, in fact, **a serious *consequence*** of bladder distention.
  子宮血崩實際上是膀胱擴張的嚴重結果。

- **consequential** [ˌkɑnsə`kwɛnʃəl] **n** 結果的；重要的
  The *consequential* effect of corporal punishment is enormous on the children.
  體罰對孩子影響甚鉅。

- **consecutive** [kən`sɛkjʊtɪv] **adj** 連續的；結果的
  The B&B has experienced an unprecedented **six *consecutive* months** of visitor decline.
  民宿破了之前紀錄，接連六個月住房衰減。

- **execution** [ˌɛksɪ`kjuʃən] **n** 履行；執行死刑
  The ***execution*** of the war criminals will be carried out by lethal injection or hanging.
  戰犯將以注射毒液或絞刑的方式執行死刑。

- **executive** [ɪg`zɛkjʊtɪv] **n** 執行者；行政官員；高級主管
  The senior *executive* will announce the resignation of the purchase manager from her curent position.
  高階主管將宣布採購經理辭職的消息。

- **persecution** [ˋpɝsɪˏkjut] **n** 迫害；強求
The inhumanity of **the *persecution* and massacre** is beyond words to convey.
迫害和屠殺人類這樣的不人道情況非語言所能表達。

- **prosecute** [ˋprɑsɪˏkjut] **v** 起訴；告發；執行
The man was ***prosecuted* for arson offences** and sent to prsion.
這個男人因縱火罪被起訴而入獄服刑。

- **prosecutor** [ˋprɑsɪˏkjutɚ] **n** 檢察官；告發人
A state *prosecutor* is a public official who only investigates certain types of crimes.
州檢察官是只調查特定犯罪類型的公務員。

- **pursuit** [pɚˋsut] **n** 追求；實行；經營
The professor spent his whole life **in the *pursuit* of** knowledge.
教授一輩子都在追尋知識。

- **suit** [sut] **n** 控告；訟案；懇求；一套
The cheer leader wore **a well-designed, fantastically expensive *suit*** to the party.
該名啦啦隊員穿一件很有設計感、極貴重的套裝參加派對。

- **suitable** [ˋsutəb!] **adj** 合適的；相當的
The doctor gave some advice about diets ***suitable* for** people with diabetes.　醫生給糖尿病患者一些飲食建議。

- **suite** [swit] **n** 隨員；一副；套房；組曲
This hotel *suite* combines aboriginal elements with a host of amenities and facilities.
飯店套房在許多設備及設施的設計上融合原住民元素。

- **sue** [su] **v** 控告；起訴
The company still have three years to ***sue* the contractors** if they violate the agreement .
假使承包商違反規定，公司仍然有三年的時間可以控告他們。

- **ensue** [ɛn`su] [v] 隨後發生

  A rivalry *ensued* between Sunnis and Shiites after the prophet Muhammad died in 632.

  先知穆罕默德於西元632年死後，緊接著遜尼派和什葉派相互敵對。

vol 飛行

- **volant** [`volənt] [adj] 飛的；敏捷的

  Many species of owls regularly feed on **nocturnal *volant* insects**.

  很多種類的貓頭鷹以夜行性飛行昆蟲為食。

- **volatile** [`vɑlətḷ] [adj] 易揮發的；善變的；短暫的

  The parents are accused of **having *volatile* tempers** and beating their sons.

  有人指控這對父母脾氣暴躁，愛打小孩。

來與去

fare
去

- **fare** n 運費
- **fare**well n 告別
- war**fare** n 戰爭
- wel**fare** n 福利

ven
來

- ad**ven**ture n 冒險
- a**ven**ue n 大街
- con**ven**tion n 會議
- con**ven**tional adj 傳統的
- e**ven**t n 事件
- inter**ven**e v 介入
- inter**ven**tion n 介入

- in**ven**t v 發明
- in**ven**tion n 發明
- in**ven**tory n 財產清單
- pre**ven**t v 妨礙
- re**ven**ue n 歲入
- sou**ven**ir n 紀念品

- **ambul**ance n 救護車
- **amb**le v 漫步
- r**amb**le v 漫步
- pre**amb**le n 序言

ambul
走

- ac**cess** n 接近
- **cess**ion n 讓與
- con**cess**ion v 讓步
- con**ced**e v 讓與
- ex**cess** n 過剩
- pro**cess** n 過程
- ac**ced**e v 同意
- ex**ceed** v 優於
- ex**ceed**ing adj 超越的

- inter**ced**e v 調停
- pre**ced**e v 領先
- pro**ceed** v 前進
- retro**ced**e v 歸還
- re**cess**ion n 衰退
- suc**ceed** v 成功
- suc**cess** n 成功
- suc**cess**or n 繼承者

cess
走／讓步

gress
走

- pro**gress** n 前進
- pro**gress**ive adj 進步的
- ag**gress**ion n 攻擊
- ag**gress**ive adj 侵略的
- con**gress** n 國會
- di**gress**ion n 離題
- retro**gress** adj 倒退的
- trans**gress** v 踰越

- **grad**e n 等級
- **grad**ation n 逐漸的變化
- **grad**ual adj 逐漸的
- in**gred**ient n 成分
- **grad**uate n 大學畢業生
- post**grad**uate n 研究生
- under**grad**uate adj 大學生的

it
走

- ex**it** n 出口
- in**it**ial adj 最初的
- in**it**iate v 著手
- in**it**iator n 創始者

- **it**inerary n 旅行指南
- per**is**hable adj 易腐敗的
- trans**i**ent adj 短暫的

vad
走

- in**vad**e v 侵略
- in**vas**ive adj 侵入的
- in**vad**er n 入侵者
- e**vad**e v 逃避
- e**vas**ion n 逃避
- e**vas**ive adj 逃避的
- per**vad**e v 遍布
- per**vas**ion n 遍布
- **wad**e v 跋涉

fug
逃走

- re**fug**e n 庇護
- re**fug**ee n 難民
- vermi**fug**e n 驅蟲藥

ven 來

- **adventure** [əd`vɛntʃɚ] **n** 冒險；奇遇；投機
The hotel offers some outdoor activities and **exciting *adventures*** exclusively for resort guests.
旅館特別為度假遊客提供一些刺激的戶外冒險活動。

- **avenue** [`ævəˌnju] **n** 大街；林蔭大道；途徑
The cathedral is situated on **a tree-lined *avenue*** within a short distance of the town center.
大教堂坐落於離鎮中心不遠處的林蔭大道上。

- **convention** [kən`vɛnʃən] **n** 會議；協定；慣例
There was a massive demand for **a new *convention* center** in town.
鎮上極需一座新會議中心。

- **conventional** [kən`vɛnʃən!] **adj** 傳統的；協定的
***Conventional* medicine** is miraculous, for it treats problems with incredible efficacy.
傳統醫學的驚人療效不可思議。

- **event** [ɪ`vɛnt] **n** 事件；活動；比賽
The government has planned **a series of *events*** aimed at eliminating dengue fever.
政府規畫一連串以消滅登革熱為目標的活動。

- **intervene** [ˌɪntɚ`vin] **v** 介入；調解；干預
The representatives ***intervened* in** the dispute between the protests and the riot police.
代表們調解抗議群眾及鎮暴警察之間的紛爭。

- **intervention** [ˌɪntɚ`vɛnʃən] **n** 介入；調解；干預
The allied forces are gearing up for another **military *intervention*** in this country.
聯軍準備對該國進行另一波軍事干預。

- **invent** [ɪn`vɛnt] **v** 發明；創作；捏造
  The convict *invented* **such a convincing alibi**, that it fooled the prosecutors.
  犯人捏造一個很有說服力的不在場證明，一度騙過檢察官。

- **invention** [ɪn`vɛnʃən] **n** 發明
  With the *invention* of phones, it is not necessary to visit customers to sell products.
  手機發明之後，銷售產品不需親自拜訪顧客。

- **inventory** [`ɪnvənˌtorɪ] **n** 財產清單；商品目錄；存貨
  The retailer keeps **a large *inventory* of** new and used bicycles in the warehouse.
  零售商在倉庫囤積大量新舊腳踏車。

- **prevent** [prɪ`vɛnt] **v** 妨礙；阻止；預防
  The blizzard *prevented* kids attending school as the wind reached damaging levels.
  暴風雪的風力具有破壞力，學生無法上學。

- **revenue** [`rɛvəˌnju] **n** 歲入；收益
  The gap between the government's *revenue* **and expenditure** needs to be bridged.
  政府稅收和支出的落差需要消弭。

- **souvenir** [`suvəˌnɪr] **n** 紀念品；回憶
  There are many traditional clothes for sale in **a *souvenir* store**.
  紀念品店有許多傳統服飾在販售。

fare 去

- **fare** [fɛr] **n** 運費；交通費
  You can visit our website to find our great discount **bus *fares***.
  上我們網站可以找到公車優惠票價。

- **farewell** [`fɛr`wɛl] **n** 告別；歡送會
Thousands of the employees gathered together to **bid *farewell* to** their former boss.
上千名員工聚在一起歡送前老闆。

- **warfare** [`wɔr͵fɛr] **n** 戰爭；鬥爭
The country has many advantages in **naval *warfare*** because of its advanced weaponry.
國家擁有先進武器，海戰優勢不少。

- **welfare** [`wɛl͵fɛr] **n** 福利；繁榮；幸福
Immigrants are entitled to ***welfare* benefits** to help them with everyday costs of living.
移民享有多項福利以幫助他們應付生活開銷。

ambul 走

- **ambulance** [`æmbjələns] **n** 救護車
My neighbor said he heard **the wail of *ambulance* sirens** soon after the first explosion.
我的鄰居說第一次爆炸後不久就聽到救護車鳴笛。

- **amble** [`æmbl̩] **v** 漫步
The couple ***ambled* down the street** to the clothing store and bought several coats.
夫婦順著街道散步到服飾店買幾件大衣。

- **ramble** [`ræmbl̩] **v** 漫步
We have some members who decided to **go *rambling*** in the middle of the forest.
我們有些成員決定去森林裡走走。

- **preamble** [`priæmbl̩] **n** 序言；開場白
The instructor often lectures **without *preamble*** and cuts to the chase.
講師的演講常略過開場白，直接切入重點。

cess 走／讓步

- **access** [`ækses] **n** 接近；入口；通路
Our device gives the user **quick and easy *access* to** movies and videos.
我們的設備讓使用者輕易看到電影和影片。

- **cession** [`sɛʃən] **n** 讓與；放棄
The *cession* of lands would bring in schools, hospitals and monetary compensation.
割讓國土將換來學校、醫院及金錢補助。

- **concession** [kən`sɛʃne] **v** 讓步；許可
The company **made some *concessions*** in the negotiating process to ease the burden.
公司在協商過程作了一些讓步以減輕負擔。

- **concede** [kən`sid] **v** 讓與；容許；承認
The president was forced to ***concede* and relinquish** his power to the rebels.
總統被迫將權力讓給叛軍。

- **excess** [ɪk`sɛs] **n** 過剩；超越
The CFO told his employees never to spend **in *excess* of** their monthly income.
財務長告訴員工開銷別超過每月收入。

- **process** [`prɑsɛs] **n** 過程；手續；步驟；法律手續；傳票
Using sun protection cream helps to slow down the **aging *process* of the skin**.
擦防曬乳對減緩皮膚老化有益。

- **accede** [æk`sid] **v** 同意；就職；繼承
We are pleased that the committee has, at last, ***acceded* to our request**.
很開心委員會最後同意我們的要求。

- **exceed** [ɪk`sid] **v** 優於；勝過；超過
  If you **exceed the speed limit** by a certain amount, you are likely to be prosecuted.
  超過速限一定程度可能被告發。

- **exceeding** [ɪk`sidɪŋ] **adj** 超越的；過度的；非常的
  My mom is angry at **the exceeding disorder** of my room.
  我的房間過度髒亂，讓媽媽很生氣。

- **intercede** [ˌɪntɚ`sid] **v** 調停；說項
  Tony has **interceded with** Gillian's father, persuading him to let Gillian study abroad.
  湯尼來當吉黎安的說客，請爸爸同意她出國留學。

- **precede** [pri`sid] **v** 領先；優於
  The editors **preceded** the first chapter with a picture outlining the story of the book.
  編輯在第一章節前面放一張圖，概括說明整本書的故事。

- **proceed** [prə`sid] **v** 前進；著手
  If you no longer wish to **proceed with the case**, you have to tell your lawyer.
  不想繼續打官司的話，你必須告訴律師。

- **retrocede** [ˌrɛtro`sid] **v** 歸還；後退
  The country had to **retrocede all the territory** it had taken during the war.　國家必須歸還戰時掠奪的所有領土。

- **recession** [rɪ`sɛʃən] **n** 衰退；撤退；凹處
  Rumor has it that our country is sliding into the depths of **recession**.
  謠傳我們國家經濟正衰退到谷底。

- **succeed** [sək`sid] **v** 成功；繼承
  The campaign has **succeeded in** raising public awareness about the health risks.
  活動成功讓大眾察覺到健康風險的重要。

- **success** [sək`sɛs] ⓝ 成功；成功的人或事
The film was **a big box office *success***, earning over $500 million worldwide.
影片票房非常成功，全球收入超過五億。

- **successor** [sək`sɛsə-] ⓝ 繼承者
The company is desperately **seeking a *successor*** to the retiring president.
公司急切地替即將退休的總裁找接班人。

gress 走

- **progress** [prɑgrɛs] ⓝ 前進；進步；進度；前進
The company is **making good *progress***, despite ongoing labor shortages.
儘管公司勞力持續短缺，業績仍有進步。

- **progressive** [prə`grɛsɪv] adj 進步的；發展的
Alcoholism is often seen as **a *progressive* disease** that may lead to liver failure.
酒精中毒通常被視為一種慢性病，可能導致肝衰竭。

- **aggression** [ə`grɛʃən] ⓝ 攻擊；侵犯
Those who commit **an act of *aggression*** against group members will face opposition.
對組員有攻擊行為的人會招來敵意。

- **aggressive** [ə`grɛsɪv] adj 侵略的；攻勢的；挑釁的
After **an *aggressive* election campaign**, the senior senator still lost his seat on the legislature.
資深參議員競選活動聲勢浩大，但仍丟掉國會席位。

- **congress** [`kɑŋgrəs] ⓝ 國會；集會；交際
The institute holds **an international *congress*** to bring together related professionals.
協會舉辦一場國際大會，相關專業人士聚集討論交流。

- **digression** [daɪˈgrɛʃən] 🄝 離題；脫軌
  The last chapter in this study is deemed **a *digression* from** the real purpose.　研究的最後一章被認定偏離真正研究目的。

- **retrogressive** [ˌrɛtrəˈgrɛsɪv] adj 倒退的
  Protectionism is **a *retrogressive* and disastrous policy** that would destroy industry.
  保護主義是開倒車的災難政策，會毀掉許多產業。

- **transgress** [trænsˈgrɛs] 🄥 踰越；違犯法律
  You have no privilege to ***transgress* the rules** of common decency and good manners.
  你無特權踰越基本禮節而做出不良舉止。

- **grade** [gred] 🄝 等級；階段；成績；定等級
  The student is very smart and **gets good *grades*** in arts and literature classes.
  該名學生非常聰明，人文學科和文學課程成績優異。

- **gradation** [ˌgreˈdeʃən] 🄝 逐漸的變化；（變化過程的）階段，層次
  The ***gradations*** in the rainbow is clearly visible to everyone in the playground.　操場上每個人都能清楚看見彩虹顏色的漸層變化。

- **gradual** [ˌgreˈdeʃən] adj 逐漸的；傾斜度小的
  The *gradual* improvement in the economic depression has suffered a setback these days.
  經濟不景氣日益改善，近日卻遭受阻礙。

- **ingredient** [ɪnˈgridɪənt] 🄝 成分；要素
  Love is **a vital *ingredient*** in the nurturing of your marriage and growth of your family.
  愛是培養婚姻和促進家庭成長的要素。

- **graduate** [ˈgrædʒʊɪt] 🄝 大學畢業生；量筒
  I believe that this company would be a great place for **a physics *graduate***.　我相信公司會是物理本科畢業生的好歸宿。

- **postgraduate** [post`grædʒʊɪt] **n** 研究生
  A *postgraduate* diploma is given to people who finish a master's or doctoral program.
  研究所學歷是頒給完成碩士或博士學程的人。

- **undergraduate** [ˌʌndɚ`grædʒʊɪt] **adj** 大學生的
  If you get **an *undergraduate* degree**, you can advance your employability.
  擁有大學學歷可提升職場就業力。

it 走

- **exit** [`ɛksɪt] **n** 出口；排氣管
  The man **made a quick *exit*** from the back door of the restaurant as soon as he saw the security guard.
  男子一看到警衛就迅速從餐廳後門溜走。

- **initial** [ɪ`nɪʃəl] **adj** 最初的；原始的
  ***Initial* reports** say that a missing 9-year-old local boy was kidnapped yesterday.
  最初報導說當地的一個九歲男孩昨天遭到綁架。

- **initiate** [ɪ`nɪʃɪt] **v** 著手；創始；啟蒙
  The woman attacked her neighbor in self-defense after he ***initiated* the violence**.
  鄰居暴力相向，婦人為了自我防衛才攻擊。

- **initiator** [ɪ`nɪʃɪˌetɚ] **n** 創始者；倡議者
  The ***initiator*** decided to disband the group because of internal tensions.
  小組內部氣氛緊繃，發起人決定解散。

- **itinerary** [aɪ`tɪnəˌrɛrɪ] **n** 旅行指南；旅程
  Here are some great ideas to help you **plan your *itinerary*** before a trip.
  這裡有些很棒的點子，可以幫助旅遊前規畫行程。

- **perishable**　[`pɛrɪʃəb!]　adj　易腐敗的
Don't forget to put **perishable food** in the refrigerator.
不要忘了將易腐敗的食物放入冰箱。

- **transient**　[`trænʃənt]　adj　短暫的；過渡的
A large **transient population** moved to the city because of the war.
戰爭使得大量過渡的人口移入城市。

vad 走

- **invade**　[ɪn`ved]　v　侵略；侵襲
When the Japanese forces **invaded that country**, the principal was only 4 years old.
日軍侵略這個國家時，校長才七歲。

- **invasive**　[ɪn`vesɪv]　adj　侵入的；侵略性的
The government pledged to eradicate the **invasive disease** suddenly infesting the area.
政府誓言消滅突然肆虐當地的外來疾病。

- **invader**　[ɪn`vedɚ]　n　入侵者
With the help of U.S. airstrikes, the country has successfully **repelled its invaders**.
在美國的空襲支援下，該國成功擊退入侵者。

- **evade**　[ɪ`ved]　v　逃避
The physician was skillfully **evading the question** raised by the reporter.
外科醫生技巧地閃躲記者的問題。

- **evasion**　[ɪ`veʒən]　n　逃避；藉口
The entrepreneur is on trial for **tax evasion**, which is considered a serious crime here.
企業家因逃稅而受審，逃稅在這裡是重罪。

- **evasive** [ɪˋvesɪv] **adj** 逃避的；難以捉摸的
  The pilot failed to **take evasive action** to avoid a mid-air collision.
  機師未能採取避免半空中相互碰撞的應變作法。

- **pervade** [pɚˋved] **v** 遍布
  When I walked into the toilet, I smelt the stench of urine **pervading the air**.
  走進廁所時，我就聞到瀰漫在空氣中的尿臭味。

- **pervasion** [pɚˋveʒən] **n** 遍布
  The **pervasion** of smartphones gives quick, easy access to information.
  智慧型手機的普及讓人快速且輕易獲得訊息。

- **wade** [wed] **v** 跋涉
  The inhabitants **wade across the river** to the other side to get food every day.
  居民每天渡河到對岸取得食物。

fug 逃走

- **refuge** [ˋrɛfjudʒ] **n** 庇護；庇護者；避難所
  The passengers are **seeking refuge** from the unpredictable, extreme rainfall.
  突如其來的暴雨讓旅客忙著找避雨的地方。

- **refugee** [͵rɛfjʊˋdʒi] **n** 難民；逃亡者
  Refugees who fled political tyranny, flooded into this country in the past few years.
  逃離政治專制的難民，在過去幾年大量進入這個國家。

- **vermifuge** [ˋvɝmə͵fjudʒ] **n** 驅蟲藥
  After **administration of the vermifuge**, you have to wash your hands.
  使用驅蟲藥後必須洗手。

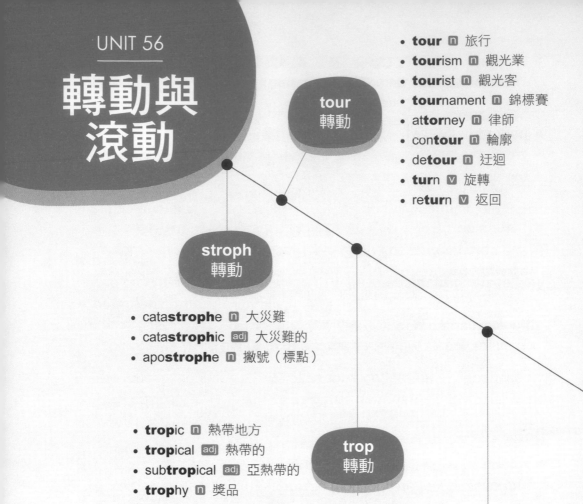

UNIT 56

轉動與滾動

tour 轉動

- **tour** n 旅行
- **tour**ism n 觀光業
- **tour**ist n 觀光客
- **tour**nament n 錦標賽
- at**tor**ney n 律師
- con**tour** n 輪廓
- de**tour** n 迂迴
- **tur**n v 旋轉
- re**tur**n v 返回

stroph 轉動

- cata**stroph**e n 大災難
- cata**stroph**ic adj 大災難的
- apo**stroph**e n 撇號（標點）

- **trop**ic n 熱帶地方
- **trop**ical adj 熱帶的
- sub**trop**ical adj 亞熱帶的
- **trop**hy n 獎品

trop 轉動

- **vers**e n 詩
- **vers**atile adj 多才多藝的
- **vers**us prep 與……對比
- **vert**ex n 頂點
- **vert**ical adj 垂直的
- a**vert** v 談論
- a**vers**e adj 嫌惡的
- ad**vers**e adj 逆的
- ad**vers**ary n 對手
- ad**vers**ity n 逆境
- ad**vert**ise v 登廣告
- ad**vert**isement n 廣告
- con**vert** v 轉換
- contro**vers**y n 爭論

- contro**vers**ial adj 爭論的
- con**vers**ation n 會話
- di**vers**e adj 不同的
- di**vers**ify v 使多樣化
- di**vert** v 使轉向
- di**vers**ion n 轉向
- di**vorc**e n 離婚
- extro**vert**ed adj 外向的
- intro**vert** n 內向的人
- in**vert** v 倒置
- re**vers**e v 顛倒
- re**vers**ion n 倒退
- re**vers**al n 顛倒

vers 轉移

單元MP3

rot
旋轉

- **rot**ate Ⓥ 旋轉
- **rot**ation Ⓝ 旋轉
- **rot**ational adj 旋轉的
- **rot**ary adj 旋轉的

rol
滾動

- **rol**l Ⓥ 滾動
- **rol**e Ⓝ 角色
- cont**rol** Ⓥ 控制
- cont**rol**ler Ⓝ 控制器
- en**rol**l Ⓥ 參加
- en**rol**lment Ⓝ 登記
- **rol**lback Ⓝ 回降

volve
滾動

- con**volut**ion Ⓥ 纏繞
- de**volve** Ⓝ 轉移
- de**volut**ion Ⓝ 轉移
- e**volve** Ⓥ 進展
- e**volut**ion Ⓝ 發展
- in**volve** Ⓥ 包括
- in**volve**ment Ⓝ 包括
- re**volve** Ⓥ 循環
- re**volut**ion Ⓝ 革命
- re**volut**ionary adj 革命的
- re**volt** Ⓥ 背叛
- **volu**me Ⓝ 體積

velop
包裹

- de**velop** Ⓥ 發育
- de**velop**ment Ⓝ 發展
- en**velop**e Ⓝ 信封
- en**velop** Ⓥ 包裝

stroph 轉動

- **catastrophe** [kə`tæstrəfɪ] **n** 大災難
  Severe and frequent droughts are a warning for **global climate
  catastrophe**. 嚴重的頻繁乾旱是全球氣候大災難的警訊。

- **catastrophic** [ˌkætə`strɑfɪk] **adj** 大災難的
  Failure to stick to the guidelines will have **catastrophic results** for
  the organization.
  無法遵守準則將帶給組織災難性的後果。

- **apostrophe** [ə`pɑstrəfɪ] **n** 撇號
  We use an **apostrophe**, a punctuation mark, to form possessives
  and contractions.
  我們使用「撇號」這個標點符號來形成所有格和縮寫。

tour 轉動

- **tour** [tʊr] **n** 旅行；巡迴演出
  We hired a local guide to lead us on **a sightseeing tour** of the
  historic old town.
  我們雇用當地嚮導來導覽這座具有歷史意義的古鎮。

- **tourism** [`tʊrɪzəm] **n** 觀光業
  The tourism industry continued to play an important role in this
  country's economy.
  觀光業持續扮演國家經濟舉足輕重的角色。

- **tourist** [`tʊrɪst] **n** 觀光客
  The impressive peaks and crystal clear water have drawn a lot of
  tourists to the island.
  令人嘆為觀止的山峰和清澈水流吸引眾多遊客到島上遊玩。

- **tournament** [`tɝnəmənt] **n** 錦標賽
  The team has not showed up at the court in **the first round of the
  tournament** today. 該隊未出席今天第一輪的錦標賽。

- **attorney** [əˋtɝnɪ] **n** 律師；代理人
I want to assume the role of **defense *attorney*** for Stanley in the joint trial.
我要在聯合審判中擔任史丹利的辯護律師。

- **contour** [ˋkɑntʊr] **n** 輪廓；概略
Terror and anxiety have left their mark on **the *contours* of Damon's face**.
恐懼和焦慮在戴蒙臉上留下痕跡。

- **detour** [ˋditʊr] **n** 迂迴；繞道
I'll **make a *detour*** to the traditional book stand, which rarely appears on tourist maps.
我會繞道至旅遊地圖上甚少標記的傳統書店。

- **turn** [tɝn] **v** 旋轉；轉動；改變
My grandma slowly ***turned* the doorknob** and pushed open the back door.
我奶奶緩緩扭開門把，推開後門。

- **return** [rɪˋtɝn] **v** 返回；恢復；歸還
MRT services have ***returned* to normal** after the big typhoon that caused the severe flood.
強颱造成的嚴重淹水過後，捷運服務已恢復正常。

trop 轉動

- **tropic** [ˋtrɑpɪk] **n** 熱帶地方；回歸線
Soil fertility decline **in the *tropics*** is due to overexploitation of forest resources.
熱帶地區森林資源過度開發，土壤肥沃度因而下降。

- **tropical** [ˋtrɑpɪkl̩] **adj** 熱帶的
The *tropical* disease, only prevalent in tropical areas, poses a health risk to travelers.
只在熱帶地區盛行的熱帶疾病威脅旅遊者健康。

- **subtropical** [sʌb`trɑpɪkḷ] **adj** 亞熱帶的
  The *subtropical* **evergreen broad-leaf forest** is found in
  southeastern North America.
  北美東南部發現亞熱帶常綠闊葉林。

- **trophy** [`trofɪ] **n** 獎品；戰利品
  The team **won a major *trophy*** seven years ago when they
  narrowly won the World Cup.
  這支隊伍七年前世界盃時險勝贏得大獎。

vers 轉移

- **verse** [vɝs] **n** 詩；韻文；詩節
  This short **comic *verse***, whose style was witty and terse, is
  designed to amuse kids.
  這首精緻打油詩風格詼諧簡潔，專為娛樂小孩子而設計。

- **versatile** [`vɝsətḷ] **adj** 多才多藝的；多方面的
  Justin is an immensely talented and ***versatile* young singer** from
  Canada.　賈斯汀是一位才華洋溢且多才多藝的加拿大歌手。

- **versus** [`vɝsəs] **pre** 與……對比
  Abortion was legalized in the USA following **the Roe-*versus*-
  Wade case** in 1973.
  美國在1973年羅訴韋德案後，墮胎就已合法化。

- **vertex** [`vɝtɛks] **n** 頂點
  The monument, designed by a famous architect, is erected **on
  the *vertex* of** the hill now.
  豎立在山丘頂上的紀念碑由知名設計師所設計。

- **vertical** [`vɝtɪkḷ] **adj** 垂直的；直立的；頂點的
  Software incompatibilities can lead to ***vertical* lines** on your
  laptop screen.
  軟體不相容可能造成筆電螢幕出現垂直線條。

- **avert** [ə`vɝt] **v** 談論；轉移
The economist proposed many long-term tactics, meant to **avert economic collapse**.
經濟學家提出許多長期策略解救經濟免於崩潰。

- **averse** [ə`vɝs] **adj** 嫌惡的；反對的
The manager **is** so **averse to** conflicts, because they can threaten workplace relationships.
衝突會威脅職場人際關係，所以經理非常厭惡衝突。

- **adverse** [æd`vɝs] **adj** 逆的；不利的
Adverse criticism from my advisor is sometimes more desirable than compliments.
指導教授的批評有時雖然逆耳，但我不想只聽到稱讚。

- **adversary** [`ædvɚˌsɛrɪ] **n** 對手
The protagonist's **main adversary** in the movie turned out to be his wife.
電影男主角的頭號敵人是自己的老婆。

- **adversity** [əd`vɝsətɪ] **n** 逆境；災難
The mother possessed unusual powers of resilience and apparent strength **in adversity**.
媽媽有超乎常人的適應力，逆境中顯露堅定力量。

- **advertise** [`ædvɚˌtaɪz] **v** 登廣告；通告；宣揚
My neighbor **advertised** his home for sale in the local newspapers.
我的鄰居在報紙地方版面刊登自宅出售廣告。

- **advertisement** [ˌædvɚ`taɪzmənt] **n** 廣告；告示
The brave police officer makes himself **a good advertisement** for police recruitment.
英勇的警察讓自己成為警察招募活廣告。

- **convert** [kənˋvɝt] **v** 轉換；使改變信仰；兌換
The organization decides to **convert** a bus **into** a tiny living space for the homeless.
機構決定將公車改裝成小型居住空間以供無家可歸的人居住。

- **controversy** [ˋkɑntrəˌvɝsɪ] **n** 爭論；辯論
There is still a big **controversy** over the death penalty in our society.
我們社會對死刑仍存在諸多爭議。

- **controversial** [ˌkɑntrəˋvɝʃəl] **adj** 爭論的；好爭論的
Euthanasia has always been **a controversial issue** in the progressive country.
安樂死在進步國家一直是爭議議題。

- **conversation** [ˌkɑnvɚˋseʃən] **n** 會話；談話
The bus driver **struck up a casual conversation with** me about the election.
公車司機和我閒聊起這次的選舉。

- **diverse** [daɪˋvɝs] **adj** 不同的；多種多樣的
The research is carried out in **culturally diverse** schools and other educational settings.
研究是在多元文化的學校等教育機構中實施的。

- **diversify** [daɪˋvɝsəˌfaɪ] **v** 使多樣化
To increase sales and profitability, the publisher will **diversify into e-commerce**.
為了增加銷售量和獲利，出版社將跨足電子交易。

- **divert** [daɪˋvɝt] **v** 使轉向；使轉換；使娛樂
Wastewater is **diverted** from a sewer into a wastewater treatment plant.
廢水透過下水道引到廢水處理場。

- **diversion** [daɪˋvɝʒən]　**n**　轉向；娛樂
Road closure and **traffic *diversions*** may bring inconvenience to general commuters.
道路封閉和繞道可能造成許多通勤者不便。

- **divorce** [dəˋvors]　**n**　離婚；分離
If you decide on **getting a *divorce*** without a lawyer, you had better follow the guidelines.
如果你決定不請律師自己辦離婚，最好遵守這些準則。

- **extroverted** [ˋɛkstrəˏvɝtɪd]　**adj**　外向的
By changing the way you think, you will **develop an *extroverted* personality** naturally.
藉由思考方式的改變，你可以自然培養外向個性。

- **introvert** [ˋɪntrəˏvɝt]　**n**　內向的人
An ***introvert*** tends to keep his thoughts and feelings to himself.
內向的人容易把自己的想法和感受放心中。

- **invert** [ɪnˋvɝt]　**v**　倒置；反轉
My dad often covers the leftovers with **an *inverted* plate**.
我爸常把盤子翻過來蓋在剩菜上。

- **reverse** [rɪˋvɝs]　**v**　顛倒；倒轉；撤消
It took me a lot of time to park my car **in *reverse* into** the parking space.
我花了很多時間才把車子倒入停車位。

- **reversion** [rɪˋvɝʃən]　**n**　倒退；歸屬權
Giving the president more power was seen as **a *reversion* to dictatorship**.
賦予總統越多權力被視為獨裁復辟。

- **reversal** [rɪˋvɝsl̩]　**n**　顛倒；逆轉；撤銷
In a *reversal* of the previous policy, the company invested less money in the project.
公司一改先前政策，降低計畫案投資金額。

rot 旋轉

- **rotate** [`rotet] **v** 旋轉;輪流;交替
  Because of the gravitational force, the earth **rotates around** the sun. 由於重力影響,地球繞著太陽轉。

- **rotation** [ro`teʃən] **n** 旋轉;交替;循環
  Crop rotation, successive cultivation of different crops, cuts down on plant disease.
  連續栽種不同作物的輪耕制度能夠減降低植物染病機率。

- **rotational** [ro`teʃənl] **adj** 旋轉的;輪流的
  The factory is required to perform night duties **on a rotational basis**. 工廠需要實施夜間輪班制。

- **rotary** [`rotərɪ] **adj** 旋轉的;輪流的
  Mowing a lawn with **a rotary mower** without due care can cost you your life!
  使用旋轉式割草機割草時,稍不留神就可能賠上性命!

rol 滾動

- **roll** [rol] **v** 滾動
  Sanders dashed forward to catch the bowl before it **rolled off the edge of the table**.
  山德斯在碗從桌邊滾下來前,上前一把接個正著。

- **role** [rol] **n** 角色;作用
  Honeybees, an insect that pollinates crops efficiently, **play an important role in** agriculture.
  蜜蜂在農業中扮演重要角色,是一種有效為農作物授粉的昆蟲。

- **control** [kən`trol] **v** 控制;管理
  Learning to **control your temper** is considered a prerequisite for becoming an adult.
  一般認為學習控制情緒是成為成年人的先決條件。

- **controller**　[kən`trolɚ]　**n** 控制器；管理人；主計
You can use **a temperature *controller*** to control a heater or an air-conditioner.
你可使用溫度控制器來控制暖氣機或冷氣機。

- **enroll**　[ɪn`rol]　**v** 參加；登記
Students without any prior knowledge should **be *enrolled* for** the basic English course.
缺乏背景知識的學生應該參加基礎英語課程。

- **enrollment**　[ɪn`rolmənt]　**n** 登記；登記人數；入伍
The statistics shows us ***enrollments* for** international students have dropped off sharply.
我們從統計數字得知國際學生招生人數大幅下滑。

- **rollback**　[`rol͵bæk]　**n** 回降；擊退；往回滾
The consumers have been **calling for a *rollback*** in the price of gas.
消費者持續要求調降油價。

volve 滾動

- **convolution**　[͵kɑnvə`luʃən]　**v** 纏繞；蜷曲；曲折離奇（或錯綜複雜）的情境、情節
The plot of the movie has so many ***convolutions*** that I don't know who klled the boy.
電影情節曲折離奇，無從得知誰是殺害男孩的兇手。

- **devolve**　[dɪ`vɑlv]　**n** 轉移；移交；授權代理
If the duties ***devolve* upon** me, I will fulfill them faithfully and honestly.
如果任務落在我身上，我會真心誠意去完成。

- **devolution**　[͵dɛvə`luʃən]　**n** 轉移；退化
The referendum in 2000 secured a narrow majority in favor of ***devolution***.
2000年的公民投票只獲得勉強多數支持權力下放。

- **evolve** [ɪˋvɑlv] **v** 進展；進化
This country, whose territory continues to expand, has **evolved into** a strong nation.
國家持續擴張領土而發展成一個強國。

- **evolution** [͵ɛvəˋluʃən] **n** 發展；演變；進化
The forms and the meanings of written languages **undergo continuous *evolution***.
書面語言的形式和語意持續演變。

- **involve** [ɪnˋvɑlv] **v** 包括；涉及；使專注
There are many reasons why the monks have always been ***involved* with politics**.
有很多原因可以解釋這些和尚為什麼熱衷於政治。

- **involvement** [ɪnˋvɑlvmənt] **n** 包括；涉入
The retired high-ranking official confirmed his ***involvement* in spy activities**.
高階退休官員證實涉入諜報活動。

- **revolve** [rɪˋvɑlv] **v** 循環；公轉；考慮
Nicholas Copernicus in the 1500's proposed that the planets ***revolve* about the sun**.
十六世紀時，尼可拉斯·哥白尼提出行星繞行太陽的理論。

- **revolution** [͵rɛvəˋluʃən] **n** 革命；公轉
Our understanding of the world **underwent a *revolution*** after the age of discovery.
地理大發現後，我們對世界的認知產生翻天覆地的變化。

- **revolutionary** [͵rɛvəˋluʃən͵ɛrɪ] **adj** 革命的
The *revolutionary* movement for independence was sparked by an unsuccessful reform.
爭取獨立的革命運動源於一場失敗的改革。

- **revolt** [rɪ`volt] **v** 背叛；反感
The peasants *revolted* **against** the landlord for harsh slavery.
農民群起反抗地主苛刻的奴役制度。

- **volume** [`vɑljəm] **n** 體積；音量；書籍
There was a sharp increase in **the *volume* of traffic** during the rush hour.
交通尖峰時刻車流量遽增。

velop 包裹

- **develop** [dɪ`vɛləp] **v** 發育；發展；使顯影；使顯出
My nephew has *developed* from **a wayward teenager** into a responsible father.
我姪子已從一個任性的青少年轉變成負責任的爸爸。

- **development** [dɪ`vɛləpmənt] **n** 發展；擴充
Unfortunately, the region also **suffers from over-*development*** and overpopulation
不幸地，地區已過度開發，人口過多。

- **envelope** [`ɛnvəˌlop] **n** 信封；紙袋；外殼
The woman nervously **tore open the *envelope*** with trembling fingers and started to read.
婦人用顫抖的手撕開信封開始讀起信件。

- **envelop** [`ɛnvəˌləp] **v** 包裝
In winter, the city **is** frequently *enveloped* **in** mist and dust particles.
冬天時候，城市時常壟罩在薄霧和灰塵中。

上與下

surg
上升

- **surg**e n 大浪
- in**surg**ent adj 反抗的

ori
上升

- **ori**ent v 使朝東方
- **ori**entation n 朝東
- **ori**ginal adj 原先的
- **ori**ginate v 創始
- ab**ort**ion n 墮胎
- ab**ori**ginal adj 原始的

- as**sist** v 援助參加
- as**sist**ant n 助理
- con**sist** v 存在
- in**sist** v 堅持

- per**sist**ent adj 堅持的
- re**sist**ant adj 抵抗的
- sub**sist**ence n 生存
- ex**ist** v 存在

sist
站立

- **st**able adj 穩定的
- **st**ationary adj 固定的
- **st**ationery n 文具
- **st**atue n 雕像
- **st**ature n 身材
- **st**atus n 狀況
- **st**atute n 法令
- **st**atic adj 靜止的
- e**st**ate n 財產
- ec**st**asy n 狂喜
- **st**eadfast adj 堅定的

- con**st**itution n 構成
- circum**st**ance n 狀況
- de**st**iny n 命運
- de**st**ination n 目的地
- e**st**ablish n 設立
- in**st**itute n 協會
- ob**st**acle n 障礙
- ob**st**inate adj 固執的
- pro**st**itute n 妓女
- sub**st**antial adj 實在的
- super**st**ition n 迷信

st
站立

scend
攀登

- a**scend** Ⓥ 攀登
- de**scend**ant Ⓝ 後代
- tran**scend** Ⓥ 超越

sal
跳

- **sal**mon Ⓝ 鮭
- **sal**ient 🔤 突出的
- as**sail** Ⓥ 攻擊
- as**saul**t Ⓥ 攻擊

- ex**ul**t Ⓥ 狂喜
- in**sul**t Ⓥ 侮辱
- re**sil**ient 🔤 有彈性的
- re**sul**t Ⓝ 結果

sed
坐

- **sed**ate 🔤 安詳的
- **sed**iment Ⓝ 沉澱物
- **sed**ulous 🔤 勤勉的
- as**sid**uous 🔤 勤勉的
- **sess**ion Ⓝ 會議
- as**sess** Ⓥ 評價
- ob**sess**ive 🔤 妄想的
- pos**sess** Ⓥ 擁有
- pos**sess**ion Ⓝ 財產
- pre**sid**ential 🔤 總統的
- re**sid**ent Ⓝ 居民
- sub**sid**y Ⓝ 助學金
- sub**sid**iary 🔤 輔助的
- be**siege** Ⓥ 圍攻

- ac**cid**ent Ⓝ 意外事件
- coin**cid**ent 🔤 巧合的
- in**cid**ent Ⓝ 事件
- de**cad**ence Ⓝ 頹廢
- **cas**e Ⓝ 事件
- cas**cad**e Ⓝ 小瀑布
- **cas**ualty Ⓝ 意外
- oc**cas**ional 🔤 偶然的

cad
落下

ori 上升

- **orient** [`orɪənt] **v** 使朝東方
  The hotel **is *oriented* towards** the north and offers views of the snowcapped mountains.
  坐南朝北的旅館可以看到白雪皚皚的山景。

- **orientation** [ˌorɪɛn`teʃən] **n** 朝東;定位;指導
  The company needs to **choose its *orientation*** towards the marketplace. 公司必須選擇市場定位。

- **original** [ə`rɪdʒənl̩] **adj** 原先的
  After the camping trip, the forest was **restored to its *original* tranquility**.
  露營旅程結束後,森林恢復昔日寧靜。

- **originate** [ə`rɪdʒəˌnet] **v** 創始
  There are hundreds of phrases we use today that ***originated* in** Shakespeare's plays.
  我們今日使用的片語有上百個出自莎士比亞戲劇。

- **abortion** [ə`bɔrʃən] **n** 墮胎;流產
  If a mother decides to **have an *abortion***, it is better to perform it sooner than later.
  孕婦如果決定要墮胎,越快動手術越好。

- **aboriginal** [ˌæbə`rɪdʒənl̩] **adj** 原始的;土著的
  The ***aboriginal* inhabitants** experienced military conflicts with a series of newcomers.
  當地原住民和前仆後繼的外來者經歷過軍事衝突。

surg 上升

- **surge** [sɝdʒ] **n** 大浪;洶湧
  The tides ***surged* over** the banks of the river and flooded the low-lying areas. 潮水洶湧溢過河岸,造成低窪地區氾濫。

- **insurgent** [ɪnˈsɝdʒənt] `adj` 反抗的；暴動的
Insurgent troops were threatening to bomb the presidential hall.
叛軍威脅轟炸總統府。

sist 站立

- **assist** [əˈsɪst] `v` 援助參加
Langer will be employed to *assist* in the development of medicinal products.
蘭格將受聘協助開發醫療產品。

- **assistant** [əˈsɪstənt] `n` 助理
Being **an *assistant* editor** requires top-notch proofreading skills and writing ability.
當一個助理編輯需要一流的校對技巧和寫作能力。

- **consist** [kənˈsɪst] `v` 存在；組成；適合
The true beauty of a blouse *consists* **in** its simplicity and elegance.
女用襯衫真正的美麗之處在於它的簡樸和優雅。

- **insist** [ɪnˈsɪst] `v` 堅持；強調
The teacher *insisted* that every student should come to the graduation prom.
老師堅持每個學生都要參加畢業舞會。

- **persistent** [pɚˈsɪstənt] `adj` 堅持的；固執的
There have been *persistent* **rumors** that Lephia is the Factory Sub-Chief's mistress.
莉菲亞是副廠長情婦的謠傳不斷。

- **resistant** [rɪˈzɪstənt] `adj` 抵抗的；有耐力的
Tuberculosis has joined the long list of **bacterial infections** *resistant* to antibiotics.
肺結核一直是產生抗藥性的細菌感染疾病之一。

- **subsistence** [səbˋsɪstəns] **n** 生存；生活
Many people are forced to live at the **subsistence level** due to the economic recession.
很多人由於經濟衰退而被迫過著僅堪糊口的生活。

- **exist** [ɪgˋzɪst] **v** 存在；生存
Once our language is lost, we will cease to **exist** as a unique people.
語言一旦消失，我們就不算是獨一無二的民族。

st 站立

- **stable** [ˋstebl̩] **adj** 穩定的；固定的
My cousin got **a stable job** at the design studio, after he completed his internship there.
我表弟在設計工作室實習後就在那裡獲得穩定工作。

- **stationary** [ˋsteʃənˌɛrɪ] **adj** 固定的；不變的
We are caught in slow-moving or **stationary traffic** after a crash involving five trucks.
五台卡車發生撞擊，我們陷在行進緩慢，幾乎動彈不得的車流中。

- **stationery** [ˋsteʃənˌɛrɪ] **n** 文具
Pens, paper, envelopes, pencils, and loose-leaf binders are common **office stationery**.
紙、筆、信封、鉛筆和活頁夾是常見辦公室文具。

- **statue** [ˋstætʃʊ] **n** 雕像；塑像
The local people **put up a statue to** honor Hachiko's loyalty to his owner and best friend.
當地人為忠犬小八豎立雕像，表彰對主人同時也是好友的忠心。

- **stature** [ˋstætʃɚ] **n** 身材
The store owner is **short in stature**, but looks handsome.
店主身高不高，但看起來很帥。

- **status**　[`stetəs]　n 狀況；資格；身份；地位
Doctors, lawyers, engineers and top civil servants **enjoy high social *status***.
醫生、律師、工程師及高階公務人員享有高社會地位。

- **statute**　[`stætʃʊt]　n 法令；規則
If you fail to comply with procedures **laid down by *statute***, it'll invalidate the decision.
未遵照法律程序所作出的決議無效。

- **static**　[`stætɪk]　adj 靜止的；靜態的
The price of crude oil has **remained *static*** for several months.
原油價格維持了數個月的穩定。

- **estate**　[ɪs`tet]　n 財產；遺產；房地產
Whitney Houston left 10 percent of her ***estate***, a $20 million fortune, to her daughter.
惠妮休士頓留下兩千萬財產給女兒，佔所有財產的百分之十。

- **ecstasy**　[`ɛkstəsɪ]　n 狂喜；入迷
The baby grins a toothless smile and puts on a strange expression as if **in *ecstasy***.
小嬰兒咧著沒有牙齒的嘴直笑，臉上掛著彷彿著迷的怪異表情。

- **steadfast**　[`stɛd‚fæst]　adj 堅定的；不移的
The retired principal **remained *steadfast* in** his efforts to help children in need.
退休校長努力不懈地幫助生活困頓的孩子。

- **constitution**　[‚kɑnstə`tjuʃən]　n 構成；體格；憲法；性情
The martial arts instructor has **a strong *constitution*** – she seldom contracts illnesses.
武術教練有個強壯的體格，很少生病。

- **circumstance**　[`sɝkəm‚stæns]　n 狀況；細節
The project has been delayed due to ***circumstances*** beyond our control.　計畫擺脫我們的控制環節而被迫延後。

- **destiny** [ˋdɛstənɪ] **n** 命運；宿命
The orphan was forced to **take charge of her own *destiny*** at an early age.　該名孤兒幼年就得承擔自己的命運。

- **destination** [ˌdɛstəˋneʃən] **n** 目的地；目的；目標
Bali is a popular **vacation *destination*** for its spectacular sunsets, spas, and restaurants.
峇里島因為壯麗日落風光、溫泉旅館及餐廳而成為受歡迎的觀光勝地。

- **establish** [əˋstæblɪʃ] **n** 設立；制定；使定居
There are ***established* procedures** for providing medical services to foreign patients.
提供外國人士醫療服務有既定程序。

- **institute** [ˋɪnstətjut] **n** 協會；學會；研究所；原則
Massachusetts *Institute* of Technology is a prestigious private research university.
麻省理工學院是一所頗具威望的私立研究型大學。

- **obstacle** [ˋɑbstəkl̩] **n** 障礙；障礙物
After Kale's mother-in-law agreed with the marriage, it **removed the last *obstacle* to** the marriage.
在凱爾的岳母同意他們結婚後，結婚的最後一道障礙也就消失了。

- **obstinate** [ˋɑbstənɪt] **adj** 固執的
The allied forces **met with *obstinate* resistance** by its inhabitants.
聯軍遭受當地居民頑強抵抗。

- **prostitute** [ˋprɑstəˌtjut] **n** 妓女；賣身的人
The old woman revealed that she was forced to work as a ***prostitute*** at the age of 14.
老太太透露十四歲時被迫賣淫的往事。

- **substantial** [səbˋstænʃəl] **adj** 實在的；重大的
There used to be **a *substantial* difference** between theory and practice in our field.　理論和實務曾在我們的領域中存在重大分歧。

- **superstition** [ˌsupəˈstɪʃən] n 迷信
According to one UK **superstition**, putting shoes on the table will bring bad luck.
有個英國謎信說，把鞋子放在桌上會招致厄運。

scend 攀登

- **ascend** [əˈsɛnd] v 攀登；登上
There are paths **ascending to** the mountaintop and **stairs ascending** to the castle.
有幾條小徑通往山頂，也有幾道階梯通往城堡。

- **descendant** [dɪˈsɛndənt] n 後代；弟子
Descendants of the colonist have intermarried with the local people and lived here for 5 generations.
殖民者的後裔已經和當地人通婚，在此居住了五代。

- **transcend** [trænˈsɛnd] v 超越；凌駕
Smiling is a simple language that **transcends national barriers**.
微笑是跨越國家屏障的簡單語言。

sal 跳

- **salmon** [ˈsæmən] n 鮭
Smoked salmon, once a luxury product, is now a mainstay of UK dinner tables.
煙燻鮭魚曾是奢侈的產品，現在則是英國餐桌上的主菜。

- **salient** [ˈselɪənt] adj 突出的；顯著的
The most salient feature in the supervisor's character is prudence.
督導的個性中最突出的特質是謹慎。

- **assail** [əˈsel] v 攻擊；襲擊；責罵
The president was **assailed** for supporting a gay rights group.
總統遭人抨擊支持同志保守團體。

- **assault** [əˋsɔlt] ⓥ 攻擊;襲擊;威脅
The police had **launched an *assault* on** Rabi's house and killed two gunmen.
警方襲擊拉比的住家並狙殺兩名槍手。

- **exult** [ɪgˋzʌlt] ⓥ 狂喜;歡欣鼓舞
Thomas is a hero who neither bewailed his hardships nor ***exulted over his triumphs***.
湯瑪斯是英雄,從不因自己的苦難而悲傷,也不因自己的勝利而喜悅。

- **insult** [ɪnˋsʌlt] ⓥ 侮辱
Jefferson **makes racial *insults* about** the minorities' ethnicity and threatens to kill them.
傑佛遜侮辱少數民族,甚至威脅要殺掉他們。

- **resilient** [rɪˋzɪlɪənt] adj 有彈性的;活潑的
Nylon, a widely used fiber, is very ***resilient***, long-lasting and resistant to stain and soil.
尼龍是廣泛使用的纖維,非常有彈性、耐用、防汙點及塵土。

- **result** [rɪˋzʌlt] ⓝ 結果;效果;成績
The novel is about a group of boys trying to govern themselves with **disastrous *results***.
小說是關於一群男孩企圖自治的故事,但結果是一場大災難。

sed 坐

- **sedate** [sɪˋdet] adj 安詳的;肅靜的
You will cycle through a bustling town and **a *sedate* village**.
你會騎腳踏車經過一個熙熙攘攘的城鎮及靜謐的村落。

- **sediment** [ˋsɛdəmənt] ⓝ 沉澱物;沖積物
It's necessary to **reduce *sediment* accumulation** in reservoirs before typhoon seasons.
颱風季來臨前減少水庫沉澱物堆積有其必要。

- **sedulous** [`sɛdʒələs] **adj** 勤勉的；密切的；周全的
  To reach perfection, you have to **pay *sedulous* attention to** detail.
  要達到完美境界，必須對細節一絲不苟。

- **assiduous** [ə`sɪdʒʊəs] **adj** 勤勉的
  Gail was **an *assiduous* practitioner** of traditional Chinese medicine.
  蓋兒是一位勤勉的傳統中醫執業者。

- **session** [`sɛʃən] **n** 會議；開庭；授課時間
  The institute will offer **a training *session*** for teachers about iPads.
  機構提供老師平板電腦的訓練課程。

- **assess** [ə`sɛs] **v** 評價；徵收；課稅
  This revised rubric can be used for ***assessing* a student's writing ability**.
  修訂過的評分規準可用來評量學生寫作能力。

- **obsessive** [əb`sɛsɪv] **adj** 妄想的
  Many models **are *obsessive* about** their weight and stature.
  許多模特兒過度在意體重和身材。

- **possess** [pə`zɛs] **v** 擁有；支配；纏附
  Many students who ***possess* credit cards** are in danger with high rates of interest.
  很多持有信用卡的學生身陷高利率風險。

- **possession** [pə`zɛʃən] **n** 財產
  Passengers are reminded to take all the **personal *possessions*** with them.
  駕駛提醒乘客隨身攜帶所有個人物品。

- **presidential** [`prɛzədɛnʃəl] **adj** 總統的；統轄的
  This *presidential* candidate has pulled ahead in the polls as a strong front-runner.
  這名總統候選人的民調大幅領先。

- **resident** [ˋrɛzədnt] **n** 居民
  The policy helps **the local *residents*** to maintain their traditions
  and promote tourism.
  這個政策幫助當地居民維護傳統並提升觀光產業。

- **subsidy** [ˋsʌbsədɪ] **n** 助學金；補助金；津貼
  The bus industry received a substantial **government *subsidy***
  every year.
  客運業每年領取政府巨額補助。

- **subsidiary** [səbˋsɪdɪˌɛrɪ] **adj** 輔助的；附屬的
  The professor has put forward **a *subsidiary* hypothesis** that can
  support your research.
  教授提出可以支持你研究的附帶假設。

- **besiege** [bɪˋsidʒ] **v** 圍攻；困擾
  With the presidential hall ***besieged* by** rebels, the president was
  forced into exile.
  總統府遭叛軍包圍，總統被迫流亡國外。

cad 落下

- **accident** [ˋæksədənt] **n** 意外事件；附帶事件；附屬品
  The driver **had an *accident*** and both his passengers and he were
  hurt.
  駕駛發生意外，他和乘客都受傷。

- **coincident** [koˋɪnsədənt] **adj** 巧合的；同時發生的
  The girl is listening to the songs that **are *coincident* with** her
  feelings.　女孩聽著符合此刻情感的歌。

- **incident** [ˋɪnsədnt] **n** 事件；財產附帶權利
  The hostage was reunited with his wife and mom **without *incident***
  last weekend.
  人質上週末和妻子及母親平安團聚。

- **decadence** [ˋdɛkədəns] **n** 頹廢；墮落
Living a life of **sexual *decadence***, the businessman has died of syphilis.
商人的性生活荒唐，死於淋病。

- **case** [kes] **n** 事件；案件；箱子；外殼
In this *case*, how to avoid sexual harassment in the workplace seems more important.
這樣的情況下，怎麼避免職場性騷擾似乎更重要。

- **cascade** [kæsˋked] **n** 小瀑布；串聯
I like girls whose hair falls over shoulders **in a *cascade* of curls**.
我喜歡一頭捲髮披肩的女孩。

- **casualty** [ˋkæʒjʊəltɪ] **n** 意外；意外死傷者
There were **no *casualties*** in this car accident.
交通意外中無人傷亡。

- **occasional** [əˋkeʒənl] **adj** 偶然的；應景的；臨時的
We will have enough money for short excursions and ***occasional* trips** overseas.
我們會有足夠的錢短途旅行和偶爾的海外旅遊。

施與受

tribut
給予

- **tribut**e n 貢物
- **tribut**ary n 支流
- at**tribut**e n 屬性
- con**tribut**e v 貢獻
- con**tribut**ion n 貢獻
- con**tribut**or n 貢獻者
- dis**tribut**e v 分配
- dis**tribut**ion n 分配
- re**tribut**ive adj 懲罰的

don
給予

- **don**ate v 贈予
- **don**or n 捐贈者
- **dos**e n 一劑藥
- **dos**age n 劑量
- par**don** v 寬恕

- con**done** v 赦免
- anec**dote** n 軼事
- **dow**ry n 嫁妝
- en**dow** v 捐助

- ac**cept** v 接受
- ac**cept**able adj 可接受的
- anti**cip**ate v 預期
- con**ceiv**able adj 可想像的
- con**cept** n 概念
- de**ceiv**e v 欺騙
- de**ceit** n 欺騙
- eman**cip**ate v 解除
- ex**cept** prep 除外

- ex**cept**ional adj 例外的
- inter**cept** v 阻止
- parti**cip**ate v 參與
- parti**cip**ant n 參與者
- per**ceiv**e v 感覺
- re**ceiv**e v 接受
- re**ceipt** n 收據
- sus**cept**ible adj 善感的

cept
拿

- as**sum**e v 假定
- as**sum**ption n 假定
- con**sum**e v 消費
- con**sumpt**ion adj 消費

- pre**sumpt**ion n 推定
- pre**sumpt**uous adj 放肆的
- re**sum**e v 恢復
- re**sumpt**ion n 重新開始

sum
拿

cap
捉拿

- **cap**ture Ⓥ 捕獲
- **cap**tor Ⓝ 捕捉者
- **cap**tive Ⓝ 俘虜
- **cap**tivate Ⓥ 迷惑

單元MP3

prehend
抓取

- **prehens**ion Ⓝ 逮捕
- ap**prehend** Ⓥ 逮捕
- ap**prehens**ion Ⓝ 逮捕
- ap**prent**ice Ⓝ 見習生
- com**prehens**ion Ⓝ 理解
- com**prehens**ive adj 有理解力的
- com**prehens**ible adj 能理解的
- com**pris**e Ⓥ 包括
- enter**prise** Ⓝ 事業
- entre**pren**eur Ⓝ 企業家
- ap**pris**e Ⓥ 報告
- sur**pris**e Ⓝ 驚奇
- im**pris**on Ⓥ 收押
- re**pris**al Ⓝ 報復

rap
奪取

- **rap**e Ⓥ 強姦
- **rap**acious adj 強奪的
- **rap**id adj 快速的
- **rap**ture Ⓝ 著迷
- **rap**turous adj 痴狂的
- en**rap**ture Ⓝ 使狂喜
- **rav**age Ⓥ 摧殘
- **rav**en Ⓝ 渡鴉

pred
獵物／掠奪

- **pred**ator Ⓝ 掠奪者
- **pred**ation Ⓝ 掠奪
- **pred**atory adj 掠奪的
- de**pred**ation Ⓝ 掠奪
- **prey** Ⓝ 獵物

don 給予

- **donate** [`donet] **v** 贈予；捐贈
  The chairman **donated** $2 million **to** a cancer research center in memory of his wife.
  總裁為了紀念妻子而捐贈二百萬元給癌症研究中心。

- **donor** [`donɚ] **n** 捐贈者
  If you want to be enrolled as **a blood donor**, find a nearest donor center to give blood.
  如果想加入捐血行列，找一處最近的捐血中心。

- **dose** [dos] **n** 一劑藥；一服藥；服藥
  You need to **take the recommended dose of vitamins** to maintain your health.
  你需要按照醫生建議服用足夠劑量的維他命以維持健康。

- **dosage** [`dosɪdʒ] **n** 劑量；配藥
  The sparrows died after eating the crops which have **a high dosage** of pesticides.
  麻雀因吃到含高劑量農藥的穀物而死亡。

- **pardon** [`pɑrdn] **v** 寬恕
  It was rumored that the president would **pardon the criminal** for her crimes.
  聽說總統要赦免罪犯的罪刑。

- **condone** [kən`don] **v** 赦免；寬恕
  The society can't **condone the use of violence** to discipline students who break rules.
  暴力管教違規學生不為社會寬宥。

- **anecdote** [`ænɪkˌdot] **n** 軼事
  The entertainer has been telling **amusing anecdotes** about her colorful life in show business.
  藝人一直和分享她在演藝界多采多姿的生活趣聞。

- **dowry** [`daʊrɪ] n 嫁妝

  Giving a **dowry** is an ancient custom; the bride's family gives money or valuables as gifts.

  給女兒嫁妝是古老習俗，女方會給金錢或貴重物品當禮物。

- **endow** [ɪn`daʊ] v 捐助；給予

  The princess **is endowed with** intelligence, wit and beauty.

  公主具有聰明、機智與美麗的特質。

tribut 給予

- **tribute** [`trɪbjut] n 貢物；勒索款；贈品

  Many fans of David Bowie, who died months ago, will **pay tribute to** him in song.　大衛·鮑伊幾個月前過世了，粉絲將用歌曲致敬。

- **tributary** [`trɪbjə͵tɛrɪ] n 支流

  The stream is **a left-bank tributary** of the Ganges River system.

  小河是恆河左岸的一條支流。

- **attribute** [`ætrə͵bjut] n 屬性；特質

  Trust and respect are **essential attributes** for team harmony and effectiveness.

  團隊要和諧且有效率，互信與尊重是必要特質。

- **contribute** [kən`trɪbjut] v 貢獻；捐款；投稿

  The project manager has already **contributed** what he can to the success of the project.

  企畫經理盡力付出以讓計畫順利完成。

- **contribution** [͵kɑntrə`bjuʃən] n 貢獻；捐助；投稿

  All **contributions** for the newspaper must be received by this weekend.　週末前要收到所有的報紙投稿。

- **contributor** [kən`trɪbjʊtɚ] n 貢獻者；捐助者；投稿人

  The burning of fossil fuels and wood is **a major contributor** to global warming.

  燃燒化石燃料和木材是全球暖化的一大兇手。

- **distribute** [dɪ`strɪbjʊt]　**v**　分配；分類；散布
  The phamphlets have been ***distributed* free** to the residents living near the hospital.
  小冊子已經免費發送到醫院附近的居民手上。

- **distribution** [ˌdɪstrə`bjuʃən]　**n**　分配；分類；散布
  Handling the *distribution* of the deseased's property was like a Gordian knot.
  處理往生者遺產分配是一個難題。

- **retributive** [rɪ`trɪbjətɪv]　**adj**　懲罰的；報復的
  Restorative justice, different from ***retributive* justice**, aims to repair the harm.
  有別於報復性正義，修復式正義的目標是弭平傷害。

cept 拿

- **accept** [ək`sɛpt]　**v**　接受；同意；理解；承兌
  Stores need to ***accept* full responsibility for** all the products they sell.
  店家必須承擔銷售商品的全部責任。

- **acceptable** [ək`sɛptəbl]　**adj**　可接受的
  It is not easy to sign an agreement which **is *acceptable* to** all sides.
  簽署一份大家都可接受的協定不容易。

- **anticipate** [æn`tɪsəˌpet]　**v**　預期；期待
  It is *anticipated* that the new research will have a broader effect than the old one.
  大家期待新的研究比先前的研究的影響層面更廣。

- **conceivable** [kən`sivəbl]　**adj**　可想像的；可能的
  The committee discussed the project from all ***conceivable* angles** before offering approval.
  委員會核准計畫案之前已從各種可能的角度討論過了。

- **concept** [ˋkɑnsɛpt] **n** 概念；思想
  The *concept* of beauty has been evolving over the past century.
  美的概念在過去一世紀持續改變。

- **deceive** [dɪˋsiv] **v** 欺騙；誤解
  Do not attempt to ***deceive* any customers** and sell counterfeit products to them.
  不要想欺騙任何顧客，也不要賣假貨。

- **deceit** [dɪˋsit] **n** 欺騙
  There seems to be **an atmosphere of hypocrisy and *deceit*** in this company.
  公司瀰漫著虛偽作假的氛圍。

- **emancipate** [ɪˋmænsəˌpet] **v** 解除；解放
  Black people began to struggle for equality as soon as the slaves were ***emancipated***.
  解放黑奴後，黑人立即為了爭取平等而奮鬥。

- **except** [ɪkˋsɛpt] **pre** 除外
  Humans grow hair almost everywhere ***except*** the palms of hands and the soles of feet.
  除了手掌和腳底，人類身體各處幾乎都會長毛。

- **exceptional** [ɪkˋsɛpʃənl̩] **adj** 例外的
  Becka was a talented artist, and possessed ***exceptional* powers of concentration**.
  貝卡是有才能的藝術家，具有驚人的專注力。

- **intercept** [ˌɪntɚˋsɛpt] **v** 阻止；中途攔截
  In August of this year, the government ***intercepted* a shipment of heroin and cocaine**.
  今年五月，政府截獲一批海洛英和古柯鹼。

- **participate** [pɑrˋtɪsəˌpet] **v** 參與；分享
  Parents are encouraged to ***participate* in** these activities with their children. 我們鼓勵父母親陪同小孩參加這些活動。

- **participant** [pɑr`tɪsəpənt] **n** 參與者
Bell, an experienced ambassador, is **an active *participant*** in the negotiations.
貝爾是經驗豐富的使節，熱衷於協商談判。

- **perceive** [pə`siv] **v** 感覺；理解
Supermodels and fashion **are** often ***perceived* to be** superficial.
一般認為超級模特兒和時尚流行讓人感覺膚淺。

- **receive** [rɪ`siv] **v** 接受；理解；招待
The troupe ***receives*** millions of dollars a year in sponsorship from various corporations.
劇團每年都收到大公司的數百萬元贊助。

- **receipt** [rɪ`sit] **n** 收據；接受
Please provide **a copy of your *receipt*** as proof of purchase.
請提供一份收據做購買憑證用。

- **susceptible** [sə`sɛptəbl] **adj** 善感的；易感受的
Some people are more ***susceptible* to** a bone fracture or break than others.　有些人比較容易骨折或骨裂。

sum 拿

- **assume** [ə`sjum] **v** 假定；承擔債務；擔任
We can **safely *assume*** that the price won't be dropping and might be increasing.
我們幾乎可臆測價格不會下降，而且可能上升。

- **assumption** [ə`sʌmpʃən] **n** 假定；擔任
The board based its estimates **on the *assumption* that** prices will continue to rise.　委員會依其假定推估價格會持續攀升。

- **consume** [kən`sjum] **v** 消費；消耗；浪費
Experts say that smaller vehicles ***consume* less fuel** when traveling on asphalt roads.　專家說小型車開在柏油路上較不耗油。

- **consumption** [kən`sʌmpʃən] adj 消費；消耗；肺病
  The outbreak of the serious disease is attributed to **the consumption of** raccoon meat.
  這場嚴重疾病的爆發起因於食用浣熊肉。

- **presumption** [prɪ`zʌmpʃən] n 推定；傲慢
  Quite a few religious people believed the **presumption** that boys are superior to girls.
  不少宗教人士相信男孩比女孩優越的推斷。

- **presumptuous** [prɪ`zʌmptʃʊəs] adj 放肆的；無顧忌的
  It would be **presumptuous** of you to tell the Chief Operating Officer how to do things.
  你對營運長下指導棋就逾越本分了。

- **resume** [rɪ`zjum] v 恢復；重新開始；扼要敘述
  Albert stopped to take a sip of coffee and then **resumed his work**.
  艾爾伯停下來啜飲一口咖啡，然後繼續工作。

- **resumption** [rɪ`zʌmpʃən] n 重新開始
  The two countries removed the embargo after **the resumption of diplomatic relations**.
  兩國恢復邦交後廢除禁運令。

cap 捉拿

- **capture** [`kæptʃə] v 捕獲；獵物；戰利品
  The Islamic Army coalition has succeeded in **capturing the head of the terrorists**.
  伊斯蘭聯軍成功捕獲恐怖分子首腦。

- **captor** [`kæptə] n 捕捉者；掠奪者；捕手
  The hostage finally **escaped from his captors** with the aid of his comrades.
  人質終於在戰友協助下從劫持者手中逃脫。

- **captive** [ˋkæptɪv] **n** 俘虜；受迷惑者
  The soldiers, after having been **captives** for six months, were found in Egypt.
  遭人擄走的士兵六個月後在埃及被尋獲。

- **captivate** [ˋkæptəˏvet] **v** 迷惑
  Many have **been captivated by** Helen's beauty, but I am the first she's taken to heart.
  很多人迷戀海倫的美色，但我是第一個令她心動的人。

prehend 抓取

- **prehension** [prɪˋhɛnʃən] **n** 逮捕；理解
  The eye is a **prehension** of light while the ear is a **prehension** of sound.
  眼睛能夠捕抓光線，耳朵則能捕捉聲音。

- **apprehend** [ˏæprɪˋhɛnd] **v** 逮捕；理解；憂慮
  Police have **apprehended another terror suspect** within the past few hours.
  警方在過去幾個小時內逮捕另一疑似恐怖份子的人。

- **apprehension** [ˏæprɪˋhɛnʃən] **n** 逮捕；理解；憂慮
  There was some **apprehension** in the company about who the new CEO will be.
  不知道新任執行長是誰，公司裡人心惶惶。

- **apprentice** [əˋprɛntɪs] **n** 見習生；初學者 **v** 使做學徒
  The teenager earns her daily wages as an **apprentice** in a bakery and a laborer in a factory.
  該名青少年在麵包店當學徒，也在工廠賺日薪。

- **comprehension** [ˏkɑmprɪˋhɛnʃən] **n** 理解；領悟；包含
  It's just **beyond my comprehension** why students usually stay up late for better grades.
  我就是無法理解為什麼學生經常為了成績熬夜到那麼晚。

- **comprehensive** [ˌkɑmprɪˈhɛnsɪv] adj 有理解力的；廣泛的
The hospital offers **a *comprehensive* training program** for medical students.
醫院提供醫學生一個綜合培訓計畫。

- **comprehensible** [ˌkɑmprɪˈhɛnsəbl] adj 能理解的
The story is written in **clear, *comprehensible* French**, which can be understood by kids.
故事是以清晰易懂的法語寫成的，小孩也看得懂。

- **comprise** [kəmˈpraɪz] v 包括；由……組成
The tenant's room ***comprises*** two closets, a desk, a bed, and a chair.
房客的房間有兩個櫥櫃、一張桌子、一張床及一張椅子。

- **enterprise** [ˈɛntɚˌpraɪz] n 事業；計畫；進取心
The sole aim of **a commercial *enterprise*** is to make money for shareholders.
企業的唯一目標就是為股東賺進鈔票。

- **entrepreneur** [ˌɑntrəprəˈnɝ] n 企業家
The journalist wants to become **an Internet publishing *entrepreneur***. 新聞記者想成為網路出版企業家。

- **apprise** [əˈpraɪz] v 報告；通知
We need to **keep** our customers ***apprised* of** the new discounts on our products.
我們必須讓顧客知道我們的產品有新優惠。

- **surprise** [səˈpraɪz] n 驚奇；驚奇的事 v 使驚訝 adj 令人驚訝的
It wouldn't ***surprise*** me if the CEO quit his well-paid job.
即便執行長辭去高薪工作，我也不會感到驚訝。

- **imprison** [ɪmˈprɪzn̩] v 收押；禁錮
For students who takes no interest in science, they may feel ***imprisoned*** in class.
對自然不感興趣的學生上起課來像被關在監獄裡一樣痛苦。

- **reprisal** [rɪˋpraɪz!] **n** 報復；掠奪
There were increased reports of threats and **reprisals against** gay rights defenders.
越來越多的報導是關於同志權利捍衛者受到威脅和報復。

rap 奪取

- **rape** [rep] **v** 強姦；強奪；破壞
The little girl was **raped** and stabbed to death and her body was destroyed with acid.
小女孩被強暴後慘遭刺死，又被用鹽酸毀屍滅跡。

- **rapacious** [rəˋpeʃəs] **adj** 強奪的；貪婪的
The primitive warriors **have a rapacious appetite for** warfare and power.
原始部落戰士對戰爭和權力渴求幾近貪婪。

- **rapid** [ˋræpɪd] **adj** 快速的；敏捷的
Please click the button twice **in rapid succession**.
請快速連續點擊按鈕兩下。

- **rapture** [ˋræptʃɚ] **n** 著迷；痴狂
Madonna watched the movie with **an expression of pure rapture** on her face.
看電影時，美多娜臉上一副陶醉的樣子。

- **rapturous** [ˋræptʃərəs] **adj** 痴狂的
The students **gave a rapturous welcome to** Donna, who won first prize at a science fair.
學生興高采烈地歡迎多娜，她在科展中摘金。

- **enrapture** [ɪnˋræptʃɚ] **n** 使狂喜
The audience **was enraptured by** the cellist's impassioned performance.
大提琴家的熱情表演讓觀眾聽得如癡如狂。

- **ravage** [`rævɪdʒ]　**v**　摧殘；蹂躪；使荒廢
  Food is becoming scarce and the healthcare system is collapsing
  as the country **is ravaged by** civil war.
  國家遭受內戰摧殘，食物缺乏，衛生系統也崩解。

- **raven** [`rævn̩]　**n**　渡鴉；掠奪；捕食
  These **ravens** are excellent and acrobatic fliers on par with
  falcons.　這些渡鴉是媲美鷹隼的傑出特技飛行者。

pred 獵物／掠奪

- **predator** [`prɛdətɚ]　**n**　掠奪者；肉食動物
  The police have caught **a sexual predator** who has been
  assaulting women at night.
  警方已逮捕一名夜晚尾隨強暴女性的嫌犯。

- **predation** [prɪ`deʃən]　**n**　掠奪；掠食
  Caterpillars of some butterflies became poisonous in order to
  deter predation by insect eaters.
  有些蝴蝶幼蟲為了遏止食昆蟲動物的掠食而變得有毒。

- **predatory** [`prɛdə͵torɪ]　**adj**　掠奪的；肉食的
  Predatory bird calls, such as a hawk or owl screech, can scare
  other birds.
  掠奪性鳥類的叫聲，像是鷹隼或貓頭鷹的厲叫，都可能嚇到其他鳥類。

- **depredation** [͵dɛprɪ`deʃən]　**n**　掠奪
  The country has **suffered the depredations of** invaders.
  國家遭遇入侵者的掠奪。

- **prey** [pre]　**n**　獵物；掠食
  The leopard specializes in ambushing and **stalking its prey**.
  獵豹擅長伏擊和跟蹤獵物。

日常動作

us
使用

- **ut**ensil n 器具
- **ut**ilize v 利用
- **ut**ilitarian adj 功利主義的
- **us**urp v 霸佔
- **us**ury n 高利貸
- ab**us**e v 濫用
- ab**us**ive adj 妄用的
- dis**us**ed adj 廢止的
- mis**us**age n 誤用
- per**us**e v 精讀

act
行為／行動

- **act** v 行動
- **act**or n 行動者
- **act**ion n 動作
- **act**ionable adj 可訴訟的
- **act**ivity n 活動
- **act**ivate v 刺激
- **act**ive adj 活動的
- **act**ivist n 激進分子
- **act**ual adj 真實的
- en**act** v 頒布
- ex**act** v 強索

- inter**act** v 交互作用
- re**act** v 反應
- trans**act** v 交易
- **ag**ency n 經銷處
- **ag**enda n 議程
- **ag**ile adj 活潑的
- **ag**itate v 煽動
- c**og**itate v 思考
- c**og**ent adj 強有力的
- ex**ig**ent adj 緊急的
- **ag**ony n 極大的痛苦

- **hab**it n 習慣
- **hab**itual adj 平常的
- **hab**ituate v 使習慣於
- **hab**itat n 棲息地

- in**hab**itant n 居民
- in**hib**it v 抑制
- ex**hib**ition n 呈現
- pro**hib**ition v 禁止

hab
有／居住

- **cover** v 覆蓋
- **cover**age n 採訪
- **cover**t adj 隱密的

- un**cover** v 揭露
- dis**cover** v 發現
- re**cover** v 恢復

cover
覆蓋

單元MP3

tect
覆蓋

- de**tect**ive n 偵探
- pro**tect**ive adj 保護的
- pro**tect**ionism n 保護政策
- pro**teg**e n 受保護者

clud
關閉

- con**clud**e v 結束
- con**clus**ive adj 決定性的
- ex**clus**ive adj 排外的
- in**clus**ive adj 包含在內的
- pre**clud**e v 排除
- re**clus**e n 隱士
- se**clud**e v 隱居
- dis**clos**ure n 洩露

serv
保存

- con**serv**e v 保存
- con**serv**ative n 保守者
- con**serv**atory n 溫室
- de**serv**e v 應得
- ob**serv**e v 觀察
- pre**serv**e v 保存
- pre**serv**ative n 防腐劑
- re**serv**e v 保留
- re**serv**oir n 貯水池

- **phan**tom n 幽靈
- **fan**tasy n 空想
- **fan**tastic adj 空想的
- **fan**cy v 幻想
- **fan**ciful adj 富於想像力的

phan
顯出

act 行為／行動

- **act** [ækt] **V** 行動；扮演
  The government officials will only **act** when enough people file complaints.
  政府官員只有在不少人抱怨後才做事。

- **actor** [`æktɚ] **n** 行動者；男演員；原告
  Leonardo, a **popular actor** in Hollywood, can communicate a whole range of emotions.
  李奧納多是頗受歡迎的好萊塢演員，拍片時能夠詮釋各種不同的情感。

- **action** [`ækʃən] **n** 動作；行動；作用；訴訟
  Social welfare organizations must **take action to** help people with dementia. 社福機構必須採取行動來幫助失智者。

- **actionable** [`ækʃənəbl] **adj** 可訴訟的
  Whether the pundit's remarks are **actionable** is a matter of interpretation of the laws.
  名嘴的言論是否會遭起訴，端看法律怎麼詮釋。

- **activity** [æk`tɪvətɪ] **n** 活動
  There was **a flurry of activity** as the famous actress appeared in the department store.
  知名女演員一出現在百貨公司就引起騷動。

- **activate** [`æktəˏvet] **V** 刺激；啟動
  The alarm in the building **was activated by** the smoke detector.
  大樓警報器因煙霧偵測器而啟動。

- **active** [`æktɪv] **adj** 活動的；主動的；積極的
  Motorcycle gangs **remain active** in the rural areas during nighttime. 鄉下地區夜晚時飆車族仍然很活躍。

- **activist** [`æktəvɪst] **n** 激進分子
  Our government must protect **labor rights activists** from a smear campaign. 我們的政府必須要保護勞權人士不受抹黑。

- **actual** [`æktʃʊəl] **adj** 真實的；實際的
  The *actual* **number** of the wedding guests was much higher than expected.
  實際參加婚禮的賓客人數遠高於預期。

- **enact** [ɪn`ækt] **v** 頒布；扮演
  Economic sanctions **are being *enacted* against** countries like Syria and Iran.
  我們用經濟制裁對抗像敘利亞及伊朗這樣的國家。

- **exact** [ɪg`zækt] **v** 強索；強制
  It is not kind to ***exact* a promise from** your friend to treat you to a big dinner.
  強迫朋友答應請妳吃頓豐盛晚餐是很不厚道的。

- **interact** [ˌɪntə`rækt] **v** 交互作用；相互影響
  Our little son ***interacts* well with** other children in the kindergarten.
  我們的小兒子在幼稚園和其他小孩相處得很好。

- **react** [rɪ`ækt] **v** 反應；反作用
  The official ***reacted* nonchalantly to** the reporter's cold-blooded question.　官員對於記者冷血問題毫不理會。

- **transact** [træns`ækt] **v** 交易；處理；執行
  Most deals were ***transacted*** under the conditions of utmost secrecy.　大部分交易都是在高度保密下完成的。

- **agency** [`edʒənsɪ] **n** 經銷處；代理；動作
  The real estate *agency* secured a contract because of its previous successful advertising.
  先前的廣告讓房地產公司成功獲得一份合約。

- **agenda** [ə`dʒɛndə] **n** 議程
  Food security will be **high on the *agenda*** at this month's conference.
  食品安全將列入本月會議最優先處理的議題。

- **agile** [ˋædʒaɪl] `adj` 活潑的；敏捷的
  As short and fat as Hank looks, he was **physically and mentally** *agile*. 漢克看起來又矮又胖，但身手敏捷，腦筋動得快。

- **agitate** [ˋædʒə͵tet] `v` 煽動；震動
  A group of union members **are *agitating* to** expel the management representative from the conference.
  一群工會成員不停鼓躁逼迫資方代表離席。

- **cogitate** [ˋkɑdʒə͵tet] `v` 思考；設計；計畫
  Having been asked a difficult question, the old monk stroked his beard and **retired to *cogitate***.
  老納聽到難題後，伸手一捻鬍子，隨即陷入沈思。

- **cogent** [ˋkodʒənt] `adj` 強有力的；無法反駁的
  The lawyer seems to possess **a *cogent* argument** for regarding the testimony as fake.
  律師似乎擁有強有力的論點，可以證明證詞是假的。

- **exigent** [ˋɛksədʒənt] `adj` 緊急的；艱苦的
  To **address this *exigent* problem**, it is essential that the product recall process is right.
  若要解決這個迫切的問題，產品回收的流程一定要正確。

- **agony** [ˋægənɪ] `n` 極大的痛苦；精神上的激動
  The drug lord of Mexico, who failed to escape the jail, is **in *agony* and despair** now.
  越獄失敗的墨西哥毒梟相當絕望痛苦。

us 使用

- **utensil** [juˋtɛnsl] `n` 器具；廚房用具
  We just bought **a selection of kitchen *utensils*** – scoop, tongs, spatulas, and whisks.
  我們剛買一套廚房用具——杓、夾鉗、鏟子、刀和打蛋器。

- **utilize** [`jutḷˌaɪz] **v** 利用

  Schools need to better **utilize resources** to meet the educational needs of our students.

  學校必須善用資源以滿足學生的教育需求。

- **utilitarian** [ˌjutɪləˋtɛrɪən] **adj** 功利主義的

  The company constructed a lot of large and **utilitarian buildings** in this area.

  公司在這一帶蓋了許多實用的大型建築。

- **usurp** [juˋzɝp] **v** 霸佔；篡奪

  The general became so ambitious, that he attempted to **usurp authority from the young king**.

  將軍野心勃勃，意圖篡奪年輕國王的王位。

- **usury** [`juʒʊrɪ] **n** 高利貸

  It was illegal for Christians to make money by **practicing usury** in medieval times.　中世紀的基督徒放高利貸賺錢是違法的行為。

- **abuse** [əˋbjus] **v** 濫用；虐待

  Never **abuse the trust** your friends place in you.

  別濫用朋友對你的信任。

- **abusive** [əˋbjusɪv] **adj** 妄用的

  The government must protect people from unfair and **abusive practices** related to borrowing money from banks.

  政府須保護人民免於不公平且濫用的銀行借貸。

- **disused** [dɪsˋjuzd] **adj** 廢止的；廢棄的

  The hostage was found with her hand and foot bound in **a disused factory**.

  人質在一間廢棄工廠被發現時手腳遭到綑綁。

- **misusage** [mɪsˋjuzɪdʒ] **n** 誤用；濫用

  Misunderstandings between the couple seem to arise out of **the misusage of words**.

  情侶之間的誤會似乎是因措辭不當所致。

- **peruse** [pə`ruz] **v** 精讀
  The auditor leant forward to **peruse the document** with the greatest care.
  查帳員將身子前傾小心翼翼地細讀文件。

hab 有／居住

- **habit** [`hæbɪt] **n** 習慣；體格；行為
  The welder was **in the *habit* of** taking a shower after dinner.
  焊工習慣晚餐後沖澡。

- **habitual** [hə`bɪtʃʊəl] **adj** 平常的；習慣的
  Many factors, such as hormonal imbalance, could lead to **habitual abortion**.
  賀爾蒙失調等許多因素可能導致習慣性流產。

- **habituate** [hə`bɪtʃʊˌet] **v** 使習慣於；上癮
  These birds **became *habituated* to** living in a cool environment over years of evolution.
  這些鳥類經歷多年演化後已經習慣住在氣候涼爽的地區。

- **habitat** [`hæbəˌtæt] **n** 棲息地；聚集處；居住地
  Wildlife photographers often take pictures of animals in their **natural *habitat*** in these mountains.
  野生動物攝影者常在自然棲息地捕抓野生動物活動畫面。

- **inhabitant** [ɪn`hæbətənt] **n** 居民
  Some of the colonists have intermarried with this country's **original *inhabitants***.
  有些殖民開拓者已和這個國家的當地居民通婚。

- **inhibit** [ɪn`hɪbɪt] **v** 抑制；約束；禁止
  Aircraft noise may **inhibit children's learning** and make them unable to concentrate.
  飛機噪音可能抑制孩子學習，且讓他們難以專注。

- **exhibition** [ˌɛksəˈbɪʃən] **n** 呈現；展覽會
The national museum is **staging an *exhibition*** of Claude Monet's work.
國立博物館正在展出莫內作品。

- **prohibition** [ˌproəˈbɪʃən] **v** 禁止；禁令
The *prohibition* of drugs and drug policy reform are the cause of considerable controversy.
禁毒和毒品政策改革的爭議相當大。

cover　覆蓋

- **cover** [ˈkʌvɚ] **v** 覆蓋；掩護
The furniture has **been *covered* with** dust in the old house since the Wang family moved to the city.
王姓一家人搬到城市後，老家的家具布滿灰塵。

- **coverage** [ˈkʌvərɪdʒ] **n** 採訪；保險項目；範圍
Media *coverage* of deforestation affected public opinion on ecological protection.
森林濫墾的報導已經影響公眾對生態保護的看法。

- **covert** [ˈkʌvɚt] **adj** 隱密的
There have been **covert operations** against the autocracy.
對抗獨裁政權的祕密力量一直在運作。

- **uncover** [ʌnˈkʌvɚ] **v** 揭露；挪去覆蓋物
The authorities concerned **uncovered a plot** to oust the incumbent prime minister.
有關當局偵破一場密謀推翻現任總理的案子。

- **discover** [dɪsˈkʌvɚ] **v** 發現；洩露
The activities let students **discover scientific concepts** on their own.
活動要讓學生自行探索自然科學的概念。

- **recover** [rɪ`kʌvɚ] **v** 恢復；補償；痊癒
  Staying in the hospital for several days, the dean began to
  ***recover* from** a heart attack.
  院長待在醫院好幾天了，心臟病問題開始好轉。

tect 覆蓋

- **detective** [dɪ`tɛktɪv] **n** 偵探
  The woman is **hiring a *detective*** to investigate Liu to find out if
  he's having an affair.
  女子雇用偵探來調查小劉在外面有沒有偷吃。

- **protective** [prə`tɛktɪv] **adj** 保護的；防護的
  People who work in a chemical factory need to wear ***protective*
  clothing**.　化學工廠員工需要穿防護衣物。

- **protectionism** [prə`tɛkʃənɪ͵zəm] **n** 保護政策
  These economic problems cannot be solved by ***protectionism*
  and isolation**.
  這些經濟問題不是保護主義及孤立主義所能解決的。

- **protege** [`protə͵ʒe] **n** 受保護者
  The woman attempted to console her **young *protege*** who was
  faced with lots of adversity.
  婦人試著安慰她那位面臨逆境考驗的年輕受保護人。

clud 關閉

- **conclude** [kən`klud] **v** 結束；作結論
  The studies ***concluded* that** women often suffer depression
  because of menopause.
  研究結論指出女性常因停經而罹患憂鬱症。

- **conclusive** [kən`klusɪv] **adj** 決定性的
  The study does not provide any ***conclusive* evidence** to support
  its claim.　研究未提出關鍵證據來佐證其主張是對的。

- **exclusive** [ɪkˋsklusɪv] **adj** 排外的；獨佔的
  With our special invitation, we were **allowed *exclusive* access to** the palace.
  有您的特別邀請，我們才能破例進到皇宮。

- **inclusive** [ɪnˋklusɪv] **adj** 包含在內的
  The ticket price is **all *inclusive*** so we don't need to pay extra money.
  票價囊括一切開銷，我們不需額外付費。

- **preclude** [prɪˋklud] **v** 排除；妨礙
  The major's job ***precludes* him from** discussing his work with friends outside the army.
  少校受限於工作性質，不能跟部隊外的朋友討論工作內容。

- **recluse** [rɪˋklus] **n** 隱士
  My godfather is **a millionaire *recluse*** who seldom interacts with people.
  我義父是身價上百萬的隱士，很少與人往來。

- **seclude** [sɪˋklud] **v** 隱居
  In a great despair, my aunt has decided to ***seclude* herself from** the world forever.
  我姑姑絕望透頂，決心從此遠離塵囂。

- **disclosure** [dɪsˋkloʒɚ] **n** 洩露；揭發
  The investors **requested the *disclosures* about** the company's financing liabilities.
  投資人要求公司公布財務負債情況。

serv 保存

- **conserve** [kənˋsɝv] **v** 保存；保全
  To make this planet a better place for our children, we should ***conserve* energy**.
  為了讓星球更適合我們小孩居住，我們應該節約能源。

- **conservative** [kən`sɝvətɪv] **n** 保守者
For some ***conservatives*** opposing gay marriage, it may have something to do with homophobia.
對於反對同性婚姻的一些保守人士來說，他們之所以反對同性戀和恐同症有關。

- **conservatory** [kən`sɝvə͵torɪ] **n** 溫室
Keep the plant in **a warm *conservatory*** or greenhouse, or it may easily die.
植物要養在暖房或溫室內，否則容易死掉。

- **deserve** [dɪ`zɝv] **v** 應得；值得
I think your daughter ***deserves* a better present** for her 10th birthday.
我認為千金值得一份更好的十歲生日禮物。

- **observe** [əb`zɝv] **v** 觀察；注意；遵守
Rosa stood in the balcony, from where she could ***observe* the birds** in the trees.
羅莎站在陽台，從那兒她可以觀察樹上的鳥兒。

- **preserve** [prɪ`zɝv] **v** 保存；保護
Most records of the past about the general were **zealously *preserved***.
大部分關於將軍的記錄都費心保留下來。

- **preservative** [prɪ`zɝvətɪv] **n** 防腐劑
The cookies are completely free from **artificial *preservatives*** and chemical additives.
餅乾完全不含任何人工防腐劑及化學添加物。

- **reserve** [rɪ`zɝv] **v** 保留；預定
These parking spaces, painted in blue, **are *reserved* for** disabled persons.
這些漆藍色的停車格是留給行動不便者。

- **reservoir** [`rɛzəˌvɔr] **n** 貯水池；水庫；貯藏
  A valid contract can preserve **a reservoir of trust** between workers and employers.
  一紙有效力的合約可以給工人和雇主雙方帶來充分的信任。

phan 顯出

- **phantom** [`fæntəm] **n** 幽靈；幻影
  The **Phantom** of the Opera is a classic gothic love story of pain and tragedy.
  《歌劇魅影》是充滿痛苦的哥德式經典悲劇愛情故事。

- **fantasy** [`fæntəsɪ] **n** 空想；想入非非；幻想曲
  My life is all about sunshine, rainbows, unicorns, romance and all kinds of **fantasy**.
  我的生活充滿陽光、彩虹、獨角獸及浪漫等各種幻想。

- **fantastic** [fæn`tæstɪk] **adj** 空想的；怪異的：極大的
  The socialite saved **a fantastic amount of money** when she bought the jewelry and accessories from the widow.
  這位名媛從寡婦那裡購買珠寶和飾品時，省下一筆驚人的金錢。

- **fancy** [`fænsɪ] **v** 幻想；喜歡
  Alton **fancies himself a savior** for saving a boy from drowning.
  艾爾敦救了一個溺水男孩後，就老愛幻想自己是救世主。

- **fanciful** [`fænsɪfəl] **adj** 富於想像力的；幻想的；奇異的
  Every student loves the teacher, because she is full of **fanciful stories and ideas**.
  老師總有稀奇古怪的故事和點子，每個學生都喜愛她。

接觸

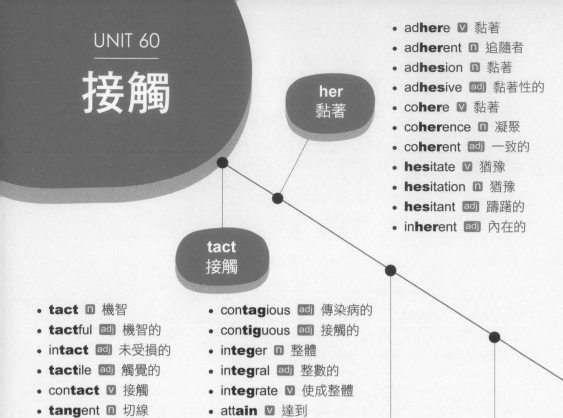

her
黏著

- ad**her**e Ⅴ 黏著
- ad**her**ent ⋂ 追隨者
- ad**hes**ion ⋂ 黏著
- ad**hes**ive adj 黏著性的
- co**her**e Ⅴ 黏著
- co**her**ence ⋂ 凝聚
- co**her**ent adj 一致的
- **hes**itate Ⅴ 猶豫
- **hes**itation ⋂ 猶豫
- **hes**itant adj 躊躇的
- in**her**ent adj 內在的

tact
接觸

- **tact** ⋂ 機智
- **tact**ful adj 機智的
- in**tact** adj 未受損的
- **tact**ile adj 觸覺的
- con**tact** Ⅴ 接觸
- **tang**ent ⋂ 切線
- **tang**ible adj 實質的
- con**tag**ion ⋂ 接觸傳染

- con**tag**ious adj 傳染病的
- con**tig**uous adj 接觸的
- in**teg**er ⋂ 整體
- in**teg**ral adj 整數的
- in**teg**rate Ⅴ 使成整體
- at**tain** Ⅴ 達到
- **taint** ⋂ 汙點
- at**taint** Ⅴ 羞辱

- com**pon**ent ⋂ 成分
- ex**pon**ent ⋂ 解說者
- op**pon**ent ⋂ 反對者

- pro**pon**ent ⋂ 提議者
- ex**pound** Ⅴ 闡述
- post**pon**e Ⅴ 延遲

pon
放置

- **pos**e Ⅴ 擺姿勢
- **pos**ture ⋂ 姿勢
- **pos**t ⋂ 職位
- **pos**tage ⋂ 郵資
- **pos**tal adj 郵政的
- com**pos**er ⋂ 作曲家
- de**pos**e Ⅴ 免職
- dis**pos**ition ⋂ 配置
- de**pos**it Ⅴ 存款
- dis**pos**able adj
  可任意處置的

- ex**pos**e Ⅴ 暴露
- ex**pos**ition ⋂ 博覽會
- im**pos**e Ⅴ 強加
- op**pos**ition ⋂ 反對
- op**pos**ite adj 相對的
- pre**pos**itive adj 前置的
- sup**pos**e Ⅴ 推測
- pro**pos**al ⋂ 提議
- pur**pos**e ⋂ 目的
- trans**pos**e Ⅴ 變換位置
- **paus**e ⋂ 中止

pos
放置

thes
放置

- **thes**is n 論文
- anti**thes**is n 對照
- hypo**thes**ize v 假設
- hypo**thet**ical adj 假設的
- paren**thes**is n 插入句
- paren**thet**ical adj 插入句的

tax
排列

- syn**tax** n 句法
- **tact**ics n 戰術
- **tact**ician n 策略家
- **tax**onomy n 分類學

trit
摩擦

- **trit**e adj 陳腐的
- at**trit**ion n 摩擦
- con**trit**e adj 悔恨的
- de**tri**ment n 損害
- de**trit**ion n 消耗

- e**ras**e v 擦去
- e**ras**able adj 可擦掉的
- **ras**cal n 惡棍
- **ras**cality n 壞事
- **raz**e v 消逝
- **raz**or n 剃刀
- ab**rad**e v 擦掉

ras
刮去

tact 接觸

- **tact** [tækt] **n** 機智；老練；圓滑
The use of *tact* during negotiation can help settle disputes among nations.
談判時使用智謀有助於化解國家間的紛爭。

- **tactful** [ˋtæktfəl] **adj** 機智的；老練的；圓滑的
The diplomat **is *tactful* in communication** and patching up relations with other nations.
外交官折衝尊俎能力強，善於和他國重修友好關係。

- **intact** [ɪnˋtækt] **adj** 未受損的；原封不動的
Only a few structures **remained *intact*** after a magnitude 7.8 earthquake hit the city.
這城市經歷規模7.8的地震，只有少數建築未受損害。

- **tactile** [ˋtæktɪl] **adj** 觸覺的；有觸覺的
The overcoat can **produce a soft *tactile* impression** and brings warmth to the body.
大衣給人觸感柔軟的印象，也能夠保持身體保暖。

- **contact** [kənˋtækt] **v** 接觸；聯繫；交涉
The company's manager will ***contact* the applicant** for the second interview.
公司經理會通知應徵者參加第二場面試。

- **tangent** [ˋtændʒənt] **n** 切線；正切
The project manager did his best to prevent the project from **going off on different *tangents***.
企畫經理竭力避免計畫偏離目標。

- **tangible** [ˋtændʒəbl] **adj** 實質的；可觸知的
Despite the obstacles they have faced, the attraction between the lovers is ***tangible***: No one can separate them.
雖然新人眼前阻礙重重，但彼此的愛緊密牢固，沒人可以拆散。

- **contagion** [kən`tedʒən] **n** 接觸傳染
Pregnant women are taught to wash hands more often so as to avoid **the transmission of *contagion*** in public places.
醫生教導孕婦出席公眾場合要常洗手以避免接觸傳染。

- **contagious** [kən`tedʒəs] **adj** 傳染病的；有感染力的
Migrant workers bring in serious, ***contagious* diseases**, such as measles and rubella. 流動工人帶來麻疹和風疹等嚴重傳染病。

- **contiguous** [kən`tɪgjʊəs] **adj** 接觸的；鄰近的
The two countries **are *contiguous* with** each other, but have no diplomatic relationship.
兩國家彼此相鄰，但沒有外交關係。

- **integer** [`ɪntədʒɚ] **n** 整體；整數
The ***integers*** will be introduced to the novice learners in the following math classes.
老師會在接下來的幾堂數學課中教授初學者整數概念。

- **integral** [`ɪntəgrəl] **adj** 整數的；積分的；必要的
Systematic training **is *integral* to** gaining success and security in a world of change.
瞬息萬變的世界中，有系統的訓練是獲得成功和確保安全的必要方法。

- **integrate** [`ɪntə,gret] **v** 使成整體；結合
The adjustable beds and walkers can **be *integrated* with** existing medical devices.
活動式的床和助步車可以結合既有的醫療設施結合。

- **attain** [ə`ten] **v** 達到；獲得
When ***attaining* puberty**, some boys will undergo rituals to initiate them into adulthood.
到了青春期，有些男孩會參加成年禮以見證成年。

- **taint** [tent] **n** 汙點；腐敗
The actress wanted to avoided **the *taint* of the scandal** by telling more lies. 這位女藝人說了更多的謊想要避免被醜聞波及。

- **attaint** [ə`tent] **v** 羞辱
  Stepping on the land of a morally bankrupt and barbaric country may ***attaint* my foot**.
  踏上道德淪喪的野蠻國家土地會玷汙我的腳。

her 黏著

- **adhere** [əd`hɪr] **v** 黏著；追隨；遵循
  If people don't ***adhere* to the laws and regulations**, the world may fall into a chaos.
  如果都不守法規，世界會大亂。

- **adherent** [əd`hɪrənt] **n** 追隨者；擁護者
  As **an *adherent* of** tradition, the priest has strong aversion against modern technology.
  牧師是傳統擁護者，對現代科技極度反感。

- **adhesion** [əd`hiʒən] **n** 黏著
  Farmers can use the product to **reduce the *adhesion* of** pesticide residue onto surfaces.
  農人可以使用這項產品來減少殺蟲劑附著作物表面的情況。

- **adhesive** [əd`hisɪv] **adj** 黏著性的
  Read the guide carefully and follow the practical tips to **remove *adhesive* residue**.
  仔細閱讀說明，依其可行作法去除黏性殘留物質。

- **cohere** [ko`hɪr] **v** 黏著
  Quite a few political isolates ***cohered* to** form an ever larger, more coherent group of opponents.
  很多政治孤鳥結合在一起而形成一個更大、更緊密的組織。

- **coherence** [ko`hɪrəns] **n** 凝聚；一貫；一致
  The participants in the meeting may raise questions on **the *coherence* of** social justice.
  與會者可能問到怎樣貫徹社會正義。

- **coherent** [ko`hɪrənt] adj 一致的；連貫的；緊密結合的
The consultant **proposed a *coherent* plan** to improve the UK's broadband services.
顧問提出縝密計畫來改善英國的寬頻服務。

- **hesitate** [`hɛzə͵tet] v 猶豫；支吾
I won't ***hesitate* to** offer any kind of sacrifice for my country when a war breaks out.
戰爭爆發時，我可以為了國家毫不猶豫做出一切犧牲。

- **hesitation** [͵hɛzə`teʃən] n 猶豫
The new principal's decision to stand up against bullying on campus came **without *hesitation***.
新任校長毫不猶豫決心對抗校園霸凌。

- **hesitant** [`hɛzətənt] adj 躊躇的；吞吞吐吐的
The woman had been ***hesitant***, but the incident with her husband made up her mind.
女子遲未做出決定，但直到她丈夫做了那件事才讓她鐵了心。

- **inherent** [ɪn`hɪrənt] adj 內在的；固有的；與生俱來的
Eating has its ***inherent* dangers** when the problems of food safety get out of hand.
當食安問題越來越嚴重的時候，連吃東西也有潛在的危險。

pon 放置

- **component** [kəm`ponənt] n 成分
Vegetables are **a *component* of** a healthy diet that provides essential nutrition.
蔬菜是營養充足的健康飲食所不可或缺的成分。

- **exponent** [ɪk`sponənt] n 解說者；倡導者
Rafa is **a long-time well-known *exponent*** of euthanasia in the country.
長期以來拉法是國內頗具盛名的安樂死倡導者。

- **opponent** [ə`ponənt] **n** 反對者；敵手
The candidate **beat his *opponent* by a landslide margin** in the presidential election.　這個總統候選人重挫他的對手。

- **proponent** [prə`ponənt] **n** 提議者；支持者
Valentin, **a major *proponent*** of women's rights, campaigned for their right to vote.
維倫廷是女權的重要擁護者，為了爭取女性投票權而奮鬥。

- **expound** [ɪk`spaʊnd] **v** 闡述；解釋
Robert ***expounded* a powerful argument** that explains the origin of our solar system.
羅伯闡針對太陽系的起源，提出一個很有說服力的論點。

- **postpone** [post`pon] **v** 延遲
The factory chief will ***postpone* implementing** the scheme until industry leaders are consulted.
在徵詢企業的想法之前，這位廠長先暫緩實施這項計畫。

pos 放置

- **pose** [poz] **v** 擺姿勢；假裝
The former premier signed autographs and ***posed* for photographers** after the conference.
前總理會後替大家簽名，並擺姿勢給攝影師拍照。

- **posture** [`pastʃɚ] **n** 姿勢
If you see a man in **an aggressive *posture*** with a knife, you have to be on high alert.
看到手持刀子，帶有攻擊動作的人，必須保持高度警戒。

- **post** [post] **n** 職位；郵政；郵件
Dax rolled up his sleeves and **opened his *post***, but found only a tiny coin inside.
達克斯捲起袖子打開包裹，卻只在裡面找到一枚硬幣。

- **postage** [`postɪdʒ] **n** 郵資
  You can buy our accessories through the website, and the prices **include *postage***.
  你可以透過網路買到我們的飾品，所有的價格都是含運費的。

- **postal** [`postl] **adj** 郵政的
  Due to changes in ***postal* services fees**, I won't continue shipping anything out of the country for free.
  基於郵寄服務費用的調整，我將不再提供免費國外寄送服務。

- **composer** [kəm`pozɚ] **n** 作曲家
  Bach, **a German *composer***, is considered one of most influential composers in history.
  巴哈是德國的作曲家，一般認為他是歷史上最有影響力的作曲家之一。

- **depose** [dɪ`poz] **v** 免職；作證；放置
  The president had **been *deposed* by** a military coup, led by one of his ex-supporters.
  這位總統已經被其中一個前支持者所領導的軍事政權給推翻。

- **disposition** [ˌdɪspə`zɪʃən] **n** 配置；處理；讓與；氣質
  Victor **has the *disposition* of** a champion, charisma on the screen, and charming looks.
  維克具備了冠軍者的氣質、螢幕上的領袖魅力和吸引人的外表。

- **deposit** [dɪ`pɑzɪt] **v** 存款；押金；沉澱物
  The new instrument can help the experts identify areas of potential **shale *deposits***.
  這款新的儀器可以幫助專家辨識潛在的頁岩沉積層。

- **disposable** [dɪ`spozəbl] **adj** 可任意處置的；用完即丟的
  The Bed and Breakfast provides ***disposable* slippers**, combs, and razors.
  這間民宿附有拋棄式拖鞋、梳子和刮鬍刀。

- **expose** [ɪkˋspoz] **v** 暴露；展覽；遺棄
  According to statistics, some children **are exposed to** the secondhand smoke at home.
  根據統計，有些小孩子暴露在吸二手菸的家庭環境中。

- **exposition** [ˌɛkspəˋzɪʃən] **n** 博覽會；展覽；解說
  The **exposition** will offer the latest innovations in areas such as satellite imaging.　博覽會上將公布衛星圖像等各領域的最新研發。

- **impose** [ɪmˋpoz] **v** 強加；課稅
  If the investor is involved in insider trading, a fine will **be imposed on** him.　投資者涉及內線交易會面臨罰款。

- **opposition** [ˌɑpəˋzɪʃən] **n** 反對；反對黨；對立
  If you don't **have any opposition to** the proposal, I will turn it in tomorrow morning.
  若你不反對，明早我會將此項提案送出。

- **opposite** [ˋɑpəzɪt] **adj** 相對的；對面的
  This couple sat **at opposite ends** of the table, remaining silent for a long time.　這對夫妻隔著桌子面對面坐著，沉默很久。

- **prepositive** [prɪˋpɑzətɪv] **adj** 前置的
  Red in "red hat" and black in "black hair" are both **prepositive adjectives.**
  「紅色」在「紅色帽子」及「黑色」在「黑色頭髮」中都是前置形容詞。

- **suppose** [səˋpoz] **v** 推測；假定
  Sandy didn't answer my phone and reply to my email, so I **suppose** she was busy.
  姍蒂沒有接電話、也沒回信，我想她在忙。

- **proposal** [prəˋpozl] **n** 提議；企畫
  There is an angry reaction to the **proposal** for the new car parking lots in the downtown area.
  在鬧區蓋新停車場這項提議已經引起民眾的憤怒。

- **purpose** [`pɝ·pəs] **n** 目的；宗旨；決心；效果；企圖
The *purpose* of the meeting is to bring together scientists sharing the same interests.
開這會的目的是希望能讓有志一同的科學家能齊聚一堂。

- **transpose** [træns`poz] **v** 變換位置
The problem can be solved if the ruling party and the opposition party are ***transposed***.
讓執政黨和反對黨交換個位置，問題就迎刃而解了。

- **pause** [pɔz] **n** 中止；暫停；躊躇；段落
After **a long *pause***, Daniel finally broke the silence and started to tell his secrets.
過了許久丹尼爾終於打破沉默開始講他的祕密。

thes 放置

- **thesis** [`θisɪs] **n** 論文；論點；主題
My **potential *thesis* topic** is juvenile delinquency, which is recognized as a serious problem.
我的論文題目極有可能是寫青少年犯罪這個大家所公認的嚴重問題。

- **antithesis** [æn`tɪθəsɪs] **n** 對照；對句
The most important thing I learned from the war is: love is **the *antithesis* of** fear.
我從這場戰爭所學到最重要的一件事是：恐懼的最大敵人是愛。

- **hypothesize** [haɪ`paθə‚saɪz] **v** 假設
The researcher ***hypothesized* that** foreign investment could drive economic recovery.
這個研究者的假設是外國投資可以刺激經濟復甦。

- **hypothetical** [‚haɪpə`θɛtɪkl̩] **adj** 假設的
It is meaningless to spend over half an hour arguing over **a *hypothetical* question**.
為了一個假設性問題爭論了半個多小時，是毫無意義的一件事。

- **parenthesis** [pəˋrɛnθəsɪs] **n** 插入句；圓括弧
The English explanation of the technical terminology is added **in parentheses**.
術語旁邊會用括弧加註英文的解釋。

- **parenthetical** [ˌpærənˋθɛtɪkl] **adj** 插入句的；附帶說明的
Don't overuse **parenthetical remarks**, or your text will be hard for readers to follow.
不要在文章內過度使用插入性解說，讀者才不會讀得吃力。

tax 排列

- **syntax** [ˋsɪntæks] **n** 句法；語法
The linguist is good at the comparison between **English syntax** and **Chinese syntax**.
這個語言學家擅長中英句法的比較。

- **tactics** [ˋtæktɪks] **n** 戰術
You had better have a discussion with your accountant about some **possible tax-saving tactics**.
最好要和你的會計討論可行的節稅策略。

- **tactician** [tækˋtɪʃən] **n** 策略家
Bryant is **a cunning tactician**, and he has a knack for attracting public attention.
布萊特是一個很精明的策略家，他能夠吸引大家注意。

- **taxonomy** [tækˋsɑnəmɪ] **n** 分類學；分類系統
The taxonomy of plants is not very definitively worked out yet, and it needs revising.
植物的分類體系不夠明確需要修訂。

trit 摩擦

- **trite** [traɪt] **adj** 陳腐的
  The book is teeming with **obvious and *trite* ideas** and contains insulting content. 這本書充滿了平淡陳腐想法及侮辱性內容。

- **attrition** [əˋtrɪʃən] **n** 摩擦;磨損
  The two neighboring countries have been engaged in **a war of *attrition*** for five years.
  這兩個國家已經打了五年的消耗戰。

- **contrite** [ˋkɑntraɪt] **adj** 悔恨的
  Ruth **issued a *contrite* apology** for having an extramarital affair with another man.
  露絲因偷情而寫了一篇充滿悔恨的道歉聲明。

- **detriment** [ˋdɛtrəmənt] **n** 損害
  I am not sure if you can follow this diet **without *detriment* to** your health.
  我不確定這樣吃會不會危害你的健康。

- **detrition** [dɪˋtrɪʃən] **n** 消耗;磨損
  The old river beds are formed by **the *detrition* or wearing away of** exposed surfaces.
  老舊的河床是暴露在外的岩石表面受磨損和侵蝕而形成的。

ras 刮去

- **erase** [ɪˋres] **v** 擦去;消除
  The footage has **been *erased* from** the hard disk forever and cannot be recovered.
  這段影片已經從硬碟中永久刪除無法復原。

- **erasable** [ɪˋresəb!] **adj** 可擦掉的;可抹去的
  Today's technology has made **the *erasable* pen** easier to use!
  拜今日的科技所賜,擦擦筆變得更好使用!

- **rascal** [`ræskl] **n** 惡棍；流氓

  The ***rascal*** broke the car windows with a hammer and intended to set fire to the cars.

  這個惡霸用鐵鎚敲破車窗、企圖放火燒車。

- **rascality** [ræs`kælətɪ] **n** 壞事

  The school bullies tyrannized the whole school and **engaged in all kinds of *rascality***.

  這些校園霸凌者是校園小霸王，無惡不作。

- **raze** [rez] **v** 消逝；磨滅

  After the hurricane, the single storied wooden house was ***razed* to the ground**.

  那間木造平房被颶風夷為平地。

- **razor** [`rezɚ] **n** 剃刀；刮鬍刀

  I started to use **an electric *razor*** to shave when I was fifteen years old.

  我十五歲開始使用電動刮鬍刀。

- **abrade** [ə`bred] **v** 擦掉；磨損；擦傷

  The skin of Angela's legs and arms **was *abraded* by** a fierce dog's claws.

  安琪拉手臂和大腿上的皮膚都遭猛犬的爪子所抓傷。

讀者限定無料（請使用電腦操作）

全書音檔大補帖
本書480字根索引
「進階加強版」850字根

下載步驟

❶ 請翻到本書第27頁，找出第一個
英文單字。

❷ 進入網站：

https://reurl.cc/LAOZXa

（輸入時請注意英文大小寫）

❸ 填寫表單：依照指示填寫基本資
料與下載密碼。E-mail請務必正
確填寫，萬一連結失效才能寄發
資料給您！

❹ 一鍵下載：送出表單後點選連結
網址，即可下載。

國家圖書館出版品預行編目（CIP）資料

心智圖單字記憶法【增強版】：心智圖的聯想記憶法，字根、
　字首、字尾串聯3000個國際英語測驗必背字／楊智民、蘇秦
　著. -- 二版. -- 臺中市：晨星出版有限公司, 2023.09
　　584面；17×23公分. --（語言學習；37）
　　ISBN 978-626-320-461-4（平裝）

　1.CST：英語　2.CST：詞彙

805.12　　　　　　　　　　　　　　　　　　　112006443

語言學習 37

心智圖單字記憶法【增強版】

心智圖的聯想記憶法，字根、字首、字尾
串聯3000個國際英語測驗必背字

作者	楊智民、蘇秦
編輯	余順琪
封面設計	耶麗米工作室
美術編輯	菩薩蠻數位文化有限公司、林姿秀

創辦人	陳銘民
發行所	晨星出版有限公司
	407台中市西屯區工業30路1號1樓
	TEL：04-23595820　FAX：04-23550581
	E-mail：service-taipei@morningstar.com.tw
	http://star.morningstar.com.tw
	行政院新聞局局版台業字第2500號
法律顧問	陳思成律師
初版	西元2017年04月15日
二版二刷	西元2024年06月14日

線上讀者回函

讀者服務專線	TEL：02-23672044／04-23595819#212
讀者傳真專線	FAX：02-23635741／04-23595493
讀者專用信箱	service@morningstar.com.tw
網路書店	http://www.morningstar.com.tw
郵政劃撥	15060393（知己圖書股份有限公司）
印刷	上好印刷股份有限公司

定價 530 元
（如書籍有缺頁或破損，請寄回更換）
ISBN：978-626-320-461-4

| 最新、最快、最實用的第一手資訊都在這裡 |